托爾斯泰小說全集

托爾斯泰短篇小說精選：哈吉穆拉特

Хаджи-Мурат

木馬文化

托爾斯泰小說全集

托爾斯泰短篇小說精選：哈吉穆拉特

Хаджи-Мурат

作者　列夫・托爾斯泰（Л. Н. Толстой）
譯者　草嬰
總編輯　汪若蘭
責任編輯　陳希林、李宛蓁
電腦排版　謝宜欣
封面設計　莊謹銘
行銷企劃　謝玟儀
社長　郭重興
發行人兼出版總監　曾大福

出版　木馬文化事業股份有限公司
發行　遠足文化事業股份有限公司
地址　231新北市新店區民權路108-3號8樓
電話　02-2218-1417　傳真　02-8667-1891
email: service@sinobooks.com.tw
郵撥帳號　19588272　木馬文化事業股份有限公司
客服專線　0800221029

法律顧問　華洋國際專利商標事務所　蘇文生 律師
印刷　成陽印刷股份有限公司
初版　2004年2月
新版　2013年1月
定價　新台幣290元
ISBN　978-986-1200-59-0

國家圖書館出版品預行編目資料

托爾斯泰短篇小說精選：哈吉穆拉特 /
列夫・托爾斯泰（Л. Н. Толстой）著；
草嬰譯. -- 新版. -- 臺北
縣新店市：木馬文化出版：遠足文化發行,
2010.05 面；　公分. --（托爾斯泰小說全集）
譯自：Хаджи-Мурат
ISBN 978-986-1200-59-0（平裝）

880.57　　91004528

生命是沒有時間和空間的。

一剎那的生命和一千年的生命，

你的生命和世界上一切看得見和

看不見的生命，都是同等的。

生命既不能消滅，也不能改變，

因爲生命只有一個。

——亞述國王伊撒哈頓

本書插圖借用巴金先生提供的1916年俄文原版製作，特此致謝。

導讀

托爾斯泰的寫實藝術

歐茵西

高爾基曾言：「不認識托爾斯泰者，不可能認識俄羅斯。」托爾斯泰（1828～1910）的魅力與影響不僅在俄國國內難有匹敵，在國外也十分驚人。百餘年來，他的作品廣譯爲各國文字，銷售量累積達五億冊，小說與劇本一再被搬上銀幕，《戰爭與和平》、《安娜・卡列尼娜》、《復活》……莫不引人深思。

文學史家認爲，托爾斯泰早期的《童年》、《少年》、《青年》（1852～54）及《塞瓦斯托波爾故事》（1855～56），已表現他的重要特質：傳記性的素材，強烈的道德觀；以「我」的口吻詳盡敘述親身經歷，同時展現理性的客觀，境界寬廣。此後的作品，如《暴風雪》、《一個地主的早晨》、《兩個驃騎兵》（1856），《三死》、《家庭幸福》（1859），無論個人的、家庭的或歷史的故事，無論談農奴制度的改革、戰爭的愚昧或社會的墮落，作者的內在發展始終與回憶緊密相扣，高境界的倫理探索，予讀者深刻印象。

五〇年代後期，托爾斯泰數度出國，帶回新的觀察和領悟，提供生活與寫作以豐富內容，開始關心教育，相信推動包括農民子弟的普及教育，乃人道所在及俄羅斯前途所寄，於是發行雜誌、辦學校、發表多篇論文，揭開「托爾斯泰主義」序幕，表達對生命意義、人性尊嚴與道德的關懷，後人津津樂道，並紛起追隨。寫於一八六三至一八六八年的鉅著《戰爭與和平》，以法俄戰爭爲經緯，人物數百，線索繁複，展現作者精微的觀察力與文字技巧，但重點不在傳統的歷史敘述與愛國主義，不神化自我犧牲、祖國愛、彷徨、痛苦或俄羅斯人的英勇，而專注於每一個人的人性思維。因爲，所謂偉大的形象，包括神、沙皇、或社會，皆不若單一的個人眞實、豐富和貼近生命。換句話説，當時還年輕的托爾斯泰已對「純藝術化寫作」持保留態度，反對「規劃」的藝術，鄙視所謂「趨勢」、「新潮」，及莫斯科與彼得堡上流社會的僞君子，認爲他們抽象而虛假，不具備眞正的人文精神。在托爾斯泰眼中，當時俄國文壇上大聲宣揚法國「爲藝術而藝術」（L'art pour l'art）的知識份子不過是趕時髦的假文化人。他重視「眞實」，認爲作家不能只寫取悅讀者的東西，或虛幻的想像和描繪，而應不斷思考生活意義，掌握生命的本質。所以，讀者不難在托爾斯泰的作品中，看到他對大自然及鄉間生活的偏愛，對勇敢「小人物」的同情，對事實「眞相」的強調。

《家庭幸福》（1859）、《安娜．卡列尼娜》（1877）及《克魯采奏鳴曲》（1890）皆以婚姻爲主題，呈現托爾斯泰在此一課題上倫理觀的演進。托爾斯泰二十歲前後即與幾名女子有過親密來往，一八四七年甚至因性病住院，但他同時嚮往「潔淨」的男女關係，《家庭幸福》中的女性代表了這種理想和渴望。一八六二年，三十四歲的托爾斯泰與索菲亞（年方十八）結婚，兩人年齡、教育程度、人生經驗都相去甚遠，但婚後十五六年間，感情融洽，索菲亞爲丈夫謄寫文稿，生育十三名兒女，善於持家。托爾斯泰愈來愈投入社會與道德關懷後，雙方心靈卻逐漸疏遠，晚年竟幾近完全決裂。夫妻倆眞正的問題何在，外人終究只能揣測，但托爾斯泰確在作品中細膩塑造了理想的女性形象與愛情觀，而所有的美好典型都基礎於一項原則：內在的完善。托爾斯泰雖也擅寫美艷女色，他的理想女性卻多姿容平庸，包括《戰爭與和平》的瑪利雅，《安娜．卡列尼娜》的吉麗。吉娣與列文能擁有幸福，因爲「他們全心全意爲對方著想，以眞愛克服衝突。」安娜也是一種「典型」，一種眞實而普遍的女性典型：聰慧、善良、美麗，但境界不足，所以走上絕路。托爾斯泰並未寄予她特別的同情，在她臥軌自盡的刹那，讀者應非流淚，而是陷入沉思。

一八八〇年左右，托爾斯泰的教化色彩益趨濃厚，編寫了一系列「爲人民」，而非「出自人民」的宗教故事，如傳教士般積極訓道，並努力過簡樸生活，甚至準備放棄財產，而與妻子發生齟齬。《魔鬼》（1889）、《克魯采奏鳴曲》（1890）、《復活》（1898）、《活屍》（1900）等小說，都與純文學很有距離，偏向政治與人性的探討，這些思考是二十世紀初期托爾斯泰受到舉世矚目的重要原因。他在《教會與國家》（1882）、《黑暗的勢力》（1886）、《復活》及其他許許多多文章中，抨擊政治與宗教的組織和權威，認爲權威導致腐敗，形成不公，產生人類世界的無數悲劇，如戰爭、階級、司法黑暗、愚昧……。他的「理想國」以兄弟之愛爲基礎，構架簡單的社團型態的政治組織，以道德規範行爲，建立心靈至上的王國。托爾斯泰終其一生追尋上帝，相信祂的天空是開放的，上帝的王國人人可以分享，不屬於任何宗教、任何形式的教會，換句話說，沒有任何宗教有資格代表上帝。他抨擊教會的種種階級、規範和儀式，除了樹立權威，製造愚昧，無助於人類世界的和平。他說，人只要了解「愛」的眞諦，能出自赤誠關懷旁人，便生活在上帝之中，上帝也生活在他之中。

這些針對政治與宗教權威的文字挑戰，在十九世紀後半葉的俄國受到容忍，一方面緣於當時俄國正處於開明的大改革時代（一八五五至一八八一年亞歷山大二世在位，一八八一至一八九四年亞歷山大三世在位），另一方面托爾斯泰的國內外聲譽令政府不能不投鼠忌器，而且他反對暴力，與激進的革命份子並不相同。一九〇一年，俄羅斯東正教會終於宣布開除他的教籍，托爾斯泰則繼續積極在作品中宣揚「愛」的眞理，深深影響他的同時代人，影響其他國家、其他地域的讀者，甚至一百年後的我們。如果說，托爾斯泰也將繼續影響未來的讀者，未來的人類世界，料亦並不爲過。（本文作者爲台大外文系教授）

目錄

未完成稿

舞會以後

「你們說，人自己分不清楚什麼是好，什麼是壞，問題全在於環境，是環境擺布人。但我認爲問題全在於機遇。好哇，就拿我自己經歷的一件事來說吧……」

我們談到，一個人要做到完美無缺，先得改變生活的環境。這時，受大家尊敬的伊凡・華西里耶維奇就說了上面這段話。其實誰也沒有說過人自己分不清什麼是好，什麼是壞，但伊凡・華西里耶維奇有個習慣，總喜歡解釋自己在談話中產生的想法，順便講講他生活裡的一些事。他一講得來勁，往往忘記爲什麼要講這些事，而且總是講得很誠懇、很眞實。

這次也是如此。

「就拿我自己的事來說吧。我這輩子會這樣過而不是那樣過，並非由於環境，完全是由於別的原因。」

「由於什麼原因？」我們問。

「這事說來話長。要讓你們明白，不是三言兩語講得清楚的。」

「噢，那您就給我們講一講吧。」

伊凡・華西里耶維奇想了想，搖搖頭說：「是啊，一個晚上，或者說一個早晨，就使我這輩子的生活變了樣。」

「到底出了什麼事？」

「是這麼一回事：我那時正熱戀著一位姑娘。我戀愛過好多次，但就數這次愛得最熱烈。事情早就過去了，如今她的幾個女兒也都已出嫁了。她叫……華蓮卡……」伊凡．華西里耶維奇說出她的名字。「直到五十歲還是個極其出色的美人。不過，她年輕的時候，在她十八歲的時候，就更迷人了：修長、苗條、秀麗、端莊——實在是端莊。她總是微微昂起頭，身子挺得筆直，彷彿只能保持這樣的姿態。這種姿態配上美麗的臉蛋和苗條的身材——她並不豐滿，甚至可以說有點瘦削——就使她顯得儀態萬千。要不是從她的嘴唇，從她那雙亮晶晶的迷人的眼睛，從她那青春洋溢的可愛的全身，都流露出親切且永遠快樂的微笑，恐怕沒有人敢接近她。」

「伊凡．華西里耶維奇講起來眞是繪聲繪影，生動極了。」

「再繪聲繪影也無法使你們想像她是個怎樣的美人。但問題不在這裡。我要講的是四〇年代的事。當時我在一所外省大學念書。那所大學裡沒有任何小組①，也不談任何理論——我不知道這是好事還是壞事。我們都很年輕，過著青年人特有的生活：念書，作樂。我當時是個快樂活潑的小伙子，家裡又有錢。我有一匹烈性的遛蹄馬，常常陪小姐們上山滑雪（當時溜冰還沒流行），跟同學一起飲酒作樂（當時我們只喝香檳，沒有錢就什麼也不喝，可不像現在喝伏特加）。不過，我的主要興趣是參加晚會和舞會。我舞跳得很好，人也長得不難看。」

「得啦，您也別太謙虛了，」在座的一位女士插嘴說，「我們早就從銀版照相上看過您了。您不但不難看，而且還是個美男子呢。」

「美男子就美男子吧，問題不在這裡。問題是，正當我跟她熱戀的時候，在謝肉節最後一天，我參加了本城首席貴族家的一次舞會。他是位和藹可親的老頭兒，十分有錢，又很好客，還是宮廷侍從官。他的夫人同樣心地善良，待人親切。她穿著深咖啡色絲絨連衣裙，戴著鑽石頭飾，袒露著她那衰老虛胖的白肩膀和胸脯，就像畫像上的伊麗莎白女皇②那樣。這次舞會非常精彩：富麗堂皇的舞廳，有音樂池座，一個酷愛音樂的地主的農奴樂隊演奏著音樂，還有豐盛的菜餚和滿溢的香檳。雖然我也喜歡香檳，但那天沒有喝，因爲我就算不喝酒也在愛情裡沉醉了。不過，我跳了很多舞，跳得都快累倒了：一會兒卡德里爾舞，一會兒華爾滋，一會兒波爾卡，自然地總是盡可能跟華蓮卡一起跳。她穿著雪白的連衣裙，束著玫瑰紅腰帶，手戴長達瘦小臂肘的白羊皮手套，腳穿白緞便鞋。跳瑪祖卡舞的時候，有人搶在我前頭。那個可惡之至的工程師阿尼西莫夫一見她進來，就請她跳舞。我至今還不能原諒他。我那天上理髮店買手套③，來晚了一步。結果，我沒跟華蓮卡跳瑪祖卡舞，而跟一位德國小姐跳——我以前也向她獻過殷勤。不過那晚我擔心自己對華蓮卡很不禮貌：我沒有跟她說過一句話，沒有瞧過她一眼，我只看見那穿白衣裳、束紅腰帶的苗條身影，只看見那有兩個小酒窩的緋紅臉蛋和那雙嫵媚可愛的眼睛。其實不光是我，不論男的還是女的，人人都在欣賞她，儘管她令所有在場的女人都黯然失色。誰也忍不住不欣賞她啊。

「照規矩，瑪祖卡我不是跟她跳的，但實際上我一直在跟她跳。她穿過整個舞廳，落落大方地向我走來。我不待她邀請，就連忙站起來。她嫣然一笑，以酬謝我的機靈。我們兩個男舞伴④被帶到她跟前，她沒有猜中我的代號⑤，只得把手伸給另一個男人。她聳聳瘦小的肩膀，向我微微一笑，表示歉意和慰問。瑪祖卡中間插進華爾茲，我就跟她跳了好多圈。她跳得上氣不接下氣，但還是笑瞇瞇地對我說『再來一次』。我就一次又一次地同她跳，但一點也沒感覺到自己的身體。」

「嘿，怎麼會沒感覺到身體？您摟住她的腰，一定會感覺到自己的身體和她的身體。」一個客人說。

伊凡·華西里耶維奇頓時臉漲得通紅，氣沖沖地喝道：「哼，你們現在這些年輕人哪，你們心目中只有一個肉體。我們那個時候可不同，我愛她愛得越熱烈，就越不注意她的肉體。如今你們只看到大腿、腳踝和別的什麼，你們恨不得把所愛的女人脫個精光。但我就像偉大作家阿爾封斯・卡爾⑥說的那樣，我的愛人永遠穿著青銅衣服。我們不是把人家的衣服脫光，而是像挪亞的好兒子⑦那樣把赤裸的身子遮起來。哼，算了吧，反正你們不會懂的……」

「別理他。後來怎麼樣？」我們中間有人說。

「好。我多半都跟她跳，也沒注意時間是怎麼過去的。樂師們都已筋疲力盡——舞會快到結束時總是這樣的——反覆演奏著同一支瑪祖卡舞曲，客廳裡的老先生和老太太都已離開牌桌，等著吃晚飯，男僕們端著飯菜來回奔走。時間已是半夜兩點多了，必須抓緊利用最後幾分鐘時間。我又一次選定了她。我們在舞廳裡都轉了百來次了。

「『吃過晚飯還跟我跳卡德里爾舞嗎？』我領著她入席時問。

「『當然，只要家裡不叫我回去。』她含笑說。

「『我不放你走。』我說。

「『把扇子還給我。』她說。

「『我捨不得還。』我說著便把那把普通的白羽毛扇子還給她。

「『那就給您這個，省得您捨不得。』她從扇子上拔下一根羽毛送給我。

「我接過羽毛，只能用目光來表示我的喜悅和感激。我不僅覺得快樂和滿足，我感到幸福和陶醉。我心裡充滿善良的感情，我不是原來的我，而是一個只能行善、不知有惡的聖人。我把羽毛藏進手套裡，呆呆地站在她旁邊，再也離不開她。

「『您瞧，他們在請爸爸跳舞呢。』她對我說，指指她那個體格魁偉、戴銀色上校肩章的父親。他跟女主人和另外幾位太太站在門口。

「『華蓮卡，過來！』戴鑽石頭飾、袒露著伊麗莎白女皇式肩膀的女主人大聲叫道。

「華蓮卡向門口走去，我跟在她後面。

「『好姑娘，勸您爸爸跟您跳一次吧。喂，彼得·符拉迪斯拉維奇，請！』女主人對上校說。

「華蓮卡的父親是個體格魁梧、相貌端莊的老人。他容光煥發，臉色紅潤，留著兩撇尼古拉一世式鬈曲的銀白小鬍子和跟小鬍子連成一片的銀白絡腮鬍，兩邊鬢髮向前梳。他那明亮的眼睛和嘴唇也像女兒一樣，流露出親切愉快的微笑。他儀表堂堂，寬闊的胸脯像軍人般高高隆起，胸前掛著幾枚勳章。他的肩膀強壯結實，兩腿勻稱修長。他是個尼古拉一世時代典型的軍事長官。

「我們走到門口，老上校嘴裡說他對跳舞早已荒疏，但還是笑瞇瞇地把左手伸到腰部，解下佩劍，把它交給一個殷勤的年輕人，右手戴上鹿皮手套。『一切都得照規矩辦』，他含笑說，抓住女兒的手，側過身來等待著音樂的拍子。

「等瑪祖卡舞曲一開始，他就敏捷地用一隻腳跺了跺，再伸出另一隻腳，魁偉的身子時而輕盈平穩，時而用靴子重重地跺了跺，兩腳相碰，興奮地在舞廳裡旋轉起來。華蓮卡的優美身影在他的周圍飄翔著，及時收縮和邁開她那穿著白緞鞋小腳的步子，輕巧得沒有一點聲音。舞廳裡人人注視著這對舞伴的每個動作。我呢，不僅欣賞他們的舞姿，簡直感到心醉神迷。我特別喜歡他那雙被褲腳帶綳緊的上等牛皮靴。那不是時髦的尖頭靴，而是老式平跟方頭靴。這雙靴子顯然是部隊靴匠做的。我想：『爲了把女兒打扮得漂漂亮亮帶進交際場合，他就不買時髦的靴子而穿部隊製作的靴子。』我這樣想著，對這雙方頭靴也就更有好感了。他的舞技原本一定很出色，如今人發胖了，雖然很想跳各種快速的優美步子，但兩腿彈性不足。不過他還是俐落地跳了兩圈。他敏捷地分開兩腿又合攏，然後單膝跪下，他的身子顯得有點笨重，勾住了女兒的裙子，但女兒笑瞇瞇地理好裙子，又輕盈地繞著他跳了一圈。這時在場的人都熱烈鼓掌。他有點費力地站起來，溫柔親熱地用雙手抱住女兒的頭，吻了吻她的前額，然後把她領到我跟前，以爲我要跟她跳舞。我說，這會兒我不是她的舞伴。

『噢，那也沒關係，現在您就跟她跳吧。』他和藹可親地微笑著，把佩劍插到武裝帶裡。

「瓶裡的水只要倒出一滴，裡面的水就會咕嘟咕嘟地衝出來，同樣地，我心裡對華蓮卡的愛也使我身上蘊藏著的全部的愛一股腦兒傾瀉出來。我用我全部的愛擁抱整個世界。我愛那戴著頭飾、袒露著伊麗莎白式胸脯的女主人，我愛她的丈夫，我愛她的客人、她的僕人，甚至愛那個對我板著臉的工程師阿尼西莫夫。對於她的父親，連同他日常所穿的皮靴和像他女兒一樣親切的微笑，我則是充滿了一種熱烈而溫柔的感情。

「瑪祖卡舞結束了，主人夫婦請客人入席，但老上校說他明天得早起，謝絕參加，接著就向主人告辭。我擔心他會把女兒帶走，幸虧她跟她母親都留了下來。

「晚飯後，我跟她跳了她剛才答應跟我跳的卡德里爾舞。儘管我已感到無比幸福，可是我的幸福感還在不斷地增長。我們隻字不提愛情。我沒有問她，也沒有問我自己，她愛不愛我。只要我愛她，這就足夠了。我擔心的只是，別讓人家破壞我的幸福。

「我回到家裡，脫下衣服，打算睡覺。可是發覺根本沒法兒睡。我手裡拿著那片從她扇子上拔下的羽毛和她的一隻手套。這隻手套是我扶她母親和她上車時，她送給我的。我望著這兩樣東西，不用閉上眼睛，就清清楚楚地看見了她：一會兒，她在挑選舞伴時猜我的代號，用親切的聲音問：『是不是「驕傲」？呃？』說著快樂地伸給我一隻手；一會兒，她在餐桌上一小口一小口地喝著香檳，親熱地瞧著我。不過在我腦海裡浮現的多半是她跟父親跳舞的情景，她身子輕盈地在父親周圍打轉，得意洋洋地瞧著讚賞的觀眾。我對這父女倆不禁都產生了親切的感情。

「當時我跟後來故世的哥哥住在一起。我哥哥不喜歡社交活動，從不參加舞會。他正在準備考副博士，過著極嚴肅的生活。那天他已睡了。我瞧瞧他那埋在枕頭裡、半被法蘭絨毯子遮住的腦袋，不禁憐惜起他來了。我對他不能分享我所體會的幸福感到惋惜。服侍我們的農奴彼得魯施卡擎著蠟燭出來迎接我。他要幫我脫衣服，但我叫他回去休息。我看到他那睡眼惺忪的模樣和蓬亂的頭髮，心裡很同情他。我踮著腳尖走進自己屋裡，竭力不弄出聲音，在床上坐下來。哦，我太幸福了，我沒法兒睡。再說，在這間爐火燒得很旺的屋裡我感到悶熱，就沒脫衣服，悄悄地走到前廳，穿上外套，打開大門，走到街上。

「我四點多鐘離開舞會，回到家裡又坐了一會兒，大約有兩個小時，所以我出門的時候，天已經亮了。那是在謝肉節，天氣多霧，路上積雪漸漸融化，屋簷上滴著水。老上校住在城郊，靠近田野，田野的一頭是遊樂場，另一頭是女子中學。我穿過冷清的巷子來到大街上。我在大街上遇到一些行人，還有在薄雪地上運送木柴的雪橇。馬匹套著光滑的車軛，有節奏地搖擺著濕漉漉的腦袋；車夫身披蓑衣，腳穿肥大的皮靴，在運貨雪橇旁啪嗒啪嗒地走著；街兩邊的房屋在霧中顯得格外高大——這一切在我看來都特別親切，特別有意思。

「我來到他們家所在的田野上，看見遊樂場附近有一大團黑糊糊的東西，還聽到從那裡傳來的笛聲和鼓聲。我的心情一直很輕鬆愉快，耳邊老是縈迴著瑪祖卡舞曲。但這會兒聽到的卻是另一種音樂，又粗野，又刺耳。

「『這是怎麼回事。』我邊想邊沿著田野中被車馬軋平的光滑道路往那裡走去。我走了百來步，透過一片迷霧看出那裡有許多黑糊糊的人影。顯然是一群士兵。『準是在上操。』我想，同時跟一個身穿油膩短皮襖和圍裙、手裡拿著一樣東西走在前頭的鐵匠，一起往那裡走去。穿黑軍服的士兵分列兩行，面對面持槍立正，一動不動。鼓手和吹笛子的人站在他們背後，反覆奏出粗野刺耳的旋律。

「『他們在幹什麼呀？』我問站在身邊的鐵匠。

「『對一個韃靼逃兵執行夾棍刑。』鐵匠望著士兵行列的盡頭，憤憤地說。

「我也往那邊望去，看見兩行士兵中間有一樣可怕的東西在向我逼近。原來是一個光著上身的人，兩手分別被捆在兩支步槍上，兩個士兵握住槍的一端押著他走。旁邊有一個穿軍大衣、戴軍帽、身材魁梧的人，我覺得有點面熟。犯人渾身痙攣，兩腳沙沙地踩著融雪，身上挨著如雨點般從兩邊打來的棍子，踉踉蹌蹌地向我走來，一會兒身子向後倒，於是兩個用槍押著他的軍士就把他往前推，一會兒身子向前栽，於是軍士便把他往後拉，不讓他栽倒。那個身材魁梧的軍官步伐穩健，大搖大擺地緊緊跟在後面。原來就是那個臉色紅潤、留著銀白色小鬍子和絡腮鬍的上校，華蓮卡的父親。

「犯人每挨一下棍子，彷彿很驚訝似的，把他那痛苦得起皺的臉轉向棍子落下的那一邊，露出雪白的牙齒，反覆說著同一句話。直到他走得很近了，我才聽清那句話。他不是在說，而是在嗚咽：『好兄弟，行行好吧！好兄弟，行行好吧！』可是好兄弟並沒有行行好。當這一夥人走到我跟前時，我看見對面一個士兵斷然向前邁出一步，呼地一聲揮動棍子，狠狠打在韃靼人的背上。韃靼人身子向前猛衝了一下，但被軍士拉住。從另一邊又打來同樣的一棍，接著又是這邊一棍那邊一棍。上校在旁邊走著，一會兒望望自己腳下，一會兒瞧瞧罪犯。他吸了一口氣，鼓起兩頰，噘著嘴唇，慢慢把氣吐出來。當這野人走到我旁邊時，我從兩行士兵中間瞥了一眼犯人的脊背。那是一塊色彩斑駁、血肉模糊的奇形怪狀的東西，我簡直無法相信這是人的身體。

『哦，天哪！』鐵匠在我旁邊說。

「這夥人漸漸遠去，兩邊的夾棍仍不斷落在渾身抽搐、步履踉蹌的犯人身上，鼓聲和笛聲仍響個不停，身材魁梧、相貌堂堂的上校仍步伐穩健地在犯人旁邊走著。突然，上校停住腳步，接著快步走到一個士兵跟前。

「『你這不是在敷衍塞責嗎？哼，我要讓你知道敷衍塞責的後果。』我聽見他憤怒的吆喝聲。

「我看見他舉起戴鹿皮手套的手，猛地給那名被嚇壞了、力氣不大的小個子士兵一個耳光，懲罰他沒有使勁往那韃靼人紫紅的脊背上打棍子。

「『拿幾根新棍子來！』他一面叫，一面向四周環顧著，終於看見了我。他裝作不認識我，惡狠狠、氣沖沖地皺起眉頭，迅速地轉過臉去。我覺得羞愧難當，眼睛不知往哪裡瞧才好，彷彿我犯了見不得人的大罪，被人揭穿了。我垂下眼睛，慌忙跑回家去。一路上我的耳朵裡忽而響起鼓聲和笛聲，忽而傳來『好兄弟，行行好吧！』，忽而聽到上校嚴厲的怒吼聲：『你這不是在敷衍塞責嗎？』我心裡產生了一種近似噁心的感覺，不得不幾次停下腳步。我覺得那驚心動魄的場面在我內心造成的極度恐怖就要統統嘔出來了。我不記得我是怎樣回家和躺下的。可是一閉上眼睛，我又聽到和看到那一切，於是連忙爬了起來。

「『他顯然懂得一個我不懂得的道理。』我想到上校。『要是我也懂得他所懂得的那個道理，我就能理解我所看到的一切，也就不會覺得痛苦了。』但不管我如何苦苦思索，還是無法懂得上校所懂得的道理。直到晚上我才睡著，而且是在朋友家喝得爛醉以後。

「哦，你們以爲我當時就明確知道這是一樁壞事嗎？根本沒有。我當時想：『既然他們幹得那麼認眞，並且人人都認爲必要，可見他們一定懂得一個我所不懂的道理。』我竭力想弄個明白。可是不管我怎樣努力，都是徒然。就因爲弄不明白，我無法進軍界服務，當差也沒有當成，我這人就像你們看到的那樣，成了個廢物。」

「嘿，我們可知道您是個怎樣的廢物。」我們中間有個人說，「還不如說：要是沒有您，這世界不知還會產生多少廢物。」

「得了，眞是胡說。」伊凡・華西里耶維奇十分惱恨地說。

「那麼愛情呢？」我們問。

「愛情嗎？愛情從那天起就一落千丈。當她像原來那樣含笑沉思的時候，我立刻想起那天廣場上的上校，心裡就覺得彆扭和不快。我跟她見面的次數越來越少。愛情也就這樣消失了。天下就有這樣的事，它會徹底改變一個人的生活，改變他生活的方向。可你們還說……」他就這樣結束了他的話。

一九〇三年八月二〇日於雅斯納雅・波良納

① 十九世紀俄國大學生成立各種小組，探討哲學和文學問題。

② 伊麗莎白・彼得羅夫娜，是俄國女皇，一七四一～一七六一年在位。

③當時俄國理髮店兼賣手套、領帶之類的東西。

④指兩個同時要邀她跳舞的男人。

⑤每個男舞伴都自定一個代號，當兩人同時由第三者介紹給一個女舞伴時，就請她猜代號，被猜中者可以跟她跳舞。

⑥阿爾封斯・卡爾（1808~1890），法國作家。

⑦出自《舊約・創世紀》第九章：挪亞有一次喝醉酒，光著身子睡著了，他的兒子閃和雅弗就給他蓋上衣服。

亞述國王伊撒哈頓①

亞述國王伊撒哈頓占領了拉伊里埃國王的國土，焚毀了所有的城市，把全體居民驅趕到他的領地，殺死了軍人，把拉伊里埃國王關到籠子裡。

亞述國王夜裡躺在床上，考慮著如何處死拉伊里埃，忽然聽見旁邊有嗬嗬聲。他睁開眼睛，看見一個留花白大鬍子、目光溫和的長老。

「你要處死拉伊里埃嗎？」長老問。

「是的，」國王回答，「不過我還沒有想好用什麼方法處死他。」

「要知道你就是拉伊里埃呀。」長老說。

「這話不對，」國王說，「我是我，拉伊里埃是拉伊里埃。」

「你和拉伊里埃是一個人，」長老說，「只是你以爲你不是拉伊里埃，拉伊里埃不是你。」

「怎麼以爲？」國王說，「你瞧，我現在躺在軟綿綿的臥榻上，周圍是對我忠心耿耿的男女奴隸，我將同我的朋友們一起歡宴慶祝，明天也像今天一樣，而拉伊里埃像鳥一樣被關在籠子裡，明天他將伸出舌頭被釘在木橛子上，全身痙攣，直到斷氣，他的屍體將被群狗撕碎。」

「你不能消滅他的生命。」長老說。

「那麼，我殺死了一萬四千個軍人，拿他們的屍體堆積成山，你怎麼說呢？」國王說，「我活著，可他們沒有了，所以我能消滅生命。」

「你怎麼知道他們沒有了？」

「因爲我看不見他們。主要是他們受盡折磨，可是我沒有；他們難過，我舒服。」

「這是你以爲如此。其實你折磨的是你自己，而不是他們。」

「我不明白。」國王說。

「你想明白嗎？」

「想。」

「你過來。」長老說，向國王指指盛滿水的聖水盤。

國王站起來，走到聖水盤前。

「把衣服脫掉，走進聖水盤裡。」

伊撒哈頓遵照長老的吩咐做了。

「現在，我一動手拿水往你頭上澆，」長老拿杯子舀了一杯水，「你就把頭浸到水裡。」

長老拿杯子往國王頭上倒，國王的頭就浸到水裡。

伊撒哈頓國王的頭一浸到水裡，他就覺得自己不是伊撒哈頓而是另一個人。一旦覺得自己變成了另一個人，他就看見自己躺在一張豪華的床上，旁邊還有一個美女。他從沒見過這個女人，但他知道她是他的妻子。這女人支起身來，對他說：「我親愛的夫君拉伊里埃，你昨天幹活累了，因此睡得比平日久，但我一直讓你安心睡覺，沒有喚醒你。現在，眾大臣都在大殿裡等你。快穿好衣服，出去接見他們。」

伊撒哈頓從這番話裡聽出，他是拉伊里埃。他不僅不感到驚奇，反而奇怪爲什麼原先一直不知道這件事。他起身，穿戴整齊，來到眾大臣等候他的大殿。

眾大臣都磕頭迎接自己的國王拉伊里埃，然後站起來，遵旨坐在他前面。於是首相稟報說，再也不能忍受可惡的伊撒哈頓國王的侮辱了，必須向他開戰。但拉伊里埃沒接受他的意見，下令派使臣到伊撒哈頓那裡去羞辱他，便把眾臣解散。隨後他任命幾個德高望重的人當使臣，並詳細指示他們怎樣向伊撒哈頓國王轉達他的旨意。

辦完這些事，伊撒哈頓覺得自己是拉伊里埃，就上山去獵野驢。打獵很順利。他親手打死了兩隻驢子，回家宴請他的朋友，並觀賞女奴跳舞。

第二天，他照例上朝接見請願者、被告和訴訟者，處理呈送來的公文。辦完這些事，他又去進行他喜愛的消遣——打獵。那天他親自打死了一頭老獅子，擒獲兩隻小獅子。打獵後他又同朋友們歡宴，欣賞音樂舞蹈，夜晚又同他的愛妃一起度過。

他這樣過了一天又一天，一星期又一星期，等待著派去見伊撒哈頓國王（就是原來的他）的使臣歸來。使臣們過了一個月才回來，他們的鼻子和耳朵都被割掉了。

伊撒哈頓國王吩咐使臣轉告拉伊里埃，如果他不立刻送來規定的白銀、黃金和柏樹，並親自前來朝拜，他將用同樣的方法處置他。

拉伊里埃（就是原來的伊撒哈頓）又召集眾大臣，同他們商量對策。眾大臣異口同聲地說，不能等待伊撒哈頓進攻，必須立即派兵討伐。國王同意，親自率領軍隊出征。出征持續了七天。國王天天巡視軍隊，鼓舞士氣。第八天，他的軍隊在河邊寬闊的谷地與伊撒哈頓的軍隊遭遇。拉伊里埃的軍隊英勇善戰，但拉伊里埃（原來的伊撒哈頓）看見敵人像螞蟻般成群奔下山來，布滿谷地，戰勝他的軍隊，他就乘戰車衝到戰場中心，砍殺敵人。但拉伊里埃的軍隊只有幾百人，而伊撒哈頓的軍隊卻有幾千人，拉伊里埃發覺自己負傷並成了俘虜。

他跟其他俘虜一起被反綁著雙手在伊撒哈頓軍隊押送下走了九天。第十天，他被押到尼尼微②，被關在籠子裡。

拉伊里埃飢腸轆轆，又負了傷，十分痛苦，但最使他難受的是羞辱和無可奈何的憤恨。他覺得自己無力爲所受的罪向敵人報復。他唯一能做的是，不讓敵人看到自己的痛苦而幸災樂禍，因此他決心咬緊牙關忍受一切，不哼一聲。

他在籠子裡被關了二十天，等待著死刑。他看見他的親友被拉去處決，聽見受刑者的呻吟。他們有的被斬去手腳，有的被活活剝皮，但他裝得若無其事，既不憐憫，也不恐懼。他看見太監帶走他那被縛的愛妃。他知道，她是被帶到伊撒哈頓那裡去當女奴。但他也默默地忍受這個景象，沒哼一聲。

這時，兩個劊子手打開籠子，用皮帶把他的雙手反綁在背後，把他領到灑滿鮮血的刑場。拉伊里埃看見血跡斑斑的尖利橛子，他朋友的屍體剛從橛子上拉出來，他明白這個橛子空出來就是要用來處死他的。

他們脫掉他的衣服。拉伊里埃看到自己原本強壯好看的身體瘦成皮包骨，大吃一驚。兩個劊子手抓住他的兩腿，把他拉起來，要把他按到橛子上。

「我馬上就要死了，完蛋了。」拉伊里埃想，忘記了原先鎮靜地忍受到底的決心，號啕大哭，乞求饒恕。但沒有人理他。

「這是不可能的，」他想，「我準是睡著了。這是夢。」他竭力想醒過來。「其實我不是拉伊里埃，我是伊撒哈頓。」他想。

「你又是拉伊里埃，又是伊撒哈頓。」他聽見這聲音，覺得死刑開始了。他大聲叫喊，立刻從聖水盤裡抬起頭來。長老站在他旁邊，把剩下的水澆在他的頭上。

「哦，我難受極了！怎麼這麼久！」伊撒哈頓說。

「這樣久？」長老說，「你剛把頭浸到水裡，就又抬了起來。你瞧，杯裡的水還沒倒完呢。現在你明白了嗎？」

伊撒哈頓沒有回答，只是恐懼地瞧著長老。

「現在你明白了嗎，」長老繼續說，「拉伊里埃就是你，那些被處死的軍人也是你。不只軍人，連你打獵打死並被你吃掉的野獸也是你。你原以爲生命只在你身上，但我把欺騙的蓋布從你身上剝下，你就看到，你害別人其實就是害自己。萬物的生命只有一個，而在你身上表現的只是這唯一的生命的一部分。你只能在這生命的一部分裡，在你自己身上，改善生命或惡化生命，增加生命或減少生命。要改善你自己的生命，你必須打破使你的生命同別人的生命隔開的界限，必須把別人當作你自己，要愛他們。你無權消滅別人的生命。被你處死的人的生命從你眼裡消失，但他們並沒有滅亡。你想延長你自己的生命，縮短別人的生命，但你辦不到。生命是沒有時間和空間的。一剎那的生命和一千年的生命，你的生命和世界上一切看得見和看不見的生命，都是同等的。生命既不能消滅，也不能改變，因爲生命只有一個。其餘的一切都只是我們的感覺罷了。」

說完這些話，長老就不見了。

第二天早晨，伊撒哈頓國王下令釋放拉伊里埃和所有的俘虜，並廢除死刑。

第三天，他召見王子亞述巴尼拔③，把王位讓給他，自己遠走到荒漠裡，思考他所知道的一切。後來，他雲遊各個城鄉，向人們宣傳，生命只有一個，凡是想害人的人，結果都害了自己。

①亞述，古代西亞的一個奴隸制國家，位於香格里斯河中游（今伊拉克境內），建於西元前三千年末，西元前六〇五年滅亡。伊撒哈頓是古亞述國王，西元前六八〇～六六九年在位。本篇取材於一本德文雜誌的故事。

②亞述帝國的首都。

③亞述巴尼拔（？～約西元前六三一年），亞述國王（西元前六六八年～約前六三一年在位）。

哈吉穆拉特

我穿過田野回家。那正是仲夏時節。草地已經割過，黑麥剛開鐮收割。

這是個繁花似錦、五彩繽紛的季節：有紅、白、粉紅三種顏色、芬芳撲鼻、毛茸茸的三葉草花；有肆無忌憚地到處亂生的雛菊；有濃香刺鼻的白花黃蕊的「愛不愛」花①；有吐出陣陣蜜香的黃色山芥花；有亭亭玉立、樣子像鬱金香的紫吊鐘和白吊鐘；有爬藤的豌豆花；有黃色、紅色、粉紅和紫色的整齊的山蘿蔔花；有略帶粉紅茸毛、清香爽人的車前草；有在朝陽下呈碧藍色、傍晚變成淺藍帶紅的矢車菊；還有帶杏仁味、嬌弱易凋的菟絲子花。

我採了一大束野花回家，忽然發現溝裡有一朵紅得可愛的盛開的牛蒡花——在我們那裡叫它「韃靼人」。割草的人遇到這種花，總是避開它，要是無意中割斷了，就把它從草堆裡剔除，免得刺手。但我卻想把這朵牛蒡花摘下來，插在花束中間。我跳到溝裡，把一隻鑽到花心裡泰然睡覺的山馬蜂趕走，動手折花。可是很不好弄：且不說花梗周圍都是刺，把我裹手的手絹刺破，它還那麼的韌，使我不得不一層一層扯斷纖維，跟它搏鬥了五分鐘才把它折斷。最後，我把這朵花折下來，但是花梗已經被揉爛，花也不像原來那樣鮮艷了。再說，這朵花太粗獷了，夾在嬌嫩的野花中間顯得很不協調。我後悔把一朵好花白白糟蹋了，它原來長得可美啦。最後我把它扔了。「不過，它的生命力是多麼強啊。」我回憶剛才折花所費的勁，想著。「它曾多麼頑強地保衛自己的生命，並且付出了多大的代價！」

回家的路得穿過剛翻耕過的黑土休閒地。我沿著塵土飛揚的黑土路爬坡走去。這片土地是地主家的，面積很大，因而道路兩旁和前面斜坡上除了犁過而還沒耙平的休閒地外，什麼也看不見。地犁得很好，整個田野上沒有一棵植物，沒有一根小草，只見一片烏黑。「唉，人類眞是一種破壞成性的殘酷動物，爲了維持自己的生命不惜消滅各種動物和植物。」我一面想，一面在這片精光的黑色田野上搜尋有生命的東西。在我的前面，在路的右邊，有一棵灌木。我走近去，才認出這棵灌木又是「韃靼人」，也就是我剛才採下又拋棄的那種花。

這棵「韃靼人」有三個枝杈。其中一枝已斷，殘枝像砍斷的胳膊突出著。另外兩枝各開著一朵花。這兩朵花原是紅的，如今已變成黑色。一枝花梗斷了，斷枝上耷拉著一朵沾著泥巴的花；另一枝花梗雖也沾了黑泥，但仍向上挺立著。看樣子，這棵「韃靼人」被車輪軋過，後來又挺立起來，因此有點歪斜，但畢竟挺立起來了。好像從它身上撕下一塊肉，取出一個內臟，砍掉一條胳膊，挖去一隻眼睛，但它還是站起來了，不肯向消滅它周圍兄弟的人屈服。

「多麼頑強啊！」我想。「人類戰勝了一切，消滅了億萬棵草木，但這一棵始終沒有屈服。」

我不由得想起了一個古老的高加索故事，其中一部分是我親眼目睹的，一部分是從目擊者那裡聽來的，一部分是我想像出來的。現在我就根據回憶和想像編成下面這則故事。

---

① 一種甘菊花。俄國少女常用來占卜愛情的命運，方法是把一片片花瓣扯下來，扯一片，說一聲「愛」，再扯一片，說一聲「不愛」，看看扯到最後一瓣時說的是「愛」或「不愛」。

1

這件事發生在一八五一年底。

十一月裡一個寒冷的黃昏，哈吉穆拉特騎馬進入沒有歸化的車臣人的山村馬赫凱特。村子裡瀰漫著好聞的牛糞的煙味。

清眞寺宣禮樓的歌聲剛沉靜下來，在含有牛糞煙味的清新的山區空氣中，可以聽見放牧於山村一排排泥屋間的牛羊的叫聲、男人爭吵的粗啞聲音，以及泉水邊婦女和兒童的笑語聲。

哈吉穆拉特是沙米里①手下戰功卓著的副帥。每次出行他總是打著自己的旗號，由幾十名騎術高明的穆里德②前呼後擁。這一次，他戴著風帽和斗篷，斗篷底下豎著一支步槍。他隨身只帶一名穆里德，盡量避人耳目，他那雙靈活的黑眼睛仔細察看著一路上遇到的居民。

哈吉穆拉特來到山村中央，不走通向廣場的大街，而向左拐進一條小巷子。他走到山坡巷子第二座泥屋旁，向四下張望了一下，這才站住。屋簷下不見一個人影，但在屋頂上新近用黏土塗過的煙囪後面卻躺著一個人，他身上蓋著一件光板皮襖。哈吉穆拉特用鞭子柄戳戳睡著的人，得地彈了一下舌頭。從光板皮襖下鑽出來一個老人，頭戴睡帽，身穿油光光的破棉襖。老人的眼睛沒有睫毛，紅腫濕潤。他不停地眨眼，想把眼睛睜開。哈吉穆拉特照例說了一句「謝梁，阿列孔」③，就拉開風帽，把臉露出來。

「謝梁，阿列孔。」老頭子一認出哈吉穆拉特，就張開沒有牙齒的嘴含笑說。他把兩腳伸進煙囪旁邊那雙木頭鞋跟的便鞋裡，用兩條乾瘦的腿站起來，他穿好鞋，不慌不忙地把手伸到皺巴巴的光板皮襖裡，臉朝外順著靠在屋頂上的梯子爬下來。老頭子一邊穿衣服，一邊下梯子。他那細脖子上的黑皮膚打皺，腦袋不斷地搖晃，沒有牙齒的嘴唸唸有詞。他下到地上，殷勤地接過哈吉穆拉特的馬韁和右邊的馬鐙。可是哈吉穆拉特身邊矯捷的穆里德迅速跳下馬來，推開老頭子，把馬牽過來。

哈吉穆拉特下了馬，微瘸著腿走到屋簷下。一個十五六歲的男孩從門裡跑出來，他那雙像烏梅子般黑的亮晶晶的眼睛驚奇地打量著來客。

「快到清眞寺去把你爹叫來。」老頭子吩咐他說，接著搶先跑到哈吉穆拉特前頭，替他打開格格響的土屋門。哈吉穆拉特一進去，就有一個穿黃襯衫、紅棉襖和藍褲子的中年瘦女人拿著坐墊從裡屋走出來。

「歡迎光臨！」她說著，彎下腰把坐墊放在外屋牆邊讓客人坐。

「祝你的孩子個個身體健康！」哈吉穆拉特回答，同時把斗篷、步槍和馬刀取下來交給老頭子。

老頭子小心翼翼地把槍和刀掛在主人的武器旁邊。武器兩旁的兩個大銅盆在雪白的牆上閃閃發亮。

哈吉穆拉特拉好掛在背後的手槍，走到女人送來的坐墊跟前，理了理契爾克斯外套的衣襟，坐下來。老頭子在他對面跪著坐在自己的光腳後跟上，閉上眼睛，手心向上舉起雙手。哈吉穆拉特也這樣做。然後他倆一起唸禱文，用雙手抹抹臉，抹到鬍子尖又合起掌來。

「聶哈巴爾？」哈吉穆拉特問老頭子，意思是：「有什麼消息？」

「哈巴爾約克（沒有消息）。」老頭子那雙沒有生氣的紅腫眼睛沒看著哈吉穆拉特的臉，而瞧著他的胸膛。「我住在養蜂場，今天剛回來瞧瞧兒子。我兒子可能知道些什麼的。」

哈吉穆拉特懂得老頭子不願講他所知道而哈吉穆拉特急需知道的事，就微微點了點頭，不再問什麼。

「什麼好消息也沒有。」老頭子說。「只有一個消息，就是兔子都在開會，商量怎樣把老鷹攆走。老鷹呢，還是今天抓這個，明天抓那個。上禮拜俄羅斯狗在米契茨基村放火燒掉乾草，眞想把他們的臉都撕破。」老頭子用沙啞的聲音惡狠狠地說。

哈吉穆拉特的穆里德走進來，輕輕地在泥地上邁著強健的腿，也像哈吉穆拉特那樣取下斗篷、步槍和馬刀，把它們掛到哈吉穆拉特掛武器的釘子上。身上只留下短劍和手槍。

「他是誰？」老頭子指指來客，問哈吉穆拉特。

「我的穆里德。他叫艾達爾。」哈吉穆拉特說。

「噢，好的。」老頭子說，指指哈吉穆拉特身邊的氈毯請他坐下。

艾達爾坐下來，盤起腿，用他那雙好看的羊眼睛默默注視著說話的老頭子。老頭子講到他們的勇士上禮拜捉到兩個俄國兵：一個被當場打死，另一個被送到維金諾村沙米里那兒。哈吉穆拉特心不在焉地聽著，不時望望門，細聽外面的動靜。屋簷下傳來腳步聲，門吱嘎一聲，主人走了進來。

主人名叫薩多，四十歲左右，留著山羊鬍子，長鼻樑，眼睛也像那個男孩子一樣烏黑，但沒有那樣亮。孩子跟著父親跑進屋子，在門口坐下。主人在門口脫下木鞋，把皮板磨光的舊皮帽推到黑髮蓬亂的後腦勺上，立刻就在哈吉穆拉特對面跪著坐下來。

薩多也像老頭子一樣閉上眼睛，手心向上舉起雙手，唸了禱文，又用雙手抹抹臉，這才開始說話。他說沙米里下令逮捕哈吉穆拉特，不論活捉或打死，一律有賞，沙米里的差使昨天才出發。老百姓不敢違抗沙米里，因此要哈吉穆拉特多加小心。

「在我家裡，」薩多說，「只要我活著一天，就一天沒有人敢碰我的朋友。可是在野外怎麼樣？那就得當心了。」

哈吉穆拉特用心聽著，贊同地點點頭。等薩多說完，他就說：「好。現在得派人送封信給俄國人。我的穆里德可以去，但要有個嚮導。」

「我派我弟弟巴塔去。」薩多說。「你去叫巴塔來。」他對兒子說。

男孩子像彈簧般霍地跳起來，敏捷地邁開兩腿，擺動雙手，跑出屋子。大約過了十分鐘，他帶著一個皮膚黝黑、青筋畢露的短腿車臣人回來，車臣人身穿一件袖口破了的黃色舊契爾克斯外套，腳登一雙靴筒寬大的黑靴。哈吉穆拉特跟他打了個招呼，開門見山地問：「你能把我的穆里德帶到俄國人那裡去嗎？」

「能，」巴塔立即高興地說，「什麼都能。除了我，沒有一個車臣人能過去。換了別人，嘴裡滿口答應，結果卻什麼也辦不到。但我能辦到。」

「好。」哈吉穆拉特說。「完成這件差事你可以得到三個盧布。」他伸出三個手指說。

巴塔點點頭表示明白，又說，錢他並不希罕，但他尊敬哈吉穆拉特，願爲他效勞。山裡人全知道哈吉穆拉特如何狠狠地打擊過俄國豬……

「很好，」哈吉穆拉特說，「繩是長的好，話是短的好。」

「好，那我就不多說了。」巴塔說。

「在阿爾貢河轉彎的地方，峭壁對面的樹林裡有一塊空地，那裡放著兩堆乾草。你知道嗎？」

「知道。」

「我有三名騎兵在那兒等我。」哈吉穆拉特說。

「阿耶！④」巴塔點點頭說。

「你去問問汗馬戈瑪。汗馬戈瑪知道該怎麼辦，該說什麼。把他帶到俄國長官伏隆卓夫公爵那裡去。

你能嗎？」

「能。」

「把他帶去，再帶回來，行嗎？」

「行。」

「你把他帶去，再回到樹林裡。我在那裡等你。」

「遵命。」巴塔說著站起來，兩手貼住胸口，出去了。

「還得派個人到蓋希村去。」巴塔走後，哈吉穆拉特對主人說。「蓋希村有這麼一件事。」他握住外套上的子彈囊正要說話，忽然看見兩個女人走進來，就放下手，停住話頭。

一個是薩多的妻子，就是那個放坐墊的中年瘦女人。另一個是身穿肥大紅色燈籠褲和綠色短棉襖、整個胸前都綴滿銀幣、半大不小的女孩。她那瘦脊背上拖著一條又粗又硬的烏黑小辮，辮梢上繫著一個銀盧布。在她那張年輕而竭力裝得嚴肅的臉上，一雙眼睛像她父親和哥哥，黑得像烏梅子，閃閃發亮。她沒瞧客人，但知道有客人在。

薩多的妻子端來一張矮矮的小圓桌，上面放著茶、餃子、油煎餅、乾酪、玉米餅（一種很薄的饃饃）和蜂蜜。女孩端來銅盆、水壺和手巾。

女人們穿著紅色平底軟鞋在屋子裡走動，把端來的東西放在客人們面前。這當兒薩多和哈吉穆拉特都沒作聲。艾達爾用他那雙羊眼睛望著盤坐的腿，身子一動也不動，宛如一座雕像。直到女人們走了，她們輕輕的腳步聲完全聽不見時，艾達爾才舒了口氣，而哈吉穆拉特則從子彈囊裡取出一顆子彈，又從子彈底下拿出一個紙捲兒。

「把這交給我的孩子。」哈吉穆拉特指指捲起來的字條說。

「回信送到哪裡？」薩多問。

「交給你，你再送給我。」

「遵命。」薩多說，把字條塞到外套子彈囊裡。然後拿起水壺，把銅盆推到哈吉穆拉特面前。哈吉穆拉特把袖子捲到臂肘上，露出肌肉發達的白手臂，兩手伸到薩多從壺裡倒出來的冰涼清澈的水流下。哈吉穆拉特用一塊乾淨的粗手巾擦乾手，挪動身子吃東西。艾達爾也這樣做。客人們吃東西的時候，薩多坐在他們對面，再三感謝哈吉穆拉特的光臨。坐在門口的男孩用烏黑發亮的眼睛盯住哈吉穆拉特，臉上露出笑容，似乎表示贊同父親的話。

哈吉穆拉特雖然將近兩天沒吃東西，此刻卻只吃了一點兒饃饃和乾酪，又從短劍下取出一把小刀，挖了點蜜，抹在饃饃上。

「我們的蜜不錯。今年的蜜超過往年：又多又好。」老頭子說，看到哈吉穆拉特吃他的蜂蜜，顯然很高興。

「謝謝。」哈吉穆拉特說，從飯桌旁走開。

艾達爾還想吃，但也只好像他的穆爾西德⑤那樣離開飯桌，拿起銅盆和水壺遞給哈吉穆拉特。

薩多知道，他接待哈吉穆拉特是冒著生命危險的，因爲自從沙米里跟哈吉穆拉特決裂後，就通告全體車臣居民，凡收留哈吉穆拉特的將處極刑。他知道，山村居民隨時都會知道哈吉穆拉特住在他家裡，會要他把哈吉穆拉特交出去。但這件事不僅不令薩多擔心，反而令他高興。薩多認爲保護這位朋友是義不容辭的，即使要他獻出生命也在所不惜。他爲自己的行爲感到高興和自豪。

「你住在我家裡，只要我的腦袋還在肩上，就沒有人敢動你一根毫毛。」他一再對哈吉穆拉特說。

哈吉穆拉特仔細瞧瞧他那雙炯炯有神的眼睛，明白他說的是實話，就嚴肅地說：「祝你幸福、長壽！」

薩多默默地把一隻手按在胸口上，對這種祝願表示感激。

薩多關上板窗，點著壁爐裡的乾樹枝，走出客房時心情特別興奮。他走進泥屋裡家眷住的房間。女人們還沒有睡，正談論著在客房裡過夜的危險客人。

---

① 沙米里（1791～1871），高加索地區信奉伊斯蘭教的少數民族的首領，曾發動「聖戰」反對信奉東正教的俄國，獲得土耳其等國的支持。

② 穆里德是阿拉伯文的音譯，意為「希望者」、「尋道者」，伊斯蘭教蘇非派教團的修道者。

③ 突厥語，意為「你好」。

④ 突厥語，意為「是」。

⑤ 阿拉伯語，意為「引路人」，指伊斯蘭教的宗教導師。

2

那天晚上，在離哈吉穆拉特住宿的山村十五俄里的伏茲德維任斯克要塞裡，有三個士兵和一名軍士從要塞出發，前往哈赫基林斯克門。士兵們身穿短皮大衣，頭戴毛皮高帽，肩上挎著捲攏的軍大衣，腳登高過膝蓋的大皮靴，完全是一副當年高加索士兵的裝束。士兵們扛著槍，先順著大路走了五百來步，然後離開大路，踏著颯颯響的枯葉，向右走了約二十步，在一棵黑暗中看得出樹幹折斷的法國梧桐旁站住。潛伏崗哨通常都設在這個地方。

士兵們在樹林裡走著的時候，明亮的星星彷彿在樹梢上奔跑，此刻停住了，逗留在光禿的樹枝中間閃閃發光。

「謝天謝地，這兒倒乾燥。」軍士潘諾夫說著，從肩上摘下上了刺刀的步槍，鏗鏘響著把它靠在樹幹上。三個士兵也照辦。

「本來帶著的，怎麼沒有了！」潘諾夫生氣地嘀咕著，「不是忘了帶來，就是在路上弄丟了。」

「你找什麼呀？」一個士兵聲音洪亮地問。

「找煙斗，鬼知道丟到哪兒去了！」

「煙管在嗎？」洪亮的聲音又問。

「煙管，這不是。」

「就在地下抽，行嗎？」

「那怎麼行！」

「好辦，我們一下子就能弄好。」

潛伏哨是禁止抽煙的，但這個潛伏哨簡直不像潛伏哨，倒像個前沿崗哨，他們的任務是防止山民像以前那樣，悄悄地把大砲推到這兒來，向要塞射擊。潘諾夫認爲不必禁煙，就答應那個快樂的士兵的建議。快樂的士兵從口袋裡掏出一把小刀，動手挖地。他挖了一個小坑，把它弄得很平整，把煙管插在坑裡，再把煙草放進去，壓實。這樣，煙管就搞好了。劃著一根火柴，剎那間照亮了趴在地上的士兵顴骨突出的臉龐。煙管吱吱地響起來，潘諾夫聞到了馬合煙的香味。

「弄好了嗎？」他站起來問。

「當然弄好了。」

「嗨，阿弗傑耶夫這傢伙眞精靈！淘氣鬼！讓我來試試。」

阿弗傑耶夫退到一旁，給潘諾夫讓出地方，同時從嘴裡吐出一團煙。

士兵們過足了煙癮，聊了起來。

「聽說連長又動用了公款。看來又輸錢了。」一個士兵懶洋洋地說。

「他會還的。」潘諾夫說。

「當然，他是個好軍官。」阿弗傑耶夫附和說。

「哼，好軍官，好軍官，」那個開頭談話的人不以爲然地說，「照我看，咱們連上該跟他談一談，要是拿過，就該說出來，拿過多少，幾時歸還。」

「連上決定該怎麼辦就怎麼辦吧。」潘諾夫推開煙管，說道。

「不錯，部隊是個大群體。」阿弗傑耶夫肯定說。

「你瞧，燕麥得買，皮靴開春之前得補，處處都需要花錢，但他竟自己拿去花了……」滿腹牢騷的士兵說。

「我說，隨便連上決定好了，」潘諾夫又說了一遍，「他借了還，還了借，也不只一次了。」當時在高加索，每個連都自己選人管理財務。每個連按每人六個半盧布的數目向國庫領款，一切都自給自足：種白菜，割草，買自備馬車，並擁有可以誇耀的精壯好馬。連部的錢放在箱子裡，鑰匙由連長掌管，因此常發生連長從箱子裡挪用公款的事。現在就發生了這樣的情況，士兵們談的也是這件事。神情憂鬱的士兵尼基丁要連長公布帳目，而潘諾夫和阿弗傑耶夫則認爲沒有必要。

尼基丁接過潘諾夫的菸繼續抽。他把軍大衣鋪在地下，坐下來，身子靠著樹幹。士兵們不再說話。只聽得風高高地在樹梢上空吹拂。突然，在這不斷的輕微風聲中傳來豺狼的嚎叫、哭泣和獰笑聲。

「你聽，那些可惡的畜生在嚎叫。」阿弗傑耶夫說。

「牠們是在笑你呀，笑你的臉長歪了。」第四個士兵用尖細的烏克蘭腔說。

接著又萬籟俱寂，只有風吹動樹枝，時而把星星遮住，時而讓它們豁露出來。

「你說，安東內奇，」快樂的阿弗傑耶夫忽然問潘諾夫，「你有沒有感到煩悶過？」

「煩悶什麼？」潘諾夫不樂意地回答。

「我有時悶得要命，悶得連自己都不知道該怎麼辦才好。」

「咳，瞧你這人！」潘諾夫說。

「我有時悶得慌，就把錢喝個精光。我心裡那個悶哪，那個悶哪，簡直受不了。我就想，讓我喝個痛快吧。」

「可有時越喝越悶哪。」

「這種情況是有的。但有什麼辦法呢？」

「你到底爲什麼事那麼悶哪？」

「我嗎？我想家呀！」

「你家裡日子過得富裕嗎？」

「算不上富裕，但日子還過得去。過得挺不錯。」

於是阿弗傑耶夫又跟潘諾夫講了那則講過好多遍的故事。

「老實說，我是自願替哥哥當兵的，」阿弗傑耶夫道，「他一家有五口人！我呢，結婚沒多久。媽媽求我代替哥哥。我想，我沒問題！他們將來會記住我的好處的。我就去見東家。我們東家倒是個好人，他說：『好小子！去吧。』就這樣，我替哥哥來當兵了。」

「噢，這是好事啊。」潘諾夫說。

「不瞞你說，安東內奇，如今可悶得慌。想到我爲什麼要替哥哥來當兵，心裡就格外煩惱。人家說，他在那裡享福，你在這裡受罪。我越想心裡越窩囊。眞是罪過，眞的。」

阿弗傑耶夫沉默了一會兒。

「咱們再抽一管煙怎麼樣？」阿弗傑耶夫問。

「行，你來弄！」

不過士兵們沒抽成煙。阿弗傑耶夫剛站起來，弄好煙管，就聽出風聲中有人在走路。潘諾夫拿起槍，踢踢尼基丁。尼基丁站起來，從地上撿起軍大衣。還有一個士兵邦達連科也站了起來。

「弟兄們，我做了這樣一個夢……」

阿弗傑耶夫對邦達連科噓了一聲，於是士兵們都屛息細聽。有幾個人沒穿靴子的輕柔腳步聲越來越近了。黑暗中，越來越清楚地聽得樹葉和枯枝被踩得嚓嚓發響。接著就聽見車臣人喉音很重的說話聲。士兵們不但聽到說話聲，而且從樹木縫裡看見兩個黑影。一個矮一點，一個高一點。當黑影走到士兵們跟前時，潘諾夫手握步槍，同兩個夥伴突然竄到大路上。

「什麼人？」他喝道。

「車臣老百姓。」那個矮一點的人說。這人就是巴塔。「沒有帶槍，沒有帶刀。」他一面說，一面做著手勢。「要見見公爵。」

高個子默默地站在夥伴旁邊。他也沒有帶武器。

「是密探，他要見團長。」潘諾夫對夥伴解釋說。

「有要事見伏隆卓夫公爵，十萬火急。」巴塔說。

「行，行，我們帶你去。」潘諾夫說。「怎麼樣，你跟邦達連科領他們去吧？」他對阿弗傑耶夫說，「交給值班的，就回來。可得留點神，在後面押著他們走。這些禿鬼可機靈了。」

「這玩意兒是幹什麼的？」阿弗傑耶夫端著刺刀做了一個刺殺的姿勢。「這麼一下，管叫他回老家去。」

「把他捅死了，他還有什麼用。」邦達連科說，「喂，開步走！」

等兩個士兵和密探的腳步聲聽不見，潘諾夫便和尼基丁回到原來的地方。

「他們晚上出來搞什麼鬼！」尼基丁說。

「總是有事囉。」潘諾夫說。「天涼了。」他說著，打開軍大衣穿上，靠著樹坐下。

過了兩小時，阿弗傑耶夫和邦達連科回來了。

「怎麼樣，交人了嗎？」潘諾夫問。

「交了。團長他們還沒睡呢。我們就一直帶到他那裡。哦，那兩個禿頭倒挺不錯，」阿弗傑耶夫說，「眞的，我跟他們談得可好了。」

「我就知道，你會跟他們談話。」尼基丁不高興地說。

「說眞的，同俄國人一模一樣。一個成了家。我問他：『瑪魯施卡，巴爾？』①他說：『巴爾。』我問他：『巴倫楚克，巴爾？』②我問他多不多，他說有一雙。我們就這樣談得挺來勁。這兩個傢伙蠻不錯。」

「是啊，是不錯，」尼基丁說，「你要是單獨遇到他，他就會把你的五臟六腑都挖出來。」

「看來天快亮了。」潘諾夫說。

「是啊，星星黯淡了。」阿弗傑耶夫坐下來說。

士兵們又都安靜下來。

---

① 突厥語，意為「妻子，有沒有？」

② 突厥語，意為「孩子，有沒有？」

3

兵營和士兵宿舍的窗子早就黑了，但要塞裡那座最好的房子仍燈光通明。這座房子住著庫林斯基團團長，總司令的兒子，宮廷侍從武官謝苗・伏隆卓夫公爵。伏隆卓夫同他的夫人，彼得堡著名美人瑪麗雅住在一起，他們過著高加索小要塞裡從沒見過的豪華生活。伏隆卓夫，特別是他的夫人，還認爲他們在這裡過的是儉樸的生活，十分清苦；而當地居民看到這種異常奢華的生活，都大爲驚訝。

這會兒正好是午夜十二點。整個大客廳鋪滿地毯，掛著厚窗簾，主人和客人正圍著一張綠呢牌桌打牌，桌上點著四支蠟燭。打牌人中有一個長臉膛、淺色頭髮的上校，佩戴著繡有宮廷侍從武官縮寫花體字母和帶穗子的肩章，他就是主人伏隆卓夫。他的搭檔是一個彼得堡大學畢業生，他面容憂鬱，頭髮蓬亂，最近接受伏隆卓夫公爵夫人的聘請，前來擔任她前夫小兒子的家庭教師。他們的對手是兩個軍官：一個是寬臉、面色紅潤、從近衛軍調來的連長波爾多拉茨基；另一個是相貌好看、表情冷峻、身板筆挺的團副官。公爵夫人瑪麗雅是個大眼睛、黑眉毛、身材高大的美人。她坐在波爾多拉茨基旁邊，觀看他的牌。她的裙子碰觸著他的兩腿。她說的話，她的眼神、微笑，她的一舉一動，她身上的香水，這一切都使他心醉神迷。他只感覺到她在身邊，別的什麼也不知道。因此他接二連三地打錯牌，令他的搭檔越來越生氣。

「咳，怎麼可以這樣打！你又把王牌糟蹋了！」副官看到波爾多拉茨基打出一張王牌，漲紅臉說。

波爾多拉茨基如夢初醒，莫名其妙地睜大一雙相距很寬的善良的黑眼睛，望著生氣的副官。

「您就原諒他吧！」瑪麗雅含笑說。「您瞧，我不是對您說過了嗎。」她接著對波爾多拉茨基說。

「但您說的根本不是那麼一回事。」波爾多拉茨基笑著說。

「難道不是嗎？」她說著，也微微一笑。她回報的一笑讓波爾多拉茨基心花怒放，情緒激動。他的臉漲得通紅，抓起牌來要洗。

「不是該你洗牌。」副官惡狠狠地說，用他那隻戴寶石戒指的白淨的手急急地發牌，彷彿想盡快把牌甩掉。

這時，公爵的侍從走進客廳，報告說值日官有請。

「諸位請原諒，」伏隆卓夫帶著英語腔說，「瑪麗，你來替我打吧。」

「你們同意嗎？」公爵夫人問，敏捷地站起來，挺直她那高大的身子，把絲綢衣服弄得窸窣作響，臉上洋溢著幸福女人光彩煥發的笑容。

「我一向好說話。」副官說，看到對面坐著一點也不會打牌的公爵夫人，心裡很高興。波爾多拉茨基只是微微一笑，把兩手一攤。

公爵回到客廳的時候，一局快打完了。他走進來，心情特別愉快。

「你們知道我有什麼建議嗎？」

「什麼建議？」

「讓我們來喝一杯香檳。」

「這事我隨時都奉陪。」波爾多拉茨基說。

「好啊，這事挺有意思。」副官說。

「華西里！拿酒來！」公爵說。

「叫你有什麼事？」瑪麗雅問。

「值日官來了，還有一個人同來。」

「誰？什麼事？」瑪麗雅連忙問。

「我不能告訴你們。」伏隆卓夫聳聳肩膀說。

「不能告訴我們，」瑪麗雅跟著說，「以後我們會知道的。」

香檳送來了。每個客人喝了一杯，牌局結束，結了帳，大家紛紛告辭。

「明天輪到你們的連隊伐木嗎？」公爵問波爾多拉茨基。

「是我的連隊。什麼事？」

「那麼我們明天見。」公爵含笑說。

「那太好了。」波爾多拉茨基說，並沒有聽懂伏隆卓夫對他說的話，一心只惦記著他馬上可以握握瑪麗雅又白又大的手。

瑪麗雅一如往常不僅緊緊地握了握且使勁抖了抖波爾多拉茨基的手。她再次提起他打錯牌那件事——用紅方塊開牌，並向他微微一笑。波爾多拉茨基覺得這是一種令人心醉的意味深長的微笑。

波爾多拉茨基走回家，心情特別興奮。這種興奮的心情，只有習慣於上流社會社交活動且在軍隊裡過了幾個月獨身生活的人，一旦遇到從前接觸過的女人，特別是像伏隆卓夫公爵夫人那樣迷人的女人，才能理解。

他走到他與一位同事合住的宿舍，推推門，可是門拴上了。他敲了敲，還是沒人開門。他大發雷霆，用腳和馬刀敲門。門裡傳來了腳步聲。波爾多拉茨基的農奴華維洛打開門栓。

「幹嘛把門拴上？蠢貨！」

「不拴怎麼行呢，阿列克賽·符拉基米爾……」

「又喝醉了！我叫你知道怎麼行……」

波爾多拉茨基要揍華維洛，但又住手了。

「咳，去你的吧。把蠟燭點上。」

「我這就點。」

華維洛確實喝了點酒，是在司務長命名日的筵席上喝的。他回到家裡，拿自己的身世跟司務長伊凡·瑪凱伊奇的身世做了比較。伊凡·瑪凱伊奇收入可觀，結過婚，希望明年退伍。華維洛從小被提拔上來，說是伺候老爺們，如今已是四十開外的人了，可是還沒結婚，跟著荒唐的老爺在部隊裡混日子。老爺人挺不錯，很少打罵，但這是種什麼生活啊！「老爺答應從高加索回去後就給我自由。可我得了自由能往哪兒去呢。日子過得簡直像畜生！」華維洛想。他睏得要命，生怕有人進來偷東西，就把門拴上睡覺。

波爾多拉茨基走進房間。房間裡還睡著他的同事吉洪諾夫。

「怎麼樣，輸了？」吉洪諾夫醒來了，說道。

「沒有輸，贏了十七個盧布，還喝了一瓶克里歌牌香檳酒。」

「瑪麗雅也看到了？」

「瑪麗雅也看到了。」波爾多拉茨基重複說。

「都快是起床時間了，」吉洪諾夫說，「六點鐘得出發。」

「華維洛，」波爾多拉茨基嚷道，「注意啦，明天早晨五點鐘叫醒我。」

「您會打人的，怎麼敢叫醒您哪。」

「我要你叫就叫。聽見嗎？」

「是，老爺。」

華維洛拿起靴子和衣服出去了。

波爾多拉茨基上床睡覺，他含笑點著一支煙，把蠟燭吹滅。在黑暗中他看見瑪麗雅笑盈盈的臉。

伏隆卓夫夫婦也沒有很快入睡。客人們走後，瑪麗雅走到丈夫跟前，聲色俱厲地說，

「哼，你老實對我說，是怎麼一回事？」

「哦，親愛的……」

「什麼親愛的不親愛的！當然又是密探，對不對？」

「是的，但我還是不能告訴你。」

「不能嗎？好，那讓我來告訴你！」

「你？」

「是哈吉穆拉特，對不對？」公爵夫人說，她聽說跟哈吉穆拉特談判已有幾天了。她猜想來找她丈夫的是哈吉穆拉特本人。

伏隆卓夫不能否認這件事，但令妻子失望的是，剛才來的不是哈吉穆拉特本人，而是哈吉穆拉特的密探。密探來通報，哈吉穆拉特明天將到指定伐木的地方來投誠。

小伏隆卓夫夫婦在要塞中長期過著單調的生活，這消息當然令他們高興。他們談論著，要是他父親知道這個消息，會多麼高興。夫婦倆一直談到兩點多才睡覺。

4

哈吉穆拉特爲了擺脫沙米里派來追擊他的穆里德，一連三夜沒睡覺。這會兒，薩多向他道過晚安走後，他就立刻睡著了。他沒有脫衣服，一手支著頭，臂肘陷進主人爲他準備的紅色羽絨枕頭裡。離他不遠的牆邊睡著艾達爾。艾達爾仰臥著，寬寬地伸開年輕強壯的四肢，他那穿著白色契爾克斯外套、佩帶黑色子彈囊的發達胸脯，看起來比斜靠在枕頭上剃得發青的腦袋還高。他那生著一片茸毛的嘴唇像孩子般噘起，忽而張開，忽而閉攏。他也像哈吉穆拉特一樣和衣而睡，腰上插著手槍和短劍。壁爐裡的樹枝已燒光，爐壁上還亮著一盞夜明燈。

午夜時分，客房的門吱地響了一聲，哈吉穆拉特霍地爬起來，一手抓住手槍。薩多輕輕地踩著泥地走進來。

「什麼事？」哈吉穆拉特精神飽滿地問，彷彿根本沒有睡覺。

「你得考慮一下，」薩多蹲在哈吉穆拉特面前，說，「有個女人從屋頂上看見你來了，告訴了丈夫，現在弄得全村都知道了。剛才有個女街坊來找我老婆，說老頭子們聚集在清眞寺旁，想把你攔住。」

「那我們得走了。」哈吉穆拉特說。

「馬都準備好了。」薩多說，急急地走出屋子。

「艾達爾。」哈吉穆拉特低聲喚道。艾達爾聽見自己的名字，主要是聽見他的穆爾西德的聲音，伸開強壯的兩腿，一躍而起，把皮帽扶扶正。哈吉穆拉特帶上武器，披上斗篷。艾達爾也照做。兩人默默地從屋子裡走到廊簷下。黑眼睛的男孩牽出馬來，堅硬的街道上一響起得得的馬蹄聲，隔壁屋裡就有人探出頭來。另外有個人穿著木底鞋，向山上清眞寺跑去。

天上沒有月亮，漆黑的夜空中閃爍著幾顆星星。可以看見一排排泥屋頂的輪廓，以及聳立在高崗上、比其他建築物龐大、有塔樓的清眞寺。從清眞寺那裡傳來喧鬧的人聲。

哈吉穆拉特迅速地帶上槍，一隻腳伸進狹小的馬鐙，悄沒聲兒地翻身騎上馬，坐在高高的馬鞍上。

「眞主保佑你！」他對主人說，右腳習慣性地找尋另一個馬鐙，又用鞭子輕輕觸了一下牽馬的孩子，要他讓開。那孩子讓到一旁，馬彷彿知道該怎麼做，健步跑出小巷，來到街上。艾達爾騎馬跟在後面。薩多穿著皮袍，迅速地擺動兩手，跟著他們在狹窄的街上忽左忽右的跑著。村口出現一個移動的影子，穿過大路，接著又是一個。

「站住！騎馬的是誰，站住！」有個人喊道。接著，有幾個人攔住去路。

哈吉穆拉特不僅沒有停下，而且從腰上拔出手槍，加快速度，向攔路的人們直衝過去。路上的人群散開來。哈吉穆拉特頭也不回，飛快地沿著大路跑下坡。艾達爾跟在他後面奔馳。他們後面響起兩聲槍聲，兩顆子彈從空中呼嘯而過，卻沒有傷到哈吉穆拉特，也沒有傷到艾達爾。哈吉穆拉特繼續用這樣的速度奔馳。他跑了三百來步，勒住微喘的馬，傾聽有什麼動靜。前面，一股湍急的流水嘩嘩地向坡下奔騰。後面村子裡，公雞的啼聲此起彼落。除了這些聲音，還聽見哈吉穆拉特身後越來越近的馬蹄聲和人聲。哈吉穆拉特催動馬匹，仍舊不急不徐地行進著。

後面的人很快地追上了哈吉穆拉特。總共有二十名左右騎馬的人，都是山村的居民。他們想攔住哈吉穆拉特，至少做做攔阻他的樣子，以便在沙米里面前撇清關係。當他們逼近到在黑暗中看得見彼此的距離時，哈吉穆拉特就勒住馬，放下韁繩，左手熟練地解開槍套，右手拔出步槍。艾達爾也是。

「幹什麼？」哈吉穆拉特喝道。「想捉拿我嗎？那就來吧！」他說著舉起槍，山民們站住了。哈吉穆拉特手裡握著槍，向窪地走去。騎馬的人不敢接近，遠遠地跟在他後面。哈吉穆拉特走到窪地另一邊，追擊他的人向他呼喊，讓他聽到他們的話。哈吉穆拉特放了一槍作爲回答，繼續縱馬前進。等他再勒住馬停下來，已聽不見後面的追擊聲和雞啼聲，只有樹林裡汩汩的流水聲和貓頭鷹的啼叫聲聽得更清楚了。一片黑壓壓的樹林近在眼前。那就是他的穆里德等著他的地方。哈吉穆拉特走近樹林，勒住馬，深深地吸了一口氣，吹了聲口哨，停了停，側耳傾聽。過了一會兒，樹林裡也傳出同樣的口哨。哈吉穆拉特離開大路，向樹林裡馳去。他走了百來步，通過樹枝的隙縫看到一堆篝火、坐在火旁的人影，以及一匹半截身子被火光照亮的拴住腳的馬。

篝火旁坐著的人群中有一人連忙站起來，向哈吉穆拉特走去，接過韁繩和馬鐙。這是哈吉穆拉特的奶兄弟阿瓦爾人①哈涅斐。他掌管著哈吉穆拉特的產業。

「把火滅了。」哈吉穆拉特說，跳下馬。那群人把篝火撒開，踩滅燃燒的樹枝。

「巴塔來過嗎？」哈吉穆拉特問，往鋪在地上的斗篷走去。

「來過。早就跟汗馬戈瑪走了。」

「他們走的是哪條路？」

「這一條。」哈涅斐回答，指著跟哈吉穆拉特來路相反的方向。

「好。」哈吉穆拉特說，摘下步槍，裝上子彈。「得留神，有人在追我。」他對那個踩滅火的人說。這是個車臣人，叫甘澤洛。甘澤洛走到斗篷旁，拿起上面帶套子的槍，默默地走到哈吉穆拉特剛才下馬的樹林邊上。艾達爾下了馬，把哈吉穆拉特的馬也牽在手裡，高高地拉緊兩匹馬的頭，把牠們拴在樹上。然後跟甘澤洛一樣扛起槍，走到樹林曠地的另一邊。篝火熄滅了，樹林不像原來那樣黑，天上的星星已黯淡無光。

哈吉穆拉特望望星星，看見北斗星已升到中天，估計早已過了半夜，是行宵禮②的時候了。他向哈涅斐要了水壺（總是放在褡褳裡隨身帶著），披了斗篷，向水邊走去。

哈吉穆拉特脫去鞋襪，盥洗完畢，赤腳走到斗篷上，然後跪坐在腿肚上，用手指塞住耳朵，閉上眼睛，面朝東唸了規定的禱文。

禱告完畢，他回到原地，那裡放著一副褡褳。他在斗篷上坐下，兩臂支著膝蓋，垂下頭，沉思起來。

哈吉穆拉特一向相信自己的好運。他不論想做什麼事，總是充滿信心。事實上，他也總能成功。在他那充滿狂風暴雨的戰鬥生涯中，情況往往是這樣，難得有例外。因此他相信這一次也是如此。他想像著如何帶領伏隆卓夫撥給他的軍隊去打沙米里，把他活捉，向他報仇雪恨；俄羅斯沙皇將如何賞賜他，他不僅又可以統治阿瓦利亞③，而且將統治他所征服的車臣。他帶著這樣的幻想漸漸睡去。

他夢見他帶著他的勇士，唱著歌，喊著「哈吉穆拉特來了」向沙米里衝去，活捉他和他的妻妾，還聽見他的妻妾放聲痛哭。他醒來了。原來〈拉·伊里亞哈〉的歌聲、「哈吉穆拉特來了」的喊聲，以及沙米里妻妾的哭聲都是豺狼的嚎叫和悲泣。哈吉穆拉特抬起頭來，穿過樹林望著漸漸發白的東方，向坐得離他較遠的一個穆里德打聽汗馬戈瑪的消息。哈吉穆拉特聽說汗馬戈瑪還沒有回來，立刻又打起盹來。

汗馬戈瑪與巴塔一起出使歸來，他們快樂的聲音把哈吉穆拉特吵醒了。汗馬戈瑪立刻在哈吉穆拉特身邊坐下，向他彙報俄國兵如何遇見他們，領他們去見公爵殿下，他如何跟公爵本人談話，公爵表示很高興，答應早晨在米契克河畔沙林斯克俄國人伐木的地方同他們見面。巴塔不時地打斷同伴的話，補充一些細節。

哈吉穆拉特詳細地詢問關於伏隆卓夫對哈吉穆拉特投誠，俄國人究竟說了些什麼。汗馬戈瑪和巴塔異口同聲地說，公爵將把哈吉穆拉特奉為上賓，熱情款待。哈吉穆拉特還問清楚了道路。哈吉穆拉特聽汗馬戈瑪說，他熟悉道路，能帶領他一直到那地方。哈吉穆拉特就拿出錢來，給了答應過巴塔的三盧布。他還吩咐手下從褡褳裡拿出他的鑲金武器和帶纏頭巾的皮帽，叫穆里德們擦乾淨，好讓他體體面面去見俄國人。等他們擦亮武器，收拾好馬鞍、馬具和馬匹，星星已經熄滅，天光大亮，黎明前的微風吹拂著。

① 達格斯坦的一個少數民族。
② 按伊斯蘭教規定，每日禮拜五次，分別在晨、晌、晡、昏、宵五個時間舉行，稱作晨禮、晌禮、晡禮、昏禮、宵禮。
③ 十四世紀時達格斯坦的一個汗國。

5

大清早，天還沒亮，波爾多拉茨基就率領兩連人馬，帶著斧頭，走了十俄里路，來到恰赫基林斯克門外，拉開散兵線，天一亮就動手伐木。八時以前，篝火裡的濕樹枝燒得發出嗶嗶剝剝和嗞嗞的響聲，冒出的芬芳煙氣同迷霧混和在一起，冉冉上升。伐木的士兵原先五步之外就互看不見，只能聽見彼此的說話聲，這會兒連篝火和塞滿樹木的林間道路都看得清了。太陽一會兒像個明亮的圓球出現在霧中，一會兒又隱沒不見了。在離開道路稍遠的林間曠地上，有幾個人坐在軍鼓上，其中有波爾多拉茨基、吉洪諾夫連長、兩個三連的軍官，以及因決鬥而被貶謫的近衛重騎兵軍官，波爾多拉茨基在貴冑軍官學校的同學傅列澤男爵。軍鼓周圍滿地都是包冷菜的紙、煙蒂和空酒瓶。軍官們喝著伏特加和黑啤酒，吃著點心。鼓手正在開第八瓶酒。波爾多拉茨基雖然沒有睡飽，情緒卻特別好，顯得很快樂。每當他同士兵和夥伴面臨可能發生的危險時，總是這樣。

幾位軍官正熱烈地談論著最新消息：斯列普卓夫將軍①的陣亡。聽到這個噩耗，誰也沒有注意生命的重要時刻——生命的終結和回歸自然，而只看到一個剽悍的軍官手持馬刀向山民衝擊砍殺的英勇氣概。

儘管人人——特別是參加過戰鬥的軍官——知道，當時高加索戰爭中根本沒有發生那種常爲人所想像和描寫的拚大刀的肉搏戰（即使有，也只有用馬刀砍和刺刀捅逃兵罷了）。這種虛構的肉搏戰被軍官們信以爲眞，並使他們心安理得地感到自豪和快樂。他們懷著這樣的心情，有的英姿勃勃，有的態度謙遜，但都坐在鼓上抽煙，喝酒，談笑，根本沒顧及隨時可能降臨到他們頭上的死神，就像降臨斯列普卓夫頭上那樣。果然，正當他們談得起勁的時候，道路左邊響起了步槍動人心魄的尖叫聲，一顆子彈從霧濛濛的空中呼嘯而過，啪地一聲打在樹幹上。士兵們就用幾個重濁的步槍聲來回答敵人的射擊。

「嗨！」波爾多拉茨基歡天喜地地嚷道。「這是他們在向散兵線開槍！喂，柯斯嘉老弟，」他對傅列澤說，「你的運氣來了。快回連裡去，我們安排安排，好好幹他一仗！打個漂亮仗。」

被貶謫的男爵一躍而起，拔腳往那煙霧瀰漫的地方跑去。他的連隊就在那裡。士兵爲波爾多拉茨基牽來一匹卡巴爾丁種棗紅馬。他騎上馬，整頓好隊伍，帶領著他們朝開槍的散兵線衝去。散兵線就在一道光禿禿的山溝前面的樹林邊上。風吹著樹林，不僅看得見山溝，而且看得見山溝的那一邊。

波爾多拉茨基接近散兵線的時候，太陽已從迷霧裡露出臉來。在山溝那一邊，在大約二百公尺外的另一座小樹林邊上，有幾個騎馬的人。這是追擊哈吉穆拉特的車臣人。他們想看看他如何跑到俄國人那邊去。其中一個人向散兵線開槍。散兵線裡有幾個士兵向他還擊。車臣人往後退，射擊停止了。但這時波爾多拉茨基帶著一連人開過來，他命令開槍。口令一發出，整條散兵線就響起了驚心動魄的密集的槍聲，同時升起了一片隨風飄散的輕煙。士兵們對這種遊戲很感興趣，匆匆裝上子彈，一槍一槍地射擊起來。車臣人顯然發覺挑釁，於是策馬前進，連續對俄國兵開了幾槍。其中一槍打傷了一名俄國兵，是擔任密探的阿弗傑耶夫。同伴們向他走去。他仰臥在地上，兩手按著腹部的傷口，有節奏地翻滾著身子。

「他剛要上子彈，我聽見啪的一聲，」跟他一起的士兵說，「我一看，他把槍扔了。」

阿弗傑耶夫也是波爾多拉茨基連隊裡的士兵。波爾多拉茨基看見一群士兵聚在一起，便騎馬跑到他們跟前。

「怎麼，老弟，掛彩了？」他問，「傷在哪裡？」

阿弗傑耶夫沒有回答。

「他剛要上子彈，大人，」跟阿弗傑耶夫一起的那名士兵說，「我聽見啪的一聲，一看，他把槍扔了。」

「嘖，嘖！」波爾多拉茨基彈了兩下舌頭。「怎麼樣，阿弗傑耶夫，疼不疼？」

「不疼，可是不能走路。給我一點酒喝，大人！」

在高加索，士兵們喝的其實不是伏特加，而是酒精。潘諾夫嚴厲地皺緊眉頭，遞給阿弗傑耶夫一壺蓋酒精。阿弗傑耶夫喝了一口，隨即把壺蓋推開了。

「我喝不下，」他說，「你自己喝吧。」

潘諾夫把酒精喝光。阿弗傑耶夫試著站起來，但又趴了下去。夥伴們鋪開軍大衣，把阿弗傑耶夫放在上面。

「大人，上校來了。」上士對波爾多拉茨基說。

「好吧，你來照顧他。」波爾多拉茨基說，揮了揮鞭子，飛快地向伏隆卓夫馳去。

伏隆卓夫騎著他那匹英國純種棗紅馬，後面跟著團副官、一名哥薩克兵和一個車臣翻譯。

「你們這裡出了什麼事？」他問波爾多拉茨基。

「剛才來了一批匪徒，向散兵線襲擊。」波爾多拉茨基回答。

「哼！都是你惹出來的。」

「不是我惹出來的，公爵，」波爾多拉茨基笑著回答說，「是他們自己竄過來的。」

「聽說有個士兵負傷了，是嗎？」

「是啊，很可惜。是個好兵。」

「傷得重嗎？」

「看樣子很重，傷了肚子。」

「你知道我去哪兒了嗎？」伏隆卓夫問。

「不知道。」

「不可能！」

「哈吉穆拉特出來了，他馬上就要跟我們見面。」

「猜不著。」

「眞的猜不著嗎？」

「昨天他的密探來過，」伏隆卓夫勉強忍住得意的微笑，說道，「現在他大概在沙林斯克林中草地上等我；你把散兵線拉到那裡，然後到我這裡來。」

「是。」波爾多拉茨基把手舉到皮帽邊上敬了個禮，接著就回到自己的連隊。他親自帶領散兵線往右走，同時命令上士把一部分人帶到左邊去。傷員由四個士兵抬到要塞裡。

波爾多拉茨基剛要回伏隆卓夫那兒去，忽然看見後面有幾個人騎馬追來。波爾多拉茨基站住等他們。爲首的那人相貌堂堂，騎一匹白鬃駿馬，身穿白色契爾克斯外套，頭戴連頭巾的皮高帽，帶著鑲金武器。他就是哈吉穆拉特。他騎馬來到波爾多拉茨基面前，對他說了幾句韃靼話。波爾多拉茨基揚起雙眉，攤開兩手表示不懂，微微一笑。哈吉穆拉特也報以微笑。他的笑容天眞無邪，令波爾多拉茨基感到驚訝。波爾多拉茨基怎麼也沒料到，這個令人膽戰心驚的山民原來是這麼個模樣。他原以爲哈吉穆拉特一定是個陰沉冷峻的異族人，但此刻出現在他面前的卻是個笑眯眯、和藹可親的人，好像是個老朋友，而不是陌生人。他身上只有一個特點，就是那雙距離很寬的眼睛，鎭定沉著又富有洞察力地打量著人家的眼睛。

哈吉穆拉特的隨從有四個。其中有昨晚去見伏隆卓夫的汗馬戈瑪。汗馬戈瑪的臉龐又紅又圓，眼睛凹陷，烏黑發亮，渾身洋溢著生氣。還有一個，五短身材，毛髮濃密，兩道眉毛連在一起。這是掌管哈吉穆拉特全部財產的道利達②人哈涅斐。他牽著一匹名種馬，馬身上馱著脹鼓鼓的褡褳。其他兩個隨從尤其引人注目：一個是年輕的美男子，腰身細得像女人，肩膀卻寬得出奇，亞麻色鬍子剛剛長出來，一雙眼睛像山羊，他就是艾達爾。另一個是獨眼龍，沒有眉毛，也沒有睫毛，深褐色的大鬍子剪得整整齊齊，臉上橫過鼻樑有一道傷疤。他就是車臣人甘澤洛。

波爾多拉茨基把出現在大路上的伏隆卓夫指給哈吉穆拉特看。哈吉穆拉特向他馳去，跑到他跟前，把右手按在胸口上，說了幾句韃靼話，停下來，車臣翻譯道：「他說，『我現在歸順俄羅斯沙皇陛下。』他說，『我願爲他效勞。』他說，『我早有這個願望，只是沙米里不答應。』」

伏隆卓夫聽完翻譯的話，向哈吉穆拉特伸出一隻戴鹿皮手套的手。哈吉穆拉特瞧了瞧這隻手，遲疑了一下，接著就緊緊地握住，又說了些什麼，忽而望望翻譯，忽而望望伏隆卓夫。

「他說，他哪兒也不去，就願意到你這兒來，因爲你是總督的兒子。他非常尊敬你。」翻譯說。

伏隆卓夫點點頭表示感謝。哈吉穆拉特指著自己的隨從，又說了些什麼。

「他說，這些人是他的穆里德，他們跟他一樣願爲俄國人效勞。」

伏隆卓夫對他們掃視了一遍，也向他們點點頭。

眼睛凹陷、眼珠烏黑的快樂的汗馬戈瑪也點點頭，一定也對伏隆卓夫說了些可笑的話，因爲那個毛髮濃密的阿瓦爾人露出潔白的牙齒微微笑著。頭髮深褐色的甘澤洛只對伏隆卓夫閃了閃他那隻發紅的獨眼，又凝視著他那匹馬的耳朵。

當伏隆卓夫和哈吉穆拉特在隨從的簇擁下返回要塞的時候，從散兵線上下來的士兵們聚成一堆，紛紛議論著。

「他殺了多少人，魔鬼，如今還待他這麼好。」一個士兵說。

「那個當然。他是沙米里手下的第一號大將。如今可……」

「誰都知道是名好騎手。」

「可是那個紅頭髮，紅頭髮，斜著眼睛看人，像頭野獸。」

「咳，準是條走狗。」

大家都特別注意紅頭髮。

在離大路較近的地方，伐木的士兵紛紛跑出來看熱鬧。一個軍官向他們吆喝，卻被伏隆卓夫制止了。

「讓他們看看他們的老朋友。你知道他是誰嗎？」伏隆卓夫帶著英語腔慢慢地問旁邊一個士兵。

「不知道，大人。」

「哈吉穆拉特，聽說過嗎？」

「怎麼沒聽說過，大人，我們打過他好多次了。」

「是啊，我們吃過他不少虧。」

「是，大人。」一個士兵回答，他因爲能跟長官說話而感到很榮幸。

哈吉穆拉特知道大家在說他，眼睛裡閃耀著快樂的微笑。伏隆卓夫滿心歡喜地回到要塞。

---

①斯列普卓夫（1815~1851），哥薩克團團長，在跟沙米里作戰時陣亡。

②克里木的古稱。

6

伏隆卓夫很得意，因爲不是別人，而是他誘降了實力僅次於沙米里的俄羅斯敵人。只有一件事令人不快：伏茲德維任斯克地區司令是梅勒－札科密爾斯基，按正規手續，這件事得通過他。伏隆卓夫卻沒向他彙報，自己直接處理，這樣就可能引起麻煩。想到這一點，伏隆卓夫有點掃興。

到家後，伏隆卓夫把哈吉穆拉特的穆里德們交給副官去招待，自己則領哈吉穆拉特到私邸。

伏隆卓夫公爵夫人服飾華麗，滿面春風，同她那個漂亮、鬈髮的六歲兒子在客廳裡接待哈吉穆拉特。哈吉穆拉特雙手按住胸口，神情莊重地透過翻譯說，他認爲他是公爵的朋友，因爲公爵邀請他到家裡來，對他來說，朋友的家人也像朋友本人一樣尊貴。哈吉穆拉特的儀表和風度都博得公爵夫人喜歡。當公爵夫人把她那又大又白的手伸給他的時候，他的臉刷地紅了。這使她更加喜歡他。她請他坐下，問他喝不喝咖啡，並吩咐僕人端咖啡來。哈吉穆拉特謝絕了僕人端來的咖啡。他略懂俄語，但不會說。當他沒聽懂的時候，他就微微一笑。公爵夫人也跟波爾多拉茨基一樣，很喜歡他的微笑。她那個滿頭鬈髮、眼睛靈活的兒子——媽媽叫他布爾卡——一直盯著哈吉穆拉特，因爲他聽人說過他是一個了不起的軍人。

伏隆卓夫把哈吉穆拉特留在家裡請夫人招待，自己到辦公室寫報告給上司，陳述哈吉穆拉特來降的經過。伏隆卓夫寫完給格羅茲尼左翼長官柯茲洛夫斯基將軍的報告，又寫了一封信給父親，寫完趕快回家，唯恐夫人生氣，因爲他把一個可怕的陌生人留給她招待，而且要不亢不卑。不過他的憂慮是多餘的。哈吉穆拉特坐在安樂椅裡，把伏隆卓夫的兒子布爾卡抱在膝上。他側著頭，留神聽著翻譯轉達滿面春風的伏隆

哈吉穆拉特坐在安樂椅裡，把伏隆卓夫的兒子布爾卡抱在膝上。

卓夫夫人的話。公爵夫人對他說，他要是把朋友誇獎的東西都送人，那他很快就會變成亞當①了……

哈吉穆拉特看見公爵進來，就把布爾卡從膝上放下，布爾卡因此很不高興。哈吉穆拉特站起來，臉上的神態由活潑戲謔變得嚴肅莊重。他等伏隆卓夫坐下後才坐下，接著繼續談話。他回答公爵夫人的話說，按照他們的規矩，凡是朋友喜歡的東西，都應該送給朋友。

「你的兒子是我的朋友。」他用俄語說，同時撫摸著又爬到他膝上的布爾卡的鬈髮。

「你帶來的這個綠林好漢眞好玩。」公爵夫人用法語對丈夫說，「布爾卡喜歡他的短劍，他就把短劍送給他。」

布爾卡拿出短劍給繼父看。

「這是一件貴重的東西。」公爵夫人說。

「得找個機會回禮給他。」伏隆卓夫說。

哈吉穆拉特垂下眼睛，坐著，摸摸孩子的鬈髮，說道：「是個騎手，是個騎手。」

「是把好劍，漂亮！」伏隆卓夫把鑲花的純鋼短劍抽出半截，說，「謝謝您！」

「你問問他，我能幫他什麼忙。」伏隆卓夫對翻譯說。

翻譯把話轉達了。哈吉穆拉特立刻回答說，他什麼也不需要，但要求帶他到一個清靜的地方，好讓他禱告。伏隆卓夫叫來侍僕，吩咐他滿足哈吉穆拉特的要求。

當哈吉穆拉特單獨留在那間撥給他的房間時，他的神情頓時變了：那種時而殷勤、時而莊重的愉快表情已經雲消霧散，臉上露出憂心忡忡的神色。

伏隆卓夫對他的招待遠遠出乎他的意料。但招待得越好，哈吉穆拉特對伏隆卓夫和軍官們越不信任。

他擔心他們會逮捕他，釘上腳鐐手銬，充軍到西伯利亞，或者乾脆殺掉他，因此懷有戒心。

他問走進他屋裡的艾達爾，穆里德們被安置在哪裡，馬拴在什麼地方，他們的武器有沒有被沒收。

艾達爾報告說，馬都在公爵的馬廄裡，人被請到板棚裡去，武器仍然佩帶在他們身上，翻譯還招待他們吃喝。

哈吉穆拉特疑慮地搖搖頭，脫掉上衣做禱告。等禱告完畢，他吩咐取來銀柄短劍，穿好衣服，繫上腰帶，盤腿坐在榻上，等待著處置。

四點多鐘，他被叫到公爵屋裡吃飯。

吃飯時，哈吉穆拉特什麼也沒吃，只吃了一點抓飯，那是他從公爵夫人剛拿過的地方拿一點來放在自己盤子裡的。

「他怕我們毒死他，」公爵夫人對丈夫說，「我什麼地方拿，他也什麼地方拿。」接著她又通過翻譯問哈吉穆拉特，他今天什麼時候還要做禱告。哈吉穆拉特舉起五個手指，又指指太陽。

「那麼快到了。」

伏隆卓夫掏出報時懷錶，按了按鈕。懷錶報時四點一刻。哈吉穆拉特聽到這響聲，顯出驚訝的樣子。他要求再按響一次，並看看錶。

「這不正是個機會嗎？把錶送給他吧。」公爵夫人對丈夫說。

伏隆卓夫立刻把錶送給哈吉穆拉特。哈吉穆拉特一隻手按在胸口上表示感謝，把錶收下。他幾次按下按鈕，聽著響聲，讚賞地搖搖頭。

飯後，僕人報告公爵，梅勒-札科密爾斯基的副官來見。

副官向公爵傳達，將軍得知哈吉穆拉特投誠，很不高興，因爲沒有及時向他報告。他要求立刻把哈吉穆拉特送到他那裡。伏隆卓失說，他會執行將軍的命令。他又通過翻譯把將軍的要求傳達給哈吉穆拉特，並請他一起到梅勒那兒去。

公爵夫人弄清楚副官的來意後，知道她丈夫和將軍之間可能鬧彆扭。她不管丈夫的再三勸阻，打算陪丈夫和哈吉穆拉特一起去見將軍。

「你最好不要去。這是我的事，跟你不相干。」

「你總不能阻止我去拜訪將軍夫人吧。」

「你可以改日再去。」

「我想今天去。」

伏隆卓夫無可奈何，只得同意。於是三人一起出發。

他們一進門，梅勒板著臉，彬彬有禮地把伏隆卓夫夫人送到妻子那裡，又吩咐副官把哈吉穆拉特帶到客廳，沒有他的命令不能讓他離開。

「請。」他推開書房門，對伏隆卓夫說，讓公爵走在前頭。

他走進書房，在公爵面前站住，也沒有讓他坐下，說：「我是這裡的軍事長官，不論跟敵人做什麼談判都要通過我。哈吉穆拉特來投誠，你爲什麼不向我報告？」

「因爲有個密探來找我，說哈吉穆拉特願意向我投降。」伏隆卓夫回答，激動得臉色發白。他預料盛怒的將軍會有粗暴的舉動，自己也受到將軍怒氣的影響。

「我問你，爲什麼不向我報告？」

「我打算向您男爵報告，可是……」

「我不是您的男爵，我是您的上司。」

於是男爵長期來蘊藏著的怒火一下子爆發了。他把早就鬱積在心頭的怨氣盡情發洩出來。

「我爲皇上效忠了二十七年，可不是爲了讓那些初出茅廬的人利用裙帶關係在我面前管他們不該管的事。」

「閣下！我請您不要說這種不公正的話。」伏隆卓夫打斷他的話說。

「我說的是實話，我不讓……」將軍更加激動地說。

這當兒，伏隆卓夫夫人衣衫窸窣響著走進來，跟在她後面的是個兒不高、服飾樸素的將軍夫人。

「哦，別說啦，男爵。西蒙並不想讓您不愉快。」伏隆卓夫夫人說。

「公爵夫人，我說的不是這事……」

「得啦，我們最好還是別談論這件事。常言道：尖銳的爭論也比婉轉的吵嘴強。我是說……」她笑了起來。

怒氣衝天的將軍被美人消魂的微笑征服了。他的小鬍子下掠過一絲笑意。

「我承認我做得有點不對，」伏隆卓夫說，「不過……」

「嗯，我的性子也急了點。」梅勒說著，主動跟公爵握了握手。

他們講和了，決定暫時把哈吉穆拉特留在梅勒這裡，以後再把他送到左翼長官那裡去。

哈吉穆拉特坐在隔壁屋裡，雖聽不懂他們的話，但懂得他需要懂得的事：他們是在爲他的事爭論，他脫離沙米里對俄國人來說是件大事，因此只要不把他充軍或殺掉，他可以向他們提出許多要求。此外，他還看出，梅勒–札科密爾斯基雖然是長官，卻沒有他的部下伏隆卓夫那麼大的勢力，重要的是伏隆卓夫，而不是梅勒–札科密爾斯基。因此，當梅勒–札科密爾斯基把哈吉穆拉特叫來，對他進行盤問的時候，哈吉穆拉特態度傲慢而莊重，聲稱他下山來是要爲白人沙皇效忠，一切情況他只向總督，即梯弗利斯的總司令老伏隆卓夫公爵報告。

①《聖經》中人類的始祖，這裡指一無所有的人。

7

負傷的阿弗傑耶夫被送往要塞門外用木板搭成的臨時醫院，安放在普通病房的一張空床上。病房裡有四個病人：一個是發高燒、在床上輾轉呻吟的傷寒病人；另一個患瘧疾，臉色蒼白，眼圈發青，不斷打呵欠，等待著發病；還有兩個是在三星期前襲擊時受的傷：一個傷在手上，此刻站在病房裡；另一個傷在肩膀，此刻坐在床上。除了那位傷寒病人外，大家都圍在阿弗傑耶夫周圍，向抬他來的人打聽情況。

「有時候，子彈像豌豆般撒過來，倒沒有事，這次總共才放了五槍……」一個抬擔架的人說。

「人各有命！」

「哎喲！」阿弗傑耶夫被放到床上時，忍著痛，大聲叫道。等他被放到床上後，他皺著眉頭，不再呻吟，只是兩腳不停地抖動。他兩手按著傷口，眼睛一動也不動地盯著前方。

醫生來了，吩咐把傷員的身子翻過來，看子彈有沒有從背後穿出。

「這是什麼？」醫生指指背上和臀部十字形傷痕問。

「這是老疤，大人。」阿弗傑耶夫哼哼著說。

其實這是他喝酒花掉公款受體罰的傷痕。

阿弗傑耶夫又被翻過身來。醫生用探針在他肚子裡掏了好一陣，掏到了子彈，但是取不出來。醫生在傷口上塗上膏藥，包紮好，便走了。在掏傷口和紮繃帶的時候，阿弗傑耶夫咬緊牙關閉上眼睛躺著。等醫生走後，他睜開眼睛，驚奇地向四周掃了一眼。他的眼光投向別的傷員和醫士，但他彷彿沒有看見他們，而看到一種令他十分驚訝的東西。

阿弗傑耶夫的夥伴潘諾夫和謝廖根來了。阿弗傑耶夫仍舊那麼躺著，眼睛驚訝地瞪著前方。他遲遲沒認出自己的夥伴，儘管眼睛直望著他們。

「彼得，你有什麼話要對家裡的人說嗎？」潘諾夫問。

阿弗傑耶夫沒有回答，雖然直瞪著潘諾夫的臉。

「我說，你有什麼事要對家裡說嗎？」潘諾夫又問，碰碰他那冰涼的大手。

阿弗傑耶夫似乎醒了。

「啊，安東內奇來了！」

「是啊，我來了。你要給家裡捎個信嗎？謝廖根願意幫你寫。」

「謝廖根，」阿弗傑耶夫費力地把眼光移到謝廖根身上，「你寫嗎？……你就這麼寫吧：『你的兒子彼得要死了。』我很羨慕哥哥。我現在對你講。我現在很高興。讓他活下來。上帝保佑，我很高興。你就這麼寫吧。」

他說完這幾句話，眼睛盯住潘諾夫，沉默了好一陣。

「喂，煙斗找到了嗎？」他忽然問。

潘諾夫搖搖頭，沒有回答。

「煙斗，煙斗，找到了沒有？」阿弗傑耶夫反覆問。

「找到了，在口袋裡。」

「噢。現在把蠟燭給我，我要死了。」阿弗傑耶夫說。

這時，波爾多拉茨基走過來看看自己的弟兄。

「怎麼樣，老弟，不舒服嗎？」他說。

阿弗傑耶夫閉上眼睛，搖搖頭。他那顴骨凸出的臉蒼白嚴峻。他什麼也沒回答，只向潘諾夫重複說了一遍：「給我蠟燭。我要死了。」

人家把蠟燭遞到他手裡，他的手指已經不能彎曲，別人就把蠟燭插在他的手指縫裡，幫他扶著。波爾多拉茨基走了。他走後五分鐘，醫士把耳朵貼在阿弗傑耶夫的心口，接著說，他死了。

關於阿弗傑耶夫的死訊，在寄往梯弗利斯的戰報中是這麼寫的：「十一月二十三日庫林斯克團兩個連從要塞出發砍伐樹林樹木。中午大批山民襲擊伐木士兵。散兵線後撤。這時二連用刺刀衝殺並擊潰山民。是役輕傷二人，陣亡一人。山民傷亡近百人。」

8

彼得·阿弗傑耶夫在醫院裡去世那一天，他的老父親、嫂嫂（他是代哥哥當兵的）和侄女在寒冷的打穀場上打燕麥。前一天下過一場大雪，早晨天冷得厲害。雞啼三遍，老頭子就醒了。通過結著冰花的玻璃窗看見明亮的月光。他下了炕，穿上鞋和皮大衣，戴上皮帽，到穀倉裡。老頭子在那裡幹了兩小時活，才回到屋裡，叫醒兒子和娘們。當娘們和姑娘來到穀倉的時候，打穀場已打掃得乾乾淨淨，鬆軟的白雪地上插著一柄木鍁，旁邊倒豎著一把掃帚，燕麥束分列兩行，麥穗對麥穗，像一條繩子似的筆直擺在乾淨的打穀場上。每個人都拿起一把連枷開始打麥，有節奏地發出三個響聲。老頭子用一把沉甸甸的連枷使勁打麥，把禾稈打碎，姑娘均勻地打著禾頭，兒媳婦翻著麥束。

月亮落下去了，天色濛濛亮。當大兒子阿基姆穿著短大衣，戴著皮帽，來到幹活的人們跟前時，他們已經打完一行了。

「你幹嘛偷懶？」父親停下來，拄著連枷，大聲斥責。

「要收拾馬呀。」

「要收拾馬，」父親嘲弄地說，「你老娘會收拾的。拿把連枷去。吃得好肥呀，酒鬼！」

「又不是喝你的酒？」兒子嘟囔著。

「什麼？」老頭子皺起眉頭，停了一下，威嚇說。

兒子默默地拿起一把連枷，這樣就有四把連枷在一起拍打：「啪嗒，啪嗒，啪嗒……啪嗒」，在三下拍打之後，接著就是老頭子那把重連枷的拍打聲。

「你瞧，他的脖子肥得簡直像大老爺。但我瘦得連褲子都繫不住了。」老頭子說，停了一下，但為了不失去節奏，他把連枷打了個空轉。

禾束打完了，娘們把麥稈耙走。

「彼得眞傻，替你去打仗。你去打仗，倒可以打掉你那股懶勁兒，在家裡，他一個人抵得上五個你這樣的人。」

「得了，爸爸。」兒媳婦扔掉捆麥禾的繩子說。

「哼，白白養活了你們六口，能幹活的一個都沒有。彼得以前幹活，一個抵兩個，可不像……」

一個老太婆穿著用毛帶子緊緊捆住的新樹皮鞋，颯颯地踩著院子裡積雪上踩出來的小徑走來。男人們把沒有揚過的麥子耙成一堆，娘們和姑娘正在打掃。

「總管來過了，要大家去給老爺運磚頭。」老太婆說，「我做飯去了。你們去一下吧。」

「好的。你去把花馬套上，拉回去，」老頭子對阿基姆說，「當心點，別像上次那樣給我惹麻煩。要記住彼得的好處。」

「他在家的時候，你照樣罵他，」阿基姆頂了一句，「他不在，你就把氣出在我身上。」

「那是你自找的，」母親也生氣地說，「本來就不該讓彼得代替你去。」

「哼，算了吧！」兒子說。

「也只好算了。麵粉錢都被你喝酒喝光了，還說算了呢。」

「跑掉的都是大魚，人一走就值錢了。」兒媳婦說。大家放下連枷，回家去。

父子不和由來已久，還是從彼得當兵開始的。老頭子覺得他是拿鷂鷹去換布穀鳥。不錯，當時老頭子認爲沒有孩子的應當代替有家小的去當兵。阿基姆有四個孩子，彼得一個也沒有，但彼得幹活像他爹：靈活、俐落、有勁、勤勞，主要是勤快。他一直不停地幹活。他走在路上，要是看見人家在幹活，總像他老子一樣，立刻上前幫忙：或是割上兩壟麥，或是幫忙裝車，或是伐木，或是打柴。老頭子疼他，但無可奈何。當兵等於送死。兒子當兵等於女兒出嫁，潑出去的水再也收不回來，想念也沒有用，徒然惹人傷心。老頭子只偶爾刺激一下長子，就像今天想起小兒子時那樣。做母親的卻時常惦著小兒子，她要老頭子寄點錢給彼得有一年多了。可是老頭子總是不吭聲。

阿弗傑耶夫家有錢，老頭子手裡藏了點錢，但他說什麼也不肯動用積蓄。這會兒，老太婆聽見他提到小兒子，就決定再次央求他，等燕麥賣掉後寄點錢給兒子，哪怕一個盧布也好。等大兒子和兒媳婦到老爺的地裡去幹活，只剩下老兩口時，老太婆就勸丈夫從賣燕麥的錢裡寄一個盧布給彼得。他們講定後，就從揚過的燕麥中裝了十二石①，用木針密密縫住麻袋口，裝上三輛雪橇。老太婆交給老頭子一封信。這封信是誦經士照她的口述寫的。老頭子答應進城後在信封裡放一個盧布，按照彼得的通訊處寄去給他。

老頭子穿上新皮襖和長袍，腳上包了乾淨的白羊毛包腳布，拿了信，把它放在錢包裡，向上帝禱告過後，坐上前面那輛雪橇到城裡去。後面一輛雪橇上坐著小孫子。到了城裡，老頭子叫客店老闆讀信，他用心聽著，不斷地點頭。

母親寫給彼得的信裡，首先是向他祝福，其次是一家人向彼得問好，接著告訴他教父的死訊，還有阿克西尼雅（彼得的妻子）「不願跟我們一起過，自己出去謀生。聽說，她日子過得很好，很本分」。然後提到自己寄給他的一個盧布。最後，這個苦命老太婆含著眼淚叫誦經士逐字逐句地寫上：「還有，我的好孩子，我的心肝寶貝小彼得，我想念你，想念得眼淚都流乾了。我百看不厭的小太陽，你把我這個做娘的撇給誰啦……」說到這裡老太婆號啕大哭起來，說道：「這樣就行啦。」

信裡儘管這麼寫著，可是彼得命裡注定得不到妻子離家出走的消息，收不到那個盧布，也看不到母親最後的幾句話。這封信連同錢一起被退了回來，並且附上一則通知，說彼得「爲了保衛沙皇、祖國和東正教」陣亡了。部隊司書就是這樣寫的。

老太婆接到這則通知後，放聲痛哭，一直哭到幹活的時候。第一個禮拜天，她上教堂，把聖餅「分給好人，以悼念神的奴僕彼得」。

彼得的妻子阿克西尼雅得知「只跟她共度了一年的心愛的丈夫」死了，也大哭一場。她可憐丈夫，也可憐自己被毀的一生。她邊哭邊訴「彼得的淡褐色鬈髮，他對她的愛情，和她跟孤兒萬卡的苦命」。接著她又傷心地譴責「彼得憐憫他的哥哥，卻不憐憫她這個到處流浪的苦命女人」。

其實，阿克西尼雅聽到彼得的死訊時心裡很高興。她跟地主的一個管家同居又懷孕了，如今誰也不能罵她，管家可以正式娶她——他向她求愛時說過這樣的話。

---

① 此處指俄石，每俄石等於二〇九．九一升。

9

米哈伊爾·伏隆卓夫是俄國大使的兒子，在英國受教育，在當時俄國高級官員中，他是少數具有西歐教養的人，功名心極重，對下屬和藹可親，對上司八面玲瓏，像個宮廷官員。他的生活離不開權力，也離不開對皇上的忠誠。他擁有各種高級官銜和勳章，自認爲是個幹練的軍人，甚至曾在克拉斯諾城下打敗過拿破崙。一八五一年時他已年過古稀，但仍精神矍鑠，步履矯健，主要是頭腦靈活，思路清楚，因此能保有權力，並不斷地擴大聲譽。他出身豪富，自己名下和夫人勃拉尼茨卡雅伯爵小姐名下都擁有大量產業，而且身爲總督又有巨額年俸。他把大部分家產用來建築克里木南岸的宮殿和花園。

一八五一年十二月七日傍晚，有輛特快三駕馬車來到梯弗利斯伏隆卓夫官邸門口。車上下來一個風塵僕僕的軍官。他從科茲洛夫斯基將軍那兒帶來哈吉穆拉特投誠俄國的消息。他活動活動雙腿，不經守衛通報就直接跑進總督府寬敞的前廳。這時正值下午六點，伏隆卓夫剛要入席，僕人報告來了一名信使。伏隆卓夫立刻接見他，因此遲到了幾分鐘就桌。三十多名客人，有的坐在公爵夫人旁邊，有的三三兩兩站在窗前。伏隆卓夫一走進客廳，客人就紛紛起立，轉過臉來對著他。伏隆卓夫穿著日常穿的不戴肩章的黑軍服，只佩戴了肩章帶，脖子上掛一枚白十字勳章。他那張鬍子刮得精光的狐狸臉露出愉快的微笑。他瞇細眼睛掃視客廳裡的客人。

伏隆卓夫步履輕捷地走進客廳，因遲到向女士們道歉，又跟男客們打招呼，然後走到格魯吉亞王妃馬娜娜·奧爾別略尼——一個高大的四十五歲東方美人——跟前，向她伸出一隻手，陪她入席。伏隆卓夫公爵夫人主動把手遞給一個紅頭髮、蓄著鬃毛般小鬍子的將軍。格魯吉亞王爺則把手伸給公爵夫人的女友舒阿曉爾伯爵夫人。安德烈夫斯基醫生、副官和其他人，有的伴著貴夫人，有的單身，都跟著那三對人走去。身穿長袍、長襪和皮鞋的男僕挪動椅子讓主人和客人在餐桌旁坐下。領班男僕神情莊重，從銀缽裡分送著熱氣騰騰的湯。

伏隆卓夫坐在長桌中央。對面坐著伏隆卓夫公爵夫人和將軍。他的右邊是他的女伴——美人奧爾別略尼，左邊是身材苗條、頭髮烏黑、雙頰緋紅的格魯吉亞郡主，她打扮得光艷照人，臉上一直掛著微笑。

「太妙了，親愛的朋友，」公爵夫人問信使帶來什麼消息，伏隆卓夫這樣回答，「西蒙這下子可交上好運了。」

於是他就大聲講了一個驚人的消息：沙米里手下威名遠揚、驍勇善戰的哈吉穆拉特投誠俄國，一兩天內將來到梯弗利斯。其實這件事對他來說不是什麼新聞，因爲早就在談判了。

全體座上客，包括坐在長桌盡頭低聲談笑的青年、副官和下級官吏，都肅然靜聽。

「將軍，您見過這位哈吉穆拉特嗎？」等公爵話停的時候，公爵夫人問身旁紅頭髮、硬鬍子的將軍。

「遇見過不只一次，公爵夫人。」

接著將軍就講到一八四三年山民攻占格爾格別里村後，哈吉穆拉特如何襲擊巴謝克將軍的部隊，並且當著他們的面幾乎把佐洛土興上校打死。

伏隆卓夫笑眯眯地聽著將軍的話，看到他談興很濃，顯然很得意。突然，伏隆卓夫的臉色變得冷漠而頹喪。

將軍講得津津有味，還講到他跟哈吉穆拉特的另一次相遇。

「就是他，」將軍說，「大人，您還記得吧，就是他伏擊了去解圍的運送乾糧部隊？」

「在什麼地方？」伏隆卓夫瞇細眼睛，反問。

原來這位勇敢的將軍所說的「解圍」是指不幸的達爾果遠征①。那次遠征，要不是新增援的部隊去解了圍，眞的會全軍覆沒，指揮官伏隆卓夫公爵的性命也就難保。大家都知道，伏隆卓夫所指揮的達爾果遠征，傷亡慘重，丟了好幾門大砲，是個恥辱。因此，要是有人當著伏隆卓夫的面談到這次遠征，只能根據伏隆卓夫上呈沙皇的奏章內容來談，說這次遠征是俄國軍隊的光輝戰績。要是用「解圍」這樣的字眼，那就根本談不上光輝戰績，而是毀滅無數生靈的大錯。在場的人都明白這一點，但有的裝作沒注意將軍這話的含意，有的擔心會發生什麼事，有的含笑相互遞著眼色。

只有蓄著小鬍子的紅頭髮將軍一人沒察覺大家的神色，講得興致勃勃，若無其事的回答說：「在解圍的路上，大人。」

將軍一談到這個心愛的話題，就講起「這個哈吉穆拉特如何巧妙地把俄國軍隊切成兩段，要不是被我們解圍——他彷彿特別喜歡解圍這兩個字——就會全軍覆沒，因爲……」

將軍沒來得及把話說完，因爲瑪娜娜・奧爾別略尼看出情況不妙，連忙打斷他的話，問他梯弗利斯的住處是否舒適。將軍覺得有點奇怪，就掃視了一下在座的人，看到自己的副官一直盯著他的目光，這才恍然大悟。他沒有答覆公爵夫人的話，只皺起眉頭，默默地吃起盤子裡的精美食物，但他既沒有咀嚼，也沒有注意食物的形狀和滋味，就囫圇吞到肚子裡。

大家都覺得有點尷尬，但這種尷尬的局面被格魯吉亞王爺巧妙地打破了。這位王爺很愚蠢，卻是個高明的馬屁精和宮廷寵臣，此刻坐在伏隆卓夫公爵夫人旁邊。他裝得若無其事，大聲講著哈吉穆拉特劫走麥赫圖林汗國②阿赫梅特汗遺孀的事：「他夜裡闖進村莊，抓了他要抓的人，然後帶著他的人馬跑了。」

「爲什麼他一定要這個女人呢？」公爵夫人問。

「哈吉穆拉特同她丈夫有仇，到處追蹤他，但直到阿赫梅特汗去世都沒有遇見他，所以就向寡婦復仇。」

公爵夫人把這段話用法語翻譯給坐在格魯吉亞王爺旁邊的老友舒阿曉爾伯爵夫人聽。

「太可怕了！」伯爵夫人閉上眼睛，搖搖頭說。

「哦，不是的，」伏隆卓夫笑著說，「我聽說他像騎士般彬彬有禮地對待那名女俘，後來還放了她。」

「是的，人家用錢把她贖出去了。」

「沒錯，但他的行爲畢竟很高尙。」

公爵這句話給後來講哈吉穆拉特的事定了基調。廷臣們看出，越是誇大哈吉穆拉特的作用，伏隆卓夫公爵就越得意。

「這人眞是一身是膽。可是個了不起的人物。」

「可不是，一八四九那年，他在大白天闖進鐵米爾汗舒拉城，把店鋪洗劫一空。」

一個坐在末座的亞美尼亞客人當時正好在鐵米爾汗舒拉城，就把哈吉穆拉特這段軍功詳細講了一遍。

總之，用餐時間自始至終都談論著哈吉穆拉特的故事。大家爭先恐後地讚揚他的勇敢、聰明和慷慨。有人講到他曾下令殺死二十六個俘虜，但這事也得到了辯護：「那有什麼辦法！打仗總歸是打仗。」

「確實是個人才！」

「他要是生在歐洲，說不定又是一個拿破崙。」愚蠢又擅長拍馬屁的格魯吉亞王爺說。

他知道，一提起拿破崙，伏隆卓夫公爵就高興，因爲他掛上白十字勳章，全是因爲戰勝了拿破崙。

「是啊，即使成不了拿破崙，到底也是個剽悍的騎兵將軍。」伏隆卓夫說。

「不是拿破崙，也是繆拉特③。」

「他的名字就叫哈吉穆拉特嘛。」

「哈吉穆拉特一走，沙米里也就完蛋了。」有人說。

「他們覺得現在（所謂「現在」指的就是伏隆卓夫在的時候）他們支持不住了。」另一個人說。

「這都多虧了您哪。」瑪娜娜·奧爾別略尼說。

伏隆卓夫公爵竭力緩和四面八方向他湧來的阿諛奉承的浪潮，但這畢竟使他高興。他心情愉快地攙著他的女伴離開飯桌往客廳走去。

飯後喝咖啡時，公爵對每個人都很親切。他走到留小鬍子的紅頭髮將軍跟前，竭力讓他感覺自己並沒有發覺將軍的窘態。

公爵跟所有的客人周旋一番之後，坐下來打牌。他只會打老式牌——龍勃勒。陪公爵一起打牌的有格魯吉亞王爺、亞美尼亞將軍（他是跟公爵的侍僕學會打龍勃勒的），再有就是那權勢顯赫的安德烈夫斯基醫生。

伏隆卓夫把印有亞歷山大一世肖像的金鼻煙壺放在一邊，打開一盒光滑的精美紙牌，正想發牌，這時義大利侍僕喬凡尼用銀托盤托著一封信進來。

「又來了一個信使，大人。」

伏隆卓夫丟下牌，道歉了一聲，拆開信來讀。信是兒子寫的。他詳細敘述哈吉穆拉特投誠的經過，以及他與梅勒-札科密爾斯基的衝突。公爵夫人走過來，問兒子信裡講了些什麼。

「還是那一套。他同要塞司令鬧意見。那是西蒙不對。不過，收場好，事情也就好了④。」他說著把信遞給夫人，接著轉過身來請等著打牌的客人們拿牌。

打完一圈牌，伏隆卓夫按照他心情特別愉快時的習慣，打開鼻煙壺，用他那白淨且老得發皺的手捏了一撮法國鼻煙塞到鼻子裡。

---

①達爾果遠征指一八四五年伏隆卓夫領軍的一場戰鬥，目的是摧毀沙米里在北達格斯坦的達爾果要塞，結果雖占領要塞，但俄國損失達三萬餘人。

②在達格斯坦山地。

③繆拉特（1767～1815），法國元帥，拿破崙的妹夫。

④這一句原文為英文。

10

第二天，哈吉穆拉特來到伏隆卓夫公爵的官邸，這時客廳裡已擠滿了人。在座的有：昨天來過的留硬髯子的將軍——他今天全副武裝，掛滿勳章，前來辭行；一個因侵占公糧可能吃官司的團長；一個受安德烈夫斯基醫生庇護的亞美尼亞富商——他享有酒類專賣權，現在正在爲續訂合約奔走；一個身穿孝服的陣亡軍官的未亡人——她不是來請領撫卹金，就是要求讓孩子公費讀書；一個身穿講究的格魯吉亞民族服裝的破產格魯吉亞王爺——他在爲自己張羅一塊廢棄的教堂領地；一個手握一大卷征服高加索新方案的監督；一個只爲了向家人誇耀他到過公爵官邸而特地跑來的汗。

大家都在等候接見。一個淡黃頭髮的英俊青年副官將來訪者一一領到公爵辦公室裡。

當哈吉穆拉特瘸著腿快步走進客廳的時候，一雙雙眼睛都轉過來看著他。他聽見每個角落裡都有人低聲提到他的名字。

哈吉穆拉特穿著白色契爾克斯外套，裡面穿深咖啡棉襖，衣領上有精細的銀絲繡花。他打著黑裹腿，腳上穿著一雙像手套一樣裹緊的黑色平底鞋。他的光頭上戴著高皮帽，纏著頭巾——爲了這塊頭巾，他曾被阿赫梅特汗密告而被克留蓋瑙①將軍逮捕，也是爲了這塊頭巾，他投奔了沙米里。哈吉穆拉特在客廳的鑲木地板上快步走著，由於一條腿比另一條腿短些，走起路來有點瘸，他那瘦長的身子也有點搖擺。他那雙距離很寬的眼睛自若地瞧著前方，彷彿沒瞧見任何人。

相貌英俊的副官打了個招呼，請哈吉穆拉特坐下，便前去通報公爵。不過哈吉穆拉特沒有坐下，一隻手按住短劍，伸出一條腿，仍舊站在那裡，輕蔑地環顧在場的人。

翻譯官塔拉哈諾夫公爵走到哈吉穆拉特跟前，同他說話。哈吉穆拉特不大樂意地簡單回答了兩句。這時，前來控告監督的庫梅克王爺從辦公室裡走出來。副官就招呼哈吉穆拉特，把他帶到辦公室門口，請他進去。

伏隆卓夫站在桌旁接待哈吉穆拉特。總司令那張蒼老白淨的臉已經不像昨天那般的笑容可掬，而是嚴厲莊重。

哈吉穆拉特走進那間大辦公室，裡面有一張大辦公桌和掛著綠色百葉簾的高大窗子。他把黝黑、不大的手放在白色契爾克斯外套衣襟交叉處，垂下眼睛，從容不迫地用熟練的庫梅克方言清晰恭敬地說：「我誠心歸順偉大的沙皇和閣下。我起誓願爲沙皇效勞，直至我流盡最後一滴血。我希望在反對我的仇人，也是你們的仇人沙米里的戰爭中效勞。」

伏隆卓夫聽完翻譯官的話，看了看哈吉穆拉特。哈吉穆拉特也瞧了一眼伏隆卓夫。

兩人的視線一接觸，彼此就說出了許多無法用語言表達的話，同翻譯官所翻譯的話截然不同。他們不用言語，卻相互表達了眞實的思想。伏隆卓夫的眼睛說，他對哈吉穆拉特的話一句也不信，他知道哈吉穆拉特是全俄羅斯的敵人，今後還是敵人，他現在來投降是出於無奈。哈吉穆拉特也明白這一點，但還是表示了自己的忠心。哈吉穆拉特的眼睛則在說：這個老頭子想的應該不是戰爭而是自己的死亡，別看他活到這一把年紀，人可是狡猾得很，對他得留點兒神。伏隆卓夫也懂得這一點，但還是對哈吉穆拉特說了些爲打勝仗非說不可的話。

「你告訴他，」伏隆卓夫對翻譯官說（他對年輕的翻譯官說話總是不客氣地用「你」），「我們的皇上又仁慈又強大，經過我的請求，我想皇上會寬恕他，接受他的效忠的。你翻譯給他聽了嗎？」他盯著哈吉穆拉特問。「在沒有獲得皇上恩典之前由我負責招待，我們會讓他在這裡過得愉快。」

哈吉穆拉特再次兩手按在胸前，興奮地說著什麼。

翻譯官轉達說，哈吉穆拉特在一八三九年統治阿瓦利亞的時候，曾效忠俄國人，要不是他的仇敵阿赫梅特汗想陷害他，在克留蓋瑙將軍面前誣陷他，他是絕不會叛變的。

「我知道，我知道。」伏隆卓夫說（就算他知道，也早已忘記了）。「這事我知道。」他說著坐下來，同時向哈吉穆拉特指指靠壁放著的軟榻。但哈吉穆拉特沒有坐下，只聳聳強壯的肩膀，表示在這樣的大人物面前他不敢坐。

「阿赫梅特汗也好，沙米里也好，他們都是我的敵人，」他轉身又對翻譯官說，「告訴公爵，阿赫梅特汗死了，我沒法兒向他復仇，但是沙米里還活著，我不向他復仇，死不瞑目。」他皺緊眉頭，咬緊牙關地說。

「是的，是的。」伏隆卓夫若無其事地說。「那麼，他要怎樣向沙米里復仇呢？」他對翻譯官說，「告訴他，他可以坐下。」

哈吉穆拉特還是謝絕坐下。問他爲什麼來投誠，他回答說，要幫助俄國人消滅沙米里。

「很好，很好，」伏隆卓夫說，「那麼他想怎麼辦呢？坐吧，坐吧……」

哈吉穆拉特坐下來說，要是給他軍隊，派他到列茲庚一線去，他保證能發動達格斯坦全體居民，沙米里就守不住了。

「這很好，這事行，」伏隆卓夫說，「讓我想一想。」

翻譯官把伏隆卓夫的話翻譯給哈吉穆拉特聽。哈吉穆拉特沉思起來。

「你告訴總督，」他又說，「我的家眷還在我的敵人手裡。我的家眷不下山，我的手腳就像是被綁著，無法出力。我要是出面打他，他就會殺害我的妻子，殺害我的母親，殺害我的孩子。只要公爵能拿俘虜去跟他們交換，救出我的家眷，那麼不是我死，就是他亡。」

「很好，很好，」伏隆卓夫說，「讓我們考慮考慮。現在讓他到參謀長那兒去一下，詳細講講他的處境、打算和願望。」

哈吉穆拉特跟伏隆卓夫的第一次會見就這樣結束了。

當天晚上，在裝潢得具東方風味的新劇院裡正在上演義大利歌劇。伏隆卓夫坐在包廂裡，池座裡出現了纏頭巾、瘸腿的哈吉穆拉特，很引人注目。他在伏隆卓夫的副官洛利斯-梅里科夫的陪同下走進來，在第一排坐下。哈吉穆拉特帶著東方穆斯林特有的莊重神態，不僅沒有露出驚訝的神色，反而顯得十分冷淡。看完第一幕，他就站起來，若無其事地向觀眾掃了一眼，走出去，引起全場的注意。

第二天星期一，伏隆卓夫家照例舉行晚會。寬敞的大廳燈火輝煌，隱蔽在冬花園裡的樂隊正在奏樂。袒胸露臂的青年婦女和中年婦女在軍裝筆挺的男人懷抱裡旋舞著。食品櫃上的酒瓶和食物堆積如山，身穿紅色燕尾服、長襪和皮鞋的僕人倒著香檳，給太太們分送糖果。總督夫人雖已上了年紀，也半裸著身子，滿面春風地在客人們中間周旋，通過翻譯官對哈吉穆拉特說幾句親切的話，而哈吉穆拉特仍像昨天在戲院裡那樣冷冷地環顧著來賓。在女主人之後，又有幾個袒胸露臂的女人走近哈吉穆拉特，恬不知恥地站在他面前，並提出同一個問題：他是不是喜歡他所看到的景象。伏隆卓夫佩戴著金肩章和穗帶，頸上掛著白十字勳章和綬帶，也走到他面前，問了同樣的話，顯然認爲哈吉穆拉特不可能不喜歡他所看到的景象。哈吉穆拉特也像回答所有的人那樣回答伏隆卓夫：他們那裡沒有這樣的風氣，但沒說這種景象好不好。

哈吉穆拉特在舞會上也很想跟伏隆卓夫談談贖取家眷的事，但伏隆卓夫裝作沒聽見，走開了。洛利斯－梅里科夫事後對哈吉穆拉特說，這種場合不宜談公事。

鐘打了十一下，哈吉穆拉特對了對公爵夫人送給他的那隻錶。他問洛利斯－梅里科夫可不可以走。洛利斯－梅里科夫說可以走，但最好再留一會兒。雖然如此，哈吉穆拉特並沒有留下，坐上供他使用的敞篷馬車，到指定下榻的地方。

---

① 克留蓋瑙（1791～1851），駐高加索的俄國將軍，曾參加達爾果遠征。

11

哈吉穆拉特來到梯弗利斯的第五天，總督的副官洛利斯－梅里科夫奉總司令命令前來找他。

「我這顆腦袋和這雙手都樂意爲總督效勞。」哈吉穆拉特低下頭，雙手按在胸前，露出他常有的外交家表情說。「你吩咐好了。」他親切地瞧著洛利斯－梅里科夫的眼睛說。

洛利斯－梅里科夫在桌旁安樂椅上坐下。哈吉穆拉特在他對面的矮榻上落坐，兩手支著膝蓋，側耳傾聽洛利斯－梅里科夫說的話。洛利斯－梅里科夫操一口流利的韃靼話，說公爵雖然知道哈吉穆拉特以前的事，但想從他本人嘴裡聽聽他的全部身世。

「你講給我聽，」洛利斯-梅里科夫說，「我記下來，然後譯成俄語，再由公爵奏聞皇上。」

哈吉穆拉特沉默了一會兒（他不僅從不打斷人家的話，而且總是看對方還有什麼話要說），然後抬起頭來，把皮帽往後一抖，用孩子般天眞的神態微微一笑——這種微笑迷惑過小伏隆卓夫夫人。

「行。」他說，想到皇上要了解他的身世，顯然很得意。

「你（韃靼話裡沒有『您』字）從頭講給我聽，不用急。」洛利斯-梅里科夫說著，從口袋裡掏出筆記本。

「行，只是要講的東西很多，很多。有許多事可講。」哈吉穆拉特說。

「一天講不完，改天再講。」洛利斯-梅里科夫說。

「從頭講起嗎？」

「對，從頭講起：在哪裡出生，在哪裡住過。」

哈吉穆拉特垂下頭，一動不動地坐了好一陣，然後拿起榻旁一根小棍，從鞘裡抽出一把鋒利得像剃刀的鑲金象牙柄小鋼刀。他一面削棍子一面講：「寫吧。我出生在采里梅斯，這是一個小村莊，照我們山裡人的說法，就像驢頭一樣大。」他開始說，「離我們村莊不遠，大約兩個射程的地方是洪澤赫，汗們就住在那裡。我家跟他們家關係很密切。我媽媽是老阿布農察爾汗的奶媽，因此我跟汗他們的關係也很密切。汗弟兄三個：一個是我哥哥奧斯曼的奶兄弟阿布農察爾汗，一個是我的奶兄弟烏馬汗，還有最小的一個叫布拉奇汗，就是被沙米里從懸崖上扔下去的那一個。那是後來的事。我十五歲那年，村裡來了一些穆里德。他們用木刀砍著石頭，嘴裡嚷著：『穆斯林們，快來參加聖戰！』車臣人都投奔穆里德，阿瓦爾人也紛紛投奔他們。我當時住在宮裡。我是汗的兄弟，要做什麼就做什麼，慢慢變得富裕起來。我有馬匹，有武器，有金錢。日子過得無憂無慮，自由自在。這樣的日子一直到加集穆拉①被殺害，干澤特②繼承他的位子。干澤特派使者對汗們說，他們要是不參加聖戰，他就要把洪澤赫夷爲平地。這件事得好好考慮一下。汗都怕俄國人，怕參加聖戰，可敦③就派我和她的次子烏馬汗，到梯弗利斯去求俄國長官幫助對付干澤特。當時俄國長官是羅森男爵。他沒有接見我，也沒有接見烏馬汗。他派人傳話說會幫助我們的，可是到頭來什麼事也沒有做。只有他們的軍官常到我們那兒，跟烏馬汗一起打牌。他們把他灌醉，又帶他去壞地方。他賭到傾家蕩產。他這人身體強壯得像頭公牛，勇敢得像頭獅子，可是意志薄弱得像水。要不是我把他帶走，他準會把最後幾匹馬和武器都輸掉。從梯弗利斯回來，我的想法改變了。我勸說可敦和年輕的汗參加聖戰。」

「爲什麼改變了想法？」洛利斯－梅里科夫問，「是不是不喜歡俄羅斯人了？」

哈吉穆拉特沉默了一下。

「是的，不喜歡。」他閉上眼睛，斷然說，「還有一件事促使我參加聖戰。」

「什麼事呀？」

「在采里梅斯城下，我和汗跟三個穆里德發生衝突：兩個穆里德逃走了，第三個被我用手槍打死。我走到他跟前，想取下他的武器，他還沒有死。他對我瞧了瞧，說：『你打死我，我不在乎。但你是個穆斯林，年輕力壯，你應該參加聖戰。這是眞主的旨意。』

「那麼你參加了嗎？」

「沒有參加，但開始考慮。」哈吉穆拉特說，繼續講他的往事。「干澤特逼近洪澤赫時，我們派了幾個老頭兒去見他，表示我們同意參加聖戰，但要他派一個有學問的人來說明該怎麼辦。干澤特把老頭兒們的鬍子刮光，鼻子穿通，在鼻子下掛了幾個燒餅，把他們打發回來。老頭兒們回來說，干澤特準備一位謝赫④來教我們進行聖戰，但要可敦把幼子送到他那裡當人質。可敦相信了，就把布拉奇汗送到他那裡。干澤特款待布拉奇汗，又派人來叫兩個哥哥也到他那裡。他叫人傳話說，他願意效忠汗們，就像他父親當年效忠汗們的父親那樣。可敦也像所有當家的婦道人家一樣，又懦弱，又愚蠢，又魯莽。再派兩個兒子去她有點顧慮，結果只派了烏馬汗。我就跟烏馬汗一起去。穆里德在一里開外的地方迎接我們，圍著我們唱歌，鳴槍，表演馬術。我們到達的時候，干澤特從帳篷裡出來，走到烏馬汗的馬鐙前面，像迎接汗那樣迎接他。他說：『我以前不曾對你們家做過什麼壞事，如今也不想做。只要你們不害我，不妨礙我帶領人馬進行聖戰就行了。我同我的所有軍隊將爲你們效勞，就像我父親爲你們的父親效勞那樣。讓我住在你們家裡，我將當你們的參謀，但不會干涉你們的事。』烏馬汗口才很差，他不知道說什麼好，沒有吭聲。我就說，如果是這樣，那就讓干澤特到洪澤赫去。可敦和汗將恭恭敬敬地接待他。可是他們沒讓我把話說完。這時我第一次跟沙米里發生衝突。他當時就在伊瑪目⑤旁邊。他對我說：『人家不是問你，是問汗。』我住了口，干澤特就把烏馬汗領到帳篷裡。後來干澤特把我也叫去，吩咐我帶著他的使者到洪澤赫。我去了。他的使者就勸可敦讓長子也到干澤特那裡。我看出其中有詐，就叫可敦不要再讓兒子去。可是女人頭腦裡的智慧就像雞蛋裡的毛髮那樣少。可敦不信其中有詐，吩咐兒子動身。長子阿布農察爾卻不願去。於是可敦就說：『看樣子，你害怕了。』她像一隻蜜蜂，知道什麼地方能螫疼他。阿布農察爾冒火了，不再跟她說什麼，就吩咐備馬。我同他一起去。干澤特接待我們，比接待烏馬汗更熱情。他親自騎馬到兩個射程外的山下迎接。他後面跟著揚旗的騎兵，唱著〈眞主之外無眞主〉，鳴槍，表演馬術。我們來到營地，干澤特就把汗領到帳篷裡。我和馬匹留在外面。我在山腳下，只聽得干澤特的帳篷裡響起了槍聲。我向帳篷跑去。烏馬汗已經趴在血泊裡，阿布農察爾正在與穆里德格鬥。他的半邊臉被劈掉，耷拉著。他一隻手按住臉，另一隻手用短劍砍殺走近他的每一個人。我親眼看見他砍死干澤特的弟弟，正向另一個人砍去，可是這當兒穆里德向他開槍，他就倒下了。」

哈吉穆拉特停住了。他那張黝黑的臉漲得紫紅，眼睛充血。

「我感到害怕，就跑掉了。」

「眞的嗎？」洛利斯-梅里科夫說，「我還以為你從來沒有害怕過呢。」

「從這以後就沒有害怕過。從那時起，我常常想到這場恥辱。一想到，就什麼也不怕了。」

---

① 加集穆拉（1785～1832），車臣區和達格斯坦區首任教長，是沙米里的老師。

② 干澤特（1789～1834），加集穆拉的繼承人。

③ 汗的妻子叫可敦。

④ 謝赫，伊斯蘭教社團負責人、學者或教師的尊稱。

⑤ 伊瑪目，伊斯蘭教的清真寺教長或政教首領。

12

「就講到這裡吧。該禱告了。」哈吉穆拉特說，從契爾克斯外套的胸袋裡掏出伏隆卓夫送的自鳴錶，小心翼翼地按下按鈕，側著頭，忍住孩子般天真的微笑傾聽著。錶報時十二點一刻。

「朋友伏隆卓夫的禮物，」他微笑著說，「他是個好人。」

「是啊，是個好人，」洛利斯－梅里科夫說，「錶也挺好。那麼你去禱告吧，我等一會兒。」

「雅克西①，好的。」哈吉穆拉特說著，往臥室走去。

剩下洛利斯－梅里科夫獨自一人。他把哈吉穆拉特講的要點都記在筆記本上，然後點著一支煙，在屋裡來回踱步。洛利斯－梅里科夫走到臥室對面的門口，聽見裡面有人用韃靼話起勁地談論著什麼事。他猜想是哈吉穆拉特的穆里德們，就走了進來。

屋裡有一股山民特有的酸澀毛皮味兒。在靠近窗口的地上鋪著一件斗篷，紅頭髮的獨眼龍甘澤洛身穿一件油膩的破短襖，坐在斗篷上編馬籠頭。他用他那沙啞的嗓子談得很起勁，但洛利斯－梅里科夫一進去，他就立刻住了嘴，也沒理他，繼續幹他手裡的活兒。他的對面站著樂天的汗馬戈瑪。汗馬戈瑪露出雪白的牙齒，閃動沒有睫毛的黑眼睛，老是重複著一句話。美男子艾達爾袖筒捲得高高的，露出強壯的胳膊，正在擦掛在釘子上的馬鞍肚帶。哈吉穆拉特的主要助手和總管哈涅斐不在屋子裡。他在廚房裡做飯。

「你們在爭論什麼呀？」洛利斯－梅里科夫同汗馬戈瑪打了個招呼，問道。

「他老是誇獎沙米里，」汗馬戈瑪一面同洛利斯握手，一面說，「他說沙米里是個大人物。又有學問，又神聖，又會馬術。」

「他既然離開他了，怎麼還誇獎他呢？」

「離是離開了，但還是誇獎他。」汗馬戈瑪露出牙齒，閃亮眼睛說。

「那麼，你也認爲他神聖嗎？」洛利斯-梅里科夫問。

「他要是不神聖，老百姓也不會聽他的了。」甘澤洛連忙說。

「神聖的不是沙米里，而是孟蘇爾。」汗馬戈瑪說。「孟蘇爾是個眞正的聖人。他當伊瑪目的時候，老百姓是另一個樣子。他巡視村莊，老百姓都出來迎接他，吻他契爾克斯外套的衣襟，向他懺悔罪孽，發誓不做壞事。老人們說，那時人們都過得很聖潔：不抽煙，不喝酒，不忘祈禱，做了什麼對不起人的事就彼此寬恕，連血仇都寬恕。那時人們拾到財物，就掛在桿子上，豎在路邊招領。那時連眞主也賜福給老百姓，可不像現在這樣。」汗馬戈瑪說。

「現在山裡人也不喝酒不抽煙哪。」甘澤洛說。

「你的沙米里是個『拉莫佬』。」汗馬戈瑪說，向洛利斯-梅里科夫擠擠眼。

「拉莫佬」是對山民的貶稱。

「山民是拉莫佬。但山裡也住著山鷹。」甘澤洛回答。

「好小子！駁得妙。」汗馬戈瑪露出牙齒說，很欣賞對方的巧妙回答。

他看見洛利斯-梅里科夫手裡的銀煙盒，向他要了一支煙。洛利斯-梅里科夫說，他們是不准抽煙的。他就用獨眼睛眨了眨，向哈吉穆拉特的臥室擺擺頭說，只要不讓他看見，可以抽一支。他馬上就抽起來，煙不往肚裡吸，而是笨拙地噘著鮮紅的嘴唇往外吐。

「這樣不好。」甘澤洛嚴厲地說著走出屋子。汗馬戈瑪對他也眨眨眼，一邊抽煙，一邊問洛利斯-梅里科夫哪裡能買到綢短褂和白皮帽。

「怎麼，你有那麼多錢嗎？」

「有，有的是錢。」汗馬戈瑪眨眨眼睛，回答。

「你問問他，哪兒來的錢。」艾達爾把他漂亮的笑臉轉過來對著洛利斯說。

「贏來的。」汗馬戈瑪趕快說。他講起昨天他在梯弗利斯逛大街，遇見一堆人，有俄國勤務兵和亞美尼亞人，正在賭硬幣的正反面。賭注很大：三個金幣和許多銀幣。汗馬戈瑪立刻懂得他們的賭法，就哐啷哐啷地弄響口袋裡的銅幣，走進圈子，把他所有的錢都押上。

「怎麼都押上？難道你有那麼多錢？」洛利斯—梅里科夫問。

「我一共只有十二戈比。」汗馬戈瑪露出牙齒說。

「你要是輸了呢？」

「還有這個。」

汗馬戈瑪指指手槍。

「怎麼，把手槍也輸給人家？」

「爲什麼要輸給人家？我會逃跑的，要是有人阻攔，我就打死他。這不就完了。」

「那麼，你要是贏了呢？」

「對啦，我把所有的錢都收起來，撒腿就跑。」

洛利斯—梅里科夫很了解汗馬戈瑪和艾達爾。汗馬戈瑪是個樂天派，貪杯若命，精力過剩，不知道往哪裡發洩才好。他頭腦簡單，一味尋歡作樂，常常拿自己的生命和別人的生命打賭，由於賭博，他今天可以投奔俄羅斯人，也由於賭博，他明天可以倒向沙米里。艾達爾這個人也很容易理解。他對他的穆爾西德忠心耿耿，爲人鎮定沉著，堅強剛毅，洛利斯-梅里科夫覺得只有紅頭髮甘澤洛難以理解。洛利斯-梅里科夫看出，這個人不僅忠於沙米里，而且對所有的俄羅斯人都懷著無法克制的反感、蔑視、厭惡和憎恨。所以洛利斯-梅里科夫無法理解他爲什麼投奔俄羅斯人。洛利斯-梅里科夫心中不免起了疑慮，幾個高級官員也有同樣的疑慮，他們懷疑哈吉穆拉特的投誠和他跟沙米里的對立是一場騙局，是要來窺探俄羅斯人的虛實，然後跑回山裡，進而攻打俄羅斯的薄弱環節。而甘澤洛的爲人就肯定了這種猜測。「他們那些人，包括哈吉穆拉特在內，都善於隱藏自己的意圖，」洛利斯-梅里科夫想，「但他隱藏不住他的仇恨。」

洛利斯-梅里科夫想同甘澤洛聊聊。他問他在這裡是不是感到煩悶。甘澤洛沒有放下手裡的話，用獨眼斜睨著洛利斯-梅里科夫，聲音嘶啞地斷斷續續說：「不，不煩悶。」

他回答別的問題也是這樣。

洛利斯-梅里科夫在衛兵室的時候，哈吉穆拉特的第四個穆里德阿瓦爾人哈涅斐走了進來。哈涅斐臉上和脖子上都毛髮蓬鬆，高高隆起的胸膛上厚厚地長著青苔般的茸毛。這是一個頭腦簡單、身體強壯的幹活傢伙，整天忙忙碌碌，像艾達爾一樣對主人赤膽忠心。

他走進衛兵室取大米，洛利斯-梅里科夫留住他，問他從哪裡來，跟隨哈吉穆拉特是不是好久了。

「五年。」哈涅斐回答洛利斯-梅里科夫說。「我和他是同村。我父親殺死了他的舅舅，他們就想殺我，」他說，從兩道連在一起的粗眉毛下鎮定地瞅著洛利斯-梅里科夫，「我就請他認我作兄弟。」

「認作兄弟，什麼意思？」

「我兩個月不剃頭，不剪指甲，走到他們那裡。他們帶我到他的母親巴基瑪特那裡。巴基瑪特給我奶吃，我就成了他的奶兄弟。」

隔壁屋裡傳來哈吉穆拉特的聲音。艾達爾立刻聽出主人在召喚。他擦乾淨手，大踏步往客廳走去。

「他叫你去。」艾達爾回來說。

洛利斯-梅里科夫又給了樂天的汗馬戈瑪一支煙，往客廳走去。

---

① 突厥語，意為「好的」。

13

洛利斯-梅里科夫走進客廳時，哈吉穆拉特高興地迎著他走來。

「怎麼樣，講下去嗎？」他在榻上坐下，問道。

「當然，講下去。」洛利斯-梅里科夫說。「我剛才到你的衛兵那裡去，同他們談了談。他們中間有一個快樂的小伙子。」洛利斯-梅里科夫補充說。

「是的，那是汗馬戈瑪，是個快活人。」哈吉穆拉特說。

「我倒喜歡年輕漂亮的那一個。」

「哦，那是艾達爾，年紀輕，像鐵一樣結實。」

他們沉默了一會兒。

「那麼講下去嗎？」

「好的，好的。」

「我剛才講了，幾個汗是怎樣被殺害的。是的，他們被殺害了，干澤特就進入洪澤赫，在汗的宮殿裡登上寶座，」哈吉穆拉特講道，「可敦還留在那裡。干澤特把她召來。可敦就責罵他。干澤特向他的穆里德阿謝傑爾使了個眼色，阿謝傑爾就從後面擊倒可敦，把她殺了。」

「他究竟為什麼要殺她？」洛利斯-梅里科夫問。

「他們是一不做二不休，所謂斬草除根，滅掉整個家族。沙米里把最小的一個殺死，從懸崖上扔下去。整個阿瓦利亞都被干澤特征服了，只有我和哥哥不願屈服。我們要為汗們討還血債。我們假裝屈服，心裡卻想著如何向他討還血債。我們同祖父商量，決定等他從宮裡出來的時候，設埋伏刺死他。沒想到有人偷聽了我們的談話，向干澤特告密，他就把祖父叫去。他說：『你得注意，要是你的孫兒眞的陰謀反對我，我就把你和他們都吊到一個絞刑架上。我是奉眞主的旨意行事，誰也不能攔阻我。去吧，記住我的話。』祖父回家告訴了我們。因此，我們決定不再等待，節日第一天就在清眞寺起事。夥伴們拒絕參加，只剩下我跟哥哥兩個。我們每人帶著兩支手槍，披上斗篷，直奔清眞寺。干澤特帶著三十名穆里德走進清眞寺。他們的刀都出了鞘。走在干澤特旁邊的是他心愛的穆里德阿謝傑爾，也就是砍掉可敦腦袋的那個傢伙。他一看見我們，喝令我們脫掉斗篷，同時走到我面前。我手裡拿著短劍，就把他殺了，接著向干澤特撲去。但奧斯曼哥哥已向他開了槍。干澤特沒有死，拿著短劍朝哥哥撲來，但被我先下手刺中了腦袋。穆里德有三十人，可我們只有兩個人。他們殺死了奧斯曼哥哥，我突圍出來，跳窗跑了。老百姓知道干澤特被刺，都起來了。穆里德跑了，沒有跑的都被殺死。」

哈吉穆拉特停了停，沉重地嘆了一口氣。

「這本來是件好事，」他講下去，「後來卻被糟蹋了。沙米里接替干澤特的位子。他派使者前來，要我跟他一起打俄羅斯人。我要是拒絕的話，他威脅要把洪澤赫夷爲平地，並殺死我。我就回答說，我不到他那裡去，也不讓他到我這裡來。」

「爲什麼你不到他那裡去呢？」洛利斯-梅里科夫問。

哈吉穆拉特皺起眉頭，沒有立刻回答。

「辦不到。沙米里欠了奧斯曼哥哥和阿布農察爾汗的血債。我沒有到他那裡去。羅森將軍給了我軍官頭銜，命令我當阿瓦利亞長官。本來可以太平無事，可是羅森先委任卡齊庫梅赫的馬戈梅特-米爾沙汗、後來又委派阿赫梅特汗來管理阿瓦利亞。阿赫梅特汗恨我，他想讓兒子娶可敦的女兒薩爾塔聶特。可敦不肯把女兒嫁給他，他以爲是我從中作梗。他恨我，派他的衛兵來殺我，可是我逃走了。於是他就在克留蓋瑙將軍面前說我的壞話，說我不讓阿瓦爾人提供柴火給俄羅斯兵。他還對克留蓋瑙將軍說我纏頭巾，就是這個東西。」哈吉穆拉特指指他皮帽上的頭巾說，「還說這就表示了我對沙米里的忠心。將軍不信任他的話，沒有對我怎麼樣。但將軍去梯弗利斯後，阿赫梅特就自作主張：他帶了一連士兵逮捕我，把我戴上鎖鏈，拴在大砲上。把我拘留了六天六夜。第七天，他們打開鎖鏈，把我押解到鐵米爾汗舒拉城，由四十名荷槍實彈的士兵押解。他們把我的兩手捆住，還命令說，要是我逃跑，就把我打死。這一點我是知道的。我們快到莫克索赫的時候，山路狹隘，右邊是五十多丈①的峭壁。我離開士兵向峭壁邊緣走去。一個士兵

一個士兵想攔住我，可我往峭壁下一跳，把那個士兵也拉了下去。

想攔住我，可我往峭壁下一跳，把那個士兵也拉了下去。士兵摔死了，我卻活下來。肋骨、腦袋、胳膊、腿都摔壞了。我想爬，可是爬不動。我的頭發暈，人就昏過去了。等我甦醒過來，發現渾身是血。一個牧人看到我，叫人來把我抬到村子裡。肋骨、腦袋都長好了，腿也長好了，就是一條腿短了一點。」

哈吉穆拉特說著伸出他那條彎曲的腿。

「走路倒沒什麼問題。」他說。「老百姓知道了，都來看我。我復元後，就搬到采爾梅斯莊。阿瓦利亞人又要我去管理他們，」哈吉穆拉特鎮定自豪地說，「我同意了。」

哈吉穆拉特敏捷地站起來，從褡褳裡取出一個公文包，抽出兩封發黃的信，遞給洛利斯－梅里科夫。信是克留蓋瑙將軍寫的。洛利斯－梅里科夫看了一遍。第一封信是這樣寫的：

哈吉穆拉特准尉！你以前在我這裡服務，我對你感到滿意，把你看作好人。前不久，阿赫梅特汗少將向我報告，說你是個叛徒，說你纏頭巾，說你跟沙米里有聯繫，說你教唆老百姓不聽俄羅斯長官的話。我命令逮捕你，並押解到我這裡來，你又跑了。我不知道這樣好不好，因為不知道你是不是犯了罪。現在聽我說：你要是對偉大的沙皇捫心無愧，你要是沒有一點罪，那就到我這兒來。你誰也不用怕，我是你的保護人。汗不會對你怎麼樣的，他是我的部下，所以你不用害怕。

接著，克留蓋瑙表明他從不食言，大公無私，再次規勸哈吉穆拉特到他那裡。

洛利斯－梅里科夫讀完第一封信，哈吉穆拉特又掏出另一封信，但他沒有把信遞到洛利斯－梅里科夫手裡，而是講述了他如何答覆第一封信。

「我回信說，我纏了頭巾，但不是爲了沙米里，而是爲了拯救靈魂。沙米里那裡我不願去，也不能去，因爲我的父親、兄弟和親戚都死在他手裡，但我也不能投奔俄羅斯人，因爲他們侮辱了我。那天我在洪澤赫被捆，有個無賴竟朝我身上撒尿，那人一天不死，我就一天不能到你那裡去。不過，主要是我怕阿赫梅特汗那個騙子。於是將軍就送來了這封信。」哈吉穆拉特說著把另一張發黃的信紙遞給洛利斯-梅里科夫。

「你答覆了我的信，謝謝，」洛利斯-梅里科夫唸道，「你說，你不怕回來，但有個異教徒侮辱了你，使你不能回來。我可以向你保證，俄國法律是公正的，你將親眼看到那個侮辱你的人受到懲罰。我已下令調查這件事。聽我說，哈吉穆拉特。我對你不滿是有理由的，因為你不信任我，不信任我的真誠，但我原諒你，因為我知道山民都生性多疑。你要是捫心無愧，你纏頭巾只是為了拯救靈魂，那你就沒有過錯，你可以大膽正視俄國政府和我的眼睛；我保證，那個侮辱你的人，定將受到懲罰，**你的財產定將如數歸還**。你將看見和懂得俄國法律是怎樣的。再說，俄國人對事情有自己的看法，即使你受無賴的侮辱，你在他們眼裡也不會喪失威信。我還親自答應吉穆林村②人纏頭巾，並公正地看待他們的行為。因此，我再說一遍，你不必有所顧慮，你隨我派去的人一起到我這裡，他對我是忠實的，**他不是你敵人的奴僕**，而是受政府特別器重的人的朋友。」

接下去，克留蓋瑙再次勸說哈吉穆拉特投奔俄國人。

「這話我不信，」洛利斯-梅里科夫唸完信，哈吉穆拉特說，「所以我沒有到克留蓋瑙那兒。我主要是要向阿赫梅特汗報仇，而這件事我不能假手於俄羅斯人。這時候，阿赫梅特汗包圍了采爾梅斯，想活捉我或打死我。我的人馬太少，我打不過他。就在這時，沙米里派使者送信給我。他答應幫助我打退阿赫梅特汗，把他殺死，讓我統治整個阿瓦利亞。我考慮再三，最後投奔沙米里。此後我就不停地跟俄羅斯人打仗。」

於是哈吉穆拉特就講了他的全部戰功。他的戰功極多，洛利斯-梅里科夫知道一部分。他每次出征和進攻都異常神速，無比勇猛，令人吃驚，而且總是旗開得勝。

「我同沙米里從來沒有交情。」哈吉穆拉特講完自己的身世，「但他怕我，同時又需要我。有一次有人問我，除了沙米里，誰可以當伊瑪目？我說，誰的刀快，誰就是伊瑪目。這話傳到沙米里耳朵裡，他就想除掉我。他派我到塔巴薩倫③。我到了那裡，奪來一千隻羊和三百匹馬。但他說我做得不對，免去我副帥的職務，並且下令把所有的錢都交給他。我送給了他一千金盧布。他派他的穆里德來沒收我的全部財產。他要我去見他，我知道他想殺我，沒有去。他派人來捉拿我。我逃走了，投奔伏隆卓夫。但我沒能把家眷帶出來，母親、老婆、兒子都在他那裡。你告訴總司令，我家眷一天在那裡，我就一天無法行動。」

「我去告訴他。」洛利斯-梅里科夫說。

「勞駕想想辦法。我的一切都屬於你，請你費神在公爵面前美言幾句。我的手腳被捆著，繩子一頭牽在沙米里手裡。」

哈吉穆拉特用這句話結束了對洛利斯-梅里科夫的敘述。

①指俄丈，每俄丈等於二・一三四公尺。
②吉穆林村在阿瓦利亞，是沙米里的家鄉。
③塔巴薩倫在達格斯坦南部。

14

十二月二十日，伏隆卓夫給陸軍大臣契爾內舍夫寫了一封信。信是用法文寫的。

「上一班郵車我沒給您去信，仁慈的公爵，因正考慮如何處理哈吉穆拉特之事，再者，最近兩三天賤體略感不適。我在上信中已稟告大人哈吉穆拉特到達此地一事。他於八日到達梯弗利斯，次日我即和他見面，並同他談了八九天，考慮他今後能為我們做些什麼，尤其是現在我們該拿他怎麼辦，因為他對他家眷的命運極為關切。他說得十分坦率，只要他的家眷尚在沙米里手中，他就無法行動，無法為我們效勞，以報答我們對他的款待和寬大。他的親人情況不明，使他坐立不安，六神無主。我派去陪伴他的人明確對我說，他通宵失眠，飲食不進，一直禱告，只要求帶幾名哥薩克騎馬兜風——這是他多年來唯一的嗜好和運動。他天天來向我打聽，他的家眷有無消息，他還要求我將各線歸我們管轄的所有俘虜集中起來，作為向沙米里交換他家眷的條件，而且他還可添上一些錢財。為這件事上面有人願意替他出錢。他一再對我說，救救我的家眷，然後給我機會為您效勞（他認為最好是在列茲庚一線），要是我不能在一個月之內為您立大功，您可以任意處分我。

「我答覆他說，我認為這一情況無可非議，假如他的家眷留在山上，不帶到此處充當人質，此間將會有許多人不信任他。我對他說，我將盡力收集我邊境上的俘虜，但按照我們的規矩，我們無權為他湊足他所缺的贖金，我也許能找到別的辦法幫助他。我還坦率地告訴他我的一個想法：沙米里絕不會把他的家眷交還他，但可能直接向他宣布，他完全饒恕他，恢復他的一切職務，同時又威脅他，他要是不回來，就殺害他的母親、妻子和六個孩子。我問他，他能不能老實告訴我，要是沙米里這樣向他宣布，他將怎麼辦。哈吉穆拉特仰望天空，舉起雙手對我說，一切都在真主手裡，但他絕不會投入敵人懷抱，因為他斷定沙米里絕不會饒恕他，因此他是活不久的。至於會不會殺害他家眷這一點，他認為沙米里不敢輕舉妄動：第一，沙米里不願讓他的對手橫下心，變得更加危險；第二，達格斯坦有許多具影響的人物會勸阻他這樣做。最後他再三對我說，不管真主的旨意如何，他現在想的只是如何贖出他的家眷。他懇求我看在真主份上幫助他，讓他回到車臣近郊，到了那裡，他在徵得我們長官同意後，可與家眷取得聯繫，經常了解他們的情況，研究搭救他們的方法。他說，在這一部分敵人統治的地區，有許多人，其中包括幾個州長，和他多少有點交情。在我們的協助下，他很容易在歸順俄羅斯或保持中立的居民中建立聯繫，而這對於達到他朝思暮想的目的十分有利。一旦達到這一目的，他即可安心，並可為我們出力，獲得我們的信任。他要求再把他派到格羅茲尼，並給他二、三十名驍勇的哥薩克衛兵，如此既可抵抗敵人的襲擊，又可說明他的意圖的真誠。

「仁慈的公爵，不瞞您說，這一切都令我感到為難，因為不論怎麼做，我都責任重大。完全信任他，那是極不慎重的。假如想防止他逃跑，我們就得將他囚禁起來，但我認為這樣做既不公正，又不策略。假如採取這種措施，消息將會很快傳遍整個達格斯坦。這對我們極為不利，因為這樣一來，凡是多少準備公開反對沙米里的人（這樣的人為數很多），以及關心這個被迫向我們投誠、驍勇善戰又精明能幹的伊瑪目助手在我們這裡情況的人，都將改變主意。假如我們像對待俘虜那樣對待哈吉穆拉特，那麼他叛變沙米里而帶給我們的全部好處將化為烏有。

「因此，除了現在這樣行動，我別無他法。不過，萬一哈吉穆拉特想逃走，我將鑄成大錯而受人指摘。處理這種棘手的公事，要不擔風險，順順當當，即使不是不可能，也是極其困難的。但既然只有這一條路可走，那就得走下去，不管未來如何。

「仁慈的公爵，請您將此事奏聞皇帝陛下，我的處置如能獲得聖上首肯，我將感到幸福。上述情況我已另行告知札瓦朵夫斯基和柯茲洛夫斯基兩位將軍。讓柯茲洛夫斯基同哈吉穆拉特直接聯繫。我曾警告哈吉穆拉特，不得柯茲洛夫斯基將軍同意，不准有任何行動，也不准去任何地方。我對他宣布，他能在我們衛兵護送下出去走走，這對我們來說較好，不然沙米里會誣衊我們將哈吉穆拉特囚禁起來。同時我又取得哈吉穆拉特的許諾，從此不到伏茲德維任斯克去，因為我的兒子——哈吉穆拉特先向他投誠，後來又將他看作自己的朋友——並非該地區長官，他去可能引起誤會。再說，伏茲德維任斯克距離人口眾多、敵視我們的地區太近，他若要同他的親信取得聯繫，待在格羅茲尼會方便得多。

「除了二十名精選的哥薩克——哈吉穆拉特要求他們寸步不離——之外，我又派洛利斯-梅里科夫騎兵大尉陪他前去。洛利斯－梅里科夫是個精明能幹、足智多謀的軍官，通韃靼語，甚為了解哈吉穆拉特的為人，哈吉穆拉特也完全信任他。哈吉穆拉特來此處十天，跟因公前來此地的蘇申斯克中校和縣長塔爾哈諾夫公爵同住一屋。塔爾哈諾夫公爵為人極其穩重，我完全信任他。他也取得哈吉穆拉特的信任。由於他懂韃靼語，通過他的翻譯，我們討論了一些微妙的祕密問題。

「我同塔爾哈諾夫商量過哈吉穆拉特的事，他完全同意我的意見：或者照現在的方式辦理，或者將哈吉穆拉特囚禁起來，並嚴加看守——因為如果不是客客氣氣待他，就不容易管住他——或者乾脆把他送到國外。但後兩種辦法不僅將抵消由於哈吉穆拉特和沙米里齟齬而產生的全部利益，而且將沖淡山民對沙米里政權不斷增長的不滿和反抗情緒。塔爾哈諾夫公爵對我說，他認為哈吉穆拉特是誠實的，而且哈吉穆拉特深信，沙米里永遠不會饒恕他，即使答應過對他寬大，最後仍將處死他。塔爾哈諾夫在跟哈吉穆拉特交往中唯一擔心的事是，哈吉穆拉特對宗教的篤信，他本人也不諱言，沙米里可能從這方面去感化他。不過，正如我在前面說過的，沙米里無法讓哈吉穆拉特相信，他不會要他的性命，不是立即處死，就是等他回去後過一些時候。

「仁慈的公爵，以上就是我要向閣下稟告的這一事件的始末。」

15

這份報告是十二月二十四日從梯弗利斯送出的。一八五二年新年前夕，信使一路上趕壞十匹馬，把十名車夫抽得皮破血流，才將報告送到當時的陸軍大臣契爾內舍夫公爵手裡。

一八五二年元旦，契爾內舍夫向尼古拉皇帝呈遞公事，其中就有伏隆卓夫的這份報告。

契爾內舍夫不喜歡伏隆卓夫，因爲伏隆卓夫頗有名氣，深孚眾望，因爲他擁有大量財富，因爲他出身貴族，而契爾內舍夫只是個暴發戶，但主要則是因爲皇上對伏隆卓夫特別垂青。所以契爾內舍夫一有機會就竭力詆毀伏隆卓夫。在上次有關高加索的報告裡，契爾內舍夫陳述由於伏隆卓夫的疏忽，高加索有一支不大的部隊受山民襲擊，幾乎全軍覆沒，引起尼古拉對伏隆卓夫的不滿。現在契爾內舍夫又力圖從不利方面參伏隆卓夫一本，告他在處理哈吉穆拉特問題上出了紕漏。他向皇上暗示，伏隆卓夫一貫庇護甚至姑息當地土著而損害俄國利益，他把哈吉穆拉特留在高加索是很不明智的。他還暗示，哈吉穆拉特多半只是爲了窺探我方防禦工事而詐降，因此最好把他送到俄羅斯中部，等到將他的家眷從山裡救出，證實他對我們確實忠心耿耿，才能用他。

不過，契爾內舍夫的計畫沒有成功，只因爲元旦那天尼古拉心情不佳，不肯採納任何人的任何建議，況且他也不願接受契爾內舍夫提出的建議。尼古拉不喜歡契爾內舍夫卻勉強讓他留在這個位置上，只因當時還未找到合適的人選來替代。尼古拉知道他在十二月黨人案件中竭力陷害查哈爾·契爾內舍夫①，妄圖侵占他的財產，因此認爲他是個大混蛋。就這樣，由於尼古拉心情不佳，哈吉穆拉特就留在高加索。要是契爾內舍夫換個時候將此事奏聞皇上，哈吉穆拉特的命運也許不會發生後來那樣的變化。

九點半，在零下二十度的寒霧中，契爾內舍夫那個頭戴藍絲絨尖頂帽的大鬍子胖車夫坐在同尼古拉一世一樣的小雪橇馭座上，將雪橇趕到冬宮門口，對他的朋友——陀爾果魯基公爵的車夫親切地點頭致意。他這位朋友早已讓主人下了雪橇，停在冬宮門口，把韁繩塞到臃腫的大棉褲下，拚命搓著凍僵的雙手。

契爾內舍夫身穿毛茸茸的灰色海龍皮領外套，頭上照規矩戴一頂插雉毛的三角帽。他掀掉熊皮毯，小心翼翼地把他那雙沒穿套鞋（他以從來不穿套鞋自豪）的凍僵的腿從雪橇裡挪出來，碰響馬刺，從地毯上走進門房畢恭畢敬地給他打開的門裡。契爾內舍夫在前廳把外套扔給急急跑來的老侍僕，走到鏡子前，小心翼翼地連同鬈曲假髮和帽子一起摘下。他照了照鏡子，用那雙衰老的手熟練地捲了捲鬈髮和額髮，整理一下十字勳章、肩帶和巨大的帶繡花字母的肩章，這才軟弱無力地邁開他那兩條不聽使喚的老腿，踏著鋪了地毯、坡度平緩的樓梯上樓。

契爾內舍夫經過一排整齊的諂媚地向他鞠躬的內侍，走進客廳。值日官是個新任命的侍從武官，身穿金光閃閃的嶄新軍服，佩戴著嶄新的肩帶和肩章，臉色紅潤鮮嫩，蓄著小髭子，鬢髮梳得像尼古拉一世那樣。他站起來迎接契爾內舍夫。陸軍副大臣華西里・陀爾戈魯基公爵神情呆滯，留著同尼古拉一世一樣的絡腮鬍、小髭子和鬢腳，也起身迎接契爾內舍夫，向他問好。

「皇帝呢？」契爾內舍夫問侍從武官，眼睛瞟瞟辦公室的門。

「陛下剛回來。」侍從武官說，顯然對自己悅耳的聲音很得意。他輕悄而平穩地——平穩得就是頭上頂了滿滿一杯水都不會外溢——走到無聲地打開的門前，整個神態都表示對他將要進去的地方懷著無限崇敬，接著在門後消失了。

這當兒，陀爾戈魯基打開公事包，查看了一下裡面的公文。

契爾內舍夫呢，皺緊眉頭，踱來踱去，活動活動兩腿，考慮著應該奏聞皇帝的事。辦公室的門大開，裡面走出一個容光更煥發，態度更威嚴的侍從武官。他做手勢請大臣和副大臣入內覲見皇上。這當兒，契爾內舍夫正站在辦公室門口。

冬宮遭祝融之災後早已整修一新，但尼古拉皇帝仍住在樓上。他接見大臣、高級官員和聽取報告的辦公室是一個有四面大窗的高大房間。正面牆上掛著亞歷山大一世的巨幅畫像。在窗與窗之間放著兩張辦公桌。靠牆放著幾把椅子，房間中央有一張巨大的寫字台，桌子後面放著尼古拉的安樂椅，前面有幾把椅子，是爲被接見的人預備的。

尼古拉穿一件沒有肩章、只帶肩章標誌的黑禮服，大肚子勒得緊緊的龐大身軀仰靠在安樂椅上，死氣沉沉的眼睛茫然瞅著進來的人。他的臉又長又白，前額寬大突出，梳得服貼的鬢髮巧妙地同假髮連在一起，蓋住他的禿頂。今天他的神氣特別陰冷和呆滯。他的眼睛一向渾濁無光，今天更加黯淡無神，緊閉的嘴唇上留著兩撇上翹的髭子；新剃的肥胖雙頰長著臘腸般的絡腮鬍，被高高的領子托住；下巴頦也被高領子頂住——這一切使他的臉增添了一種煩惱甚至憤怒的神色。這種情緒是由於疲勞造成的，而疲勞的原因則是他昨晚參加了假面舞會。當時他照例戴著飾有鳥形圖徽的近衛重騎兵頭盔，穿過向他擠來卻又怯生生讓開的洋洋自得的人群，遇到了上次假面舞會上遇到過的那個戴假面具的女人。這個女人雪白的皮膚、優美的身材和嬌滴滴的聲音喚起了他老年的情慾。她上次躲開他，答應下次舞會再同他見面。昨天在假面舞會上，她走到他跟前，他不再放過她了。他把她領到專爲這個目的設立的單間，他可以同他的女伴單獨留在那裡。尼古拉默默地走到單間門口，環視了一下，眼睛搜尋著內侍，可是沒有找到。尼古拉皺起眉頭，推開單間的門，讓女伴走在前面。

「裡面有人。」假面女人站住，說道。單間裡眞的有人。在絲絨沙發上，一個槍騎兵軍官和一個年輕漂亮、金髮鬈曲、身穿化裝斗篷和摘下假面具的女郎依偎在一起。金髮女郎一見尼古拉皇帝挺直身子、怒氣沖沖的模樣，慌忙戴上假面具；槍騎兵軍官嚇得呆若木雞，坐在沙發上一動也不動，盯著尼古拉一世。

尼古拉雖已看慣人們在他面前惶恐的神色，他還是喜歡看這種表情。他有時故意說幾句親切的話，使他們更加惶恐不安。此刻他又這樣做。

「哦，老弟，你比我年輕，」他對嚇得目瞪口呆的軍官說，「可以把位置讓給我。」

軍官連忙站起來，臉上一陣紅一陣白，彎著腰，戴上面具，默默地走出單間。尼古拉跟他的女伴就單獨留在那裡。

戴面具的女伴是個二十歲的美麗姑娘，天眞爛漫，是個瑞典籍家庭女教師的女兒。這個姑娘對尼古拉說，她從小看到照片，就愛上他和崇拜他，決心要獲得他的垂青。如今目的已經達到，她不再需要什麼了。這位姑娘被帶到尼古拉通常同女人幽會的地方，尼古拉在那裡同她消磨了一個多小時。

那天晚上，尼古拉回到自己的寢宮，躺在又窄又硬的床上（他以睡這種床自豪），蓋上他的大氅（他自認這件大氅就像拿破崙帽子一樣聞名天下，還常常這樣對人說），久久不能入睡。他忽而想起那姑娘白嫩臉上又驚又喜的神態，忽而想起他的老情婦聶麗多娃健美的肩膀，並且拿她們兩人做比較。至於已婚男人不該再過放蕩生活，這一點他連想都沒有想過。要是有人爲這種事譴責他，他還會感到奇怪。不過，他雖然自信他的行爲沒有什麼不對，內心卻有一種不愉快的波動。爲了消除這種煩惱，他就想著一件常常能讓他平靜的事：他是一個多麼偉大的人物。

他雖然很晚才入睡，早晨卻仍像平時一樣七點多起床。他照常盥洗，用冰塊擦擦他那肥大的身子，向上帝禱告，嘴裡唸著從小唸慣的禱文：「聖母」、「我信仰」、「我們在天上的父」，心裡根本沒意識到這些禱文的涵義。接著，他穿上外套，戴上制帽，從邊門走到濱河街。

在濱河街中心，他遇見一個身穿制服、頭戴制帽、身材跟他一樣高大的法學院學生。尼古拉皇帝一看見法學院——他因那裡流行自由思想而不喜歡這個學校——制服，就皺起眉頭，但那個學生的高大身材、筆挺的立正姿勢和臂肘突出敬禮的模樣稍稍減輕了他的不滿情緒。

「你叫什麼名字？」他問。

「波洛薩托夫，皇帝陛下！」

「好樣的！」

那學生一直舉手敬禮，站在那裡。尼古拉站住了。

「你願意服役嗎？」

「不，皇帝陛下。」

「蠢貨！」尼古拉轉過身，向前走去，大聲唸著最先溜到嘴邊的字眼。「柯佩文！柯佩文！」他把昨天那個姑娘的名字唸了幾遍。「可恨，可恨。」他根本沒有意識到他在說些什麼，只是用說話來克制自己的感情。「是啊，俄國要是沒有我，會成爲什麼樣子，」他感到憤恨的情緒又襲上心頭，自言自語著，「不僅俄國，整個歐洲要是沒有我，會成什麼樣子！」他想到他的內弟普魯士國王，想到他的懦弱昏庸，搖了搖頭。

他回到冬宮門前，看見葉蓮娜．巴甫洛夫娜的馬車。她帶了一個穿紅制服的侍從來到薩爾蒂科夫大門口。葉蓮娜．巴甫洛夫娜在他的心目中是廢物的化身。這些廢物不僅空談什麼科學和詩歌，而且議論政治，還認爲他們實行自治會比他尼古拉統治他們好。他知道，不管他如何壓制他們，他們還是會浮起來，浮到上面來。他想起了不久前去世的弟弟米哈伊爾．巴甫洛維奇，他感到一陣悔恨和悲傷。他悶悶不樂地皺起眉頭，喃喃地隨口唸著滑到嘴邊的話。直到他走進冬宮，才不再自言自語。他走進自己的宮裡，對鏡梳理絡腮鬍、鬢髮和額上的假髮，捻了捻小鬍子，往聽取報告的辦公室走去。

他首先接見契爾內舍夫。契爾內舍夫從尼古拉的臉色，尤其從眼神中看出，他今天心緒不佳。他知道他昨天的風流韻事，明白他爲什麼心緒不佳。尼古拉冷冷地同契爾內舍夫打了招呼，請他坐下，又用那雙死氣沉沉的眼睛盯著他。

契爾內舍夫啓奏的第一件事是軍需官貪污案；接著是調動軍隊到普魯士邊境的問題；然後是年終賞金得獎者的補充名單；再有是伏隆卓夫關於哈吉穆拉特投誠的報告；最後是醫學院學生謀刺教授案。

尼古拉默默地閉緊嘴唇，用他那無名指上戴著金戒指的白淨大手翻閱著文件，聽著貪污案始末，眼睛一直盯著契爾內舍夫的前額和額髮。

尼古拉相信，沒有一個官吏不貪污。他知道現在必須懲辦那些軍需官，罰他們去當兵，但這樣做並不能制止新任軍需官貪污。官吏天生愛貪污，他的職責就是懲辦他們。儘管這種事令他厭煩，他還是必須認眞履行職責。

「看來，在我們俄國只有一個人廉潔。」他說。

契爾內舍夫立刻明白，俄國唯一廉潔的人就是他尼古拉本人。他贊同地微微一笑。

「我看是這樣的，陛下。」他說。

「不用說了，我來批示。」尼古拉拿起公文，把它放在桌子左邊。

接著，契爾內舍夫報告發獎金和軍隊調動的事。尼古拉看了看名單，劃掉幾個名字，然後斷然命令調兩個師到普魯士邊境。

尼古拉怎麼也無法原諒一八四八年頒布憲法的普魯士國王，因爲，儘管他在信裡和口頭上對內弟表現得很親熱，他仍認爲普魯士邊境必須駐兵以防萬一。這支軍隊還有一個用處：一旦普魯士人民起來暴動（尼古拉看到四處都在準備暴動），就可以出兵保衛內弟的王位，就像他上次出兵對抗匈牙利人來保衛奧地利那樣。邊境上有了這支軍隊，他對普魯士國王進言忠告就更具份量和意義了。

「是啊，俄國要是沒有我會變成什麼樣子。」他又想。

「喂，還有什麼？」他說。

「有個使者從高加索來。」契爾內舍夫說，接著就報告伏隆卓夫信中關於哈吉穆拉特投誠的事。

「原來是這麼回事，」尼古拉說，「倒是個好的開端。」

「陛下手訂的計畫顯然開始見效了。」契爾內舍夫說。

這種對他雄才大略的讚揚，尼古拉聽了特別高興，因爲儘管他以雄才大略自豪，內心卻意識到自己並沒有這方面的才能。不過，現在他很想多聽聽這樣的諛詞。

「你對這件事的看法？」他問。

「我的看法是，如果早就遵照陛下的計畫，逐步向前推進，即使慢一點也行，砍伐樹木，燒毀糧食，那麼高加索早就被征服了。哈吉穆拉特的投誠，我看也全靠這種形勢。他明白他們撐不住了。」

「說得對。」尼古拉說。

在敵人境內砍伐樹木、燒毀糧食、逐步推進的計畫，其實是葉爾莫洛夫和維里亞米諾夫兩將軍的計畫，同尼古拉的計畫正好相反。按照尼古拉的計畫，必須一舉占領沙米里的地盤，搗毀他的匪窟，並爲此進行了傷亡慘重的一八四五年達爾果遠征。雖然如此，尼古拉還是把砍伐樹木、燒毀糧食、逐步推進的計畫算作自己的計畫。按理說，要人家相信砍伐樹木、燒毀糧食、逐步推進的計畫是他的主意，他就必須掩蓋眞相——他曾堅持截然相反的一八四五年軍事行動。但他對這件事並不諱言，且以一八四五年的遠征和逐步推進計畫自豪，儘管這兩個計畫是完全對立的。周圍的人常露骨地奉承他，使他看不見自己的矛盾，使他的言行違反實際、違反邏輯，甚至違反常識。不管他的命令是多麼錯誤、矛盾和荒謬，他還是相信他的一切命令都是正確、公正和協調的，只因爲這些命令都是他下的。

在高加索事件之後，契爾內舍夫報告了外科醫學院學生一案。尼古拉做出了決定。事情是這樣的：一個青年學生前兩次考試不及格，考第三次時，主考教授還是沒讓他及格。這個神經質的學生認爲不公平，一氣之下便抓起桌上削鵝毛筆的小刀向教授撲去，教授因而受了幾處輕傷。

「他姓什麼？」尼古拉問。

「波日卓夫斯基。」

「是波蘭人吧？」

「原籍波蘭，信天主教。」契爾內舍夫回答。

尼古拉皺起眉頭。

他經常對波蘭人實行暴政。爲了解釋這種暴政，他必須相信，波蘭人都是壞蛋。尼古拉認爲他們都是壞蛋，因此痛恨他們，越對他們實行暴政，就越痛恨他們。

「等一會兒。」他說著，閉上眼睛，垂下頭。

契爾內舍夫不只一次聽尼古拉說過這句話，所以知道當他在決定重大問題時，只要聚精會神地沉默幾秒種，就會靈機一動，做出十分正確的決定，彷彿內心有個聲音會告訴他應該怎麼辦。此刻他正在考慮，怎樣通過這個學生的事激發自己對波蘭人的憤恨。結果內心的聲音暗示他做出如下的決定。他拿起報告，在空白的地方批示：**「應處死刑。但感謝上帝，我們這裡沒有死刑。我也不願破例。帶他在千人行列中走十二次②。尼古拉。」**他用他那難看的粗大花體字母簽了名。

尼古拉知道，一萬二千下鞭子無疑是一種致人死命的重刑，而且極其殘酷，因爲要打死一個身強力壯的人，五千鞭就足夠了。但他喜歡做一個無比殘酷的人，他一想到我們這裡沒有死刑，又感到很得意。

他批完大學生案，把報告推給契爾內舍夫。

「好了，」他說，「你看吧。」

契爾內舍夫看了一遍，低下頭，表示對這一英明的決定不勝欽佩。

「再把全體學生帶到操場，讓他們看看行刑。」尼古拉補充說。

「這對他們有好處。我要消滅這種革命情緒，連根消滅。」他想。

「是。」契爾內舍夫說，停頓了一下，整整額髮，回到高加索報告上。

「如何答覆伏隆卓夫，您有什麼指示？」

「堅持我的政策：在車臣地區燒毀住房，燒毀糧食，不斷對他們進行襲擊。」尼古拉說。

「哈吉穆拉特的事，您有什麼吩咐？」契爾內舍夫問。

「伏隆卓夫信裡不是說要在高加索利用他嗎？」

「這是不是有點冒險？」契爾內舍夫避開尼古拉的目光，說，「我怕伏隆卓夫過分信任他。」

「那你看應該怎麼辦？」尼古拉發現契爾內舍夫把伏隆卓夫的計畫往壞處想，出其不意地問。

「我想還是把他送到俄國後方比較穩當。」

「你這樣想，」尼古拉嘲笑說，「可我不這樣想，我同意伏隆卓夫的計畫。你就這樣答覆他吧。」

「遵旨。」契爾內舍夫說，站起來鞠躬告辭。

陀爾戈魯基也鞠躬告辭。在稟奏過程中，他只就調動軍隊問題回答了尼古拉幾句話。在契爾內舍夫之後，尼古拉接見了前來辭行的西部邊區總督比比科夫。他贊同比比科夫鎮壓不願改信東正教的農民的反抗，下令不服從者一律軍法處置。這就是說，判處他們「通過行列」。此外，他還下令把一名報館編輯送去當兵，因爲他刊登了幾千名國家農民③被劃歸皇室領地當農奴的消息。

「我這樣做，因爲我認爲這是必要的，」他說，「我不許任何人議論此事。」

比比科夫當然明白這樣處置合併派④教徒十分殘酷，把當時僅有的自由農民改爲皇室農奴也是完全不合理的。但他不能表示異議。不同意尼古拉的命令，就會使他喪失四十年慘澹經營所獲得的烜赫地位和所享的特權。他只好馴順地低下花白的頭，表示準備忠實執行那殘酷、狂暴和無理的聖旨。

比比科夫走後，尼古拉覺得自己圓滿履行了職責，伸了個懶腰，看看錶，走去更衣，準備出門。他穿上帶肩章、勳章和綬帶的軍服，走進客廳。那裡已有一百多個穿軍服的男人和袒胸露臂的盛裝女人按照各自身分排列著，戰戰兢兢地等著他出來。

他的眼神死氣沉沉，高高鼓起從上到下繃緊的肚子，挺起胸膛，向等待著他的人們走去。他發覺所有的眼睛都露出誠惶誠恐和卑躬屈節的神色，就裝得更加威嚴。他看到一張張熟識的臉，記起那些是什麼人，停下腳步，有時說幾句俄語，有時說幾句法語，同時用沒有生氣的冰涼目光死盯著他們，聽他們對他說些什麼。

尼古拉接受他們的請安後就去教堂。

上帝通過他的僕人（神父），也像世俗的人那樣，頌揚尼古拉，並向他致敬。尼古拉對於這種致敬和頌揚雖已厭倦，但還是心安理得地接受了。這是理所當然的，因為全世界的和平幸福都繫於他一人身上。這一切已令他厭倦，不過他仍不放棄造福世界的努力。當午禱結束，身穿華美法衣、頭髮梳得精光的助祭高呼「萬歲」，唱詩班悅耳地同聲附和時，尼古拉回過頭來，看到雙肩豐腴的聶麗多娃站在窗旁，就以庇祖她的眼光拿她同昨天的姑娘做比較。

午禱後，他到皇后那裡，在家裡待了幾分鐘，同孩子、皇后說說笑笑。接著，穿過愛爾米塔日宮來到御前大臣伏爾康斯基那裡，順便託他從自己的特種用款中每年撥一筆養老金給昨天那個姑娘的母親。然後從他那兒出來，去做例行的散步。

那天午餐是在龐貝廳⑤舉行的，參加午餐的除了兩個小皇子外，還邀請了李文男爵、爾席夫斯基伯爵、陀爾果魯基、普魯士公使，以及普魯士國王的侍從武官。

普魯士公使和李文男爵利用等待皇帝和皇后駕到的空檔時間，針對最近從波蘭接到的令人不安的消息做了一番意義深長的談話。

「波蘭和高加索是俄國的兩個傷口。這兩個地方每處至少得駐軍十萬人。」李文說。公使聽見這話，假裝很吃驚。

「您是說波蘭嗎？」

「是啊，這是梅特涅的一步狠棋，弄得我們很為難……」

他們談到這裡，皇后抖動著腦袋，臉上掛著沒有表情的微笑走進來。她後面跟著尼古拉。

吃飯的時候，尼古拉講到哈吉穆拉特的投誠，還講到由於他的伐木圍困政策奏效，高加索戰爭不久可望結束。

普魯士公使和侍從武官交換了個眼色，今早他們還談到尼古拉以戰略大家自居是個不幸的毛病。這會兒他們卻大大稱讚這個計畫，認爲它再次證明尼古拉是個偉大的戰略天才。

飯後尼古拉去觀賞芭蕾舞演出。幾百個穿三角褲的裸體女人表演進軍舞。其中一個特別撒嬌地瞟了他一眼。尼古拉把芭蕾舞導演叫來，向他致謝，並吩咐人賞給他一只鑽石戒指。

第二天，契爾內舍夫前來啓奏時，尼古拉重申對伏隆卓夫的命令，要他趁哈吉穆拉特前來投誠的時機，加緊騷擾車臣地區，收攏哨兵包圍圈。

契爾內舍夫遵照聖旨寫信給伏隆卓夫。於是另一使者又趕壞了幾匹馬，打傷了幾個車夫的臉，向梯弗利斯馳去。

---

①查哈爾・契爾內舍夫（1796～1862），十二月黨人。

②舊俄時期的酷刑。被懲罰者要行經一千人的行列，每人往他身上狠抽一鞭子。

③指耕種國家土地的自由農民。

④根據一四三九年佛羅倫斯會議，東正教和天主教教會實施合併。合併後的教會稱作合併派。

⑤宮裡的一個大廳，其建築和設備都依照古羅馬的龐貝城。

16

爲了執行尼古拉皇帝這一命令，一八五二年一月俄軍對車臣區進行了襲擊。

擔任襲擊的部隊由四營步兵、兩百名哥薩克和八門大砲組成。縱隊走的是大路。縱隊兩邊是穿高統皮靴和短皮大衣、戴高筒皮帽的獵騎兵，扛著槍，挎著子彈帶，組成連續不斷的散兵線，在山谷裡忽上忽下地行進著。隊伍在敵人的地區行軍，照例竭力保持安靜。只有大砲經過溝渠時發出鏗鏘的聲音，或是不懂命令的拉砲車馬匹偶爾發出嘶鳴聲和響鼻聲；有時憤怒的長官看到散兵線拉得太長，走得離縱隊太近或太遠，就用壓低的沙啞嗓子叱責部下。只有一次，一隻白肚子、白屁股、灰脊背的母山羊和一隻同顏色、雙角彎向背部的公山羊突然從散兵線和縱隊之間的小樹叢裡竄出，打破了寂靜。這兩頭受驚的漂亮動物，前腿一收，飛快地向縱隊跑去。牠們離縱隊很近，有幾個士兵又喊又笑地跑去追趕，想用刺刀捅牠們，但山羊轉身衝過散兵線，被幾條軍犬追逐著，像飛鳥般往山上跑去。

冬天還沒有過去，太陽卻已升得很高。到了中午，一早出發的隊伍已走了十俄里左右，大家感到有點熱。陽光十分強烈，刺刀和大砲銅皮上的反光刺得人眼睛發痛。

後面是部隊剛涉過的湍急清溪，前面是耕地和草地，還有不深的山溝，再前面是長滿樹木的神祕黑色群山，群山之後有突出的懸崖，而在高高的地平線上則是永遠美麗動人、永遠變幻莫測、像鑽石般閃閃發亮的雪山。

走在第五連前面的，是不久前才從近衛軍調來的身穿黑制服、頭戴高皮帽、肩挎馬刀的高個子英俊軍官布特勒。他身強力壯，對生活充滿樂觀態度，勇敢地蔑視死亡的危險。他渴望行動，並意識到自己參與了一個由統一意志領導的偉大事業。今天是布特勒第二次上戰場，他高興地想像著他們馬上就要遭到射擊，他不僅不會在飛來的砲彈下低頭，不僅不會理睬子彈的呼嘯，並且會像上次那樣高高昂起頭，眼睛含笑環顧同伴和士兵，若無其事地談些毫不相干的事。

部隊離開大道，轉入人跡罕至的玉米田間的小路。當他們接近樹林時，突然一顆砲彈帶著不祥的嘯聲不知從哪裡飛來，落在路旁玉米地上輜重車中間，把玉米地的泥土炸得飛濺開來。

「開始了！」布特勒快樂地笑著對旁邊的同伴說。

果然，砲彈爆炸後，樹林裡出現了黑壓壓一夥打著旗號、騎著馬的車臣人。在這夥人中間有一面大綠旗，視力很好的連司務長告訴近視的布特勒，那肯定是沙米里本人。這夥人走下山，來到右邊最近一個山谷的高處，又往下走。身材矮小的將軍穿著厚厚的黑制服，戴一頂白羔皮高帽，騎一匹溜蹄馬，跑到布特勒一連人跟前，命令布特勒從右邊迎擊騎馬的車臣人。布特勒迅速地把他的連調往指定的方向，但還沒跑下山谷，就聽見背後接連響起了兩聲大砲的轟鳴。他回頭一看：兩團灰藍色的濃煙正從兩尊大砲上升起，順著山谷擴散。那夥車臣人顯然沒想到有砲兵，就往後撤。布特勒的連隊開槍追擊山民，整個谷地都充滿了火藥味。只有從谷地高處可以看見山民一面還擊追逐他們的哥薩克，一面急急忙忙地後退。部隊繼續追擊山民，看得見第二個山谷的斜坡上散布著山民的村莊。

布特勒帶著連隊緊隨著哥薩克騎兵，進入那個山村。村子裡一個居民也沒有。士兵們奉命燒毀糧食、乾草和土屋。整個村子瀰漫著刺鼻的濃煙，士兵們在濃煙中竄來竄去，從土屋裡拖出找到的東西，捕捉和射擊山民沒有帶走的母雞。軍官們在離濃煙遠一點的地方坐著吃早飯、喝酒。司務長用木板端來蜂房蜜。

士兵們在濃煙中竄來竄去，從土屋裡拖出找到的東西，
捕捉和射擊山民沒有帶走的母雞。

這裡聽不見車臣人的動靜。午後不久，接到撤退的命令。各連隊在村後排成縱隊，布特勒擔任後衛。縱隊一開拔，車臣人就出現了。他們追蹤部隊，在後面開槍。

部隊來到開闊地，山民落在後面。布特勒手下沒有一人受傷。他回來的時候，一路上心情愉快，精神振奮。

部隊涉過早晨走過的山溪，排列在玉米地和草地上，各連的歌手紛紛走到隊列前唱起歌來。沒有風，空氣清新明淨，百里外的雪山彷彿近在咫尺。歌聲一停，就聽見均勻的腳步聲和大砲的鏗鏘聲，好像歌曲的前奏和間奏。布特勒的五個連唱著一個士官爲頌揚團隊而寫的歌，歌曲用了舞曲的曲調和「獵騎兵，獵騎兵，了不起，了不起，了不起！」的副歌。

布特勒騎馬跟他的頂頭上司彼得羅夫少校並排走著。他與彼得羅夫住在一起，他對自己從近衛軍調到高加索感到說不盡的高興。他調到高加索來的主要原因是，他在彼得堡打牌輸錢，弄得身無分文。他擔心留在近衛軍裡戒不了賭，又沒有錢可輸。這一切如今都已過去，他開始過另一種生活，一種生氣勃勃的美好生活。他忘記了自己的破產和未償還的債務。高加索、戰爭、士兵、軍官、喜歡喝酒、作戰勇敢且心地善良的彼得羅夫少校——這一切在他看來都十分美好。他有時簡直不敢相信，他不是在彼得堡，不是在煙霧騰騰的屋子裡「摺角」，押注，痛恨莊家，並感到窒悶得頭痛；而是在這個迷人的地方，同高加索好漢們待在一起。

「獵騎兵，獵騎兵，了不起，了不起，了不起！」他的歌手們唱著。他的馬按著音樂節奏輕快地邁開步子。連隊那頭灰色長毛軍犬特列索爾卡好像一名長官，搖動著尾巴，專心致志地在連隊前跑著。布特勒覺得神清氣爽，心裡平靜快樂。戰爭在他看來只是面臨危險和死亡，但因此可以贏得獎賞，獲得本地夥伴和俄羅斯朋友的敬意。而戰爭的另一面：官兵和山民的傷亡，說也奇怪，他根本沒有想到。他甚至不自覺地避免看到傷亡，以保持戰爭的詩意。今天也是這樣，我方有三人陣亡，十二人負傷。他從一具仰天躺著的屍體旁邊走過，只斜眼瞟了瞟一隻姿勢古怪、白蠟般的手和頭上暗紅色的斑點，就不再看他。在他看來，山民也只是一些必須加以防禦的騎手罷了。

「看到嗎，老弟，」在唱歌間歇的時候少校說，「這裡可不像你們彼得堡的大馬路，可以向右看齊，向左看齊，起步走。從這裡回家可得費點勁了。回到家裡，我的瑪莉亞會給我們包子吃，還有美味的菜湯。這才叫生活！你說是不是？喂！唱首〈朝霞升起來〉！」他命令歌手們唱他心愛的歌。

少校跟司務長的女兒瑪莉亞結婚，生活在一起。瑪莉亞是個淡黃頭髮的漂亮女人，滿臉雀斑，今年三十歲，沒有孩子。不管她過去如何，而今她是少校的忠實伴侶。她像保姆般的照顧他，而這正是少校所需要的，因爲他常喝得爛醉如泥。

他們回到要塞，一切不出少校所料。瑪莉亞請他和布特勒，以及兩個軍官吃了一頓豐盛美味的午餐。少校大吃大喝，喝得連話都說不出來了，只好回自己屋裡去睡覺。布特勒也筋疲力盡，但心情愉快。他多喝了幾杯契希爾，也回到屋裡，一脫下衣服，一隻手枕著漂亮的鬈髮，立刻睡著了，既沒有做夢，也沒有醒過。

17

遭到襲擊而被破壞的山村就是哈吉穆拉特投奔俄羅斯人前夕住宿過的地方。

薩多——哈吉穆拉特在他那裡歇過幾天——在俄羅斯人逼近山村的時候，帶著家眷上山。後來薩多回到山村，發現他的泥屋已倒塌，屋頂塌了下來，門和走廊的柱子都被焚毀，屋裡十分骯髒。他那個眼睛閃閃發亮的漂亮兒子不久前還興高采烈地望著哈吉穆拉特，現在已經死了，屍體用一匹蓋著斗篷的馬馱到清眞寺。他背部被刺刀捅穿。那個上次服侍過哈吉穆拉特的端莊女人，此刻穿一件胸前撕破的襯衫，露出衰老下垂的乳房，披頭散髮站在兒子屍體前面，抓得滿臉是血，不停地號啕大哭。薩多拿著鶴嘴鋤和鐵鏟帶著一家人爲兒子挖墳。老爺爺坐在倒塌的土屋牆邊，手裡削著一根小棒，眼睛直勾勾地瞧著前方。他剛從養蜂場回來。那兒的兩堆乾草被燒掉了；老頭兒親手種植、已經養活的幾棵杏樹和櫻桃樹被折斷並燒焦了，甚至連蜂箱和蜜蜂都被燒得一乾二淨。家家傳出女人的哭聲，廣場上又運來兩具屍體，也是一片哭聲。小孩子和母親一起號啕大哭。飢餓的牲口找不到東西吃，也在號叫。大孩子不再玩耍，用驚慌的目光瞧著大人。

泉水被弄髒了，顯然是有意不讓人飲用。清眞寺也被弄得很髒。毛拉和他們的弟子正在裡面打掃。上了年紀的戶主們聚集在廣場上，蹲在地上討論他們的處境。誰也沒有提到對俄羅斯人的憎恨。車臣人，不論老少，對俄羅斯人絕不僅僅是一般的憎恨。這不是憎恨，他們認爲俄羅斯人不是人而是狗，並且對俄羅斯人瘋狂的殘酷感到深惡痛絕和難以理解，恨不得像消滅老鼠、毒蜘蛛和豺狼那樣把他們滅掉。這種感情非常自然，就像自衛的本能一樣。

擺在居民面前的只有兩條路：或者留在故鄉，以驚人的毅力重建慘澹經營卻被毀於一旦的家業，但可能再次遭到破壞；或者違反伊斯蘭教教規，違反痛恨和蔑視俄羅斯人的感情，向他們屈服。

老人們做了禱告，一致決定派使者到沙米里那裡求援，並立刻動手重建家園。

18

襲擊後的第三天，布特勒從後門走到街上，時間已不早了。他想在早餐前散散步，呼吸呼吸新鮮空氣，然後照例跟彼得羅夫一起吃早餐。太陽已從山後升起，街道右邊陽光照耀下的白色土屋非常刺眼，但從左邊看去，遠方覆蓋著樹林的鬱鬱蔥蔥的高山和從山峽口中露出、酷似白雲的連綿雪山，卻使人感到賞心悅目。

布特勒望著群山，深深吸著新鮮空氣，慶幸他還活著，活在這個美好的世界上。此外，令他高興的是，昨天在戰鬥中，在進攻時，特別是在充滿激烈戰鬥的撤退中，他幹得很漂亮。還有值得高興的是，回憶昨天行軍回來的情況，當時和彼得羅夫同居的瑪莉亞招待他們吃喝，她對所有的人都和藹可親，對他尤其親熱。瑪莉亞留著一條粗辮子，肩膀豐滿，胸部高高隆起，滿是雀斑的和善的臉笑盈盈，不由得把布特勒這個身強力壯的單身漢迷住了。他甚至認爲她有意於他。不過他認爲，如果這樣，就會對不起忠厚老實的朋友，因此對瑪莉亞始終以禮相待。這一點，他對自己很滿意。此刻他正在想這件事。

前面大街上灰沙飛揚，傳來馬匹急促的蹄聲，彷彿有幾個人疾馳而來，把他的思緒打斷。他抬起頭，看見街尾有一群人騎馬走來。約莫有二十個哥薩克，其中有兩個人領頭：一個身穿白色契爾克斯外套，頭戴高皮帽，纏著頭巾；另一個是俄國軍官，黑臉膛，鷹鉤鼻，身穿青色契爾克斯外套，衣服上和武器上有許多銀飾。那個纏頭巾的人騎的是一匹腦袋很小、眼睛好看的赤兔馬；那軍官騎的是一匹高大的卡拉巴克駿馬。布特勒一向喜歡駿馬，頓時被這匹馬的雄姿所吸引。他停住腳步，想打聽這些人是誰。那個軍官對布特勒說：「這裡是不是軍事長官的公館？」他用生硬、不標準的俄國話詢問（說明他不是個眞正的俄國人），同時用鞭子指指伊凡・馬特維耶維奇的房子。

「正是。」布特勒說。

「這是什麼人？」布特勒問，走到軍官跟前，以目示意那個纏頭巾的人。

「他是哈吉穆拉特。他到這裡來，要住在軍事長官的公館裡。」

布特勒知道哈吉穆拉特，也知道他向俄國人投誠的事情，但是怎麼也沒料到會在這個小小的要塞裡看到他。

哈吉穆拉特友好地望著他。

「你好，柯施科爾德①。」布特勒用新學會的韃靼語招呼說。

「薩烏布爾。」哈吉穆拉特點點頭回答。他騎馬來到布特勒跟前，伸出手，兩個手指上掛著馬鞭。

「你是長官嗎？」他問。

「不，長官在那裡，我去叫他。」布特勒對軍官說，走上台階，推開門。

不過，瑪莉亞所說的「正門」卻關著。布特勒敲敲門，沒有人答應，他就繞到後門。他喊他的勤務兵，沒有人答應，兩個勤務兵一個也沒找到。他走進廚房。瑪莉亞包著頭巾，臉漲得通紅，捲起袖子，露出白白胖胖的手臂，把那跟她手臂一樣白的擀好的麵切成包子皮。

「勤務兵都到哪兒去了？」布特勒問。

「都灌酒去了，」瑪莉亞說，「您有什麼事？」

「把大門打開。你們家門外有一大批山民。哈吉穆拉特來了。」

「您眞會開玩笑。」瑪莉亞笑著說。

「我沒開玩笑。是眞的。他們都在門口等待。」

「眞有這種事嗎？」瑪莉亞問。

「我跟您開玩笑做什麼。您去看看，他們都站在門口呢。」

「眞想不到，」瑪莉亞放下衣袖，摸摸粗辮子上的髮針，說道，「我去把彼得羅夫叫醒。」

「不，我自己去。你啊，邦達連科，去開門。」布特勒說。

「嗯，那也好。」瑪莉亞說，又動手幹活。

彼得羅夫聽說哈吉穆拉特來到，一點也不感到奇怪，因爲早就聽說哈吉穆拉特在格羅茲尼。他從床上坐起，點著一支煙，開始穿衣服，同時大聲咳嗽，埋怨上級給他送來「這個鬼東西」。他穿好衣服，叫勤務兵拿「藥」來。勤務兵知道所謂「藥」就是伏特加，給他拿了來。

「沒有比這東西更糟糕的了，」他喝著伏特加，吃著黑麵包，發牢騷說，「昨天喝了點契希爾，到現在還頭痛。嗯，全準備好了。」他說完走進客廳。布特勒已把哈吉穆拉特和陪同的軍官領到那裡。

陪同哈吉穆拉特的軍官把左翼長官的命令交給彼得羅夫。命令指示他接待哈吉穆拉特，允許他通過密探同山民接觸，但絕不許他離開要塞，除非有哥薩克陪同。

彼得羅夫讀了公文，對哈吉穆拉特注視了一會兒，又仔細琢磨起文件來。他一會兒看公文，一會兒看來客，看了幾次，這才盯著哈吉穆拉特說：「雅克西，培克，雅克西②。讓他住下來好了。你告訴他，我奉命不允許他出去。上級命令都是神聖的，不能違抗。你看我們把他安頓在哪兒，布特勒?安頓在辦公室裡行嗎?」

布特勒還沒來得及回答，瑪莉亞從廚房裡出來，站在門口，對彼得羅夫說：「爲什麼要安頓到辦公室裡?就安頓在這裡好了。我們把客房和儲藏室交給他們使用。至少能看住他們。」她說，瞧了一眼哈吉穆拉特，同他的目光相遇，慌忙轉過臉去。

「我覺得瑪莉亞說得對。」布特勒說。

「喂，喂，走吧，這兒沒有娘們的事。」彼得羅夫說。

在談話過程中，哈吉穆拉特一直手按短劍柄坐著，露出一絲冷笑。他說，他住哪裡都行。他只要做一件事，也是總司令允許的，那就是同山民接觸，因此他希望放他們來見他。彼得羅夫說這事可以辦到。他請布特勒招待客人，給他們吃喝，爲他們收拾房間，自己到辦公室去簽發必要的文件，下達必要的指示。

哈吉穆拉特對待他這位新相識的朋友態度一開始就很鮮明。對於彼得羅夫，哈吉穆拉特初次見面就感到厭惡和輕蔑，在他面前總是顯得很傲慢。瑪莉亞給他做菜送飯，他特別喜歡她。他喜歡她的樸實和富有異國情調的美，而她對他的迷戀也不知不覺感染了他。他竭力不去看她，不同她說話，但眼睛總是情不自禁地瞧著她，並注意她的一舉一動。

他一見布特勒，就對他產生好感，高興跟他談話，而且談得很多。他詢問布特勒的生活，告訴他自己的情況，把密探帶來的關於他家眷的情況講給他聽，甚至同他商量他該怎麼辦。

密探送來的消息都不好。他在要塞裡待了四天。他們找過他兩次，兩次帶來的都是壞消息。

①問好的意思。
②突厥語，意為「好的，先生，好的」。

19

哈吉穆拉特投奔俄國人後不久，他的家眷就被送到維傑諾村監禁起來，等待沙米里的決定。女眷——巴蒂瑪特老婆子、哈吉穆拉特的兩個妻子，以及她們生的五個小孩都被軟禁在百人長拉希德家裡；哈吉穆拉特的兒子，十八歲的小伙子尤素福被關在監牢裡，而所謂監牢就是超過兩公尺深的大坑，裡面還有另外四名罪犯，跟他一樣等待著自己命運的判決。

判決還沒有下來，因爲沙米里不在家，他出兵去打俄國人了。

一八五二年一月六日，沙米里在跟俄國人作戰後回到維傑諾村。俄國人認爲這一仗打垮了沙米里，逼他逃回維傑諾村；沙米里和全體穆里德卻認爲他們獲得了勝利，把俄國人趕跑了。在這次戰役中，沙米里親自用步槍射擊，抽出馬刀策馬衝向俄國人（這在他是很難得的），但跟隨他的穆里德把他攔住。其中兩個在沙米里旁邊的穆里德當場被打死。

中午，沙米里回到駐地，一群穆里德在他周圍表演馬術，用步槍和手槍射擊，嘴裡不停地唱著〈眞主之外無眞主〉。

維傑諾村是個大山村。全體居民都站在街上和屋頂上迎接他們的首領，也用步槍和手槍射擊，以慶祝他們的勝利。沙米里騎著阿拉伯高頭大白馬，走近家門時快樂地揮動韁繩。馬具非常簡單，沒有金銀飾品，只有一條中間有溝的紅色皮馬勒、一副金屬杯狀馬鐙和從馬鞍下面露出來的紅色墊褥。這位伊瑪目身穿衣領和袖子露出黑皮毛的棕色呢面外套，細長的腰上束著一條掛短劍的黑皮帶。他頭上戴著飾有黑穗子的平頂高皮帽，纏著白頭巾，頭巾梢兒垂在頸後。腳上穿著綠色乾底軟鞋，小腿上打著普通細線縫邊的黑裹腿。

伊瑪目身上沒有一樣輝煌的金銀飾物，但他身材挺拔魁偉，衣著樸素無華，在一群服裝和武器都鑲金帶銀的穆里德簇擁下顯得威嚴莊重。給人民這樣的印象正是他所希望的，也是他能夠辦到的。他臉色蒼白，留著剪得整齊的褐色大鬍子，一雙小眼睛經常瞇縫著，臉像化石般一動也不動，毫無表情。他經過山村，感覺有幾千雙眼睛望著他，但他對誰也不瞧一眼。哈吉穆拉特的兩個妻子和孩子也跟著居民們，到遊廊上觀看伊瑪目的到來。只有哈吉穆拉特的母親巴蒂瑪特老婆子沒有出來。她像平時一樣披散著一頭白髮，兩隻長長的胳膊抱住瘦削的膝蓋，坐在土屋的地上。她眨動一雙目光刺人的黑眼睛，望著壁爐裡快要熄滅的樹枝。她同她的兒子一樣，一向憎恨沙米里，如今恨得更厲害，因此不願看見他。

哈吉穆拉特的兒子也沒看到沙米里的凱旋。他在又黑又臭的土坑裡只聽見槍聲和歌聲，感到特別難受，就像一般生氣蓬勃而喪失自由的青年那樣。他坐在臭氣薰天的土坑裡，眼前只看到幾個同囚的人。他們身體骯髒、形容憔悴、遭遇不幸，卻又往往相互仇視。面對著這些人，他不禁十分羨慕那些享受著新鮮空氣、陽光和自由，並在首領周圍騎著駿馬馳騁、射擊和齊聲高唱〈眞主之外無眞主〉的人。

沙米里穿過山村，走進一座大院子。這座院子通到沙米里的裡院。兩個武裝的列茲金人在第一座院子的大門口迎接他。院子裡擠滿了人，有因事從遠方來的，有來請願的，有被沙米里召來聽候審判和發落的。沙米里一進來，院子裡的人都站起來，雙手貼在胸前，向伊瑪目致敬。有幾個人跪下來，直到沙米里從大門穿過院子走進裡門。沙米里知道，在等候他的人中間有許多討厭的人和許多要求照顧的乏味的來訪者，但他仍板著臉從他們身旁經過，走進裡院，在官邸大門左首的遊廊旁下馬。

這次出征十分勞累。這種勞累與其說是體力上的，不如說是精神上的，因爲沙米里儘管在口頭上宣揚出征的勝利，其實他心中明白這次出征是失敗的：許多車臣人的村莊被焚毀和破壞，頭腦簡單的車臣人動搖善變，接近俄羅斯人的那些人已準備投降——這一切都叫人難受，必須考慮對策，但沙米里此刻什麼也不願做，什麼也不願想。他只有一個願望：在他最寵愛的妻子——眼睛烏黑、手腳俐落的十八歲吉斯金姑娘阿米涅特——身邊享受家庭的溫暖，得到休息和撫愛。

現在阿米涅特就在那堵隔開內室和男人住房的牆壁後面（沙米里相信，此刻阿米涅特和其他幾個妻室正在門縫裡張望著），但他既看不見她，也不能到她那兒去，不能在羽絨床褥上躺一會兒。首先，他得去做此刻無心去做的晌禮，因爲身爲宗教領袖非履行這種教規不可，何況對他來說，禱告就像每天吃飯一樣不可缺少。於是他只好去沐浴和祈禱。做完禱告，又召見等候他的人。

第一個進來的是他的岳父和老師傑馬爾·愛丁。傑馬爾·愛丁是一個體格魁梧的老人，鬚髮雪白，臉色紅潤，相貌堂堂。他向眞主禱告，接著詢問沙米里出征的經過，還講了沙米里不在時山裡發生的事。

傑馬爾·愛丁講了報復殺親仇、盜竊牲口和違反教規吸煙喝酒等各種案件後，又講到哈吉穆拉特曾派人來，要把家眷接到俄國人那裡，但此事被察覺了，他的家眷被送到維傑諾幽禁起來，等候伊瑪目處理。旁邊的客廳裡聚集著幾個老人，準備討論這些案件。傑馬爾·愛丁建議沙米里今天就放他們回家，因爲他們已經等他三天了。

沙米里在自己屋裡吃了午飯——午飯是由他不喜歡的那個尖鼻子、黑頭髮、面目可憎的大夫人札依德送來的——就到客廳裡。

六個老人組成他的謀士會議。這些老人，有的鬍子雪白，有的鬍子花白，有的鬍子火紅，有的纏頭巾，有的不纏頭巾，有的戴著高頂皮帽，穿著新的短襖和契爾克斯外套，腰裡束著掛短劍的皮帶，站起來迎接他。沙米里比他們所有人都高出一個頭。他們個個像他一樣，舉起雙手，手掌朝上，閉上眼睛，唸著禱詞，然後兩手擦臉直擦到鬍子，再雙手合十。做完以後，大家都坐下來，沙米里坐在中央較高的坐墊上，開始討論案件。

被控罪犯一律按伊斯蘭教規判決：兩個犯盜竊罪的被判剁掉一隻手，一個殺人犯被判殺頭，三個人獲得赦免。然後討論主要案件：就車臣人歸降俄國一事商量對策。為了防止這種歸降，傑馬爾·愛丁擬了如下告示：

願萬能的真主賜給你們永世平安。得悉俄羅斯人對你們實行招安政策，號召你們歸降。你們不要相信他們，不要歸降，要忍耐。只要你們能做到，今生不得善報，來生也必得善報。想一想俄羅斯人以前如何沒收你們的武器。一八四〇年時要是真主不開導你們，你們早就被拉去當兵，你們手裡拿的將不是短劍而是刺刀，你們的妻子將不能穿褲子，還要被人斥罵。回顧往事可以預測未來。寧可與俄羅斯人作對到死，也不能與異教徒共存。忍耐一下吧，我將帶著《古蘭經》和馬刀到你們那裡去，率領你們前去反抗俄羅斯人。我現在嚴令你們：不僅不許懷有歸降俄羅斯人的打算，而且不能有這樣的念頭。

沙米里贊同這則告示，簽了字，決定把它分發到各地。

這些事處理完畢後就討論哈吉穆拉特的事。對沙米里來說，此事非同尋常。他要是有了哈吉穆拉特，以哈吉穆拉特的機靈、大膽和勇敢，車臣地區就不會出現如今這般局面。這一點他嘴裡不說，心裡卻是明白的。最好能同哈吉穆拉特講和，讓他再爲自己效勞；這一點要是辦不到，那也絕不能讓他去幫俄羅斯人的忙。因此無論如何要把他召來，召來後再把他幹掉。辦法是派一個人到梯弗利斯就地刺死他，或者把他弄到這裡來殺掉。要達到這個目的，唯一的手段就是利用他的家眷，主要是他的兒子。沙米里知道，哈吉穆拉特最疼他的兒子，因此必須利用他兒子來行事。

謀士們商量這件事時，沙米里閉目不語。

謀士們知道，這表示他在傾聽先知的聲音，指示他現在該如何做。沙米里嚴肅地沉默了五分鐘，睜開眼睛，但眯縫得更細，說：「把哈吉穆拉特的兒子給我帶來。」

「他就在這裡。」傑馬爾．愛丁說。

果然，哈吉穆拉特的兒子尤素福已站在大門外等候傳訊。他面容枯槁蒼白，衣衫襤褸發臭，但體格和面貌仍很俊美，一雙目光灼人的黑眼睛活像他的祖母。

尤素福對沙米里並沒有如他父親的那種敵意。他不知道往事，即使知道也沒親身經歷過，因此不懂父親爲何如此固執地同沙米里爲敵。他唯一的願望就是，身爲首領之子，繼續在洪澤赫過吃喝玩樂的生活，因此覺得根本沒必要同沙米里作對。他跟父親相反，特別喜歡沙米里，也像一般山民那樣狂熱地崇拜他。

此刻他懷著敬畏首領的心情走進客廳，在門口站住，遇到沙米里瞇縫著眼睛射出的咄咄逼人的目光。他站了一會兒，然後走到沙米里跟前，吻了吻他手指很長的白淨大手。

「你是哈吉穆拉特的兒子嗎？」

「我是，伊瑪目。」

「你知道你爹幹了些什麼事嗎？」

「我知道，伊瑪目，我為這事感到遺憾。」

「你會寫字嗎？」

「我準備將來當個毛拉①。」

「那麼好，你寫封信給你父親，他要是在拜蘭節②前回到這裡，我就原諒他，一切待遇照舊。他要是仍留在俄羅斯人那裡，那麼，」沙米里惡狠狠地皺起眉頭，「我將把你的奶奶、你的母親送到各村去當奴婢，並砍掉你的腦袋。」

尤素福臉上的肌肉一動也不動，他低下頭表示明白沙米里的話。

「你就這樣寫，寫好了交給我的信使。」

沙米里沉默了一下，對尤素福看了一會兒。

「你寫信告訴他，我可憐你，不殺你，但要把你的眼睛挖掉，就像我對待所有叛徒那樣。你去吧。」

尤素福在沙米里面前勉強保持鎮定。他一被帶出客廳，就向押送他的人撲去，從他的劍鞘裡拔出短劍企圖自殺，但被人抓住雙手捆起來，帶回牢坑。

那天晚上，沙米里行完昏禮，天色已黑，他穿上白皮袍，穿過垣牆，走進後院，往阿米涅特的屋子走去。阿米涅特不在。她在沙米里的幾個大夫人那裡。於是沙米里就悄悄地站在門口等她，盡可能不讓人瞧見。阿米涅特因爲沙米里沒送給她綢料子，卻送給了札依傑特，正在生他的氣。她看見他出來，又走進她的屋裡找她，她就故意不回自己的屋裡。她在札依傑特的房門口站了好一會兒，望著那白忽忽的人影在她屋裡一會兒進一會兒出，不禁自個兒吃吃笑了起來。沙米里白白等了她半天，回到自己屋裡時已是宵禮的時候了。

①伊斯蘭教學者的尊稱。
②拜蘭節是伊斯蘭教的大節。

20

哈吉穆拉特已在要塞彼得羅夫家住了一個星期。瑪莉亞跟大鬍子哈涅斐（哈吉穆拉特隨身只帶兩個人：哈涅斐和艾達爾）吵架，有一次把他從廚房裡推出去。爲了這件事，哈涅斐差點想殺死她。儘管如此，瑪莉亞對哈吉穆拉特卻特別好感，很尊敬他，同情他。現在她不再送飯給哈吉穆拉特，而把這事交託給艾達爾，但她一有機會就去看他，巴結他。她十分關心他贖回家眷一事的談判，知道他家裡有幾個妻子兒女，多大年紀，每次密探來過之後，她總要打聽談判的結果。

布特勒在這一個星期內已同哈吉穆拉特成為好朋友。有時哈吉穆拉特到他屋裡，有時布特勒到他屋裡。有時他們通過翻譯談話，有時用他們自己的方法，打手勢，但主要是用微笑。哈吉穆拉特顯然很喜歡布特勒。這從艾達爾對布特勒的態度上看得出來。布特勒每次走進哈吉穆拉特屋裡，艾達爾總是高興地露出雪白的牙齒迎接，連忙放好墊子請他坐。要是布特勒佩戴著長劍，就替他解下。

布特勒跟哈吉穆拉特的奶兄弟大鬍子哈涅斐也搞熟了，兩人談得很投機。哈涅斐知道許多山歌，唱得挺好聽。哈吉穆拉特為了讓布特勒高興，就命令哈涅斐唱他最喜愛的山歌。哈涅斐是個男高音，吐詞清晰，唱起來特別有感情。有一首山歌哈吉穆拉特特別喜歡，它那悲壯的曲調也令布特勒感動。布特勒請翻譯介紹歌詞，並記了下來。

這首歌是有關殺親之仇的，也就是哈涅斐與哈吉穆拉特之間的事情。

歌詞是這樣的：「等我墳上的土乾了，親娘啊，你就會把我遺忘！等我墓地上荒草萋萋，老爹啊，荒草就會埋沒你的悲傷。姊姊的眼淚有一天會流乾，她心裡也有一天會不再悲傷。

「但在我的死仇沒有報以前，我的大哥啊，你可不能把我忘記。我的二哥啊，在你沒躺到我旁邊以前，你也不能把我忘記。

「子彈哪，你渾身發燙，帶來死亡，但你難道不是我忠實的奴隸？黑土啊，你將把我埋葬，但我的馬蹄不是正踩在你身上？死神哪，你渾身冰涼，但我是你的主人。土地將容納我的軀體，天堂會接受我的靈魂。」

哈吉穆拉特聽這首歌時總是閉著眼睛。等到聲音越來越低，歌曲快要結束時，哈吉穆拉特總用生硬的俄語說：「這歌挺不錯，意思挺明白。」

由於哈吉穆拉特的來到，以及接觸了他和他的穆里德，布特勒聽了這種頌揚山民剽悍性格的歌，格外感動。他給自己弄來契爾克斯外套、短襖和裹腿，自認為是個山民，過著同山民一樣的生活。

哈吉穆拉特動身那天，彼得羅夫找了幾個軍官替他送行。哈吉穆拉特一身出門打扮，瘸著腿，快步走進屋裡時，有幾個軍官坐在茶桌旁——瑪莉亞正在那裡斟茶——有幾個軍官坐在擺著伏特加、契希爾和冷菜的另一張餐桌旁。

大家都站起來，一個個同他握手問好。彼得羅夫請他坐軟榻，他道了謝，但坐到靠窗的椅子上。他進去時，屋裡鴉雀無聲，但這並沒有令他困惑。他留神地環顧一張張的臉，然後若無其事地把目光停在桌上的茶炊和冷菜上面。潑辣的軍官彼得科夫斯基是第一次看到哈吉穆拉特，於是通過翻譯問他是否喜歡梯弗利斯。

「阿依雅。」他說。

「他說喜歡。」翻譯回答。

「那麼他最喜歡什麼？」

哈吉穆拉特做了回答。

「他最喜歡看戲。」

「那麼，總司令家的舞會他喜歡不喜歡？」

哈吉穆拉特皺起眉頭。

「每個民族都有自己的風俗。我們那兒的婦女不興那樣穿戴。」他對瑪莉亞瞧了一眼，說道。

「怎麼，他不喜歡嗎？」

「我們那兒有一句諺語，」他對翻譯說，「狗請驢吃肉，驢請狗吃草，兩個都挨餓。」他微微一笑。「每個民族都有自己的好風俗。」

他們沒再談下去。有的軍官在喝茶，有的在吃冷菜。哈吉穆拉特把給他沏的茶放在面前。

「你要什麼？奶油？麵包？」瑪莉亞把吃的東西遞給他，問道。

哈吉穆拉特點點頭。

「那麼，我們要分手了！」布特勒碰碰哈吉穆拉特的膝蓋，問道，「什麼時候再見面？」

「再見，再見，」哈吉穆拉特笑著用俄語說，「你是個好朋友，好朋友。可是我得走了，」他說，朝要去的方向擺擺頭。

艾達爾肩上搭著一件很大的白色衣服，手拿馬刀，出現在房門口。哈吉穆拉特向他招招手。艾達爾大踏步走到哈吉穆拉特跟前，把白斗篷和馬刀交給他。哈吉穆拉特站起來，拿起斗篷把它扔到另一隻手裡，對翻譯說了句什麼，就把斗篷交給瑪莉亞。翻譯說：「他說，你誇獎這斗篷，那就送給你。」

「幹嘛送我呀？」瑪莉亞漲紅了臉說。

「應該這樣。這是我們的規矩。」哈吉穆拉特說。

「哦，那謝謝您了，」瑪莉亞收下斗篷，說道，「但願上帝保佑您救出兒子。好一個槍騎兵。」她加了一句說，「您翻譯給他聽，我祝他早日救出家眷。」

哈吉穆拉特瞧了瑪莉亞一眼，讚許地點點頭，然後從艾達爾手裡接過馬刀，送給彼得羅夫。彼得羅夫收下馬刀，對翻譯說：「你告訴他，讓他騎我那匹棗紅騸馬去，我沒有別的東西可以送他。」

哈吉穆拉特舉起手來搖搖，表示他什麼也不需要，他也不接受那匹馬，然後指指山和自己的心，向門口走去。大家都跟著他走去。留在屋裡的軍官拔出馬刀，察看刀刃，斷定這是眞正的古爾德寶刀①。

布特勒跟哈吉穆拉特一起走到門前台階上。這時發生了一件誰也沒料到的事，要不是哈吉穆拉特生來機智、果斷和靈敏，他的命差一點就斷送了。

庫梅克人的塔施-吉楚村居民十分尊敬哈吉穆拉特，多次來要塞看望這位赫赫有名的副帥，而且在哈吉穆拉特離開前三天請他星期五到他們的清眞寺去。居住在塔施-吉楚村的幾個庫梅克王爺卻痛恨哈吉穆拉特，同他有殺親之仇，得知這件事，就向人民宣布，不准哈吉穆拉特進清眞寺。人民騷動起來，跟王爺方面的人發生了械鬥。俄國長官鎭壓了山民，並派人叫哈吉穆拉特不要進清眞寺。哈吉穆拉特沒有去，大家以爲事情就此結束。

但就在哈吉穆拉特走上台階準備上馬時，庫梅克王爺阿爾斯蘭汗（他認識布特勒和彼得羅夫），騎馬來到彼得羅夫家。

阿爾斯蘭汗看見哈吉穆拉特，就拔出手槍對準他。哈吉穆拉特雖然腿瘸，但沒等他開槍，就像貓一樣敏捷地衝下台階向阿爾斯蘭汗撲去。阿爾斯蘭汗開了槍，但沒有打中。哈吉穆拉特跑到他跟前，一手抓住他的韁繩，一手拔出短劍，用韃靼語大喝一聲。

布特勒和艾達爾同時向敵人奔去，抓住他們的手。彼得羅夫聽見槍聲走出來。

「這是怎麼搞的，阿爾斯蘭汗，你竟在我家幹起這種勾當來！」他得知是怎麼一回事後說，「兄弟，這樣不好。在野外就隨你們的便，但怎麼能在我家幹這種殺人的事。」

阿爾斯蘭汗個兒矮小，留著黑色小鬍子，臉色蒼白，渾身哆嗦，跳下馬來，惡狠狠地瞪了哈吉穆拉特一眼，就跟彼得羅夫一起走進屋裡。哈吉穆拉特回到馬匹前，沉重地喘著氣，微笑著。

「他爲什麼要殺他？」布特勒通過翻譯問。

「他說，他們有這樣的規矩，」翻譯轉達哈吉穆拉特的話，「阿爾斯蘭汗應該向他報殺親之仇，所以要殺他。」

「那麼，萬一阿爾斯蘭汗在路上趕上他，那該怎麼辦？」布特勒問。

哈吉穆拉特微微一笑。

「那有什麼，他要是把我殺了，那也是眞主的意思。嗯，再見。」他又用俄語說，然後抓住馬鬃，環視了一下所有前來送行的人，又親切地同瑪莉亞對視一眼。

「別了，大嫂，」他對她說，「謝謝你。」

「上帝保佑，上帝保佑您早日救出家眷。」瑪莉亞說。

他不懂她的話，但知道她同情他，就向她點點頭。

「記著，別忘記老朋友。」布特勒說。

「告訴他，我是他的忠實朋友，永遠不會忘記他。」他通過翻譯回答。他雖然瘸著一條腿，但一碰到馬鐙，就輕盈地翻身坐到高高的馬鞍上。他整整馬刀，習慣地摸摸手槍，以山民特有的威武姿態離開彼得羅夫家。哈涅斐和艾達爾也騎上馬，親切地跟主人和軍官們告別，跟著他們的穆爾西德離開了。

大家照例談論著離去的人。

「眞是條好漢！」

「他像狼一樣撲向阿爾斯蘭汗，臉色都變了。」

「他眞會吹牛，準是個騙子。」彼得羅科夫斯基說。

「上帝保佑，但願俄國多些這樣的騙子。」瑪莉亞忽然憤憤地插嘴說。「他在我們家住了一個星期，只看到他好的，沒看到他壞的，」她說，「人又和氣又聰明，又通情達理。」

「您怎麼知道呢？」

「我自然知道。」

「愛上他了，是嗎？」彼得羅夫走進來說，「就是這麼一回事。」

「是愛上他了。這關您什麼事？明明是個好人，爲什麼還要說他壞話。他是韃靼人，可是個好人。」

「對，瑪莉亞，」布特勒說，「您辯護得太好了。」

① 高加索出產的著名馬刀。

21

在車臣前線要塞，居民的生活依舊如故。後來，山民來騷擾過兩次，幾連步兵、哥薩克騎兵和民團出動鎮壓，但兩次都沒能制止山民的騷擾。山民出來活動，有一次在伏茲德維任斯克趕走八匹正在飲水的馬，還打死了一個哥薩克。自從上次搗毀那個山村以來，就沒再進行過襲擊。巴略金斯基公爵新近被任命爲左翼長官，他正在部署一次對車臣地區的大規模軍事行動。

巴略金斯基公爵是皇太子的朋友，做過卡巴爾京斯基團團長，現任整個左翼的長官。他一到格羅茲尼要塞，就集結部隊，繼續執行契爾內舍夫寫信轉告伏隆卓夫的皇帝制訂的計畫。他將集結在伏茲德維任斯克的部隊開到庫林斯克陣地，然後駐紮在那裡砍伐樹林。

小伏隆卓夫住在一座豪華的呢絨帳篷裡。他的妻子瑪麗雅也常到營地，並在那裡過夜。巴略金斯基與瑪麗雅的關係已成為公開祕密，她一到營地，夜間就得派密探放哨，弄得非宮廷軍官和士兵都臭罵她。山民常常偷偷把大砲推近，向營地開砲。但砲彈多半都打不中，因此對這種射擊沒有採取什麼措施。如今為了防止山民開砲使瑪麗雅受驚，就派出幾個密探。但為了不讓這貴婦人受驚，每天晚上都得放哨，這不禁令人感到委屈和厭惡，因此士兵們和擠不進上流社會的軍官們就用難聽的字眼臭罵瑪麗雅。

布特勒利用休假從自己的要塞來到這裡。他想看望一下聚集在這裡的貴冑軍官學校的老同學和在庫林斯克團同事過的副官和傳令官。他到這兒的頭幾天心情一直很愉快。他在波爾多拉茨基的營帳裡歇腳，遇到許多熱烈歡迎他的熟人。他又去看望伏隆卓夫。他們在同一個團裡服務過，所以有點熟。伏隆卓夫親切地接待他，把他介紹給巴略金斯基公爵，還請他參加為前任左翼長官科茲洛夫斯基將軍餞行的宴會。

宴會十分豪華。運來六座帳篷，紮成一排。依帳篷的長度安排了餐桌，上面擺滿食具和酒類。這裡的一切都宛如彼得堡近衛軍的生活。兩點鐘入席。餐桌中央一邊坐著科茲洛夫斯基，另一邊坐著巴略金斯基。科茲洛夫斯基右首坐著伏隆卓夫，左首坐著伏隆卓夫夫人。餐桌兩邊坐滿卡巴爾金斯基和庫林斯基兩團的軍官，布特勒坐在波爾多拉茨基旁邊，兩人興致勃勃地談話，同時跟鄰座軍官們一起喝酒。大家喝得有幾分酒意，勤務兵給每人斟上一杯香檳，波爾多拉茨基憂心忡忡地對布特勒說：「我們的『怎麼樣』①要丟臉了。」

「爲什麼？」

「因爲他得致詞。可是他會致什麼詞呢？」

「是啊，老弟，這可不像冒著槍彈衝鋒那麼容易啊。何況他旁邊還坐著一位太太，還有那些宮廷大官。是啊，他那副模樣眞可憐。」兩個軍官低聲議論著。

莊嚴的時刻終於到了。巴略金斯基站起來，舉起酒杯，對科茲洛夫斯基說了幾句話。等巴略金斯基說完，科茲洛夫斯基站起來，聲音洪亮地說：「遵照皇帝陛下聖旨，我要離開你們，同你們分手了，軍官先生們，」他說，「但你們要把我看作始終與你們同在……先生們，你們都懂那個眞理：孤掌難鳴。因此，我在職時蒙受聖恩……我所獲得的一切獎賞……一切榮譽……我的地位……都該……絕對應該……」說到這裡他的聲音發抖了，「歸功於你們……我感謝大家，我親愛的朋友們！」他的臉皺得更厲害了。他抽噎起來，眼淚奪眶而出。「我打從心底向你們表示感謝……」

科茲洛夫斯基再也說不下去，站起來，擁抱走到他跟前的軍官們。大家都十分激動。公爵夫人用手帕蒙住臉。巴略金斯基公爵扭歪著嘴，不斷地眨著眼睛。許多軍官都流了淚。布特勒跟柯茲洛夫斯基雖然不熟，也忍不住掉下淚來。他很喜歡這種氣氛。然後大家爲巴略金斯基、爲伏隆卓夫、爲軍官們、爲士兵們乾杯。客人們酒醉飯飽，個個心情愉快，沉醉於他們特別喜愛的軍人狂歡中。

天氣很好，陽光明媚，沒有風，空氣清新，使人精神振奮。四面八方都是嗶剝響的篝火聲和唱歌聲。人人都像過節一樣。布特勒懷著十分幸福和激動的心情回到波爾多拉茨基那裡。軍官們聚集在他那裡，擺開牌桌，副官拿出一百盧布做莊。布特勒兩次從帳篷裡出來，手握著褲袋裡的錢包，最後還是忍不住，不管對自己和弟兄們許過不再賭博的諾言，又下起注來。

不到一小時，布特勒就滿臉通紅，渾身出汗，身上撒滿了粉筆灰，雙肘支在桌上。根據摺角的紙牌所計算下的賭注，他輸得太多了，因此不敢去算所欠的數目。他不算也知道，即使預支全部薪金，再拿馬匹折價，也還不清他欠陌生副官的賭債。他還想賭下去，但副官板著臉，用他那雙白淨的手放下牌，算著粉筆所記下的布特勒的欠帳。布特勒窘態畢露地請求原諒，因爲不能當場付清欠帳，他說家裡會給他送錢來。他說這些話的時候，發現大家都很同情他，人人都避開他的目光，連波爾多拉茨基也不例外。這是他在部隊裡的最後一個晚上。他想：要是他當初不賭錢，應邀到伏隆卓夫那裡去，「就太平無事了」。可是現在不僅不太平，而且糟透了。

他跟同事和熟人告別回家。回到家裡，躺下來睡覺，一睡就是十八個小時，好像一般賭輸錢的人那樣。瑪莉亞從他向她要半個盧布給護送他的哥薩克酒錢，從他憂鬱的神情和簡短的回答上看出他輸了錢，就責備彼得羅夫不該讓他出去。

第二天，布特勒在十二點鐘醒來。他意識到自己的處境，想再回到黑甜鄉裡去，但已辦不到了。他得想辦法償還欠那陌生人的四百七十盧布。一個辦法是寫信給哥哥，對自己的罪孽表示懺悔，請求他最後一次寄給他五百盧布，這筆錢可以從他們兩人共有的磨坊上扣還。其次他又寫信給一位吝嗇的女親戚，要求她借給他五百盧布，利息多少由她決定。然後他去找彼得羅夫，因爲知道他有錢，或者不如說瑪莉亞有錢，請他們借給他五百盧布。

「我倒是很願意，」彼得羅夫說，「現在就可以給你，可是瑪莉亞不會同意。她們這些娘們，鬼知道是怎麼一回事，都吝嗇得要命。不過，總得想個辦法，他媽的。隨軍食品商那個鬼東西不知有沒有錢。」

不過，向隨軍食品商開口是沒有必要的。因此布特勒只有一條路，就是向哥哥或吝嗇的女親戚借錢。

①指科茲洛夫斯基，「怎麼樣」大概是他的口頭禪。

22

哈吉穆拉特在車臣地區沒有達到目的，回到梯弗利斯，天天去找伏隆卓夫。伏隆卓夫接見他，他要求把俘虜的山民集合起來，拿他們去交換他的家眷。他再三說，不然他的手腳被捆著，就不可能爲俄羅斯人出力去消滅沙米里。伏隆卓夫總是含糊其詞地答應盡力去辦，但一再延宕，說是要等阿古京斯基將軍來梯弗利斯，同他商量後再做決定。於是哈吉穆拉特就要求伏隆卓夫讓他到外高加索奴赫鎮小住，在那裡跟沙米里一幫人談判家眷問題比較方便。再說，奴赫是個伊斯蘭教小鎮，那裡有清眞寺，在那裡按伊斯蘭教規禱告也比較方便。伏隆卓夫把這件事報告彼得堡，同時准許哈吉穆拉特去奴赫鎮。

對伏隆卓夫，對彼得堡當局，以及對多數知道哈吉穆拉特歷史的俄國人來說，這件事可能是高加索戰爭中的轉捩點，也可能只是一個有趣的插曲。對哈吉穆拉特來說，這可是他一生中一個可怕的轉捩點，特別是從近來的局勢來看。他從山上逃下來，一半是爲了解救自己，一半是因爲憎恨沙米里，儘管這次逃跑十分困難，他還是達到目的。一開始，他爲自己的成功感到高興，也確實考慮過攻打沙米里的計畫。他原以爲把家眷接出來很容易，實際上卻比他想像的困難得多。沙米里逮捕他的家眷，把他的妻子關起來，並揚言要把他的女眷送到各村當奴婢，把他的兒子殺死或挖去眼睛。現在哈吉穆拉特來到了奴赫鎮，企圖通過達格斯坦他的信徒，從沙米里手裡智取或奪回家眷。最近，一個密探來到奴赫告訴他，忠於他的阿瓦爾人準備奪回他的家眷，一起投奔俄國人，但願意參加的人太少，因此他們不敢在囚禁他家眷的維傑諾行動，一定要等他的家眷從維傑諾轉移到別處時下手。他們答應在半路上動手。哈吉穆拉特叫人轉告他的朋友們，他答應懸賞三千盧布救他的家眷。

在奴赫，他們給了哈吉穆拉特一所五房的小住宅，離清眞寺和汗的宮殿不遠。同住的還有伴隨他的幾名軍官、翻譯和衛兵。哈吉穆拉特的生活就是等待和接見從山上回來的密探，他還被允許在奴赫的郊區騎馬散步。

四月八日，哈吉穆拉特散步歸來，聽說梯弗利斯來了一名官員。哈吉穆拉特很想知道官員給他帶來了什麼消息，但他沒去找官員和監督，而先到自己屋裡行晌禮。晌禮畢，他才走到充當客房和接待室的屋子。從梯弗利斯來的胖胖的五等文官基里洛夫帶來了伏隆卓夫的口信，要哈吉穆拉特在十二日前到梯弗利斯同阿古金斯基見面。

「行。」哈吉穆拉特怒氣沖沖地用韃靼語說。

他不喜歡基里洛夫這名官僚。

「錢帶來了嗎？」

「帶來了。」基里洛夫說。

「到今天一共兩星期。」哈吉穆拉特說，先伸出十個手指，又伸出四個手指。「拿過來。」

「這就給你。」五等文官說，從旅行袋裡掏出錢包。「他要錢做什麼用？」他用俄語問監督，以爲哈吉穆拉特聽不懂，其實哈吉穆拉特是懂的。他怒氣沖沖地瞪了基里洛夫一眼。基里洛夫取出錢，想同哈吉穆拉特談談，回去好向伏隆卓夫公爵交代。他就通過翻譯問哈吉穆拉特是不是感到氣悶。哈吉穆拉特輕蔑地瞟了一眼這個不帶武器的矮胖文官，什麼也沒回答。翻譯把他的問題又說了一遍。

「你對他說，我不想跟他說話。叫他把錢給我。」

哈吉穆拉特說完這話，又坐到桌旁準備數錢。

基里洛夫取出金盧布，疊成七柱，每柱十個金盧布（哈吉穆拉特每天應得五個金盧布），推到哈吉穆拉特面前。哈吉穆拉特把金幣裝進契爾克斯外套的衣袖裡，站起身來，出其不意地往五等文官的禿頭上拍了一巴掌，轉身就走。五等文官跳起來，通過翻譯說，哈吉穆拉特不該這麼做，因爲他是個上校。那個監督也這樣附和說。但哈吉穆拉特點點頭表示他明白，大步走了出來。

「對付他這種人有什麼辦法，」監督說，「只要用短劍一捅就完了。同這種惡鬼無理可講。我看他都快瘋了。」

天剛黑，就有兩個風帽直包到眉毛的密探從山上下來。監督把他們領到哈吉穆拉特屋裡。一個是黑黑胖胖的塔夫林人，另一個是瘦老頭。他們帶來的消息令哈吉穆拉特感到不快。原來答應營救他家眷的朋友，如今都拒絕了，因爲沙米里用各種酷刑威脅願意幫助哈吉穆拉特的人。哈吉穆拉特聽完密探的消息，兩肘支在盤著的腿上，垂下戴皮帽的頭，沉默了好一陣。他在思考，苦苦地思考。他知道這是最後一次思考，必須做出決定。哈吉穆拉特抬起頭，拿出兩個金盧布，給每個密探一個盧布，說：「你們去吧。」

「有什麼回話嗎？」

「回話要看眞主的旨意。你們去吧。」

密探站起來走了，哈吉穆拉特雙肘支在膝上，仍舊坐在地毯上。他這樣坐著思索了好半天。

「怎麼辦？相信沙米里，回到他那裡去嗎？」哈吉穆拉特想。「這個老狐狸最會騙人。即使這次不騙人，也不能對這個紅毛老騙子屈服。既然我已到了俄國人這裡，他不會再相信我了。」哈吉穆拉特想。

接著，他想到塔夫林流傳的一則關於鷹的童話：一隻鷹被人捉住，在人間住了一陣，然後回到山上夥伴那裡。牠回去時帶著腳絆，腳絆上繫著銀鈴。別的鷹都不肯接納牠。牠們說：「飛吧，飛到給你帶上銀鈴的地方去吧。我們這裡沒有銀鈴，也沒有腳絆。」鷹不願離開家鄉，就留下來。但別的鷹都不肯接納牠，最後把牠啄死了。

「他們也會這樣把我啄死的。」哈吉穆拉特想。

「留在這裡嗎？爲俄國沙皇去征服高加索，去獲得名譽、地位和財富嗎？」

「這也行。」他想，記起他跟伏隆卓夫的會晤和這位老公爵的甜言蜜語。

「可是得立刻做出決定，要不他會把我的家眷毀掉的。」

哈吉穆拉特通夜沒有闔眼，苦苦思索著。

23

直到子夜，他才做出決定。他決定逃到山裡，跟忠於他的阿瓦爾人潛入維傑諾，不是自己犧牲，就是把家眷救出來。之後，他帶著家眷回到俄國人這裡呢，還是帶著她們去洪澤赫再跟沙米里決戰，這一點哈吉穆拉特還沒拿定主意。他只知道，現在得離開俄國人到山裡去。他立刻實行這個決定。他從枕頭下拿出黑棉襖，往衛兵屋裡走去。衛兵住的屋子隔著一條過道。哈吉穆拉特一走到門戶敞開的過道，就感到月夜的露水沁人心脾，同時聽到宅旁花園裡夜鶯的鳴囀。

哈吉穆拉特穿過過道，推開衛兵的房門。屋子裡沒有燈光，只有上弦月照著窗戶。屋子的一旁放著一張桌子和兩把椅子。四個衛兵都躺在地上鋪著的地毯和斗篷上。哈涅斐在院子裡同馬匹一起睡。甘澤洛聽見門聲，爬起來，對哈吉穆拉特看了看，認出是他，又躺下。躺在旁邊的艾達爾立刻跳起來，穿上棉襖，等待命令。庫爾班和汗馬戈瑪都在睡覺。哈吉穆拉特把棉襖放在桌上，棉襖裡有一樣硬東西在桌面上碰了一下。這是縫在裡面的金幣。

「把這些也縫上。」哈吉穆拉特把今天領到的金幣交給艾達爾，說道。

艾達爾接過金幣，立刻走到光亮的地方，從短劍鞘裡拿出小刀，動手拆掉棉襖的裡子。甘澤洛起來盤腿坐著。

「甘澤洛，你帶領弟兄們檢查一下步槍、手槍，準備好彈藥。明天我們要出遠門。」哈吉穆拉特說。

「火藥有，子彈也有，一切都會準備好的。」甘澤洛說，同時嘴裡咕噥著什麼。

甘澤洛明白哈吉穆拉特爲什麼要準備彈藥。他一向有個願望，而且近來變得特別強烈，那就是盡可能地消滅俄國狗，然後逃到山上去。現在他看到，哈吉穆拉特也想這麼幹，因此很高興。

哈吉穆拉特走後，甘澤洛就把同伴們叫醒。四個衛兵通夜檢查步槍、手槍、火門、燧石，換掉壞火藥，在藥池裡裝上新火藥，把油布裹著的裝有定量火藥的子彈塞進子彈囊裡，磨快馬刀和短劍，又在刀刃上塗上油。

黎明以前，哈吉穆拉特又到過道裡去取水洗臉。在過道裡，聽見夜鶯叫得比晚上更響亮、更頻繁。衛兵屋裡傳出來均勻的磨刀聲。哈吉穆拉特從桶裡舀了水，回到自己房門口，聽見穆里德屋裡除了磨刀聲，還有哈涅斐尖細的聲音，他正在唱一首哈吉穆拉特所熟悉的歌。哈吉穆拉特停住腳步，聽他唱。

這首歌唱的是騎手干澤特帶領勇士從俄國人那裡奪來一群白馬。一位俄國公爵在捷列克河畔追上了他，大軍像樹林般把他團團圍住。然後唱到干澤特宰了幾匹馬，同他的弟兄們一起隱蔽在血淋淋的死馬後面，跟俄國人一直搏鬥到槍裡沒有一顆子彈，腰裡沒有一把短劍，脈管裡沒有一滴鮮血。干澤特臨死時看見空中的飛鳥，對牠們大聲說：「候鳥啊，飛到我們家裡去，告訴我們的姊妹、母親和純潔的姑娘，我們都爲聖戰犧牲了。告訴她們，我們的屍體不會長眠在墳墓裡，貪婪的狼群會把我們的屍骨拖散，啃個精光，烏鴉會啄食我們的眼睛。」

歌詞就用這句話結束。最後幾句悲涼的歌詞一唱完，樂天的汗馬戈瑪就雄赳赳地高唱起〈眞主之外無眞主〉，接著又尖聲叫嚷。接著又是一片寂靜，只聽得花園裡夜鶯的鳴囀和啼叫，以及門裡時斷時續的磨刀聲。

哈吉穆拉特聽得出神，沒發覺水壺拿歪了，水都流出來。他搖搖頭，走進自己屋裡。

哈吉穆拉特行了晨禮，檢查了武器，在床上坐下。再也沒別的事可做了。要騎馬，得先問過監督。但天還沒有亮，監督還在睡覺。

哈涅斐唱的歌使他想起母親編的一首歌。這首歌唱的是眞人眞事，當時哈吉穆拉特剛出世，那件事是後來他母親講給他聽的。歌詞是這樣的：你的鋼劍刺破我雪白的胸膛，我把我的小太陽緊抱，用我的熱血把他洗淨。傷口不用草藥自然癒合，我不怕死亡，我的小騎手長大了也不會害怕。

這首歌是專門爲哈吉穆拉特的父親編寫的，反映一段往事：哈吉穆拉特出世的時候，可敦正好生下第二個兒子烏馬汗。可敦要哈吉穆拉特的母親去給她的長子阿布農察爾餵奶。但巴蒂瑪特不願拋下自己的兒子，拒絕了。哈吉穆拉特的父親生氣了，命令她去。巴蒂瑪特再次拒絕，他就拔出短劍刺她，要不是別人把她拉開，他準會把她刺死。巴蒂瑪特就這樣把哈吉穆拉特撫養長大，還特地編了這首歌。

哈吉穆拉特想起他的母親，當時她跟他並排睡在泥屋平頂上，身上蓋著皮襖，她唱這首歌給他聽，他常要求母親讓他看看胸口的傷疤。他的眼前栩栩如生地浮現出母親的面貌，不像他最近離開她時那樣滿臉皺紋，一頭白髮，牙齒稀疏，而是年輕、漂亮、健壯，那時他已經五歲，體重相當重，她用籮筐揹著他翻山越嶺到外祖父家去。

他想起了滿臉皺紋、留著灰白大鬍子的外祖父，他是個銀匠，一直用青筋畢露的雙手鑄造銀器，還逼他的外孫唸禱詞。他想起山腳下的噴泉，他常拉著母親的褲子去汲水。他想起那條舔他臉的瘦狗，特別清楚地記得他跟母親到棚屋裡擠牛奶和煮牛奶，聞到那炊煙和酸牛奶的味兒。他想起母親第一次爲他剃頭，他如何從掛在牆上的銅盆裡看見自己發青的圓圓小腦袋。

哈吉穆拉特一回憶自己的童年，便想起了他的愛子尤素福。第一次是他親自替他剃的頭。如今尤素福已成了一個年輕英俊的騎手。他想起最後一次看到兒子的情景。這是他從采爾梅斯出走時的情景。兒子牽馬給他，要求送他一程。他全身武裝，牽著自己的馬。尤素福俊俏紅潤的臉和瘦長的個子（他比父親高）洋溢著青春的豪氣和生的歡樂。雖然年輕卻已很寬闊的肩膀、特別闊大的骨盆、細長的腰身、修長健壯的雙臂，以及一舉一動表現出來的力量、靈活和機警，這一切都使做父親的高興。他常常情不自禁地欣賞著兒子。

「不用送我了。如今家裡只剩下你一個人。你得好好照顧母親和祖母。」哈吉穆拉特說。

哈吉穆拉特還想起，尤素福得意地紅著臉說，只要他活著，誰也不敢欺負母親和奶奶，同時臉上露出勇敢和自豪的神氣。尤素福最後還是騎上馬，送父親到山溪那裡。他從山溪那裡回去之後，從此哈吉穆拉特就再沒有看過妻子、母親和兒子。

就是這個兒子，沙米里要把他的眼睛挖掉！至於別人將怎樣對付他的妻子，他簡直連想也不敢想。想到這裡，哈吉穆拉特再也坐不住了。他霍地跳起來，瘸著腿迅速走到門口，打開門，叫了一聲艾達爾。太陽還沒有升起，但天已大亮。夜鶯還在歌唱。

「你告訴監督，我想騎馬出去逛逛，你們替我備馬。」他說。

24

這個時期，布特勒的唯一安慰就是充分享受富有詩意的部隊生活，這一點不僅表現在公務上，而且表現在私生活上。他一副契爾克斯人打扮，賣弄馬術，兩次同波格丹諾維奇做埋伏，雖然那兩次一個敵人也沒遇到，也沒殺死任何人。布特勒很珍重這種勇敢行爲，以及他同著名勇士波格丹諾維奇的交情。他向猶太人借了高利貸，還清了賭債，但這麼做其實只能暫緩他的窘況。他竭力不去想到自己的窘況。除了部隊生活的詩意外，他還借酒澆愁。他喝得一天比一天多，精神一天比一天委靡。如今他對瑪莉亞來說已不是俊美的約瑟了①。相反地，他粗魯地主動追求她，不料卻遭到她的堅決拒絕。這令他感到十分羞愧。

四月底，要塞裡來了一支部隊，那是巴略金斯基用來進剿難以進入的車臣地區的。其中有卡巴爾金斯基團的兩個連。按照高加索的習慣，駐紮在庫林斯克的幾個連殷勤招待了這兩個連。士兵們被分配到各個兵營裡，不僅吃到有米飯和牛肉的晚餐，還喝了伏特加。軍官們被安頓在軍官的營裡，當地軍官照例招待新來的軍官。

最後大家開懷痛飲，狂歡作樂，還請歌手來唱歌助興。彼得羅夫酒意十足，臉色由紅轉成灰白，拿椅子當馬騎，拔出馬刀，砍殺假想的敵人，忽而破口大罵，忽而呵呵大笑，忽而同人家擁抱，忽而一面跳舞，一面唱他心愛的歌：「當年沙米里起來造反，嗒啦—啦—嗒嗒」。

布特勒也在座。在這裡，他也竭力想找到部隊生活的詩意，但他心底裡很可憐彼得羅夫，卻又無法制止他。布特勒覺得有幾分酒意，就悄悄回家去。

一輪滿月照著一座座白色的小屋和路上的石頭。月光很亮，路上的每塊小石頭、每根乾草和每堆馬糞都看得清清楚楚。布特勒快到家的時候，遇見瑪莉亞。她包著頭巾，把肩膀都遮住了。自從瑪莉亞拒絕布特勒的追求以來，他感到羞愧，有意迴避她。這會兒，布特勒喝了幾杯酒，又在溶溶的月光下，心情很好，又想向她表示親熱。

「您上哪兒去？」布特勒問。

「去看看我那老頭子。」瑪莉亞和氣地回答。她拒絕布特勒的追求完全是實實在在的，而且態度堅決，但他最近總是躲著她，這又令她不快。

「看他幹什麼，他會來的。」

「他會來嗎？」

「他自己不會來，但人家會把他抬來的。」

「哦，這樣可不好，」瑪莉亞說，「那就不用去了？」

「是的，不用去了。我們還是回家吧。」

瑪莉亞轉過身，同布特勒並肩走回去。月光十分明亮，照得人們頭上的亮光隨著路邊的陰影一起移動。布特勒瞧著這亮光，想對她說他依舊喜歡她，但不知怎麼開口。而她卻等著他開口。他們就這樣默默地走回家，但這時拐角處閃出幾個騎者，那是一個軍官和幾名隨從。

「這個時候會有什麼人在路上走啊？」瑪莉亞說著，閃到路邊。月亮從背後照著騎馬的人，直到他們走到旁邊時，瑪莉亞才認出他。這是軍官加米涅夫，以前跟彼得羅夫同事過，所以瑪莉亞認識他。

「彼得·尼古拉耶維奇，是您嗎？」瑪莉亞對他說。

「是我，」加米涅夫說，「哦，布特勒！您好！還沒有睡嗎？同瑪莉亞一起溜達嗎？當心彼得羅夫找您算帳。他在哪裡？」

「喏，您聽，」瑪莉亞指著鼓聲和歌聲傳來的方向，說，「他們又在飲酒作樂了。」

「怎麼，是你們的人在飲酒作樂嗎？」

「不，是從哈薩夫帳幕來的，現在正在吃飯呢。」

「哦，這倒是件好事。我還趕得上。我來找他只要一分鐘就行。」

「怎麼，有事嗎？」布特勒問。

「有點小事。」

「是好事還是壞事？」

「要看對什麼人！對我們是好事，對有些人可是壞事。」加米涅夫笑起來。

這時，他們來到了彼得羅夫家。

「契赫列夫！」加米涅夫對一個哥薩克喊道，「來一下！」

這個頓河哥薩克從隊伍中間騎馬出來。他身穿普通的頓河軍服和軍大衣，腳穿靴子，馬鞍後面放著一個褡褳。

「喂，把那玩意兒拿出來。」加米涅夫跳下馬，說道。

哥薩克也跳下馬，從褡褳裡拿出一個裝著東西的袋子。加米涅夫從哥薩克手裡接過那個袋子，一隻手伸進去。

「現在給你們看一樣新鮮玩意兒，好嗎？您不會害怕吧？」他問瑪莉亞。

「有什麼可怕的。」瑪莉亞說。

「你們看。」加米涅夫說，從袋子裡拿出一顆人頭，托在月光下。「你們認識嗎？」

這是一個剃光的頭：顱骨寬大突出，留著黑色的大鬍子和剪短的小鬍子，眼睛一隻張一隻閉，剃光的腦殼被砍得血肉模糊，鼻孔裡凝結著黑血。脖子上纏著一條血淋淋的手巾。儘管頭上傷痕累累，發青的嘴唇上卻露出孩子般善良的神氣。

瑪莉亞瞅了瞅，什麼話也沒有說，連忙轉身往屋裡走去。

布特勒無法把目光從這個可怕的人頭上移開。這就是哈吉穆拉特的頭，就是前不久跟他親切交談、共度黃昏的哈吉穆拉特的頭。

「這是怎麼回事？是誰把他殺死的？在什麼地方殺的？」布特勒問。

「他想逃跑，被人捉住了。」加米涅夫說，把人頭交給哥薩克，自己同布特勒往屋裡走去。

「他死也死得像條好漢。」加米涅夫說。

「怎麼會發生這樣的事？」

「你等一下，等彼得羅夫來了，我原原本本講給你們聽。我就是爲這事來的。要把他帶到各個要塞和山村去示眾。」

派人去找彼得羅夫。他喝得醉醺醺的，帶著兩個同樣酒意十足的軍官回來。他擁抱了加米涅夫。

「我把哈吉穆拉特的頭給您帶來了。」加米涅夫說。

「胡說，把他打死了？」

「是的，他想逃跑。」

「我說過，他這人靠不住。那麼他在哪裡？頭在哪裡？讓我看看。」

那個哥薩克被叫了來。他手裡拿著裝人頭的袋子。彼得羅夫醉眼矇矓地對它瞅了好一陣子。

「他到底是條好漢，」彼得羅夫說，「讓我吻吻他。」

「是啊，是條有膽魄的漢子。」一個軍官說。

大家都看了一遍，又把人頭交給哥薩克。哥薩克小心地把人頭放回袋子，竭力讓它輕一點著地。

「喂，加米涅夫，拿人頭示眾時，你要講話嗎？」一個軍官問。

「來，讓我吻吻他。他送過我一把馬刀。」彼得羅夫大聲說。

布特勒走到台階上。瑪莉亞坐在台階第二級上。她瞧了瞧布特勒，立刻又生氣地轉過臉。

「您是怎麼了，瑪莉亞？」布特勒問。

「你們都是劊子手。我簡直受不了。眞的，都是劊子手。」她說著站起來。

「這種事誰都可能遇到的。」布特勒不知說什麼才好。「戰爭嘛。」

「哼，戰爭！」瑪莉亞叫道，「什麼戰爭？一句話，都是劊子手。人死了就該埋到地裡，可你們還要捉弄他。眞的，都是劊子手。」她又說了一遍，走下台階，從後門回家。

布特勒回到客廳，請加米涅夫詳細地講講事情的經過。

加米涅夫就講了一遍。事情是這樣的。

①出自《舊約・創世記》第三十九章中約瑟不受主人妻子誘惑的故事。

25

他們准許哈吉穆拉特騎馬到郊外散步，但必須有哥薩克兵護送。奴赫城裡總共有五十名哥薩克，其中十名擔任幾個長官的警衛，其餘的人負責値勤。要是按照命令每次派十名，那麼隔天就要輪到一次。因此，第一天派十名値勤，以後每天派五名，並要求哈吉穆拉特不要把所有的衛兵帶去，但四月二十五日那天哈吉穆拉特出去散步，卻把五個衛兵都帶走。哈吉穆拉特上馬的時候，隊長發現他把五名衛兵都帶走。就對他說這樣不行，但哈吉穆拉特彷彿沒有聽到，逕自策馬上路，隊長也就沒有堅持。帶領哥薩克兵的是班長納札羅夫。他曾獲喬治勳章，淡褐色頭髮剪成兩個半圓，皮膚白裡透紅，是個身體十分強壯的小伙子。他出生於一個貧窮的舊教徒家庭，是長子，從小喪父，一直贍養老母親、三個妹妹和兩個弟弟。

「留心點，納札羅夫，別放他們走遠！」隊長喊道。

「是，長官！」納札羅夫回答，接著踏上馬鐙，扶住肩後的槍，策動那匹高大溫順、鉤鼻子的棗紅騸馬小跑步起來。四名哥薩克兵騎馬跟在後面：一個是費拉邦托夫，瘦長個兒，第一號小偷和掙錢能手，賣火藥給甘澤洛的就是他；一個是超期服役的農民伊格納托夫，他已上了年紀，但身強力壯，並以此自豪；一個是米施金，是個衰弱無力的小伙子，被大家所嘲笑；還有一個是彼得拉科夫，年紀很輕，頭髮淡黃，是個獨子，總是很和氣，樂呵呵的。

早晨有霧，到吃早餐時天氣放晴了，太陽照耀著剛張開的樹葉，照耀著幼嫩的青草，照耀著禾苗，也照耀著路左邊水流湍急的河面的波紋。

哈吉穆拉特騎馬一步步地走著。哥薩克兵和他的衛兵緊跟在後。他們就這樣緩緩地沿大路走出要塞。他們遇到幾個頭頂筐子的女人、趕輜重車的士兵和幾輛吱嘎作響的牛車。哈吉穆拉特走了兩俄里路以後，策動他那一匹卡巴爾達白馬；他騎馬大步走著，而他的衛兵就得策馬快跑才能跟上他。哥薩克兵也急急地跑著。

「嘿，他騎的馬眞行，」費拉邦托夫說，「要是在他還沒有歸順的時候，我早就把他放倒了。」

「是啊，老兄，這樣的馬在梯弗利斯値三百盧布呢。」

「我的馬能趕上他。」納札羅夫說。

「可不是，你能趕上他。」費拉邦托夫說。

哈吉穆拉特不斷加快速度。

「喂，朋友，這樣不行！慢點兒！」納札羅夫一面追趕哈吉穆拉特，一面大聲叫喊。

哈吉穆拉特回頭瞧了瞧，什麼話也沒說，繼續快步前進，沒有減慢速度。

「注意了，他們在打什麼鬼主意，那些魔鬼，」伊格納托夫說，「瞧他們把馬打得多狠。」

他們就這樣往山上跑了一俄里路左右。

「我說，這樣不行！」納札羅夫又叫道。

哈吉穆拉特沒有回答，也沒有回頭，更加快速度，由快步改成大步跑。

「你胡鬧，你逃不掉的！」納札羅夫大驚失色，吆喝道。

他鞭打那匹高大的棗紅騸馬，在馬鐙上欠身向前俯伏著，全速向哈吉穆拉特追去。

當納札羅夫整個身子同那匹駿馬合成一體，在平坦的大路上追逐哈吉穆拉特之際，天空那麼明朗，空氣那麼新鮮，生命那麼歡快地在他心裡躍動，以致於他根本沒想到會發生什麼不祥的、悲傷的，或者可怕的事。他感到高興的是，每一躍進都使他更加接近哈吉穆拉特。哈吉穆拉特從逼近他的哥薩克駿馬的蹄聲上聽出，他快被哥薩克趕上了。他右手拿出手槍，左手輕勒胯下那匹熱得發躁且聽見後面蹄聲的白馬。

「我跟你說，這樣不行！」納札羅夫差不多跟哈吉穆拉特並排了，一面喊，一面想抓住他的馬轡。但不等他抓住轡繩，就響起了槍聲。

「你這是幹什麼？」納札羅夫抓住胸口喊起來。「打他們，弟兄們。」他說著，身子搖晃了一下，伏在鞍橋上。

然而，山民比哥薩克先拿出武器。他們用手槍射擊哥薩克兵，並用馬刀亂砍。納札羅夫掛在馬脖子上，他那匹受驚的馬在牠同伴們的周圍亂跑。伊格納托夫的馬倒下來，把他的一條腿壓住。兩個山民拔出馬刀，騎在馬上向他的腦袋和胳膊亂砍。彼得拉科夫剛要撲上去救同伴，就響起了兩聲槍響，一槍打中他的背，一槍打中他的腰，他覺得渾身火燒火燎，像個袋子似的一個跟頭從馬上栽下來。

米施金掉轉馬頭，向要塞奔去。哈涅斐和汗馬戈瑪在後面直追，但他已跑遠，山民沒能追上他。

哈涅斐和汗馬戈瑪眼看追不上哥薩克兵，就回到自己人那裡。甘澤洛拔出伊格納托夫的短劍，對納札羅夫又刺了幾下，把他拉下馬來。汗馬戈瑪從死人身上解下彈藥囊。哈涅斐想牽走納札羅夫的馬，但被哈吉穆拉特喝住，就順著大路向前跑去。哈吉穆拉特的衛兵趕開彼得拉科夫的馬，跟著他疾馳。塔樓鳴槍警告時，他們已來到離奴赫三俄里路的稻田裡。

彼得拉科夫的肚子被剖開，仰面躺在地上。他那張年輕的臉面向著天空，像一條魚似的抽著氣，漸漸死去。

「天哪，我的親爹呀，瞧你們幹了什麼好事！」要塞長官得知哈吉穆拉特逃走，抱住頭嚷道。「真該砍你們的腦袋！把他放走了，你們這些強盜！」他聽著米施金的報告，喊道。

四面八方都響起了警報。不僅所有當地的哥薩克兵都被派去捉拿逃犯，而且把歸順的山村民團都盡量集合起來。當局貼出布告，凡捉拿哈吉穆拉特歸案的，不論死活，一律賞給一千盧布。哈吉穆拉特和同伴逃離哥薩克兩小時後，就有兩百多名騎兵隨著監督出來搜索和捉拿逃犯。

哈吉穆拉特順著大路跑了幾俄里路，勒住他那匹氣喘吁吁、熱汗淋漓、毛色發灰的白馬。路右邊遠遠地露出別拉爾奇克村的土屋和清眞寺的尖塔，路左邊是田野，田野盡頭有一條河。雖然上山去的路在右邊，哈吉穆拉特卻拐進方向相反的左邊，估計追兵一定往右邊追捕他。他想離開道路涉過阿拉贊河，走到沒人防守的大路上，順著大路走到樹林那裡，然後再渡過河，穿過樹林上山。他打定主意，就向左拐。可是他無法走到河邊，因爲必須穿過稻田，而稻田每逢春天總是灌滿水，變成一片沼澤，馬匹齊小腿陷進稻田裡。哈吉穆拉特和他的衛兵左衝右突，想找個乾燥些的地方，但他們所走的那塊田地全灌滿了水，而且被水浸透了。馬匹像拔瓶塞那樣咕唧咕唧地從泥漿裡拔出腿來，沉重地喘著氣，走幾步就停一停。

他們這樣掙扎了好半天，天色黑下來了，還沒走到河邊。他們左面有一個灌木發青的小島。哈吉穆拉特決定到灌木叢那裡，讓疲憊的馬休息一下，等到夜間再上路。

哈吉穆拉特和他的衛兵走進灌木叢，下了馬，絆上馬腿，讓牠們吃草，自己則吃著隨身帶來的麵包和乾酪。一鉤新月起初懸在空中，接著落到山後，四周變得一片漆黑。奴赫的夜鶯特別多。在這灌木叢裡也有兩隻。哈吉穆拉特同他的人馬走進灌木叢，發出颯颯的響聲，夜鶯不叫了。但等到人聲一靜，夜鶯又此起彼落地鳴囀起來。哈吉穆拉特用心細聽，自然聽到了夜鶯的叫聲。

夜鶯的鳴囀使他想起昨晚打水時聽到的那首關於干澤特的歌。如今他隨時都會落到干澤特那樣的境地。他突然覺得自己準會落到這種下場，不由得心情沉重。他攤開斗篷，做了禱告。剛做完禱告，就聽見一片嘈雜聲逼近灌木叢。這是許多馬蹄走在泥沼裡的聲音。眼尖的汗馬戈瑪跑到灌木叢邊，在昏暗中看見黑壓壓一大片騎兵和步兵向灌木叢逼近。哈涅斐從另一邊也看到了這群人。這是縣軍事長官卡爾加諾夫帶著民團趕來了。

「好吧，讓我們像干澤特那樣戰鬥吧！」哈吉穆拉特想。

卡爾加諾夫聽到警報，就帶上百名民團和哥薩克兵追趕哈吉穆拉特，但到處都找不到他，也沒見到他的蹤跡。卡爾加諾夫失望地回家去，但傍晚遇到一個韃靼老頭。卡爾加諾夫問老頭有沒有看見六個騎馬的人。老頭回答看見了。他看見六個騎馬的人在稻田裡打轉，後來跑進他打柴的灌木叢去。卡爾加諾夫帶著老頭從原路回來，看見絆著腿的馬，確定哈吉穆拉特就在這裡，當夜就把灌木叢團團圍住，想等天亮活捉或打死哈吉穆拉特。

哈吉穆拉特知道被包圍，就在灌木叢裡找到一條舊溝渠，決定埋伏在裡面，抵抗到彈盡力竭。他把這主意告訴夥伴們，並吩咐他們在溝渠上築鹿砦。衛兵們立刻動手砍伐樹枝，用短劍挖地做土壘。哈吉穆拉特跟他們一起幹活。

天濛濛亮，民團的百人長就跑到灌木叢附近，大聲喊話：「喂！哈吉穆拉特！投降吧！我們人多，你們人少。」

回答他的是溝渠裡的一團煙，步槍喀嚓一聲，子彈打中民團的一匹馬，馬向後一顛就倒了下去。接著，在灌木叢邊民團的槍響了，子彈嘘溜溜地叫著，打得樹枝紛紛落在鹿砦上，但沒有打中伏在鹿砦後面的人。只有甘澤洛那匹離群的馬被打中，馬頭受了傷。馬沒有倒下，卻掙斷絆繩在灌木叢中亂竄，向別的馬衝去，偎依在牠們身上，並把鮮血灑在新出土的草上。哈吉穆拉特和他的衛兵只有當民團中有人跑出來時才開槍，而且幾乎槍槍命中目標。民團裡有三人受傷。民團不僅沒有向哈吉穆拉特和他的衛兵撲去，而且離他們越來越遠，只偶爾從遠處隨便向他們開幾槍。

這樣持續了一個多小時。太陽升到半樹高，哈吉穆拉特剛想上馬，試圖從河邊突圍，忽然聽到大隊人馬的吶喊聲。這是密赫圖林區的加治阿加和他的部下。總共有兩百人左右。加治阿加原是哈吉穆拉特的朋友，兩人一起在山裡生活過，後來投奔俄國人。跟他同來的還有阿赫梅特汗，那是哈吉穆拉特仇人的兒子。加治阿加也像卡爾加諾夫那樣，先向哈吉穆拉特喊話，要他投降，但哈吉穆拉特也像第一次那樣開槍回答。

「拚刀，弟兄們！」加治阿加拔出刀來喊道。於是就聽見幾百個人尖聲叫著，向灌木叢衝去。

民團跑進灌木叢，鹿砦後面接二連三地響起槍聲。三個團丁倒下了，進攻的人停了下來。灌木叢邊上也響起了槍聲。他們開著槍，同時越過一棵棵灌木，逐漸逼近鹿砦。有幾個人衝過來，有幾個人被哈吉穆拉特和他的衛兵打倒。哈吉穆拉特百發百中地開槍，甘澤洛也幾乎彈無虛發，每次看到打中目標，就尖聲歡呼。庫爾班坐在溝渠邊上，嘴裡唱著〈真主之外無真主〉，不慌不忙地射擊著，但難得打中目標。艾達爾恨不得立刻拿短劍同敵人肉搏，激動得渾身直打哆嗦。他不斷地亂開槍掃射，不斷地回頭看看哈吉穆拉特從鹿砦後面探出身子。毛髮濃密的哈涅斐捲起袖子，執行著勤務兵的職務。他把哈吉穆拉特和庫爾班遞給他的槍裝上彈藥，使勁地用鐵條把上了油的子彈推進槍膛，把火藥罐裡的乾火藥灑到藥池裡。汗馬戈瑪不像別人那般坐在溝渠裡，他從溝渠裡跑到馬匹旁邊，把牠們趕到較安全的地方，不斷地尖聲大叫，不用槍架而是手拿步槍射擊著。他最先受傷。子彈打中他的脖子，他坐在地上，一面吐血，一面咒罵。隨後哈吉穆拉特也負傷了。子彈打穿他的肩膀。哈吉穆拉特從短褂裡撕下一團棉花，塞住傷口，繼續射擊。

「衝上去跟他們拚刀。」艾達爾第三次這樣說。

艾達爾從鹿砦後面探出身子，準備向敵人衝去，但就在這當兒，一顆子彈打中了他。他身子晃了晃，仰天倒下來，正好倒在哈吉穆拉特的一條腿上。哈吉穆拉特瞧了他一眼。艾達爾那雙好看的羊眼睛木然不動地盯著哈吉穆拉特。他的上唇像孩子般翹起，嘴唇抽動著，合不攏。哈涅斐向被打死的艾達爾彎下腰，從他的契爾克斯外套上取下未用的彈藥。哈吉穆拉特從他身下抽出腳，繼續向敵人瞄準。庫爾班一直唱著山歌，慢吞吞地裝上子彈射擊。

敵人尖聲叫著，從一棵灌木跑到另一棵灌木，越來越逼近。又有一顆子彈打中哈吉穆拉特的左腰。他

哈涅斐向被打死的艾達爾彎下腰，
從他的契爾克斯外套上取下未用的彈藥。

躺在溝渠裡，又從短褂裡撕下一團棉花把傷口塞住。腰部的傷是致命的，他覺得他要死了。往事像一幅幅圖畫異常迅速地在他腦中交替出現。他忽而看見大力士阿布農察爾汗一隻手托住被砍得垂下來的臉頰，一隻手拿短劍向敵人撲去；忽而看見蒼白虛弱、滿臉奸相的老伏隆卓夫，還聽見他那微弱的聲音；忽而看見兒子尤素福，忽而看見妻子蘇斐阿特，忽而看見他仇人沙米里蒼白的臉、褐色的大鬍子和瞇縫的眼睛。

往事一幕幕在他腦海裡掠過，但他對此已無動於衷：沒有遺憾，沒有仇恨，也沒有願望。這一切，同此刻在他身上所發生的事相比，對他來說簡直是太渺小了。他那強壯的身體繼續做著開了頭的事。他拚著最後的力氣從鹿砦後面站起來，用手槍射擊一個衝過來的人，打中他。那人倒下了。然後哈吉穆拉特從溝渠裡爬出來，拿著短劍，瘸著腿向敵人衝去。幾聲槍聲，他身子一晃就倒下了。幾個團丁尖聲歡呼著向倒下的身體衝去。但他們原以為死去的身體忽然動起來，那個血淋淋的光頭先抬起來，接著軀體也起來，最後他抓住一棵樹站了起來。他的模樣煞是可怕，嚇得衝過來的人都收住腳。忽然，他渾身打了個哆嗦，一個踉蹌離開那棵樹，整個身子就像一株被砍倒的牛蒡花，臉朝下倒下來，再也不動了。

他一動也不動，但還有感覺。加治阿加最先跑到他跟前，拿一把大短劍向他的頭刺去，他還以為有人拿錘子敲他的頭，他不知道是誰幹的，也不知道那人為什麼要這麼做。這是他頭腦裡最後的意識，之後就再也沒有知覺了。敵人踩他、砍他，但他對這一切已毫無感覺。加治阿加一隻腳踩住屍體的背，兩刀就把頭割下來。他唯恐鞋子沾上血，小心地把頭踢開。鮮紅的血從頸動脈湧出，黑色的血從頭顱裡直往外冒，灑在草地上。

卡爾加諾夫、加治阿加、阿赫梅特汗和全體民團，像獵人圍著被打死的野獸那樣圍著哈吉穆拉特和他的衛兵的屍體（哈涅斐、庫爾班和甘澤洛被捆）。他們站在火藥氣瀰漫的灌木叢裡，快樂地說說笑笑，慶祝他們的勝利。

夜鶯在射擊的時候沉默了一陣，這時又啼鳴起來，先是近處的一隻，然後遠處的幾隻也跟著叫了。

對了，就是那朵在翻耕過的田野上被蹂躪的牛蒡花使我想起了哈吉穆拉特的死。

一八八六～一九〇四年

假息票

第一部

1

省稅務局局長斯莫科夫尼科夫為官清廉，並以此自豪。他是個極端自由派，不僅具有自由主義思想，而且憎恨一切宗教觀念。他認為宗教觀念是迷信的殘餘。這天他從稅務局回家，心情惡劣。省長寫了一封極其荒唐的信給他，指摘他行為不端。斯莫科夫尼科夫大為惱怒，立刻寫了一封尖刻的回信。

在家裡，斯莫科夫尼科夫覺得事事不稱心。

離五點還差五分，斯莫科夫尼科夫以為立刻就要開飯，不料午飯還沒準備好。他砰地一聲關上門，走進自己房間裡。這時有人敲門。「還有什麼鬼上門來？」他心裡想，大聲問道：「誰啊？」

他那個念中學五年級的十五歲兒子走進來。

「你有什麼事？」

「今天是一號。」

「什麼？要錢？」

父親規定每月一號給兒子三盧布的零用錢。斯莫科夫尼科夫皺起眉頭，掏出皮夾，找了找，取出一張兩盧布半息票，又摸出一個五十戈比的銀幣。兒子不作聲，也沒接受。

「爸爸，請你再預支給我一點。」

「什麼？」

「我原本不應該求你，可是我借了錢，還發了誓，答應還給人家。我是個規矩人，不能……我還需要三盧布，以後我眞的不會再求你了……不是不求你，而是……爸爸，請你答應我。」

「我不是對你說過嗎……」

「爸爸，就這一次……」

「你每月拿三盧布的零用錢還嫌少。我在你這個年紀時連五十戈比都沒有呢。」

「現在，我的同學都拿得比我多，彼得羅夫・伊凡尼茨基每月拿到五十盧布。」

「我跟你說，你要是這麼過日子，將來準會成爲騙子的。我說過。」

「您說過有什麼用。您永遠不了解我的處境，我只好成爲無賴。您滿意了吧。」

「滾出去，二流子！滾！」

斯莫科夫尼科夫霍地跳起來，向兒子撲去。

「滾！我揍你。」

兒子又害怕又憤怒，但憤怒超過害怕。他低下頭，快步向門口走去。斯莫科夫尼科夫不想揍兒子，但他覺得出出氣很痛快，就在兒子身後又大聲罵了好一陣。

侍女報告午飯準備好了，斯莫科夫尼科夫站起身。

「總算好了，」他說，「可我已經不想吃了。」

他愁眉不展，走去吃午飯。

吃飯時，妻子同他說話，但他只怒氣沖沖地回答一兩句，妻子也就不作聲了。兒子眼睛只望著盤子，也不作聲。他們默默地吃飯，默默地站起來走開。

飯後，中學生回到自己房間裡，從口袋裡摸出息票和零錢，扔在桌上，然後脫去校服，穿上上衣。他先拿起封面破舊的拉丁文文法，然後鎖上門，伸手把桌上的錢掃進抽屜，從抽屜裡取出捲煙紙筒，裝上煙草，再用棉花堵住，抽起煙來。

他坐著學習文法和筆記約有兩小時，但一點也沒記進腦袋，然後站起來，腳步沉重地在房間裡踱步，回想著跟父親的衝突。他歷歷在目地回想著父親罵他的話，尤其是父親那張兇惡的臉，彷彿此刻他就在眼前。「二流子，我揍你！」他越想越生父親的氣。他記起父親曾對他說：「我看你準會變成一個騙子。你要放明白。」他想：「如果這樣，你準會變成個騙子。他倒高興。他忘記他也有過年輕的時候。哼，我究竟犯了什麼罪？只不過去看了一次戲。我沒有錢，向彼嘉・格魯歇茨基借了一點。這有什麼錯？換作別人還會同情我，問個明白，可是他只知道罵人，只顧自己。只要他少了什麼，就會向全家人大嚷大叫，還罵我是騙子。哼，雖說他是父親，我可不喜歡他。我不知道別人怎樣，可我不喜歡他。」

侍女敲了敲門。她拿來一張紙條。

「吩咐要立刻回信。」

紙條上寫著：「我向你索還你借的六盧布已是第三次了，但你總是有意迴避。規矩人是不會這樣做的。請你立刻讓來人帶回錢。我自己非常需要。難道你眞的弄不到這點錢嗎？你還不還錢將決定我將蔑視你或尊敬你。

格魯歇茨基」

米嘉想：「眞沒想到。這頭豬。你就不能等一等嗎？讓我再試試。」

米嘉去找母親。這是最後的希望。他母親心地善良，不會拒絕他的。本來她很可能幫他忙，但今天她因兩歲的小兒子彼嘉生病，心裡焦急。米嘉來吵鬧，她大爲生氣，一口拒絕了他的要求。他低聲嘀咕著，走了出去。她可憐兒子，叫他回來。

「等一下，米嘉，」她說，「我手頭沒有，但明天就能弄到。」

但米嘉心裡還在恨父親。

「我今天就需要，幹嘛要拖到明天？好吧，我去向同學借。」

他走出去，砰地一聲關上門。

「沒別的辦法了，他教我把錶當了。」他摸摸口袋裡的錶，心想。

米嘉從抽屜裡拿出息票和零錢，穿上外套，去找馬興。

2

馬興是個留小鬍子的中學生。他打牌，玩女人，手頭總存有一些錢。他同姨媽住在一起。米嘉知道馬興這小子不好，但跟他在一起，米嘉總是不由自主地服從他。這天馬興在家，正準備去看戲。他骯髒的房間裡散發著香皀和花露水的氣味。

「老弟，這可眞是太糟了。」米嘉告訴他自己的苦惱，給他看息票和五十戈比，並說他需要九盧布。「可以當錶，也可以用更好的辦法。」馬興擠擠一隻眼睛，說道。

「什麼是更好的辦法？」

「很簡單，」馬興拿起息票說，「只要在2盧布50戈比前加一個1，不就成了12盧布50戈比嗎。」

「有這樣的事嗎？」

「當然，一千盧布的息票也可以加。我就做過這樣的息票。」

「恐怕不行吧？」

「那有什麼，來不來？」馬興說，拿起羽筆，用左手一個手指撫平息票。

「這樣不好。」

「廢話。」

「眞的，」米嘉想，他又記起父親罵他騙子的話，「這下我眞的要變成騙子了。」他瞧了瞧馬興的臉。馬興對他望望，若無其事地微笑著。

「那麼，來不來？」

「來。」

馬興小翼翼地在息票上加一個「1」字。

「好了，現在咱們去店鋪。這裡轉角有一家照相器材店。我正好需要一個小鏡框，放這張照片。」

他掏出一張照片，上面是一個大眼睛、頭髮蓬鬆、胸脯高聳的姑娘。

「這姑娘怎麼樣？啊？」

「不錯，不錯。當然……」

「很簡單。我們去吧。」

馬興穿上衣服。他們一起走了出去。

3

照相器材店的門鈴響了。兩個中學生走進去，他們環顧店裡，裡面沒有顧客，只有一些放照相器材的貨架和玻璃櫃台。從後面門裡走出一個相貌難看但很和氣的女人。她站在櫃台後面，問他們要什麼。

「要一個好的小鏡框，太太。」

「要什麼價錢的？」太太俐落地彎曲那戴著露指手套的手（她的指關節腫大），指指各種不同式樣的鏡框。「這種五十戈比一個，這種貴一點。喏，這種很好看，款式新，每個一盧布二十戈比。」

「好，就給我這個吧。能不能便宜點？算一個盧布吧。」

「我們這兒不討價還價。」太太莊重地說。

「好，就這樣吧。」馬興說，把息票放在櫃台上。

「給我一個小鏡框，還要找錢給我，但要快一點。我們要去看戲。可不能遲到。」

「你們來得及的。」太太說，用她那雙近視眼察看著息票。

「嵌在這個鏡框裡很美。是嗎？」馬興對米嘉說。

「你沒有別的錢嗎？」老闆娘問。

「真糟糕，沒有。是父親給我的，得把它兌換成零錢。」

「難道您真的沒有一盧布二十戈比嗎？」

「只有五十戈比。怎麼，難道您怕我們拿假息票騙您嗎？」

「不，我無所謂。」

「那麼您還給我吧。我們會兌換開來。」

「那麼該給您多少啊？」

「哦，十一盧布多一些。」

老闆娘嗒嗒嗒打了打算盤，拉開抽屜，取出十盧布紙幣，一手抖動硬幣，數出六枚二十戈比硬幣和兩枚五戈比硬幣。

「請您包一包。」馬興不慌不忙地接了錢，說。

「這就給您包裝。」

老闆娘包好小鏡框，再用繩子紮住。

直到他們走出店堂，門上的鈴響了響，米嘉才鬆了一口氣。他們來到街上。

「喏，給您十個盧布，這些給我。我會還你的。」

馬興去劇院，米嘉則到格魯歇茨基那兒去還錢。

4

兩名中學生走後一小時，商店老闆回到家，開始點算今天的營業額。

「哼，傻婆娘！眞是個傻婆娘，」他看見息票，立刻發現塗改的地方，對妻子嚷道，「你幹嘛收息票？」

「熱尼亞，你自己上次不是當著我的面也收過十二盧布的息票嗎？」妻子又委屈又傷心，差點哭出來。「我怎麼知道他們會欺騙我？」她說，「都是中學生。一個漂亮的青年，看上去挺體面的。」

「你這個體面的傻婆娘，」丈夫一面算帳，一面繼續罵，「我一拿起息票，就看出上面加過字了。可你啊，這把年紀了，還盡欣賞中學生的臉蛋。」

這下子妻子忍不住，也發起火來。

「虧你是個男子漢！只知道責怪別人，自己打牌輸掉五十四盧布倒無所謂。」

「這可是另一回事。」

「我眞不想跟你說話。」妻子說著，走到自己房間，回想當年家裡反對她嫁給他，認爲他的地位比她低得多，只有她一人堅持這門親事。她想到她那個死去的孩子，想到丈夫對這件事的無動於衷。於是又想到要是他死了，那該多好。但一想到這點，她對自己這種感情感到害怕，就匆匆穿上衣服走了。她丈夫回到家裡，妻子已不在。她沒等丈夫回來，就穿戴整齊，獨自到熟識的法語教師家去。今晚他邀請他們參加晚會。

5

法語教師是俄籍波蘭人，在家裡舉辦了一場有甜點的豐盛茶會。吃完茶點後，大家分幾桌坐下來打文特牌。

照相器材店老闆娘連同主人、一位軍官和一個戴假髮的耳聾太太（她是樂器店老闆的遺孀，酷愛打牌，而且打得很好）坐一桌。照相器材店老闆娘的牌運很好。她兩次都是得大滿貫。她旁邊放著一盤子葡萄和梨，心裡樂滋滋的。

「葉夫蓋尼・米哈依洛維奇怎麼還不來？」女主人從另一桌問，「我們把他定爲第五個。」

「他準是一心在算帳，」葉夫蓋尼・米哈依洛維奇的妻子說，「今天他在算食物帳、木柴帳。」

她想起剛才同丈夫的爭吵，皺起眉頭，氣得那戴露指手套的雙手直發抖。

「說到葉夫蓋尼，葉夫蓋尼就到，」男主人對走進來的葉夫蓋尼・米哈依洛維奇說，「您怎麼遲到了？」

「事情太多了。」葉夫蓋尼・米哈依洛維奇搓搓手，快樂地說。令妻子驚訝的是，他走到她跟前說：「告訴你，我把那息票脫手了。」

「眞的嗎？」

「眞的，我付給賣木柴的莊稼漢了。」

於是，葉夫蓋尼・米哈依洛維奇怒氣沖沖地告訴大家兩個不要臉的中學生如何愚弄了他的妻子，他妻子又補充了詳細經過。

「好吧，現在幹我們的正事。」他說著，坐到桌旁，正好輪到他洗牌。

6

葉夫蓋尼·米哈依洛維奇確實把息票給了莊稼漢伊凡·米隆諾夫作爲柴錢。伊凡·米隆諾夫從木柴場買進一方①木柴，拿到城裡零賣。他把這一方木柴分成五攤，每攤的價錢相當於木柴場四分之一方的價錢。在這個倒楣的日子，伊凡·米隆諾夫一早裝了八分之一方木柴出門，很快就賣光了。他又裝上八分之一方去賣，但直到晚上都沒有人來買。他遇到的都是精明的城裡居民，他們知道莊稼漢賣柴往往會做手腳，都不相信他，儘管他再三說木柴是從鄉下運來的。他飢腸轆轆，身上穿著破舊的短襖和外套。傍晚天氣冷到零下二十度。那匹老馬站住不肯走，他卻毫不憐惜牠，因爲他已經準備把牠賣給獸皮販子。因此，當伊凡·米隆諾夫遇見從煙草店回家的葉夫蓋尼·米哈依洛維奇時，他甚至準備虧本把木柴賣給他。

「您買吧，老爺，我便宜賣給您。我的馬走不動了。」

「你是從哪兒來的？」

「我從鄉下來。自己的木柴，很好、很乾。」

「我們知道你們這些人。那麼，你要多少錢？」

伊凡·米隆諾夫先討價，再減價，最後成交了。

「這價錢只給您一個人，老爺，因爲路近。」他說。

葉夫蓋尼·米哈依洛維奇沒有再討價還價，因爲想到可以把息票脫手而高興。伊凡·米隆諾夫勉強拉著車，把木柴拉進院子，卸到板棚裡。管院人不在。起初伊凡·米隆諾夫拿到息票時有點猶豫，但葉夫蓋尼·米哈依洛維奇再三說服他，並露出一副十分威嚴的樣子，使他接受了息票。

伊凡·米隆諾夫從後門走到下房，畫了個十字，化開鬍子上的冰溜，解開上衣，掏出皮夾，從中取出八盧布五十戈比作爲找錢，摺好息票，放進皮夾裡。

伊凡·米隆諾夫照例向老爺道了謝，用鞭子柄（不是鞭子）狠打那隻勉強挪動四腳、身上掛滿霜花、即將倒斃的老馬，把空車趕到酒店。

伊凡·米隆諾夫在酒店裡要了八戈比的酒和茶，身子感到暖和，甚至出了汗。他心情十分愉快，跟同桌的一個管院人交談。他同他閒聊，把自己的情況全講給他聽。他說他是從華西列夫斯基鄉來的，離城十二俄里；說他跟父親和兄弟分了家，現在同妻子和兩個孩子住在一起，大兒子剛進學校，還不能幫助家庭。他說，他現在待在這裡，明天就到馬市去把他的老馬賣掉，如果碰巧，就再買一匹新馬。他說，他現在積了二十四盧布，一半是息票。他掏出息票給管院人看。管院人不識字，但說他曾爲居戶換過這種錢，說錢是好的，但也有假的，因此勸他交給收帳櫃台檢驗一下。伊凡·米隆諾夫拿它付給跑堂伙計，叫他找錢，但跑堂的沒拿找錢來，而那個紅光滿面的禿頭掌櫃卻用胖手拿著息票走過來。

「您的錢不能用。」他指指息票說，但沒把息票還給他。

「錢不會有問題的，是一位老爺給我的。」

「這錢眞的不對，是假的。」

「是假的，那就還給我。」

「不，老弟，得教訓教訓你們這些傢伙。你同那騙子一起僞造息票。」

「把錢還給我，你憑什麼不還我？」

「西多爾！去叫警察來。」酒店老闆對跑堂的說。

伊凡・米隆諾夫喝醉了。他一喝醉就失去理智。他抓住掌櫃的衣領，叫道：「還給我，我去找老爺。我知道他在哪兒。」

掌櫃的掙脫伊凡・米隆諾夫，他的襯衫被撕破了。

「哼，你竟敢這樣。把他抓起來。」

跑堂的抓住伊凡・米隆諾夫。這時警察來了。警察弄明白是怎麼一回事，立刻做出決定：「上局裡去。」

警察把息票放到自己的皮夾裡，連馬一起把伊凡・米隆諾夫帶到警察局。

①指一立方俄丈。

7

伊凡・米隆諾夫在警察局裡同酒鬼和小偷共度了一夜。直到將近中午他才被叫去見警察局長。警察局長對他進行了一番審訊，派警察去傳喚照相器材店老闆。伊凡・米隆諾夫記得那條街道和房子。

警察傳來老闆，給他看息票和伊凡・米隆諾夫，伊凡・米隆諾夫斷定就是這名老爺給他息票，葉夫蓋尼・米哈依洛維奇先是裝出一副驚訝的樣子，然後板起臉說：「你準是瘋了。我第一次見到他。」

「老爺，罪過啊，我們都是凡人，都要死的。」伊凡・米隆諾夫說。

「這是怎麼啦？你準是睡糊塗了。你賣給別的人了，」葉夫蓋尼・米哈依洛維奇說，「等一下，讓我去問問妻子，她昨天有沒有買過木柴。」

葉夫蓋尼・米哈依洛維奇走了。他立刻叫來看管院子的華西里（華西里是個漂亮、強壯、機靈和樂天的花花公子），對他說，要是有人問他最近一次木柴是從哪兒買的，就說是從木柴場買的，沒向莊稼人買過木柴。

「不然那個莊稼人會說我給了他一張假息票。莊稼人糊塗，天知道他在說些什麼，你可是個明白人。你就說，木柴我們一向是從木柴場買的。這錢是我給你買上裝的，我早就想給你了。」葉夫蓋尼・米哈依洛維奇加了一句說，給了看院人五盧布。

華西里拿了錢，看到鈔票便眼睛一亮，然後瞧了瞧葉夫蓋尼・米哈依洛維奇的臉，抖了抖頭髮，微微一笑。

「當然，老百姓糊塗，沒有文化。您不用擔心。我知道該怎麼說。」

不管伊凡．米隆諾夫多少次含淚請求葉夫蓋尼．米哈依洛維奇承認那張息票是他的，並要看院人證實他的話，但葉夫蓋尼．米哈依洛維奇和看院人都一口咬定：他們從未買過由車子送上門的木柴。於是警察就把伊凡．米隆諾夫帶回警察局，告他塗改息票。

聽從同他羈押在一起的醉酒的文書勸告，伊凡．米隆諾夫給了警察局長五盧布，才得以離開拘留所。他失去了息票，身上只剩七盧布，但昨天他還有二十五盧布呢。伊凡．米隆諾夫從七盧布中取出三盧布買酒，喝得酩酊大醉，頭破血流地回到妻子那兒。

妻子懷孕即將分娩，身體有病。她破口大罵丈夫，他推了她一下，她就動手打他。他不再理他，伏在床上放聲大哭。

直到第二天早晨，妻子才明白是怎麼一回事。她相信丈夫的話，咒罵欺騙她家伊凡的老爺是強盜，罵了好半天。伊凡清醒過來，記起昨天同他一起喝酒的老師傅的話，決定去找律師申訴。

8

律師接受了這個案件，不是爲了能得到多少錢，而是因爲他相信伊凡是個規矩人，對於有人恬不知恥地欺騙莊稼人感到氣憤。

原告和被告都出庭，看院人華西里也以證人身分被傳喚。庭上又重複了原來的對話。伊凡．米隆諾夫提到上帝，提到人都是要死的。葉夫蓋尼．米哈依洛維奇雖然意識到自己行爲的卑鄙和危險，感到良心受折磨，但他現在不能改口，因此繼續故作鎮定，矢口否認。

看院人華西里又得到十個盧布，因此仍鎮靜地含笑證明他從未見到過伊凡・米隆諾夫。當他被領去起誓時，他雖然心虛，但還是故作鎮定，重複老司祭的誓言，向十字架和《福音書》起誓他將完全說實話。

結果，法官駁回伊凡・米隆諾夫的訴訟，還要罰他五盧布訴訟費，但葉夫蓋尼・米哈依洛維奇慷慨地免了他這筆費用。在釋放伊凡・米隆諾夫時，法官教訓他以後對有聲望的人起訴要愼重，他還應感激人家不要他付訴訟費，也不告他誹謗罪，不然他還得因此坐三個月牢。

「衷心感謝。」伊凡・米隆諾夫說，他搖搖頭，嘆著氣，走出法庭。

對葉夫蓋尼・米哈依洛維奇和看院人華西里來說，這件事似乎有了完美順利的結果，但這只是事情的表面，眞正發生的情況誰也沒看到，這可比人們看到的要重要得多。

華西里從鄉下移居城裡已是第三個年頭。他寄給父親的錢一年比一年少，也不娶妻，因爲他覺得不需要結婚。他在城裡有許多妻子，要多少有多少，而且不像他那個醜婆娘。華西里一年比一年淡忘鄉下規矩，一年比一年適應城裡的生活。鄉下什麼都是粗魯、愚昧、貧窮、畸形，而城裡則一切都是高雅、優美、潔淨、富裕，一切都有條不紊。他越來越相信，鄉下人像林中野獸般糊裡糊塗地過日子，而城裡人過的才是眞正人的生活。他閱讀優秀作家的作品、小說，還到民眾館去觀看演出。鄉下連做夢也看不到這些東西。鄉下老人說：同妻子過合法生活，勤勞動，不暴食，不講究穿著；可是城裡人聰明、有學問，且懂得眞正的法律，生活過得自在。一切都很好。提到息票的事，華西里絕不相信老爺們生活沒有法律。他始終認爲他們有他們的法律，只是他不懂而已。不過，那件有關息票的事，主要是他那心口不一的誓言並沒有產生什麼不良後果（儘管他心裡還是有點害怕），而且他又得到十個盧布。他完全相信法律是沒有的，只要自己過得開心就好了。以前他這樣生活，今後還將繼續這樣生活。起初，他只利用替居民買東西弄到點好處，但這些錢不夠他的全部開銷。於是他一有機會就偷竊居民的錢和貴重物品，還偷葉夫蓋尼・米哈依洛維奇的錢包。葉夫蓋尼・米哈依洛維奇揭露他，但沒把他送交法庭，只是將他解雇。

華西里不想回家，他留在莫斯科和情婦住在一起，同時找尋工作。他找到了一個報酬菲薄的差事——替小店的老闆打掃院子。華西里開始工作，但是在第二個月他就偷竊袋子。主人二話不說，把華西里打了一頓，然後把他攆走。之後他再也沒找到工作，錢花光了，就典當衣服，最後只剩身上的破上衣、褲子和鞋。情婦拋棄了他。不過，華西里並沒失去開朗快樂的心情，到了春天，他就步行回家。

9

彼得・斯文提茨基長得矮壯結實，戴一副黑眼鏡（他有眼疾，有可能完全失明），照例天沒亮就起床，喝了一杯茶，穿上袖口鑲羔皮的短大衣，便去料理家務。

彼得・斯文提茨基原是海關官員，在那裡掙了一萬八千盧布。十二年前他退休了，但並非完全出於自願。他向一個蕩盡家產的地主少爺買了一座莊園。彼得・斯文提茨基還在工作時就已經結婚。他的妻子是個舊貴族出身的窮孤女，長得高大健美，但沒生過孩子。彼得・斯文提茨基不論做什麼都嚴格認眞，一絲不苟。他對農業原來一竅不通（他是波蘭小貴族的兒子），但他埋頭苦幹，使得一座擁有三百俄畝土地的破產田莊十年後成爲模範莊園。他所有的建築物，從住宅到糧倉和消防龍頭棚，都很堅固結實，上面蓋著鐵皮屋頂，經常油漆一新。工具棚裡整整齊齊地擺著大車、木犁、鐵犁和耙。軟具都塗上油。馬不高大，全是本地種馬牧場產的黑鬃黃馬，膘肥體壯，像從同一個模子裡鑄出來的。脫粒機在有屋頂的倉房裡運轉，飼料放在飼料棚裡，糞水流進石砌的坑裡。奶牛也是本地養殖場的品種，個兒不大，但產乳量很高。豬是英國種。養雞場裡飼養著產蛋率很高的母雞。果園柵欄都塗上油漆，裡面種滿果樹。到處都很整齊清潔，有條不紊。彼得・斯文提茨基對自己的莊園十分滿意，他引以自豪的是，他取得這一切不是靠壓榨農民，而是靠對待他們公平合理。在貴族中，他的觀點是中庸的，甚至是自由主義而非保守的，在農奴主面前他總是袒護老百姓。「你待他們好，他們也會待你好。」不錯，他不放過工人的疏忽和過錯，有時也會推搡他們，要他們幹活，不過，工人們的宿舍和伙食都是極好的，工資也都準時支付，逢年過節還送酒給他們喝。

彼得・斯文提茨基小心翼翼地踩著融化的雪（這是二月），經過役畜廄向工人居住的小屋走去。天色還很暗，因爲有霧而顯得更黑，但工人宿舍的窗子裡已露出燈光。工人們正起床。他想去催促他們：根據派工單，他們得駕一輛六套馬車去小樹林裡載運最後一批木柴。

「這是怎麼回事？」他看見馬廄門開著，心想。

「喂，有人嗎？」

沒有人答應。彼得・斯文提茨基走進馬廄。

「喂，有人嗎？」

沒有人答應。馬廄裡很暗，腳下軟綿綿的，還聞到馬糞味兒。門右邊棚子裡站著兩匹年輕的黑鬃黃馬。彼得・斯文提茨基伸手一摸，裡面是空的。他用腳踢踢，以爲馬也許躺著，可是什麼也沒踢到。「他們把馬牽到哪兒去啦？」他想。也沒有套車，雪橇仍在外邊。彼得・斯文提茨基走到門外，大聲叫道：

「喂，斯吉邦！」

斯吉邦是個老工人。他正好從工房裡出來。

「噢！」斯吉邦快樂地答應，「是您嗎，斯文提茨基老爺？工人們馬上就來。」

「你們的馬廄怎麼開著？」

「馬廄？我不知道。喂，普羅施卡，拿燈來！」

普羅施卡拿著風燈跑來。他們走進馬廄。斯吉邦立刻明白是怎麼一回事。

「小偷來過了，斯文提茨基老爺。鎖被砸了。」

「你在胡說吧？」

「偷走了，這些強盜。『瑪施卡』不見了，『鷹』不見了。『鷹』原本拴在這兒。『花斑』不見了。『美男子』不見了。」

丟了三匹馬，彼得・斯文提茨基什麼話也沒說。

他皺緊眉頭，痛苦地喘著氣。

「哼，被我碰上了！是誰看守的？」

「彼吉卡。彼吉卡睡糊塗了。」

彼得・斯文提茨基報了警。他去找警察局長，找地方行政官，又派家人分頭去找尋馬匹，但始終沒有找到。

「老百姓壞透了！」彼得・斯文提茨基說，「竟幹出這樣的事來！難道我沒給過他們好處嗎？你等著吧。強盜，都是強盜。今後我再也不會這樣對待你們了。」

10

三匹黑鬃黃馬已經各有去處。「瑪施卡」以十八盧布被賣給吉普賽人，「花斑」已被牽到四十俄里外換掉，「美男子」被趕出去宰了，牠的皮賣了三個盧布。這些事都是伊凡．米隆諾夫帶頭幹的。他在彼得．斯文提茨基那裡幹過活，知道彼得．斯文提茨基的規矩，決心弄回自己的錢，就幹了這些事。

自從發生假息票一事後，伊凡．米隆諾夫一直喝酒，要不是妻子把馬具、衣服和一切可以換酒喝的東西藏好，他會把家裡的東西喝個精光。在喝得醉醺醺的時候，伊凡．米隆諾夫不僅總是想到自己的委屈，而且想到那些老爺先生，他們就是靠壓榨我們的血汗過日子的。有一天，伊凡．米隆諾夫跟波多爾斯克幾個農民一起喝酒，那些農民喝醉了，一路上向他訴說著他們如何從一個農民家裡牽走了馬。伊凡．米隆諾夫就罵盜馬賊欺侮了農民。「這是罪孽，」他說，「農民的馬就是他的兄弟，但你卻弄得他破產。要偷就偷老爺們的馬。那些狗東西才是罪有應得。」他們談得起勁，波多爾斯克農民跟他說他們如何狡猾地牽走老爺家的馬。要知道路徑，非有內線不可。於是伊凡．米隆諾夫想起了斯文提茨基。他在他那裡當過長工，想起斯文提茨基計算工資時為折斷車軸一事扣掉他一個半盧布，想起他用過的兩匹黑鬃黃馬。

伊凡．米隆諾夫到斯文提茨基家去，裝作想當雇工，其實是去觀察地形。他知道那裡沒有看守，馬都關在單間馬廄裡。他就帶領幾個小偷去作案。

伊凡．米隆諾夫跟波多爾斯克農民分贓，拿了五個盧布回家。回到家裡沒事可幹，因爲沒有了馬。從此，伊凡．米隆諾夫就跟盜馬賊和吉普賽人勾結在一起。

11

彼得．斯文提茨基極力想找到小偷。沒有內線是不可能作案的。因此他開始懷疑家裡的人，他先查問那天夜裡誰不在家。結果查出普羅施卡那天夜裡不在家。普羅施卡是一個漂亮機靈的小伙子，剛從軍隊復員回來。彼得．斯文提茨基常帶他出門，讓他趕車。區警察局局長是彼得．斯文提茨基的朋友，彼得．斯文提茨基還認識縣警察局局長、首席貴族、地方行政長官和偵查員。這些人常到他家參加命名日酒宴，品嘗他家美味的果子酒和各種醃蘑菇。他們都很同情他，竭力幫助他。

「瞧您還庇護莊稼漢，」區警察局局長說，「我說句實話，他們比畜生都不如。不使用鞭子和棍子，你對他們就毫無辦法，那麼，您說的普羅施卡就是當車夫的那個嗎？」

「就是他。」

「叫他到我這兒來。」

普羅施卡被帶來審訊：「你當時在哪兒？」

普羅施卡抖了抖頭髮，兩眼一抬說：「在家裡。」

「怎麼在家裡，長工們都證明你當時不在家。」

「隨您便。」

「這不是隨我便的問題。那麼，你當時在哪兒？」

「家裡。」

「嗯，那好。索茨基，把他帶到局裡去。」

「隨您便。」

普羅施卡始終沒說他在哪兒。他沒說，是因爲那天晚上他在朋友家裡跟巴拉莎聚會，他答應不供出她，就沒提她的名字。因爲沒有罪證，普羅施卡被釋放了。但彼得·斯文提茨基相信，這件事是普羅施卡幹的，因此恨透了他。有一天，彼得·斯文提茨基叫普羅施卡駕車去取支架。普羅施卡照例在客店裡要了兩俄斗燕麥。他拿一俄斗燕麥餵了馬，還有半俄斗換酒。彼得·斯文提茨基知道這件事，把他送交治安法院，治安法院判了普羅施卡三個月監禁。普羅施卡挺愛面子。他認爲自己比別人高明，並且沾沾自喜。監禁損害了他的名聲，他再也無法在別人面前驕傲逞能，從此灰心喪氣。

普羅施卡出獄回家，與其說他恨彼得·斯文提茨基，不如說他恨整個世界。

大家都說普羅施卡出獄後一蹶不振，懶得幹活，開始酗酒，不久因偷竊女市民的衣服再度被捕入獄。

彼得·斯文提茨基確定馬匹被盜的事，是因爲他認出從黑鬃黃馬「美男子」身上剝下的皮。盜馬賊逍遙法外使彼得·斯文提茨基越發惱怒。他現在看到農民，談到農民，就忍不住滿腔怒火，極力欺壓他們。

12

儘管葉夫蓋尼·米哈依洛維奇用掉息票後不再想及此事，他的妻子瑪麗雅·華西里耶夫娜卻不甘心自己在假息票一事上受騙，也不能寬恕丈夫對她的惡言咒罵，尤其不能饒恕那兩個狡猾欺騙她的小流氓。

自從受騙上當那天起，她便留神觀察每一個中學生。有一天她遇見馬興，但沒認出他來，因爲他一看見她，就扮了個怪模怪樣，使他的容貌完全變了。不過，在那件事發生兩個星期之後，她在人行道上面對面地撞見米嘉·斯莫科夫尼科夫，立刻認出他。她讓他走過去，然後轉身緊緊跟住他。她跟蹤到他家，知道他是誰的兒子，第二天她便到學校裡，在前廳遇見了神學教師米哈伊爾。他問她有什麼事。她說她想見校長。

「校長不在，他病了。也許我能爲您效勞或轉告他？」

瑪麗雅·華西里耶夫娜決定把受騙一事告訴神學教師。

神學教師米哈伊爾是個鰥夫，是神學院院士，自尊心很強。去年他在一個交際場所遇見米嘉的父親，在談到信仰問題時跟他發生衝突。斯莫科夫尼科夫一條條駁斥他，引起哄堂大笑。因此，米哈伊爾神父就特別注意他的兒子，發現他跟他不信神的父親一樣，對神學十分冷淡，就折磨他，讓他考試不及格。

從瑪麗雅·華西里耶夫娜那裡知道米嘉的行爲，米哈伊爾神父不禁滿心歡喜，覺得可以因此證實他的假設：人若失去教會引導就會道德敗壞。他還決定利用這件事極力讓人相信，凡是離開教會的人都面臨著危險，他內心也認爲可藉此對那個驕傲自大的無神論者進行報復。

「是的，很可悲，很可悲。」米哈伊爾神父說，一手撫摩貼身的十字架光滑的側面。「您把這件事告訴我，我很高興。作爲神職人員，我一定會好好教誨年輕人，但在教訓他時，我會盡量溫和些。」

「是的，我要做得符合我的身分。」米哈伊爾神父自言自語，彷彿完全忘記父親對自己的嚴厲態度，他只想讓青年幸福，並且拯救他。

第二天上神學課的時候，米哈伊爾神父把假息票一事如實告訴學生，並說這是一名中學生幹的。

「這種行爲是惡劣的、可恥的，」他說，「但拒不承認就更加惡劣。如果這是你們中間的一個幹的（我不相信有這樣的事），他自己懺悔要比隱瞞好。」

說到這裡，米哈伊爾神父眼睛盯著米嘉·斯莫科夫尼科夫。中學生們跟著他的目光也盯著米嘉。米嘉臉紅了，頭上冒汗，終於放聲大哭，從教室裡跑出去。

米嘉的母親知道後，又從兒子身上問出全部經過，就跑到照相器材店。付給女主人十二盧布五十戈比，請她不要說出中學生的名字。她叫兒子否認這件事，尤其不能向父親承認做過這件事。

果然，斯莫科夫尼科夫知道中學裡的事，把兒子喚來，兒子則矢口否認。他就去找校長，講了這件事，指出神學教師的行爲極其卑劣，他對此絕不罷休。校長把神父請來，於是他跟斯莫科夫尼科夫之間就展開了一場激烈的爭論。

「那個蠢女人誣告我的兒子，後來又否認自己說過的話，可您只知道誹謗一個規矩正派的孩子。」

「我沒有誹謗，我不許您這樣對我說話。您忘了我的教職。」

「我才不管您的教職呢。」

「您歪曲事實是全市都知道的。」神學教師說，他的下巴哆嗦，他那稀疏的鬍子也隨著抖動起來。

「先生，神父。」校長竭力勸慰爭論雙方，但無法使他們平靜下來。

「我憑自己教職的責任應該關心宗教道德教育。」

「別再裝模作樣了。難道我不知道您根本什麼也不信嗎？」

「我認爲我沒必要同您這樣的先生說話。」米哈伊爾神父說。他被斯莫科夫尼科夫最後的話激怒，尤其因爲他自己清楚這些話說得一點也沒錯。他在神學院修完所有的課程，早就不相信那些他所信奉和宣揚的東西了。他只相信，人人都得強迫自己相信那些他強迫自己相信的東西。

斯莫科夫尼科夫之所以生氣，與其說是因爲神學教師的行爲，不如說是因爲發現這是教權主義勢力最好的說明——這種勢力開始在這裡出現。他把這件事告訴所有的人。

米哈伊爾神父看到虛無主義和無神論思想不僅出現在年輕一代身上，而且出現在年老一代身上，他就越加相信必須同它進行鬥爭。他越譴責斯莫科夫尼科夫之流的不信神，就越相信自己的信仰是堅定不移的，無須進行反省，或者使自己的生活同它一致。他的信仰獲得周遭人們的公認，而這也就是他對抗反對者的主要武器。

同斯莫科夫尼科夫的衝突，以及在學校裡發生的不愉快事件——校長的申斥和批評，讓米哈伊爾決心採取自從妻子死後早就吸引他的主意：進修道院出家，從事神職工作。他在神學院的部分同學都選擇了這條路，其中一個已當上高級僧侶，另一個當上修士大司祭，將補主教之缺。

到了學年結束時，米哈伊爾離開中學，正式出家，改用教名米薩伊爾，不久之後就在伏爾加河上的一個城市裡當了神學院校長。

13

這時候，看院人華西里沿著大路往南方走去。

他白天走路，晚上由甲長安排他住輪值人員的客房。每到一處都有麵包供給，有時主人還請他一起吃飯。在奧爾河夫省他投宿的一個村子裡，人家告訴他，有個商人向地主租來一座果園，正在物色一個年輕的看守人。華西里對行乞過活感到厭倦，又不願回家，就去找果園商，表示願意當看守人。那裡每月工資是五盧布。

看守棚的生活，特別是在早蘋果成熟，看守人從老爺打穀場搬來大捆大捆剛脫粒的新鮮麥秸時，華西里覺得挺快活。他整天躺在香噴噴的新鮮麥秸上，旁邊是比麥秸更香的早蘋果和晚蘋果，望望有沒有孩子在爬樹偷蘋果，再吹吹口哨，唱唱山歌。說到唱歌，華西里可是個好手。他有一副好嗓子。常有婆娘和姑娘從村子裡來要蘋果。華西里同她們開開玩笑，根據她們的相貌決定用多少蘋果換她們的雞蛋或戈比，然後又躺在麥秸上，只有吃早飯、午飯和晚飯時才起來。

華西里身上只穿一件粉紅布襯衫，而且破洞累累，他光著腳板，但身體很強壯。煮熟的一鍋米飯，他一人吃三人的量，這使看守老頭大爲驚訝。華西里晚上不睡覺，不是吹口哨，就是大聲吆喝，並像貓般在黑暗中能看得很遠。有一次，村子裡來了幾個大孩子，他們搖晃蘋果樹。華西里悄悄走近他們猛撲過去。孩子們想躲開，但被他痛打一頓，其中一個被他拉到棚子裡交給主人。

華西里的一個棚子位於遠處的果園裡，另一個棚子離主人的宅子只有四十步。當早蘋果成熟時，華西里特在這個棚子裡特別開心。他整天看見老爺小姐們打牌、騎馬、散步，晚上彈鋼琴、拉小提琴、唱歌、跳舞。他看見小姐們跟大學生坐在窗口親熱，然後有一對走進黑暗的菩提樹小徑散步，那裡篩下斑斑點點的月光。他看見，僕人跑來跑去送食物飲料，廚師、洗衣婦、聽差、園丁、車夫幹活都只是爲了讓老爺們吃喝玩樂。有時，少爺小姐們走進他的棚子。他就挑最好的紅通通的成熟蘋果給他們，小姐們在這兒匆匆地吃蘋果，稱讚著，說著法語（華西里明白她們在談論他），並叫他唱歌。

華西里喜歡這樣的生活，同時回憶起在莫斯科的日子，他覺得一切都在於錢。這念頭越來越頻繁地縈迴在他的腦海裡。

華西里越來越常考慮如何一下子弄到許多錢。他回想他以前如何弄到好處，決定不能那麼辦，不能只順手牽羊，應該事先了解清楚，幹得俐落，不留痕跡。聖誕節前，婆娘們摘下最後一批晚蘋果。主人收入很好，他同所有看守人——包括華西里——算清工資，並向他們表示感謝。

華西里穿戴整齊（少爺送給他一件上裝和一頂帽子），沒回家去（他一想到農民粗野的生活就厭惡），而同幾個一起看守果園的酗酒大兵回到城裡。到了城裡，他決定夜間破門搶劫那個老闆（他在那裡幹過活，主人不給他錢，還把他毒打了一頓趕出門）。他知道所有的通道，也知道錢放在哪裡，他讓一個大兵把風，自己從院子裡破窗而入，搶走全部錢財。這事做得很機靈，沒留下任何痕跡。他拿了三百七十盧布。華西里給了同夥一百盧布，帶著剩餘的錢來到另一個城市，在那裡跟男女夥伴飲酒作樂。

14

這時候，伊凡・米隆諾夫卻成了一名大膽、機靈、成功的盜馬賊。他的妻子阿菲米雅以前因爲他幹壞事（按她的說法）而罵他，現在卻很滿意，並爲有這樣的丈夫而得意洋洋，因爲他有了掛面羊皮襖，她自己則有了短披巾和新的皮大衣。

在村子裡和區裡，大家都知道沒有一件盜馬案跟他沒有關係，但又不敢揭發他。有時人家對他有所懷疑，但他總是做得乾乾淨淨，沒什麼把柄可抓。他最近一次作案是夜晚時分在科洛托夫卡的牧場上。伊凡・米隆諾夫常打聽誰家可以盜竊，他喜歡挑地主家和商人家。但盜竊地主家和商人家比較困難。因此，如果找不到合適的地主家和商人家，他就去農民家偷竊。有一天夜裡，他在科洛托夫卡的牧場上偷了幾匹馬。這件事不是他自己幹的，而是由他教唆機靈的小伙子蓋拉西姆去幹。農民們直到黎明才發現那批馬。他們順著大路尋找。馬被拴在公家樹林的峽谷裡。伊凡・米隆諾夫打算把那幾匹馬先藏匿一天，第二天晚上再把牠們趕到四十俄里外一個熟識的看院人那裡。伊凡・米隆諾夫到樹林裡和蓋拉西姆見面，送去餡餅和燒酒，然後走林間小路回家，希望在那裡不會遇見什麼人。算他倒楣，他碰上一個警戒的士兵。

「你去採蘑菇嗎？」士兵問。

「今天什麼也沒採到。」伊凡・米隆諾夫回答，把隨身攜帶以防萬一的籮筐給他看。

「是啊，今年夏天沒有蘑菇，彷彿在守齋。」士兵說著，走了過去。

士兵明白這事有點不對勁。伊凡・米隆諾夫一早就到公家樹林必定有什麼緣故。士兵便回過頭在村林裡搜索。他在峽谷附近聽見馬嘶，就悄悄往那裡走去。峽谷的地被人踩過，還留有馬糞。再過去，蓋拉西姆坐在那裡吃東西，旁邊樹上拴著兩匹馬。

士兵跑到村裡，領來村長、保長和兩位見證人。他們從三個方向走近蓋拉西姆，把他揪住。蓋拉西姆沒抵賴，他喝醉酒把事情全都招認了。他說，伊凡・米隆諾夫請他喝酒，慫恿他去偷馬，並講定今天到樹林裡來牽馬。農民們把馬和蓋拉西姆留在樹林裡，自己埋伏起來，守候伊凡・米隆諾夫。天一黑，他們聽見口哨聲。蓋拉西姆答應了一聲。等伊凡・米隆諾夫從山上下來，農民們就一擁而上，把他帶到村子裡。第二天一早，村長門前聚集了許多人。

伊凡・米隆諾夫被押出來受審。斯捷潘是一個背有點駝的高個子農民，手臂很長，長著鷹鉤鼻，神情憂鬱，他首先審問伊凡・米隆諾夫。斯捷潘是一個單身漢，退役回來。他才剛離開父親，開始獨立生活，他的一匹馬就被盜了。他做了一年礦工，又買進兩匹馬。這兩匹馬又被盜了。

「說，我那兩匹馬在哪兒？」斯捷潘憤怒得臉色發白，陰沉地時而望望地面，時而瞧瞧伊凡的臉。伊凡・米隆諾夫矢口抵賴。斯捷潘打了他一記耳光，打得他鼻子直流血。

「說，我要打死你！」

伊凡・米隆諾夫低著頭，不作聲。斯捷潘用他的長手一次又一次地揍他。伊凡一直不吭聲，只見他的腦袋一會兒倒向這邊，一會兒倒向那邊。

「再打！」村長嚷道。

大家都動手打。伊凡・米隆諾夫默默地倒在地上，叫道：「野蠻人，惡鬼，你們把我打死吧，我不怕你們。」

於是斯捷潘從石堆裡撿起一塊石頭，把伊凡・米隆諾夫的腦袋打到開花。

15

打死伊凡・米隆諾夫的兇手受到審判。兇手中有斯捷潘。他遭受的控訴最爲嚴厲，因爲大家證明他曾用石頭砸伊凡・米隆諾夫的頭。斯捷潘在法庭上毫無顧忌地說：當他的最後一對馬被人偷走時，他曾報警，本來可以去追查吉普賽人，可是警察局長不肯受理，連找都沒找過。

「叫我們拿這種人怎麼辦呢？他弄得我們破產。」

「那麼，爲什麼別人不動手而你動手呢？」公訴人說。

「不對，大家都打了，是公社決定打死他的。我只不過打了最後一下罷了。何必白白地折磨他呢！」

斯捷潘講到他怎樣打伊凡・米隆諾夫，怎樣把他了結。他講的時候十分鎮定，這令法官們感到驚訝。在這次殺死人的事件中，斯捷潘確實不覺得有什麼可怕的地方。他在服役時也不得不槍殺士兵，這次打死伊凡・米隆諾夫同以前一樣，他不覺得這有什麼可怕的。打死就是打死。今天打死他，明天打死我。

斯捷潘被判得很輕，只判了一年徒刑。他身上的農民衣服被脫下來，加以編號，被存放在倉庫裡。他穿上了囚衣囚鞋。

斯捷潘一向不尊敬長官，如今他更加相信，所有的長官、所有的老爺（只有沙皇例外，他憐惜百姓，鐵面無私）都是吸老百姓血的強盜。跟他同監的流放犯和苦役犯講的故事加強了他這種觀點。有一個人被判流放服苦役是因爲他揭發長官盜竊；第二個被判刑是因爲長官無故查抄他的財產，他打了長官；第三個被判刑是因爲製造僞鈔。老爺、商人不論幹什麼都沒事，可是貧窮的農民動輒被投入牢房餵虱子。

他的妻子去探監。他還沒出事的時候，妻子的日子已經很難過，如今她更是走投無路。家裡完全破產，她只得帶著孩子行乞要飯。妻子落到如此困境，這使斯捷潘更加惱怒。他在獄中對誰都很兇，有一次差點兒拿斧頭把炊事員劈死，因此刑期增加一年，今天他知道妻子死了，他再也無家可歸了……

斯捷潘刑滿釋放時被帶到倉庫，他們發還他進來時所穿的衣服，讓他出獄。

「現在叫我到哪兒去呢？」他一面穿衣服，一面問管理員說。

「當然是回家。」

「我沒有家。看來只好去攔路搶劫了。」

「你要是去搶劫，又要回到我們這兒了。」

「那也只好這樣。」

斯捷潘走了。他還是往家裡走。沒有別的地方可去。

還沒到家之前，他先來到一家熟識的有酒店的客棧投宿。

老闆是個肥胖的弗拉基米爾小市民。他認識斯捷潘，知道他不幸坐過牢。他留斯捷潘在店裡過夜。

這個有錢的小市民占有了鄰居農民的妻子，讓她身兼傭人和妻子。

斯捷潘知道此事的前後經過：小市民怎樣欺負農民，這個不好的婆娘怎樣離開丈夫。現在她吃得肥頭胖腦、紅光滿面。她坐在那兒喝茶，還大方地招待斯捷潘喝茶。過往客人一個也沒有。他們留斯捷潘在廚房裡過夜。瑪特廖娜收掉杯盤，回到房間裡。斯捷潘躺在炕上，但是睡不著，一直弄得炕上烘著的木柴窸窣作響。他眼前不斷浮現那名小市民洗得褪色的布襯衫下的大肚子。他一直想用刀剖開這個肚子，把裡面的脂肪挖出來。對那個婆娘也是這樣。他一會兒自言自語：「哼，去他們的，我明天就走」，一會兒想起伊凡・米隆諾夫，接著又想到小市民的肚子和瑪特廖娜汗滋滋的雪白喉嚨。要殺就兩個都殺掉。公雞鳴啼第二遍。要幹現在就幹，不然天要亮了。他晚間時就注意到刀和斧頭。他從炕上下來，拿起斧頭和刀，走出廚房。他剛出去，就聽見門上插銷得的響了一聲。小市民走了出來。斯捷潘不能照他所想的那麼幹。他不能用刀，於是掄起斧頭，把小市民的頭砍下來。小市民倒在門檻上。

斯捷潘走進房間。瑪特廖娜跳起來，只穿一件襯衫站在床旁。斯捷潘用同一把斧頭把她也殺了。

接著他點著蠟燭，掏出帳台裡的錢走了。

16

在縣城裡，有一個老人住在遠離其他建築物的家裡，他是個酒鬼，做過官，跟他的兩個女兒和一個女婿住在一起。結過婚的女兒也酗酒，日子過得很糟。大女兒馬利亞・謝苗諾夫娜身體乾瘦，年約五十歲，守著寡，一個人養活全家：她有二百五十盧布養老金。一家人就靠這筆錢生活。家裡幹活的也只有馬利亞・謝苗諾夫娜一人。她照顧衰弱又酗酒的老父，照料妹妹的孩子，燒飯洗衣。家務事照例都落在她身上，三個人都罵她，妹夫喝醉了酒還動手打她。她總是默默地逆來順受，而且事情越多，她總是幹得越賣力。她自己省吃儉用，幫助窮人，拿自己的衣服送人，還出去照顧病人。

有一次，有個獨腳的鄉下裁縫在馬利亞·謝苗諾夫娜家裡幹活。他替老人改做緊身棉襖，又爲馬利亞·謝苗諾夫娜的短大衣加上呢子布面，讓她冬天上市場時穿。

獨腳裁縫是個聰明細心的人，他做裁縫遇到過形形色色的人。由於少了一條腿，他總是坐著，因此常耽於幻想。他在馬利亞·謝苗諾夫娜家裡住了一星期，對她的生活驚嘆不已。有一天，她到他幹活的廚房裡洗手巾，他就同她談起自己的生活，他的兄弟如何欺負他，他如何離開他。

「我原以爲分開過日子會好些，可是照樣窮。」

「還是不要改變的好，你怎麼過，就怎麼過下去。」馬利亞·謝苗諾夫娜說。

「所以我很欽佩你，馬利亞·謝苗諾夫娜，你總是獨自地處處照顧人。可是，依我看，他們並沒給你什麼好處。」

馬利亞·謝苗諾夫娜什麼也沒說。

「你準是讀了《福音書》，相信來世會有報償。」

「這事我們可不懂，」馬利亞·謝苗諾夫娜說，「不過這樣過日子比較好。」

「那麼，《福音書》裡有這種話嗎？」

「《福音書》裡有這種話。」馬利亞·謝苗諾夫娜說，爲他唸了《福音書》裡耶穌登山訓眾的一段。裁縫開始思索。他結清工錢回家，一直想著他在馬利亞·謝苗諾夫娜家裡看到的事、她對他說的話，以及她讀給他聽的《福音書》。

17

彼得・斯文提茨基改變了對老百姓的態度，老百姓也改變了對他的態度。不到一年，他們砍倒了二十七棵櫟樹，燒掉了沒有投保的乾燥棚和穀倉。彼得・斯文提茨基認定無法跟這裡的老百姓一起生活。

就在此時，李文卓夫家正爲他們的莊院物色一位經理，首席貴族就介紹彼得・斯文提茨基，說他是縣裡最好的當家。李文卓夫家的莊院很大，但毫無收益，農民處處占他們的便宜。彼得・斯文提茨基就著手整頓，他把自己的莊園租出去，帶著妻子移居到遙遠的伏爾加河流域。

彼得・斯文提茨基一向重視秩序和法紀，如今更無法容許這些野蠻粗暴的農民違法占有不屬於他們的財產。他很高興能有機會教訓教訓他們，就嚴厲地管起事來。一個農民因盜竊木材被他送去坐牢，他動手痛打另一個農民，因爲那農民不讓路給他，也不脫帽。關於那塊有爭議、農民認爲是屬於他們的草地，彼得・斯文提茨基向農民宣布，如果他們膽敢把牲口放到這塊草地上，他將加以扣留。

到了春天，農民像往年一樣把牲口放到老爺的草地上。彼得・斯文提茨基把全體雇工召集聚攏，命令他們把牲口趕到老爺的牲口棚裡。農民都在田裡幹活，不管婆娘們怎麼大聲吵鬧，雇工們還是把牲口趕了回去。農民們下工回家，集合起來到老爺家要求領回他們的牲口。彼得・斯文提茨基扛著槍（他剛巡視歸來）走到他們面前，向他們宣布，一頭牛罰金五十戈比，一頭羊罰金十戈比。農民們大聲叫嚷，說草地是他們的，他們祖祖輩輩擁有這些草地，誰也無權扣留別人的牲口。

「還我們牲口，不然不會有好結果的。」一個老人威脅彼得・斯文提茨基說。

「會有什麼不好的結果？」彼得・斯文提茨基臉色發白，走到老人跟前，嚷道。

「別造孽了，把牲口還給我們。騙子。」

「什麼？」彼得・斯文提茨基叫道，打了老人一巴掌。

「你敢打人！弟兄們，把牲口拉回去。」

人群逼攏過來。彼得・斯文提茨基想逃，但人們不肯放過他。他想衝出去。他開了槍，打死了一個農民。一場激戰發生了。彼得・斯文提茨基被踩倒在地。過了五分鐘，他那血肉模糊的身體被拖到峽谷裡。

成立了軍事法庭審判兇手。兩名兇手被判處絞刑。

18

在裁縫原來居住的村子裡，五個富裕農民以一千一百盧布的代價向地主租了一百零五俄畝黑得像柏油的沃土，再分租給農民，有的十八盧布一俄畝，有的十五盧布一俄畝。沒有一俄畝土地租金低於十二盧布。可見利潤很高。這五個農民每人各分到五俄畝，等於是免費得到的。他們之中有一人死了，他們於是提議要獨腳裁縫入夥。

當土地承租者分地的時候，裁縫沒喝酒。他們談論給誰分多少地，裁縫就說，應該人人平等，不應該從土地承租者身上多收錢。

「爲什麼？」

「我們又不是異教徒。這樣做對老爺們好，我們都是基督徒。一切都得按上帝意志辦事。這是基督的教規。」

「哪裡有這樣的教規？」

「《福音書》裡有。星期日你們來，我唸給你們聽，給你們解釋解釋。」

到了星期日，雖然不是所有的人都來，但有三個人來到裁縫那兒，他就唸《福音書》給他們聽。他唸了五章〈馬太福音〉，開始講解。三人聽著，但只有丘耶夫一人接受。他誠心誠意接受。一切都按上帝的意志去辦。他的家人也開始這樣過日子。他拒絕接受額外的土地，只接受自己的一份。人們紛紛去找裁縫和丘耶夫，開始領會教義，不再抽煙、喝酒、說髒話，而且相互幫助。他們不再去教堂，把神像送還神父。這樣的人家共有十七戶，六十五口人。神父害怕了，報告主教。主教考慮該怎麼辦，決定派米薩伊爾神父（原是中學神學教師）到這個村子。

19

主教請米薩伊爾一起坐下，告訴他教區裡發生的事。

「一切都是心靈的軟弱和無知造成的。你是一個有學問的人。我信賴你。你去，把大家召集起來，向他們講講道理。」

「既然主教祝福，我一定努力。」米薩伊爾神父說。他很喜歡這項工作。只要有機會表明他的信仰，他總是很高興。而向別人講道，他就更自信他是有信仰的。

「你好好幹吧，我爲我的教民感到很難過。」主教說，不慌不忙地伸出他那雙白胖的手，接受僕人遞給他的一杯茶。

「怎麼只有果醬？再拿些別的來。」主教對那個僕人說。「我感到非常非常難過。」他繼續對米薩伊爾說。

米薩伊爾很高興有機會一顯身手。但他不是個有錢人，就要求主教給他旅費。他還擔心暴徒鬧事，要求省長下令地方警察在必要時協助他。

主教替他做好一切安排。米薩伊爾在僕人和廚娘幫助下準備了食品箱和食品，動身到一個窮鄉僻壤。這次出差讓米薩伊爾感到特別高興，因爲意識到這項工作的重要性，並且對自己的信仰不再有所懷疑，相反地，更相信自己的信仰是虔誠的。

他的思想不在於信仰本身（信仰是由公理證實的），而在於反駁根據表面現象形成的觀點。

20

鄉村司祭和司祭太太恭恭敬敬地接見了米薩伊爾。他到達的第二天，教堂裡舉行了群眾集會。米薩伊爾身穿嶄新的綢法衣，胸前佩戴十字架，頭髮梳得光溜，走上講台。他旁邊站著司祭，稍遠是誦經士、唱詩班，邊門旁站著警察。教派分子也來了，他們穿著邋遢油膩的短大衣。

祈禱完畢，米薩伊爾進行布道，勸說失去信仰的人回到教會母親的懷抱，還用地獄的苦難來嚇唬人，並答應完全赦免懺悔者。

教派分子不作聲。直到問他們，他們才回答。

問他們爲什麼脫離教會，他們回答說，教堂裡崇拜人造的木頭偶像，但《福音書》不僅不許這樣做，而且做了相反的啓示。米薩伊爾問丘耶夫，他們把聖像喚作木頭，這是眞的嗎？丘耶夫回答說：「你把任何一個聖像翻過來，你就會明白了。」問他們爲什麼不承認教會，他們回答說，《福音書》裡寫著：「你們白白得到，就應白白給人。」可是神父只爲錢而給人祝福。米薩伊爾千方百計試圖引用《福音書》的話，可是裁縫和丘耶夫卻鎭靜而堅決地用他們所熟悉的《福音書》裡的話來反駁。米薩伊爾大爲惱火，拿公社權力進行威脅。對此教派分子就引用《福音書》裡的話：「你們驅逐我，你們也將被驅逐。」

這件事毫無結果，本來也就這麼過去了，但第二天日禱時，米薩伊爾布道說到引人誤入歧途者的罪惡，說他們應受各種懲罰。人們走出教堂議論紛紛，說必須教訓教訓不信神的人，叫他們不要再蠱惑老百姓。那天，米薩伊爾同監督司祭和城裡來的學監在一起吃鮭魚和白鮭，村子裡卻發生了毆鬥。東正教徒聚集在丘耶夫小屋門口，等他們出來時毆打他們。男女教派分子共有二十名。米薩伊爾的布道，以及此刻東正教徒的集合和威脅性的演說，引起教派分子空前的仇恨。天色漸漸暗下來，婆娘們應該去擠牛奶了，可是東正教徒一直守候在門口，當一個小伙子走出來時，把他痛打了一頓，又把他趕回屋子。他們商量該怎麼辦，但是沒有結果。

裁縫說，得忍耐，不要辯護。丘耶夫說，如果這樣忍耐下去，他們會把大家都打死的。他拿起火鉤，走到街上。東正教徒一擁而上圍住他。

「好吧，根據摩西的法律。」他大叫一聲，便動手毆打東正教徒，把一個人的眼睛打了出來，其餘的人紛紛逃出小屋溜回家去。

丘耶夫因引人誤入歧途和瀆神罪被判流放。

米薩伊爾神父獲得獎賞，被擢升爲修士大司祭。

21

兩年前，健美的東方型姑娘土爾恰尼諾娃從頓河軍區來到彼得堡念書。她在彼得堡遇見了辛比爾斯克省地方行政官的兒子，大學生玖林。她愛上了他，但她愛上他，並非像一般女人那樣想做他的妻子和他孩子的母親，而是出於一種同志愛。這種感情主要表現在他們不僅都痛恨現存的制度，而且痛恨這種制度的代表人物。他們認爲自己在智力、教育和道德上都比他們優越。

她天資聰穎，學習力強，很能記誦課業，成績優良。除此之外，她還大量閱讀最新出版的書籍。她認爲，她的使命不在於生兒育女、教育孩子（她甚至厭惡這種天職），而在於打破壓制人民菁英的現存制度，向人們指出新的生活道路。這條道路是她從當代歐洲作家那裡找到的。她長得豐滿美麗、白淨紅潤，有一雙閃亮的黑眼睛，紮著一條烏黑的大辮子。她常常在男人身上引起一種她不願有也不願分享的感情，她全心全意忙於鼓動和同人談話。但能使人產生這樣的感情，她還是感到高興。因此，儘管不刻意打扮，她也並非不注意她的外表。人家喜歡她，她感到高興，她確實讓人覺得她蔑視那些別的女人十分看重的東西。在與現存制度進行鬥爭的手段上，她的觀點比多數同志和他的朋友玖林更激進，她認爲在鬥爭中可以使用一切手段，甚至暗殺。不過，女革命家土爾恰尼諾娃內心卻是一位善良、富有自我犧牲精神的女人，她總是把別人的利益、快樂和幸福置於自己的利益、快樂和幸福之上，而且總是眞心眞意地盡力使他人（孩子、老人、動物）快樂。

土爾恰尼諾娃住在伏爾加河流域某縣城裡一個女教師朋友家消暑度假。玖林也住在這個縣裡父親家。他們三人常跟縣裡一位醫生見面，交換書籍閱讀，相互爭論得面紅耳赤。玖林家的莊園跟索文卓夫家的莊園毗鄰，而彼得・斯文提茨基就在索文卓夫家當管家。彼得・斯文提茨基一來就整頓秩序，年輕的玖林看到索文卓夫家農民富有獨立自主的精神和堅決捍衛自己權利的願望，對他們發生興趣，常常到村子裡同他們談話，向他們宣傳社會主義理論，尤其是土地國有化的理論。

當彼得・斯文提茨基被害事件發生後，法官來了，縣裡的革命小組對法官義憤塡膺，大膽說出自己的意見。玖林常去村裡同農民談話一事在法庭上被揭發了。玖林家被抄家，找出幾本革命小冊子。這位大學生因而被逮捕且押送彼得堡。

土爾恰尼諾娃隨後去到彼得堡。她到監獄探望他，但平常日子不許探監，只有在規定探望的日子才可以進去，而且同玖林見面時還隔著兩道柵欄。這次會見令她特別氣憤。那個漂亮的憲兵軍官表示願意對她特別放寬限制，如果她接受他的求婚的話。她氣憤到極點。這件事讓她恨透了所有的長官。她告到警察局長那裡。警察局長對她說的話同憲兵一樣。他說他們無能爲力，這是大臣的命令。她寫了一份報告給大臣，要求探望玖林。她的要求再度被拒絕了。於是她決定孤注一擲，買了一支手槍。

22

大臣在規定時間接見來訪者。他繞過三個來訪者，首先接待省長，然後走近一個身穿黑衣服、左手拿文件、年輕漂亮的黑眼睛女人。一看見這個漂亮的請願女人，大臣眼睛裡亮起色瞇瞇的火花，但一想到自己的身分，立刻又裝起正經來。

「您有什麼事啊？」他走到她跟前問。

她沒有回答，立刻從斗縫裡掏出手搶，對著大臣的胸部開了一槍，但是沒打中。大臣想抓住她的手，但她急忙閃開，又開了一槍。大臣拔腿就跑。她被人抓住。她渾身哆嗦，說不出話。忽然，她歇斯底里地哈哈大笑起來。大臣卻一點也沒受傷。

這個女人就是土爾恰尼諾娃。她被關進拘留所。大臣收到達官貴人甚至皇上的慰問，他任命一個委員會調查這次殺人未遂的暗殺陰謀。

當然根本沒有什麼陰謀；但警官和祕密警官都賣力地搜尋這一件虛構陰謀的一切線索，為了對得起自己的薪餉而非常賣力：他們天沒亮就起床搜查，抄錄文件、書籍，檢查日記、書信，用漂亮的字跡在漂亮的紙上做摘錄，多次審問土爾恰尼諾娃，叫她與人對質，希望從她那裡得到同謀者的名字。

大臣心地善良，他很憐惜這個健美的哥薩克女人，但他暗暗對自己說，既然他身負國家重任，不論任務多麼艱巨，他都得執行。當他的老同事——認識玖林一家的宮廷高級侍從——在宮廷舞會上遇見他，替玖林和土爾恰尼諾娃求情時，大臣高高聳起肩膀，弄得白背心上的紅綬帶都皺起來。他說：「我很願意釋放這名可憐的姑娘，可是您也明白，我職責在身哪。」

土爾恰尼諾娃被關在拘留所裡，有時平靜地跟同監敲敲牆談話，有時閱讀那些提供給她的書籍，有時突然陷入絕望和瘋狂，撞著牆壁，高聲尖叫，哈哈大笑。

23

有一天，馬利亞·謝苗諾夫娜從國庫領了養老金回家，路上遇到一個熟識的男教師。

「馬利亞·謝苗諾夫娜，您領到養老金了？」男教師從街道另一邊大聲問。

「領到了，」馬利亞·謝苗諾夫娜回答，「只是有許多洞要塡。」

「是啊，錢多，洞也要塡，還是會有餘錢留下來的。」男教師說，同她告別。

「再見。」馬利亞·謝苗諾夫娜說，眼睛望著男教師，無意間跟一個長手臂、相貌很兇的高個子撞了個滿懷。

她快要到家時又看到這個長手臂的人，不禁感到奇怪。那人見她走進屋裡，站了一會兒，轉身走了。馬利亞·謝苗諾夫娜先是感到恐懼，繼而發起愁來。但當她回到家裡，把禮物送給老人和患瘰癧病的小侄兒費嘉，又拍拍快樂地向她吠叫的特烈卓爾卡時，她又變得很高興。她把錢交給父親，動手做她永遠做不完的家務。

她所遇見的人就是斯捷潘。

斯捷潘離開他殺死店主的客棧後並沒有進城，眞奇怪，殺害店主一事不僅沒使他難過，他還一天幾次想到他。他愉快地想著這事他幹得多麼乾淨俐落，不會有人知道，而且不會妨礙他以後繼續對別人這麼幹。他坐在酒店飲茶喝酒，總是以這種角度窺察旁人，考慮怎樣殺死他們。他到一個當拉貨馬車夫的同鄉的家裡過夜。馬車夫不在家。他說他願意等一會兒，就坐下來跟那人的老婆說話。後來，當她向爐灶轉過身時，他忽然產生殺死她的念頭。他感到奇怪，對自己搖搖頭，然後從靴筒裡抽出一把刀，把她推倒，割斷她的喉管。孩子們叫嚷起來，他也一一殺死他們。他沒在這裡過夜，離開了城市。他出城來到鄉下，走進一家小旅館，在那裡酣睡一宵。

第二天他又來到縣城，在街上聽見馬利亞．謝苗諾夫娜同男教師的談話。她的目光令他害怕，但他還是決定潛入她家，搶劫她領到的養老金。夜裡他砸開鎖，走進她的房間。她那已婚的小女兒首先聽見響聲。她驚叫起來。斯捷潘當場把她殺了。女婿也醒了，跟他扭打起來。他抓住斯捷潘的喉嚨，跟他搏鬥好久，但斯捷潘力氣比他大。斯捷潘幹掉了女婿，情緒激動，走到隔板後面。馬利亞．謝苗諾夫娜躺在隔板後面的床上。她支起身體，恐懼而馴順地望了望斯捷潘，畫了個十字。她的目光又令斯捷潘感到害怕。斯捷潘垂下眼睛。

「錢在哪裡？」他沒抬起眼睛，問道。

馬利亞．謝苗諾夫娜沒作聲。

「錢在哪裡？」斯捷潘向她亮出刀子，問道。

「你是怎麼啦？難道可以這樣嗎？」她說。

「當然可以。」

斯捷潘走到她跟前，想抓住她的雙手，不讓她攔阻，但她沒舉起手來，沒有抵抗，只是用雙手抱住胸口，長嘆一聲，一再說：「哦，罪孽深重啊？你這是怎麼啦？可憐可憐你自己吧。毀滅別人的靈魂比毀滅自己的靈魂更有罪……哦——哦！」她叫道。

斯捷潘再也受不了她的聲音和目光，一刀割斷她的喉嚨。「我跟您談話。」他想。馬利亞・謝苗諾夫娜倒在枕頭上，呼嚕呼嚕地喘著氣，枕頭上流滿血。他轉身走到每個房間搜索。斯捷潘搜羅了他需要的東西，點著一支煙，坐了一會兒，把身上的衣服擦乾淨，然後走出去。他想，這次兇殺也會像以前那樣平安過去的，但他還沒走到夜宿的地方，就突然感覺筋疲力盡，一步也走不動了。他在溝裡躺下來，躺了半夜，第二天又躺了一天一夜。

第二部

1

斯捷潘躺在溝裡，眼前不斷出現馬利亞・謝苗諾夫娜那張溫順、恐懼、消瘦的臉，聽見她的聲音：「難道可以這樣嗎？」她說這話的聲音很特別，含糊不清，可憐巴巴。於是斯捷潘又回憶他對她所做的一切。他感到害怕，閉上眼睛，搖晃著頭髮蓬亂的腦袋，想把那些往事和回憶從頭腦裡甩掉。他暫時拋開往事，但眼前立即出現一個黑鬼，接著又是一個黑鬼，接著又出現一個個面目猙獰的紅眼睛黑鬼，他們一遍又一遍地說：「你了結她，你把自己也了結吧，不然我們絕饒不了你。」他睜開眼睛，又看見她，又聽見她的聲音，他開始可憐她，對自己又嫌惡又害怕。他又閉上眼睛，又看見那些黑鬼。

第二天傍晚，他起身向一家酒店走去。他好不容易才走到酒店，要了酒喝。但不論喝多少，都沒有酒意。他默默地坐在桌旁，一杯接一杯地喝。一個警察來到酒店。

「你是什麼人？」警察問他。

「我就是昨天殺了杜勃羅特伏羅夫一家人的人。」

他被捆起來，在區警察局裡關一天，然後被押送到縣城。典獄長知道他曾是一名鬧事的囚犯，現在又成了一個要犯，於是十分嚴厲地把他關押起來。

「當心，別在我這兒胡來，」典獄長緊蹙雙眉，突出下巴，聲音嘶啞地說，「只要一發現有什麼違法行爲，我就揍你。你別想從我手裡逃走。」

「我怎麼會逃走？」斯捷潘垂下眼睛回答，「我是自己來投案的。」

「哼，別跟我耍花招。長官說話，你得注意聽。」典獄長吆喝道，在他下巴上敲了一拳。

斯捷潘這時又在幻覺中看見她，聽見她的聲音。他沒聽見典獄長對他說的話。

「什麼？」他臉上挨了一拳才清醒過來，問道。

「喂，走，走，別裝蒜了。」

典獄長以爲他會鬧事，同其他囚犯商量逃跑。但這樣的事並沒有發生。值班看守或典獄長從門洞裡窺視，只見斯捷潘坐在乾草袋上，雙手托著腦袋，嘴裡喃喃地說個不停。對偵查員的審問，他也跟其他犯人不同：他心不在焉，沒聽提問；當他聽清楚問題時，非常老實地回答，偵查員一向慣於跟被告鬥智，但此刻審問他的情況完全不同，彷彿一個人在黑暗中登樓，他以爲還有一級階梯，其實已經走到頂了。斯捷潘皺著眉，眼睛盯住一點，敘述自己殺人的經過。他竭力回憶所有的細節，用最簡單認眞的語言講述。「他走出來，」斯捷潘講到他的第一次兇殺，「他光著腳，走出來站在門口，我對他猛砍一刀，他呼嚕呼嚕地噝著氣，接著我就去對付那婆娘……」等等。檢察官巡查牢房，問他要不要上訴，有沒有別的要求。他回答說，他什麼也不要，他並沒受冤屈。檢查官在臭烘烘的走廊裡走了幾步，停下來詢問陪同的典獄長這名囚犯的表現如何。

「我對他很滿意，」典獄長對斯捷潘的態度很滿意，回答說，「他在我們這兒已一個多月了，很守規矩。我只怕他動什麼壞腦筋。他這個人膽子很大，力大無比。」

2

監禁的第一個月裡，斯捷潘一直被那事折磨著：他看見牢房的灰色牆壁，聽見監獄裡的特殊聲音——樓下大牢房裡的喧譁、走廊裡哨兵的腳步聲和敲門聲，同時看見她，以及第一次在街上見到時就使他折服的那雙溫順眼睛和被他割斷的皮膚鬆弛的瘦脖子。他還聽見她溫柔的、可憐巴巴的微弱聲音：「**你在毀滅別人的靈魂和自己的靈魂。難道可以這樣嗎？**」後來聲音消失，出現了三個黑鬼。不論他閉上眼睛還是睜開眼睛，他都看得見。他閉上眼睛，他們顯得更清楚。斯捷潘睜開眼睛，他們就跟門和牆壁匯成一片，逐漸消失，但後來又出現，他們從三個方向走來，做著鬼臉，並說：「死吧，死吧。可以上吊，可以自焚。」這時斯捷潘便渾身戰慄，於是他開始唸禱詞《聖母》、《聖父》，起初彷彿有點幫助。他一面唸禱詞，一面回想自己的生活：他想到父親、母親、鄉村、狼狗、炕上的祖父，以及孩子們當雪橇玩的長凳，然後想到幾個唱歌的姑娘，然後想到他們被偷的馬，他們怎樣逮住盜馬賊，怎樣拿石頭把他打倒。他想到他第一次坐牢，他怎樣出獄。他想到胖子店主、馬車夫的妻子和他們的孩子們。後來又想到了她。他感到熱，從肩上拉下囚袍，從鋪上跳下來，然後像隻籠中的野獸在狹小的囚室裡迅速來回踱步，踱到潮濕流水的牆壁前又急促地拐彎。他又唸起禱詞，但唸禱詞對他已經起不了作用。

在一個漫長的秋天黃昏，當寒風在煙囪裡呼嘯時，他在囚室裡跑得累了，便在床鋪上坐下來。他覺得再也無力反抗。那幾個黑鬼把他征服了，他只得服從他們。他早就在留意煙囪的出氣孔。要是拿細繩或細帶子套住脖子，是不會滑脫的。但是這得精心安排。於是他開始動手準備。他花了兩天工夫把墊在鋪上的麻袋撕成一條條（值班看守進來時，他便拿囚袍蓋住床鋪）。他又把帶子連接起來編成雙股，以承受他的體重，不至於斷裂。當他做這些準備工作時，他就忘記了痛苦。他準備就緒，拿起繩圈打了個死結，套在脖子上。他爬到床上上吊。但他的舌頭剛伸出來，帶子便斷裂，他掉了下來。值班看守聞聲跑來。他們叫來醫師，把他送往醫院。第二天他就完全復元。他出了醫院，被帶到集體牢房而不是單人囚室。

在集體牢房裡，他處在二十個人中間就像獨自生活一樣，他沒看見誰，也沒跟誰說話，他一直感到很痛苦。他感到特別痛苦的是，大家都睡著了，但他睡不著，他仍舊看見她，聽見她的聲音，後來又出現了一些眼睛很可怕的黑鬼，並且逗弄他。

他又像以前那樣唸禱詞，禱詞又像以前那樣不能幫助他。

有一天，在祈禱後她又出現在他面前。他向她禱告，向她的靈魂禱告，求她放了他，饒恕他。天亮以前，他倒在揉皺的麻袋上睡熟了。他夢見她那皮膚鬆弛的瘦脖子，她向他走來。

「那麼，你饒恕我嗎？」

她用溫順的目光望了望他，什麼也沒說。

「你饒恕我嗎？」

他這樣問了三遍，她始終沒有回答。他醒了。從此，他變得好過些。他彷彿清醒過來，向周圍環顧了一下，第一次接近同監的囚犯，跟他們說話。

3

跟斯捷潘同監的有華西里和丘耶夫。華西里因盜竊再度坐牢並被判流放，丘耶夫也被判終身流放。華西里一直用他的好嗓子唱歌，或者把自己的經歷講給同監的囚犯聽。丘耶夫一直在幹活，不是縫縫補補，就是唸《福音書》和《詩篇》。

斯捷潘問他為什麼被判流放，丘耶夫回答說，他被判流放是因為相信真正的基督教義，是因為欺騙人的教會神父聽不得那些按照《福音書》生活並揭露他們的人。斯捷潘問丘耶夫《福音書》的教義是什麼。丘耶夫向他解釋說，《福音書》的教義在於不向人造的上帝祈禱，而應該在內心崇拜眞理。他還說，他們如何在分地時從獨腳裁縫那裡懂得這個道理。

「那麼，做了壞事怎麼辦？」斯捷潘問。

「全都說出來。」

於是丘耶夫向他唸《福音書》：「當人子在他榮耀裡，同著眾天使降臨的時候，要坐在他榮耀的寶座上，萬民都要聚集在他面前。他要把他們分別出來，好像牧羊的分別綿羊、山羊一般。把綿羊安置在右邊，山羊在左邊。於是，王要向那右邊的說：『你們這蒙我父賜福的，可來承受那創世以來為你們所預備的國。因為我餓了，你們給我吃；渴了，你們給我喝；我作客旅，你們留我住；我赤身露體，你們給我穿；我病了，你們看顧我；我在監裡，你們來看我。』義人就回答說：『主啊，我們什麼時候見你餓了給你吃，渴了給你喝？什麼時候見你作客旅留你住，或是赤身露體給你穿？又什麼時候見你病了，或是在監裡，來看你呢？』王要回答說：『我實在告訴你們，這些事你們既做在我這弟兄中一個最小的身上，就是做在我身上了。』王又要向那左邊的說：『你們這被咒詛的人，離開我，進入那為魔鬼和他的使者所預備的永火裡去。因為我餓了，你們不給我吃；渴了，你們不給我喝；我作客旅，你們不留我住；我赤身露體，你們不給我穿；我病了，我在監裡，你們不來看顧我。』他們也要回答說：『主啊，我們什麼時候見你餓了，或渴了，或作客旅，或赤身露體，或病了，或在監裡，不伺候你呢？』王要回答說：『我實在告訴你們，這些事你們既不做在我這弟兄中一個最小的身上，就是不做在我身上了。』這些人要往永刑裡去；那些義人要往永生裡去。』」①

華西里坐在丘耶夫對面的地上，聽著他唸《福音書》。點著他那漂亮的頭表示贊成。

「對。」他斷然說。「你們這些被咒詛的人，要往永刑裡去，你們不給誰吃，自己去大吃大喝。他們活該如此。喂，給我，讓我來唸。」他又說，很想賣弄賣弄自己的朗誦本領。

「那麼，難道就不會有饒恕嗎？」斯捷潘默默地垂下那頭髮蓬亂的頭，聽著朗誦，問道。

「且慢，閉嘴。」丘耶夫對華西里說，華西里一直在說富人既不給遊方僧吃，也不探訪監獄。「且慢，我說。」丘耶夫翻著《福音書》，又說。他用那關在牢裡變得蒼白的大手翻著《福音書》，找尋著他要找尋的章節。

「又有兩個犯人，和耶穌一同帶來處死。到了一個地方，名叫髑髏地，就在那裡把耶穌釘在十字架上，又釘了兩個犯人，一個在左邊，一個在右邊。當下耶穌說：『父啊，赦免他們。因爲他們所做的，他們不曉得。』……百姓站在那裡觀看。官府也嗤笑他，說：『他救了別人。他若是基督，上帝所揀選的，可以救自己吧！』兵丁也戲弄他，上前拿醋送給他喝，說：『你若是猶太人的王，可以救自己吧！』在耶穌以上有一個牌子寫著：『這是猶太人的王。』那同釘的兩個犯人，有一個譏誚他，說：『你不是基督嗎？可以救自己和我們吧！』那一個就應聲責備他，說：『你既是一樣受刑的，還不怕上帝嗎？我們是應該的，因我們所受的，與我們所做的相稱。但這個人沒有做過一件不好的事。』就說：『耶穌啊！你得國降臨的時候，求你記念我。』耶穌對他說：『我實在告訴你：今日你要同我在樂園裡了。』」②

斯捷潘一言不發，坐著沉思，彷彿在聽，其實他根本沒聽見丘耶夫接下去唸的內容。

「原來眞正的信仰是這樣的。」他想。「只有那些給窮人吃喝的，探望囚徒的人才能得救，而那些不這樣做的人只能進地獄。強盜在十字架上懺悔，連他也能進樂園。」他在這裡沒看到任何矛盾，相反地，只有相互證明：善良的人進樂園，不善的人入地獄。這就是說，人人都要做善良的人，耶穌饒恕了強盜，所以耶穌是善良的。這一切對斯捷潘都是新鮮事。他只覺得奇怪，爲什麼這一切，他至今都一無所知。從此，他便同丘耶夫一起度過所有的空閒時間，向他發問，聽著他解說。他聽明白了。他領悟了全部教義的基本意思：人和人都是兄弟，應該相愛相憐，這樣對大家都好。他聽著聽著，領悟了，凡是他遺忘的和熟悉的一切都證明這個教義的基本意思，他把不能證明這一點的話當作耳邊風，認為他還沒有理解。

從此，斯捷潘變成了另一個人。

①《新約全書·馬太福音》第二十五章第三十一節至第四十六節。

②《新約全書·路加福音》第二十三章第三十二節至第四十三節。

4

斯捷潘原來也很溫順，但近來他身上發生的變化卻使典獄長、值班看守和同伴都感到驚訝。他沒接到命令，不管輪到沒輪到，主動去幹各種最累的重活，包括清洗便桶。不過，儘管他如此老實，同伴們既尊敬他又怕他，知道他個性倔強，力大無窮，特別是在發生他同兩個流浪漢之間的衝突之後。當時兩個流浪漢動手打他，被他打退了，其中一個還被打斷了胳膊。這兩個流浪漢把一個年輕有錢的囚犯偷得精光，搜括了他所有的東西。斯捷潘庇護他，奪回了被他們偷去的錢。兩個流浪漢便罵他打他，但他的力氣大，把他們制服了。當典獄長查問爭吵的原因時，兩個流浪漢說，是斯捷潘先動手打他們的。斯捷潘沒替自己辯護，老實地接受處分，也就是關三天禁閉，關進單人牢房。

單人牢房令他感覺難受，因爲他離開了丘耶夫和《福音書》，此外，他害怕又會出現她和黑鬼的幻象。但是幻象並沒出現。他的整個心靈充滿新的快樂。要是他有《福音書》，能讀《福音書》的話，他會更快樂的。《福音書》本來可以給他，但他不會讀。

他小時候學過舊體字母，但因爲腦子不開竅，沒學好字母，也學不會音節，一直是個文盲。現在他決心學會讀書，於是向值班看守要《福音書》。值班看守給了他《福音書》，他拿起來讀。他認出了字母，但怎麼也不能拼成音節。不論他如何努力想把字母拼成音節，但毫無結果。他通宵沒睡，一直在思索，東西也不想吃，他難過得彷彿生了一身虱子，怎麼也擺脫不掉。

「怎麼，一直沒找到嗎？」一天，值班看守問他。

「沒有。」

「你知道『聖父』嗎？」

「知道。」

「那你就唸吧。就在這裡。」值班看守指給他看《福音書》裡「我們在天上的父」一段。

斯捷潘開始讀「我們在天上的父」。他把認識的字母一個個連起來。他突然發現字母連成字的祕密，讀了起來。這眞是一大樂事。他從此開始讀書，從困難地拼成所逐漸顯露出的字義中，他更加明白了其中的涵義。

如今孤獨不再令斯捷潘痛苦，反而令他高興。他一心一意用功讀書。後來，爲了騰出單身牢房來關政治犯，他又被關進集體牢房。對此，他反而不高興。

5

如今在牢房裡經常讀《福音書》的人已不是丘耶夫，而是斯捷潘了。有些囚犯唱唱下流的小調，另一些則聽斯捷潘讀《福音書》，聽他講聖經。有兩個人一直默默地仔細聽他讀聖經：服苦役的殺人犯、劊子手馬霍爾金，以及華西里。華西里犯盜竊罪，等待審判，關在同一牢房裡。馬霍爾金在關押期間兩次奉命執行劊子手職務。他兩次離開牢房，因爲法官判了犯人死刑，卻找不到執行死刑的人。殺害彼得・斯文提茨基的農民受到軍事法庭審判，其中兩個被判處絞刑。

馬霍爾金被召到奔薩省執行他的職務。以前遇到這種情況，他會立刻寫信（他能讀能寫）給省長，說明他奉命去奔薩執行職務，要求省長發給他一天伙食費。現在呢，令典獄長大爲驚訝的是，他公然拒絕出差，而且從此不再執行劊子手的職務。

「你忘了吃鞭子嗎？」典獄長吆喝道。

「那有什麼，吃鞭子就吃鞭子，可是殺人是不合法的。」

「你是怎麼了，從斯捷潘那兒學來的嗎？來了一位監獄的先知，你等著吧！」

6

這時候，那個塗改息票的中學生馬興已念完中學，又從大學法律系畢業。憑著他在女人身上的成功，尤其是副大臣老頭的舊情婦垂青，他年紀輕輕就當上法院偵查員。他在債務上不守信用，引誘女人，又是個牌迷，但他聰明伶俐，記性很好，善於處理公事。

他是斯捷潘受審的那個地區的法院偵查員。在第一次審問時，斯捷潘回答得簡單、正確和鎮定，這使他感到驚奇。馬興無意中發現面前那個戴腳鐐手銬、剃陰陽頭、由兩名士兵押送的人，是個自由不羈的人，精神上高不可攀。因此，在審問他的時候，馬興不斷地鼓勵自己，竭力避免發窘或說話顛三倒四。令他驚奇的是，斯捷潘說到自己的事，就像說到很久以前發生的、不是他幹的而是別人幹的事。

「那你不憐憫他們嗎？」馬興問。

「不憐憫。我當時不懂事。」

「那麼，現在呢？」

「現在就是把我放在火上烤，我也不會幹了。」

斯捷潘苦笑了一下。

「這是爲什麼？」

「因爲我懂得了：人人都是兄弟。」

「那麼，我也是你的兄弟嗎？」

「當然。」

「我是你的兄弟，我怎麼能判你服苦役呢？」

「因爲你不明白。」

「我不明白什麼？」

「既然您在審判，您就不明白。」

「好，我們說下去。後來你到哪兒去了？……」

最令馬興驚訝的是，他從典獄長那兒知道了斯捷潘對劊子手馬霍爾金的影響，馬霍爾金寧可受懲罰，也不願執行自己的職務。

7

在葉羅普金家的晚會上有兩位有錢的小姐，這兩位小姐都是馬興追求的對象。馬興賦有音樂才能，他二重唱唱得很好，又會伴奏，在和其他人唱了抒情歌曲後，就眞實詳細（他的記憶力很好）且不動感情地講到那名說服劊子手的奇怪罪犯。馬興之所以記得那麼清楚且能詳細講述前後經過，是因爲他對審案中接觸到的人總是毫無感情。他不理解，也不能理解別人的心理，因此能清楚記得人們的遭遇和他們的一言一行。不過，斯捷潘卻使他感到興趣。他不理解斯捷潘的心理，但是不由得產生一個疑問：他心裡在想些什麼。他找不到答案，卻覺得很有意思，就在晚會上講了這件事：劊子手如何誤入歧途，典獄長所講的斯捷潘的古怪行爲，他如何讀《福音書》，以及對同伴們的巨大影響。

大家都對馬興所講的事很感興趣，但最感興趣的是葉羅普金家的小女兒麗莎。她是個十八歲的姑娘，剛從貴族女子中學畢業，剛擺脫她在其中生長的虛僞環境的愚昧和壓抑，彷彿一個剛從水中鑽出的人，拚命吸取生活中的新鮮空氣。她向馬興打聽這件事的細節，問到斯捷潘怎樣和怎麼會發生這樣的變化。馬興講到斯捷潘講述的最後一次兇殺案，講到被他殺害的那個非常善良的婦女的溫柔順從和視死如歸，這個婦女的良好品格如何戰勝了他，打開了他的眼睛，後來讀《福音書》更使他徹底改變思想。

那天晚上，麗莎久久無法入睡。幾個月來她的內心一直進行著鬥爭：一方面是姊姊帶她參加社會活動，另一方面是她對馬興發生迷戀，也很想糾正他的爲人。現在後面那種情感占了上風。以前她也聽過被殺死的女人的事。如今在那個女人慘死和馬興講了從斯捷潘那裡聽來的那個故事之後，她知道了馬利亞・謝苗諾夫娜事件的前後經過，對她的遭遇感到震驚。

麗莎渴望做一個像馬利亞・謝苗諾夫娜那樣的女人。她很有錢，但唯恐馬興追求她是爲了錢，於是決定把自己的地產分贈他人，並把這個主意告訴馬興。

馬興很高興，因爲有機會表明自己沒有私心，並對麗莎說，他愛她不是爲了錢，她這種慷慨的決定更令他感動。這時麗莎跟母親發生衝突（地產還在父親名下），母親不同意把地產分贈他人。馬興幫助了麗莎。他越是這樣做，就越能理解同他本性格格不入的麗莎的心願。

8

牢房裡一片寂靜。斯捷潘躺在鋪位上，還沒有睡著。華西里走到他跟前拉拉他的腳，使了個眼色要他起來跟他走。斯捷潘從鋪位上爬下來，走到華西里跟前。

「喂，老兄，」華西里說，「勞駕你，幫幫我忙。」

「幫什麼忙？」

「我想逃走。」

華西里告訴斯捷潘他已做好逃跑的一切準備。

「明天我要把他們攪得暈頭轉向，」他指指那些睡著的人，「他們會指出我。我會被轉移到樓上，到了樓上我就知道怎麼辦了。只是你要把我從停屍房裡拉出去。」

「這行。你要去哪兒？」

「哪兒都行。天下壞人還少嗎？」

「這是事實，老兄，但我們無權議論他們。」

「哼，我又不是殺人犯。我沒殺過一個人，盜竊又算得了什麼？這有什麼了不起？難道他們沒搶劫過我們嗎？」

「這是他們的事。他們應該負責。」

「何必對他們客氣呢？你瞧，我把教堂洗劫一空。這對誰有害呢？現在我不盜竊店鋪，我要搶劫國庫，把搶來的錢分給人，分給好人。」

這時有一個囚犯從鋪上起來，偷聽他們的談話。斯捷潘和華西里就散開了。

第二天，華西里按計畫行動。他抱怨麵包沒烤熟，唆使全體囚犯把典獄長叫來，提出抗議。典獄長走來，把囚犯們痛罵一頓，知道是華西里帶頭搗亂，就下令把他關到樓上單身牢房裡。

這正好是華西里所希望的。

9

華西里熟悉關押他的樓上牢房。他熟悉牢房的地板，一到那裡就動手拆地板。他鑽到地板底下，拆開底樓的天花板，然後跳下底樓停屍房。這天停屍房桌上只躺著一具屍體。停屍房裡還放著一些裝有草褥的麻袋。華西里知道這情況，因此看中這地方。停屍房的掛鎖被拉掉了。華西里出了門，走到走廊盡頭的廁所。廁所裡有一個換氣口從三樓直通底層地下室。華西里摸到門，回到停屍房，拉下冰冷屍體上的的蓋布（他揭蓋布時碰到死人的手），然後拿了幾個袋子，把它們連結起來，做成一條帶子。他把帶子拿到廁所裡，掛在橫梁上，然後順著帶子往下溜。帶子達不到地面。他不知道離地面還有多少距離，但沒別的辦法了。他就先拉住帶子然後往下跳。他的腿在地面上猛烈地碰了一下，但還能走路。地下室裡有兩個窗，本來可以從窗戶爬出去，但窗上裝有鐵柵欄，必須把它拆掉。但是用什麼拆？華西里動手找尋。地下室裡放著一些木板。他找到一塊一頭尖的木板，用它挖開鐵柵欄底下的磚頭。他幹了好一陣子。公雞已啼二遍，但柵欄還是沒鬆動。最後，鐵柵欄一邊脫開了。華西里把木板塞進去，用力一推，柵欄整個脫開，一塊磚頭落下來，發出響聲。崗哨可能會聽見。華西里立即停住。周圍一片寂靜。他從窗口爬了出去。但要逃跑還得越過一堵牆。院子一角有一座披屋，得爬上這座披屋再從那裡越牆逃走。還得隨身帶一塊木板，沒有木板爬不過去。華西里往回爬，拿了一塊木板再爬出去，屏住呼吸傾聽哨兵的動靜。正如他所估計的，哨兵在院子另一邊。華西里走到披屋旁，放好木板爬上去。木板一滑，掉了下去。華西里穿著長襪。他脫下襪子，免得滑下去。他又放好木板，跳到板上，用手去抓水槽。「天哪，可別掉下去，讓我抓住。」他抓住水槽，一個膝蓋跪在屋頂上。這時一個哨兵走過來。華西里躺下，屏住呼吸。哨兵沒看見他，又走開了。華西里跳起來。鐵皮在他的腳下叮叮作響。他又走了一步、兩步，前面就是牆壁。手很容易摸到牆壁。他伸出一隻手，又伸出另一隻手，挺直身子，攀到牆上。但願跳下時不要摔壞。華西里轉過身，用雙手抓住牆頭，垂下身子，放開一隻手，再放開另一隻手。「上帝保佑！」他跳到地上。地是軟的。雙腿沒摔壞，他撒腿就跑。

在郊區的瑪拉尼雅替他開門。他一頭鑽進暖和、散發著汗臭、用碎布綴成的被窩裡。

10

彼得・斯文提茨基的妻子高大漂亮、文靜端莊、體格豐滿，好像沒有生過犢的母牛。她從窗口看見丈夫被殺害，屍體被拖到田野裡。納塔麗雅・伊凡諾夫娜（大家都這樣稱呼彼得・斯文提茨基的寡婦）目睹這場兇殺，嚇得魂飛魄散。這種恐懼感壓倒了她身上其他一切感情。當人群在花園的圍牆外面散去，喧譁安靜下來時，他們家的侍女瑪拉尼雅瞪大眼睛，光著腳跑去通報，彷彿彼得・斯文提茨基被殺和被拋到峽谷裡是個喜訊。納塔麗雅・伊凡諾夫娜最初的恐懼感發展成另一種感情：從那個戴黑眼鏡的暴君手裡獲得自由的快樂，他強迫她當奴隸已有十九年了。對於這樣的感情她自己也感到害怕，不敢承認，當然更不敢告訴別人。當頭髮蓬亂、遍體鱗傷的黃色屍體被洗淨、穿上衣服、放入棺材時，她更加恐懼，放聲大哭。要案的偵查員前來，她因身爲證人而接受審訊。她看見偵察員屋裡有兩個戴手銬的農民，他們承認自己是主犯。其中一個是老人，留著長長的淺色大鬍子，頭髮鬈曲，相貌端莊，神志沉著；另一個模樣有點兒像吉普賽人，年紀不老，眼睛烏黑發亮，留著蓬鬆的鬈髮。她依照自己所知道的加以指認，證明最初捉住彼得·斯文提茨基雙手的就是這兩個人，雖然那個像吉普賽的農民皺起眉頭，轉動眼珠，譴責說：「罪過啊，大人！唉，我們大家都要死的。」儘管如此，她一點也不可憐他們。相反地，在審訊的時候，她心裡湧起一股仇恨和替被害丈夫復仇的慾望。

一個月後，這個案件提交軍事法庭審理，法庭做出判決：八人被判服苦役，還有兩人，就是那個留淺色鬍子的老人和皮膚黝黑的吉普賽人（人們都這麼叫他）被判處絞刑。這時她心裡感到有點不以爲然。但這種感覺在法庭莊嚴氣氛的影響下很快就消失了。既然最高長官認爲必須這樣做，這樣做就是對的。

死刑將在村裡執行。星期日瑪拉尼雅做日禱回來時，她一身新衣新鞋，向太太報告說，村裡正在造絞架，星期三將有一名劊子手從莫斯科來，他們的家屬不停地號啕大哭，哭得全村都能聽見。

納塔麗雅·伊凡諾夫娜足不出戶，免得看見絞架，看見村裡的人，她只希望這件事早點了結。她只想到自己，沒想到被判刑的人和他們的家屬。

11

星期二，一個熟識的縣警察局長來到納塔麗費·伊凡諾夫娜家。納塔麗雅·伊凡諾夫娜請他喝燒酒，吃她親手做的酸蘑菇。縣警察局長喝了酒，吃了蘑菇，告訴她死刑明天還不會執行。

「什麼？爲什麼呀？」

「這件事很怪。找不到劊子手。我兒子告訴我，在莫斯科有一個劊子手讀熟了《福音書》，說：我不能殺人。他們威脅他將因此遭受鞭打。他說，『你們打好了，我可不能殺人。』」這個劊子手因殺人而被判服苦役，如今卻說按照教義不能殺人。

納塔麗雅·伊凡諾夫娜突然臉紅起來，甚至因想到什麼而出汗。

「那麼，現在不能饒恕他們嗎？」

「既然法庭判決了，怎麼能饒恕呢？只有沙皇才能赦免。」

「那麼，沙皇要怎樣才能知道呢？」

「人們有權要求赦免。」

「他們是因爲我而被判死刑的，」愚蠢的納塔麗雅·伊凡諾夫娜說，「現在我饒恕他們了。」

縣警察局長笑了。

「那好，您去申請吧。」

「可以嗎？」

「當然可以。」

「現在怕來不及了吧？」

「可以打電報去。」

「打給沙皇嗎？」

「行，打給沙皇也行。」

劊子手拒絕執行任務，情願自己受罪。這則消息突然感動了納塔麗雅・伊凡諾夫娜。同情和恐懼在她內心幾次覺醒，終於主宰了她。

「好人，菲里普・華西里耶維奇，您替我寫一份電報吧。我要請求沙皇開恩。」

縣警察局長搖搖頭。

「我們會不會被捲進這個案件呢？」

「我來負責。我不會提到您的。」

「這婆娘不錯，」縣警察局長想，「眞是個好婆娘。我要是有個這樣的老婆，就等於進天堂了，也不會像現在這樣。」

縣警察局長擬了一份電報給沙皇：「皇帝陛下！被農民謀害的八等文官彼得・斯文提茨基的遺孀懇求皇帝陛下開恩（警察局長對這個用語特別得意），赦免某省某縣某鄉某村農民某某、某某死刑。」

電報是由警察局長親自送去發的，納塔麗雅・伊凡諾夫娜心裡感到高興和安慰。她認爲，既然是被害者的遺孀饒恕了罪人，並提出要求，沙皇是不會不開恩的。

12

麗莎・耶羅普金娜一直處於狂熱狀態。她沿著在她面前展開的基督生活之路前進，越走越相信這是眞理之路，心裡也越快樂。

當前她有兩個奮鬥目標：第一個目標是說服馬興，或者像她心裡所說的，恢復他的本來面目，讓他回歸善良美好的本性。她愛他，在自己愛的光輝下，她看到他心靈美好的一面。這是人人具有的共性，不過，她在這種人類共有的生命基礎中看到了他所獨有的善良、溫順和崇高。她的另一個奮鬥目標是不再做富人。她要放棄財產，以此來考驗馬興。同時，爲了自己，爲了自己的靈魂（按照《福音書》上的教導）她也需要這樣做。起初她把財產分贈給人，但被父親制止了。再有，勸阻她的人和信源源不斷湧來。於是她決定去找一個以生活聖潔著稱的長老，要求他接受她的錢財，以便把它轉送給需要的人。父親知道這件事，大爲生氣，激動地同她談話，叫她瘋子、神經病，並說他將設法制止她這個瘋子的行爲。

父親大發雷霆，他的情緒影響了她。她忘乎所以，號啕大哭，怒氣衝天地對父親說了許多粗話，叫他暴君，甚至叫他自私自利的傢伙。

事後她請求父親原諒。父親說他不生氣，但她看出他深深受到傷害，心裡並沒有原諒她。她不願對馬興說起這件事。姊姊嫉妒她同馬興的關係，完全疏遠了她。沒有人同情她，她也不能向誰懺悔。

「必須向上帝懺悔。」她自言自語。正好是大齋節，她決定齋戒，並在懺悔時把一切告訴神父，請求他指導她今後應該怎麼辦。

離城不遠有一座修道院，裡面住著一位長老。他以他的聖潔生活、教誨、預言和據說能治癒病人而聞名於世。

長老收到葉羅普金老人來信，知道他的女兒將前來此地，她精神不正常，惡性亢奮。葉羅普金相信長老會引導她走上眞理之路：處事不偏不倚，過著善良的基督生活，不破壞現存秩序。

長老接待來訪者已十分疲勞，他又接待了麗莎。長老心平氣和地教導她要溫和，服從現存秩序，孝敬父母。麗莎不作聲，她臉色發紅，頭上冒汗。等長老講完，她含著眼淚說話。起先她怯生生地說，基督說過：「留下父母，跟我來。」後來越來越興奮，便把自己對基督教的想法都說了出來。長老先是微微笑著，用一般教義進行反駁，後來不再作聲，開始嘆息，只是反覆說：「哦，主啊！」

「那麼好吧，明天你來懺悔。」長老說，用一隻滿是皺紋的手替她祝福。

第二天，他聽取了她的懺悔，沒有繼續昨天的談話，僅簡短地表示拒絕接受她的財產處理權，就讓她走了。

這個姑娘的純潔、完全獻身於上帝旨意的精神和熱情使長老驚訝。他早就想棄絕塵世，但修道院要求他留下來工作。這種工作能替修道院弄到錢財。他同意留下，但隱隱約約覺得自己的處境不對勁。別人把他看成一位聖人，一位創造奇蹟的人，但他卻是一個熱中於名利的弱者。這個姑娘向他敞開靈魂，也使他看到了自己的靈魂。他看到他的精神離開他的志向有多麼遠，他的心靈又迷戀著什麼。

麗莎來訪後不久，他把自己關閉在靜修室裡，每三個星期去教堂一次，主持祈禱。祈禱後做懺悔，既自我懺悔，又揭發塵世的罪孽，並號召人們懺悔。

每兩個星期他懺悔一次。每次懺悔都吸引越來越多的人。他作爲一個說教者，名聲越來越大。他的懺悔大膽、眞誠、與眾不同。因此他能有力地感化人。

13

這時候，華西里做了他想做的一切。他跟夥伴夜裡潛入富翁克拉斯諾普卓夫家。他知道克拉斯諾普卓夫吝嗇、放蕩。他摸到寫字台，拿走三萬盧布。華西里隨意做他想做的事。他不再喝酒，把錢送給一些貧窮的待嫁姑娘，讓她們能結婚，能還清債務，而他自己則是深深隱蔽起來。他只考慮怎樣好好散發這些錢。他也送給警察一些錢。他們就不再搜捕他。

他心裡很快樂。最後他還是被捕了。他在法庭上笑著吹噓說，那個大腹賈沒把錢藏好，他的錢多得數不清，我是劫富濟貧。

他的辯護言詞是那麼風趣、美好，以致陪審官差點釋放了他。最後他被判處流放。

他向法官道謝，並預言他將逃走。

14

斯文提茨基的寡婦發給沙皇的電報沒起什麼作用。大赦委員會起初決定不把她來電一事稟報沙皇，後來沙皇在早餐時談到斯文提茨基一案，正陪皇上用膳的總管就把遇害者寡婦的電報向皇帝做了稟報。

「她這人真是太善良了。」皇室中有位夫人說。

皇上嘆了一口氣，聳聳戴肩章的雙肩說：「法律嘛。」他放下御侍替他斟的泡沫翻騰的摩澤爾葡萄酒。大家都裝出驚訝的樣子，表示欽佩皇上說話的英明。隨後就不再談電報的事。就這樣，從喀山召來殘酷的殺手和屠夫，韃靼劊子手，把一老一小兩個莊稼漢絞死了。

老婆子想讓她的老頭子臨刑穿上白襯衫，包上白包腳布，穿上新的白樺樹皮靴，但沒得到許可。兩個死刑犯一起被埋葬在公墓矮牆外的一個坑裡。

「索菲雅・弗拉基米羅夫娜公爵夫人對我說，他是一位神奇的傳教士，」太后有一次對兒子說，「請他來吧。他可以在大教堂裡布道。」

「不，還是讓他到這兒來。」皇帝說，下令邀請伊西多爾長老。

所有的將軍都聚集在皇宮教堂裡。新來了一位非凡的傳教士，這可是件大事。

一個頭髮花白的小老頭走進來，他環顧所有人，說了「奉聖父聖子聖靈的名」後，開始布道。一開始他講得很好，但越往下講越糟。事後皇后說：「他越講越離譜。」他猛烈抨擊所有人。他講到死刑。他認為實行死刑是不義的統治。難道一個基督教的國家可以殺人嗎？

人們面面相覷。大家都覺得這不成體統，並擔心皇上會極不愉快，但誰也沒有說出口。當伊西多爾說了「阿門」後，都主教走到他跟前，請他到他那兒去一下。

在都主教和正教院總監同他談話後，老頭兒就立刻回修道院，但不是回他原來的修道院，而是去蘇茲達爾修道院，那裡的院長和主管是米哈伊爾神父。

15

大家都裝得若無其事，並不因伊西多爾的布道而感到絲毫不快。沒有人再提到那次布道。長老的話並沒有給沙皇留下什麼印象，但這一天，他有兩次想到農民的死刑，想到斯文提茨基的寡婦要求赦免他們的電報。白天他檢閱、出遊，然後接見大臣，然後午餐，晚上看戲。沙皇像平時一樣，頭一接觸到枕頭就睡著了。夜裡他被一場惡夢驚醒：田野上豎著絞架，上面蕩著兩具屍體，死人伸出舌頭，越伸越長。有人嚷道：「是你幹的事！是你幹的事！」沙皇醒來出了一身冷汗，他沉思起來。第一次想到了他身負的責任，想起長老說的話……

但他只是模糊地意識到自己也是人。人們從四面八方向他提出要求，使他無法考慮誰的要求更重要。要承認人民的要求比沙皇的要求更重要，他是辦不到的。

16

普羅科斐，這個潑辣大膽、愛出風頭的花花公子，第二次在監獄裡服滿刑期，出獄後成了一個無可救藥的人。他清醒的時候什麼事也不做，不論父親罵他多少回，他還是只吃飯不幹活。不僅如此，他總是把東西都拖到酒店換酒喝。他坐著咳嗽吐痰。他去看醫生，醫生聽了他的胸部搖搖頭。

「老弟，你需要吃些你缺乏的東西。」

「當然需要。」

「喝牛奶，別抽煙。」

「我今天在齋戒，我連奶牛也沒有。」

春天裡有一天他通宵沒睡，心裡苦悶，很想喝酒。家裡已沒有東西可以拿去換酒了。他戴上帽子出門。他沿著大街走，一直走到神父那裡。教堂工人的一把耙靠在籬笆上。普羅科斐走過去扛起耙，想到彼得羅夫娜酒店喝酒。「也許可以換到一瓶酒。」他想。沒等他走開，教堂工人就出現在台階上。天色已大亮了，他看見普羅科斐拿走他的耙。

「喂，你這是什麼意思？」

人們走出來，把普羅科斐抓住，送到拘留所。治安法官判他十一個月監禁。

到了秋天，普羅科斐被轉送到醫院。他咳嗽得很厲害，整個胸部都要咳破了。他的身子暖和不起來。身體比他強壯的人都沒有發抖，可是普羅科斐日夜都打哆嗦。典獄長爲了節省木柴，十一月前醫院不生火。普羅科斐肉體上感到痛苦，但精神上更痛苦。他討厭一切，恨所有的人：恨教堂工人；恨典獄長，因爲他不生火；恨値班看守；恨鄰鋪嘟著紅嘴唇的囚犯。他也恨新來的同監苦役犯，那個苦役犯就是斯捷潘。斯捷潘頭上生丹毒，被轉到醫院，安置在普羅科斐旁邊。普羅科斐起初恨他，後來又喜歡他，只盼跟他談話。只有同他談過話後，普羅科斐心裡的苦悶才會消解。

斯捷潘總是把自己最後一件兇殺案講給所有的人聽，還講了這次兇殺對他的影響。

「那可不是嚷嚷的事，」他說，「這是殺人。你不用可憐我，你要可憐你自己。」

「那當然，殺人挺可怕。我有一次宰羊，心裡都感到難受。可是我從沒害過一個人，他們那些壞蛋爲什麼要害我啊？我又沒對誰做過壞事……」

「唉，你走入迷途了。」

「怎麼會？」

「怎麼會嗎？那麼，上帝呢？」

「我可沒看到他；老兄，我不信——我想人一死只會長出青草來。就是這麼回事。」

「你怎麼會這樣想？我殺了多少人，但她這個好人只知道幫助人。你想我能得到同她一樣的結果嗎？不，且慢……」

「你想你死後靈魂會留下嗎？」

「當然。這是一定的。」

普羅科斐死時不斷地喘息，很痛苦。但到最後一刻他突然覺得好些了，他喚斯捷潘。

「老兄，別了。看來我要死了。我以前一直害怕死亡，但現在不怕了。但願快點死。」

普羅科斐就這樣死在醫院裡。

17

這時，葉夫蓋尼·米哈依洛維奇的情況每況愈下。他的商店抵押出去，不再做生意。他在城裡又開了一家店，得付利息，又得設法借錢來付利息。結果商店連同全部商品都被迫拍賣。葉夫蓋尼・米哈依洛維奇夫婦到處奔走，哪兒也弄不到四百盧布來挽救他們的生意。

他們對商人克拉斯諾普卓夫存著一線希望，因爲葉夫蓋尼・米哈依洛維奇的妻子認識他的情婦。現在全城都知道克拉斯諾普卓夫失竊一大筆錢。據說，他被偷了五十萬盧布。

「是誰偷的啊？」葉夫蓋尼・米哈依洛維奇的妻子說，「是華西里，我們原來的看院人。據說，他拿這些錢亂花，警察局也被他收買了。」

「他是個無賴，」葉夫蓋尼・米哈依洛維奇說，「他當時怎麼會這樣隨便違反誓言。我怎麼也沒想到。」

「據說，他來過我們院子。廚娘說是他。她說他把錢送給十四個貧窮的姑娘陪嫁。」

「哼，這是他們瞎想出來的。」

這時，一個身穿棉短襖、上了年紀的奇怪男人來到店裡。

「你有什麼事？」

「您有一封信。」

「誰寫來的？」

「信裡寫著。」

「那麼，不用回信嗎？你等一下。」

「不用。」

那怪人交出信就匆匆走了。

「真怪！」

葉夫蓋尼・米哈依洛維奇拆開厚厚的信封，簡直不敢相信自己的眼睛：是幾張一百盧布的鈔票。一共四張。這是怎麼回事？有人給葉夫蓋尼・米哈依洛維奇寫了一封文理不通的信：「《福音書》裡說，要以德報怨。您在息票一事上對我作惡很多，我也大大委屈了莊稼人，但我可憐你。這裡面的四百盧布你收下，不要忘記你的看院人華西里。」

「嗐，眞是怪事。」葉夫蓋尼・米哈依洛維奇對妻子說，也對自己說。他想起這件事，或對妻子說到這件事時，他的眼淚就會奪眶而出，心裡感到快樂。

18

蘇茲達爾監獄裡關著十四名神職人員，主要都是違反教規。伊西多爾就是被送到那裡。米哈伊爾神父根據文件接受伊西多爾，也沒同他談話，就把他當作重罪犯關進單身牢房。在伊西多爾到來後的第三個星期，米哈伊爾神父巡視囚犯。他走進伊西多爾的囚室，問他是否需要什麼。

「我有許多話要說，但我不能當著人家的面說。我希望有個機會同你單獨談談。」

他們相互瞧了瞧，米哈伊爾明白，他沒什麼事可害怕的。他吩咐把伊西多爾領到自己的修道室。當他們兩人單獨相處時，他對伊西多爾說：「那麼，說吧。」

伊西多爾跪下來。

「兄長！」伊西多爾說，「你幹了什麼啦？可憐可憐你自己吧！沒有比你做的壞事更壞的了，你咒罵了一切神聖的東西……」

一個月後，米哈伊爾申請釋放懺悔者，不僅釋放伊西多爾，還釋放其他七個人，自己則要求退休到修道院。

19

過了十年。

米嘉・斯莫科夫尼科夫從工業專科學校畢業後，到西伯利亞一座金礦當工程師，工資很高。他有事要去區裡。礦長提議要他把苦役犯斯捷潘帶去。

「怎麼把苦役犯帶去？難道不危險嗎？」

「跟他在一起沒有危險。他是一位聖人。你可以問問任何一個人。」

「他犯了什麼罪？」

礦長笑了笑。

「他殺了六個人，但現在是個聖人。我敢保證。」

於是，米嘉・斯莫科夫尼科夫帶著斯捷潘——一個禿頭、清瘦、皮膚黝黑的人——一起上路。

一路上斯捷潘像照顧自己孩子那般處處照顧斯莫科夫尼科夫，並把自己的全部經歷告訴他。他講到他幹了什麼，爲什麼這樣幹，現在他靠什麼生活。

說來奇怪，米嘉・斯莫科夫尼科夫原本只會吃喝玩樂、打紙牌、玩女人，如今卻第一次嚴肅地思考起生活來。他的思考一直沒有停止，越來越深入他的靈魂。有人提供肥缺給他，被他拒絕了。他決定用自己的錢買一座莊園，成家，並且盡可能爲老百姓做點事。

20

他的確這麼做了。他先到父親那兒。他的父親已經另建家庭，同他的關係也搞得很不愉快。現在他決定去接近父親。他的確這麼做了。他父親感到奇怪，取笑他，但後來就不再責罵他，還想到許多對不起他的事。

瓦罐阿廖沙

阿廖沙是家裡最小的孩子，大家都叫他「瓦罐」。因為有一天母親派他送一罐牛奶去給助祭妻子，他絆了一跤，把瓦罐打碎了。母親把他打了一頓，孩子們從此戲稱他「瓦罐」。「瓦罐阿廖沙」這個綽號就這樣落到他頭上。

阿廖沙是個瘦小子，生著一對招風耳（耳朵大得像一對翅膀）和大鼻子。孩子們取笑他：「阿廖沙的鼻子好像土崗上的公狗。」鄉下有一所學校，但阿廖沙不擅長讀書，也沒工夫讀書。大哥在城裡商人家幫傭。阿廖沙從小幫父親幹活，六歲時就跟姊姊一起牧羊放牛；再大一點，就日夜看守馬群。十二歲起就耕地運貨。他沒什麼力氣，但動作倒挺俐落。他總是快快活活。孩子們嘲弄他，他不吭聲或只是笑一笑。遇到父親罵他，他也不吭聲，只是聽著。人家一罵完，他又笑嘻嘻地動手幹活。

阿廖沙十九歲那年，他哥哥被拉去當兵。父親就把阿廖沙帶到商人家接替哥哥當傭人。哥哥的舊靴子、父親的帽子和緊身棉襖都給了阿廖沙，他被帶到城裡。阿廖沙穿上這身衣服高興極了，商人卻不喜歡他的模樣。

「我還以為你會帶個像樣的人來頂替謝苗吶，」商人打量了一下阿廖沙，說道，「你卻給我弄來一個拖鼻涕的娃娃。他能幹什麼？」

「他幹什麼都行，套車也好，駕馬也好，幹起來可有勁了。他就是樣子長得難看，力氣倒是挺大的。」

「好吧，讓我瞧瞧。」

「他最大的長處是聽話，幹起活來叫人眼紅。」

「該拿你怎麼辦呢？留下吧。」

阿廖沙就這樣在商人家住下。

商人家的人口不多：老闆娘、老母親；大兒子已經結婚，受過普通教育，跟著父親做買賣；另一個兒子很有學問，中學畢業，念過大學，但後來被學校開除，住在家裡；還有一個女兒在念中學。

一開始大家都不喜歡阿廖沙，因爲他是個大老粗，衣著又差，又不懂禮貌，不論對誰說話都用「你」，但不久之後大家就習慣了。他做事比哥哥更勤快。他確實很聽話，不論派他做什麼，他總是高高興興地做了一件又一件，從不休息。在商人家裡，就同在自己家裡一樣，什麼工作都落到阿廖沙身上。他幹得越多，落到他身上的工作也就越多。老闆娘、老闆的母親、老闆的女兒、老闆的兒子、帳房、廚娘，大家都差遣他，一會兒叫他幹這，一會兒叫他幹那。只聽得一片叫聲：「喂，老弟，你去一下！」或者：「阿廖沙，這事你幹一下——你怎麼了，阿廖沙，忘記啦？注意，可別忘了，阿廖沙！」於是阿廖沙就東奔西跑，幹這幹那，十分用心，什麼也沒忘記，什麼都及時做好，而且總是笑嘻嘻的。

哥哥的靴子沒不久就被他穿破了。老闆爲了他穿破靴子露出腳趾而罵他，叫人到市場上爲他買一雙新鞋。靴子嶄新，阿廖沙很喜歡。可是他的腳還是原來那雙腳，腳多跑一些路，到晚上就作痛。他很生氣。阿廖沙擔心父親來領他的工錢時，商人會把靴子錢從工錢中扣掉，父親會不高興。

冬天，阿廖沙總是天不亮就起床，劈柴、打掃院子、給牛馬送飼料、飲水，然後生爐火，替東家擦靴子、刷衣服、燒茶炊、擦茶炊。接著，不是帳房叫他去運貨，就是廚娘吩咐他去揉麵、擦鍋子。然後，他被差遣到城裡，一會兒送信，一會兒送東家女兒上學，一會兒給老太婆買橄欖油。「你跑到哪兒去啦，死鬼！」一會兒這個罵他，一會兒那個咒他。「您何必親自去呢，叫阿廖沙跑一趟吧。阿廖沙！喂，阿廖沙！」阿廖沙就應聲跑去。

阿廖沙在路上吃早餐，午餐也難得同大家一起吃。廚娘罵他不同大家一起吃，但還是憐憫他，午餐晚餐都給他留點熱菜。每逢過節，工作就特別多。阿廖沙也喜歡過節，特別是因爲每逢過節大家都會給他一點「茶錢」，雖然錢很少，合起來只有五、六十戈比，但到底是他自己的錢，他可以隨意花用。他根本沒見過工資。每次父親一來，就從商人手裡領走工資。他只會責備阿廖沙怎麼這麼快就把靴子穿破。

他積滿兩個盧布「茶錢」，聽從廚娘的話，買了一件紅絨線上裝。他穿在身上，樂得合不攏嘴。

阿廖沙話很少，說起話來總是很急。別人吩咐他做什麼，或者問他能不能做那件事，他總是毫不猶豫地回答：「行！」說完就立刻動手去做。

祈禱文他一點也不會背。母親教他的他全忘了，但還是早晚都做禱告：他用手禱告，畫十字。

阿廖沙就這樣過了一年半。第二年下半年發生了他一生中最不平凡的事。他驚異地知道，人與人之間除了相互需要之外，還有一種非常特殊的關係：不是擦擦靴子、送送貨物，或者套套馬車，而是莫名其妙地需要另一個人，需要另一個人的照顧，另一個人的愛撫。現在阿廖沙就有這樣的需要。經過廚娘介紹，他認識了烏斯金尼雅。烏斯金尼雅是個孤女，年紀很輕，跟阿廖沙一樣是個傭人。她開始疼愛阿廖沙，阿廖沙也第一次感覺到她需要的不是他的伺候，而是他這個人。母親疼他，他覺得這是理所當然的，就像他疼自己一樣。如今忽然發現，烏斯金尼雅雖不是親人，但也疼他，她會在罐子裡留一點油炒飯給他。他吃東西的時候，她會把下巴擱在衣袖捲起的胳膊上瞧著他。他也看她一眼，她就笑，他也笑起來。

這事是那麼新鮮、那麼古怪，一開始令阿廖沙感到害怕。他覺得這事會妨礙他，使他不能像原來那樣幹活。但他還是很高興。他看著烏斯金尼雅替他補過的褲子，搖搖頭笑了。他常常在幹活或走路時想到烏斯金尼雅，並且說：「烏斯金尼雅眞不錯！」烏斯金尼雅一有機會就幫助他，他也幫助她。她把自己的身世告訴他，包括她如何成爲孤兒；姨媽如何收容她，把她送到城裡；商人的兒子如何糾纏她，她如何罵他。她愛說話，他也高興聽她說。他聽說城裡常有這樣的事：當傭人的農民娶廚娘做老婆。有一次她問到他父母是不是快要給他娶親。他說不知道，他不願在鄉下娶媳婦。

「那麼，你看中誰啦？」她問。

「我倒是想娶你呢。行不行？」

「瞧你，瓦罐啊瓦罐，眞愛耍嘴皮子，」她拿手巾往他背上打了一下說，「怎麼不行啊？」

謝肉節那天，老頭兒到城裡來領工錢。商人妻子知道阿廖沙想娶烏斯金尼雅，很不高興。「她一懷孕，將來有了孩子還有什麼用。」她對丈夫說。

老闆給了阿廖沙父親工錢。

「怎麼樣，我的孩子在這裡幹得怎樣？」老農民問，「我說過，他很聽話。」

「聽話是聽話，可是腦袋糊塗了。他想娶廚房裡那個丫頭，可是我不能收留結過婚的人。這事在我們這兒不行。」

「傻瓜，傻瓜，怎麼會想出這種傻主意來，」做父親的說，「你不用擔心。我會叫他丟掉這個傻念頭。」

父親來到廚房裡，坐在桌子旁等兒子回來。阿廖沙跑出去辦事，過了一會兒氣喘吁吁地回來了。

「我還以爲你很懂事。可你想出什麼花樣來啦？」父親說。

「我又沒想什麼。」

「怎麼沒想什麼！你想討老婆。時候到了，我會給你娶的，娶一個合適的，可不能娶城裡的婊子。」

父親說了一大串。阿廖沙站著聽，嘆著氣。等父親說完，阿廖沙微微地笑了笑。

「好吧，這事可以不談。」

「這就對了。」

等父親一走，他與烏斯金尼雅留下來，他對她說（父親跟兒子談話時，她站在門外偷聽）：「咱倆的事不行了，沒成功。你聽見啦？老頭子生氣了，不同意。」

她默默地用圍裙捂著臉哭起來。

阿廖沙舌頭嗒地彈了一下。

「怎麼能不聽啊！看來只好不談啦。」

傍晚，老闆娘叫他關護窗板的時候，對他說：「怎麼，聽了父親的話，把你的傻念頭丟掉啦？」

「看樣子丟掉啦。」阿廖沙說，笑一笑，接著立刻哭起來。

從此以後，阿廖沙不再同烏斯金尼雅談結婚的事，像原來那樣過日子。

後來，帳房派他到屋頂上鏟雪。他爬到屋頂上，把整個屋頂都鏟乾淨，又動手鏟掉水溜子旁凍住的積雪，可是兩腳一滑，連同鏟子一起掉下來。倒楣的是他沒掉在雪地上，而掉在蓋著鐵皮的大門口。烏斯金尼雅跑到他跟前，東家女兒也跑了過來。

「有沒有摔傷，阿廖沙？」

「哪裡會摔傷。沒事。」

他想爬起來，可是爬不起來，只是笑笑。他被抬到下房。醫生來了，給他做檢查，問他什麼地方疼。

「渾身上下都疼，可是沒關係。只是老闆要生氣了。得給我爹送個信。」

阿廖沙躺了兩天兩夜，第三天他們派人去請神父。

「怎麼，難道你要死了？」烏斯金尼雅問。

「要不又怎麼樣？難道能一直活下去嗎？總有一天要死的。」阿廖沙像平時那樣急急地說：「謝謝你疼愛我，烏斯金尼雅。喃，幸虧他們不准我們結婚，要不就糟了。如今沒事啦。」

他跟著神父用手和心做禱告。他心裡覺得活在這世上很快活，既然他聽話又不得罪人，那麼，到那個世界去也會很快活的。

他話說得很少，只是要求喝水，不清楚是什麼事一直令他感到困惑。

他不清楚是什麼事一直令他感到困惑，終於兩腳一伸死了。

科爾尼・華西里耶夫

1

科爾尼・華西里耶夫最後一次回鄉，是在他五十四歲的時候。當時他那頭濃密的鬈髮還沒有一根白髮，烏黑的大鬍子只有顴骨旁有點花白。他的臉光滑紅潤，脖子很粗壯，魁梧的身體由於優裕的城市生活而發胖。

二十年前他辭去軍職，帶些錢回家。先開了一個小鋪，後來關掉小鋪，買賣牲口。他常去切爾卡瑟①「進貨」（買牲口），再把牠們趕到莫斯科。

在加伊村，他那座鐵皮屋頂的石砌房子住著他的老母親、妻子和兩個孩子（一女一男），還有他的侄兒，以及一個十五歲的啞巴孤兒和一名長工。科爾尼結過兩次婚。第一個妻子體弱多病，沒生孩子就死了。後來，當他已經是一個年紀不輕的鰥夫，第二次結婚時娶了一個健美的姑娘，她是鄰村一個窮寡婦的女兒。兩個孩子都是第二個妻子生的。

科爾尼在莫斯科賣掉最後一批「貨」，獲利可觀，存了近三千盧布。他從同鄉人那裡知道，離他的村莊不遠有個破產地主要賣一片樹林，他也想經營木材。他熟悉這個行當，因爲服役前曾在木材商那裡當過伙計。

在拐到加伊的火車站上，科爾尼遇到同鄉獨眼龍庫茲瑪。庫茲瑪每逢火車到站都從加伊駕兩匹鬃毛很長的駑馬拉的雪橇去招攬生意。庫茲瑪很窮，因此不喜歡有錢人，尤其不喜歡那個他從小就認識的有錢人科爾尼。

科爾尼身穿皮短襖和皮外套，提著手提箱，走到車站台階上，挺出大肚子站住，嘟起嘴，環顧著四周。這是早晨。天氣陰晦，沒有風，有點兒冷。

「怎麼，庫茲瑪大叔，沒找到顧客嗎？」他說，「你送送我怎麼樣？」

「好吧，給我一個盧布，我送你去。」

「七十戈比夠了。」

「你吃得肚皮這麼大，還想從我這窮人身上刮掉三十戈比。」

「好吧。」科爾尼說。他把手提箱和包裹放到小雪橇裡，伸開手腳舒服地坐在後座上。

庫茲瑪坐在馭座上。

「好吧。走了。」

他們離開車站周圍坑坑窪窪的地面，來到平坦的路上。

「那麼，你們那兒，也就是你們鄉下情況怎麼樣？」科爾尼問。

「好事不多。」

「怎麼會？我家老太太還好嗎？」

「老太太還好。前幾天還去過教堂。你家老太太還好。你那位年輕的女當家也好。她有什麼事嗎？她新雇了一名長工。」

科爾尼發覺庫茲瑪陰陽怪氣地笑起來。

「什麼長工？那麼彼得呢？」

「彼得病了。她雇了卡明加村的葉夫斯提格涅依，」庫茲瑪說，「也就是她的同鄉。」

「眞的嗎？」科爾尼說。

早在科爾尼向瑪爾法提親的時候，就有一些娘們在議論葉夫斯提格涅依。

「就是這樣，科爾尼·華西里耶夫，」庫茲瑪說，「如今娘們都很放肆。」

「有什麼可說的！」科爾尼低聲說。「你這匹灰馬老了。」他加了一句，想結束談話。

「我自己也不年輕了。我是說幹活。」庫茲瑪回答科爾尼說，拉拉鬃毛很長的瘸腿騸馬。

半路上有一家客店。科爾尼吩咐停車，走進店裡。庫茲瑪把馬牽到空食槽旁，整理整理皮軛，眼睛不望科爾尼，等他來喚他。

「進來吧，庫茲瑪大叔。」科爾尼走到台階上說，「來喝一杯。」

「好。」庫茲瑪回答，裝出一副不慌不忙的樣子。

科爾尼要了瓶伏特加，遞給庫茲瑪。庫茲瑪早晨沒吃東西，一喝就醉。他一喝醉，就向科爾尼靠過去，悄悄告訴他村裡人的議論。他們說，他的妻子瑪爾法把自己的舊情人找來當長工，並同他住在一起。

「這關我什麼事。我是可憐你，」喝醉酒的庫茲瑪說，「只是被人取笑不好。看來她不怕罪過。嗯，我說，你就等一等吧。過些日子，他自己會來的。就是這樣，科爾尼老弟。」

科爾尼默默地聽著庫茲瑪的話。他的兩道濃眉在那雙烏溜溜的眼睛上越蹙越低。

「那麼，你不喝了嗎？」直到一瓶酒喝完後，他才說，「不喝，那我們走吧。」

他向老闆結了帳，走到街上。

他回到家時已是黃昏。第一個出來迎接他的，就是他一路上念念不忘的葉夫斯提格涅依。科爾尼向他打了個招呼。一看見惶惑不安的葉夫斯提格涅依長著淺色頭髮的瘦臉，科爾尼只疑惑地搖搖頭。「那老狗撒謊。」他想到庫茲瑪的話。「不過，誰知道他們是怎麼一回事。我要弄個明白。」

庫茲瑪站在馬旁，用他的獨眼對葉夫斯提格涅依眨了眨。

「這麼說，你住在我們這兒？」科爾尼問。

「是啊，總得有個地方幹活。」葉夫斯提格涅依回答。

「上房生火了嗎？」

「還會不生嗎？瑪爾法在那裡。」葉夫斯提格涅依回答。

科爾尼走上台階。瑪爾法聽見說話聲，走到門廳，一看見丈夫，臉刷地紅了。她慌忙特別親切地向他問好。

「我跟媽媽已經等得不耐煩了。」她說，隨著科爾尼走進上房。

「嗯，我不在時你們過得怎樣？」

「老樣子。」她說，抱起那個抓住她裙子要奶吃的兩歲女兒，大踏步走進門廳。

科爾尼的母親有一雙跟科爾尼一樣的黑眼睛，困難地邁著穿氈靴的兩腳，走進上房。

「謝謝，你回來看我們。」她擺動搖晃的腦袋，說道。

科爾尼告訴母親他為什麼回來。他想到庫茲瑪，於是回身走出去付錢給他。他剛打開門走進門廳，就迎面看見瑪爾法和葉夫斯提格涅依站在通往院子的門口。他們站得很近，她嘴裡說著什麼。一看見科爾尼，葉夫斯提格涅依就溜到院子裡，瑪爾法則走到茶炊旁，擺弄正呼呼作響的煙筒。

科爾尼默默地從她彎腰站著的地方走過，拿起包裹，叫庫茲瑪到偏屋喝茶。喝茶前，科爾尼把從莫斯科帶來的小禮物分送給家人：給母親一塊羊毛圍巾，給費多爾一本圖畫書，給啞巴侄兒一件背心，給妻子一塊做連衣裙的花布。

喝茶的時候，科爾尼皺緊眉頭，一言不發，只偶爾勉強笑笑，眼睛望著啞巴侄兒。他得到新背心十分高興，大家看著他也都很快樂。他把背心放下又解開，穿在身上，吻著自己的手，眼睛瞧著科爾尼，滿面笑容。

喝過茶，吃過晚飯，科爾尼立刻走到瑪爾法同小女兒睡覺的上房。瑪爾法留在偏屋裡收拾碗碟。科爾尼臂肘支著身體獨自坐在桌旁，等著她。他對妻子感到越來越憤怒。他從牆上取下算盤，從口袋裡掏出筆記本，算起帳來，以分散思想。他一面算帳。一面朝門口望望，傾聽偏屋裡說話聲。

他幾次聽見偏屋開門的聲音，有人走到門廳，但聽得出不是她。最後他聽見她的腳步聲和轉動門把的聲音。門開了，她包著紅頭巾，雙頰緋紅，美麗動人，手裡抱著女兒走進來。

「你一路上累了吧。」她說，臉上掛著微笑，彷彿沒注意他的惱怒神色。

科爾尼對她瞧了一眼，繼續算帳，儘管沒什麼帳要算。

「時間不早了。」她說，放下手裡的女兒，走到隔板後面。

他聽見她在鋪床，安頓女兒睡覺。

「人們都在取笑。」他想起庫茲瑪的話。「你等著吧……」他想，困難地呼吸著。他慢慢站起來，把鉛筆頭放在背心口袋裡，把算盤掛在釘子上，脫去上裝，走近隔板門。她正站在神像前祈禱。他站住等著。她久久地畫著十字，鞠著躬，低聲做著祈禱。他覺得她早就唸完全部禱文，故意反覆多唸幾次。然後她一躬到地，又挺直身子，嘴裡喃喃地唸著禱文，這才向他轉過臉來。

「阿加施卡已經睡著了！」她指著女兒說，笑瞇瞇地坐在咯吱作響的床上。

「葉夫斯提格涅依來了好久了？」科爾尼走進門，說道。

她若無其事地把一條粗辮子拉到胸前，敏捷地用手指把它解開。她直望著他，她的眼睛笑了。

「葉夫斯提格涅依嗎？誰知道他——有兩三個星期了。」

「你跟他住在一起嗎？」科爾尼問。

她放下辮子，但立刻又抓起她那把粗硬的頭髮編辮子。

「虧他們想得出。我跟葉夫斯提格涅依住在一起？」她說，把葉夫斯提格涅依這個名字說得特別響。「虧他們想得出！誰跟你說的？」

「你說，有沒有這回事？」科爾尼問，把放在口袋裡的強壯雙手握成拳頭。

「別說廢話了。你脫靴子嗎？」

「我在問你。」他又說。

「什麼福分啊。我會看上葉夫斯提格涅依，」她說，「這是誰跟你說的？」

「你剛才在門廳裡跟他說什麼？」

「我說，我說要把木桶箍一箍。你幹嘛死纏著我問這問題。」

「我跟你說，你要說實話。不然我打死你，不要臉的賤貨。」

他一把抓住她的辮子。

她從他手裡抽出辮子，她的臉痛得扭曲了。

「你就爲這件事打人嗎？我幾時看過你有好臉色？這種日子我不知道怎麼過下去。」

「你要怎麼過？」他向她搶前一步，說道。

「你爲什麼拉掉我半條辮子？哼，爲了一點小事鬧個不休。你糾纏什麼呀？眞的……」

她話還沒說完，他就抓住她的一隻手，把她從床上拉下來，打她的頭、腰和胸部。他越打火氣越大。她大叫大嚷，掙扎著想逃走，但他不放過她。女孩醒來，撲到母親身上。

「媽媽。」她大聲叫嚷。

科爾尼抓住女兒的手，把她從她母親身邊拉開，像扔一隻小貓似的把她扔到角落裡。女孩尖叫一聲，過了幾秒鐘就聽不見她的聲音了。

「強盜！你把孩子摔死了。」瑪爾法嚷道，想站起來去抱女兒。

但科爾尼又把她抓住，在她胸口上狠狠打一拳，打得她仰天倒下，停止了叫嚷。只有女兒一個勁兒地拚命大哭。

老太婆沒包頭巾，蓬著一頭花白的頭髮，搖晃著腦袋，顫顫巍巍地走進小屋，眼睛不看科爾尼，也不看瑪爾法，走到淚流滿面的孫女跟前，把她抱起來。

科爾尼站著，重重地喘氣，環顧四周，彷彿睡意未消，不明白自己身在何處，跟誰在一起。

瑪爾法抬起頭來，呻吟著，拿襯衫擦著血跡斑斑的臉。

「該死的惡棍！」她說。「我跟葉夫斯提格涅依住在一起，以前也住在一起過。好，你把我打死好了。阿加施卡也不是你的女兒；是我跟他一起生的。」她急急地說，用臂肘擋住臉，等待他的打擊。

但科爾尼彷彿什麼也不明白，只是呼哧呼哧地喘著氣，向四周打量。

「你瞧，你把女兒摔成什麼樣了。胳膊打斷了。」老太婆讓他看看尖聲哭個不停的孫女垂下的手臂。科爾尼轉身默默地走到門廳，走出門去。

戶外還是那麼寒冷和陰暗。雪花飄落到他火熱的面頰上和額頭上。他坐在台階上，抓起欄杆上的雪，一把把吞吃著。門裡傳出瑪爾法的呻吟聲和女孩淒厲的啼哭聲。後來，門廳的門開了。他聽見母親抱著女兒離開上房，經過門廳，走進偏屋。他站起來，走進上房。火焰擰小的油燈在桌上發出微光。他一進去，就聽見瑪爾法在隔板後面呻吟得更響了。他默默地穿好衣服，從長凳下拿出手提箱，把自己的東西放進裡面，用繩子捆住手提箱。

「你為什麼打我？為什麼？我對你做了什麼啦？」瑪爾法可憐巴巴地說。科爾尼沒有回答，拿起手提箱走到門口。「壞蛋！強盜！你等著吧。你以為沒有王法啦？」她換了一種口氣惡狠狠地說。

科爾尼沒回答，用腳踢開門，又砰地一聲把它關上，連牆壁都震動了。

科爾尼走進偏屋，弄醒啞巴，吩咐他套馬。啞巴沒立刻甦醒過來，驚訝地對叔叔瞧瞧，雙手抓著頭皮。終於明白叔叔要他幹什麼。他跳起來，穿上氈靴和破短襖，拿起風燈，走進院子。

當科爾尼跟啞巴坐上門外的小雪橇，行駛在他跟庫茲瑪昨晚來的那條路時，天色已完全亮了。他到達車站，離火車開車只有五分鐘。啞巴看見他買票，拿起箱子，搭上火車，向他點點頭，火車就開了。

瑪爾法除了被打得鼻青眼腫之外，還斷了兩根肋骨，頭也被打得皮破血流。但這個強壯的年輕女人半年後就康復了，也沒留下傷痕。女孩則從此成了半殘廢。她的胳膊骨斷了兩根，一隻手也伸不直了。

科爾尼從此沒有消息。誰也不知道他究竟是死是活。

①切爾卡瑟州首府。

2

過了十七年。時節已是深秋。太陽落得低低的，下午三點多天就黑了。安德烈夫家的牲口已趕回家。老牧人工作期滿，齋戒前就走了。牲口由娘兒們和孩子輪流趕回家。

牲口剛從燕麥留茬地走到布滿偶蹄印和車轍的泥濘黑土大路，不停地哞哞和咩咩叫著，走回村子。牲口前面的大路上走著一個有點駝背的高個子老人，他留著花白大鬍子和花白鬈髮，只有兩道濃眉還是黑的，身穿一件被雨淋濕、打過補釘的棉襖，頭戴一頂大帽子，背上揹著一個皮袋。他吃力地邁動一雙沾滿泥濘的破舊烏克蘭粗皮靴，每走一步就拄一下櫟木枴棍。當牲口追上他的時候，他拄著枴杖停住腳步。一個農家少婦頭上包著麻布，掖起裙子，腳穿一雙男靴，飛快地一會兒跑到路這邊，一會兒跑到路那邊，趕著落在後面的豬和羊。她跑到老人旁邊站住，打量著他。

「你好，老大爺。」她用響亮、溫柔而年輕的聲音說。

「你好，乖孩子。」老人說。

「怎麼，你要在這兒過夜嗎？」

「看來得在這兒過夜。我累壞了。」老人啞聲說。

「你啊，老大爺，不用去找甲長，」少婦親切地說，「你就到我們家——路邊第三家。我公公總是讓過路人來家過夜的。」

「第三家。你叫齊諾維耶娃，是嗎？」老人說，意味深長地揚起兩道眉毛。

「你怎麼知道？」

「我來過。」

「你怎麼流口水了，費玖施卡，完全變成瘸子了。」少婦指著一隻走在羊群後面的三腿綿羊，嚷道。她右手揮動一條樹枝，用伸不直的左臂由下往上紮緊頭上的麻布，跑回去趕那隻落後的跛腿黑羊。

這位老人就是科爾尼。而那少婦就是十七年前被他摔斷手臂的阿加施卡。她嫁到安德烈夫卡一戶有錢人家，距離加伊四俄里。

3

科爾尼·華西里耶夫由一個強壯、富裕、高傲的人變成現在這副樣子：一個老叫花子，除了一身破衣爛衫、一張服過役的軍人證和包包裡的兩件襯衫外，一無所有。他的變化是漸漸發生的，說不清楚是什麼時候開始的，什麼時候發生的。只有一點他是知道的，而且深信不疑：造成他不幸的是他那個可惡的妻子。他回憶往事，感到難以理解。當他想起往事時，總是痛心疾首地想到造成他十七年痛苦的罪魁禍首。

在毆打妻子的那天晚上，他去找出售樹林的地主。買賣沒有成功，樹林已被賣掉。他回到莫斯科，又在那裡痛飲一番。以前他也喝過酒，但這次他連續不斷地喝了兩個星期。一清醒過來，他便跑到下游去買賣牲口。買賣不順利，他虧了本。第二次他又去。第二次也不順手。過了一年，他手頭上的三千盧布只剩下二十五盧布了，他不得不去打工。他本來就愛喝酒，如今喝得更厲害了。

一開始，他在牲口販子那兒當了一年伙計，但路上又酗酒，因此被解雇。後來，他通過熟人找到一個賣酒的營生，但也沒做多久。他帳目不清，又被辭退了。回家去他感到沒面子，心裡十分惱怒。「我不在，他們就同居。說不定那個兒子也不是我的。」他想。

他的境況越來越糟。沒有酒他沒法兒過日子。人家再也不要他當伙計，他只好去趕牲口，後來連這種活也找不到了。

他的情況越糟，他越怪罪於她，對她的怒氣也越大。

科爾尼最後一次被一個不認識的老闆雇去趕牲口。牲口病了。科爾尼並沒責任，但老闆大發雷霆，把伙計和他都解雇了。找不到工作，科爾尼決定四處流浪。他準備了一雙結實的靴子、一個背包，帶了點茶葉和糖，還有八個盧布，動身去基輔。他不喜歡基輔，就去高加索新阿豐市。但還沒到新阿豐市他就患了瘧疾，身體頓時虛弱下來。他只剩下一盧布七十戈比，那兒又沒有熟人，他決定回家找兒子。「也許她已經死了，那個害人精，」他想，「如果還活著，我要在死之前跟她把話說明白，讓她這個賤貨知道我吃的苦。」他想著往家裡走去。

瘧疾隔天便發作了。他的身體越來越虛弱，一天走不到十至十五俄里。離家還有兩百俄里，錢都花光了，他只好沿途行乞，夜宿地點就由甲長安排。「你倒開心，可把我害苦了！」他一想到妻子，就自然地把兩隻衰老的手握成拳頭。但既沒有人可打，拳頭也沒有力氣。

又花了兩星期，走了兩百俄里，他身體虛透，病得厲害，好不容易來到離家四俄里的地方，遇見阿加施卡。他不認識她，她也不認識他，她就是被他打斷手臂的姑娘。當初他把她當作女兒，其實卻不是他的女兒。

4

他聽阿加施卡的話，來到齊諾維耶夫家，要求留宿。主人讓他進去。

他一進屋，照例對聖像畫了十字，然後向主人問好。

「凍壞了吧，老大爺！來，到炕上來。」上了年紀、滿臉皺紋的快樂女主人正在桌旁收拾，說道。

阿加施卡的丈夫是個年輕的莊稼人，坐在桌旁長凳上添燈油。

「你渾身都濕透了，老大爺！」他說，「你怎麼啦，快來烘乾！」

科爾尼脫下衣服，脫去靴子，把包腳布掛在爐前，爬到炕上。

阿加施卡提著水罐走進來。她已把牲口趕回家，照料好牲口。

「有沒有見到一個過路的老大爺？」她問，「我叫他到我們家。」

「瞧，那不是他。」主人說，指指坐在炕上搓著毛茸茸瘦腿的科爾尼。

主人叫科爾尼喝茶。他爬下炕，坐到長凳邊上。他們給了他一杯茶和一塊糖。

他們談到天氣和收穫。糧食還沒有收進來。地主們田地裡的麥垛越堆越多。剛動手搬運，天又下雨了。農民們走運。但老爺們卻愁眉不展。禾捆裡老鼠又多。

科爾尼說，他在途中看到地上堆滿麥垛。少婦替他沖了第五杯茶，那茶已經很淡了。

「沒關係。喝了對身體有好處的，老大爺。」她看到他推辭，便這麼說。

「你這隻胳膊怎麼有毛病的啊？」他問她，小心翼翼地從她手裡接過一滿杯茶，動了動眉毛。

「從小就斷了，」愛嘮叨的婆婆說，「當年阿加施卡的父親要打死她。」

「爲了什麼事呀？」科爾尼問。瞧著少婦的臉，他突然想起了葉夫斯提格涅依和他那雙藍眼睛。他拿著杯子的手抖得厲害，潑掉半杯茶才把杯子放到桌上。

「她父親原來住在我們加伊村，叫作科爾尼．華西里耶夫，是個有錢人。他對老婆很兇。他把她狠狠打了一頓，這孩子也就被打成了殘廢。」

科爾尼不作聲，從兩道不斷抖動的黑眉毛下一會兒望望主人，一會兒瞧瞧阿加施卡。

「到底爲了什麼呀？」他啃著糖塊，問道。

「誰知道呢。對我們女人啊，什麼謠言都捏造得出來，你有什麼辦法，」老太婆說，「說她同長工之間有曖昧。那長工可是我們村裡一個好小子。他就死在他們家。」

「他死了？」科爾尼問，清了清嗓子。

「早就死了……我們就娶了他們家女兒做媳婦。他們原先日子過得很好，是村裡的首富。那時當家的還在。」

「那他現在怎麼了？」科爾尼問。

「看樣子也死了。從那時起就沒見他回來過。有十五年了吧。」

「還不止，媽媽告訴我，當時我剛斷奶。」

「他弄傷你的手，你不生他的氣嗎……」科爾尼剛說了一句，突然抽泣起來。

「他又不是外人，是父親啊。再喝點茶去去寒。再給你沖點，好嗎？」

科爾尼沒回答，抽噎著，終於大哭起來。

「你怎麼了？」

「沒什麼，基督保佑。」

科爾尼哆嗦的雙手抓住木柱和高鋪，兩隻又瘦又大的腳爬到炕上。「瞧你。」老太婆對兒子說，向老頭兒擠擠眼。

5

第二天，科爾尼起得比誰都早。他爬下炕，揉揉那已經晾乾的包腳布，吃力地穿上發硬的靴子，揹上袋子。

「老大爺，你不吃早飯嗎？」老太婆說。

「上帝保佑你。我走了。」

「那就帶些昨天烘的餅吧。我給你裝在袋子裡。」

科爾尼道謝告辭。

「你回來時請再過來，我們還會活著的……」

戶外秋霧濃重，一片迷茫。但科爾尼熟悉道路，熟悉每個土坡，每一叢灌木路上的每一棵白柳和兩旁的樹木，雖然十七年來砍掉了一批樹木，老樹中長出了新樹，小樹變成了老樹。

加伊村還是老樣子，只是村邊蓋起一批新房子，那是以前所沒有的。木屋改成磚房。他那座磚砌的房子還是原來的樣子，只是更破舊了。屋頂好久沒油漆，屋角掉了一些磚頭，台階也歪斜了。

他走近自己的老家，從咯吱作響的大門裡走出來一匹母馬和馬駒，還有一匹灰色夾雜色的老騸馬和一匹兩歲的小馬。灰色老騸馬長得很像科爾尼離家前一年從市集上買來的那匹母馬。

「這準是當年牠肚子裡懷著的那一匹。同樣是臀部下垂、胸部寬大、腿毛很長。」他想。

一個腳穿新樹皮鞋的黑眼睛男孩牽馬去飲水。「那準是我的孫兒，費多爾的兒子，黑眼睛像他。」他心想。

男孩望了望陌生的老頭兒，跑去趕那匹在泥濘裡嬉戲的週歲馬駒。一隻狗跟著男孩跑去，毛色也像從前那隻「小狼」一樣黑。

「難道是『小狼』嗎？」他想。這是二十年前的事了。

他走到台階前，費力地走上台階（當年他曾坐在台階上呑食欄杆上的積雪），推開通往門廳的門。

「怎麼問也不問就闖進來啦！」一個女人從小屋裡對他吆喝道。他聽出她的聲音。瞧，就是她，一個乾癟枯瘦、筋脈畢露、滿面皺紋的老太婆從門裡探出頭來。科爾尼原以爲會看到那個使他蒙受恥辱的年輕漂亮的瑪爾法。他恨她，想責備她，沒想到站在他面前的已不是原來的那個瑪爾法，而是一個老太婆。

「要飯，應該站在窗外要。」她聲音尖銳刺耳地說。

「我不是要飯的。」科爾尼說。

「那麼你是誰？你有什麼事？」

她突然站住。他從她的表情上看出，她認出了他。

「你流浪得還不夠嗎？走，走。上帝保佑。」

科爾尼背靠牆，拄著枴杖，凝視著她，並驚奇地發覺，多少年來心裡懷著的對她的仇恨突然消失了，一種憐憫之情突然湧上心頭。

「瑪爾法！我們都要死的。」

「走，走吧！」她憤恨地急急說。

「你沒有別的話要說嗎？」

「用不著跟我說什麼，」她說，「快走。走，走！你們這種吃白食的惡鬼眞是太多了。」

她快步回到小屋，砰地一聲關上門。

「你罵什麼呀！」傳來男人的聲音。接著，一個腰插斧頭、皮膚黝黑的莊稼漢走進來。他的模樣就像四十年前的科爾尼，只不過瘦小一些，而且也有一雙烏黑發亮的眼睛。

這就是十七年前他送圖畫書給他的費多爾。剛才責怪母親不憐憫乞丐的也是他。跟他一起進來的是啞巴侄兒，他腰間也插著一把斧頭。如今他已是一個成年人，蓄著稀疏的大鬍子，滿臉皺紋，筋脈畢露，脖子細長，目光剛毅而尖銳。這兩個莊稼漢剛吃完早飯，要到樹林裡去。

「等一下，老大爺。」費多爾說，向啞巴先指指老頭兒，再指指上房，做出切麵包的姿勢。

費多爾走到街上，啞巴則回到小屋。科爾尼一直背靠牆壁，手拄枴杖，垂著頭站在那裡。他感到全身虛弱，好不容易才忍住沒哭出聲來。啞巴從小屋裡出來，手裡拿著一大塊香噴噴的新鮮黑麵包，畫了十字，交給科爾尼。科爾尼接過麵包，也畫了個十字，啞巴指指小屋的門，兩手摸摸臉，做出鄙夷的樣子；他這樣做表示不贊成孀母的行爲。突然間他呆住了，張開嘴，凝視著科爾尼，彷彿認出他了。科爾尼再也忍不住眼淚，用長衣前襟擦著眼睛、鼻子和鬍子，轉過身走到台階上。他百感交集，悲痛之極，覺得愧對人、愧對她、愧對兒子、愧對所有人。這種感情令他又欣慰又痛苦。

瑪爾法從窗口望著，直到老頭兒從房子轉角處消失，她才靜下心來，舒了口氣。

直到瑪爾法斷定老頭兒已經走掉，她才在織布機前坐下織布。她踩了十來下機箱，但手卻沒有動。她停下來，回想她剛才見到的科爾尼。她知道那就是他，就是那個原先愛她、後來卻死命打她的人。她對此刻自己的行爲感到害怕。但她必須這麼做，不然該怎麼對付他呢？他又沒說他是科爾尼，他回家了。

她又拿起梭子，繼續織布，一直織到晚上。

6

傍晚時科爾尼好不容易來到安德烈夫卡，又借宿在齊諾維耶夫家。他得到了接待。

「老大爺，你不再往前走了嗎？」

「不走了。身子虛弱。看來得往回走。能讓我在這兒過夜嗎？」

「地方多的是。進來烤烤火。」

科爾尼通宵發燒。天亮之前他終於睡著，等到他醒來時這家人都各自辦事去了，房子裡只剩下阿加施卡一人。

他躺在鋪上，老太婆在那上面鋪了一件乾燥的外衣。阿加施卡從爐子裡取出麵包。

「乖孩子，」他聲音微弱地喚道，「到我這兒來。」

「就來，老大爺。」她一面回答，一面取出麵包。「你要喝點什麼？克瓦斯好嗎？」

他沒回答。

她放好最後一塊麵包，拿了一瓦罐克瓦斯走到他跟前。他沒向她轉過身來，也沒有喝。他仰天躺著，仍沒向她轉過身，說起話來。

「阿加施卡，」他低聲說，「我的時候到了。我要死了。看在基督份上你饒恕我吧。」

「上帝會饒恕的。再說，你又沒害過我……」

他沒作聲。

「還有一件事：乖孩子，你到你母親那兒去一下，對她說……流浪漢……你說，昨天那個流浪漢……」

他抽泣起來。

「莫非你去過我們家了？」

「去過。你說，昨天那個流浪漢……那個流浪漢……你說……」他又泣不成聲，最後終於振作精神把話說完：「他是去向她告別的。」他一邊說一邊在胸口摸索著。

「我去說，老大爺，我去說。你在找什麼呀？」阿加施卡問。

老頭兒沒回答，由於用力而皺起眉頭，他那汗毛很長的手從懷裡掏出一張紙遞給她。

「有人問起，你就把這給他看。這是我的軍人證。讚美上帝，所有的罪孽都解脫了。」他臉上露出莊嚴的神色，豎起眉毛，眼睛盯著天花板，不再作聲。

「給我蠟燭。」他說，沒動嘴唇。

阿加施卡明白了。她從神像前拿一支點過的蠟燭，點著，然後交給他。他用大拇指把它夾住。

阿加施卡走去把他的軍人證放到小箱子裡。當她回到他身邊時，蠟燭已從他手裡落下，他那雙呆滯的眼睛已什麼也看不見，胸脯也不再呼吸。阿加施卡畫了十字，吹滅蠟燭，取出一塊乾淨手巾蓋在他臉上。

那天晚上，瑪爾法通宵沒睡，一直想著科爾尼。早晨她穿上棉襖，包上頭巾，去打聽昨天那個老頭兒的情況。她很快就打聽到老頭兒在安德烈夫卡。瑪爾法從柵欄裡抽出一根棒，動身到安德烈夫卡。她越走心裡越害怕。「我去跟他告別，把他接回家，解脫罪孽。哪怕讓他死在家裡兒子的身邊也好。」她想。

瑪爾法走近女兒的家，看見房子內外聚集了一大群人。有些站在門廳裡，有些站在窗外。大家已經知道那個窮流浪漢就是二十年前全區聞名的富翁科爾尼·華西里耶夫，現在死在女兒家裡了。房子裡也擠滿了人。婆娘們低聲交談，長吁短嘆。

瑪爾法走進屋裡，人們讓開一條路。她看見聖像底下那具收拾乾淨、用布蓋著的屍體，識字的費里普·科諾內奇模仿誦經士拖長的聲音唸著斯拉夫文詩篇。

現在已經無法寬恕也無法要求寬恕了。從科爾尼嚴峻、端莊、蒼老的臉上也無法了解，他已饒恕了她，還是仍在生氣。

草莓

這是炎熱無風的六月。林中的樹葉茂盛多汁，一片碧綠，間或夾雜著發黃的樺樹葉和菩提樹葉。野玫瑰叢裡綴滿芬芳的花朵，林間草地上遍布蓬蓬勃勃的蜜香三葉草，黑麥長得茁壯稠密，黑油油的，隨風起伏，有一半已經灌了漿；長腳秧雞在低聲鳴叫呼應；鵪鶉在燕麥地和黑麥地裡啼鳴，聲音時而嘶啞，時而嘹亮；夜鶯在樹林裡只偶爾鳴囀一下就沒了聲音；乾熱烘烤著大地。大路兩旁盡是乾燥的塵土，它漸漸飄起，形成一片濃雲，偶爾被微風一會兒吹向右邊，一會兒吹向左邊。

農民都在擴建房子，運送肥料；牲口在乾枯的農閒地上忍受著飢餓，等待長出再生草。母牛和牛犢捲起尾巴，發出淒厲的叫聲，離開牧人，跑出牛欄。孩子們在道路和堤岸上放放馬。農婦從樹林裡拖出一袋袋青草，姑娘和女孩爭先恐後在砍伐過的樹林裡跑來跑去，採集草莓，賣給別墅裡的避暑客。

在裝飾華美的別墅裡，避暑客身穿輕薄、潔淨的貴重衣服，有的打著小傘，懶洋洋地在沙徑上散步，有的坐在樹木和涼亭的陰影裡油漆過的小桌旁，熱得渾身乏力，喝著茶或冷飲。

尼古拉·謝苗內奇的的豪華別墅有塔樓、涼台、陽台、遊廊，全都整齊清潔，裝修一新。別墅旁停著一輛有鈴鐺的三駕四輪馬車。據車夫說，從彼得堡到別墅每天要跑十五趟。

這位老爺是著名的自由派運動人士。他參加形形色色的委員會和贊助會，這些組織表面上正統保皇，其實都是徹頭徹尾的自由派，偽裝得很巧妙。他在城裡是個大忙人，這回到鄉下來看望小時候的朋友和基本思想一致的同志，但只待一晝夜。

他們的分歧只在於實行憲法原則的方法上。這位彼得堡人主要是歐洲人類型，甚至有點傾向社會主義，他從職務上獲得豐厚的薪水。尼古拉・謝苗內奇呢，則是一個純粹的俄羅斯人，正教徒，傾向斯拉夫主義，擁有幾千俄畝土地。

他們在花園裡吃飯，菜餚有五道，但由於天氣炎熱，大家幾乎什麼也沒吃。因此儘管每月工資四十盧布的廚師和他的助手們賣力地為客人做菜，他們的勞動卻幾乎白費。他們只吃了一點用新鮮白魚做的冷魚湯和形式美觀的冰淇淋。冰淇淋上還綴有糖絲和餅乾。一起用餐的有來客、自由派醫生、家庭教師（他是一名大學生，狂熱的社會民主黨人、革命黨人，但尼古拉・謝苗內奇能控制他）、尼古拉・謝苗內奇的妻子瑪麗，以及三個孩子，其中最小的一個剛走過來吃餡餅。

這頓飯吃得相當久，因為瑪麗很神經質，她擔心哥加（尼古拉小兒子的小名，上等人家往往用這種小名）鬧肚子；還因為客人與尼古拉・謝苗內奇談到政治，狂熱的大學生想表示他敢在任何人面前說出自己的信仰，因而加入談話，來賓於是不再作聲。如此一來，尼古拉・謝苗內奇不得不去制止這位革命者。

他們在七時吃飯。飯後朋友們在涼台上一面喝著冰鎮礦泉水和清淡的白葡萄酒，一面閒聊。

他們的分歧首先在於選舉問題，實行兩級選舉還是一級選舉。他們被請到有紗門紗窗的餐廳裡喝茶，隨即熱烈地爭論起來。喝茶的時候，大家同瑪麗閒聊，她對這個話題不感興趣，因為她一心一意想著哥加的腹瀉。後來談到繪畫，瑪麗認為頹廢派繪畫有一種不可否定的東西。這會兒，其實她壓根兒沒想到頹廢派繪畫，只不過隨口說幾句曾說過多次的話。來客對此完全不感興趣，但她聽見他們反對頹廢派，就一直談這個話題，似乎誰也不了解她跟頹廢派或非頹廢派根本沒有關係。尼古拉・謝苗內奇則望著妻子，覺得她有什麼事不高興，可能會弄出什麼不愉快的事。此外，他聽她說話覺得很厭煩，因爲已經聽她說過上百次了。

貴重的青銅燈點著了，院子裡的風燈也亮了，害病的哥加得到治療，孩子們都被安頓睡覺了。

來客跟尼古拉．謝苗內奇和醫生來到涼台上。侍僕送來帶燈罩的蠟燭和礦泉水，將近十二時他們才熱烈地談論起當前國家處於關鍵時刻，應該採取什麼措施。他們不停地抽煙、談話。

外面，在別墅的大門外，拉車的馬還沒餵飼料，微微搖響著鈴鐺；坐在馬車上的老車夫也還沒吃東西，一會兒打呵欠，一會兒打呼嚕。他在這個主人家已待了二十年，每月工錢除了三五個盧布用來喝酒外，全部寄給家裡的兄弟。當各家別墅裡的公雞彼此呼應啼叫，特別是隔壁別墅那隻公雞高聲啼叫時，車夫疑心他們是不是把他忘了，於是跳下馬車，走進別墅。他看見他的乘客坐在那裡喝著什麼，間或大聲說話。他害怕了，就去找跟班。跟班身穿制服，坐在前廳打瞌睡。車夫把他叫醒。跟班原是家奴出身，靠工作（他的待遇很好，月薪十五盧布，從老爺那兒得到的茶錢有時每年可達一百盧布）養活一個大家庭：五個女兒和兩個兒子，他霍地跳起來，清醒過來，整理一下衣服，走去對老爺們說，車夫等得心焦了，要求放他走。

跟班進去時，爭論正達到高潮。醫生也參加了爭論。

「我不能同意，」來客說，「說俄國人民應該走別的發展道路。首先需要自由，政治自由，大家都知道這是最大的自由，要充分尊重他人最大的權利。」

來客雖自覺有點糊塗，不該這樣說話，但在熱烈的爭論中他不能好好思考應該怎樣說話。

「是這樣的。」尼古拉．謝苗內奇回答，他不聽來客說，只想表達他特別喜歡的想法。「是這樣，但可以用其他途徑達到：不是靠多數票，而是要一致通過。您看看公社的決議。」

「哦，那是公社。」

「不可否定的，」醫生說，「斯拉夫民族有他們特殊的觀點。例如，波蘭的否決權。我不能肯定這樣會更好。」

「請讓我把我的全部想法說出來，」尼古拉·謝苗內奇說，「俄羅斯人民具有一種特殊的品質……」

這時，身穿制服、睡眼惺忪的伊凡走進來打斷他的話：「車夫等得心焦了……」

「您告訴他（彼得堡客人對所有的跟班都以『您』相稱，並以此感到得意），我馬上就走。我會多給他點錢的。」

「是，老爺。」

伊凡走了。尼古拉·謝苗內奇繼續把他的全部想法說出來。不過，來客和醫生聽過他的話都快有二十遍了（至少他們有這種感覺），都反駁他，特別是來客，他引用歷史上的例子加以反駁。他很熟悉歷史。

醫生站在來客那一邊，很欣賞他的口才，也很高興認識他。

談話一直繼續下去，大路那邊樹林後方的天空已經發白，夜鶯醒了，但那幾個談話的人卻還在抽煙、談話，談話、抽煙。

要不是門裡進來一個侍女，談話也許還會繼續下去。

這名侍女是個孤兒，她要養活自己，不得不出來幫傭。起初她住在商人家，那裡有個伙計引誘她，使她生了孩子。後來她的孩子死了，她轉到一個官員家裡幫傭。官員念中學的兒子也不讓她安寧。後來，她就到尼古拉·謝苗內奇家幫傭，她感到幸運，因爲不再遭受老爺們淫慾的欺凌，而且得到合理的工錢。此刻她進來報告說，太太請醫生和尼古拉·謝苗內奇去。

「哦。」尼古拉·謝苗內奇心想，「準是哥加有什麼事。」

「什麼事呢？」他問。

「尼古拉·尼古拉耶維奇有點兒不舒服。」侍女說。尼古拉·尼古拉耶維奇就是哥加，他因爲暴食而腹瀉。

「哦，是該走了，」來客說，「您瞧，天亮了。我們坐得太久了。」他說著，臉上露出笑容，彷彿在誇耀自己和朋友談了許多話，談得那麼久。這才向主人告辭。

伊凡拖著兩條疲勞的腿跑來跑去替客人拿帽子和傘，客人都擺放在不恰當的地方。伊凡滿心希望得到茶錢，但一向大方的客人，平時每次都給他一個盧布，今天因爲談得起勁，把這事忘得一乾二淨，直到半路上才記起他沒給侍僕。「唉，現在，來不及了。」他想。

車夫爬上馭座，分開韁繩，側身坐下，策馬啓程，鈴鐺響起。彼得堡人坐在彈簧軟墊上搖搖晃晃，一路上想著朋友思想的狹隘和成見。

尼古拉·謝苗內奇沒有立刻到妻子那裡，也在想同一件事。「這個彼得堡人的思想眞是狹隘得可怕。他們就是不能擺脫成見。」他想。

他慢慢走到妻子那兒去，因爲此刻兩人見面不會有什麼愉快的事。事情全在於草莓。農家男孩們昨天送來草莓。尼古拉·謝苗內奇沒殺價就買了兩盤子還沒完全成熟的草莓。孩子們跑來要吃，就直接從盤子裡拿去吃。瑪麗還沒從房裡出來。她一知道哥加吃了草莓，就大爲生氣，因爲哥加肚子本來就已經不舒服。她怪丈夫，丈夫也怪她，夫婦倆發生了不愉快的談話，幾乎吵起嘴來。傍晚哥加果然拉肚子。尼古拉·謝苗內奇以爲就是這麼回事，但醫生說病情還將惡化。

尼古拉·謝苗內奇走進妻子房間裡，看見她身穿色彩鮮艷的緞子晨衣（這件晨衣她很喜歡，但此刻她並不在意），跟醫生一起站在瓦罐旁，並拿跳動的蠟燭照著他。醫生戴著夾鼻眼鏡，拿一根小棒攪動罐裡氣味難聞的藥水，全神貫注地瞧著。

「是啊。」他意味深長地說。

「都是吃了那些該死的草莓。」

「爲什麼是吃了草莓的關係？」尼古拉·謝苗內奇怯生生地問。

「爲什麼是吃了草莓的關係？是你讓他吃的，我通宵沒闔眼，孩子都快死了……」

「不，他不會死的，」醫生笑瞇瞇地說，「只要服少量的鉍，再小心照料就行。現在我們就給他服一些。」

「他睡著了。」瑪麗說。

「嗯，最好不要驚動他，我明天再來。」

「那麻煩您了。」

醫生走了，剩下尼古拉·謝苗內奇一人，他又費了好多工夫卻還是不能讓妻子安靜。等他睡著，天已大亮了。

這時，鄰村的男人和孩子正夜牧歸來。有人騎著馬，有人牽著馬，後面跟著週歲和兩歲的馬駒。

塔拉斯卡是一個年約十二三歲的孩子，穿著短皮襖，光著腳，頭戴鴨舌帽。他騎著一匹花斑母馬，手裡牽著一匹長得像母馬的週歲花斑騸馬，追過所有的人，向山村跑去。一條黑狗在馬匹前面歡快地跑著，不斷地回頭看。肥壯的週歲花斑馬駒用牠白色的小腿把泥土時而踢到這邊，時而踢到那邊。塔拉斯卡走近小屋，跳下馬，把馬拴在門口，走進門廊。

「喂，你們睡過頭了！」他對睡在門廊裡粗麻布墊子上的妹妹和弟弟叫道。

睡在他們旁邊的母親已起床擠牛奶了。

奧爾加一骨碌爬起來，雙手理理蓬亂的亞麻色長髮。費傑卡跟她睡在一起，仍舊睡著，頭鑽在皮大衣裡，只用粗糙的腳跟磨擦著他那條從長衣裡伸出來的細腿。

孩子們從黃昏起就去採草莓。塔拉斯卡答應夜牧歸來就叫醒妹妹和弟弟。

他這樣做了。夜牧時，他坐在灌木叢下睡了一會兒，此刻興高采烈，決定不再睡覺，而跟姑娘們一起去採草莓。母親給他一大杯牛奶。他自己切了一大塊麵包，坐在桌旁高凳上吃起來。

他穿著襯衫襯褲，快步沿大路走去，在沙地上留下一個個清晰的光腳印（大路上已有不少這種清晰的腳印，有的大些，有的小些）。前面蒼翠的樹林裡已出現點點穿紅著白的姑娘們的身影（她們從傍晚就準備好瓦罐和杯子，不吃早飯，也沒帶麵包，對聖像畫了兩次十字，跑到街上）。她們一離開大路，塔拉斯卡就在大樹林後面追上她們。

露珠還留在青草上、灌木叢上，甚至樹木的低枝上。姑娘們的光腳很快就沾濕了，她們起先覺得冷，後來又熱起來。她們一會兒踩著柔軟的青草，一會兒踏著高低不平的乾地。草莓長在砍伐過的樹林裡。姑娘們先走進去年砍伐的樹林裡。樹木的幼枝剛剛生長，鮮嫩多汁的灌木叢中出現一簇簇不高的野草，草叢中隱藏著正在成熟的粉紅色草莓，有幾處草莓已成熟發紅了。

姑娘們彎曲著身體，用曬得黑黑的小手採著一顆顆草莓，把品質不好的草莓塞到嘴裡，好的則放進杯子裡。

「奧爾加！過來。這兒有好多。」

「是嗎？你騙人！喂！」她們互相呼應著，走進樹林，但不敢走遠。

塔拉斯卡離開她們，遠遠地走過峽谷，跑到去年砍伐的樹林裡，那裡新生的樹，特別是核桃樹和槭樹，長得比人還高。青草更加茁壯、更加稠密。他來到長草莓的地方，果實在青草的掩護下個兒更大，汁水更多。

「格魯施卡！」

「什麼事！」

「有沒有狼？」

「什麼狼？你幹嘛嚇唬人！我可不怕。」格魯施卡說，她想狼想得出神了，竟沒把一顆顆最好的草莓放到杯子裡，反而放到嘴裡。

「我們的塔拉斯卡到峽谷那邊去了。塔拉斯卡——卡！」

「哎——哎！」塔拉斯卡從峽谷那邊回答，「到這兒來！」

「咱們去吧，那邊草莓更多。」

兩個姑娘抓住灌木爬下峽谷，又從峽谷的岔路爬到另一邊。這兒，在陽光照耀著的地方，她們立刻來到青草茂密的林間空地上，那裡密密麻麻地長滿草莓。兩人都不作聲，手和嘴忙個不停。

突然，有一樣東西刷地竄出來。在一片寂靜中，她們聽到青草和灌木叢裡發出一個可怕的響聲。格魯施卡嚇得跌倒在地，把採集的草莓撒掉了半杯。

「媽呀！」她尖聲大叫，哭了起來。

「兔子，是兔子！塔拉斯卡！兔子。你瞧！」奧爾加叫道，指著在灌木叢裡掠過的灰褐色脊背和長耳朵。

「你怎麼啦？」等兔子跑掉了，奧爾加問格魯施卡。

「我還以爲是狼呢。」格魯施卡回答，在一場虛驚之後立刻破涕大笑。

「眞是個傻丫頭。」

「可把我嚇壞了！」格魯施卡說，發出一陣鈴鐺般的洪亮笑聲。

她們收拾好草莓繼續往前走。太陽已經升起，在草木上瀉下光亮的斑點和陰影，把露珠照得晶瑩透亮。現在姑娘們的身子直到腰部都被露水沾濕了。

姑娘們差不多已走到樹林盡頭，她們卻還是往前走，滿心希望越往前草莓越多。有好幾處傳出女孩和婆娘們彼此高聲呼喚的聲音。她們那些人較晚出來，此刻也在採集草莓。

當姑娘們跟也來採草莓的阿庫林娜阿姨相遇時，早餐用的杯子和瓦罐都已裝滿一半草莓。阿庫林娜阿姨後面跟著一個很小的大肚子男孩，他只穿一件襯衫，沒戴帽子，一瘸一拐地挪動兩條很粗的羅圈腿。

「他纏住我了，」阿庫林娜抱起男孩，對姑娘們說，「家裡沒人管他。」

「我們剛才嚇跑了一隻大兔子。吱吱亂叫，眞可怕……」

「瞧你！」阿庫林娜說，又把男孩放下。

姑娘們同阿庫林娜交談了一會兒，繼續幹自己的活。

「我說，現在咱們坐一會兒吧。」奧爾加說，在核桃樹的濃蔭下坐下來。「可把我累壞了，唉，可惜沒帶麵包來，眞想吃點東西。」

「我也想吃。」格魯施卡說。

「阿庫林娜阿姨在叫什麼呀？你聽見嗎？喂，阿庫林娜阿姨！」

「奧爾加——加！」阿庫林娜答應。

「什麼事！」

「小傢伙沒跟你們在一起嗎？」阿庫林娜從溝岔後面大聲問。

「沒有。」

這時灌木叢裡發出颯颯的響聲，阿庫林娜阿姨出現在溝岔後面。她的裙子掖到膝蓋以上，手裡拿著一個小錢包。

「沒看見小傢伙嗎？」

「沒看見。」

「哦，眞造孽啊！米施卡——卡！」

「米施卡——卡！」

沒人答應。

「哦，小可憐，他迷路了。大樹林裡他找不到路。」

奧爾加跳起來，跟格魯施卡一起往一個方向找去，阿庫林娜走另一個方向。她們不停地高聲叫喚米施卡，可是沒人答應。

「可把我累壞了！」格魯施卡落在後面說，但奧爾加不斷叫喚，向兩邊張望，一會兒往右找，一會兒往左找。

阿庫林娜絕望的聲音遠遠地傳到大樹林裡。奧爾加已不想再找而回家去。這時，在一個稠密的灌木叢裡，靠近一個小菩提樹椿，她聽見一隻鳥發出不顧死活的瘋狂叫聲。牠大概還帶著小鳥，什麼事惹得牠不高興。那隻鳥顯然在害怕什麼東西，並表示氣憤。奧爾加回頭望了一眼灌木叢，那裡密密麻麻地長滿開著白花的野草，她看見一團淺藍色的、不像青草的東西。她停住腳步，仔細察看了一下。原來是米施卡。那隻鳥就是害怕他，對他發脾氣。

米施卡把一雙小手墊在頭下，大肚子朝下，伸開兩條胖乎乎的羅圈腿，睡得很香。

奧爾加叫喚他的母親，弄醒小傢伙，給了他一些草莓。

後來好長一段時間裡，奧爾加一直向遇見的人、父親、母親和鄰居講她如何好不容易找到阿庫林娜兒子的故事。

太陽已從樹林後面升起，熱辣辣地烤著大地和大地上的一切。

「奧爾加！洗澡去，」幾個遇見奧爾加的姑娘邀請她。大夥兒就像跳輪舞般唱著歌往河邊走去。她們手舞足蹈，尖聲狂叫，沒發現從西邊低低飄來一大片烏雲，太陽時隱時現，雷聲隆隆，花和樺樹葉子散發出芳香。姑娘們來不及穿好衣服，天空就瀉下傾盆大雨，把她們渾身上下淋透。

姑娘們穿著貼住身體、失去鮮明色彩的濕襯衫跑回家，吃了一點東西，就去送飯給在田間翻耕馬鈴薯的父親。

她們回到家裡，吃過飯，襯衫已經乾了。她們挑揀一些草莓放進杯子裡，拿到尼古拉・謝苗內奇別墅，那裡一向付好價錢，可是今天他們都不要草莓。

瑪麗坐在陽傘下的大扶手椅裡，熱得難受。她看見拿著草莓的姑娘們，就用扇子朝她們擺了擺。

「不要，不要。」

但是華里亞，十二歲的大男孩，在古典中學讀書，平時功課很繁重，此刻正跟鄰居一起打槌球，一看見草莓，就向奧爾加跑去，問：「多少錢？」

奧爾加說：「三十戈比。」

「太貴了。」他說。他之所以說「太貴了」，是因為大人總是這麼說的。「等一下，你到拐角那兒。」他說著跑去找保姆。

奧爾加和格魯施卡此刻正觀賞著光滑如鏡的小球，球面上反映出小小的房子、樹林和花園。她們並不覺得這個球和許多別的東西有什麼稀奇，因為她們希望在老爺們的神祕世界裡看到全部最奇妙的東西。

華里亞跑到保姆那裡，向她要三十戈比。保姆說，二十戈比就夠了，說著從箱子裡取出錢給他。他從父親身邊繞過，父親昨晚睡得很不好，此刻剛起床，正在抽煙、讀報，他付給姑娘們二十戈比，把草莓撒在盤子裡，大口大口地吃起來。

奧爾加回到家裡，用牙齒咬開手帕打的結，取出裡面包著的二十戈比交給母親。母親把錢藏好，到河邊去收衣服和被單。

塔拉斯卡吃過早飯後就跟父親一起去翻掘馬鈴薯，此刻正在濃密的大櫟樹樹蔭底下睡覺。他父親也坐在這兒，望著用繩子絆住腿的卸套的馬，牠正在別人的地邊上吃草，隨時都可能闖到燕麥地或別人家的草地上。

尼古拉．謝苗內奇一家今天同平時一樣，一切都完美無缺。三道菜組成的早餐已準備好了，蒼蠅早就叮在上面，但誰也沒就座，因爲誰也不想吃。

尼古拉．謝苗內奇對自己見解的正確感到很得意，今天他看報時得到了證實。瑪麗很放心，因爲哥加的肚子好了。醫生得意於他開的藥方有效。華里亞得意的是他吃了一大盤草莓。

爲什麼？

1

一八三〇年春，亞切夫斯基老爺的祖業羅尙卡莊園來了一位亡友的獨生子，年輕的約瑟夫·米古爾斯基。亞切夫斯基是個六十五歲的老頭，寬額、寬肩、寬胸，磚紅色臉上留著長長的白色小鬍子。他是波蘭第二次瓜分①時期的愛國英雄。他年輕時曾跟老米古爾斯基在柯斯丘什科②麾下服役，並出於愛國義憤，強烈地憎恨被他稱爲《啓示錄》中的淫婦葉卡特琳娜二世和她的卑劣情夫，叛徒波尼亞托夫斯基，同時相信波蘭共和國必會復國，就像在黑夜中相信早晨太陽會再升起。一八一二年他在他所崇拜的拿破崙軍隊裡指揮一個團。拿破崙的滅亡使他傷心，但他對飽經滄桑且依然存在的波蘭王朝並沒有絕望。亞歷山大一世在華沙建立議會更增加了他的希望，但神聖同盟③、全歐的反動勢力，以及康斯坦丁的剛愎自用卻推遲了神聖願望的實現。一八二五年亞切夫斯基回鄉定居，在羅尙卡深居簡出，幹幹農活、打打獵、讀報、看信。他通過報紙和書信持續關注著國內政局的動向。他第二次結婚，娶了一個貧窮、美麗的波蘭小貴族女人，但這次婚姻並不美滿。他不愛也不尊重第二個妻子，把她看成累贅。他待她粗暴無禮，彷彿爲這第二次婚姻的錯誤而遷怒於她。第二個妻子沒生孩子。第一個妻子生有兩個女兒：大的叫凡達，是個傲慢的美人，知道自己很美，住在鄉下感到寂寞；小的叫阿爾平娜，是父親的寵兒，活潑、瘦削，有一頭淺色鬈髮和兩隻像父親一樣間距很寬的明亮、藍色大眼睛。

約瑟夫．米古爾斯基來到的時侯，阿爾平娜才十五歲。以前，米古爾斯基在大學念書時曾到過維爾諾的亞切夫斯基家（冬天他們總在那裡度過），並追求過凡達。如今他完全變成大人，第一次無拘無束地來到他們鄉下。年輕的米古爾斯基的來到令羅尙卡的每個人都感到高興。亞切夫斯基老頭歡迎他，因爲米古爾斯基不僅讓他想起他的父親，也就是他的老朋友，當年他們都很年輕；還讓他熱血沸騰，滿懷美好希望，談論起在波蘭和在他剛去過的外國所發生的革命浪潮。亞切夫斯基夫人歡迎米古爾斯基，因爲一旦有客人在，亞切夫斯基老頭就會克制自己的脾氣，不會像平時那般動輒開口罵她。凡達歡迎他，因爲她相信米古爾斯基是爲她而來的，會向她求婚；她準備接受他的求婚，但就像她對自己說的那樣：要折磨他，使他珍惜這份婚姻。阿爾平娜覺得高興，因爲大家都很高興。不僅凡達一人相信米古爾斯基來訪是要向她求婚，家裡人人都有這種想法，從亞切夫斯基老頭到保姆魯德維卡，雖然誰也沒有說破。

這是事實。米古爾斯基懷著此意圖跑來，但他待了一星期，心緒不寧，不知所措，沒有求婚就走了。他的突然離開令大家感到驚訝，但除了阿爾平娜，誰也不知道原因。阿爾平娜知道，他突然離開的原因就是她。米古爾斯基待在羅尙卡時，她發現他只有同她在一起才特別興奮、特別快樂。他待她像待孩子似的，同她嬉戲，逗弄她，但她憑著女性的敏感發覺，他對待她並非大人對待孩子，而是男人對待女人。她從他欣賞的目光和親切的微笑中看出這一點，當她進出房間時，他總是用這樣的目光和笑容迎送她。她無法向自己明確解釋這是何緣故，但他對她的態度令她高興，她也就不由自主地做一些讓他喜歡的事。其實不論她做什麼，他都是喜歡的。因此，有他在場，她做什麼事都特別興奮。他喜歡看到她與漂亮的獵狗賽跑，獵狗向她撲去，舔著她容光煥發、紅噴噴的臉。他喜歡看到她因一些小事發出一串富有感染力的清脆笑聲。他喜歡看到她聽教士枯燥的說教時裝出一本正經的樣子，但她那雙眼睛還是露出快樂的微笑。他喜歡看到她惟妙惟肖又滑稽地一會兒模仿老保姆，一會兒模仿酗酒的鄰居，一會兒模仿他米古爾斯基。他特別喜歡她那種生氣勃勃的樂天性格，彷彿她剛領略到生活的全部魅力，就趕緊加以利用。他喜歡她這種獨特的樂天性格，而她知道他很欣賞她這種性格，也就表現得格外明顯。也因爲這個緣故，只有阿爾平娜一人知道爲什麼專程來向凡達求婚的米古爾斯基沒有求婚就走了。儘管她不準備向誰說穿這件事且自己也沒明確承認，但心裡明白他原來要愛姊姊的，結果卻愛上了她阿爾平娜。阿爾平娜感到困惑不解，認爲同聰明、有教養的美人凡達相比較，自己是不足道的，但又無法否認這是事實，也無法不爲此感到高興，因爲她已全心全意地愛上米古爾斯基，而這樣的愛只有初戀才有，而且一生只有一次。

---

①指一七九三年一月俄、普兩國簽訂瓜分協議，俄國占領白俄羅斯和第聶伯河右岸烏克蘭地區；普魯士占領托倫、格但斯克及部分大波蘭。

②柯斯丘什科（1746~1817），波蘭民族解放運動的領導人之一，反對俄、普瓜分波蘭。

③神聖同盟是拿破崙帝國瓦解後各國君主組成的反動同盟。一八一五年九月二十六日俄國沙皇亞歷山大一世、奧地利皇帝弗蘭茨一世和普魯士國王腓特烈・威廉三世在巴黎簽訂《神聖同盟條約》。曾策畫和組織鎮壓義大利、西班牙等地的革命。一八一五年十一月二十七日亞歷山大一世簽立波蘭王國憲法，根據該憲法波蘭獲得自治，有自己的軍隊、出版自由和信仰自由。但實際上的總督是獨裁者康斯坦丁・巴甫洛維奇親王。

2

夏末，報紙刊載巴黎發生革命的消息，隨後又是華沙將發生動亂的新聞。亞切夫斯基提心吊膽又滿懷希望地等著郵件，很想看到康斯坦丁被殺和爆發革命的消息。十一月間，羅尚卡終於獲知觀景殿①陷落和康斯坦丁逃亡的消息，後來又聽說議會宣布羅曼諾夫王朝喪失波蘭王位，赫洛比茨基被宣布為獨裁者，波蘭人民再度獲得自由。起義還沒延伸到羅尚卡，但全體居民都密切注視事態的發展，期待家鄉也發生起義，並準備投身其中。亞切夫斯基老頭跟一個老朋友（起義首領之一）保持通信。他參加祕密的猶太人小組，這種小組不搞經濟業務，而是從事革命活動。一旦時機成熟，他就參加起義。亞切夫斯基夫人不僅如平時一樣且越來越關心丈夫物質上的舒適，但她這麼做總是越發使丈夫生氣。凡達把自己的鑽石首飾送給華沙一位女友，要她把變賣所得的錢捐給革命委員會。阿爾平娜只關心米古爾斯基在做什麼。她從父親那裡知道他加入了德維爾尼茨基部隊，就竭力打聽這個部隊的消息。米古爾斯基來過兩次信：第一次告知他已參軍，第二次在二月半，他寫了一封歡欣鼓舞的信，報導波蘭軍隊在斯多契克大捷，繳獲俄軍六尊大砲，抓獲許多俘虜。「波蘭人萬歲！俄國佬滅亡！烏拉！」②他在信尾寫道。阿爾平娜感到歡欣鼓舞。她觀看地圖，計算著他們最終將於何時何地戰勝俄國佬。當父親慢條斯理地拆開送來的郵件時，她總是臉色發白，渾身哆嗦。有一次，後母走進她的房間，看見她身穿長褲、頭戴方形軍帽站在鏡子前。當時阿爾平娜正準備女扮男裝離家出走，去參加波蘭軍隊。後母告訴了父親。父親把女兒叫來，掩飾自己對她的同情甚至讚賞，把她嚴厲訓斥了一頓，要她拋棄參加戰爭的愚蠢思想。「女人有另一種天職：愛撫和安慰獻身祖國的人。」父親對她說。現在他需要她，她是他的快樂和安慰，但有朝一日丈夫也將同樣需要她。父親知道如何去感動她，他向她暗示他孤獨、不幸，並且吻了她。她把臉貼住他來掩飾眼淚，但淚水還是沾濕了他睡袍的衣袖。她答應他，不經他同意不會做任何事。

①華沙的皇宮。
②原文是波蘭文。

3

只有經歷過波蘭人在波蘭被瓜分後所經歷的痛苦——一部分波蘭人受可恨的德國人統治，另一部分波蘭人受更可恨的俄國佬統治——才能理解他們在一八三〇和一八三一年所體驗的狂歡。當時，在幾番嘗試解放失敗後，又出現了有可能實現解放的新希望。但這個希望沒有持續太久。雙方的力量太懸殊了，革命再次受到鎮壓。又有幾萬名盲目服從的俄國兵被驅趕到波蘭，一會兒在季比奇①的指揮下，一會兒在帕斯凱維奇②和最高領導人尼古拉一世的指揮下。這些俄國兵並不知道爲什麼要這樣做，卻用自己的血和波蘭弟兄的血浸透土地，鎮壓波蘭人，再次把他們置於一些儒弱無能的人的統治之下。這些人既不要自由，也不要鎮壓波蘭人，他們只有一個願望：滿足自己自私、幼稚的虛榮心。

華沙淪陷，個別部隊被擊潰。成百成千人被槍斃、被棍子打死、被流放。在流放的人之中有小米古爾斯基。他的財產被充公，他被送到烏拉爾斯克邊防營當兵。

亞切夫斯基老人於一八三二年得心臟病，因此全家於一八三三年在維爾諾過冬。米古爾斯基從要塞寫信到這兒。他在信裡寫道，不論他已經歷的和將經歷的痛苦有多大，他都樂於爲祖國受難，他對神聖的事業並未失望，爲了這個事業他已奉獻了一部分生命，並準備把其餘部分也奉獻出來。如果明天還有機會，他還會這樣做。老人讀到這兒泣不成聲，好一陣子讀不下去。信的其餘部分由凡達朗讀。米古爾斯基寫道，不論他最後一次訪問他們時的**計畫和幻想**爲何，他現在不能也不願再談此事，儘管這次訪問將作爲他一生中最珍貴的事永遠留在他的記憶裡。

凡達和阿爾平娜各自依照自己的想法理解這句話，但她們沒向誰說出她們的想法。信末，米古爾斯基向所有人問好，但也像當初他來時那般用戲謔的口吻問阿爾平娜，同獵狗賽跑是否仍舊跑得那麼快，是否仍舊那麼調皮地模仿所有人。他祝老頭兒身體健康，母親料理家務順利，凡達找到如意郎君，阿爾平娜依舊那麼樂天。

---

①季比奇（1785～1831），鎮壓一八三〇至一八三一年波蘭起義的俄軍總司令。

②帕斯凱維奇（1782～1856），俄國元帥，一八三一年的波蘭總督，曾鎮壓一八三〇至一八三一年波蘭起義。

4

亞切夫斯基老頭兒的健康每況愈下。一八三三年全家移居國外。凡達在巴登遇見一個有錢的波蘭僑民，並嫁給他。老頭兒的病迅速惡化，一八三三年初他在國外死於阿爾平娜的懷裡。他不讓妻子接近自己，直到生命的最後一刻都爲他娶她所犯的錯誤而不能原諒她。亞切夫斯基夫人與阿爾平娜回到鄉下。阿爾平娜生活中最關心的仍是米古爾斯基。在她的心目中，他是最偉大的英雄和受難者，她決定爲他奉獻一生。早在出國之前，她就跟他通信，起初是奉父命，後來是自動寫的。父親去世後，她回到俄羅斯，繼續跟他通信。當她滿十八歲時，她向後母宣布，她決定去烏拉爾斯克找米古爾斯基，到那裡同他結婚。後母責備米古爾斯基，說他自私自利，引誘有錢的姑娘，讓她分擔他的不幸以減輕自己的痛苦。阿爾平娜十分生氣，對後母說，只有她才會這麼卑鄙地看待一位爲本國人民不惜犧牲一切的人。她說，米古爾斯基的情況正好相反，他拒絕她給他的幫助，而她已打定主意去他那兒，嫁給他，只要他同意給她這份幸福。阿爾平娜已成年，她也有錢，那是過世的叔叔留給兩個侄女的遺產——三十萬茲羅提。因此沒有什麼能阻止她的行動。

一八三三年十一月，阿爾平娜辭別家人——他們痛哭流涕，彷彿訣別似的送她到野蠻的俄羅斯窮鄉僻壤——帶著忠心耿耿的老保姆魯德維卡，坐上父親所遺留的、重新修過的雪橇，踏上遙遠的路程。

5

米古爾斯基不住軍營，而住在獨自居住的寓所裡。尼古拉・巴甫洛維奇①指示，要貶謫的波蘭軍官不僅得經受嚴格的士兵生活的全部痛苦，而且要忍受列兵所受的各種屈辱；不過，應該執行他指令的多數普通人懂得這種被謫士兵處境的痛苦，常常冒險違抗聖旨，只要能做到，便不去執行。米古爾斯基所屬營區的營長是行伍出身，識字不多，但很理解他這位失去一切且富教養的富家子弟的處境，對他懷著同情和敬意，千方百計照顧他。米古爾斯基不能不敬重這位臉龐浮腫、留白色絡腮鬍的善良中校，爲了報答他，就答應教導他兩個準備考中等武備學校的兒子數學和法語。

米古爾斯基在烏拉爾斯克已生活了六個多月，日子不僅單調、沮喪和寂寞，而且痛苦難當。他竭力同營長保持距離，但除了這位營長，他只認識一個流放的波蘭人。這個波蘭人缺乏教養，善於鑽營，惹人討厭，在這兒販魚。米古爾斯基生活的主要痛苦在於他很難習慣貧困。財產充公後，他沒有一點錢，只能變賣他所剩的一些金器勉強度日。

在他被流放後，他生活中唯一的也是最大的歡樂就是同阿爾平娜通信。訪問羅尚卡時她在他心中留下的充滿詩意的可愛形象，如今在流放中變得越加迷人。她在最初寫給他的一封信中，隨口問起他好久以前在信中說「不論他的計畫和幻想是什麼」這句話究竟是什麼意思。他回答說，現在他可以向她坦白，他的幻想是她做他的妻子。她回答他說，她愛他。他則回信說，她最好還是不要這樣寫，因爲想到原來有可能實現而如今已不可能做到的事，他感到十分傷心。她卻回信說，這事不僅可能，而且一定會實現。他回答說，他不能接受她的犧牲，就他現在的處境而言，此事是不可能實現的。這封信寄出後不久，他收到兩千茲羅提匯款通知單。他從信封郵戳和筆跡上認出這是阿爾平娜寄來的。他回想起最早一封信裡，他用戲謔的口吻向她描述他對現在生活的滿足，他靠教書獲得他所需的錢，用它來買茶葉、煙草，甚至買書。他把錢裝入另一個信封，寫了一封信把錢寄回去。他要求她不要用錢來損害他們神聖的關係。他說，有她這樣的朋友，他感到心滿意足，十分幸福。他們的通信就此中斷。

十一月中的一天，米古爾斯基在中校家爲孩子們上課，聽到驛車的鈴鐺聲漸漸逼近，雪橇滑木在冰凍的雪地上咯吱作響，接著就在門口停下。孩子們跳起來，想知道是誰來了。米古爾斯基留在屋裡，眼睛望著門口，等孩子們回來，可是進來的卻是中校夫人。

「先生，來了兩位太太，打聽您在什麼地方，」她說，「看樣子像是你們那裡的人，波蘭人。」

要是有人問米古爾斯基會不會是阿爾平娜來看他，他會說這是不可思議的。但在內心深處他卻希望是她。他激動地血氣直湧心頭，上氣不接下氣地跑到前廳。一個麻臉胖女人在前廳解著頭巾，另一個女人走進中校的住所。聽見後面腳步聲，她回過頭來。阿爾平娜的睫毛上積著霜花，那雙間距很寬、快樂的亮晶晶眼睛從風帽下放射出光芒。他呆若木雞，不知該如何迎接她，如何向她問好。

「約瑟！」她這樣呼喚他，就像他父親稱呼他那樣，也像她暗暗呼喚他那樣。她雙臂抱住他的脖子，把自己凍得通紅的臉頰貼到他臉上，又笑又哭。

好心的中校夫人知道阿爾平娜是誰，知道她來做什麼，就接待她，讓她結婚之前住在自己家裡。

①指俄國沙皇尼古拉一世（1796～1855）。

6

心地善良的中校替他們向上級申請到結婚許可。最後，從奧倫堡請來神父爲米古爾斯基夫婦主持婚禮。營長夫人擔任女方主婚人，米古爾斯基的一名學生拿十字架，而流放的波蘭人勃爾佐夫斯基則當了男儐相。

說也奇怪，阿爾平娜熱愛自己的丈夫，卻完全不了解他。現在她才認識了他。當然，她在這個有血有肉的活人身上發現許多平凡、沒有詩意的東西，那是她原來想像中的那個人所沒有的；但正因爲他是一個有血有肉的人，她在他身上也發現許多平凡而優秀的東西，那是那個抽象的人所沒有的。她從熟人和朋友那裡聽聞他在戰爭中勇敢無畏，在喪失財產和自由時剛毅不屈，她就把他想像成一個始終過著一種高尙的英雄般生活的英雄。其實，他雖體力過人、膽識超群，卻是一隻溫順馴服的羔羊，一個最普通的人，愛開善意的玩笑，多情的嘴上常掛著極天眞的微笑（在羅尙卡時這微笑就迷惑了她），嘴巴周圍長著淺色大鬍子，嘴裡總是銜著一支永不熄滅的煙斗。這煙斗使她難受，特別是在她懷孕的時候。

米古爾斯基也是至今才了解阿爾平娜，而且通過阿爾平娜才第一次了解女人。通過婚前認識的女人，他不能了解女人。阿爾平娜作爲一個女人，他從她身上知道的東西令他感到驚訝，也很可能令他對女人失望。要不是他對阿爾平娜，正是對阿爾平娜，產生一種特別溫柔和高尚的感情。他對阿爾平娜就像對一般女人產生一種親切、帶點嘲弄的寬容；對阿爾平娜，正是對阿爾平娜，他不僅產生了溫柔的愛情，而且感到心悅誠服，覺得她爲他犧牲，給他帶來意外的幸福，自己難以報答。

米古爾斯基夫婦感到幸福，因爲相互傾注了全部愛情。他們處身在陌生人中間，彷彿兩個冬天迷路的人快要凍僵，只能相互以體溫溫暖對方。心地善良、滑稽可笑的保姆魯德維卡對男人都抱有好感，對小姐則忠心耿耿。有她在，米古爾斯基夫婦的生活格外快樂。孩子也爲他們帶來幸福。他們婚後一年生了一個男孩，一年半之後，又生了個女孩。男孩是母親的翻版：同樣的眼睛，同樣活潑而文雅。而女孩則是一頭健康美麗的小獸。

米古爾斯基夫婦的不幸在於遠離祖國，而最難堪的則是受不慣屈辱。這種屈辱使阿爾平娜尤其痛苦。他，她的那個約瑟，是位英雄，是位理想人物，卻不得不在任何一位軍官面前立正，舉槍敬禮，放哨，而且無條件服從。

此外，從波蘭傳來的消息都極其悲慘。他們的親友幾乎全被流放，或者喪失一切，逃亡國外。米古爾斯基夫婦也看不到目前這種處境的盡頭在哪裡。申請赦免或至少改善處境，以及升爲軍官的一切嘗試都沒有成功。尼古拉一世閱兵，參加慶典，觀看操練，出席化裝舞會，同戴假面具的人開玩笑，徒然在俄羅斯到處奔波，從丘古耶夫到諾伏羅西斯克，從彼得堡到莫斯科，恐嚇人民，折磨馬匹，要是有哪個勇士敢於要求改善被流放的十二月黨人或波蘭人（他們也是爲他所頌揚的愛國精神而蒙難）的處境，他就會挺起胸膛，睜大那雙茫然無神的眼睛說：「讓他們繼續這樣過下去吧。時候還早。」彷彿他知道何時才不早，何時是時候。他周圍的人：將軍、御侍和他們的夫人，全都靠他生活，他們對這位偉人的非凡眼光和智慧都崇拜得五體投地。

概括來說，在米古爾斯基夫婦的生活中幸福還是多於不幸。他們就這樣過了五年。一場意外的災難突然落到他們頭上。先是女孩生病，過了兩天男孩也病了。男孩發了三天燒，沒有醫生治療（醫生一個也找不到），第四天就死了。過了兩天，女孩也死了。

阿爾平娜沒有在烏拉爾河跳河自殺，只因爲她想像丈夫在得知她自殺後的情景，就不禁毛骨悚然。但活著她感到很痛苦。她以前總是精力充沛，終日忙碌，如今卻把所有事情都交託給魯德維卡，自己常常一連幾小時坐著什麼事也不幹，默默地瞪大眼睛瞧著眼前的東西，要不然就突然跳起來，跑進自己的小房間，不理睬丈夫和魯德維卡的勸慰，悄悄地哭泣，只搖搖頭要他們走開，讓她獨自待著。夏天她常去孩子們的墓地，坐在那裡柔腸寸斷地回憶往事，想像著可能發生的事。特別令她難過的是，她想到如果他們住在城裡，能得到治療，孩子們就可能活下來。「爲什麼？爲什麼呀？」她想，「約瑟也好，我也好，從來沒向誰要求過什麼，只希望他生下來能像祖祖輩輩那樣生活，而我只希望同他在一起，愛他，愛我的孩子並教育他們。沒想到，他受罪卻被流放，又把我最寶貴的東西奪走。爲什麼？爲什麼呀？」她向人、向上帝提出這個問題。她也明白不會有答案的。

沒有答案，她就無法生活。她的生活停滯了。以前她能用她女性的趣味和雅致來美化寂寞單調的流放生活，如今卻變得難以忍受了。不僅她覺得難以忍受，連米古爾斯基也覺得難以忍受，他爲她難過，但又不知道該如何幫助她。

7

在米古爾斯基夫婦最痛苦的時刻，從烏拉爾斯克來了一個名叫羅索洛夫斯基的波蘭人。羅索洛夫斯基被牽涉進當時由流放西伯利亞的西羅靖斯基神父所組織的大規模暴動和逃跑計畫。

羅索洛夫斯基，就像米古爾斯基和幾千名因要保持波蘭籍而被流放到西伯利亞的人一樣，被牽連進這個案件。他因此遭受笞刑，並被送到米古爾斯基所在的那個營裡當兵。羅索洛夫斯基原是數學教師，瘦高個子，背有點駝，雙頰凹陷，眉頭緊蹙。

羅索洛夫斯基來到此地的第一個晚上，他坐在米古爾斯基家喝茶，自然地用緩慢平靜的低音講述使他吃盡苦頭的那件事：西羅靖斯基在全西伯利亞組織了一個祕密團體，目的是在哥薩克軍和邊防團中的波蘭人協助下，鼓動士兵和苦役犯發動本地移民去奪取鄂木斯克砲台，解放所有的人。

「這事能成功嗎？」米古爾斯基問。

「很可能成功，一切都準備好了。」羅索洛夫斯基說，憂鬱地皺起眉頭，緩慢平靜地講著整個解放計畫，以及保證取得成功和萬一失敗要拯救起義者的種種措施。成功原是沒有問題的，要不是被兩個壞蛋出賣的話。據羅索洛夫斯基所說，西羅靖斯基是個天才，意志十分堅強。他死得像英雄，像殉難者。羅索洛夫斯基還用緩慢平靜的低音講著處決的詳細經過。當時按照長官的命令，他跟所有同案犯被押去陪綁。

「兩營士兵站成兩排，像一條長街，每個士兵手拿一根樹條，依規定它的粗細是一個槍筒裡只能插進三根。第一個被押來的是沙卡爾斯基醫生。兩個士兵押著他，當他走到拿樹條的士兵跟前時，他們就抽打他的光背脊。我一直到他走近我站著的地方才看到他。起初我只聽見擂鼓聲，直到聽見樹條的揮舞聲和打在身體上的聲音，我才知道他走過來了。接著，我看見士兵用槍押著他，他一面走，一面哆嗦，頭忽而轉到這邊，忽而轉到那邊。當他第一次從我旁邊被押過時，我聽見一位俄國醫生對士兵說：「別打得太重，你們可憐可憐他吧。」但他們還是照打不誤。當他第二次從我旁邊被拖過時，他已經不是自己走著而被別人拖著了。看到他的背脊眞是可怕。我瞇縫起眼睛。他倒下來，被別人抬走。接著押來第二個。然後第三個，然後第四個。一個個都倒下，一個個都被抬走。其中有些死了，有些剩下一口氣。我們得一直站在那裡看。刑罰持續六個小時，從清早到下午兩點。最後被押來的就是西羅靖斯基。我好久沒見到他，簡直認不出他了。他變得很衰老，刮得光溜的臉布滿皺紋，臉色白得發青，光著的身子又瘦又黃，凹陷的肚子上肋骨根根可數。他像先前所有人那樣走著，每挨一次打，頭都抽動一下，但沒哼一聲，卻大聲唸著禱文：「上帝啊，饒恕我吧，憑你偉大的慈愛。」①

「我親耳聽見了。」羅索洛夫斯基聲音嘶啞、急急地說，然後閉上嘴巴，吸著鼻子。

魯德維卡坐在窗口，拿手帕掩著臉，失聲痛哭。

「虧您還講得那麼詳細！都是野獸，十足的野獸！」米古爾斯基嚷道，他放下煙斗，霍地從椅子上站起來，快步走進黑暗的臥室。阿爾平娜呆若木雞地坐在那裡，眼睛盯著黑暗的角落。

① 原文是拉丁文。

8

第二天，米古爾斯基上完課回家，看見妻子像過去那樣容光煥發，腳步輕快地迎接他並把他引進臥室，覺得很奇怪。

「喂，約瑟，聽我說。」

「是。什麼事？」

「我通宵都想著羅索洛夫斯基講的事。我決定了：不能再這樣過下去，不能在這兒住下去。我不能！我情願死，也不願留在這兒。」

「那怎麼辦呢？」

「逃走。」

「逃走？怎麼逃？」

「我都考慮好了。聽我說。」

她就把昨天晚上考慮好的計畫講給他聽。計畫是這樣的：他米古爾斯基晚上從家裡出走，把外套留在烏拉爾河岸上，外套上放一封信，信裡寫明他自殺了。他們準以爲他投河淹死了。他們會找尋屍體，會呈文上報。而他則躲起來。她將把他藏得好好的，讓誰也找不到。這樣待上個把月。等事情平息了，他們再逃走。

米古爾斯基最初覺得她的計畫是不可能實現的，但直到傍晚她始終信心十足地說服他，他開始同意她的設想。此外，他同意她的計畫還因爲即使逃跑失敗，他米古爾斯基將受到羅索洛夫斯基所講的那種懲罰，也可以讓她從目前的處境中解脫，他看到孩子們死後她在這裡的日子實在太痛苦。

他們把這一計畫告訴了羅索洛夫斯基和魯德維卡。經過長時間的商量、改變和修正後，逃跑的計畫終於策畫完畢。最初，他們要米古爾斯基假裝投河淹死，然後獨自徒步逃走。阿爾平娜則乘馬車走，然後在約定地點見面。這是第一個方案。後來，羅索洛夫斯基講了近五年來西伯利亞企圖逃跑失敗的例子（這段時間裡只有一個幸運兒成功），阿爾平娜就提出第二個方案：讓約瑟藏在馬車裡，跟她和魯德維卡一起乘車到薩拉托夫。到了薩拉托夫，他將喬裝打扮，沿伏爾加河往下走，到約定地點坐上阿爾平娜在薩拉托夫雇的小船，再跟她和魯德維卡坐船，順著伏爾加河到阿斯特拉罕，再經裏海到波斯。這個方案得到所有人和主要組織者羅索洛夫斯基的贊同，困難在於如何在車廂裡安排一個地方，它既不會引起長官的注意，又足以容納一個人藏身。後來，阿爾平娜到孩子們的墓地，回來後對羅索洛夫斯基說，她捨不得把孩子們的屍骨留在異國他鄉，羅索洛夫斯基想了想，說：「您去請求長官讓您把孩子們的棺木隨身帶走，他們會答應的。」

「不，我不要，我不要這樣做！」阿爾平娜說。

「您去請求。成敗關鍵就在這裡。我們並不把棺木帶走，但爲他們做一只大箱子，我們把約瑟藏在箱子裡。」

最初阿爾平娜不同意這個建議，她對把孩子的回憶跟一個騙局聯繫在一起覺得不快，但米古爾斯基高興地贊成這個方案，她也就同意了。

這樣就制定了最後一個方案：米古爾斯基盡力做到讓長官相信他確已投河死亡。等到他的死亡得到確認後，阿爾平娜提出申請，要求允許她在丈夫死後回國，並隨身帶走孩子們的屍骨。當她獲得許可後，他們就竭力裝作墳墓被挖掘，棺木已被取出，其實棺木仍留在原地，而用來存放棺木的箱子裡則藏著米古爾斯基。箱子放在馬車上，一路運到薩拉托夫。他們將在薩拉托夫乘船。一到船上約瑟就從箱子裡出來。他們一直乘船到裏海。到了那裡不是去波斯，就是去土耳其，如此一來，他們就自由了。

9

米古爾斯基夫婦首先藉口要把魯德維卡送回家鄉，買了一輛四輪馬車。然後動手在馬車裡安裝一個箱子，人躺在箱子裡雖然得捲縮身子，但不會悶死，而且爬進爬出很方便，不會被人察覺。阿爾平娜、羅索洛夫斯基和米古爾斯基三人共同設計和安裝箱子。羅索洛夫斯基尤其出了大力，因爲他是個好木匠。箱子被安裝在車身後面的梁木上，緊貼車廂，通車廂的側板可以卸掉，這樣人就可以部分躺在箱子裡，部分躺在馬車底板上。此外，箱子裡還鑽了幾個通氣孔，箱子上面和兩側包著粗蓆，用繩子捆住。馬車裡裝了特殊的座位，人可以從那裡進去。

等馬車和箱子都預備好，在丈夫失蹤以前，阿爾平娜爲了先放些消息，於是去找長官，說丈夫得了憂鬱症，企圖自殺，她怕他出事，要求長官暫時放他幾天假。她的演戲才能適時地起作用。她爲丈夫憂慮和擔心的表情是那麼自然，使中校深受感動，答應盡力幫助她。隨後，米古爾斯基寫了一封信，插在軍大衣翻袖裡，再把大衣棄於烏拉爾河岸上。到了預定日子，他傍晚走到烏拉爾河邊，等到天黑，就把衣服和帶信的軍大衣放在岸上，偷偷溜回家。他被鎖在閣樓裡。晚上，阿爾平娜派魯德維卡去向中校報告，說她丈夫離家出走已二十小時，沒有回來。早晨，有人把她丈夫的信拿給她，她痛哭流涕，露出悲痛欲絕的樣子，把信送交中校。

一星期之後，阿爾平娜申請回鄉。米古爾斯基夫人悲傷的樣子令看見她的人都大爲感動。大家都同情這位不幸的母親和妻子。當她回鄉的申請獲得批准後，她又提出另一個要求：准許她挖出孩子的屍體，隨身帶走。長官對這種感傷的行爲感到奇怪，但還是答應了她的要求。

在得到准許後的第二天傍晚，羅索洛夫斯基跟阿爾平娜和魯德維卡乘著一輛有行李箱的馬車（孩子的棺木將裝在行李箱裡）來到公墓裡孩子的墓旁。阿爾平娜跪在孩子墓旁，祈禱了幾句，很快就站起來。她皺緊眉頭對羅索洛夫斯基說：「該做什麼你們就做吧，我可不行。」說著走到一旁。

羅索洛夫斯基與魯德維卡搬開墓碑，挖去墳墓的頂部，使墳墓看上去像是被挖掘過。等做好這些事，他們叫來阿爾平娜，帶了裝著泥土的箱子回家。

預定動身的日子到了。羅索洛夫斯基眼看計畫快要成功感到高興，魯德維卡做了路上要吃的包子和餅乾，嘴裡說著她那句喜歡的口頭禪：「我的好媽媽喲。」①她說，她又驚又喜，心都快爆炸了。米古爾斯基高興的是自己可以從閣樓上出來（他被關在那裡已經有一個多月），尤其高興的是，看到阿爾平娜容光煥發，恢復了生氣。她彷彿忘記原來的悲傷和一切危險，像少女般的跑上他的閣樓，臉上洋溢著快樂的光輝。

早晨三時，一名哥薩克兵走來護送，還有一個哥薩克車夫趕來三匹馬。阿爾平娜同魯德維卡和一條小狗坐在鋪有毯子的車座上。哥薩克兵和車夫坐上馭座。米古爾斯基一身農民打扮，躺在車廂裡。

他們出了城。三匹駿馬拉著馬車，沿著平滑得像石板的堅實大路奔馳，兩邊是一望無際、長滿隔年銀白色茅草的荒原。

①原文是波蘭文。

10

由於希望和興奮，阿爾平娜的心在胸膛裡幾乎停止了跳動。她想讓人分享自己的快樂，偶爾含笑向魯德維卡揚揚頭，指示她看看馭座上哥薩克兵的寬背脊，時而看看馬車的底座。魯德維卡一動不動、若有所思地望著前方，只微微皺起嘴唇。天氣晴朗。周圍是一片無邊無際的草原，草原上的銀色茅草在朝陽斜照下閃閃發亮。只有在像柏油路般堅實的大路上，一會兒從這邊，一會兒從那邊傳來不打掌的巴什基爾馬重濁的快跑聲；路旁還有一個個隆起的黃鼠窩；後座上坐著一條看家狗，遇到危險就尖聲大叫，然後藏進窠裡。難得遇見過路人：運載一車小麥的哥薩克人，或者騎馬的巴什基爾人，哥薩克兵常流利地用韃靼話同他們交談幾句。到了每個驛站，車夫都換上膘肥體壯的好馬，而阿爾平娜給他們的半盧布酒錢總是很有用，車夫們拚命趕馬，如同他們所說，快得像信使一樣。

他們到達第一個驛站，原來的車夫把馬牽去，新的車夫還沒把馬牽來，哥薩克兵則進屋去了。這時阿爾平娜就彎下身，問丈夫覺得怎麼樣，需不需要什麼。

「很好，很舒服。我什麼也不需要。這樣子哪怕睡兩天兩夜也挺好。」

傍晚他們來到傑爾加奇鄉。爲了讓丈夫伸伸手腳，呼吸呼吸新鮮空氣，阿爾平娜不讓馬車停在驛站而停在客店。到了客店，她立刻給哥薩克兵一點錢，叫他替她買雞蛋和牛奶。馬車停在屋簷下，院子裡很暗，阿爾平娜讓魯德維卡把風，放丈夫出來，給他吃東西。不等哥薩克兵回來，他又鑽進自己隱蔽的地方。他們換了馬，繼續前進。阿爾平娜越來越興奮，簡直不能克制她的激動和快樂。除了魯德維卡、哥薩克兵和狗之外，她沒有其他人可說話，於是一直同他們談笑取樂。

魯德維卡儘管長得不好看，但一接觸男人就以爲人家對她有意思。此刻她就自以爲這個有一雙異常清澈、善良藍眼睛的強壯和藹的烏拉爾哥薩克兵對她有好感。這個哥薩克兵的樸實和親切令兩個女人都覺得愉快。阿爾平娜只嚇唬那條狗，不讓牠到座位底下嗅聞。她現在很欣賞魯德維卡與哥薩克兵滑稽的調情。哥薩克兵壓根沒想到人家以爲他有意思，不論對他說什麼，他總是和藹地笑笑。阿爾平娜爲這次冒險眼看即將成功而非常興奮，加上晴朗的天氣和草原的空氣，使她體驗到一種好久沒體驗到的兒時歡欣和快樂。米古爾斯基聽見她快樂的說話聲，雖然此刻身上很難受且無法說出來，特別是感到悶熱，嘴巴渴得厲害，但他還是忘記了自己，以她的快樂爲快樂。

第二天傍晚，在迷霧中可以看到一些景色。這是薩拉托夫市和伏爾加河。哥薩克兵在草原上憑著他那雙眼睛就看見了伏爾加河，看見了無數桅檣，並指給魯德維卡看。魯德維卡說她也看見了。阿爾平娜卻什麼也看不到。但爲了讓丈夫聽見，就故意大聲說：「薩拉托夫，伏爾加。」她彷彿在跟狗說話，把她看見的都講給丈夫聽。

11

阿爾平娜沒進入薩拉托夫，在伏爾加河左岸的波克羅夫鎮停下來。波克羅夫鎮正好和薩拉托夫隔河相望。她希望在這兒過夜，跟丈夫說說話，甚至讓他從箱子裡出來一下。但哥薩克兵在短促的春夜坐在旁邊屋簷下一輛空的大車上，一直沒離開四輪馬車。魯德維卡聽從阿爾平娜的安排，坐在馬車裡。她完全相信哥薩克兵是爲了她才沒離開馬車。她向他擠眉弄眼，喜笑顏開，用手帕遮住自己的麻臉。但阿爾平娜並沒有看到什麼愉快的事，她心裡越來越不安，不明白哥薩克兵爲何寸步不離地守候馬車。

在短促的五月之夜，朝霞接著晚霞出現，阿爾平娜幾次走出客店，經過發臭的走廊，來到後門口台階上。哥薩克兵一直沒睡，他垂下兩腿，坐在馬車旁的空大車上。直到黎明，當公雞在各家院子裡互相呼應地啼鳴時，阿爾平娜走下台階，找到同丈夫交談的機會。哥薩克兵伸開手腳躺在大車上，打著呼嚕。她小心翼翼地走近馬車，推推箱子。

「約瑟！」沒有回答。「約瑟，約瑟！」她恐懼地提高聲音喚道。

「什麼事，親愛的，什麼事？」米古爾斯基睡意惺忪地從箱子裡問道。

「你怎麼不回答？」

「睡著了。」他說。她從聲音裡聽出他在笑。「怎麼樣，可以出來嗎？」他問。

「不行，哥薩克兵在這兒。」她說，瞧了一眼睡在大車上的哥薩克兵。

眞奇怪，哥薩克兵嘴裡打著呼嚕，他那雙善良的藍眼睛卻張開著。他望著她，只有在同她的目光相遇時才閉上眼睛。

「這只是我的感覺呢，還是他眞的沒睡著？」阿爾平娜問自己。「多半是我的感覺。」她想了想，又對丈夫說。

「再忍耐一下，」她說，「要吃點什麼嗎？」

「不。我要抽煙。」

阿爾平娜又瞧了哥薩克兵一眼。他在睡覺。「是的，多半是我的感覺。」她想。

「我現在去找省長。」

「嗯，是個機會……」

於是阿爾平娜從手提箱裡取出衣服，拿到屋裡去換。

阿爾平娜換上自己最好的喪服，渡過伏爾加河。過河後，她雇一輛馬車到省長家。省長接見了她。這位漂亮的笑瞇瞇的波蘭寡婦說著一口流利的法語，使得人老心不老的省長很感興趣。他答應她的一切要求，請她明天再到他那兒，他將給她一份致察里津市長的命令。阿爾平娜對自己的奔走成功和她在省長面前顯示的魅力（她從省長的態度上看出）感到很得意。她喜氣洋洋，滿懷希望，乘敞篷馬車沿土路下山，直到碼頭。太陽已升到樹梢上，它那斜射的光芒在汛期河水的漣漪上閃爍。右邊和左邊的山上到處是一片白雲般芬芳的蘋果花。岸邊桅檣林立，一張張白帆在微風吹皺、陽光照耀的汛水裡閃爍。阿爾平娜在碼頭上跟車夫談話，問他能不能雇一條船到阿斯特拉罕。於是就有幾十名吵吵嚷嚷的快樂船夫表示願爲她效勞。她同一名最中意的船夫談妥，就去碼頭上看他那條擠在其他船隻中間的中等客船。船上裝有一根不大的桅檣和帆，這樣就可以藉風行駛。船上備有無風時用的船槳和兩名強壯快樂的拉縴兼划船的船夫，他們坐在船上曬太陽。一名快樂和善的引水員勸她不要拋下馬車，把它卸下車輪裝在船上。「正好能放下，您也可以坐得舒服些。但願老天爺幫忙，只要天氣好，我們五天就可以到達阿斯特拉罕。」

阿爾平娜同船主講定，叫他到波克羅夫鎮羅吉諾夫客店看看馬車，收取訂金。一切都比她預料的更順利。阿爾平娜高高興興地渡過伏爾加河，同車夫結帳，向客店走去。

12

哥薩克兵丹尼洛・利法諾夫是大高原斯特烈茨基店人。他三十四歲，再一個月就將服滿哥薩克兵役。他家中有一位九十歲的老爺爺，至今還記得普加喬夫，他有兩個兄弟，哥哥因信奉舊教被送往西伯利亞服苦役，嫂嫂在家，他自己也有妻子、兩個女兒和兩個兒子。他父親在對法戰爭中陣亡。他是一家之主。他家裡有十六匹馬、兩群牛，還有一千五百平方俄丈種上小麥的自由地。他在奧倫堡和喀山服役，現在即將服役期滿。他嚴守舊教教規，不抽煙、不喝酒，也不同人合吃一鍋飯，並信守誓言，不論做什麼事他總是不慌不忙、謹慎小心，對上級交給他的任務總是全力以赴，任務沒有完成，絕不懈怠。這次命令他護送兩個帶棺木的波蘭女人到薩拉托夫，要保證路上不出問題，要她們一路上老老實實，不搞什麼鬼，到了薩拉托夫按照規矩移交給長官。就這樣，他護送她們、她們的一條小狗和棺木到了薩拉托夫。兩個女人和藹可親，她們雖是波蘭人，卻沒做什麼壞事。但到了波克羅夫鎮，傍晚他從馬車旁走過，看見小狗向馬車猛撲，在那裡尖聲吠叫，搖動尾巴。他彷彿聽見馬車座位下有人的聲音。其中年紀較大的那個波蘭女人一看見馬車裡的狗，大驚失色，立刻一把抓住狗，把牠抱走。

「這裡面有鬼。」哥薩克兵心想，開始注意。夜裡當年輕的波蘭女人走到馬車旁，他就假裝睡著。他清楚地聽見箱子裡有男人的聲音。第二天清早，他到警察局報告那兩個交他押送的波蘭女人不老實，箱子裡裝的不是死人，而是一個活人。

阿爾平娜興高采烈，滿心以爲萬事大吉，再過幾天就可以獲得自由了。她走近客店，看見大門口停著一輛豪華的雙駕馬車和兩個哥薩克兵，不禁感到很奇怪，大門裡擠滿了人，都往裡邊張望。

她滿懷希望，生氣勃勃，根本沒想到這輛雙駕馬車和擁擠的老百姓同她有關。她走進院子，往棚子下望了望，看見那裡停著她的馬車，還看見人群就聚集在她的馬車周圍。同時她聽見小狗在拚命吠叫。原來發生了可能發生的最糟糕的事。馬車前面站著一個身穿筆挺軍服的人，他的鈕釦、肩章和皮靴在陽光下閃閃發亮，他留著黑色絡腮鬍，威風凜凜，大聲說著什麼，又用嘶啞的聲音發著命令。在他前面的兩個士兵中間站著她的約瑟，一身農民打扮，蓬亂的頭髮裡夾著乾草，站在兩個士兵中間，彷彿不明白周圍發生的事，強壯的肩膀聳起又垂下。小狗特烈索爾卡不知道自己就是罪魁禍首，豎起身上的毛，徒然地對著警察局長狂吠。一看見阿爾平娜，米古爾斯基打了個哆嗦，想走到她跟前，但被士兵攔住。

「沒關係，阿爾平娜，沒關係！」米古爾斯基說，露出溫順的微笑。

「夫人親自來了！」警察局長說。「請到這兒來！這是您孩子的棺木嗎？呃？」他說，對米古爾斯基擠擠眼。

阿爾平娜沒回答，她抓住胸脯，張開嘴巴，恐懼地瞧著丈夫。

就像一般人在臨死前和生死關頭所感覺的那樣，剎那間她百感交集，腦子裡湧出種種想法，她到現在還不理解、不相信自己的災難。第一種感情是她早就熟悉的，就是看到她的英雄丈夫遭到控制他的野蠻人粗暴對待時，她感到自尊心受到侮辱。「他們怎麼敢抓**他**，抓這位全人類最優秀的人物？」她想。另一種感情就是意識到災難臨頭。這也勾起了她的回憶，回憶她一生最大的災難：孩子們的死亡。於是立刻產生了一個問題：爲什麼？爲什麼把孩子奪走？由「爲什麼把孩子奪走？」這個問題，又產生另一個問題：現在爲什麼又要折磨和毀滅一個最優秀的人物，她親愛的丈夫？她還想到怎樣屈辱的刑罰在等待著他，而全部過錯都是她一人造成的。

「他是您的什麼人？他是您的丈夫嗎？」警察局長又問。

「爲什麼，爲什麼呀？」她嚷道，歇斯底里地哈哈大笑，撲倒在已從車廂裡取下、放在馬車旁邊的箱子上。魯德維卡哭得渾身哆嗦，淚流滿面，走到她跟前。

「小姐，好小姐！上帝保佑，不會有事的，不會有事的。」她說，無意識地向她擺動雙手。

米古爾斯基被戴上手銬，帶出院子。阿爾平娜看見這情景，跟著他跑去。

「饒恕我，饒恕我吧！」她說，「都是我不好！我一個人不好！」

「誰有罪，到那邊會弄清楚的！您也逃不掉！」警察局長說，一手把她推開。

米古爾斯基被押往渡口。阿爾平娜也不知道自己爲什麼跟著他走去，也不聽魯德維卡對她的勸告。

哥薩克兵丹尼洛·利法諾夫一直站在大車的輪子旁，憂鬱地一會兒望望警察局長，一會兒望望阿爾平娜，一會兒望望自己的雙腳。

米古爾斯基被帶走時，小狗特烈索爾卡擺著尾巴向他表示親熱。一路上牠已熟悉他了。哥薩克兵突然離開馬車，摘下頭上的帽子使勁把它扔在地上。一腳踢開特烈索爾卡，往酒店走去。他在酒店裡要了伏特加，喝了一天一夜，把所有的錢和身上的一切都喝光，直到第二天晚上才在水溝裡醒來。此刻他已不再想那個使他萬分苦惱的問題：他向長官告發波蘭女人的丈夫藏在箱子裡，這樣做對不對？

米古爾斯基因逃跑被判夾笞刑一千下。他的親屬和在彼得堡有人脈關係的凡達替他奔走要求減刑，於是他被改判終身流放西伯利亞。阿爾平娜跟隨他一起去。

尼古拉一世很高興，因爲他不僅在波蘭，而且在全歐洲鎮壓了革命這一禍患。他引以自豪的是，他沒有破壞俄羅斯的專制傳統，且爲了俄國人民的利益把波蘭控制在俄國手裡。他眞心相信自己是一個偉人，他活著是人類，特別是俄國人的巨大幸福，爲此，那些身穿帶星章的金光閃閃軍服的人熱烈頌揚他。確實，爲了敗壞和愚弄俄國人民，他做到了不遺餘力。

神性與人性

1

這件事發生在七○年代的俄羅斯，正當革命者與政府鬥爭最激烈的時候。

南方邊區總督是一個強壯的德國人，留著下垂的小鬍子，目光冷峻，臉上毫無表情。他身穿軍服，脖子上掛著一個白色十字章，傍晚坐在書房的寫字台旁，台上點著四支蠟燭，上面覆著一個綠色燈罩。他正在批閱由辦公室主任送來的文件。「某某總督」他用花體字母簽上名，然後把它放在一邊。

文件中有一個判處絞刑案，那是諾伏羅西斯克大學學士斯維特洛古勃因參與陰謀推翻政府的活動而被判絞刑。總督在這個文件上簽字時眉頭皺得特別緊。他伸出因年老和使用肥皂過多而打皺的白手，把公文疊得整整齊齊，放到一邊。下一個文件是關於軍糧運輸費的規定。他仔細審閱這個文件，考慮著所列款項是否正確，突然想到他與助手曾就斯維特洛古勃案談過話。總督認爲在斯維特洛古勃處查獲的炸藥不足以證明他的犯罪企圖。他的助手則堅持除了炸藥外還有許多罪證，足以證明斯維特洛古勃是匪黨頭子。總督想到這裡，猶豫不決，他的心臟在那件有硬翻領的棉上衣之下心律不整地劇烈跳動。他呼吸困難，那個代表他的快樂和驕傲的白色大十字章在他胸脯上也跟著微微晃動。還來得及從辦公室主任那兒收回文件，即使不取消，也可以把判決延遲一下。

「收回？要不要收回？」

心跳得更劇烈了。他打了打鈴，通信員快步走進來。

「伊凡・馬特維耶維奇走了嗎？」

「沒有，大人，他在辦公室裡。」

總督的心時而停止，時而跳得很快。他想到前幾天他的心臟醫生的警告。

「最重要的是，」醫生說，「只要您一感覺到心臟不舒服，就立刻停止工作，放鬆一下。激動最要不得。在任何情況下都不要激動。」

「要請他來嗎？」通信員問。

「不，不用了。」總督說。「是啊，」他自言自語，「猶豫不決最容易使人激動。簽了字，就完啦。床怎麼鋪，就怎麼睡。①」他說了一句他愛說的格言。「再說，這件事跟我不相干。我是在執行聖旨，一定要克服這種想法。」他添加說，揚起眉毛，以激發他內心所缺乏的殘酷。

這時，他想起了最後一次見到皇帝的情景。皇帝板起臉，用玻璃般清澈的眼睛注視他，說道：「我信賴你，你在戰爭中不惜犧牲生命，現在跟赤黨鬥爭一定也會同樣堅決，既不會受他們的騙，也不怕他們的恐嚇。再見！」皇帝擁抱了他，把自己的肩膀挪過去讓他吻。總督想起這件事，還想到他怎樣回答皇帝：「我的唯一願望是把生命奉獻給皇上和祖國。」

一想到自己對皇上無私奉獻的忠心，他驅散剎那間使他困惑的思想，簽發了其餘文件，又打了打鈴。

「茶好了嗎？」他問。

「馬上送來，大人。」

「好，你去吧。」

總督深深嘆了口氣，用手揉揉心臟的部位，步履沉重地穿過空蕩蕩的大廳，沿著擦得錚亮的拼花地板，走進有人說話的客廳。

總督夫人有客：省長和省長夫人，以愛國著稱的老公爵夫人，還有一個近衛軍軍官——總督未出嫁的最小女兒的未婚夫。

總督夫人身體乾瘦，神態冷漠，嘴唇很薄，坐在一張矮桌後面，桌上放著一套帶把的銀茶具。她裝出憂心忡忡的樣子，向生氣勃勃、顯得年輕的胖省長夫人講著她對丈夫健康的憂慮。

「天天都有報告揭露新的陰謀活動和各種可怕的事……這些案件都落到巴齊爾頭上，他都得處理。」

「哦，您別說了！」公爵夫人說，「想到那些該死的壞蛋，我就火冒三丈。」

「是啊，是啊，眞可怕！不瞞您說，他每天工作十二小時，而他的心臟又是那麼衰弱。我眞擔心……」她看見丈夫進來，沒把話說完。

「對了，您一定要去聽聽。巴爾比尼是了不起的男高音。」她愉快地笑著對省長夫人說，十分自然地談到再度來俄國演出的歌手，彷彿她們一直在談這件事。

總督的女兒是一個長得挺可愛的胖姑娘，跟未婚夫坐在客廳遠處的角落裡，前面有一座中國小屏風擋著。她站起來，同未婚夫一起走到父親跟前。

「怎麼樣，我們今天還沒見過面呢！」總督說，吻著女兒，拉著她未婚夫的手。

總督跟客人們打過招呼，坐到桌旁，同省長談著最新消息。

「不，不，不准談國事！」省長夫人打斷總督的話，「哦，柯比耶夫也來了，他會給我們講些有趣的事的。您好，柯比耶夫，柯比耶夫。」

柯比耶夫是出了名的快言快語和俏皮鬼，他眞的講了一個最新的笑話，惹得大家哈哈大笑。

①原文是德文。

2

「不，這不可能，不可能，不可能！放開我！」斯維特洛古勃的母親掙脫中學教師（他是兒子的同學）和醫生的手，尖聲叫道。他們正在竭力勸慰她。斯維特洛古勃的母親是一個年紀不老、模樣可愛的女人，有一頭灰白鬈髮，眼角布滿魚尾紋。斯維特洛古勃的同學知道死刑判決已經簽發，小心翼翼地想讓她對這則可怕的消息有點心理準備，但他一開口說到她的兒子，她就從他的聲音和膽怯的目光中猜到她所擔心的事發生了。

這件事發生在城裡最好的旅館的一個小房間裡。

「你們拉住我做什麼？放開我！」她一邊叫嚷，一邊掙脫醫生。醫生是他們家的老朋友，此刻正一手捉住她瘦削的臂肘，一手把藥水瓶放在沙發前的橢圓形桌子上。他們捉住她，她感到高興，因爲覺得她必須做些什麼，至於究竟做什麼她不知道，她害怕自己的行爲。

「您放寬心。喏，您喝點纈草酊。」醫生說，把一小杯渾濁的藥水遞給她。

她突然安靜下來，彎下腰，把頭垂在凹陷的胸脯上，閉起眼睛，身子倒在長沙發上。

她記得，她兒子三個月前向她告別時臉色神祕而憂鬱。然後她想起了穿絲絨小上衣的八歲男孩，他光著一雙小腿，留著長長的淺色鬈髮。

「就是要把他，把這個男孩，這樣幹掉！」她想。

她霍地跳起來，推開桌子，掙脫醫生的手。她走近門，又在安樂椅上倒下。

「他們還說有上帝！要是允許這種事發生，他算什麼上帝！見他的鬼去吧，這個上帝！」她嚷道，一會兒號啕大哭，一會兒歇斯底里地哈哈大笑。「他們要絞死他，他放棄一切，放棄個人前途，放棄全部財產，把一切都獻給了別人，獻給了人民，他們卻要絞死他。」她說，以前她總是爲此責備兒子，現在卻列舉他自我犧牲的事蹟。「他們這樣對待他，這樣對待他！可是您還說有上帝！」她大聲叫道。

「我什麼也沒說，我只請您吃藥。」

「我什麼也不要。哈——哈——哈！」她哈哈大笑，又放聲痛哭，絕望的情緒一點也沒減輕。到夜裡她筋疲力盡，已說不出話，哭不出聲，只用呆滯的瘋狂目光瞪著前方。醫生爲她注射嗎啡，她睡著了。

她睡著了沒有做夢，但醒來更加可怕。她覺得最可怕的是，人竟會那麼殘酷，不僅是那些臉刮得光溜的將軍和憲兵，而是所有的人：神態安詳地來打掃房間的棕髮姑娘，還有隔壁房間的鄰居，他們遇見人總是快快活活，有說有笑，彷彿什麼事也沒發生。

3

斯維特洛古勃在單身牢房蹲了一個多月，在這段時間裡感觸良多。

斯維特洛古勃從小就覺得享受富裕家庭的特殊地位是不合理的。儘管他竭力克制這種意識，但是當他看到老百姓貧窮困苦，或者自己過得特別優裕快樂時，他總是感到羞恥。因爲農民、老人、婦女、孩子這些人從出生到長大到死，不僅沒有享受過他所享受的快樂（他從不珍惜這種快樂），而且總是無法擺脫緊張的勞動和難堪的貧困。大學畢業後，爲了克服他所認知到的這種不合理狀況，他在家鄉辦模範學校、消費合作社和孤寡老人收容所。說來奇怪，他從事這些活動和看到老百姓時，竟比他同朋友們一起大吃大喝或購買千里駿馬覺得更害臊。他認爲這一切都不對勁，極其不對勁，這兒有一種惡劣的、道德上不純潔的東西。

他在鄉下開展活動，感到心灰意懶。有一天他來到基輔，遇見大學時期最親近的一個同學。在這次見面三年後，這個同學在基輔要塞被槍斃了。

這個同學熱情沸騰、才華橫溢，吸引他參加一個團體，此團體目的在於教育群眾，喚起他們的權利意識，並組織小組來打倒地主和政府，解放自己。同這個人和他的朋友們談話，使斯維特洛古勃茅塞頓開，現在他明白自己應該做什麼。他回到鄉下，同時與新朋友們保持聯繫，在那裡展開新的活動。他當上教師，爲成人上課，教他們讀書，向農民說明他們的處境。此外，他出版非法的民眾讀物和小冊子，並盡其所能在各鄉籌辦這一類中心而不向母親要錢。

斯維特洛古勃一開始這種新的活動，就遇到兩個意外障礙：一是多數老百姓不僅對他的宣傳很冷淡，而且瞧不起他（只有少數人了解他、同情他，而他們的人品很可疑）。另一個障礙來自政府。他的學校被查封，他和接近他的人都被抄家，書籍和文件被抄走。

斯維特洛古勃不太注意第一個障礙——人民的冷淡，卻痛恨第二個障礙：政府莫須有地侮辱人、欺壓人。他那些在其他地方從事活動的同志們也有這種感受，他們痛恨政府，相互煽動這種情緒，以致小組裡的多數人決定以暴力反對政府。

這個小組的領導人叫作梅熱涅茨基，大家都認爲他具有不屈不撓的意志和不可制服的個性，而且完全獻身於革命事業。

斯維特洛古勃深受他的影響，就像以前做群眾工作時那樣精力充沛地從事恐怖活動。

這種活動是危險的，但這種危險性更令斯維特洛古勃著迷。

他對自己說：「不是勝利就是受難。如果是受難，那麼這種受難也就是勝利，只不過是未來的勝利。」在他七年的革命活動中，他心中的烈火不僅沒有熄滅，而且由於他受到交往人們的熱愛和尊敬，這種烈火越燒越旺。

他幾乎把全部財產（父親給他的遺產）奉獻給這個事業，而且毫不惋惜。他對自己在活動中所受的苦難和貧困也毫不在意。只有一件事令他難過：他從事這種活動給母親和那個同他母親一起生活並愛他的姑娘（母親的乾女兒）帶來了痛苦。

最近，一個他不太喜歡的討厭同志，也是被警察局追捕的恐怖分子，要求存放炸藥在他家裡。斯維特洛古勃一口答應，儘管他並不喜歡這位同志。第二天，斯維特洛古勃的住所遭到搜查，被抄出炸藥。問他炸藥是怎麼來的、從哪兒來的，斯維特洛古勃拒絕回答。

他準備承受的苦難就此開始。近來，他有那麼多朋友被處決、監禁、流放，有那麼多女人忍受痛苦，斯維特洛古勃簡直希望自己也去受難。在他被捕和受審的最初時刻，他感到特別興奮，甚至快樂。

當他被脫去衣服搜身時，當他被押進監牢隨即關上鐵門時，他體會到了這種興奮的快樂。過了一天、兩天、三天，過了一星期、兩星期、三星期，在骯髒、潮濕、滿是小蟲的牢房裡，他孤獨、空虛，只偶爾跟鄰室同志相互敲牆，以此交換各種不吉利、不愉快的消息，有時他遭受到冷酷敵人的審問，他們竭力想從他口裡取得證據來控告其他同志。在這種情況下，他漸漸感到心力交瘁，他覺得憂鬱，他對自己說，但願這種痛苦處境能早日結束。他由於對自己的力量產生懷疑而加重了憂鬱。在他坐牢的第二個月，他開始想把全部情況和盤托出，只求獲得釋放。他對自己的軟弱感到害怕，但在自己身上已找不到原來的力量，他憎恨自己，蔑視自己，因此更加憂鬱了。

最可怕的是，他在牢中非常後悔自己輕易地獻出青春的力量和歡樂，現在他覺得這種力量和歡樂是如此富有魅力，以致於後悔自己做了原來認爲好的事，有時甚至後悔自己的全部活動。他有時想，要是他現在享有自由，生活在鄉下或國外，生活在他所愛和愛他的朋友中間，該是多麼幸福啊。只要同她結婚，或者同別的姑娘結婚，陪伴她過普通的、快樂的、世俗的生活就好了。

4

在單調且痛苦地監禁一個多月後，有一天典獄長在例行巡查時交給斯維特洛古勃一本印有鍍金十字架的棕色封面小書，對他說，省長夫人光臨監獄，留下一批《福音書》，要他們轉贈囚犯。斯維特洛古勃道了謝，微微一笑，把書放在靠牆的固定小桌上。

典獄長走後，斯維特洛古勃敲牆同鄰房的人交談，說典獄長來過了，沒說什麼新消息，只帶來一本《福音書》。鄰居回答說，他也拿到了。

午飯過後，斯維特洛古勃翻開因受潮而黏住的書頁，讀了起來。斯維特洛古勃從來沒有正式閱讀過《福音書》。有關《福音書》的知識，他還是聽中學的神學教師講授而得的，以及從教堂裡神父和助祭的朗誦中得知的。

「第一章。亞伯拉罕的後裔、大衛的子孫、耶穌基督的家譜：亞伯拉罕生以撒，以撒生雅各，雅各生猶大……」他唸道。「所羅巴伯生亞比玉」他繼續唸道。這一切都在他意料之中：一片混亂，不知所云。如果他不是在監獄裡，他是連一頁都讀不下去的，但此刻他只是照章辦事。「眞有點像果戈理筆下的彼得魯施卡。」他暗自想。他讀了關於童女生下耶穌的第一章，讀了將把他取名爲以馬內利（意爲上帝跟我們同在）的預言。「預言在這兒有什麼意思呢？」他想了想，繼續讀下去。他又讀了第二章——關於移動的星，第三章——關於吃蝗蟲的約翰，第四章——關於叫基督從殿頂上跳下去的魔鬼。他覺得這一切都沒意思，儘管監牢裡面很無聊，他還是要闔上聖經，開始那晚間的例行工作——在脫下的襯衫裡捉跳蚤。他突然想起，中學五年級有一次考試他忘記了關於幸福的一條聖訓，那個紅臉鬈髮的神父頓時大發雷霆，給了他兩分。他記不起那是一條什麼樣的聖訓，就唸了論福的章節。「爲義受逼迫的人有福了，因爲天國是他們的，」他唸道，「若因我辱罵你們逼迫你們……你們就有福了。應當歡喜快樂……在你們以前的先知，人也是這樣逼迫他們。」「你們是世上的鹽。鹽若失了味，怎能叫它再鹹呢？以後無用，不過丟在外面，被人踐踏了。」

「這可完全適用於我們。」他想，繼續唸下去。唸完第五章全章，他想：「不生氣，不通姦，要容忍惡，要愛仇敵。」

「如果大家都這樣生活，」他想，「那也就不需要革命了。」越往下讀，他越理解書裡那些明白易懂的地方。他越往下讀，越覺得《福音書》裡講的道理特別重要。那些重要、簡單、動人的道理，他以前從未聽過，但又彷彿是早就熟悉的。

「耶穌對門徒說：『若有人要跟從我，就當捨己，揹起他的十字架，來跟從我。因爲凡要救自己生命的，必喪掉生命，凡爲我喪掉生命的，必得著生命。人若賺得全世界，賠上自己的生命，有什麼益處呢。』」

「對啊，對啊，就是這樣！」他突然眼裡含著淚水嚷道，「這就是我要做的。對啊，我就是要這樣：就是要獻出自己的生命；不要救自己，而要獻出。這裡就有快樂，這裡就有生命。」他想：「我爲人做了許多事，爲了人的榮耀，不是爲了芸芸眾生的榮耀，而是爲了我所敬愛的人們的榮耀：娜塔莎．德米特里．歐洛莫夫的榮耀，可是產生了懷疑，內心感到不安。只有當我做我心靈要求做的事時，當我要奉獻自己，完全奉獻時，我才感到快樂……」

從這天起，斯維特洛古勃用大部分時間讀《福音書》，思考書裡的話。這種閱讀不僅使他深受感動，幫助他擺脫目前處境，而且使他進行一種從未有過的思想活動。他想，爲什麼人，所有的人，都不像書裡說的那樣生活。「那樣生活不是對一個人好，而是對所有人都好。只有那樣生活，才沒有悲傷，沒有貧困，而只有幸福。但願現在這種生活快點結束，但願我又得到自由，」他有時想，「總有一天他們會釋放我或送我去服苦役。反正都一樣，到處都可以生活。我就那樣生活。我可以那樣生活、必須那樣生活；不那樣生活，就是喪失理智。」

5

有一天，他處在這種快樂興奮中，典獄長在非規定的時刻走進他的牢房，問他身體好不好，是否需要什麼東西。斯維特洛古勃覺得奇怪，不明白爲何會有這樣的變化，就提出要紙煙，並準備遭到拒絕。但典獄長說，他馬上叫人送來。果然，看守送來一包紙煙和火柴。

「一定有誰替我求情。」斯維特洛古勃心想，他點著煙捲，在牢房裡來回踱步，考慮這個變化意味著什麼。

第二天他被帶到法庭。他已上過法庭幾次，但今天沒審問他。一個法官，眼睛沒看他，從椅子上站起來，其餘的法官也站起來。第一個法官手裡拿著一張公文，開始用不自然、毫無表情的聲音高聲宣讀。斯維特洛古勃聽著，眼睛望著幾個法官的臉。他們都沒有瞧他，只是靜靜地聽著，顯露出嚴肅、沮喪的神色。

公文說，斯維特洛古勃被證實參加以在近期或遠期推翻政府爲目的的革命活動，被判絞刑並剝奪一切權利。

斯維特洛古勃聽著，明白法官所唸的公文的意思。他發現他的話很荒謬：「在近期或遠期……判處死刑……剝奪一切權利……」但他完全無法理解宣讀的話對他有何意義。

直到法官說他可以走了，憲兵把他押到街上，過了好久他才開始明白對他宣布的話的意義。

「這兒有點不對勁，不對勁……這很荒謬。這是不可能的。」他坐在囚車裡自言自語，囚車正把他帶回監獄。

他覺得自己充滿了生命力，他無法想像死亡，無法把自己跟死亡聯繫在一起，也無法想像沒有「我」的情景。

回到牢房，斯維特洛古勃坐在床上，閉上眼睛，竭力想像面臨的死刑，卻怎麼也想像不出來。他無法想像有朝一日他會不存在，無法想像人家想殺死他。

「我年輕、善良、幸福，受到那麼多人疼愛，」他想到母親、娜塔莎和朋友們對他的愛，「但他們竟要打死我，絞死我！誰要這樣做？爲什麼要這樣做？以後我不在了，將會怎麼樣？這是不可能的。」他自言自語。

典獄長來了。斯維特洛古勃沒聽見他進來。

「誰啊？您是誰？」斯維特洛古勃問，沒認出典獄長。「哦，是您！這事定在什麼時候？」他問。

「我無法知道，」典獄長說，默默地站了幾秒鐘，突然婉轉溫柔地說：「我們的神父想……送別……

想看看您……」

「我不要，不要，什麼也不要！走開！」斯維特洛古勃嚷道。

「您要寫信給誰嗎？這是允許的。」典獄長說。

「好，好，您去拿來。我要寫。」

典獄長走了。

「這麼說，是明天早晨，」斯維特洛古勃想，「他們總是這麼幹的。明天早晨我就沒有了……不，這是不可能的，這是夢。」

但看守來了，那個熟識的正式看守。他拿來兩支筆、墨水、一紮信紙和一疊淺藍色信封，又把凳子放在桌旁。這一切都是眞實的，不是夢。

「別想，別去想它。是的，是的，寫。先寫給媽媽。」斯維特洛古勃想，坐到凳子上，立刻動手寫。

「親愛的好媽媽！」他動手寫信，哭了起來。「饒恕我，饒恕我給你造成的悲傷。不知我是不是誤入歧途，但我別無選擇。我對你只有一個請求，請你饒恕我。」寫到這裡，他想：「這些話我已經寫過了，但也沒關係，現在已沒有時間重寫了。」接著他又往下寫：「不要爲我悲傷。早一點，晚一點……還不是一個樣？我不害怕，對所作所爲我也不後悔。我別無選擇。只是請你饒恕我。你不要恨那些同我一起工作的人，也不要恨那些處死我的人。前一種人也好，後一種人也好，他們都別無選擇。饒恕他們，他們不知道他們在幹什麼。關於自己，我不願重複這些話，但這些話在我心裡支撐著我，安慰著我。饒恕我，吻你那雙親愛的、年老的、滿是皺紋的手！」兩滴眼淚一滴接著一滴落到信紙上，在上面暈開來。「我哭，但不是因爲悲傷或恐懼，而是由於在我生命最莊嚴的時刻內心的激動，並且由於我愛你。你不要責備我的朋友們，要愛他們。特別要愛普羅霍羅夫，就因爲他是導致我死的原因。愛那個不僅有罪且可以責備和憎恨的人，這是很快樂的。愛這樣的人，愛仇敵，是一種很大的幸福！告訴娜塔莎，她的愛是我的安慰和快樂。這一點我並不懂得很清楚，但心裡是感覺得到的。知道有她這個人且她愛我，我就覺得日子好過些。好吧，話都說完了。別了！」

他把信重讀一遍，信末談到普羅霍羅夫的名字，突然想起，信可能被審查，一定會被審查，這樣就會毀了普羅霍羅夫。

「天哪，我幹了什麼啦！」他突然叫道，把信撕成一條條，拿到燈火上燒掉。

他原本懷著絕望的心情坐下來寫信，但此刻已覺得很平靜，簡直有點快樂了。

他又拿起一張信紙，立刻動手寫。思緒接二連三地匯集到他的腦裡。

「親愛的好媽媽」他寫道。他的眼睛又被淚水模糊了。他不得不用囚袍的袖子擦去眼淚，才能看見所寫的字。「我原本沒有意識到自己，沒有意識到我對你的愛和一直存在心裡感激你的力量！現在我意識到了，感覺到了，而當我一想到我們之間的嘔氣，想到我曾對你說過不好的話，我感到難過，感到羞恥，簡直無法理解。饒恕我吧，請你只想想好的，如果我有什麼好的話。

「我不怕死。說實在的，我不理解死，也不相信死。如果有死有滅亡的話，那麼早三十年晚三十年或早幾分鐘晚幾分鐘，又有什麼區別呢？如果沒有死，那麼，早一點晚一點更是完全沒有區別了。」

「我這是在講大道理了，」他想，「應該把原來信末那些好的話重新寫上。對了。」於是他又往下寫：「你不要責怪我的朋友們，要愛他們，特別要愛那個造成我被迫死亡的人。代我吻吻娜塔莎，對她說我永遠愛她。」

他把信摺好並封起來，坐到床上，雙手放在膝蓋上，噙著眼淚。

他始終不信他應該死。他幾次問自己是不是睡著了，同時竭力想清醒過來，但白費工夫。這個思想使他產生另一個思想：在這個世界上活一輩子就是做一場夢，從夢中醒來就是死亡。如果是這樣的話，那麼，今世的生命不就是前世生命之夢的覺醒，只是前世的經歷已經遺忘了？那麼，這兒的生命不是開始，而只是生命的新形式。我死就是我進入生命的新形式。他喜歡這個想法，但當他要停留在這個想法時，他發覺不論是這個想法也好，或是任何別的想法也好，都不能克服死的恐懼。最後他想得累了，腦子想不動了。他閉上眼睛，不再思想，就這樣坐了好久。

「究竟怎麼樣？究竟將怎麼樣？」他又想了起來，「沒什麼？不，不是沒什麼。那麼究竟是什麼？」

他忽然明白，關於這些問題，一個活人是沒有也不可能有答案的。

「那麼我何必拿這問題問自己呢？何必呢？是的，何必呢？不需要問，應該像我現在這樣活著，寫著這封信。其實我們大家都是早就判了刑的，永遠判了刑的，但我們都還活著。我們活得很好、很快樂，當我們……有愛心的時候。是的，當我們有愛心的時候。我現在寫了信，我有愛心，我覺得很好。就應該這樣生活。無論什麼地方或什麼時候都可以生活，自由時也好，蹲監獄時也好，今天也好，明天也好，直到生命的末日。」

他想立刻親切和藹地同誰說說話。他敲了敲門。哨兵朝他的牢房裡望了一眼。他問他什麼時候了，他是不是快換班了，但哨兵什麼也沒回答。於是他請他把典獄長叫來。典獄長來了，問他要什麼。

「喏，我給母親寫了一封信，請您交給她。」他說。一想到母親，他的淚水又奪眶而出。

典獄長拿了信，答應轉交。他想走，但被斯維特洛古勃攔住。

「聽我說，您是個好人。為什麼您要幹這種痛苦的工作？」他說，親切地摸摸他的衣袖。典獄長不自然地苦笑了一下，垂下眼睛說：「總得過日子啊。」

「但您得放棄這個工作。總能找到別的工作的。您是那麼善良。也許我可以……」

典獄長突然嗚咽起來，慌忙轉過身走出去，把門哐啷一聲關上。

典獄長的激動更加深了斯維特洛古勃的感傷。他忍住高興的淚水，從這邊牆踱到那邊牆。現在他不再感到絲毫恐懼，而感傷令他的精神達到更高處。

死後他將怎麼樣？他原來竭力想得到答案，但是得不到，如今這問題已經解決，答案也不是肯定的、理智的，而是他意識到了他身上真正的生命。

他記起《福音書》裡的話：「我實實在在的告訴你們，一粒麥子不落在地裡死了，仍舊是一粒；若是死了，就結出許多子粒來。」①他想：「如今我將落在地裡，實實在在落在地裡。」

「睡一會兒吧，」他突然想，「免得以後身體虛弱。」他躺在床上，閉起眼睛，立刻就睡著了。

他在早上六點醒來，整個身心還處在光明快樂的夢境之中。他夢見他跟一個淺色頭髮的小女孩在枝葉繁茂的樹林裡爬來爬去，樹林裡長滿成熟的黑櫻桃。他採了一大銅盆。櫻桃沒有落在銅盆裡而撒在地上，一種類似貓的奇怪動物抓住櫻桃往上拋，再把它接住。女孩看到這景象，哈哈大笑，逗得斯維特洛古勃在夢裡自己也不知道在笑什麼，卻快樂地哭了。突然銅盆從女孩手裡滑落，斯維特洛古勃想接住它，但沒來得及，銅盆發出噹噹的響聲撞在樹枝上，然後落到地上。他醒過來，含淚聽著銅盆連續不斷的叮噹聲。原來是走廊裡拉開鐵門的聲音。走廊裡還傳來腳步聲和步槍鏗鏘聲。他突然記起了一切。「唉，真想再睡一覺呢！」斯維特洛古勃想，但已經不能睡了。腳步聲接近他的牢門。他聽見鑰匙開鎖的聲音，接著牢門咯吱一聲打開。

一個憲兵軍官、典獄長和押送兵走了進來。

「死嗎？嗯，那有什麼？我去。這很好，一切都很好。」斯維特洛古勃想，覺得又回復了昨天那種莊嚴溫和的心情。

---

① 《新約全書．約翰福音》第十二章第二十四節。

6

監禁斯維特洛古勃的監獄裡還關著一個年老的分裂派教徒。他懷疑自己的指導者，找尋著眞正的信仰。他不僅否定尼康教，還反對彼得（他認爲他是基督的敵人）以來的政府，他稱沙皇政權爲「腐朽的王國」，大膽說出他的想法，他揭發神父和官僚，因此被判入獄，並從一個監獄轉到另一個監獄。他現在失去自由，被關在牢裡，典獄長咒罵他。他戴著鐐銬，同監的囚犯嘲弄他，他們也都像長官一樣擯棄上帝，彼此相罵，千方百計在心中褻瀆上帝——這一切並沒有引起他的注意，在他自由的時候，他在塵世到處都能看到這些現象。他知道，這一切都是由於人們喪失了眞正的信仰，就像瞎眼的小狗離開母狗到處亂跑。不過他知道眞正的信仰是有的。他知道這一點，因爲他心中感覺到有這個信仰。他到處找尋這個信仰。他最希望在〈約翰福音〉裡找到它。

「不義的，叫他仍舊不義。污穢的，叫他仍舊污穢；為義的，叫他仍舊為義；聖潔的，叫他仍舊聖潔。看哪，我必快來。賞罰在我，要照各人所行的報應他。」他經常讀這本神祕的書，每分鐘都在等待「我必快來」那一章，到那時，不僅要照各人所行報應他，而且要向人們揭開全部神的眞理。

斯維特洛古勃處決的那天早晨，他聽見咚咚的鼓聲，他爬到窗上，通過鐵柵欄看見人們拉著一輛囚車，監獄裡一個眼睛明亮、頭髮鬈曲的青年從監獄裡走出，含笑登上囚車。青年不大的白手裡拿著一本書。青年把書緊貼著胸口（分裂派教徒知道這是《福音書》）；向監獄的一個個窗子點頭致意，微笑地跟他交換了眼色。馬匹起步了，載著像天使般開朗的青年的囚車，在武裝警衛押送下轆轆地經石子路向大門外駛去。

分裂派教徒從窗口爬下來，坐在床上沉思。「這個青年認識了眞理，」他想，「基督仇敵的奴僕因此要用繩子絞死他，免得他向誰揭示眞理。」

7

這是一個陰晦的秋天早晨，看不見太陽。從海上吹來潮濕而溫暖的風。新鮮的空氣、房子、城市、馬匹、觀看他的人們，這一切都令斯維特洛古勃感興趣。他坐在囚車板凳上，背對車夫，他不由得仔細觀察押送他的士兵和遇見他的市民的臉。

這是大清早，押送他經過的街道幾乎是空的，遇見的只有上班的工人，幾個圍裙上濺滿石灰的泥瓦匠匆匆地迎面走來，他們停下來，又往回走，走到囚車旁。其中一個說了句什麼，擺了擺手，他們又轉過身走自己的路；幾個運貨馬車夫載著隆隆響的鐵條，撥轉自己的兩匹大馬讓路給囚車，他們停下腳步，帶著困惑不解的好奇目光望著他。其中一個摘下帽子，畫了個十字。一個廚娘圍著白圍裙，戴著白帽，手裡提著籃子，從大門裡走出，一看見囚車，連忙回到院子裡，又同另一個女人從那裡跑出來。她們兩人都屏住呼吸，睜大眼睛目送囚車，直到看不見爲止。一個衣衫襤褸、沒刮鬍子、頭髮花白的人指著斯維特洛古勃，比手畫腳地對管院人說著什麼，顯然不以爲然。兩個男孩急急地趕上囚車，轉過頭去，眼睛不往前看，跟住囚車在人行道上走著。年紀大的那個人快步走著；小的沒戴帽子，手拉住那個大的，怯生生地瞧著囚車，邁動兩條短短的小腿，磕磕絆絆地勉強跟上那個大的。斯維特洛古勃同他的目光相遇，向他點點頭。這個被裝在囚車上可怕的人的行爲令小孩困惑不解，他睜大眼睛，張開嘴要哭出來。於是斯維特洛古勃吻了吻自己的手，親切地對他微微一笑。小孩突然用和善可愛的笑容回應他。

在車行的整個過程中，雖然意識到即將發生的事情，斯維特洛古勃莊嚴平靜的心情卻沒有受到破壞。直到囚車行近絞架，他被押下車，看見兩根柱子和一根橫梁，以及在風中微微擺動的繩索，他的心臟彷彿受到一次猛烈的打擊。他突然感到一陣噁心。但這種感覺沒持續多久。在絞台周圍他看見黑壓壓一排排持槍的士兵。幾個軍官在士兵前面走來走去。他一從囚車上下來，就突然爆出一陣令他渾身戰慄的震耳欲聾的鼓聲。在士兵的行列後面，斯維特洛古勃看見幾輛彈簧馬車，車上坐著老爺太太們，顯然都是來看熱鬧的。最初一剎那這番景象使斯維特洛古勃感到驚訝，但是他立刻想到入獄前自己是個怎樣的人。於是他感到遺憾，這些人不知道他現在所知道的事。「不過他們會知道的。我要死了，但眞理是不會死的。他們會知道的。所有的人，除了我，他們都會幸福的。」

他被押上絞台。接著，一個軍官走上去。鼓聲停了，軍官用一種不自然的聲音（這聲音於震耳欲聾的鼓聲之後在廣闊的田野裡聽起來特別微弱）宣讀法庭向他宣讀過的愚蠢的死刑判決，剝奪被處決者的權利……在近期和遠期。「爲什麼，爲什麼他們要這麼做？」斯維特洛古勃想，「眞可惜，他們還不知道，而我已無法把一切轉告他們了，但他們會知道的。大家都會知道的。」

一個瘦小的神父留著稀疏的長髮，身穿紫色法衣，胸前掛著一個不大的鍍金十字架，一隻白淨的、筋脈畢露的瘦手從黑絲絨翻袖裡伸出來，拿著一個大的銀十字架，走到斯維特洛古勃跟前。

「仁慈的主啊！」他開始祈禱，把十字架從左手換到右手，又把它拿近斯維特洛古勃。

斯維特洛古勃打了個哆嗦，閃開身子。他差點兒就對參與處決他的神父說出不好的話，但他記起《福音書》裡的話：「他們不知道所做的事。」勉強克制感情，膽怯地說：「對不起，我不要這個。請您原諒，我眞的不需要！謝謝您。」

他向神父伸出手。神父又把十字架放到左手，握了握斯維特洛古勃的手，竭力不看他的臉，走下絞台。鼓聲又急驟地響起來，壓倒了所有其他聲音。在神父之後有一個削肩膀、雙臂肌肉發達、俄羅斯襯衫外面套著一件上裝的中年人，把絞台木板踩得搖搖晃晃，快步走到斯維特洛古勃跟前。這個人迅速地瞧了斯維特洛古勃一眼，走到他跟前，噴了他一身難聞的酒氣和汗臭。他用強有力的手抓住斯維特洛古勃的手腕，抓得他很痛，接著把他的雙手彎到背後緊緊地捆住。劊子手捆好他的雙手，停了一分鐘，彷彿在想什麼事，一會兒望望他帶來放在絞台上的東西，一會兒望望絞架上的繩索。他考慮了一下他要做的事，走近繩索，拿它做著什麼，再把斯維特洛古勃推近繩索和絞台邊。

就像宣判死刑時斯維特洛古勃無法理解判決書的全部意義，此刻他也無法理解當前這件事的全部意義。他驚訝地瞧著劊子手匆忙、俐落、專心地幹著可怕的事的模樣。劊子手的臉是一張最普通的俄羅斯工人的臉，並不兇惡，但聚精會神，跟那些一心一意做著一件必須做的複雜工作的人一樣。

「你……您再往這兒挪一挪……」劊子手啞聲說，把他推到絞架旁。斯維特洛古勃挪了挪身子。

「主啊，幫助我，憐憫我吧！」他心裡說。

斯維特洛古勃不信上帝，甚至常常嘲笑信神的人。直到現在他還是不信上帝，之所以不信，是因爲他不僅不能用語言表達，甚至不能在想像中擁抱上帝。不過此刻他呼籲的對象是最現實的。這一點他知道。他知道這個呼籲是必需的、重要的。他知道這一點，因爲這呼籲頓時使他平靜和堅強。

他挪近絞架，不由得又回顧一下成排的士兵和形形色色的觀眾，再次想：「他們爲什麼，爲什麼要這樣做？」他可憐他們，也可憐自己，眼淚奪眶而出。

「你就不可憐我嗎？」他盯著劊子手那雙大膽的灰眼睛，說道。

劊子手立刻站住。他的臉突然變得兇惡。

「去你的！還說話！」他喃喃地說，連忙俯身去撿拾地上放著的緊身衣和一塊布。他敏捷地用雙手從後面摟住斯維特洛古勃，把一個麻袋套在他的頭上，急急地把他的衣服剝到背部和胸部一半處。

「我將我的靈魂交在你手裡。」斯維特洛古勃想起《福音書》裡的話。

他的靈魂並不反抗死亡，但強壯、年輕的身體不接受死亡、不服從死亡，而要進行搏鬥。

他想叫喊、掙扎，但這時感到一陣衝擊，身體失去支撐，出現一種動物性窒息的恐怖，頭腦嗡嗡作響，然後一切都消失了。

斯維特洛古勃的身體吊在繩子上搖晃著。他的肩膀兩次聳起又放下。等了兩分鐘，劊子手陰沉著臉皺起眉頭，雙手按住屍體的肩膀使勁拉了一下。屍體的一切動作都停止了，除了套著麻袋不自然地向前伸的腦袋和穿著囚犯襪伸長的兩腿。

劊子手走下絞台向長官報告，屍體可以從絞索上取下來埋葬了。

一小時後，屍體從絞架上放下來，被運到世俗墓地。

劊子手執行了他的任務。但執行這種任務是不輕鬆的。斯維特洛古勃的話：「你就不可憐我嗎？」一直沒離開他的腦海。他原是一名殺人犯、苦役犯，劊子手的身分給了他相對的自由和生活的享受，但從那天起，他就拒絕執行這種任務。在那個星期裡他不僅喝掉了行刑所獲得的全部報酬，而且喝掉了全部還算像樣的衣服，結果被關進單身禁閉室，又從禁閉室轉到醫院。

8

恐怖黨的革命領導人之一，梅熱涅茨基（是他引導斯維特洛古勃參加恐怖活動的），從他被捕的省被押解到彼得堡。那個看見斯維特洛古勃被處死的分裂派老教徒也被關在同一個監獄裡，後來又被轉移到西伯利亞。他仍舊一直思索著如何和在哪裡能找到眞正的信仰。有時他也想到那個快樂地微笑著走向刑場的開朗青年。

知道同一監獄裡關著斯維特洛古勃的同志，分裂派教徒很高興，就請求值班看守帶他到斯維特洛古勃的朋友那兒。梅熱涅茨基不管監獄的嚴格紀律，不斷地跟同黨進行聯繫，每天都在等待他所設計的炸毀沙皇專車的消息。現在他想到疏忽了一些細節，想要設法轉告他的同志們。當值班看守走進他的牢房，小心地悄悄對他說有一名囚犯想見他時，他很高興，希望這次見面能使他取得一個機會跟同黨聯繫。

「是什麼人？」他問。

「是個農民。」

「他找我幹嘛？」

「他想談談信仰問題。」

梅熱涅茨基微微一笑。

「那好，您帶他來。」他說。「他們是分裂派教徒，也恨政府。說不定有用。」他想。

值班看守走了。過了幾分鐘，他打開牢門，放進一個乾瘦的小老頭。小老頭留著濃密的頭髮和稀疏的山羊鬍，有一雙善良、疲勞的藍眼睛。

「您有什麼事？」梅熱涅茨基問。

老頭兒瞧了他一眼，連忙垂下眼睛，伸出一隻乾瘦有力的小手。

「您有什麼事？」梅熱涅茨基又問。

「有句話要對你說。」

「什麼話呀？」

「關於信仰問題。」

「關於什麼信仰？」

「據說你跟那個在奧台斯特被基督仇敵的奴僕絞死的青年是同一個信仰。」

「什麼青年？」

「秋天在奧台斯特被絞死的那一個。」

「是不是斯維特洛古勃？」

「就是他。他是你的朋友嗎？」老頭兒每問一句，都用那雙善良的眼睛審視一下梅熱涅茨基的臉，隨即又垂下眼睛。

「是的，他是我的好朋友。」

「同一信仰嗎？」

「應該是同一個。」梅熱涅茨基含笑說。

「就爲這個，我有一句話要對你說。」

「你究竟要什麼呀？」

「想了解你們的信仰。」

「我們的信仰……那麼，您請坐。」梅熱涅茨基說，聳聳肩膀。「我們的信仰是這樣的。我們相信，有人奪取了權力，折磨和欺騙人民，因此必須不惜犧牲自己同這些人進行鬥爭，使遭受他們剝削──照梅熱涅茨基的說法是折磨──的老百姓獲得解放。就是必須消滅他們。他們殺人，他們就該被殺，直到他們清醒過來。」

年老的分裂派教徒嘆著氣，沒抬起眼睛。

「我們的信仰是不惜犧牲自己，推翻專制政府，建立自由且經過選舉的人民政府。」

老頭兒長嘆一聲站起身來，整理囚袍的下襬，然後跪下來撲倒在梅熱涅茨基的腳下，在骯髒的地板上叩頭。

「您幹嘛叩頭？」

「你別騙我，坦白說，你們的信仰是什麼？」老頭兒說，沒站起來，也沒抬起頭。

「我已經說了我們的信仰是什麼。您請起來，要不，我連話也不願說了。」

老頭兒站起來。

「你跟那個青年是同一個信仰嗎？」他說，站在梅熱涅茨基面前，偶爾用他那雙善良的眼睛瞧瞧他，隨即又垂下眼睛。

「就是他因此被處絞刑的那種信仰。如今我爲了這個信仰將被押解到彼得保羅要塞去。」

老頭兒深深地鞠了一躬，默默地走出牢房。

「不，不是那個青年的信仰。」他想。「那個青年知道眞正的信仰，而這個青年若不是吹噓跟他同一個信仰，就是不願說出來……好吧，我將努力去尋找。不論在這兒，還是在西伯利亞。到處都有上帝，到處都有人。邊走邊想辦法吧。」老頭兒想，又拿起《新約全書》，隨手翻到〈啓示錄〉。他戴上眼鏡，坐到窗口，讀了起來。

9

又過了七年，梅熱涅茨基又離開彼得保羅要塞的單身牢房，被轉送去服苦役。

在這七年裡他體會很多，但他的思想傾向並沒有改變，精力也沒有衰退。他被關到要塞之前，每次審問期間他的頑強不屈和對控制他的人的輕蔑態度，總是令偵查官和法官吃驚。他內心感到痛苦的是，他被逮捕了，不能完成已經起步的事業。但他沒把這種感情流露出來。他一接觸到人，心中就滿腔怒火。問他什麼問題，他總是不吭聲，只有當他有機會挖苦審問他的憲兵軍官或檢察官時，他才開口。

當他聽見常聽到的話：「您只要老實交代，你的處境就可以得到改善。」他總是輕蔑地微微一笑，停了停說：「如果你們想用威脅或利誘迫使我供出同志們，那你們隨便判好了。難道你們以爲我沒對審判的事做好最壞的準備嗎？所以，你們既不能使我驚訝，也不能使我恐懼。你們要拿我怎麼辦就怎麼辦，我是不會說的。」

看到他們尷尬地面面相覷，他覺得高興。

當他在彼得保羅要塞被關進狹小潮濕、高高的鐵窗上裝有不透明玻璃的牢房時，他明白這將不是幾個月的事，而是幾年的事。他感到恐怖。令他覺得恐怖的是，設備完善的牢房裡的死寂，以及想到這密不通風的大牆裡關著不止他一人，而是關著許多被判十年、二十年徒刑的人，他們被迫自殺、上吊、發瘋，或者患癆病慢慢死去。這裡有女人、男人，還有朋友，也許……「過幾年，我也會發瘋，會上吊死去，別人也不會認得我。」他想。

他心裡升起對所有人的仇恨，尤其對那些造成他被囚禁的人的仇恨。這種仇恨要求看到仇恨的對象，要求行動和喧鬧。但這裡卻是一片死寂。拒不回答問題的人的輕輕腳步聲，開門聲和關門聲，定時送來的伙食，沉默的人來訪，透過不透明玻璃射進來的陽光，黑暗，又是同樣的寂靜，同樣輕輕的腳步聲，同樣的響聲。今天是這樣，明天還是這樣……仇恨無處發洩，嚙噬著他的心。

他試著敲牆，但沒人回應他。他敲牆只引來輕輕的腳步聲，以及威脅把他關到單身牢房的人沒有表情的聲音。

唯一得到休息和放鬆的時間是睡覺。但醒來後感到格外可怕。在夢中，他總是看見自己生活在自由中，並且多半陶醉在與革命活動毫不相干的那些事中。他時而彈奏一種古怪的弦樂器，時而向姑娘獻媚，時而划船，時而打獵，時而聽外國大學博士宣布一種新的科學發現，在宴會上致謝詞。這些夢是那麼豐富多彩，現實卻是那麼單調乏味，而往事與現實也很少有所區別。

做夢痛苦的是，往往在他所追求和希望的事剛要完成時，人卻醒了過來。心臟猛地一悸，全部快樂的景象就消失了；剩下的又是痛苦的、沒有滿足的願望，又是那面只有一盞小燈照著的潮濕發霉的牆壁，又是身下很硬的床鋪和一邊壓扁的草褥。

睡覺是最好的時候。但囚禁得越久，他睡得也越少。他把睡眠看作最大的幸福，渴望睡覺，但越想睡，就越睡不著。只要他問自己：「我在睡覺嗎？」睡意頓時消退。

奔跑、在床上跳躍，這些都毫無用處。由於劇烈的運動，他的身體更加虛弱，神經更加亢奮，腦袋疼痛，只要一閉上眼睛，在帶有點點閃光的黑暗中就會出現各種醜八怪，有毛茸茸的，有禿頂的，有大嘴巴的，有歪嘴巴的，一個比一個可怕。這些醜八怪做出種種可怕的怪相。隨後，他就算睜著眼也看得到這些醜八怪，出現的不僅是嘴臉，而是整個身子。他們開始說話、跳舞。他毛骨悚然，霍地跳起來，用頭撞牆壁，大聲叫嚷。門上的窺視孔被打開了。

「不許叫嚷。」一個平靜的聲音說。

「請典獄長來！」梅熱涅茨基大聲說。

沒有任何回答，窺視孔又關上了。

這種絕望的心情控制了梅熱涅茨基，他只有一個願望：死。

有一次在這種絕望的心情下，他決定自殺。牢房的牆上有個通氣孔，上面可以掛繩子，站到床上就可以上吊，但他沒有繩子。他把床單撕成一長條一長條，但這些布條不夠多。於是他決定絕食，兩天不吃東西，到了第三天身體更加虛弱，不斷出現嚴重的幻覺。送牢飯給他時，他躺在地上睜著眼睛，失去知覺。

醫生來了，把他抬到床上，給了他溴劑和嗎啡，他睡著了。

他第二天醒來，醫生站在他旁邊搖著頭。梅熱涅茨基的心中突然充滿了仇恨，這種感覺他已經好久沒有過了。

「您眞不要臉，在這兒工作！」當醫生低下頭爲他診脈時，他對醫生說，「您幹嘛替我治病來繼續折磨我？這不等於參加笞刑並允許重複這種罪行嗎？」

「請您仰天躺著。」醫生不動聲色地說，眼睛不看他，從側袋裡掏出聽診器。

「你們替人治癒棒傷，好再讓他挨五千棒嗎。見鬼，活見鬼！」他突然叫起來，從床上垂下兩腿。「滾開，沒有你們我也會死的！」

「不好，年輕人，對粗暴行爲我自有辦法。」

「活見鬼，活見鬼！」

梅熱涅茨基的模樣是那麼可怕，嚇得醫生慌忙走開。

10

不知是由於服了藥，還是危機過去了，還是對醫生的仇恨治好了他的病，從那時候起他振作起精神，日子過得完全不同了。

「他們總不能永遠把我關在這裡，他們也不會這樣做，」他想，「總有一天會放我出去的。說不定制度會改變（這是最有可能的，我們的人仍在工作），因此必須愛護身體，以便出獄時身強力壯，能繼續工作。」

他長久地考慮著，爲此目的應該過最合理的生活：晚上九時睡覺，不管睡不睡得著都強迫自己躺下，直到早晨五時。五時起床，收拾床鋪，洗臉，做體操，然後像他自己說的那樣，去上班。他想像他在彼得堡走著，從涅瓦大街走到納傑日丁街，竭力想像他在路上可能看見什麼：商店招牌、房子、警察、迎面而來的馬車和行人。在納傑日丁街上，他走進一個朋友和同事的家，在那裡他跟外來同志們一起商量當前的計畫。他們討論，展開辯論。梅熱涅茨基爲自己也爲別人發言。有時他大聲說話，弄得崗哨通過小窗責備他，但梅熱涅茨基完全不予理會，繼續過他想像中的彼得堡的一天。他在朋友家裡待了兩小時左右，回家吃午飯，先是在想像中吃，後來眞的吃起來，因爲這時送來了牢飯。他總是吃得不多不少。然後，他想像他坐在家裡，學歷史、數學，有時，每逢星期日則讀文學書。學歷史是這樣的：他選擇一個時代和一個民族，回憶歷史事件和編年史。學數學是這樣的：他在心裡做習題，解幾何題。他特別喜歡這項活動。每逢星期日，他回憶普希金、果戈理和莎士比亞的作品，自己也寫文章。

睡覺前，他再做一次小小的漫遊。他想像跟男女朋友談話，有時輕鬆愉快，有時嚴肅認眞。這樣的談話有些以前有過，有些是幻想出來的。這樣一直到夜裡。臨睡前，他爲了運動，眞的在牢房裡走兩千步，然後躺到床上，多半都能睡著。

第二天還是這樣。有時，他去到南方，唆使老百姓暴動，他跟老百姓一起驅逐地主，分地給農民。不過，這一切他都不是突然想起，而是逐漸想到的，想得十分詳細。在想像中，他的革命黨到處獲勝，政府當局力量虛弱，被迫召開人民大會。沙皇家庭和所有人民的壓迫者都消失了，成立了共和國，他梅熱涅茨基當選爲總統。有時他過分輕易達到目的。於是又從新開始，用其他方法來達到目的。

就這樣他過了一年、兩年、三年，有時脫離這種嚴格的生活秩序，但多半又回復過來。他利用想像來擺脫不由自主的幻覺。偶爾他也失眠，看見幻象和醜八怪，那時他就望望通氣孔，考慮著如何使繩子結牢，如何做好套索上吊。但這種狀態不會持續很久。他總能克服它。

就這樣過了差不多七年。當他刑滿被送去服苦役時，他身體健康，容光煥發，精力充沛。

11

作爲一個要犯，他被單獨押送，不讓他同其他人接觸。直到到達克拉斯諾亞爾斯克監獄，他才有機會跟其他政治犯交往。這些政治犯也是被送去服苦役的，共有六個人：兩女四男。他們都是梅熱涅茨基所不熟悉的、具有新氣質的青年人，都是一些比他晚一輩的革命家，是他的接班人，因此他對他們特別感興趣。梅熱涅茨基希望看到踏著他的腳印前進的這些人會高度評價前輩們所做的一切，特別是他梅熱涅茨基所做的一切。他想親切寬厚地對待他們。但令他感到不快的是，這些青年人不僅不把他當作自己的先驅和老師，而且對他表現得很寬容，迴避和原諒他的陳舊觀點。按照他們的意見，按照這些新革命家的意見，梅熱涅茨基和他的朋友們所做的一切，所有發動農民起義的企圖，主要是恐怖活動和一切暗殺行爲，從暗殺省長克羅波特金、梅森卓夫到亞歷山大二世，這一切都是錯誤的。這一切只會導致亞歷山大三世的反動和社會倒退，甚至倒退到農奴制。人民解放的道路，依照新的革命家的看法，是截然不同的。

梅熱涅茨基和他的新朋友爭論了兩天兩夜。尤其是他們的領導人羅曼（大家都這樣直呼他的名字）堅信他們的觀點是正確的，寬宏大量地甚至嘲弄地否定梅熱涅茨基和他同志們過去的所作所爲，這最令梅熱涅茨基感到難過。

按照羅曼的看法，人民是大老粗，是「苦力」，跟現在這種文化水準的人民在一起是什麼事也做不成的。發動農民的一切企圖無異於是燃燒石頭或冰塊。必須教育人民，必須教他們團結。而這只有大工業和由此產生的人民社會主義組織才能辦到。土地不僅不爲人民所需要，而且使人民變得保守，成爲奴隸。不僅這裡是這樣，在歐洲也是如此。他們記住權威們的意見和統計數字。人民必須從土地上解放出來。這件事做得越快越好。越多的人去工廠做工，資本家控制的土地就越多，越加壓迫他們，就越好。只有人民團結起來，才能消滅專制，尤其是消滅資本主義，而這種團結只有通過工人的同盟和團結才能達到，也就是說，只有當人民不再成爲土地私有者而成爲無產階級時才能達到。

梅熱涅茨基跟他們爭論，情緒激昂。特別使他生氣的是一個相貌不錯、黑髮濃密、眼睛發亮的女人。她坐在窗台上，彷彿沒有直接參與談話，偶爾插上幾句話支持羅曼的論點，或者只輕蔑地嘲笑梅熱涅茨基的話。

「難道能把全部農民改造成工人嗎？」梅熱涅茨基說。

「爲什麼不能？」羅曼反駁道，「這是普遍經濟規律。」

「我們怎能知道這個規律具有普遍性呢？」梅熱涅茨基問。

「您去讀讀考茨基的著作吧。」黑髮女人輕蔑地笑著插嘴說。

「就算是這樣吧，」梅熱涅茨基說，「（我可並不同意）農民可以改造成無產者，你們怎能認定他們可以納入你們事先給他們規定的形式呢？」

「這是有科學根據的。」黑髮女人從窗口回過頭來插嘴說。

一談到爲達到目的所要採用的行動方式，分歧就更大了。羅曼和他的朋友們堅持必須建立工人軍隊，促使農民轉變爲工人，並在工人中間宣傳社會主義。不僅不公開與政府對抗，而且應該利用它來達到自己的目的。梅熱涅茨基則說，必須直接跟政府進行鬥爭，對它實行恐怖活動，政府比我們強大，比我們狡猾。他心想：「不是你們欺騙政府，而是政府欺騙你們。我們向人民進行宣傳，與政府展開鬥爭。」

「你們在這方面做得可多啦！」黑髮女人嘲諷說。

「是的，我認爲跟政府直接鬥爭是徒然消耗力量。」羅曼說。

「三月一日事件①是消耗力量！」梅熱涅茨基叫道，「我們犧牲自己的生命，而你們卻安安穩穩地坐在家裡享福，只宣傳宣傳而已。」

「說不上太享福。」羅曼平靜地說，環顧著自己的同志們，得意洋洋地發出不具感染性，卻洪亮、清晰而自信的笑聲。

黑髮女人搖搖頭，不屑地微笑著。

「我們說不上太享福，」羅曼說，「至於坐在這兒，那還得感謝反動派，而反動派正是三月一日的產物。」

梅熱涅茨基不作聲。他憤怒得喘不過氣來，走到走廊上。

①指一八八一年三月一日沙皇亞歷山大二世在彼得堡遇刺身亡。

12

梅熱涅茨基竭力想平靜下來，便在走廊裡來回踱步。牢房門在晚間點名之前是開著的。一個淺色頭髮的高個子囚徒雖被剃了陰陽頭，仍沒有失去他的和藹，他走到梅熱涅茨基跟前。

「我們牢房裡有個囚徒看見先生，他對我說，叫他到我這兒來。」

「什麼囚犯？」

「他的綽號叫『煙草大王』。他是個小老頭，屬分裂派教徒。他說，叫那人到我這兒來。他是指您，先生。」

「他在那兒？」

「就在我們牢房裡。他說，『請你叫那位老爺來。』」

梅熱涅茨基跟囚徒走進一個不大的牢房，裡面鋪上坐著和躺著一些囚徒。在靠邊的光板鋪上，躺著那個七年前向梅熱涅茨基打聽斯維特洛古勃的老分裂派教徒，他身上蓋著灰色囚袍。老人臉色蒼白，更加乾癟，滿是皺紋，頭髮還是那麼濃密，但稀疏的鬍子全白了，向上翹著。淺藍的眼睛善良而專注。他仰天躺著，顯然在發燒：凸起的顴骨上泛著紅暈。

梅熱涅茨基走到他跟前。

「您要什麼？」他問。

老頭兒吃力地用臂肘支起身子，伸出一隻哆嗦的乾瘦小手。他準備說話，盡可能打起精神，沉重地喘著氣，悄悄地說：「當時你沒向我揭示——上帝保佑你，但我向所有人揭示了。」

「您揭示了什麼呀？」

「關於羔羊……關於羔羊我要揭示……那個帶羔羊的青年。《福音書》裡說：羔羊戰勝了我，戰勝了一切人……誰同他一起，誰就是天才和可靠的。」

「我不明白。」梅熱涅茨基說。

「你精神上要明白。君王帶著獸性接受領地。但羔羊戰勝了我。」

「什麼君王？」梅熱涅茨基問。

「有七個君王：其中五個垮台了，一個留著，還有一個還沒來。等到他來，他已沒有什麼作爲……就是說，他的末日到了……你明白嗎？」

梅熱涅茨基搖搖頭，心裡想，老頭兒在胡說八道，他的話毫無意義。同室其他囚犯也這麼想。那個喚來梅熱涅茨基的陰陽頭囚徒走到他跟前，用臂肘輕輕推推他，要他注意自己，又向老頭兒擠擠眼。

「他老是胡說八道，老是胡說八道，我們的煙草大王，」他說，「至於說些什麼，連他自己也不知道。」

瞧著老頭兒，梅熱涅茨基這麼想，他的同室同伴也這麼想。老頭兒則十分明白自己說的是什麼，而他所說的話對他具有明確且深刻的意義。這個意義就是，惡不可能長久統治，羔羊能用善和馴順戰勝所有人，羔羊會擦去所有人的眼淚，世界上不會再有哭泣、疾病和死亡。他覺得這一點已經實現，在全世界實現，因爲這正在他臨死前高尙的靈魂裡實現。

「他快來臨！阿門。他快來臨，主耶穌啊！」他說，微微露出莊嚴而梅熱涅茨基覺得瘋狂的微笑。

13

「瞧，他就是人民的代表，」梅熱涅茨基離開老人時心想，「他是他們之中最優秀的一個。多麼愚昧啊！他們（他指羅曼和他的朋友們）說：同他們這樣的人在一起什麼事也做不成。」

梅熱涅茨基一度在人民中間做過革命工作，他明白——用他的話來說——俄羅斯農民的「惰性」；在服役時他跟士兵和退伍軍人常有來往，他知道他們在入伍宣誓上的愚忠和死心塌地的服從；他也明白不可能用道理說服他們。他知道這一切，但從未得出由此必然得出的結論。同新派革命家的談話破壞了他的情緒，令他生氣。

「他們說，我們所做的一切，哈爾土林、基巴里契奇、彼羅未斯卡雅所做的一切都是沒有必要的，甚至是有害的，都只會導致亞歷山大三世的反動鎮壓，他們的所作所爲使人民以爲一切革命活動都出自於想行刺沙皇的地主，因爲沙皇剝奪了他們的農奴。多麼荒謬啊！這種想法是多麼無知，多麼愚蠢啊！」他想，繼續在走廊裡來回踱步。

所有的牢門都關上了，除了監禁新來革命者的那一間。走近這間牢房，梅熱涅茨基聽見他所憎惡的那個黑髮女郎的聲音，以及羅曼雄辯而果斷的聲音。他們顯然在講他。梅熱涅茨基站住聽著。羅曼說：「他們不懂得經濟規律，不明白他們所做的是什麼。這兒多半是……」

梅熱涅茨基不能也不想聽完多半是指什麼，他也不需要知道這些。這個人的語氣說明了他們對他梅熱涅茨基抱持十分蔑視的態度。他可是個革命英雄啊，爲了這個目的已奉獻了十二年生命。

梅熱涅茨基心裡升起一股前所未有的憤恨。他恨所有人，恨所有事，恨這個無聊的世界——只有大談羔羊的老頭兒那種畜牲般的人，只有那些半人半獸的劊子手和獄吏，只有那些粗魯自信、生下來就是死胎的教條主義者才能生活的世界。

值班看守走進來，把女政治犯領到女牢。梅熱涅茨基走到走廊盡頭，免得碰到她們。值班看守回來鎖上新囚犯的牢門，叫梅熱涅茨基回自己的牢房。梅熱涅茨基機械地服從了，但要求不要鎖上他的牢門。

回到牢房，梅熱涅茨基躺到鋪上，臉對著牆壁。

「難道真的就這樣白白糟蹋所有的力量：把精力、意志和天才（他從不認爲有誰在精神品質上超過他）白白糟蹋掉！」他想起不久前，在來西伯利亞的路上接到斯維特洛古勃母親的來信。憑著婦道人家的見識，她愚蠢地責備他們把她的兒子吸收進恐怖主義黨而毀了他。收到這封信，他只不屑地一笑：這個愚蠢的女人怎能理解他和斯維特洛古勃所追求的目標！現在，他想到這封信，想到斯維特洛古勃可愛、輕信和熱情的人品。他先是想到他，然後想到自己。難道我這一輩子的作爲都是錯誤的嗎？他閉上眼睛想睡覺，但突然恐怖地感到，他在彼得保羅要塞第一個月所出現的感覺又出現了。又是腦袋疼痛，又是可怕的毛茸茸的大嘴醜八怪，又是點點閃光的黑暗，又是出現在睜著的眼睛前面的幻象。新出現的幻象是一個穿灰褲子的光頭刑事犯在他頭上搖晃。想到這些，他又開始找尋可以掛繩子的通氣孔。

一種難以忍受、要求發洩的仇恨燒灼著梅熱涅茨基的心。他坐立不安，無法驅散自己的思想。

「怎麼辦？」他開始問自己，「割斷動脈嗎？我不會。上吊嗎？當然最簡單。」

他想起走廊裡那條捆柴的繩子。「站到木柴上或凳子上。走廊裡有值班看守在巡邏。但他會睡著或走開的。等到那時，把繩子取來繫在通氣孔上。」

梅熱涅茨基站在門口，聽著走廊裡值班看守的腳步聲。當值班看守走到走廊盡頭時，他從門縫裡往外張望。值班看守一直沒走開，一直沒睡覺。梅熱涅茨基全神貫注地聽著他的腳步聲，等待著。

這時，在患病老人的牢房裡，黑暗中點著一盞冒煙的小燈。在夜間一片酣睡聲、呻吟聲和乾咳聲中，世界上發生了一件大事。分裂派老教徒快要死了，在他的幻覺中出現了他終生熱烈追求和希望的景象。在眩目的亮光中他看見了以美少年形象出現的羔羊，即爲數眾多的各民族的人，大家身穿雪白的衣裳站在他面前，快快樂樂的，地上已不再有惡了。老頭兒知道，在他的心裡、在全世界這一切都實現了。他感到極大的喜悅和安慰。

牢房裡的人聽見老頭兒臨死前喘著粗氣的聲音。他的鄰鋪囚徒醒過來，叫醒其他人。喘氣聲一停止，老頭兒就不再作聲了，他的身體也涼了。他的同室囚徒去敲門。

值班看守打開牢房的門，走進來。過了大約十分鐘，兩個囚徒把屍體抬到樓下停屍室裡。值班看守跟著他們走出來，隨手鎖上門。走廊裡又空無一人。

「鎖上吧，鎖上吧，」梅熱涅茨基從牢門裡張望外面發生的一切，「你無法妨礙我擺脫這一切荒唐的恐怖。」

梅熱涅茨基此刻已感覺不到原先折磨他的恐怖。他心裡只有一個想法：但願沒有什麼會妨礙他實現自己的企圖。

他忐忑不安地走到那捆木柴旁，解開繩子，把它抽出來，回頭看看，把繩子拿進牢房。在牢房裡，他爬到凳子上，把繩子掛在通氣孔上。他繫住繩子的兩端，打了一個結，用兩股繩子做了一個圈套。圈套太低了。他重新繫好繩子，又做了個圈套，在脖子上試一試，不安地聽著和瞧著牢門。他爬上凳子，把頭伸進繩圈裡，拉拉整齊，踢開凳子，上吊了……

直到早上巡查時，值班看守才發現梅熱涅茨基曲膝站在凳子旁。他把他從繩圈裡解下來。典獄長跑來，知道羅曼是醫生，就叫他來搶救。

採用了一切常規的搶救方法，但梅熱涅茨基還是沒活過來。

梅熱涅茨基的屍體被抬到停屍室，放在老分裂派教徒屍體旁的鋪板上。

我夢見了什麼

1

「我已經沒有這個女兒了，眞的，沒有了，但我也不能讓她吊在別人的脖子上。她要怎麼過就怎麼過，不關我的事，我不想知道她的情況。是的，是的。我再也不願想到這類事……可怕，太可怕！」

他聳聳肩膀，抖動腦袋，抬起眼睛。這話是六十歲的米哈伊爾·伊凡諾維奇公爵在省會對他的弟弟，五十六歲的省首席貴族，彼得·伊凡諾維奇公爵說的。

談話是在省會進行的。住在彼得堡的大哥知道一年前離家出走的女兒帶著孩子住在這個城市裡，就跑來了。

米哈伊爾·伊凡諾維奇公爵是一個頭髮花白的高個子老人，相貌俊美，容光煥發，氣宇軒昂，富有魅力。他的家庭由妻子和一男兩女組成。妻子脾氣暴躁，常爲雞毛蒜皮的小事跟他爭吵，十分庸俗。兒子沒什麼出息，吃吃喝喝，揮霍成性，但父親卻認爲他完全是個「正派人」。大女兒嫁了個好丈夫，住在彼得堡。他喜愛的小女兒麗莎近一年前離家出走，現在才知道她有了孩子，住在這個遙遠的省城裡。

彼得·伊凡諾維奇公爵想問問哥哥：麗莎是在什麼情況下出走的，孩子的父親是誰。但他不敢問。還在今天早晨，當彼得·伊凡諾維奇的妻子向大伯表示同情時，彼得·伊凡諾維奇公爵看見哥哥臉色痛苦，看見他用無比高傲的神態來掩飾這種痛苦，並向弟媳婦打聽她這套住房的房價。吃早餐時，當著家人和客人的面，他總是挖苦諷刺，嘲弄人家。他對誰都異常傲慢，只有孩子除外，他對待孩子總是十分和藹可親。他的態度又十分自然，彷彿大家都承認他有權驕傲。

晚上，弟弟爲他組織了牌局打文特牌。打完牌，他走進爲他準備的房間。他剛取下假牙，門上就響起兩下輕輕的敲門聲。

「誰啊？」

「是我，米哈伊爾。」

米哈伊爾·伊凡諾維奇公爵聽出是弟媳婦的聲音，皺了皺眉頭，裝回假牙，自言自語：「她有什麼事啊？」接著大聲說：「請進。」

弟媳婦生性溫和文靜，對丈夫百依百順，但是個怪人（大家都這樣叫她，有些人甚至認爲她是個傻婆娘）。她雖然長得不錯，但衣服總是很邋遢，舉動漫不經心。她的思想非常古怪，不同於一般貴族，與首席貴族夫人的身分不相稱。她有時會突然冒出來，讓朋友、丈夫和所有人大吃一驚。

「您可以對我下逐客令，但我不會走，我對您言明在先。」她用那種文理不通的語言說。

「上帝保佑。」大伯回答，過分彬彬有禮地把安樂椅推給她坐。「您不介意吧？」他取出一支煙，說道。

「聽我說，米哈伊爾，我不會說什麼不愉快的話，我只想談談麗莎的事。」

米哈伊爾·伊凡諾維奇嘆了一口氣，顯然是由於內心的痛苦，但立刻恢復常態，帶著疲勞的微笑。

「我知道，跟你談話只能談你想談的事。」他說，眼睛不看她，顯然不願說出談話的題目。

但模樣可愛、有點發胖的弟媳婦並不感到難爲情，仍用她那雙藍眼睛善良而懇求似地繼續瞧著米哈伊爾·伊凡諾維奇，比他更沉重地嘆了一口氣說：「米哈伊爾，我的朋友，您就可憐可憐她吧。」她同大伯說話照例總是一會兒用「你」，一會兒用「您」。「要知道她也是人哪。」

「這點我從不懷疑。」米哈伊爾·伊凡諾維奇苦笑著回答。

「她是您的女兒。」

「原來是。是的。可是，親愛的阿琳，你談這個做什麼？」

「米哈伊爾，親愛的，您就見見她吧。我只想對您說，那個該負全部責任的人……」

米哈伊爾·伊凡諾維奇公爵臉漲得通紅，模樣十分可怕。

「看在上帝份上，我們別談這件事了。我受夠了。現在我沒有別的願望，只希望她的情況不會使任何人痛苦，她也不需要跟我有任何來往，她可以單獨過她的生活，我們一家也可以過我們的生活，不再過問她的事。我別無選擇。」

「米哈伊爾，人人都有一個『我』，而她也有一個『我』」。

「這個當然，但親愛的阿琳，對不起，我們別談這件事。我太痛苦了。」

亞歷山德拉·德米特里耶夫娜搖搖頭，不再作聲。

「那麼，瑪莎（米哈伊爾·伊凡諾維奇的妻子）也這麼想嗎？」

「完全一樣。」

亞歷山德拉·德米特里耶夫娜用舌頭彈了一下。

「我們別談這件事了。晚安。」他說。

但亞歷山德拉·德米特里耶夫娜沒有走。她不作聲。

「彼得對我說，您要留點錢給她那個女房東。您知道地址嗎？」

「知道。」

「那麼，這件事您就不需要通過我們了，您自己去一下吧。您就去看看她如何過日子。您要是不願見她，恐怕以後就見不到了。他不在那裡，那裡一個人也沒有。」

米哈伊爾·伊凡諾維奇渾身打了個哆嗦。

「唉，您爲什麼，爲什麼要折磨我？這太不禮貌了。」

亞歷山德拉·德米特里耶夫娜站起來，含著眼淚，動之以情地說：「她是那麼可憐，那麼可愛。」

他站起來，站著等她說完話。她向他伸出一隻手。

「米哈伊爾，這樣不好。」她說完，走了出去。

她走後，米哈伊爾·伊凡諾維奇在臨時臥室的地毯上來回踱步。他皺起眉頭，身子發抖，嚷著：「唉，唉！」聽見自己的嘆息，他感到害怕，就不再作聲。

他的自尊心受到傷害，這令他痛苦。他的母親是赫赫有名的阿芙多基雅·鮑利索夫娜，曾接待過幾位女皇。而他就是在這樣一位母親的家裡長大的；別人認爲跟他認識是莫大的光榮；他無畏又無可指責地度過自己騎士般的一生……儘管他在國外同一個法國女人生了一個私生子，但這並不影響他的自尊心。如今他的女兒——爲了她，他不僅做了一個父親所能做和應該做的一切：給予她最良好的教育，讓她在最好、最上流的俄國社會裡挑選自己的對象，他不僅給了她每一個姑娘所希望的一切，而且他確實愛她、欣賞她，並以她爲榮——正是這個女兒辱沒了他，使他無法正視別人的眼睛，使他羞於見到任何人。

他回想往事，當時他不僅僅把她看作自己的女兒，看作家庭的一員，而且溫柔地愛她，爲她高興，以她爲榮。他回想她八九歲時的情景：聰明、懂事、活潑、伶俐、文雅，有一雙烏黑發亮的眼睛，瘦削的背上披著蓬鬆的淡褐色頭髮。他想到她怎樣跳到他的膝蓋上，摟住他的脖子，呵他的癢，哈哈大笑，也不顧他的叫喊，不肯罷休，然後又吻他的嘴、眼睛和面頰。他一向不喜歡感情用事。但這種感情衝動卻令他高興。他有時順從她，現在回想起來，撫愛她是多麼愉快啊。

這個原本那麼可愛的人竟會變成現在這個樣子，他一想起她就不能不感到嫌惡。

現在，他還回想起她由姑娘長大成人的時候。當時發覺男人們像看女人那般的看著她，他感到特別恐懼和屈辱。他想到，她那時自覺長得美麗，穿著舞衣嬌媚地走到他面前，或者他在舞會上看到她，曾對她產生過妒意。他害怕男人用不純潔的目光瞧她。但她不僅不懂得這一點，還爲此高興。「是的，」他想，「女人的貞潔眞是不可靠。相反地，她們不知羞恥，她們沒有羞恥心。」

他回想她拒絕（他無法知道原因）兩位很好的青年的求婚，繼續出入交際場所，並非由於迷戀某一個人，而是越來越陶醉於自己的成功。但這種成功沒能持續很久。過了一年、兩年、三年。大家都仔細地觀察她。她長得美，但已不是豆蔻年華，而只是舞會中一般的點綴品。米哈伊爾・伊凡諾維奇回想，他看見她一直沒結婚，他只有一個願望：趕快把她嫁出去，即使不能像以前那樣嫁個好人家，只要過得去就行。但她卻裝得特別高傲（他有這樣的感覺），目空一切。他想到這一點，對她更加反感。她拒絕了那麼多正派人，最後卻弄出這種可怕的事來！「哦，哦！」他又呻吟起來。他停了一會兒，開始抽煙。他想回憶回憶別的事情：他寄錢給她，但不讓她回到自己身邊。他又想到另一件事：不久之前——當時她已經滿二十歲——她跟一個來他們鄉下作客的十四歲男孩，一名少年侍從，發生了風流韻事。她把那孩子逗得瘋瘋癲癲，使他痛哭流涕，而當他這個做父親的要她斷絕這種愚蠢的戀愛，命令那個孩子離開時，她卻十分嚴厲、冷淡，甚至粗暴地回答父親。從此以後，他對女兒本來已相當冷淡的態度就變得更加冷淡了。而她也是一樣。她彷彿覺得受到侮辱。

「我可是完全對的，」他現在這樣想，「她眞是天生不知羞恥，心地不好。」於是他想到了莫斯科來信中提到的那件可怕事情。她在信裡寫道，她不能回家，她是個不幸的墮落女人，要求大家饒恕她、忘記她。他還極不愉快地想到同妻子的談話。他們先是猜疑她做了什麼見不得人的事，最後證實她在芬蘭闖了禍。當時她正在姨媽家作客，而罪人則是一個卑微的瑞典大學生，一個惡劣的已婚男子。

他不斷回想往事，在房間裡地毯上來回踱步。他想到他以前多麼愛她，多麼以她自豪，現在面對這種莫名其妙的墮落，他覺得可怕。他因她給他帶來的痛苦而恨她。他想到弟媳婦對他說的一番話，竭力設想怎樣才能饒恕她，但只要一想到「他」，他心裡就會充滿恐懼和嫌惡，覺得大失面子。他忍不住唉聲嘆氣，竭力轉移思想。

「不，這是不可能的。我給彼得錢，讓他每月轉交給她。我可沒有……沒有女兒……」

他又陷入不斷折磨他的那種複雜感情：一方面是回憶對女兒的愛而感覺到的快慰，另一方面是因爲她竟弄得他這麼痛苦，而對她產生難堪的恨。

2

麗莎最近一年裡的感受比先前二十五年裡加起來的感受不知要豐富多少倍。在這一年裡，她忽然發現以前的生活十分空虛：她在富裕的彼得堡社會和家裡所過的生活無非是上流社會的肉慾生活，她只接觸到生活的表面，享受生活的歡樂，而沒了解到生活的眞諦。這種生活的猥瑣無聊如今已暴露得清清楚楚。一年、兩年、三年還好，但老是晚會、舞會、音樂會、宴會、舞衣、顯示外貌美麗的髮型、年輕的獻媚者和年老的獻媚者，他們全都是一個樣，彷彿都很博學，都有權享受一切，有權嘲笑一切。夏天，在風景優美的別墅裡，也只爲上流社會提供愉快的生活，那裡也演奏音樂和朗誦詩篇，大家只暴露生活中的問題，卻不加以解決。這樣的生活持續了七年、八年，不僅看不到絲毫改變，而且越來越喪失魅力。她感到絕望，絕望得想死。女性朋友帶她去參加慈善事業。她看到貧困，眞正的赤貧，那本來已令人難堪，卻還要裝得若無其事，就更加令人覺得可憐和難堪。她同時也看到那些乘坐千金馬車、身著千金服裝的女慈善家們的可怕冷酷，她越來越覺得痛苦。她希望看到眞實的感情，要求過眞正的生活，而不是生活的遊戲，不是生活的肥皀泡沫。可是這樣的生活根本不存在。她最好的回憶就是對士官生柯柯（大家都這樣叫他）的愛情。那是一種美好、純潔、樸素的感情，這樣的感情如今沒有了，也不可能有了。她越來越憂鬱，懷著這樣憂鬱的心情來到了芬蘭姨媽家。新的環境、新的景色，以及一些和以前迥然不同的人，這一切都格外吸引她。

這件事是如何發生的、何時發生的，她說不清楚。姨媽家有一個瑞典客人，她談到他的工作，談到他的同胞，談到新的瑞典小說。她自己也不知道這種可怕的眉目傳情和笑臉相迎是如何開始和何時開始的。這種感情的交流無法用語言表達，但她認爲它的含意超過任何語言。這種眼神和微笑打開了彼此的心扉，不僅打開了心扉，而且揭開了全人類共有的最偉大、最重要的祕密。由於這種微笑，他們所說的話因而具有最偉大、最幸福的意義。他們一起聽音樂或唱兩重唱，音樂便具有這樣的意義。他們朗讀文藝作品，作品也具有這樣的意義。有時他們爭論且各自堅持己見，但只要他們的目光一接觸，臉上泛出笑容，爭論就會停止，他們就會升騰到只有他倆才能到達的高處。

這件事是如何發生的，魔鬼是如何和何時從這種目光和微笑中出現，把他倆同時抓住的，她說不出來。但當她在魔鬼面前感到恐懼時，聯繫他倆的無形繩索早已將他們緊緊捆住。她覺得自己無力掙脫而把希望寄託在他身上，寄託在他的高尙上。她原本希望他不會利用自己的力量，也朦朦朧朧地希望不會發生這樣的事。

她在鬥爭中顯得軟弱無力，因爲她沒有依靠。她那庸俗的生活，淺薄又虛僞，令她厭煩。她不愛母親，父親呢，她認爲他把她推開。她不喜歡玩世不恭，想過眞正的生活。她在愛情中，在女性對男性的完美愛情中，預感到這種生活。而健康熱烈的天性也使她往這個方向發展。她想像這樣的生活就在他身上，在他魁偉強壯的身體裡，在他淺色頭髮的頭腦裡，在他淺色的八字鬍子裡，而鬍子下則洋溢著富有魅力的微笑。她在這裡看見了世界上最美好的東西。就是這微笑和目光，希望和誘人的許諾把他們引領到他們應該到達的境地，而這個境地是她既害怕又隱隱約約期待著的。忽然，這美麗、快樂、對未來充滿希望的一切都變得討厭、可惡和充滿獸性，不僅可悲，而且令人絕望。

她望著他的眼睛，竭力想裝出笑容，竭力想裝得無所畏懼。這是理所當然的，但她心裡明白，現在一切都完了，她原來所追求的東西——她和柯柯身上都有的東西——如今都沒有了。她寫信給他，說他現在應該寫信給她父親向她求婚。他說他會這樣做。後來，第二次見面，他說他不能立刻這樣做。他的眼睛裡有一種怯懦困惑的神色，她越發懷疑他了。第二天，他寄給她一封信，信裡說他結過婚，妻子早就離開他，現在他在她的心目中滅亡了，他有罪，請求她饒恕。

她把他叫來，明白地對他說，她愛他，不管他有沒有結過婚，她覺得自己已經永遠同他結合在一起，永遠不會離開他了。

下次見面時，他說他一無所有，他的父母很窮，他只能讓她過最貧困的生活。她說她什麼也不要，他要去哪兒，她就立刻跟他去。

他試圖說服她，勸她等待。她同意了。但瞞著家人跟他偶然會面和祕密通信，對她而言是痛苦的。她堅持出走，堅持私奔。

她來到彼得堡後，他寫信給她，答應去看她。後來他不再寫信，人也不見了。她想要像原來那樣過生活，但是辦不到。她病了。醫生為她治病，但她的情況越來越糟。當她確信她無法掩蓋她想掩蓋的事時，她決定自殺。但如何讓人認為她是自然死亡？她想自殺，終於橫下心來。她把毒藥撒在酒杯裡，準備喝下去。她很可能喝下去，要不是這時她五歲的外甥，她姊姊的兒子，跑進來，給她看外婆送他的玩具。她放下酒杯，愛撫這孩子，突然哭起來。她想到若是他沒結過婚，她原本是可以做母親的。這種母性的意識使她清醒過來，不管別人家如何想她說她，她只想過自己真正的生活。因輿論的壓力而自殺，這事看起來容易，但她畢竟不能為自己自殺。她潑掉毒藥，不再想自殺，開始堅強地獨立生活。這種生活是痛苦的，但畢竟是生活，她不願也不能放棄它。她開始祈禱，她好久沒有祈禱了，但這並不能使她輕鬆。她不是為自己痛苦，而是不想讓父親痛苦。她理解父親的痛苦，她可憐他，知道他會痛苦，他是因爲她而痛苦。她這樣生活了幾個月，突然出現了一個連她自己也沒察覺的情況，這種情況完全改變她的生活。她坐在那兒編織毯子，突然覺得身體裡有一種奇怪的躁動。

「不，這是不可能的。」她停下手裡的針線活。突然又是一次奇怪的躁動。難道這眞的是『他』或『她』嗎？她忘記了一切，忘記了他的卑劣和虛僞，忘記了母親的氣憤、父親的悲哀，臉上浮起了微笑。這並不是她回應他可憎微笑的那種可憎的微笑，而是開朗、純潔、快樂的微笑。

想到她竟然想殺死**他**和自己，她就感到不寒而慄。現在她只有一個念頭：怎樣離開家，到哪兒去做母親，做一個不幸的可憐母親，但終究是母親。她反覆考慮這件事，最後移居到遙遠的省城，那裡誰也找不到她，她想到那裡遠離家人，但倒楣的是叔叔正好在那裡當省長。這是她萬萬沒料到的。

她在產婆瑪麗雅·伊凡諾夫娜的家裡已住了三個多月，知道叔叔就在這個城裡，她打算搬到更遠的地方去。

3

米哈伊爾·伊凡諾維奇這天早晨醒得很早。他走進弟弟的書房，交給他一張現金支票，請他按月付給女兒生活費，同時向他打聽去彼得堡的快車何時發車。火車晚上七點開動。這樣一來，米哈伊爾·伊凡諾維奇就可以提早吃完晚餐，準備動身。他跟弟媳婦一起喝了咖啡。因爲看到他那麼痛苦，弟媳婦便不再對他說什麼，只是怯生生地瞧著他。米哈伊爾・伊凡諾維奇依照平時的健身習慣出外散步。

亞歷山德拉・德米特里耶夫娜送他到前廳。

「米哈伊爾，您到市公園走走，在那裡散步很好，到哪兒都很近。」她說，並同情地望著他怒氣沖沖的臉。

米哈伊爾・伊凡諾維奇聽從她的勸告去市公園，那兒離什麼地方都很近。他煩惱地想到女人們的愚蠢、固執和無情。「她並不可憐我，」他想到弟媳婦，「她根本不理解我的痛苦。她呢？」他想到了女兒，「她知道這對我意味著什麼，使我多麼痛苦啊。在我生命的暮年這是多麼可怕的打擊啊！她準會使我減壽的。唉，但願早點結束，也比這樣受罪來得好。而這一切都是由於那無賴的一雙漂亮眼睛……哦，哦，哦！」他大聲呻吟。一想到如今準會鬧得滿城風雨，人們都會知道（恐怕人人都已知道）這件事，他心裡湧起一陣怨恨和憤怒，他眞想把一切都告訴她，讓她知道她的行爲的全部後果。「她們什麼都不懂。」他想。

「到哪兒都很近。」他想，拿出筆記本，找到她的地址：廚師街阿勃拉莫夫家，薇拉・伊凡諾夫娜・謝里維爾斯托娃。她用了這個化名。他走近門口，叫車夫停車。

「您找誰呀？」他走到陡直狹隘、臭氣薰天的樓梯口，產婆瑪麗雅・伊凡諾夫娜問。

「謝里維爾斯托娃女士住在這兒嗎？」

「薇拉・伊凡諾夫娜嗎？這兒，請進。她出門買東西，大概馬上就回來。」

米哈伊爾・伊凡諾維奇跟著肥胖的瑪麗雅・伊凡諾夫娜走進小小的會客室，這時鄰室一個嬰兒的可惡哭聲像刀似的剜著他的心。

瑪麗雅・伊凡諾夫娜說了聲少陪，就到隔壁小房間裡。接著，他聽見她在那裡哄孩子。孩子不哭了，她又走出來。

「這是她的孩子。她馬上就回來。您是誰呀？」

「我是她的熟人，我下次再來。」米哈伊爾・伊凡諾維奇說，準備離開。他覺得同她見面太痛苦，他也想不出什麼話解釋。

他剛轉身要走，樓梯上就傳來輕快的腳步聲。他聽出是麗莎的聲音。

「瑪麗雅・伊凡諾夫娜！我不在，孩子沒哭吧……我啊……」

她突然看見了父親。她拿著的小紙包從她手裡掉了下去。

「爸爸!?」她叫道，臉色發白，渾身哆嗦，在門口站住。

他望著她，站在原地不動。她瘦了，眼睛大了，鼻子尖了，手臂瘦得骨節突出。他不知道要說什麼或做什麼。此刻他忘記了自己蒙受的恥辱，他只是可憐她，可憐她的消瘦，可憐她身上粗劣的衣服，尤其可憐她那淒楚的臉和那雙盯著他的懇求的眼睛。

「爸爸，饒恕我。」她說，走近他。

「我，」他說，「饒恕我。」他像孩子般抽泣起來，吻著她的臉、手，在上面灑滿了淚水。

對女兒的憐憫讓他看到了自己。一看到自己的眞實面目，他明白他在女兒面前是有罪的，他爲自己的高傲、冷酷，以及對她的怨恨而感到有罪。他高興的是認知到自己有罪，她沒什麼需要饒恕的，而他自己卻需要饒恕。

她把他領到自己房間裡，告訴他她如何生活，但沒給他看孩子。她隻字不提過去的事，知道這會令他痛苦。他對她說，她應該重新安排生活。

「是啊，要是在鄉下就……」她說。

「我們來好好考慮一下。」他說。

忽然門外傳來了孩子的尖叫聲，然後是大聲啼哭。她睜大眼睛，目不轉眼地望著父親，猶豫不決地愣住了。

「看來你該去餵奶了。」米哈伊爾·伊凡諾維奇說，由於內心的激動而揚起眉毛。

她站起來。她突然瘋狂地想到，要把現在全天下她最愛的人抱給那個她從小就摯愛的人看看。但在沒開口之前，她瞧了一眼父親的臉，瞧瞧他有沒有生氣。

父親臉上表現出來的不是氣憤，而是痛苦。

「去吧，去吧，」他說，「上帝保佑。我明天再來，我們再做決定。再見，心肝寶貝。再見。」他覺得很難克制湧上喉嚨的硬塊。

米哈伊爾·伊凡諾維奇回到弟弟家裡，亞歷山德拉·德米特里耶夫娜立刻問他：「怎麼樣？」

「沒什麼。」

「您見到她了？」她問，從他的臉上看出發生了什麼事。

「是啊。」他急急地說，突然哭起來。「是啊，我老了，糊塗了。」他平靜下來說。

「不，你聰明，很聰明。」

米哈伊爾·伊凡諾維奇饒恕了女兒，完全饒恕了她，並由於饒恕而克服了對輿論的恐懼。他把女兒安置在鄉下弟媳婦的妹妹家裡，常常同女兒見面，不僅像以前那樣，而且比原先更加愛她。他常常去看她，在她那兒住上幾天。但他避免看到那個孩子，也無法克服對他的嫌惡和蔑視。這一點令他女兒感到痛苦。

窮人①

漁夫的妻子讓妮坐在小屋的火爐旁補一張舊帆。屋外海風怒號，波濤拍岸，濺起一陣陣浪花……外面又黑又冷，海上暴風驟雨，但漁家小屋裡卻溫暖舒適。地板掃得乾乾淨淨，爐子裡的火還沒熄滅，木架上的餐具閃閃發亮。在怒海的咆哮聲中，床上睡著五個孩子，掛著蚊帳。漁夫一早駕著小船出海，還沒回來。讓妮聽著波濤的咆哮和狂風的呼號，感到心驚膽戰。

古老的木鐘嘶啞地敲了十下、十一下……始終不見丈夫歸來。讓妮想著心事。丈夫不顧惜身體，冒著寒冷和風暴出海打魚。她從早到晚坐在家裡幹活。結果怎樣呢？一家人只能勉強餬口。孩子們還是沒鞋穿，不論冬夏都光著腳走路；連白麵包都吃不上，大麥麵包總算還吃得飽。但配菜就只有魚。「不過，讚美主，孩子們都身體健康，沒什麼可抱怨的。」讓妮想，傾聽著風暴的咆哮。「他現在在哪兒？主啊，你開開恩，保佑他，救救他！」她一面說，一面畫十字。

睡覺還早。讓妮站起來，包上一塊厚頭巾，點亮風燈，走到街上，看看海是不是平靜些，天是不是亮了，燈塔上的燈有沒有熄滅，不知能不能望見丈夫的小船。但海面上什麼也看不見。風吹掉她的頭巾，捲著什麼颳斷的東西敲打著鄰居小屋的門。讓妮想起傍晚時她就想去探望害病的女鄰居。「也沒有人照顧她。」讓妮想著，敲了敲門。她側著耳朵聽……沒人答應。

「做寡婦眞苦啊！」讓妮站在門口想，「雖說孩子不多，只有兩個，可全靠她一個人張羅。如今又生病！唉，做寡婦眞苦啊！讓我進去瞧瞧。」

讓妮一再敲門，可是沒人答應。

「喂，鄰居！」讓妮叫道，「該不會出什麼事吧。」她想著，推開門。

小屋裡又潮濕又寒冷。讓妮舉起風燈，想看看病人在什麼地方。首先映入她眼簾的是對著門放著的一張床，床上仰天躺著女鄰居。她一動也不動，沒有聲音，只有死人才是這副模樣。讓妮把風燈舉得更近一些。不錯，是她。她的頭往後仰著，冰冷發青的臉上露出死亡的安詳。一隻蒼白僵硬的手從乾草上掛下來，彷彿要去抓什麼東西。就在這死去的母親旁邊，正睡著兩個鬈髮、胖腮的小男孩，他們身上披蓋著舊衣服，蜷曲著身子，兩顆淺黃頭髮的小腦袋緊緊地靠在一起。顯然，母親臨死時還拿舊頭巾蓋住他們的小腳，又把自己的衣服蓋在他們身上。他們的呼吸均勻而平靜，他們睡得很香甜。

讓妮解下孩子們睡著的搖籃，用頭巾把他們蓋住，搬回家去。她的心跳得很厲害；她自己也不知道爲什麼要這樣做，但她知道非這樣做不可。

回到家裡，她把這兩個熟睡的孩子放在床上，讓他們同自己的孩子睡在一起，又連忙拉攏蚊帳。她臉色蒼白，神情激動，她忐忑不安地想：「他會說什麼呢？……」她自言自語，「這可不是鬧著玩的。自己有五個孩子，已夠他受的了……是他回來了？……不，還沒回來！……爲什麼把他們抱過來！……他會揍我的！那也活該，我自作自受。哦，他回來了！不！……嗯，揍我一頓倒好些！」

門吱嘎一聲，彷彿有人進來。讓妮一驚，從椅子上站起來。

「不，沒有人！主啊，我爲什麼要這樣做！……如今叫我怎麼對他說呢？……」讓妮沉思起來，久久地坐在床前。

雨停了，天亮了，但風仍在呼嘯，海仍在咆哮。

門突然開了，一股清新的海風衝進屋子，魁梧黝黑的漁夫拖著濕淋淋的破網走進來說：「我回來了，讓妮！」

「哦，你回來啦！」讓妮說著站住，不敢抬起眼睛看他。

「嗐，這樣的夜晚！眞可怕！」

「是啊，是啊，天氣眞可怕！那麼，魚打得怎麼樣？」

「糟糕，眞糟糕！什麼也沒打到。還把網給撕破了。倒楣，倒楣！……這天氣可眞該死！我記不起幾時有過這樣的夜晚了，那裡還談得上什麼打魚！讚美主，總算活著回來了……那麼，我不在時，你在家裡做些什麼呢？」

漁夫說著，把網拖進屋裡，在爐子旁坐下。

「我嗎？」讓妮臉色發白地說，「我沒做什麼……縫縫補補……風吼得這麼兇，眞叫人害怕。我眞替你擔心呢！」

「是吧，是啊，」丈夫喃喃地說，「這天氣眞是活見鬼！可是有什麼辦法呢！」

兩人沉默了一陣。

「你知道嗎，」讓妮說，「鄰居西蒙死了。」

「是嗎？」

「我也不知道她什麼時候死的，大概是昨天。哦，她死得好慘哪！她一定心疼死孩子了！兩個孩子那麼小……一個還不會說話，另一個剛會爬……」讓妮沒再作聲。

漁夫皺起眉；他的臉變得嚴肅、憂慮。

「嗯，是個問題！」他搔搔後腦勺說，「嗯，你看怎麼辦！得把他們抱過來，跟死人待在一起怎麼行？哦，我們總能熬過去的！快去！」

但讓妮坐著一動也不動。

「你怎麼啦？不願意嗎？你怎麼啦，讓妮？」

「你瞧，他們就在這裡呀。」讓妮說著撩起蚊帳。

---

①本篇根據雨果的詩〈可憐的人們〉改寫而成。

孩子的力量

「打死他！……槍斃他！……把這個壞蛋立刻槍斃！……打死他！……割斷兇手的喉嚨！……打死他，打死他！」人群大聲叫嚷，有男人，有女人。

一大群人押著一個被捆綁的人在街上走著。這個人身材高大，腰板挺直，步伐堅定，高高地昂起頭。他那漂亮剛毅的臉上露出對周圍人群蔑視和憎恨的神色。

這是一個在人民反對政府的戰爭中站在政府那邊的人。他被逮到，現在正押去處決。

「有什麼辦法呢！力量並非總在我們這一邊。有什麼辦法呢？現在是他們的天下。死就死吧，看來只能這樣了。」他想，聳聳肩膀，對人群不斷的叫嚷報以冷冷的一笑。

「他是警察，今天早晨還向我們開過槍！」人群嚷道。

但人群並沒有停下來，仍押著他往前走。當他們來到那條還橫著昨天死於軍警槍口下的遇難者屍體的街上時，人群狂怒了。

「不要拖延時間！就在這兒槍斃那無賴，還把他押到哪兒去？」人群嚷道。

被俘的人陰沉著臉，只是把頭昂得更高。他憎恨群眾似乎超過群眾對他的憎恨。

「把所有的人統統打死！打死密探！打死皇帝！打死神父！打死這些壞蛋！打死，立刻打死！」婦女們尖聲叫道。

但領頭的人決定把他押到廣場上，在那裡解決他。

離廣場已經不遠，在一片肅靜中，從人群後面傳來一個孩子的哭叫聲。

「爸爸！爸爸！」一個六歲的男孩邊哭邊叫，推開人群往俘虜那邊擠去。「爸爸！他們要把你怎麼樣？等一等，等一等，把我也帶去，帶去！……」

孩子旁邊的人群停止了叫喊，他們彷彿遭受強大衝擊，人群分開來，讓孩子往父親那邊擠去。

「瞧這孩子多可愛啊！」一個女人說。

「你要找誰呀？」另一個女人向男孩俯下身，問道。

「我要爸爸！放我到爸爸那兒去！」男孩尖聲回答。

「你幾歲啊，孩子？」

「你們想把爸爸怎麼樣？」男孩問。

「回家去，孩子，回到媽媽那兒去。」一個男人對孩子說。

俘虜已聽見孩子的聲音，也聽見別人對他說的話。他的臉色越發陰沉了。

「他沒有母親！」他對那個叫孩子去找母親的人說。

男孩在人群裡一直往前擠，擠到父親身邊，爬到他手臂上。

人群一直在叫著：「打死他！吊死他！槍斃壞蛋！」

「你幹嘛從家裡跑出來？」父親對孩子說。

「他們要拿你怎麼樣？」孩子問。

「你去辦一件事。」父親說。

「什麼？」

「你認識卡秋莎嗎？」

「那個鄰居阿姨嗎？怎麼不認識。」

「好吧，你先到她那兒去，待在那裡。我……我就來。」

「你不去，我也不去，」男孩說著哭起來。

「你爲什麼不去？」

「他們會打你的。」

「不會，他們不會的，他們就是這樣。」

俘虜放下男孩，走到人群中那個發號施令的人跟前。

「聽我說，」他說，「你們要打死我，不論怎樣都行，也不論在什麼地方，但就是不要當著他的面。」他指指男孩。「你們放開我兩分鐘，抓住我的一隻手。我好跟他說，我跟您一起溜達溜達，您是我的朋友，這樣他就會走了。到那時……到那時你們要怎麼打死我，就怎麼打死我。」

領頭的人同意了。

然後，俘虜又抱起孩子說：「乖孩子，到卡秋莎阿姨那兒去。」

「你呢？」

「你瞧，我同這位朋友一起溜達溜達，我們再溜達一會兒，你先去，我就來。你去吧，乖孩子。」

男孩盯著父親，頭一會兒轉向這邊，一會兒轉向那邊，接著思索起來。

「去吧，好孩子，我就來。」

「你一定來嗎？」

男孩聽從父親的話。一個女人把他從人群裡帶出去。

直到看不見孩子了，俘虜說：「現在我準備好了，你們打死我吧。」

這時候發生了一件完全意想不到和難以理解的事。在這些一時之間變得殘酷、對人充滿仇恨的人身上，同一個神靈覺醒了。一個女人說：「我說，放了他吧。」

「上帝保佑，」又一個人說，「放了他，」

「放了他，放了他！」人群叫喊起來。

那個驕傲、冷酷的人剛才還在憎恨群眾，如今竟雙手蒙住臉，放聲大哭起來。他是個有罪的人，但當他從人群裡跑出去時，卻沒有人攔住他。

狼

從前有一個男孩。他很喜歡吃小雞，但很害怕狼。

有一天，這男孩躺下睡著了。他夢見他獨自在樹林裡採蘑菇，突然從樹叢裡竄出一頭狼，向他撲來。

男孩嚇得叫起來：「啊呀，啊呀！牠要吃我了！」

狼說：「等一下，我不吃你，我要跟你談談。」

於是狼就說起人話來。

狼說：「你怕我把你吃掉。可是你自己在做什麼？你喜歡吃小雞嗎？」

「我喜歡。」

「那你爲什麼吃小雞？要知道，這些小雞也跟你一樣活蹦亂跳。哪天早晨你可以去瞧瞧，廚師怎樣把牠們捉到廚房裡，怎樣割斷牠們的喉嚨，母雞又怎樣咯咯直叫，因爲牠的小雞被抓走了。你看過這種情景嗎？」狼說。

男孩說：「我沒有看到過。」

「沒有看到過，那你就去看看。但現在我要吃掉你。你也是一隻小雞，我要吃掉你。」

狼向男孩撲去。男孩嚇得大叫：「啊呀，啊呀，啊呀！」他叫著醒來。

從那以後，男孩不再吃肉，不再吃牛肉、小牛肉、羊肉和雞肉了。

同路人的談話

我一早出門，心裡輕鬆愉快。這是一個美好的早晨，太陽剛從樹叢後升起，青草上、樹木上，到處都閃耀著露珠。萬物都很可愛，人人都很可愛。這麼美好，簡直不想死。眞的不想死。周圍是那麼美麗，心情是那麼快樂，眞想在這世界上再活下去。嗯，但這由不得我，這是上帝的事……

我走近村莊，在第一座房子對面的大路上，有個人一動也不動地側身對著我站著。顯然，他在等著什麼事或什麼人，不煩躁、不怨恨，只有幹活的人才能這樣等待。我走近一看，原來是個莊稼漢，頭髮灰白蓬亂，留著大鬍子。他體格強壯，相貌平常，一看就知道是個幹活的人。他不抽紙煙而抽煙管。我跟他打了招呼。

「阿歷克賽老頭住在這裡什麼地方？」我問。

「我不知道，老伙計，我們不是本地人。」

他不說我不是本地人而說我們不是本地人。

俄羅斯人幾乎從不單獨的（除非他做了壞事，才說「我」）。說到家庭說我們，說到勞動組合說我們，說到社會說我們。

「不是本地人？那你從哪兒來？」

「我們是卡盧加人。」

我指指他的煙管，問道：「你一年要抽掉多少錢？恐怕要三個盧布吧？」

「三個盧布？三個盧布不夠。」

「那爲什麼不戒掉？」

「怎麼戒得掉？抽慣了。」

「我原來也抽過，戒掉了。戒掉很容易，很舒服。」

「那當然。但不抽太無聊。」

「戒了吧，不會無聊的。抽煙沒什麼好處。」

「能有什麼好處！」

「沒有好處，那就別抽了。別人會學你的樣。年輕人更不該抽。他們會說，老頭子抽，我們也可以抽。」

「是這樣沒錯。」

「看到你抽，兒子也會抽。」

「是的，兒子也抽……」

「那就戒了吧。」

「戒可以戒，可是不抽煙太無聊，心裡悶得慌。多半是由於無聊。一無聊，就想抽。毛病就出在無聊。有時候眞無聊，眞無聊……」他一再說。

「無聊的時候多想想靈魂就好了。」

他目光炯炯地瞧了我一眼，他的臉色頓時變了，變得嚴肅專注，不像原來那樣和善有趣，夸夸其談。

「多想想靈魂，多想想靈魂，是嗎？」他審視著我的眼睛，說道。

「是啊，多想想靈魂，就不會幹傻事了。」

他臉上煥發出親切的光輝。

「對，老頭兒。你說得很對。想想靈魂是頭等大事。頭等大事是想想靈魂。」他停了停。「謝謝你，老頭兒。你說得對。」他指指煙管。「這玩意完全沒意思，想想靈魂是頭等大事，」他重複說，「你說得對。」他的臉變得更和善、更嚴肅了。

我想繼續跟他談話，但喉嚨哽咽（我變得很脆弱，容易流淚），再也說不下去。我同他告別，快樂而激動地噙著眼淚離開。

生活在這樣的人民中間，怎能不快樂？對這樣的人民怎能不抱最美好的希望？

一九〇九年九月九日於克列克希諾

過路客和農民

在一座農舍裡。一個**年老的過路客**坐在坐櫃上看書。**主人**下工回家，坐下吃晚飯，請過路客一起吃。過路客謝絕了。主人獨自吃晚飯。他吃完飯，站起來，做禱告，在老人旁邊坐下。

農民　什麼風把你吹來的啊？……

過路客　（摘下眼鏡，放下書）沒有火車，火車要到明天才開。車站很擁擠。我剛才請求女當家讓我在你家過一夜。她讓我進來了。

農民　好吧，沒關係，在這裡過夜吧。

過路客　謝謝。那麼，你們現在過得怎樣？

農民　我們過的是什麼日子啊？糟得不能再糟了！

過路客　怎麼會？

農民　主要是沒有辦法過日子。我們的生活眞是糟得不能再糟了！我家有九口人，個個都要吃飯，可是只收了六斗①糧，就是這麼過。沒辦法只好去替人家打工。你去打工，人家就壓你工錢。有錢人要怎樣，就拿我們怎樣。人口越來越多，土地沒增加，稅捐卻不斷增加。又是地租，又是土地稅，又是地下工程稅，又是橋樑稅，又是保險費，又是甲長稅，又是糧食稅，簡直數也數不清，還有，神父要錢，官老爺要錢。個個都到我們這兒，只有懶鬼才不來。

過路客　我還以爲如今莊稼人都過得不錯呢。

農民　過得太好了，常常整天沒東西吃。

過路客　我還以爲你們大把大把花錢呢。

農民　哪來錢花啊？你說得眞怪。人都快餓死了，你卻說：大把大把花錢。

過路客　是啊，我從報上看到，去年喝掉了七億盧布——要知道，一百萬就等於一千乘一千——莊稼人一年喝酒就喝掉了七億盧布。

農民　難道就只有我們喝嗎？你瞧，神父他們就要頭等貨。而官老爺也不放過我們。

過路客　這只是小部分，大部分還是莊稼人喝的吧。

農民　那麼照你說，莊稼人就不要喝了？

過路客　不，我是說，如果一年光喝酒就喝掉七億盧布，那日子總還過得不錯吧。七億盧布可不是開玩笑，你也沒話好說。

農民　沒有燒酒怎麼行？這可不是我們開頭的，也不能由我們結束；祭壇上要供酒，辦喜事要喝酒，死人要喝酒，請客要喝酒，不管你願不願意，都不能沒有酒。這是規矩。

過路客　有人就是不喝酒。他們照樣過日子。喝酒沒什麼好處。

農民　有什麼好處，只有壞處！

過路客　那就別喝了。

農民　不論喝不喝，反正沒法兒過活。沒有土地。要是有地，還可以過，可是沒有地。

過路客　怎麼沒有地？地還少嗎？不論往哪兒看，到處都是地。

農民 地有的是，但不是我們的！胳膊肘離得近，就是咬不著！

過路客 不是你們的？那麼是誰的？

農民 誰的？大家都知道是誰的。是他的，是那個大肚子地主老財的，他占有一千七百俄畝②地，他只有一個人，他還嫌少，而我們連雞都不再養了，沒地方放啊。再這樣下去，連牲口都沒法兒養了。沒有飼料。要是小牛或馬兒闖到他的地裡，就得罰款，只好把最後一點家當拿去賣掉付罰金。

過路客 他要那麼多地幹嘛？

農民 他要地幹嘛？當然是播種、收穫、賣糧，把錢存到銀行裡。

過路客 這麼多土地他怎麼耕種、怎麼收穫？

農民 你簡直像個孩子。他有的是錢，可以雇人替他耕種，替他收穫。

過路客 我想，他也是從你們中間雇請工人的吧？

農民 有些是本地人，有些是外地人。

過路客 他們不全是莊稼人嗎？

農民 當然，是我們弟兄。除了莊稼人，還有誰啊？當然都是莊稼人。

過路客 如果莊稼人不去替他幹活……

農民 去不去都一樣，反正他不給。即使地荒廢著，他也不給。眞所謂狗睡乾草，自己不吃，也不讓人吃。

過路客 那他怎麼保護自己的土地呢？我想他的地總有五俄里長吧？他怎麼看守呢？

農民 你說得眞怪。他側著身子睡覺，肚子越來越大，因此他用保鏢。

過路客 那麼，保鏢也是從你們之中找的吧？

農民 還能從哪兒找，當然從我們之中找。

過路客 這麼說來，莊稼人自己替地主老爺種地，又替他們看守嗎？

農民 那你說該怎麼辦？

過路客 該這麼辦，不替他幹活，也不替他看守，土地就成爲自由地了。土地是上帝的，人也是上帝的，誰要，誰就可以耕、種、收。

農民 你是說罷工嗎？老伙計，對付這種事他們有的是兵。他們派兵來，一、二、三，開槍，就會有人被打死，有人被抓去。跟大兵是沒話可說的。

過路客 士兵不也是你們的人嗎？他們幹嘛要開槍打自己人？

農民 要不怎麼辦，士兵是起過誓的。

過路客 起誓嗎？起誓是怎麼一回事？

農民 你難道不是俄羅斯人嗎？起誓就是起誓。

過路客 你是說他們起過誓嗎？

農民 要不又是什麼？把手放在十字架和《福音書》上起誓：爲了皇上和祖國願意獻出生命。

過路客 照我想，不需要這樣做。

農民 怎麼不需要啊？

過路客 不需要起誓。

農民 法律規定了，怎麼不需要？

過路客 不，法律沒有這樣規定。但基督的律法明白禁止：根本不准起誓。

農民 是嗎？那麼神父怎麼樣？

過路客 （拿起《福音書》，翻開找尋，然後讀）「你們又聽見有吩咐古人的話，說：『不可背誓。』只是我告訴你們，什麼誓都不可起。你們的話，是，就說是；不是，就說不是。若再多說，就是出於那惡者。」（〈馬太福音〉第五章第三十三、三十四、三十七節）。這也就是說，按照基督的律法，不能起誓。

農民 不起誓就不能當兵。

過路客 那麼士兵究竟有什麼用呢？

農民 有什麼用？如果外國皇帝來打我們的皇帝，怎麼辦？

過路客 皇帝他們自己吵架，那就讓他們自己解決好了。

農民 哼！怎麼辦？

過路客 就這麼辦，凡是信上帝的，不論你怎麼對他說，他都不會去殺人。

農民 那麼神父爲何在教堂裡宣讀宣戰命令，徵集預備役士兵呢？

過路客 這我就不知道了，我只知道《福音書》第六章明白說：「不可殺人。」這就是說，禁止人殺人。

農民 這是說在家裡。打起仗來怎能不殺人呢？是仇敵哪。

過路客 按照基督《福音書》的教導，仇敵是沒有的，他要我們愛一切人。（他翻開《福音書》找尋。）

農民 好吧，你唸唸！

過路客 （唸《福音書》）「你們聽見有吩咐古人的話，說：『不可殺人。』又說：『凡殺人的，難免受審判。』只是我告訴你們，凡向弟兄動怒的，難免受審判。你們聽見有話說：『當愛你的鄰舍，恨你的仇敵。』只是我告訴你們，要愛你們的仇敵，爲那逼迫你們的禱告。」（〈馬太福音〉第五章第二十一、二十二、四十三、四十四節）

長久的沉默。

農民 那麼，稅捐怎麼辦？也不繳嗎？

過路客 這事你應該知道。如果你的孩子在挨餓，那麼，首先當然要讓你的孩子吃飽。

農民 照你這麼說，士兵就根本用不著了？

過路客 要他們幹什麼？他們從你們頭上收去幾百萬盧布，給這批傢伙吃飯穿衣可不是鬧著玩的。要養活這樣幾百萬個吃白食的，而他們的用處就是不給你們土地，還開槍打你們。

農民 （嘆氣，搖頭）就是這樣。要是大家都明白就好了。只要一兩個人反對，他們就會槍斃你，或者把你送到西伯利亞，結果就是這樣。

過路客 但現在有些人，包括年輕人，他們信守上帝律法，不去當兵。他們說：我不能違反基督律法去殺人。你們要怎麼辦就怎麼辦，我絕不拿槍。

農民 那又怎樣呢？

過路客 他們被關進牢房裡，這些可憐的人就在那裡蹲上三四年。據說，他們在那邊很好，因爲長官

農民 也是人，尊重他們。有些人被釋放了，因為他們身體虛弱，不宜坐牢。有一個人身體魁梧，他也不宜坐牢。因為他們不敢關押這樣的人，怕他對別人說當兵違反上帝律法。於是就把他放了。

過路客 那又怎樣？

農民 有的獲得釋放，有的死在那裡。不過當兵也要死的，有時還會殘廢，少胳膊缺腿……

過路客 你可眞調皮，朋友。這樣就好了，但事情往往不能這樣了結。

農民 爲什麼不能這樣了結？

過路客 因爲……

農民 因爲什麼？

過路客 因爲長官有權。

農民 長官有權是因爲你們聽他的話。你們不聽長官的話，他就沒有權了。

過路客 （搖頭）你說得眞怪。怎麼能沒有長官呢？沒有長官是不行的。

農民 當然不行。問題在於你認爲誰是長官：是警察局長，還是上帝？你要聽誰的話：聽警察局長，還是聽上帝？

過路客 這還用說嗎？沒有比上帝更大的了。按照上帝的教導生活是頭等大事。

農民 要是按照上帝的教導生活，那就得聽從上帝，而不是聽從人。如果按照上帝的教導生活，那就不應該把人從別人的土地上趕走，不應該當甲長、做村長、收稅捐，不應該去當警官、警察，更不應該去當兵、殺人。

農民 那麼大鬍子神父怎麼樣呢？他們應該看到這是不合乎律法的，他們爲什麼不教導人應該怎麼辦？

過路客 這一點我不知道。他們走他們的路，你們走你們的路。

農民 那些大鬍子惡鬼就是這樣的。

過路客 可別這麼說，不要責備別人。每個人都要記住自己的身分。

農民 這個當然。

長久的沉默。農民搖搖頭，冷笑。

農民 這是不是說，你主張大家齊心協力地去幹，這樣土地就是我們的了，稅捐也沒有了？

過路客 不，老弟，我說的不是這個意思。我不是說，按照上帝的教導生活，土地就會是我們的，稅捐就不用繳了。我是說，我們的生活不好，是因爲我們自己生活得不好。倘若按照上帝的教導生活，就不會有不好的生活。倘若按照上帝的教導生活，我們的生活將過得怎樣，只有上帝知道，但肯定不會有不好的生活。我們自己喝酒、相罵、打架、打官司、妒嫉、仇恨，而且不接受上帝的律法。那麼，大肚子地主老財啦，大鬍子神父啦，就會用金錢引誘我們，我們就什麼活都會去幹；當看守、當甲長、當兵，使自己的弟兄破產，絞死人、槍斃人。自己按照魔鬼的教唆去生活，還要埋怨人。

農民 這話有理。就是太難了，太難了！有時候眞受不了。

過路客 但爲了靈魂必須忍受。

農民 這話說得對！我們之所以生活得不好，就是因爲忘記了上帝。

過路客 問題就在這兒，所以生活得不好。你看，罷工工人說：我們把所有的老爺和大肚子老財統統打死，一切都是他們造成的，這樣我們的生活就會好過了。他們打啊打的，可是什麼好處也沒得到。做長官的也說：只要給我們一些時間，我們就把成千上萬的人吊死，投入監獄，生活就會好過了。可是你看，生活還是越來越糟。

農民 這話說得對。難道可以不經過審判嗎？總得按法律辦事啊。

過路客 問題就在這兒。不是伺候上帝，就是伺候魔鬼，二者必居其一。你要是伺候魔鬼，你就會酗酒、相罵、打架、仇恨、自私，不聽從上帝的律法而聽從人的律法，生活就會過得不好；你要伺候上帝，只聽他的話，不僅不搶人殺人，而且不責備任何人，不仇恨任何人，不參與幹壞事，你的生活就不會過得不好。

農民 （嘆息）老頭兒，你說得很好，非常好，可惜這樣的話我們很少聽到。唉，要是多這樣開導開導我們，情況就不同了。雖說城裡也有人來，他們說他們的一套，說怎樣改變情況，他們說得很尖刻，可是聽不出什麼道理。謝謝你，老頭兒。你的話說得很好。你要睡哪兒？睡在炕上好嗎？婆娘會替你鋪床的。

一九〇九年十月十二日

---

① 指俄斗。一俄斗約合二六·二四升。

② 一俄畝等於一·〇九公頃。

村裡的歌聲

歌聲和手風琴聲彷彿就在旁邊，但晨霧很濃，一個人也看不見。這不是假日，因此清早的歌聲起初令我驚訝。

「大概是歡送新兵吧。」我想起日前談到我村有五個人應徵入伍，不由得朝著發出快樂歌聲的那邊走去。當我走近歌手們時，歌聲和琴聲停止了。歌手們，就是被歡送的小伙子們，走進一座雙開間石砌農舍，去向一個應徵入伍者的父親辭行。門對面站著一些婆娘、姑娘和孩子。我正在向婆娘們打聽誰家的孩子去當兵，以及他們爲什麼走進這家農舍，這時門裡走出幾個送行的母親和姊妹，還有那幾個去當兵的小伙子。他們一共五個：四個單身漢，一個結過婚。我們的村子在城郊，應徵入伍的小伙子幾乎都在城裡工作，他們一身城裡人打扮，顯然都穿上最好的衣服：西裝、新帽和講究的長靴。當然，最引人注目的是那個中等身材、體格勻稱的小伙子，他有著一張快樂可愛、富有表情的臉，上唇和下巴剛長出鬍子，一雙褐色眼睛炯炯有神。他一走出來，就抓住掛在肩上的珍貴大手風琴，向我鞠了一躬，立刻迅速地按著琴鍵，彈起快樂的〈夫人〉曲來。他按著拍子，雄赳赳地邁開步子沿大街走去。

他旁邊走著一個小伙子，也是矮壯結實，淺色頭髮。他大膽地向兩邊張望，豪邁地接著第一聲部唱起第二聲部。他就是那個結過婚的。這兩人走在前面。其餘三人也都打扮得漂漂亮亮，走到他們後面。這三人看起來沒什麼特別，只有其中一人是高個子。

我跟隨在小伙子們後面，同人群一起走。盡是快樂的歌曲，遊行時也看不到一點悲傷的表情。但當我們走近下一個應徵者的家，準備去喝餞行酒而在門口站住時，女人們突然放聲大哭。很難聽懂她們哭訴的話，只能聽出隻字片語：「我不要活了……老爺爺……家鄉……」放聲大哭的人每說出一個音節就吸一口氣，先是拖長音的呻吟，然後爆發出一陣歇斯底里的大笑。這都是應徵者的母親們和姊妹們。除了親人的哭訴聲，還可以聽見旁人的勸慰聲。「好了，瑪特廖娜，我想你也夠累的了。」我聽見一個正在勸慰啼哭母親的女人的聲音。

小伙子們走進房子裡，我留在街上同認識的莊稼人華西里·奧列霍夫交談。他是我的小學同學。他的兒子是五個新兵中的一個，就是那個結過婚的小伙子，他一面走，一面隨聲和唱著。

「怎麼？捨不得吧？」我說。

「有什麼辦法？捨得也好，捨不得也好，總得去當兵啊。」

他把他的家庭情況告訴我。他有三個兒子：一個在家，另一個就是這次去當兵的，第三個也像老二那樣在當傭人，替家裡掙了不少錢。這個出去當兵的顯然沒給家裡多少幫助。他說：「他老婆是個城裡人，幹不了我們的粗活。他離開家獨自過活，自己養活自己。當然是可憐。可是有什麼辦法呢。」

我們正談著，小伙子們從屋裡出來。於是又響起一片哭聲、尖叫、大笑和勸慰聲。人們在大門口站了五分鐘左右，繼續前進，又響起歌聲和手風琴聲。手風琴手正確地打著拍子，踏了踏腳站住，接著不作聲，然後又用快樂的聲音響應，同時用他那雙可愛的褐色眼睛環顧四周。他的精力和勇氣不得不令人感到驚奇。他顯然有點兒音樂天分。我瞧著他。當我們的目光相遇時，他彷彿有點發窘（至少我有這樣的感覺）。他揚起眉毛，轉過身去，嘴裡唱得更響亮了。當他們走進第五家，也是最後一家時，我跟著他們走進去。五個小伙子都被邀請坐到桌旁。桌上鋪著桌布，擺著麵包和酒。那個同我談話的主人，也就是送已婚兒子入伍的人，斟了酒，拿起酒杯。小伙子們幾乎什麼也沒喝，每人喝不到四分之一杯，有的只用嘴唇沾一沾就放下杯子。女主人切著一個大圓麵包，分給大家吃。男主人斟酒，端給一個個客人。當我瞧著小伙子們時，就在我的坐位旁邊，從高炕上下來一個女人。她穿著一身我怎麼也想不到的怪衣服。這個女人穿著淺綠色絲綢連衣裙，上面釘有時髦的飾品，腳登高跟長靴，淺色頭髮梳成時髦的式樣，耳朵上戴著一副大金耳環。她的臉既不悲傷，也不快樂，但彷彿受了委屈。她走到地板上，神氣活現地踏響那雙新高跟鞋，眼睛不看小伙子們，逕自往門廊走去。這女人身上的一切：她的服裝，她那張受委屈的臉，特別是她那副耳環，這一切跟周遭的環境是那麼不協調，以致於我怎麼也搞不懂她是什麼人，她怎麼會睡到華西里家的高炕上。我問坐在旁邊的女人她是誰。

「華西里的兒媳婦，侍女出身的。」她回答我說。

主人開始第三次斟酒，但小伙子們謝絕了。他們站起來，祈禱一番，向主人道謝，來到街上。到了街上婆娘們又號哭起來。第一個哭的是那個跟著小伙子們出來、年紀很老的駝背女人。她哭得特別傷心，哭個不停，婆娘們不斷地勸慰她，挾住這個號啕大哭、向前衝的老太婆。

「這是誰啊？」我問。

「是他的奶奶。就是華西里的母親。」

當老太婆歇斯底里地哈哈大笑，倒在扶住她的婆娘們身上時，隊伍繼續前進，手風琴聲和快樂的說話聲又流瀉出來。

村口來了幾輛大車，準備把新兵送往縣裡。大家都站住了。不再有號哭的聲音。手風琴手拉得越來越起勁。他側著頭，一腳站住，一腳向前伸出打著拍子，兩手拉出急促優美的曲調，而他雄壯、高昂、快樂的歌聲和華西里兒子悅耳的伴唱，都非常及時地配合著手風琴拉出的歌曲。所有的人，不分老少，尤其是圍著人群的小伙子們（包括我在內），大家都盯著歌手，欣賞著他的表演。

「眞伶俐，機靈鬼！」有個男人說。

「悲傷痛哭，悲傷唱歌。」

這時，個子特別高的入伍小伙子大踏步走到歌手跟前。他向手風琴手俯下身，對他說了句什麼。

「好漂亮的小伙子，」我想，「他準會被收編到近衛軍的。」我不知道他是誰，是哪家的孩子。

「這是誰家的孩子？」我指著漂亮的小伙子，問一個朝我走來的小老頭。

小老頭摘下帽子向我一鞠躬，但他沒聽清楚我的話。

「您說什麼？」最初一刹那我沒認出他，但他一開口，我立刻想起了幹勁十足的好莊稼漢。他彷彿命中注定，接二連三地遭到不幸：一會兒被人偷走兩匹馬，一會兒房子燒掉，一會兒妻子死了。我在最初一刹那沒認出他，是因爲好久沒見到他。我想起了紅棕色頭髮、中等身材的普羅柯斐，如今他的頭髮完全不是棕色而變成灰色了，身體也變得很矮小。

「哦，原來是你，普羅柯斐。」我說，「我是問：那個走到亞歷山大跟前的小伙子是誰家的？」

「這一個嗎？」普羅柯斐朝向高個子小伙子那邊擺擺頭，問道。他搖了搖頭，喃喃地說著什麼，我聽不清楚。

「我說：這小伙子是誰家的？」我又問，瞧了普羅柯斐一眼。

普羅柯斐皺起臉，顴骨抖動起來。

「這是我的孩子。」他說著轉過身去，用手摀住臉，像孩子般抽泣起來。

現在，直到普羅柯斐說了「這是我的孩子」這句話之後，我才不是憑理性而是全部身心地感覺到，這個難忘的多霧早晨發生在我面前的事件的可怕之處。我突然覺得，我所看到的零散、困惑和奇怪的景象具有一種簡單、明確和可怕的意義。我感到羞愧難當，因爲我原來把親眼目睹的事情當作一種有趣的景象。我站住了，感覺自己做了一件極不好的事，怏怏地回家。

請想一想，這種事情如今正在全俄國成千上萬人的身上發生，而且過去發生過，今後還將長久地發生在溫順、聰明、聖潔卻又遭此殘酷和狡猾欺騙的俄國人民身上。

一九〇九年十一月八日於雅斯納雅・波良納

鄉村三日記

第一日

流浪漢

在我們的時代，鄉下發生了一種見所未見、聞所未聞的新景象。每天，有六到十二個飢寒交迫、衣衫襤褸的過路人到我們這個由八十戶人家組成的村子裡借宿。

這些衣衫襤褸、幾乎赤身光腳的人，多半身體有病，極其骯髒，到村子裡來找甲長。甲長爲了不讓這些人在街上凍死餓死，就帶他們到當地居民的家，而所謂居民，全部都是農民。甲長不把他們領到地主家，儘管地主除了有幾十個房間的正屋以外，在帳房、馬車夫房和洗衣室，以及在下房和其他房子裡，還有幾十個房間。他也不把他們領到教堂司祭、助理司祭和商人家，他們的房子雖然也不大，畢竟還有空的地方，卻把他們領到農民家裡。農民一家，包括妻子、兒媳婦、姑娘、大小孩子，全都擠在一個七八俄尺見方①的房間裡。主人接待飢寒交迫、衣衫襤褸、骯髒發臭的人，不僅讓他過夜，還給他麵包吃。

「你自己坐下來吃飯。」老主人對我說，「總不能不請他吧。要不你於心不安，總得給他吃喝啊。」

過路人要求宿夜的情況就是這樣。但白天到每戶農家的客人往往不是兩三個，而是十個、十幾個。同樣也是：「總不能……」

於是，儘管麵包遠遠不夠吃，女主人還是會切麵包給他們，有些人厚些，有些人薄些。

「要是人人都給，那麼每天一個大麵包也不夠，」女主人們對我說，「有時只給他們暖暖身子，不給他們吃的。」

這樣的事全俄國每天都在發生。乞丐、殘疾人、被政府流放的無依無靠的老人，主要是失業工人。不論是住宿、棲身（就是躲避嚴寒和雨雪）和吃飯，這支每年增長的大軍靠的就是幹最重的粗活和家境最貧窮的階級——鄉下農民——的直接幫助。

我們有貧民收容所，有社會救濟部門，城裡有各種救濟機關。在這些機關裡，在電燈通明、鋪著拼花地板、有整潔服裝的僕人和各種高薪職員服務的大樓裡，正在救濟成千上萬無依無靠的人。但不論這樣的人有多少，他們也只是貧民汪洋大海（具體數字不知道，但一定很大）中的一滴水，這些人如今一無所有，在俄國到處流浪，沒有得到任何機關的救濟，全靠鄉下農民出於基督感情，承擔起這項巨大而艱苦的義務，提供食宿給他們。

試想，如果非農民家的每個臥室裡，哪怕一星期一次接待一個飢寒交迫、骯髒生虱的過路人，這些過著非農民生活的人會說些什麼。農民們不僅收留這種過路人，而且給他們吃飯喝茶，只因爲「如果不請他們坐下同自己一起吃飯，就會於心不安。」（在薩拉托夫、坦波夫和其他省分的僻遠地方，農民們總是不等甲長把這種過路人領來，就自動接待他們，並提供食物給他們。）

這是眞正的善事。農民們一直在做，但並沒注意到這是善事。再說，這種善事不僅是「爲了靈魂」，而且對俄國社會極其重要。它的重要性在於如果沒有這樣的俄國農民，如果俄國農民沒有這種強烈的基督感情，那麼，不僅很難想像這成千上萬不幸的無家可歸者將如何過活，而且很難想像所有富裕的人，特別是有錢的鄉村居民，如何能過太平日子。

只要看看這些無家可歸的流浪漢的貧困程度，思考思考他們必然的心理狀態，你就會明白：全靠農民給與他們幫助，這才使他們不致於對另一些人行使暴力，因爲那些人擁有過多的財物，而他們這些不幸的人只需要少量財物就可以維持生活了。

所以，既不是慈善團體也不是擁有警察和各種司法機關的政府，在保護我們這些富裕階級不遭受極端貧困和絕望、飢寒交迫、無家可歸的人的侵犯，而是那些既供養我們又保護我們的俄國人民生活的基本力量——農民——在保護我們。

是的，要是沒有那些具有深厚博愛宗教意識的大量俄國農民，那麼，不管有多少警察（鄉村裡的警察那麼少，而且也不可能多），這些極度絕望、無家可歸的人不僅會把所有富人的家洗劫一空，而且會殺死阻止他們行動的人。所以，我們聽到和讀到有人爲了掠奪財物而搶劫和殺人，倒不必恐懼和驚訝，而應該理解和記住：這種謀財害命的事之所以很少發生，我們只應該感激農民，是他們向那些不幸的流浪漢提供了無私的援助。

每天到我們家的總有十到十五個人。在這些人之中有些是眞正的乞丐，他們由於某種原因選擇這種過活方式。他們縫製袋子，勉強穿上衣和著上鞋，上門求乞。在這些人中有瞎子，也有斷臂缺腿的，偶爾也有孩子和婦女。不過這種乞丐只是少數。如今多數乞丐不揹袋子，其中有很大部分是年輕人，身上也沒殘疾。他們光著腳板，衣衫單薄，身體瘦弱，冷得發抖，模樣都挺可憐。你問他：「你去哪兒？」回答幾乎總是：「找工作。」或者：「找過工作，但沒找到，現在回家去。沒有工作，但到處都有人幫助。」其中也有不少是流放歸來的。

在這大量路過的乞丐中有形形色色的人：有酗酒而落魄的酒鬼，有識字不多的文盲，也有很有文化知識的人，有膽怯怕羞的，也有死乞白賴的。

前幾天，伊里亞・華西里耶維奇一醒來就對我說：「大門口有五個過路人。」

「帶他們進來吃飯。」我說。

伊里亞・華西里耶維奇按照規定給每人五戈比。過了大約一小時，我來到台階上。一個衣衫極其襤褸、鞋子千瘡百孔的瘦子，臉帶病容，眼睛浮腫，目光躲躲閃閃。他向我鞠躬，遞給我一份證明。

「他們給您錢了嗎？」

「老爺，五個戈比有什麼用？老爺，請您設身處地替我想一想。」他遞給我一份證明。「請您看看，老爺，請您看看，」他指指身上的衣服，「我能去哪兒，老爺（他每說一句話都要叫聲「老爺」，而臉上則充滿怨氣），我有什麼辦法，我能去哪兒？」

我說我給所有人的錢都一樣多。他繼續請求，要我看看那份證明。我拒絕了。他跪下來。我請他不要纏我。

「叫我怎麼辦呢，難道自殺嗎？只剩下一條路，沒別的辦法了。您多少給一點吧。」

我給了他二十戈比。他走了，顯然充滿怨氣。

像這樣特別糾纏不清、顯然認爲有權向富人要求的人很多。這些人多半是有文化的人，書讀得很多。對於他們來說，發生革命乃是必然的。這些人不像從前的乞丐那樣把富人看作拯救靈魂的人，而是看作強盜、匪徒和工人的吸血鬼。這種乞丐往往自己不幹活，還千方百計逃避工作。他們憑藉工人的名義，自認爲不僅有權憎恨且必須憎恨掠奪人民的人，也就是富人。他們因自己的貧窮而全力憎恨富人。他們如果乞求，也不是強求，只是裝裝樣子而已。

這樣的人加上酒鬼（你會說這是他們自己的過錯），人數很多。但在流浪漢中也有不少氣質完全不同的人，他們溫順、老實、非常可憐。想到這些人的處境，實在令人難過。

來了一個漂亮的高個子，他身上只穿一件破爛不堪的短上裝，他的靴子壞了、磨破了。他的臉聰明而漂亮。他摘下帽子，照例向我求乞。我給了他錢，他謝謝我。我問他：從哪兒來？到哪兒去？

「從彼得堡來，回家鄉（我們的省）。」

我問他：爲什麼這樣走著去？

「說來話長。」他聳聳肩膀說。

我請他講講。他講的顯然是實話。他說「原來住在彼得堡，是一名辦事員，工作挺好，薪水有三十盧布。」他以前日子過得很好。「我讀過您的書：《戰爭與和平》、《安娜．卡列尼娜》。」他說著，又露出非常可愛的笑容。

「家人想移居西伯利亞，去托木斯克省。」他繼續講道。他們寫信給他，問他是否同意出售老家的那塊地。他同意了。一家人都去了，但沒想到，他們在西伯利亞買的那塊地是壞地，他們在那裡住一陣子又回到家鄉。如今他們住在家鄉的老宅裡，沒有土地，靠打工餬口。那時他在彼得堡的生活也很糟。首先，他失去了工作，不是由於他的緣故，而是由於他任職的公司破產，把職員解散了。「那時，不瞞您說，我跟一個女裁縫交往，」他又笑了，「她完全把我搞昏頭了。原先我一直幫助家人，如今交上桃花運了。但上帝是仁慈的，也許我能克服困難。」

顯然，他是一個聰明、強壯、能幹的人，只是一連串意外事件使他落到現在這個境地。

再拿另一個人的例子來看：他穿著一雙破鞋，腰上束一條繩子。身上穿的衣服千瘡百孔、破爛不堪。他的顴骨很高，模樣快樂、聰明而冷靜。我照例給了他五戈比，他道了聲謝。我們聊了起來。他曾經被流放，在維亞特卡住過。那邊情況很糟，如今更是糟透了。現在他要到梁贊，他在那裡住過。我問他原來是幹什麼的？

「報販，賣報紙。」

「爲什麼犯罪？」

「因爲散發非法傳單。」

我們談到革命。我認爲一切都在於我們自己。我說了這個意見。我說這樣巨大的力量是不能用暴力來摧毀的。

「只有我們心中的惡被消滅了，我們身外的惡才能被消滅。」我說。

「原來如此，但不會很快的。」

「這要看我們。」

「我讀過您寫的關於革命的書。」

「書不是我寫的，但我也是這麼想的。」

「我想向您要您寫的書。」

「很高興。只是不要因此使您受害。我給您幾本最沒有問題的書。」

「我怕什麼？我已經什麼也不怕了。對我來說，坐牢比現在這樣好。我不怕坐牢。有時我還希望坐牢呢。」他憂傷地說。

「眞可惜，多少人力被白白浪費了，」我說，「瞧，像您這樣的人是在糟蹋自己的生命。那麼，您現在怎樣？打算幹什麼？」

「我嗎？」他說，凝視著我的臉。

當我們談到往事和一般問題時，他總是快樂而大膽地回答我，但只要一接觸到他的事，看見我對他的同情，他就背過身，用袖子遮住眼睛，他的後腦勺也抖動起來。

像他這樣的人有多少啊！

這樣的人是可憐的。就連這樣的人也站在絕望的門檻之外，只要一跨過門檻，就會完全絕望，而一旦落入這種境地，一個善良的人也是什麼都幹得出來的。

「不論我們的文明看起來多麼牢固，」亨利・喬治②說，「其中已有破壞的力量在發展。不是在荒漠和樹林裡，而是在城市的貧民窟和大路上培養著那種野蠻人，他們對我們文明的危害，就像古代的匈奴和汪達爾人③一樣。」

是的，亨利・喬治二十年前的預言，現在到處都在實現，而在我們俄羅斯表現得尤其明顯。那是由於政府驚人地喪失理智，竭力破壞一切社會福利賴以生存的基礎。

喬治所預言的汪達爾人已在我們俄國培養出來了。他們這些汪達爾人，這種無可救藥的人，居然會在我們這兒，在篤信宗教的人中間產生，這顯得格外可怕。這些汪達爾人在我們這兒產生，顯得特別可怕，就因爲我們缺乏制約辦法，沒有遵守禮儀和不重視輿論，而這些做法在歐洲各國是很受重視的。我們這兒不是篤信宗教，就是完全缺乏任何制約辦法，例如斯傑潘・拉辛、普加喬夫④……說來可怕，由於我們的政府近來實行警察暴行、瘋狂流放、監禁、苦役、把人關進堡壘，以及每天宣判死刑等等的可怕暴力，如同普加喬夫當年的所作所爲，因此拉辛和普加喬夫的大軍就一天天擴大了。

這種行爲使斯傑潘・拉辛不顧最後剩下的道德規範。「既然有學問的老爺都這麼做，那我們也只好聽天由命了。」他們這麼說，也這麼想。

我常收到這一類人的來信，主要是流放犯的信。他們知道我寫過一些文章，主張不以暴力抗惡。雖然他們之中大部分的人都缺乏文化教養，但都激烈地反駁我，認爲對於政府和富人對人民所做的一切，只能用一句話來回答：復仇，復仇，復仇。

我們政府的盲目是驚人的。它沒有看到，也不願看到，它爲解除自己敵人的武裝所做的一切，只會增加他們的人數，加強他們的力量。是的，這些人是可怕的：對政府可怕，對富人可怕，對所有生活在富人中間的人可怕。

不過，除了由這些人所造成的恐懼之外，還有另一種感情，遠比恐懼更難以避免。那就是當我們看到由於種種意外原因而過著可怕流浪生活的人時，所無法避免的感情，也就是羞恥和同情。

倒不是由於恐懼，而是由於羞恥和同情，我們這些沒有處於這種境地的人無法回答俄羅斯生活中新出現的可怕現象。

---

① 一俄尺等於〇・七一公尺。

② 亨利・喬治（1839～1897），美國經濟學家，著有《進步和貧困》、《什麼是單一稅，為什麼我們要實行單一稅？》。

托爾斯泰當時同意他的經濟觀點。

③汪達爾人，古代日耳曼人的部族。

④斯傑潘・拉辛（1630～1671），俄國農民反封建起義（1670～1671）領袖。葉密良・普加喬夫（約1742～1775），俄國農民起義（1773～1775）領袖。

第二部

活著的和垂死的

我坐在屋裡工作，伊里亞・華西里耶維奇悄悄走過來，顯然不願打斷我的工作。他說有幾個過路人和一個女人已等我好久了。

「請您拿點錢給他們。」

「那個女人有事找您。」

我請她等一等，自己繼續工作。後來，我走出去，完全忘了這名有事相求的女人。這時角落裡走出一個年輕的農婦，清瘦，長臉，臉色蒼白，在這種天氣裡她身上的衣服顯得過於單薄。

「您有什麼事？您要什麼？」

「求老爺恩典。」

「什麼事？求什麼？」

「求老爺恩典。」

「什麼事？」

「他們把他送走是違法的。剩下我和三個孩子。」

「把誰送走，送到哪兒去？」

「把我丈夫趕到克拉比夫納。」

「去哪兒？幹什麼？」

「去當兵嘛。這是違法的，因爲全家靠他一個人供養。我們沒有他，就沒法兒過日子。求老爺作主。」

「他沒有兄弟嗎？」

「只有他一個。」

「那麼，怎麼能把獨子送去呢？」

「誰知道呢。只留下我跟孩子們。隨你怎麼辦吧。只有死路一條了。就是可憐了孩子們。只希望您老爺作主，因爲他們這麼做是違法的。」

我記下村名、她的名字和外號。我說，等我打聽一下再給您回音。

「求您幫點忙。孩子們要吃，可是，不瞞您說，家裡一塊麵包也沒有了。最糟糕的是那個奶娃娃。我身上一滴奶也沒了。眞想去見上帝。」

「難道你們沒有牛嗎？」我問。

「我們哪有什麼牛？人都快餓死了。」

她哭著，穿著破爛衣衫的身子不斷哆嗦。

我打發了她之後，照例準備去散步。原本住在我們那兒的醫生正好要到這個大兵老婆的村子裡看病，而鄉政府也在那裡。我就跟醫生一起乘雪橇去。

我拐到那個鄉辦事，醫生則到村裡忙他的事。

鄉長不在，文書也不在，只有文書的助手在。他是我認識的一個聰明小伙子。我向他打聽那個大兵的情況。為什麼把獨子送去當兵？助手查了查檔案說，那人不是獨子，他們有兩兄弟。

「那她為什麼對我說他是獨子呢？」

「她胡說。他們總是胡說。」他笑著說。

我在鄉政府裡辦完我要辦的事。醫生看完病回來，我們就一起乘雪橇到大兵老婆的那個村子。我們還沒出村，就有一個年約十二、十三歲的女孩急忙跑來攔住我們。

「準是找您的。」我對醫生說。

「不，老爺，我找您。」女孩對我說。

「你有什麼事？」

「求老爺救命。媽媽死了，就剩下我們幾個孤兒。我們共五個……請您幫幫忙，幫我們想想辦法……」

「你從哪兒來？」

女孩指著一座相當不錯的磚房說，「我們是本地人，這是我們的房子，您進去，自己去瞧瞧。」

我跳下雪橇向那座房子走去。從房子裡走出一個女人，請我進去。她是孤兒們的嬸娘。我走進屋去。正房乾淨寬敞。幾個孩子都在裡面。除了老大，還有四個：兩個男孩、一個女孩，以及一個最小的兩歲小男孩。嬸娘詳細講述家裡的情況。兩年前，孩子的爸爸在礦坑裡被石頭壓死。她們到處奔走申請撫恤金，但沒有結果。留下寡婦和四個孩子，第五個是遺腹子。沒有男人，他們勉強過活。寡婦先是雇人種地。但沒有男人，日子越來越難過。她先把奶牛賣掉，然後賣馬，只剩下兩隻羊。他們勉強度日，沒想到，一個月前寡婦生病死了。剩下五個孩子，最大的才十二歲。

「好不容易一天天挨過。我盡力幫助他們，」嬸娘說，「可是我們力量有限。我想不出辦法安頓孩子們。他們不如死掉的好。眞想送他們去孤兒院，哪怕送幾個去也好。」

最大的女孩顯然很懂事，也加入我同她嬸娘的談話。

「至少得把米科拉施卡送去，要不，跟他一起眞麻煩，哪兒也去不成。」她說，指著精力充沛的兩歲男孩。他卻樂呵呵地衝著姊姊笑，顯然完全不同意嬸娘的主張。

我答應設法讓一個孩子進孤兒院。大女孩向我道謝，問我什麼時候有回音。包括米科拉施卡在內，孩子們一雙雙眼睛都直盯著我，彷彿我是一個魔法師，什麼都可以替他們辦到。

我走出房子，還沒走到雪橇旁，就遇見一個老人。老人向我問好，接著就談起那些孤兒。

「眞糟糕，」他說，「瞧瞧他們都覺得可憐。大女孩到處奔走，就像是他們的媽媽。也只有老天爺保佑她。幸虧大家沒拋棄她，要不然這些可憐的孩子準會餓死。是啊，眞該幫助幫助他們。」他說，顯然在勸我這樣做。

我同老人、嬸娘、女孩告別，跟醫生坐上雪橇，往大兵老婆的那個村子去。

我問第一戶人家，那裡也住著一個大兵的老婆。原來這第一戶裡住著一個我很熟悉的寡婦，她靠乞討過活。她乞討起來特別執拗，死乞白賴的。這個寡婦照例立刻要求幫助。現在她特別需要幫助，因爲要養活小牛。

「牠可要把我跟老太婆都吃了。您進來瞧瞧。」

「老太婆怎麼了？」

「老太婆老得只剩一口氣了。」

我答應去看看，主要不是看小牛，而是看老太婆。我又問她，大兵老婆的家在哪兒。寡婦指給我看院子對面的小屋，同時說：「窮是窮，他們的大伯酒又喝得厲害。」

我依照寡婦的指點，穿過院子向小屋走去。

儘管鄉下窮人的房子都很寒傖，但像大兵老婆那樣破敗的房子我也好久沒見到了。不僅整個屋頂傾斜，連牆壁都走樣了，因此窗戶也都彎曲了。

房子裡面並不比外表好。小小的房子裡有一個占三分之一面積的炕，房子完全傾斜，又黑又髒，屋子裡擠滿了人，這令我驚訝。我想找大兵老婆和她的孩子們，沒有想到這兒還有她的嫂子——一個年輕的女人——和她的兩個孩子，以及年老的婆婆。大兵的老婆同我分手後剛剛到家。她凍僵了，在炕上取暖。當她從炕上下來時，婆婆向我講了他們的生活。她有兩個兒子，兄弟倆原來住在一起。大家靠勞動過活。「如今還有誰住在一起。大家都分開過，」饒舌的婆婆說，「婆娘們相罵，兄弟分家，日子過得越來越糟。地少，靠工錢才勉強過活。如今又把彼得送走，叫她跟孩子們怎麼過日子？她就這樣跟我們一起過，但養不活所有的人。怎麼辦，我們也想不出辦法。據說，可以叫他回來。」

大兵老婆從炕上爬下來，也求我設法把丈夫弄回來。我說這事辦不到。我問她丈夫走後有沒有留下財產。原來什麼財產也沒留下。丈夫走時把地交給了哥哥，她的大伯，要他養她和幾個孩子。他們原來有三隻羊，兩隻在送丈夫入伍時賣掉了。她說，只剩下一隻病懨懨的羊和兩隻母雞。全部財產就是這麼一點。婆婆證實了她的話。

我問大兵老婆她是從哪兒嫁過來的。原來她是從謝爾基耶夫村嫁過來的。謝爾基耶夫村是個富裕的大村，離這兒有四十俄里。

我問她父母是否還健在，他們過得如何。

「他們活著，」她說，「過得很好。」

「你爲什麼不到他們那兒？」

「我也想去。就怕他們不肯接受四、五個人。」

「說不定他們會接受。你寫一封信給他們。我替你寫，好嗎？」

大兵老婆同意了。我記下她父母的名字。

當我跟婆娘們談話時，大兵的大女兒——那個大肚子女孩——走到她跟前拉拉她的衣袖，討著什麼，大概是討吃。大兵老婆在跟我說話，沒理她。女孩又拉拉她的衣袖，喃喃地說著什麼。

「該死的丫頭！」大兵老婆叫道，掄起手臂向女孩的頭打去。

女孩放聲大哭。

結束了這裡的事，我走出小屋，去有小牛的寡婦家。

寡婦已在家門口等我，又要我去看看她的小牛。我走進屋子。小牛果然就在外屋。寡婦要求我看看小牛。我瞧著小牛，心裡明白，寡婦的全部生活都依靠這頭小牛，她無法想像我會沒興致看她的小牛。

我看了看小牛，走進正屋，問老太婆在哪兒。

「老太婆嗎？」寡婦反問，顯然對我看了小牛之後還會對老太婆發生興趣，感到奇怪。「在炕上。她還會在哪裡？」

我走近高炕向老太婆問好。

「哦──哦！」一個微弱嘶啞的聲音回答我，「是誰啊？」

我說了名字，問她過得怎麼樣。

「我過得怎麼樣嗎？」

「那麼，您哪兒疼啊？」

「渾身都疼。喔唷唷！」

「我這兒有一位醫生。要不要叫他來看看？」

「醫生？喔唷唷！你的醫生對我有什麼用！我的醫生在那裡……醫生？……喔唷唷！」

「她太老了。」寡婦說。

「嗯，沒有我老吧。」我說。

「怎麼沒您老，老多了。人家說她都有九十歲了，」寡婦說，「她兩鬢頭髮都掉光了。前不久我把她的頭髮都剪了。」

「爲什麼都剪了？」

「頭髮差不多掉光了。我就替她剪掉。」

「喔唷唷！」老太婆又呻吟著，「喔唷唷！上帝把我給忘了！他不肯接受我的靈魂。老天爺他不叫我去，靈魂自己是不會出去的……喔唷唷！……看來我是有罪啊。連潤潤喉嚨的水都沒有。哪怕有一杯茶喝喝也好。喔唷唷！」

醫生走進小屋，我和老人告別。我們來到街上，坐上雪橇到附近一個不大的村莊，那裡是醫生出診的最後一個地方。昨晚就有人來請醫生去看病。我們到了那裡，一起走進小屋。這是一間不大卻清潔的小屋，中間放著一個搖籃，一個女人在使勁地搖著。桌旁坐著一個八九歲的女孩，驚奇地瞧著我們。

「他在哪兒？」醫生問到病人。

「在炕上。」女人說，沒停止搖動睡著嬰兒的搖籃。

醫生登上高板床，臂肘擱在炕邊，俯身對著病人，在那裡做著什麼。

我走到醫生跟前，問他病人怎麼樣。

醫生沒回答。我也登上高板床，望著昏黑的床上，只勉強看出躺在炕上的人一顆頭髮蓬亂的腦袋。病人周圍瀰漫著一股難聞的惡臭。病人仰臥著。醫生按著他左手的脈搏。

「他怎麼樣，很糟嗎？」我問。

醫生沒回答我，卻同女主人說話。

「點燈。」他說。

女主人喚女孩，叫她搖搖籃，自己點了燈遞給醫生。我走下高板床以免妨礙醫生看病。他拿著燈，繼續檢查病人。

女孩望著我們，不太使勁地搖著搖監。嬰兒可憐地尖聲啼哭起來。母親把燈遞給醫生，怒氣沖沖地推開女孩，自己搖搖籃。

我又走到醫生跟前，問他病人的情況。

醫生還在替病人做檢查，悄悄地對我說了一個詞兒。

我沒聽清他說什麼，又問他。

「瀕死狀態。」醫生說了兩遍，默默地從高板床上下來，把燈放在桌上。

嬰兒淒厲地拚命啼哭。

「怎麼樣，死了嗎？」婆娘說，彷彿懂得醫生的話。

「還沒有，但不可避免。」醫生說。

「那麼，得去請神父來囉？」婆娘不滿意地說，越加使勁地搖著啼哭的孩子。

「要是他在家就好了，可是現在你還能找到誰呢——全都打柴去了。」

「我在這兒沒什麼事可做了。」醫生說。於是我們就離開了。

後來我知道那婆娘終於找到人去請神父。神父恰好趕上替垂死的人授與聖餐。

我們回家，一路上默默無言。我想我倆體驗的感受是一樣的。

「他什麼病？」我問。

「肺炎。我沒想到他會這麼快沒命，他體質很強壯，但情況是致命的。體溫四十度，可是戶外只有零下五度，這怎麼行。」

我們又不作聲，默默地走了好一陣。

「我發現炕上沒有被褥，也沒有枕頭。」我說。

「什麼也沒有。」醫生說。

他顯然明白我在想什麼，說：「是啊，昨天我去了克魯多耶村一個產婦家。要進行檢查，就得讓女人仰天躺平。可是小屋裡沒有可以躺平的地方。」

我們又不作聲，大概又在想著同一件事。我們默默地回到家裡。大門口停著一輛鋪有毯子的雪橇，前面有兩匹駿馬，一前一後地站著。車夫是個美男子，身穿光板皮襖，頭戴一頂皮帽。原來是兒子從他的莊園跑來。

我們一家坐在餐桌旁，桌上擺著十副餐具。有一副餐具空放著。這是孫女的位子。她今天生病，跟保姆一起在自己房間裡吃飯。爲她準備了特別衛生的伙食：肉湯和西米粥。

午餐由四道菜組成，有兩種酒，還有兩名侍從，桌上擺著鮮花。大家談著話。

「這些美麗的玫瑰是從哪兒來的？」兒子問。

妻子說，這些花是一位不願透露名字的太太從彼得堡送來的。

「這樣的玫瑰每朵要賣一個半盧布呢。」兒子說。他講到有一次舉行音樂會時，這樣的玫瑰扔滿一舞台。談話轉到音樂和一位音樂大師，以及音樂的贊助者。

「怎麼樣？他身體怎麼樣？」

「一直不好。他又去義大利了。他總是在那裡過冬，並且康復得很好。」

「旅行可是艱苦、寂寞的。」

「怎麼會呢，搭快車總共只要三十九小時。」

「到底太寂寞了。」

「等著吧，不久我們就可以乘飛機了。」

第三部

賦稅

除了平常的來訪者和求助者以外，今天又來了幾個特殊客人：第一個是個孤苦伶仃的老農；第二個是個子女成群的窮女人；第三個，據我所知，是個富裕的農民。這三個人都是我們村子裡的人，來訪都是爲同一件事。新年之前官府來收稅，他們徵收了老人一個茶炊，徵收了女人一隻羊，徵收了富裕農民一頭牛。他們全都要求保護或幫助，有的既要保護又要幫助。

第一個開口的是富裕農民。他高個子，相貌好看，但樣子已老。他講到村長徵收他的牛，還向他要二十七個盧布。但這是糧食稅，照農民的意見，這錢現在不應該收。這種事我一點也不懂，我就說，讓我到鄉政府去查問一下，然後再告訴他能不能免掉這筆稅。

第二個說話的是那個被徵收茶炊的農民。他瘦小虛弱、衣裝襤褸，樣子悲傷而有顧慮，講到村長來他家拿走了茶炊，還要三盧布七十戈比，但他沒地方弄到這筆錢。

我問：這是什麼稅？

「誰知道呢，反正是官府的稅。叫我跟老伴到哪兒去弄啊？我們的日子本來就很難過。這是根據什麼法呀？您可憐可憐我們這些老人吧！無論如何幫幫忙。」

我答應去了解一下，盡力想辦法。接著，我跟那婆娘說話。她是一個清瘦憔悴的女人，我認識她。我知道她丈夫是個酒鬼，有五個孩子。

「他們徵收了羊。他們要我拿出錢來。我說，當家的不在，幹活去了。他們說拿錢出來。叫我到哪兒去拿呀。只有一隻羊，他們就把羊牽走了。」她邊說邊哭。

我答應去了解，盡可能幫忙。我先到村子裡找村長，了解詳細情況：這都是些什麼稅，爲什麼抽得那麼兇。

村街上又有兩個求助的女人把我攔住。她們的丈夫都去幹活了。一個女人要求我買下她的一塊麻布，她只要兩盧布。

「要不然，他們會沒收我的母雞。牠們都是剛剛養大的。我就是靠牠們過活，收了雞蛋拿去賣。您買吧，麻布挺好。如果不是需要錢，我連三個盧布都不賣。」

等我回去後，再叫她來我家商量，這樣也許可以解決。還沒走到村長家，半路上又遇到我過去的女學生奧爾加。她原是眼睛烏黑靈活的姑娘，如今可成了個老太婆了。同樣的災難，他們徵收了她的小牛。

我去找村長。村長是一個相貌聰明、留著灰色大鬍子的強壯農民，他走到街上同我說話。我問他在徵什麼稅，爲什麼突然徵得這麼兇。村長告訴我上面命令在新年之前要嚴格收齊所有拖欠的稅款。

「難道上面命令沒收茶炊和牲口嗎？」我問。

「要不，能怎麼辦？」村長聳聳肩膀說。「不能不繳啊。就拿阿巴庫莫夫來說吧。」他講了那個因欠糧食稅而被徵收母牛的富裕農民的事。「他兒子帶了三匹馬到市場上。他怎麼能不繳稅呢？可他老是裝窮。」

「噢，就算是這樣，」我說，「那麼，那些窮人又怎麼說？」我說了被徵收茶炊的老人的名字。

「那些窮人是這樣的，沒東西可拿。可是很難分得清楚他們的情況。」

我提到那個被牽走羊的女人。村長也可憐她，但彷彿又在辯解他不能不執行命令。

我問他當村長多久了，有多少收入。

「有多少收入嗎？」他說，沒直接回答我提出的問題，而是回答我沒提出但由他猜想的問題：你爲什麼參與這件事。「這件事我本想拒絕。我們的薪水是三十盧布，可是造的孽也數不清了。」

「他們就這樣被沒收茶炊、羊和母雞嗎？」我問。

「要不，能怎麼樣？不能不沒收啊。鄉政府已決定拍賣了。」

「他們能賣掉嗎？」

「能，他們會勉強賣掉……」

我走到那個被徵收羊的女人家。一座很小的農舍，前室就關著那隻要去充實國家預算的羊。女主人是個神經質、受盡貧困和勞動折磨的女人，她一看見我，就按照女人的習慣激動地急說：「瞧，我就是這樣過日子：他們要沒收我的最後一隻羊，我和這些孩子日子都過不下去了。」她指指高板床和炕。「您過來，沒關係，不用怕。瞧，我就跟這些光肚子的小傢伙在挨日子。」

都是一些穿著破襯衣、沒穿褲子的光肚子小傢伙。他們從炕上下來，圍著母親……

當天我就到鄉裡，想了解一下我從未聽過的徵稅方法。

鄉長不在。他馬上就來。鄉裡有幾個人站在鐵柵欄外面，也在等他。

我問那些等他的人：他們是些什麼人，有什麼事。兩個是爲了身分證，他們要去找工作。他們帶來了領身分證的錢。一個是來取鄉法庭判決書的副本，他曾上訴要求不讓侄孫女奪走他的老宅，因爲他已經在那裡居住和工作了二十三年，還埋葬過老叔叔和老嬸嬸。他的上訴已被駁回。這個侄孫女是老叔叔的直接繼承人，利用十一月九日法律，把土地和原告居住的宅院作爲私產出售。他的上訴被駁回了，但他不相信有這樣的法律，決定向高級法院申訴，卻又不知道該向哪兒提報。我向他解釋這種法律是有的。我的話引起所有在場人的懷疑和非議。

同這位農民的談話一結束，就有一個神情嚴峻的高個子農民要我解釋他的事。他的事情是：他和他的同村人在自己的耕地裡挖掘鐵礦，自古以來村民一直在那裡挖礦石。

「如今上面發布命令，不准挖掘。在自己的土地上不准挖掘。這究竟是什麼法律啊？我們全靠這個營生過日子。我們已奔走一個多月了，可是一點結果也沒有。簡直弄不懂是怎麼一回事，他們逼得我們破產，就是這麼回事。」

我對這個人說不出一句安慰的話，就問走來的鄉長，強迫農民繳稅的嚴厲措施是怎麼一回事。我問他是根據什麼法律條款徵稅的。鄉長告訴我，現在向農民追收的賦稅共有七種：第一，國庫稅；第二，地方自治稅；第三，保險費；第四，糧食稅；第五，代替繳糧的糧食金；第六，鄉公社稅；第七，村公社稅。

鄉長所說的與村長對我說的一樣，徵稅特別嚴厲的原因是上級有命令。鄉長承認向貧農徵稅很困難，但他並不像村長那樣對貧農懷有同情，也不譴責長官，主要是因爲他毫不懷疑自己工作的必要性，參與這項工作是無可非議的。

「總不能姑息他們啊……」

之後不久，我有機會跟地方自治局長官談到這件事。這位長官就更不同情貧農的艱難處境了，因爲他幾乎沒看到貧農的處境，因此也就更不懷疑自己工作的合法性。儘管在同我談話時，他也同意不這麼做會更太平，但他還是認爲他是一個好官，因爲別人要是處在他的地位會做得更糟。既然住在鄉下，那又爲什麼不利用地方自治局官員微薄的薪水呢。

關於徵稅——爲了滿足從事造福人民工作的人的需要，徵稅是完全必要的——的意見，省長根本不考慮從鄉下窮人那裡徵收茶炊、小牛、羊、麻布的合理性，對自己工作的益處也從不懷疑。

大臣們呢——那些買賣燒酒的、那些訓練人們殺人的，以及那些從事判處流放、監禁、苦役和絞刑的所有大臣和他們的助手——這些人完全相信，從窮人那裡充公得來的茶炊、羊、麻布和小牛的收益都會找到最合適的用途，用來釀造毒害人民的燒酒、製造殺人的武器、建造監獄和組織苦役連隊等等。同時還能用來分發薪水給他們自己和其助手們，使他們能布置客廳，爲妻子購置服裝，有錢旅遊和娛樂，讓他們在爲愚魯且不知感恩的人民艱苦工作之餘，得到休息和調劑。

霍登廣場事件 ①

「我真不明白你怎麼這麼固執。既然明天你可以安安穩穩跟維拉姑媽一起乘車直接到皇宮，何必不睡覺而要到民間去呢？你什麼都看得見的。我跟你說，別爾答應我陪你去。你是位貴族小姐，有權進去的。」

在上流社會以「花花公子」著稱的巴維爾・高里岑公爵對他的二十三歲女兒亞歷山德拉這樣說。亞歷山德拉小名叫黎娜。這番談話發生於一八九六年五月十七日晚上的莫斯科，也就是全民慶祝沙皇加冕典禮的前夜。事情是這樣的：黎娜是個美麗強壯的姑娘，生著鷹鉤鼻子，從側面看去十足是個高里岑家人。她已經過了迷戀上流社會舞會的年齡，是個——至少自認爲——先進的女性，也是民粹派信徒。她是父親唯一的也是最寵愛的女兒，想幹什麼就幹什麼。現在，她像父親說的「異想天開」，同表哥一起去參加民眾遊藝會。她不在中午時與家人一同前往，而是同民眾一起，同掃院人和車夫一起去，一清早就離家出發。

「我啊，爸爸，我不是要看看民眾，而是要同民眾在一起。我要看看他們對年輕沙皇的態度。難道去一次也不行嗎……」

「好吧，隨你的便，我知道你很固執。」

「別生氣，親愛的爸爸。我向你保證我會當心的，阿歷克會寸步不離地跟著我的。」

不管父親覺得這個想法多麼古怪荒唐，他也不得不同意。

「當然，你乘馬車去好了，」他回答她可否乘馬車的問題，說，「你到了霍登廣場就打發馬車回來。」

「嗯，好的，好的。」

她走到父親跟前。他照例爲她畫十字：她吻了吻他雪白的大手。他們就分手了。

那天晚上，在著名的瑪麗雅·雅可符列夫娜出租給紙煙工人的寓所裡，人們也正談著明天的遊藝會。葉密良的寓所裡坐著幾個同伴，他們約定出發的時間。

「現在可不能再睡了，要不，當心睡過頭。」亞沙說。他是一個快樂的小伙子，住在隔壁房間裡。

「爲什麼不睡一會兒呢，」葉密良回答，「天一亮我們一起出發。伙計們都這麼說了。」

「嗯，睡就睡吧。不過，葉密良，萬一有什麼事，你可得叫醒我們哪。」

葉密良答應了，從桌上拿起絲線，拉過油燈，動手釘夾大衣上的鈕釦。釘好鈕釦，準備最好的衣服，他把它放在長凳上，刷了刷靴子，然後祈禱，唸禱詞：「父啊」，「聖母啊」——這些禱詞的涵義他不明白，也從不感興趣。他脫下靴子和褲子，躺到吱咯作響的床上，床上鋪著揉皺的墊褥。

「這是爲什麼呀？」他想，「有些人就是好福氣，就像彩票中獎一樣（民眾中傳說，除了禮物之外，還將分發有獎彩票）。一萬盧布更不用說了。至少也該有五百盧布吧。中了獎就好辦事：給老人們寄禮物，妻子也不用工作了。要不分開過活算什麼生活啊。要買一隻像樣的錶。給自己和妻子各做一件皮大衣。要不然拚命幹，拚命幹，還是擺脫不了窮日子。」他想像自己跟妻子一起逛亞歷山大花園，而去年夏天抓過他、說他是酒鬼的警察如今已不是警察，而成了將軍。這位將軍嘲笑他，叫他到酒店去聽管風琴。管風琴演奏著，就像鐘鳴一般。葉密良醒過來，聽見時鐘的嘀答聲和打點聲，還聽見女主人瑪麗雅·雅科符列夫娜隔著門的咳嗽聲，窗外已不像昨天那麼黑了。

「但願不要睡過頭。」

葉密良起床以後，光著腳板走到隔壁房間，喚醒亞沙，穿好衣服，塗上髮油，梳一梳頭，朝破鏡子照了照。

「沒什麼，很漂亮。所以姑娘們喜歡我。可我不願意胡鬧……」他想。

他走到女主人那兒。就像昨天講定的那樣，他拿了一袋餡餅、兩個雞蛋、一塊火腿、半瓶燒酒。天濛濛亮，他與亞沙一起走出大門，向彼得花園走去。他們並不覺得冷清。前面、後面、左邊、右邊都是男人、女人和孩子，大家快快樂樂的，打扮得漂漂亮亮，走同一條路。

他們來到霍登廣場。整個廣場上已是黑壓壓的一片人海。四面八方裊裊升起篝火的濃煙。黎明很冷，人們弄來樹枝、木柴，吹旺篝火。

葉密良跟同伴們聚在一起，也生了一堆篝火。他們坐下來，取出小吃和酒。這時太陽升起來，明亮又鮮艷。大家都很快樂。他們唱歌、聊天、有說有笑，都很快樂，等待著喜事。葉密良跟同伴們喝了酒，抽著煙，心情更好了。

大家都打扮得漂漂亮亮，但在穿戴整齊的工人和其妻子中間還有富人、商人和他們的妻子兒女。他們也來到民眾中間。黎娜・高里岑娜也出來了。她容光煥發、興高采烈，因爲想到自己已經達到目的，同民眾在一起，處身在他們之中，參加慶祝民眾所擁護的沙皇加冕大遊行。她同表哥阿歷克在一堆堆篝火中間走著。

「祝賀你，漂亮的小姐，」一個青年工人把酒杯舉到嘴邊，對她大聲說，「別嫌棄我們對你的情意。」

「謝謝。」

「你們自己吃吧。」阿歷克提示說，賣弄他熟悉民眾的風俗習慣。黎娜和阿歷克又向前走去。

他們照例總要走到前頭，此刻他們正在擁擠的人群中穿越廣場（人那麼多，儘管早晨天氣晴朗，廣場上已瀰漫著一片由人群的呼吸凝成的霧氣），一直朝陳列館走去。但警察不讓他們過去。

「太好了。那我們再往那兒去。」黎娜說。於是他們又回到人群中。

「胡說。」葉密良跟同伴們一起圍坐在擺在紙上的小吃周圍。有個熟識的工人走來說，將分發禮物。

葉密良就回答，「胡說。」

「不瞞你說。不是根據法律，但他們會發的。我親眼看見的。有人拿來紙包和杯子。」

「誰都知道，分發禮物的都是騙子。他們隨心所欲。他們要給誰，就給誰。」

「這算什麼呀。難道可以違法胡來嗎？」

「他們可以無法無天。」

「我們走吧，弟兄們。幹嘛瞧著他們！」

大家都站起來。葉密良收起還沒喝完的酒瓶，跟同伴們一起往前走。

他走不到二十步，人群更加擁擠，往前走越發困難。

「往哪兒鑽？」

「你往哪兒鑽？」

「怎麼，只你一個人？」

「唔。」

「天哪，擠死人了。」聽到一個女人的聲音。另一邊傳來孩子的叫聲。

「到你娘那兒去……」

「那你打算怎麼辦？難道只有你一個要去嗎？」

「什麼都會弄明白的。好吧，讓我們到他們那兒去！眞見鬼，眞見鬼！」

這是葉密良在叫嚷。他使勁地擺動強壯寬闊的肩膀，撐起臂肘，用力分開人群往前擠，但並不清楚爲的是什麼——因爲大家都在往前擠，所以他覺得他也一定要往前擠。他後面和兩邊都是人，大家都在往他身上擠，前面的人不動，也不讓人往前走。大家都在大聲叫嚷、呻吟、哼哼。葉密良不作聲，他咬咬強壯的牙，皺起眉頭，沒洩氣，沒脫力，一直把他們向前推，雖然很慢，但在移動。突然，人群波動起來，在一陣均勻的移動之後，所有的人都向前湧、向右湧。葉密良往那兒瞧了一眼，看見飛過一個東西，又是一個，再是一個，落在人群裡。他搞不清楚那是什麼，但有人在他旁邊叫道：「該死的東西，往老百姓頭上扔。」

在一袋袋禮物扔到的地方，聽見了哭聲、笑聲、叫聲和呻吟聲。

葉密良的腰被人狠狠地撞了一下。他變得越發沮喪和憤怒了。但他還沒來得及平靜下來，又有人踩到他的腳。他那件新的大衣在什麼上面掛住，撕破了。他一肚子氣，使盡全力擋住前面的人，把他們往前推。但這時發生了一個他無法理解的情景。前面，除了人們的背脊以外，他本來什麼也看不見，但這時他的前面突然豁然開朗。他看見了許多帳篷，應該是分發禮物的帳篷。他高興了，但這只是剎那的事，因爲他立刻明白前面所發生的事：前面之所以豁然開朗，是因爲人們走到了一堵巨大的土牆前面，前面的人有的用腳支持著，有的像貓似的弓起身子倒在土牆上。而他也倒在那上面，倒在人群上面。他往人們身上倒，而後面的人則往他身上倒。這時他第一次感到恐懼。他倒下了。一個身披毯子的女人倒在他身上。他想擺脫她，想往回走，但後面的人擠過來，他已沒有力氣。他往前擠，腳踩在一塊柔軟的東西上面，踩在人們的身上。人家抓住他的兩腳，大聲嚷嚷。他什麼也看不見，什麼也聽不見，一直踩著人們往前擠。

「弟兄們，給你們錶，是金錶！弟兄們，救救命！」他旁邊有個人叫道。

「現在誰還顧得了錶。」葉密良想，向土牆另一邊擠去。他心裡有兩種感覺，兩種都很痛苦：一是替自己擔心，替自己的生命擔心；一是憎恨所有擠他的瘋狂的人。不過，他一開始就追求的目標──走到帳篷那兒，領一袋禮物和裡面的彩票──始終吸引著他。

帳篷就在前面，也看得見分發禮物的人，聽得見那些接近帳篷的人的叫喊聲，還聽見前面擠斷木板過道的斷裂聲。葉密良使勁往前擠，他離帳篷已不到二十步。這時他突然聽見腳下，更確切地說兩腳中間，一個孩子的叫聲和哭聲。葉密良往腳下一看：一個沒戴帽子的男孩，身上只穿一件撕破的襯衫，仰天躺在地上，不停地叫嚷著抱住他的兩腿。葉密良心裡頓時產生一種感情。他不再替自己擔心，也不再恨別人。他可憐起孩子來。他彎下身，拱腰抱住他，但後面的人拚命往他身上壓，他差點兒摔倒，他手一鬆，孩子掉了下去，但他立刻又用盡全身力氣把他抱起來放到肩上。後面擠來的力量稍微減緩，葉密良趁機把孩子拖起來。

「把他抱到這兒。」一個緊跟在葉密良身邊的馬車夫大聲叫道。他接過孩子，把他舉過人群的頭上。

「從人群頭上跑過去。」

葉密良回過頭看見那孩子忽而鑽到人叢裡，忽而爬到人群頭上，踩著他們的肩膀和頭，越走越遠。

葉密良繼續移動。他不得不移動，但此刻他已不再關心禮物，也不想走到帳篷那裡。當他往土牆走去時，他想看那男孩，想著亞沙往哪兒去了，想著那些他所看見的被壓倒的人。他走到帳篷那兒，領到一袋禮物和一杯酒，但這已不再令他高興。最初一瞬間他也感到高興，因爲這裡不再擁擠，可以自由地呼吸和活動。但他馬上就不再高興了，因爲他看到這裡的景象。他看見一個穿撕破的條紋布連衣裙的女人，她披著一頭淡褐色長髮，腳上穿著一雙有鈕釦的靴子。她仰天躺著，穿靴子的腳往上翹著。一隻手橫在草地上，另一隻手的手指彎曲地放在乳房下面。她的臉不是蒼白，而是白裡透青。這種臉色只有死人才有。這個女人是第一個被壓死的人，被扔在這土牆外面，就在皇宮前面。

葉密良看見她的時候，她旁邊站著兩個警察，警官在吩咐他們什麼。這當兒，有幾名哥薩克騎馬過來，一個長官在命令他們做什麼事。他們向葉密良和站在這兒的其他人跑去，把他們趕回人群。葉密良又落到人群中間，又很擁擠，而且比原來更擁擠。又是婦女和兒童的叫喊和呻吟，又是一批人踐踏著另一批人，而且無法不踐踏。但葉密良此刻既不替自己擔心，也不怨恨那些擠壓他的人，他只有一個願望：走開、脫身、定定神、抽抽煙、喝點酒。他很想抽煙喝酒。他終於達到目的：擠到空曠的地方，抽煙喝酒。

但阿歷克和黎娜的情況就完全不同。他們漫無目的地在坐成一圈的人群中間走著，跟婦女兒童交談。突然，所有人都向帳篷衝去，因爲傳說分發禮物的人沒按規定，正在分發禮物。沒等黎娜回頭看一下，她和阿歷克已被人群衝散，人群不知把他擠到什麼地方。她感到膽戰心驚。她竭力不作聲，但辦不到。她大聲叫喊，要求留情。但沒有人理會，她被擠得越來越厲害，衣服撕破了，帽子落掉了。她朦朦朧朧地覺得她那隻帶鏈子的錶被人搶走。她是一個強壯的姑娘，本來還能支持，但心中十分恐懼，她嚇得喘不過氣。她的衣服被撕破，身體受到擠壓，好不容易才勉強支持住；但在哥薩克衝向人群要驅散他們時，黎娜絕望了，一絕望身體就發軟，她感到一陣眩暈。她倒下來，什麼也不記得了。

她清醒過來時正仰臥在草地上。一個貌似工人的人，留著大鬍子，穿著一件破外套，跪在她面前，用水噴著她的臉。她一睜開眼睛，這人就畫了個十字，吐了一口口水。這是葉密良。

「我在哪兒？您是誰？」

「在霍登廣場。我是誰？我是人。我也被擠壞了。我們什麼都忍受得了。」葉密良說。

「這是什麼呀？」黎娜指指自己肚子上的銅幣問。

「老百姓以為你死了，要埋葬你。可我一看，知道你還活著。我就用水澆你。」

黎娜把自己渾身上下看了一眼，看見自己全身都被踩傷，胸部一半露著。她感到害臊。葉密良明白她的意思，把她的身子蓋住。

「不要緊，小姐，你能活下去的。」

人們走過來，一個警察也走過來。黎娜支起身坐起來，她說明她是誰的女兒，住在哪兒。葉密良就去找馬車。

當葉密良雇馬車回來時，周圍已聚集很多人。黎娜站起來，人家要扶她上車，但她卻自己坐到馬車上。她只為自己那副蓬頭散髮的狼狽相感到羞恥。

「那麼，你哥哥在哪兒啊？」其中一個走近的女人問黎娜。

「我不知道，我不知道。」黎娜絕望地說。（黎娜回家後才知道，當他們開始受到擠壓時，阿歷克就從人群中脫身，毫髮無傷地回到家裡。）

「喏，就是他救了我，」黎娜說，「要不是他，眞不知會出什麼事。您叫什麼名字？」她問葉密良。

「我嗎？問我做什麼。」

「要知道公爵小姐她……」一個女人告訴他說，「很——有——錢。」

「您跟我一起去見見我父親。他會報答您的。」

這當兒，葉密良心裡忽然湧起一股強烈的感情，他甚至不願拿二十萬盧布的彩票去換取這種感情。

「還用得著嗎？不，小姐，您走您的。還用得著謝嗎？」

「不行，我過意不去。」

「再見，小姐，上帝保佑你。只是，別把我的大衣帶走。」

他露出雪白的牙齒快速地微微一笑，這笑容黎娜在一生最痛苦的時刻想起都會感到欣慰。

葉密良一回想起霍登廣場和這位小姐，以及同她的最後一次談話，他便感受到一種超越現實生活的更大快樂。

---

① 一八九六年五月十八日沙皇尼古拉二世加冕，在莫斯科霍登廣場發放禮物，人群擁擠，秩序大亂。據官方統計，有一三八九人被踩死，一二〇〇人受重傷。

「糊裡糊塗」

他在清晨五點多回到家，照例先到更衣室，但沒脫衣服，卻跌坐在安樂椅裡，兩手擱在膝蓋上。就這樣一動也不動地坐了五分鐘，或者十分鐘，或者一小時——他記不得了。

「紅心七。眞機靈！」他看見他那可怕的、頑強不屈的嘴臉，臉上仍露出洋洋自得的神氣。

「唉，眞見鬼！」他大聲說。

這當兒，門外有人在走動。接著，他的妻子頭戴睡帽，身穿繡花睡衣，趿著一雙綠絲絨拖鞋，走了進來。她是一個精力旺盛且美麗的黑髮女人，有著一雙亮晶晶的眼睛。

「你怎麼啦？」她平靜地說。但一看見他的臉色，便驚叫起來，「你怎麼啦？米沙！你怎麼啦？」

「我……我完啦。」

「賭錢了？」

「是的。」

「那又怎麼樣？」

「怎麼樣？」他帶著幸災樂禍的口吻重複說，「我完啦！」他忍住眼淚抽噎著。

「我求過你多少次，懇求過你多少次。」

她可憐他，但更可憐自己，因爲她將要挨窮，也因爲她通夜沒睡，一直苦苦地等著他。「五點鐘了吧。」她瞧了瞧小桌上的鐘，心想，「唉，死冤家。輸了多少？」

他兩手在耳朵邊一揮。

「全部！不是全部，而是比全部還要多：自己全部的錢，加上公家全部的錢。你們打我吧！要拿我怎麼辦就怎麼辦吧！我毀了！」他兩手摀住臉。「我什麼也不知道！」

「米沙！米沙，聽我說。你可憐可憐我吧，要知道，我也是人哪！我通宵沒闔眼，我等你，我痛苦，結果卻得到這樣的報答。你至少也該告訴我是怎麼回事？輸了多少？」

「輸了那麼多錢，我還不清，誰也還不清。總共一萬六。全完了！逃走，可是怎麼逃？」

他瞧了她一眼。沒想到，她把他拉了過來。「她多好啊。」他抓住她的手，心裡想。她把他推開。

「米沙，你倒講一講，你怎麼會做出這種事來？」

「我想翻本。」他掏出煙盒，拚命地抽煙。「是啊，當然囉，我是個無賴，我配不上你。你拋棄我好了。你最後一次原諒我吧！我會走掉，不再露面。卡嘉，我克制不住，克制不住。我好像在做夢，糊裡糊塗的。」他皺起眉頭，「可是有什麼辦法呢？反正我毀了。但請你原諒。」他又想擁抱她，但她氣憤地把他推開。

「唉，這些可憐的男人。順利的時候，一個個神氣活現，一遇到挫折就垂頭喪氣，毫無用處。」

她坐在梳妝台的另一邊。

「你從頭到尾給我講一遍。」

他把事情經過告訴了她。他講到他要到銀行提款，路上遇見了涅克拉斯科夫。涅克拉斯科夫邀他到他家賭錢。他們就一起賭錢，他把所有的錢都輸掉了，現在決定自殺。他說他決定自殺，但她看出他並沒做什麼決定，只是垂頭喪氣，尋死尋活。她聽完他的話，最後說：「這事做得太愚蠢，太可惡了。總不能糊裡糊塗輸掉錢呀。這是一種小兒痴呆症。」

「罵吧，你要拿我怎麼辦就怎麼辦吧！」

「我可不想罵你，我要救你，不論我覺得你多麼可惡、多麼可憐，我還是要救你。」

「打吧，打吧。我活不久了……」

「嗯，你聽我說。照我說，不論你多麼卑鄙、多麼殘酷地折磨我……我有病，今天還吃過藥……沒想到來了這個意外消息。眞是沒辦法。你說該怎麼辦？很簡單。現在六點鐘，你馬上去找弗里姆，把這件事告訴他。」

「難道弗里姆會可憐我嗎？不能告訴他。」

「嚾，你這人眞笨。我又不是叫你去告訴銀行行長，說你把交託給你的錢輸掉了……你去對他說，你到尼古拉耶夫車站……不，你馬上去警察局。不，不是馬上去，是上午十點去。就說你在涅恰耶夫巷道行走時，有兩個人向你撲來。一個留大鬍子，另一個簡直還是個孩子，手裡拿著勃朗寧手槍，把你的錢搶走了。你現在就去找弗里姆，對他也這麼說。」

「可是，你要知道……」他又點著一支煙，「他們可能會從涅克拉斯科夫那兒知道眞相。」

「我去找涅克拉斯科夫。我去跟他說。這件事我來辦。」

米沙放下心來，早晨八點他就睡得跟死人一樣。十點鐘時，妻子喚醒他。

這件事發生在清晨樓上的那戶人家。而在樓下，在奧斯特羅夫斯基家，晚上六時則發生了下面的事。

一家人剛吃完晚飯。年輕的母親奧斯特羅夫斯基公爵夫人喚來已分送餡餅和桔子凍給大家的侍僕，向他要一只乾淨的盤子，在盤子上放了一份桔子凍，對她的兩個孩子說話。這兩個孩子大的七歲，是個男孩，名叫伏卡；小的四歲半，是個女孩，名叫塔涅奇卡。兩個孩子都長得很漂亮。伏卡嚴肅、強壯、穩重，笑起來露出換牙期殘缺的牙齒，很可愛。塔涅奇卡眼睛烏黑，動作敏捷，精力旺盛，喜歡說話，總是嘻嘻哈哈，十分樂天，跟誰都很親切。

「孩子們，誰把餡餅送去給保姆啊？」

「我。」伏卡說。

「我，我，我，我，我，我。」塔涅奇卡叫道，已經從椅子上站起來。

「不，是誰第一個說的。是伏卡。拿去。」做父親的說，他一向寵愛塔涅奇卡，因此總是高興抓住機會表明自己的不偏不倚。「塔涅奇卡，你就讓哥哥去吧。」他對他的愛女說。

「讓給伏卡我總是高興的。伏卡，拿去，去。為了伏卡我什麼也不會捨不得的。」

孩子們照例為吃飯道了謝。父母喝著咖啡，等著伏卡。可是不知何故，遲遲不見他來。

「塔涅奇卡，你到育兒室看看，伏卡怎麼這麼久還沒來。」

塔涅奇卡跳下椅子，碰落湯匙。她拾起放在桌子邊，湯匙又掉下，她又哈哈笑著拾起來。她急急地邁動兩條穿著長統襪的胖鼓鼓小腿，一溜煙跑到走廊上，又跑進育兒室。保姆房間就在育兒室後面。她剛要穿過育兒室，忽然聽見後面有輕輕的抽噎聲。她回頭一看。伏卡正站在床旁，瞧著玩具馬，手裡端著盤子，哭得很傷心。盤子裡什麼也沒有。

「伏卡，你怎麼啦？伏卡，餡餅呢？」

「我—我—我糊裡糊塗在路上吃掉了。我不去……哪兒也不去。我，塔涅奇卡……我，眞的，糊裡糊塗……我全吃了……先吃了一點，後來全吃了。」

「那麼，怎麼辦呢？」

「我糊裡糊塗……」

塔涅奇卡沉思起來。伏卡放聲大哭。塔涅奇卡的臉上突然露出笑容。

「伏卡，有了。你不要哭，我們到保姆那兒，對她說你是糊裡糊塗把餅吃掉的，請求她原諒，明天我們把自己的一份送給她吃。她是個好人。」

伏卡不再哭泣。他甩甩手背和手掌擦去眼淚。

「叫我怎麼對她說呢？」他顫聲說。

「好，我們一起去。」

他們去了，回來時高高興興，十分快樂。當保姆深受感動地哭著把事情經過告訴孩子的父母時，保姆和他們都十分高興、十分快樂。

沃土（日記摘錄）

我又住到莫斯科省我的朋友契爾特科夫家。客居原因同我與他上次在奧廖爾省邊境相聚一樣。我是一年前來到莫斯科省的。契爾特科夫這人四海爲家，除了土拉省之外。這也是我在那兒客居的原因。就這樣，我來到莫斯科省各地，以便同他見面。

我照例在七時後出去散步。天氣很熱。我先沿著乾硬的泥路走，路旁是一排果實即將開裂撒出種子的洋槐；然後經過開始發黃的黑麥地和一叢叢還很新鮮的美麗矢車菊；再走到幾乎全部翻耕過的黑色休耕地；右邊有一個穿白樺皮靴的老頭，套著一匹瘦小的駑馬在用木犁犁地，只聽見他怒氣沖沖地怪聲吆喝：「出來！」接著又吆喝：「嗚！魔鬼！」接著又是：「出來……魔鬼！」我想跟他聊聊，但當我走到他的犁溝旁時，他已在那塊耕地的另一頭了。我繼續向前走。前面是另一個耕地人。等他走近大路，我準會同他碰頭的。「要是能走在一起，我要跟他聊聊。」我想。果然，我們在大路旁相遇了。這人耕地用的是一匹強壯的紅棕馬。這個身材勻稱的小伙子穿著漂亮，腳登靴子，和藹地回答著我的問題：「上帝保佑。」犁困難地在堅硬的大路上移動，穿過大路停下。

「怎麼樣，比木犁好用嗎？」

「當然，好用多了。」

「用了好久了？」

「沒多久，被人家偷過。」

「怎麼會，結果找到了？」

「找到了，是本村人偷的。」

「那麼，去法院告了嗎？」

「不告又怎樣？」

「既然犁找到了，何必再告呢？」

「他畢竟是個小偷。」

「能拿小偷怎麼樣，他蹲蹲監獄，會偷得更兇的。」

他聚精會神地瞧著我，對我這個新想法不知同意還是反對的好。

他有一張容光煥發、健康聰明的臉，淺色的鬍子剛從下巴和嘴唇上長出，一雙灰色眼睛顯出他的聰明靈巧。他調轉馬頭似乎要往回走，卻把犁放下，顯然是想休息一下，跟我聊聊。我抓住犁柄，策動汗沫淋漓、肥壯高大的母馬。母馬戴上軛，我走了幾步。但我按不住犁，犁跳動起來，我於是勒住馬。

「不行，您不會犁。」

「只會破壞你的犁溝。」

「沒關係，我會把它整理好的。」

他猛地勒住馬，想把我漏耕的地方補上，但他沒犁地。

「太陽下很熱，我們到樹蔭下坐一會兒。」他說，指指耕地盡頭的小樹林。

我們來到小白樺樹蔭下。他坐在地上，我站在他前面。

「哪個村子的？」

「波特文印村。」

「遠嗎？」

「喏，就在那座小山上。」他指給我看。

「那你怎麼到離家這麼遠的地方來耕地？」

「這又不是我的地，是這兒一個莊稼人的地，我是被他雇用的。」

「怎麼雇用，雇一個夏天嗎？」

「不，光來耕地而已。耕一遍，再耕一遍，一切都照規矩辦。」

「怎麼，他的地很多嗎？」

「播二十俄斗種子。」

「噢，這馬是你的嗎？是匹好馬。」

「是啊，馬不錯。」他略帶自豪地說。

這匹馬的模樣、身材和膘情確實很好，這在農民家是難得看到的。

「你準是住在下房，做馬車夫，是嗎？」

「不，在家，自己一個人當家。」

「這麼年輕？」

「是啊，我七歲喪父，哥哥住在莫斯科，在廠裡幹活。最初是靠姊姊幫助，她也在廠裡幹活，我從十四歲起就獨自過活，什麼都靠自己，幹活、掙錢。」他說，微微露出自豪的神氣。

「結過婚嗎？」

「沒有。」

「那麼誰替你操持家務啊？」

「不是有牧師太太嗎？」

「有母牛嗎？」

「有兩頭母牛。」

「原來如此！你到底幾歲？」我問。

「十八歲。」他回答，微微一笑，知道我感興趣的是他年紀輕輕居然就能安排得這麼好。這顯然使他高興。

「還眞年輕，」我說，「那麼，也得去當兵嗎？」

「可不，首當其衝。」他若無其事地說，就像人們談到老，談到死，談到一切無可避免的事那樣。我們的談話就像我當時跟農民談話那樣，涉及土地問題。他講到自己的生活，說土地很少，要是不去當雇工或趕馬，就連飯都沒有吃。但他講得津津有味、洋洋自得。他又重複說，他從十四歲起就自己過活，一直自己掙錢。

「那麼，你喝酒嗎？」

他顯然不太願意說自己喝酒，但又不願撒謊。

「喝的。」他聳聳肩膀，輕聲說。

「那麼你識字嗎？」

「識得。」

「難道你沒讀過有關酒的書嗎？」

「是的，沒讀過。」

「我說，最好還是完全不喝。」

「當然，喝酒沒什麼好處。」

「那就戒了吧。」

他不作聲，顯然很懂事，正在思考。

「這是辦得到的，」我說，「戒了多好。你瞧，我前天去伊文諾，馬車剛經過一戶人家，主人就向我問好，還用尊稱來稱呼我。原來十二年前我同他見過面。他叫古津，你認識嗎？」

「當然認識。就是謝爾蓋·基莫斐伊奇。」

我對他說，十二年前我曾跟這位古津先生組織戒酒協會，古津原來也喝酒，但從那時候開始他就完全戒了。

「現在古津對我說，改掉這個惡習眞令人開心。」我說，「他現在日子過得挺好。有了房子，開了店。要是不戒酒，情況也許就完全不同了。」

「對，這話有理。」

「那你也這麼辦吧。你是個好小子，爲什麼還要喝酒，既然你自己也說喝酒沒什麼好處。你也戒了吧，那該多好。」

他不作聲，睜大眼睛瞧著我。我準備離開，於是向他伸出手。

「對，戒掉吧，就從現在開始。這樣就好了。」

他用那隻強健的手握住我的手，顯然他是用握手來表示他的承諾。

「好吧，行。」他突然快樂而果斷地說。

「你答應啦？」我驚奇地問。

「不然，能怎樣？我答應。」他說，點點頭，微微一笑。

從他平靜的聲音和嚴肅認眞的神色可以看出他不是說著玩的，他眞的答應了，眞的願意實行其諾言。不知是由於衰老，還是由於疾病，或者兩者兼而有之，我忍不住流淚，這是感動的淚、喜悅的淚。這個可愛的、堅強的人，這麼孤獨，又這麼從善如流，他那樸素的話深深地感動了我，以致我離開他時激動得說不出話來。

我稍稍定下神，走了幾步，回頭對他說（在這之前我問過他的名字）：「注意了，亞歷山大：『不答應，要克制；答應了，要做到。』」

「那當然，說得對。」

我離開他時，感到少有的快樂。

我忘記說了，我同他談話時還答應給他反酗酒的傳單和小冊子。這種反酗酒的傳單貼在鄰村一戶人家的外牆上，但被一個警察撕掉了。他道了謝，說以後要來我家吃飯。飯他沒來吃，說來罪過，我還以爲我們的全部談話對他並不如我所想的那麼重要，他也不需要書。總之，我把他所沒有的想法硬加在他頭上。傍晚他來了，由於幹活和走路而渾身大汗。他在黃昏前幹完活，回到家裡，卸下犁，收拾好馬，高高興興走了四俄里路來我家取書。我與客人們坐在豪華的涼台上，前面是一片花壇，周圍是鮮花盛開的小土崗。總之，身處在這種奢侈的環境裡同勞苦民眾交往，你總會感到羞愧的。

我出去迎接他，一開頭就問他；是不是改變了想法？想不想信守諾言？他仍帶著那種善良的微笑說：「當然，我也跟牧師太太說了。她很高興，謝謝您啦。」

我看見他耳朵後面夾著一張紙。

「你抽煙嗎？」

「抽。」他說，顯然以爲我會勸他把煙也戒了。但我沒這樣做。他沉默了一會兒，接著出於一種奇怪的思緒——我想這思緒是由於他看到我同情他的生活，想告訴我秋天等待著他的一件大事——他對我說：「我沒告訴您吧：已經有人來向我提親。」他微微一笑，用詢問的神情瞧著我的眼睛，「秋天成親。」

「原來如此！這是件好事。哪兒找來的？」

他說了整個過程。

「有嫁妝嗎？」

「什麼嫁妝也沒有。可是姑娘很好」

我每次遇到現代的好青年，總會提出一個我很關心的問題。

「那麼，」我說，「請原諒我這麼問你，但請你說實話：你可以不回答我，或把全部眞相告訴我。」

他鎮定沉著且全神貫注地瞧著我。

「爲什麼不說？」

「你跟女人犯過罪嗎？」

他毫不猶豫的坦率回答：「上帝保佑，沒這樣的事。」

「那麼，很好，」我說，「我為你高興。」

如今再也沒什麼可說的了。

「好，我這就去拿書給您，上帝保佑您。」

我們就此分手了。

是啊，這是一片多麼適宜播種的奇妙的土地，多麼善於吸收啊。而向它播下謊言、強暴、酗酒和淫亂的種子又是多麼可怕的罪孽。是啊，多麼奇妙的土地不再休閒，等待著種子，長滿了雜草。我們呢，我們不斷從人民中獲取大量東西，可是我們又從獲取物中拿出什麼給人民呢——我們向他們提供什麼呢？飛機場、無畏艦、三十層大樓、留聲機、電影，以及所有那些我們稱作科學和藝術的廢物。主要是那種空虛的、不道德的犯罪生活的壞榜樣。如果我們從人民中取得一切，而給予它的卻只是一些無用的、愚蠢的壞榜樣，那還算不錯。可是，我們不僅沒有償付任何對它應償付的責任，還常常向這片渴望真正知識的土地播下「荊棘和蒺藜」，用狡猾的、故意的欺騙來迷惑這些像孩子般純潔、善良、開朗、可愛的人。是的，「這世界有禍了，因為將人絆倒。絆倒人的事是免不了的，但那絆倒人的有禍了。」①

作於一九一〇年六月二十一日於密歇爾斯科耶村
至一九一〇年七月九日於雅斯納雅·波良納

①引自〈馬太福音〉第十八章第七節。

未完成稿

費多爾・庫茲米奇長老死後發表的日記

他於一八六四年一月二十日死於西伯利亞托木斯克附近商人赫羅莫夫的墾地上①。

費多爾・庫茲米奇於一八三六年出現在西伯利亞，隨後在各地生活了二十七年。他在世的時候就已流行著奇怪的傳聞，說他隱姓埋名，其實他就是亞歷山大一世②。他死後，這個傳聞流傳得更加廣泛，更加繪聲繪影。不僅是民間，連最上層人士直到亞歷山大三世③時的皇親國戚，都相信他眞的是亞歷山大一世。相信這個傳聞的還有亞歷山大一世在朝時的史學家，學者希爾德。

流傳這一傳聞的原因是，第一，亞歷山大一世死得非常突然，死前沒有患過任何重病；第二，他死在相當荒僻的塔甘羅格，遠離眾人；第三，在他入殮時，看到的人都說他面目全非，難以辨認，因此把他的臉遮蓋住，不讓任何人看見；第四，亞歷山大一世不止一次說過和寫過（最後一段時間更加頻繁）他有一個願望：擺脫自己的處境，遺世獨立；第五，據有關亞歷山大一世遺體檔案記載，他的背部和臀部呈紫紅色，這完全不符合皇帝嬌嫩的身體。但這一情況很少有人知道。

說庫茲米奇就是隱姓埋名的亞歷山大一世，其理由是，第一，長老的身材、體格和外貌都酷似皇帝，凡是見到過亞歷山大一世和他肖像的人（說庫茲米奇就是亞歷山大一世的御侍們）都認爲他們兩人是驚人的相似，年齡一樣，也有點駝背；第二，庫茲米奇冒充出身不明的流浪漢，竟懂得好幾國的外語，而他那種和藹可親的風度是只有最高層人士才有的；第三，長老從不向人透露自己的姓名和職業，但無意中表露出的用語卻表明他的地位高居於萬人之上；第四，他臨死前曾燒毀一些文件，殘留的紙片上簽有古怪的花體名字縮寫「A」和「Π」④；第五，長老雖然非常虔誠，但從不齋戒。來訪的主教勸他履行基督徒的責任，長老則說：「如果我在懺悔時不說出自己的身分，天會感到驚訝；如果我說出我是誰，地會感到驚訝。」

發現庫茲米奇日記後，所有這些猜測和懷疑就不再是懷疑，而成爲眞實可信的。下面就是這些日記。

①早在一八九〇年，托爾斯泰就想以費多爾·庫茲米奇——亞歷山大一世——的事蹟寫一篇小說。第二年，他把這個想法告訴亞歷山德拉姑媽，亞歷山德拉從彼得堡把費多爾·庫茲米奇長老的照片寄給他。托爾斯泰用心研究了亞歷山大一世和保羅一世的史料，做了筆記。一九〇四年四月，康尼又告訴托爾斯泰有關亞歷山大一世朝廷的一些軼事。托爾斯泰於一九〇五年十一月至十二月動手寫作此稿，但後被擱置，終未完成。

②亞歷山大一世（1777~1825），俄國沙皇，一八〇一~一八二五年在位。保羅一世之子，參與宮廷陰謀，弒父奪權。

③亞歷山大三世（1845~1894），俄國沙皇，一八八一~一八九四年在位。

④指名字和父名亞歷山大·巴甫洛維奇（即亞歷山大一世）的縮寫。

1

願上帝拯救無價的朋友伊凡・格里高利耶維奇①，因爲他爲我建造了這個極好的隱居之所。他的善良和仁慈使我受之有愧。我在這裡很安靜。來的人較少，我獨自同上帝在一起，回憶我罪孽深重的往事。我盡量利用這個幽靜環境，詳細敘述我的一生。它也許對人們有所裨益。

我在罪惡滔天中出世，並生活了四十七年，不僅沒能抵擋住這些罪孽，而且沉迷其中，還引誘別人，自己犯罪，又叫別人犯罪。但上帝垂顧了我。我曾竭力爲自己生活中的種種卑劣行爲辯解，但最後還是暴露出它們全部的醜惡眞相。上帝幫助我，不是讓我擺脫惡行（我還是充滿惡行，雖然我在跟惡行相鬥爭），而是讓我避免參加惡行。當我明白自己的全部罪孽和必須贖罪（不是相信贖罪，而是以自己的痛苦來眞正贖罪）時，我經歷了多麼大的精神痛苦，我心裡又是什麼滋味，我將在適當時機講述。現在，我只敘述我的行爲，我如何逃離自己的處境，如何以一個被我折磨致死的士兵的屍體充當我的屍體。現在讓我從頭敘述我的一生。

我是這樣出逃的。我在塔甘羅格過著荒唐的生活，就像近二十四年來過的那樣。我是個罪孽深重的罪人，弒父的兇手，我發動戰爭，使數十萬人死亡，我是個腐化墮落的色鬼，罪行累累，還相信人們對我的恭維，自認爲是歐洲的救星、人類的福星，自以爲德行完美無缺、幸福千載難逢，就像我對斯塔爾夫人②說的那樣。我自命不凡，但上帝並沒有完全拋棄我，因此良心的呼聲不斷折磨著我。我對什麼都不滿意，認爲人人都有罪，只有我一人好，但誰也不明白這一點。我向上帝呼籲，一會兒同福基耶③一起向正教上帝祈禱，一會兒向天主教上帝祈禱，一會兒同巴羅特④一起向基督教上帝祈禱，一會兒同克留德內爾⑤一起向自然神論的上帝祈禱，但向上帝祈禱時我也當著人們的面，好讓他們欣賞我。我蔑視所有的人，但這些被我蔑視的人的意見對我卻是重要的，我活著和行動就是爲了他們的意見。我一人獨處時感到害怕，但同她，同妻子在一起就更害怕。她心胸狹隘、虛僞、任性、惡毒，患有癆病，老是裝腔作勢，糟蹋我的生活。我們打算重度蜜月，但這只是一種體面的地獄生活，大家都是虛情假意，十分可憎。

有一次接到阿拉克切耶夫⑥來信，講到他的情婦被殺一事，我感到十分嫌惡。他說他悲傷極了。說來奇怪，他那種經常性的巧妙奉承，不僅僅是奉承，簡直像狗般的忠心耿耿，還在父親在世時就開始了，當時我們曾背著祖母⑦向他宣誓效忠。他那種像狗般的忠忱，使我對他產生好感。如果我當時愛過什麼男人的話，那就是他，雖然把「愛」這個字用在這個惡魔身上是不成體統的。另一個讓我跟他聯繫在一起的原因就是，他不像其他許多人參與殺害我的父親——正因爲這個緣故我對他們特別反感。他不僅沒有參與殺害我的父親，而且對我父親和我都忠心耿耿。但這件事留待下文再說。

我睡得很不安穩。說來奇怪，美麗而惡毒的娜斯塔西雅（她是個十分性感的美人）的被殺激發了我的情慾。我通宵沒有闔眼。想到隔壁房間裡躺著患癆病的、討厭的、多餘的妻子，便令我更加生氣和痛苦。想到瑪麗（納雷施金娜）爲了一個小小的外交官而拋棄我，我也感到痛苦。顯然，我和父親命中注定要爲加加林一家人而相互嫉妒。但我又沉湎於往事之中。我通宵不眠。天濛濛亮，我就捲起窗簾，穿上白睡袍，喚來近侍。眾人都還在睡覺。我穿上禮服、外套和禮帽，經過崗哨來到街上。

太陽剛升上海面，這是一個秋高氣爽的日子。一到戶外我立刻覺得神清氣爽。陰鬱的思緒消失了，我向陽光下波濤閃爍的大海走去。還沒走到綠蔭掩蔽的房子，我就聽見廣場上在執行肉刑：強迫犯人走過士兵的行列。我不知批准過多少次這種刑罰，卻從沒見過這樣的場面。說來奇怪（顯然是魔鬼在作怪），一想到被殺的性感美人娜斯塔西雅和挨樹條鞭打的士兵血肉模糊的身體，我就覺得很刺激。我想起被驅趕著通過行列的謝苗諾夫團⑧和軍屯戶⑨，其中幾百名被鞭打致死。我忽然心血來潮，想去看看這種場面。好在我身穿便服，不會被人發覺。

我越接近，銅鼓聲和長笛聲聽得越清楚。我是近視眼，不戴眼鏡看不清楚，只看見兩行士兵，以及一個在中間晃動、露出白背脊的高個子。我站在士兵後面的人群中往前看。我掏出眼鏡戴上，前面發生的一切就看得一清二楚了。高個子的光胳膊被縛在刺刀上，弓起的光背脊已被打得鮮血淋漓。他沿著大街在拿樹條的士兵中間走著。這個人就是我，就是我的孿生兄弟。同樣的身材、同樣佝僂的背脊、同樣的禿頭、同樣的絡腮鬍、同樣不留小鬍子、同樣的顴骨、同樣的嘴、同樣的藍眼睛，但嘴巴沒有笑意的張開著，由於挨打叫喊而扭曲著，眼睛不是親切溫柔的，而是可怕地突出著，一會兒閉上，一會兒張開。

我仔細端詳這人的臉，我認出了他。他是謝苗諾夫團三連左翼士官斯特魯曼斯基。他在近衛軍中以酷似我的相貌而著名，被戲稱爲亞歷山大二世。

我知道他與叛變的謝苗諾夫團一起被調到衛戍部隊，他多半在這兒的衛戍部隊裡犯了什麼錯，大概是逃跑，結果被抓獲，此刻正在受刑。我後來查明，確實是這麼一回事。

我瞧著這個不幸的人如何一步步被拖著走，他如何挨打，我站在那兒呆若木雞。我心裡產生了一種異樣的感覺。忽然，我發現站在旁邊的人都在瞧著我，有些人讓開，有些人逼近。顯然他們都認出我了。一發現這情景，我慌忙轉過身，快步走回家。銅鼓仍在敲著，長笛仍在吹著。這就是說，行刑還在繼續。我的主要情感是，對於我這個孿生兄弟遭受處分，我必須予以同情。如果不同情，那就等於承認這樣做是應該的，但我覺得我不能那麼做。同時我覺得，如果我不承認這樣做是應該的，這樣做是好的，那麼我就得承認我的一生、我的全部事業都是壞的，我必須做我早就想做的事：拋棄一切，離家出走，隱居起來。

這種感情控制了我，我同它鬥爭。我時而承認這樣做是應該的，這事悲慘，但是必要；時而承認我該設身處地替這個可憐人想想。但，說來奇怪，我並不可憐他，也沒有制止行刑，只擔心人家認出我來，於是逃回家裡。

不久，聽不見鼓聲了。我回到家裡，彷彿擺脫了那裡控制著我的感情。我喝了茶，閱讀伏爾康斯基⑩的奏摺。然後是例行的早餐，然後是同妻子例行的虛僞難堪的交談，然後是看迪比奇⑪的奏摺，證實有關祕密團體的消息。我要及時記述我一生的全部經歷，如果上帝允許的話，我將把一切記得詳詳細細。現在我只想說，對於這件事我表面上裝得很平靜，但這種情況只持續到午飯結束。飯後我走進書房，躺到沙發上，立刻睡著了。

我剛睡了五分鐘，就全身一震，醒了過來。我聽見鼓聲、笛聲、鞭打聲，以及斯特魯曼斯基的叫喊聲，還看到了他，或者說看到了自己——我不知道他就是我，還是我仍舊是我——我看到他痛苦的神情和絕望的掙扎，以及士兵和軍官陰沉的臉。這種恍惚狀態持續了沒多久。我起身，扣上禮服，戴上帽子，佩上長劍，走了出去，對別人說我出去散步。

我知道軍醫院在什麼地方，就一直往那兒走去。所有的人照例都手忙腳亂起來。主任醫生和參謀長上氣不接下氣地跑來。我說我要巡視病室。我在第二病室看見了斯特魯曼斯基的禿頭。他臉朝下躺著，頭擱在手臂上，淒慘地呻吟著。「他因逃跑而遭受懲罰。」他們向我報告說。

我說了聲：「噢！」做了個例行的手勢表示聽見和贊同，就走了過去。

第二天我派人去問斯特魯曼斯基的情況。他們告訴我，他在受聖餐，快死了。

這天是弟弟米哈依爾的命名日。舉行檢閱和祈禱。在克里米亞巡視之後，我說我感覺身體不適，不參加祈禱了。迪比奇又來見我，又報告第二軍的陰謀，還提到在克里米亞巡視前維特伯爵就對我說過此事，還有舍爾符德士官也密告過此事。

直到迪比奇把這些陰謀說得那麼嚴重，我才明白我內心發生變化的全部意義和力量。他們搞陰謀是要改變統治方式，實行憲政，也就是二十年前我想做的事。我制訂和修改歐洲憲法，但這有什麼好處，對誰有好處？主要是我是什麼人，竟有權這樣做？主要是整個外在的生活，一切外在事物的安排和參與——難道我沒參與其事，沒改變歐洲各國人民的生活？——並不重要，並非必要，也與我無關。我恍然大悟，這一切都不關我的事。我的事就是我自己的事，就是我的靈魂。我以前想放棄皇位的全部願望——當時講得繪聲繪影，就是想使人們驚訝和傷心，讓他們看到我心靈的偉大——現在又出現了，帶著新的力量和眞誠出現了，但已不再是爲了別人，而只是爲了自己，爲了自己的靈魂。彷彿我那按照世俗理解的光輝生活歷程，只是爲了實現少年時代因悔恨而引起的離群索居的願望，而不是出於虛榮心，不是考慮人間的榮耀，而只是爲了自己，爲了上帝。當年只是一種模糊的願望，如今卻是因爲再也不想過那樣的生活了。

但是怎麼辦？不是爲了使人們感到驚訝並誇獎我，相反地，我必須逃到沒人知道的地方，獨自忍受苦難。這個念頭令我快樂和神往，我開始考慮實行的方法，並且爲此施展自己所有的聰明才智。說也奇怪，實行我的企圖比我原先想像的容易得多。我的企圖是這樣的：假裝生病，生命垂危，然後慫恿、買通醫生把即將死去的斯特魯曼斯基放在我的床上，自己隱姓埋名，遠走高飛。

一切都彷彿有利於實行我的企圖。九日我眞的發燒了。我病了一個星期，病中我又反覆考慮我的計畫，更加深思熟慮。十六日我起床，覺得自己康復了。

這天，我照例坐下來刮臉，由於陷入沉思而把下巴割破了。出了許多血，我感到噁心，昏倒了。人們跑來把我抬起。我立刻明白，這件事對我的實行計畫有利。儘管我覺得身體健康，但還是裝作很虛弱。我躺到床上，下令叫我的助手維利前來。維利這人很老實，不會騙人，我想收買這個青年。我向他講了自己的企圖和計畫，答應給他八萬盧布，只要他能做到我的要求。我的計畫是這樣的：我聽說，斯特魯曼斯基今晨病危，夜裡就將死去。我躺在床上，假裝生所有人的氣，除了被收買的醫生，我不讓任何人接近我。今天夜裡，醫生會把斯特魯曼斯基的屍體搬到浴室，放在我的位置，並宣布我突然死亡。說也奇怪，一切都依照我們所預料的那樣進行著。十一月十七日我自由了。

斯特魯曼斯基的屍體在極其隆重的大殮後被埋葬了。弟弟尼古拉登位和陰謀分子都被流放服苦役。後來，我曾在西伯利亞看到其中幾個。我只經受了同我罪行相比較微不足道的苦難，卻享受了我不配享受的巨大歡樂。這事以後再談。

如今我是一個七十二歲的老人，已經半截身子入土，我明白以前的生活是空虛的，而現在這種流浪生活卻很有意義。我願在後面講講我可怕的生活故事。

---

①伊凡·格里高利耶維奇·拉迪歇夫是克拉斯諾列欽斯克鄉的農民。費多爾·庫茲米奇於一八三九年同他結為知己。庫茲米奇幾次遷居後，拉迪歇夫為他在大路旁、在山中、在懸崖上和森林裡建造修道室。庫茲米奇就在這個修道室裡開始寫日記。——托爾斯泰注

②斯塔爾夫人（1766~1817），法國女作家，曾與亞歷山大一世談過話。

③福基耶（1792~1838），東正教修士大司祭，是一名宗教狂，思想反動。

④巴羅特（1767~1852），物理學家，也是迪爾普大學教授，與亞歷山大一世有過交往。

⑤克留德內爾（1764～1824），男爵夫人，一八一八年到俄羅斯，並結識亞歷山大一世。

⑥阿拉克切耶夫（1769～1834），俄國亞歷山大一世時代的陸軍大臣，推行殘暴的統治制度。

⑦指俄國女皇葉卡德琳娜二世（1762～1796）。

⑧俄國近衛軍之中最早的一個軍團，由彼得一世組織成立，一八二〇年曾經發生士兵起義，軍團因此被解散，後又重新組建。

⑨指俄國亞歷山大一世時的移民軍人。

⑩伏爾康斯基（1776～1852），御前大臣，曾陪同亞歷山大一世去塔甘羅格。

⑪迪比奇（1785～1831），一八二三年起任職俄軍總參謀長。在一八二五年十二月十四日十二月黨人起義前，他曾向亞歷山大一世告發有關祕密團體成員的情況。

我的生活

一八四九年十二月十二日
西伯利亞原始森林，克拉斯諾列欽斯克附近。

今天是我的生日，我七十二歲。七十二年前我出生在彼得堡，在冬宮母后（當時是瑪麗雅·費多羅夫娜王妃）的寢宮。

昨晚我睡得相當好。昨天生病，今天覺得好一點了。主要是不再昏昏欲睡，我又能全心全意地侍奉上帝。昨晚我在黑暗中祈禱。我明確了自己在世界上的地位：我和我的全部生活是派我來的那一位所需要的。他需要的事我可以做，也可以不做。我做他所需要的事，就能增進自己的幸福和全世界的幸福。不這樣做，就會喪失我的幸福——不是全部幸福，而是可能屬於我的幸福——但不會使世界喪失本該屬於它的幸福。本該由我做的事，現在由別人來做。他（上帝）的意志將被執行。我所享有的意志自由也在於此。但如果他（上帝）知道將來的事，如果一切都由他（上帝）決定，那不是沒有自由了嗎？我不知道。思緒到此中斷，我開始祈禱，那種簡單的、幼稚的和古老的祈禱：「父啊，不是要成就我的意思，只要成就你的意思。你幫助我。你來，留在我心中。」簡單說：「主啊，饒恕我，保佑我。主啊，饒恕我，保佑我，饒恕我，保佑我。我無法用語言來表達，但你知道我的心，因爲你就在我心中。」

我睡得很好。醒來時照樣感到軟弱無力，我做了五六次夢。夢見我在海裡游泳。我覺得奇怪，海水怎能把我托得那麼高，我完全沒有沉入海裡。海水綠瑩瑩的，很美麗。有人妨礙我活動，岸上還有女人，可是我一絲不掛，無法從水裡出來。夢暗示我還身強力壯，但離開世間的日子不遠了。

天沒亮我就起身，打火打了好久，可是硫磺火柴就是打不著。我穿上駝鹿皮長袍。走到街上。從留有殘雪的落葉松和雪松間漏出火紅的霞光。我把昨天劈的木柴搬進來，點著火，又動手劈柴。天亮了。吃了一點泡軟的麵包乾。我生起爐火，關上煙筒，坐下寫作。

整整七十二年前的一七七七年十二月十二日，我出生在彼得堡冬宮。我取名亞歷山大是根據祖母的願望，她親口對我說過，要我將來像亞歷山大大帝①一樣偉大，像亞歷山大・涅夫斯基②一樣神聖。我出生一週後在冬宮大教堂受洗。我被放在織金錦緞墊子上，由庫爾蘭大公夫人抱著，上面的蓋被由達官顯要抬著，皇后當了我的教母，奧地利皇帝和普魯士國王做了我的教父。我住的房間也是依據祖母的設計布置的。這一切我什麼也不記得，而是後來人家告訴我的。

這個大房間有三扇高大的窗子，裡面有四根柱子，柱子中間有一個天鵝絨華蓋固定在高高的天花板上，華蓋下掛著綢帳，一直垂到地板上。華蓋下放著一張鐵床，床上擺著墊子、枕頭和輕軟的英國毛毯。華蓋周圍裝著兩俄尺高的圓柱欄杆，讓來客不能接近。房間裡沒有家具，只有華蓋後面放著奶媽的床。護養我的細節都是由祖母精心策畫的：禁止把我抱著搖盪；我的襁褓都是特製的；腳上不穿襪子；我先洗溫水澡，再洗冷水澡；衣服也是特製的，很容易穿上，沒有接縫，也不用帶子。我一開始學爬，就被放在地毯上，好讓我自由活動。別人告訴我，最初祖母常自己坐在地毯上同我一起玩。這些事我可一點也不記得，奶媽我也不記得了。

我的奶媽是年輕花匠的妻子阿夫多基雅・彼得羅娃，她是從皇村來的。我不記得她了。我第一次看見她，我已十八歲了。在皇村花園裡她走到我面前，報了自己的身分。那時我與查爾托雷斯基③已有初步結識了，我打從心裡嫌惡兩個家族之間的關係，包括不幸的父親和當時我所憎惡的祖母。我那時還是個人，甚至不是個壞人，我有良好的志向。我與亞當在花園裡走著，這時從側面小路上走來一個衣著很好的女人，有著一張白淨可愛、熱情洋溢、異常和善的臉。她快步走到我面前，跪下來，抓住我的手吻著。

「老爺，殿下。是上帝恩賜給我的機會。」

「您是誰？」

「您的奶媽阿夫多基雅・杜尼雅莎，餵過您十一個月奶。是上帝恩賜給我機會瞧您一眼。」

我使勁把她拉起，問她住在哪兒，答應去看她。她有一座環境優美的小屋。她那可愛的女兒是十足的俄羅斯美人，是我的奶姊姊，她的未婚夫是宮廷馴馬師。奶媽的丈夫是一個花匠，跟她一樣也總是笑呵呵的。他們的一群孩子也都是笑嘻嘻的。我看到他們，彷彿在黑暗中看到了光明。「瞧，這才是眞正的生活，眞正的幸福，」我想，「一切都是那麼樸素、開朗，沒有陰謀，沒有嫉妒，沒有爭吵。」

就是這樣一位可愛的杜尼雅莎餵我奶水。我的主要保姆是德國女人索菲雅・伊凡諾夫娜・培根多爾夫，另一個保姆是英國女人赫斯勒。索菲雅・伊凡諾夫娜・培根多爾夫是個肥胖白淨、鼻子挺直的德國女人。她在育兒室發號施令時，是那麼威風凜凜；但當她同比她矮一個頭的祖母在一起時，卻顯得那麼卑躬屈膝、低聲下氣。她在我面前特別顯得奴顏婢膝，但同時又十分嚴肅。她一會兒像鼻子挺直、穿寬大裙子的莊嚴女皇，一會兒又變成裝腔作勢的小女孩。

普拉斯科斐雅・伊凡諾夫娜（赫斯勒）是個褐色皮膚、長臉的英國女人，總是一本正經。不過，她笑起來卻容光煥發，而且無法掩飾笑意。我喜歡她的認眞、穩重、整潔和柔中帶剛。我認爲她知道一些事情，那是媽媽、爸爸，甚至祖母都不知道的。

我起初記得我的母親，彷彿她是一個奇怪、悲哀、超自然的美麗幽靈。她相貌好看，衣著漂亮，身上的鑽石、綢衣、花邊和雪白豐滿的手臂熠熠生輝。她走進我的房間，臉上露出古怪、憂鬱、陌生的神情。她撫愛我，又用她強壯美麗的雙臂抱住我，她那更加美麗的臉靠近我，把她那散發著清香的濃密頭髮往後一甩。她吻著我，流著淚，有一次甚至放下我，自己暈了過去。

說來奇怪，不知是受祖母的影響，還是由於母親對我的態度或憑孩子的直覺，我懂得了以我為中心的宮廷陰謀，其實我當時缺乏一般的感情，連對母親也沒有一絲絲愛。我發覺母親對我的態度有點緊張。她彷彿要通過我來表現什麼，但又要把我忘記。我感覺到這一點。當時的情況就是那樣。祖母把我從父母手裡奪走，完全由她直接控制，以便把皇位交給我，而不傳給我那不幸的父親，也就是她所憎恨的兒子。當然，我有很長一段時間不知道此事。但從我懂事以來，我儘管不知道原因，卻感覺到自己是一個被仇恨的對象，一個競爭的對象，一種陰謀的玩物，我感覺到別人對我的冷漠，對我這孩子的心靈的冷漠，其實我的心靈並不需要什麼皇位而只需要普通的愛。可是沒有這樣的愛。我的母親看到我總是悶悶不樂。有一次，她跟索菲雅・伊凡諾夫娜用德語談話，談著談著放聲哭了起來，但一聽見祖母的腳步聲，立刻從房裡跑出去。我的父親有時也會來我們的房間，後來我和弟弟又被帶到他的房裡去。但父親，我那不幸的父親，一看到我，比母親更直率地表現出他的不滿和勉強克制的憤怒。

記得有一次我與康士坦丁弟弟被帶到他們的房間。這是一七八一年他出國旅行前的事。他突然把我推開，目光可怕地從安樂椅上跳起來，氣喘吁吁地說了一些有關我和祖母的話。我不懂得意思，只記得這樣的話：「一八六二年後什麼事都可能發生……」

我嚇得哭了。母親抱起我，不斷地吻我，然後把我交給他。她迅速地為我祝福，橐橐地踏著她那高跟皮鞋，跑出屋子。直到好久以後，我才明白這次衝突的原因。他跟我母親以北方伯爵和伯爵夫人的名義出門旅行。父親擔心祖母趁他不在時會宣布他無權繼承皇位，我則將被宣布為繼承人……

天哪，天哪！他珍惜那將在肉體上和靈魂上毀滅他和毀滅我的東西，而我這可憐的人竟也跟著他珍惜這東西。

有人在敲門，嘴裡祈禱著：「奉聖父聖子之名。」我說了一聲：「阿門！」我收起日記，走過去開門。如果上帝允許，明天我將再寫。

十二月十三日

睡得很少，做了幾個不祥的夢：一個面目可憎、身體衰弱的女人向我擠來。我並不怕她，也不怕犯罪，就是怕被妻子看見。她又要責備我了。七十二歲了，可我還是不能擺脫……清醒的時候可以欺騙自己，但夢能正確地反映一個人的精神境界。我還夢見——這再次證明了我的精神境界很低——有人送糖果給我，一種特殊的糖果。我把糖果從青苔裡拿出來分送給眾人。但分送以後還剩下一些糖果，我就替自己挑了一些。但這時候有個黑眼睛、相貌難看的男孩，好像是土耳其蘇丹的兒子，伸手來取糖果。我把他推開，雖然知道孩子遠比我愛吃糖果，我還是不給他，而且討厭他，儘管我知道這樣是不對的。

說來奇怪，今天我清醒的時候也發生了類似的事。瑪麗雅·馬爾吉米央諾夫娜來了。她昨天曾派人來詢問她可否來訪。我說可以。這種訪問令我苦惱，但我知道要是我拒絕，她會傷心的。今天她來了。老遠就傳來雪橇在雪地上發出的刺耳響聲。她穿著皮外套，包著頭巾，提著幾袋禮物走進來。儘管我穿著睡袍，還是感到很冷。她帶來了油炸餅、植物油和蘋果。她來徵詢有關女兒的事。有人替一個有錢的鰥夫前來說媒。她問我該不該把女兒嫁給他？他們認為我很有眼光，這使我感到為難。只要我說不同意，他們就認為我謙卑。我說，我一向認為童貞比結婚重要，但保羅說，結婚比忍受慾火煎熬好。跟她同來的還有她的女婿尼卡諾爾．伊凡諾維奇，他曾叫我搬到他家去住，後來又不斷來訪。

尼卡諾爾．伊凡諾維奇對我是一大考驗。我無法克制對他的反感、嫌惡。「主啊，讓我看見我的罪孽。不要責備我的兄弟。」我看見他的種種罪孽，懷著憎恨看得清清楚楚。我看到他所有的缺點，我無法克服對他的反感，對我兄弟的反感，對那個跟我一樣傳播上帝道理的人的反感。

這是一種什麼情感？在漫長的一生中我不止一次體驗到這種感情。但我最憎惡的有兩個人：一是路易十八，我討厭他的大肚子、鷹鉤鼻、白得討厭的雙手，以及他的自命不凡、厚顏無恥和麻木不仁（這會兒我已經在罵他了）。另一個使我反感的就是尼卡諾爾．伊凡諾維奇，昨天他整整折磨了我兩個小時。我討厭他的一切，從他的聲音到頭髮和指甲。為了向瑪麗雅．馬爾吉米央諾夫娜解釋我悶悶不樂的原因，我就推說我身體不舒服。他們走後我開始祈禱，祈禱後心裡漸感平靜。感謝你，主啊，我已掌握了我所需要的唯一的眞理。我記得尼卡諾爾．伊凡諾維奇當時還是個孩子，但他快要死了。我也記起了路易十八，我知道他已經死了。我感到遺憾，因為尼卡諾爾．伊凡諾維奇已經不在，我無法向他表達對他的好感。

瑪麗雅．馬爾吉米央諾夫娜帶來許多蠟燭，這樣一來，晚上我就可以寫日記了。我走到戶外。在奇妙的北極光中，左邊明亮的星星熄滅了。多麼好啊，多麼好啊！讓我繼續寫下去。

父親和母親出國旅行，我和小我兩歲的弟弟康士坦丁在父母出國期間由祖母全權管教。弟弟取名康士坦丁，用意是希望他將來像康士坦丁堡的希臘國王那樣偉大。

孩子們愛所有的人，尤其愛寵他們的人。祖母撫愛我，誇獎我，我也愛她，雖然她身上有股難聞的臭味，即使灑香水也無濟於事，特別是當她讓我坐在她膝上時。我尤其不喜歡她的雙手：乾淨、枯黃、打皺；有點滑膩光澤的手指向裡彎曲；指甲古怪地留得很長。她的眼睛渾濁、睏乏，簡直像死人，加上她那含笑的、沒有牙齒的嘴，更給人一種沉重卻不冷淡的印象。我把她這種眼神（我至今想起還極其厭惡）看作她為百姓操勞的結果，我為她這種睏乏的眼神難過。我見過波將金④兩三次。這個獨眼、斜視、高大、黝黑、出汗、骯髒的人是可怕的。特別令我覺得可怕的是，只有他一個人不怕祖母，他在她面前大膽地尖聲說話。儘管他稱我殿下，對我親熱，但還是令我厭惡。

我小時候在她那裡看過的人還包括蘭斯科依。蘭斯科依總是跟祖母待在一起，大家都對他另眼相看，都奉承他。因為女皇本人一直垂顧著他。我當時當然不知道蘭斯科依是誰，但我很喜歡他。我喜歡他的鬈髮，喜歡他那用駝鹿皮袍裹著的大腿和腿肚，喜歡他那無憂無慮的快樂笑容，以及他那滿身閃閃發亮的金剛鑽。

這是一段很快樂的時光。我們被帶到皇村。我們划船，在花園裡玩沙子或散步、騎馬。康士坦丁胖乎乎的，頭髮淺褐，被祖母叫作小酒神，他常常以戲謔、大膽和奇思怪想使大家開心。他模仿所有的人，包括索菲雅·伊凡諾夫娜，甚至祖母。

這段時期裡的大事是索菲雅·伊凡諾夫娜·培根多爾夫的去世。這件事發生在皇村某天晚上，在祖母身邊。用餐後，索菲雅·伊凡諾夫娜剛把我們帶來，嘴裡說著什麼，臉上掛著微笑。突然，她收起笑容，身子搖搖晃晃，她靠在門上，又慢慢滑下來，重重地倒在地上。人們跑來，把我們帶走。第二天我們才知道她死了。我哭了好半天，心裡很難受，腦子怎麼也清醒不過來。大家以爲我是在哭索菲雅・伊凡諾夫娜，其實我不是哭她，而是哭有人死去，哭死亡這件事。我不能理解這件事，不能相信這是所有人都無法避免的命運。我記得當時在我五歲的幼稚心靈裡產生了一系列問題：什麼是死亡，什麼是以死亡爲結束的生命。這些重大的問題擺在人人面前，聰明人尋求這些問題的答案，但是找不到，而輕率的人則竭力迴避和忘卻這些問題。我就像孩子那樣——特別是因爲我生活在這樣的環境裡——竭力擺脫這個思想，忘記死亡，彷彿死亡是不存在的，但現在它使我害怕。

與索菲雅・伊凡諾夫娜的死有關的另一件大事——我們被交給男保姆管理。就這樣，尼古拉・伊凡諾維奇・薩爾蒂科夫負責起管教我們的工作。他並非那個很可能是我們外祖父的薩爾蒂科夫，而是尼古拉・伊凡諾維奇・薩爾蒂科夫。他在我父親宮廷裡服務，個子矮小，腦袋很大，一副蠢相，老是做鬼臉，而我的小弟弟康士坦丁老是惟妙惟肖地學他的模樣。交給男人管教對我是一件很傷心的事，因爲要跟原來的保姆普拉斯科菲雅・伊凡諾夫娜分離。

我想，不是不幸出生在皇室的人是很難想像我們所體驗的那種對人和對己看法上的扭曲。我們不像一般孩子那樣依賴大人和長輩，我們不慶幸我們所享受的一切幸福，因爲我們所受的教育讓我們相信我們是特權人物，我們不僅應該享受人們所能享受的一切幸福，而且我們的一言一笑都足以償還所享受的一切幸福，而且還能使人們感到幸福。沒錯，要求我們待人彬彬有禮，但我憑著孩子的直覺明白，這只是表面文章，這樣做不是爲了他們，不是爲了我們待之以禮的人們，而是爲了自己，爲了讓自己顯得更加偉大。

這是一個節日。我們乘一輛高大的四座篷馬車走在涅瓦大街上，車上坐著我們哥兒倆和尼古拉・伊凡諾維奇・薩爾蒂科夫。我們坐在前排，兩個頭上撲粉、身穿紅制服的侍僕站在後面。這是一個晴朗的春日。我穿著敞領軍服、白背心，佩戴淺藍色安德烈勳章綬帶；柯斯嘉也是這副打扮。我們頭上戴著有羽毛的帽子，不時摘下來向人點頭致意。到處都有老百姓站住向我們行禮，有些跟著我們跑。「他們在向你們敬禮呢。」尼古拉・伊凡諾維奇一再說。我們的馬車經過要塞警衛室，一個警衛跑了出來。

我經常看到這些人。我從小就喜歡士兵，喜歡看操練。人們，特別是最不相信這件事的祖母，教導我們人人都是平等的，告訴我們應該記住這個道理。但我知道他們嘴裡這樣說，其實並不相信這個道理。

記得有一次薩沙・高里岑跟我一起玩街壘遊戲，他使勁推了我一下，推得我很痛。

「你居然敢推我！」

「我是無意的。這有什麼要緊的！」

由於受侮辱和氣憤，我感到血直往心上湧。我向尼古拉・伊凡諾維奇告狀。當高里岑求我原諒時，我並不感到害臊。

今天寫得夠多了。蠟燭用完了。得再劈些明子。可是斧頭鈍了，也沒有磨刀石，再說我也不會磨。

十二月十六日

三天沒寫日記。身體不舒服。讀《福音書》，但無法像以前那樣理解，無法同上帝交流。以前我曾多次想，人不能沒有希望。我一向抱著希望，現在也抱著希望。我以前希望打敗拿破崙，希望歐洲太平，希望我能擺脫皇位。我所有的希望，有的實現了，可是一旦實現，就不再嚮往；有的沒有實現，我也不再希望。舊的希望不論有沒有實現，新的希望又出現了。這樣一直進行到最後。我希望冬天到來，冬天來了。我希望孤獨，這個希望也差不多實現了。現在我希望描寫自己的一生，並且盡可能地描寫完美，以有益於人。不論這希望能不能實現，新的希望又會產生。人生就是這麼一回事。

於是我想到，如果人的一生就在於產生希望，而生活的樂趣就在於實現希望，那麼是否有一種人與生俱來就有的希望，這種希望總能實現或者幾近實現呢？我開始懂得，一個希望死的人常有這種情況。他的一生就在於一步步實現這個希望，這個希望一定會實現。

起初我覺得這種事很怪。但仔細一想，便恍然大悟，人在接近死亡時，這種希望是合乎情理的。希望不在於死亡，不在於死亡本身，而在於導向死亡的生命運動。這種運動就是每個人賦有掙脫情慾和誘惑的精神力量。克服了大部分我看不見的自我心靈衝動，現在我感覺到與上帝同在，感覺到我看不見的上帝。我不知不覺做到了這一點。如果我認爲自己的最高幸福就是掙脫情慾、接近上帝（這不僅是可能的，而且是應該的），那麼，凡是推動我接近死亡的一切：衰老、疾病，就是實現我唯一希望，也是主要希望的途徑。是的，當我身體健康時，我有這樣的感覺。但當我像昨天和前天那樣鬧肚子時，我就沒有這樣的感覺。我雖然不反抗死亡，但也不希望接近死亡。是的，這就是我的曖昧心理狀態。我得安心等待。

繼續寫昨天的日記。我所寫的有關童年的事，多半根據別人的講述，而別人所講的又常常同我自己的感受相混淆，因此我有時分不清楚什麼是自己的感受，什麼是別人的講述。

我覺得，我這一生，從出生到現在的垂暮之年，是一個彷彿籠罩著濃霧的地方，或者像在德累斯頓城下戰役之後那樣什麼都被硝煙遮沒，什麼都看不見。突然，出現一個個孤島，也就是亮點，在那裡可以看見一些孤零零的人和四周被難以穿透的帷幕所遮沒的物體。我對童年的回憶就是這樣。這些童年的亮點在無邊無際的煙霧中難得出現，但後來出現得越來越多，但至今仍有許多時間在我的回憶中沒有留下任何痕跡。童年時這樣的亮點非常少，越遠越少。

我說到童年的這些亮點是：培根多爾夫的去世；我們跟父母告別；康士坦丁模仿別人的動作。但有些往事當我回憶時還是會出現在眼前。例如，我完全不記得康士坦丁何時出現的，我們何時開始生活在一起，然而我卻清清楚楚記得：有一次，當時我還不滿七歲，康士坦丁只有五歲，我們在聖誕前夕通宵禮拜後回去睡覺，我們等大家都離開我們的房間後，就睡到一張床上。康士坦丁只穿一件襯衫，跑到我的床上做一種有趣的遊戲——彼此拍打對方赤裸的身子。我們哈哈大笑，笑到肚子痛，感到十分快樂。這時，大腦袋上撲滿粉、眼睛凸出的尼古拉．伊凡諾維奇身穿繡花長袍，胸前掛滿勳章，突然衝進房裡，兇神惡煞地把我們拉開，怒氣沖沖地說要懲罰我們，還要告訴祖母，那副模樣我怎麼也無法理解。

我記得的另一件往事發生得稍晚一點。我當時快滿九歲，在祖母那兒，阿歷克賽．格里哥利耶維奇．奧爾洛夫⑤與波將金幾乎當著我們的面衝突起來。這事發生在祖母赴克里米亞和我們第一次去莫斯科旅行前不久。尼古拉．伊凡諾維奇照例把我們帶到祖母那兒。天花板上塑有和畫有圖畫的大房間裡擠滿了人。祖母已梳好頭。她的頭髮高高地梳到額頭上，在頭頂上綰成花樣。她身披梳頭衫坐在鍍金的梳妝台前。侍女們站在她周圍，梳理著她的頭髮。她笑瞇瞇地望著我們，繼續與佩戴著安德烈耶夫綬帶的將軍談話。這位將軍身材高大，肩膀寬闊，整個面頰從嘴巴到耳朵都古怪地扭動著。他就是臉上有傷疤的奧爾洛夫。這是我第一次看見他。祖母身邊圍著幾隻名種賞玩犬。我的愛犬咪咪從祖母懷裡跳下來，用爪子撲我，又用舌頭舔我的臉。我們走到祖母跟前，吻著她那浮腫的白手。她翻過手，用彎曲的手指捏住我的臉，親切地撫摸著。儘管她噴過香水，我還是聞到一股祖母特有的難聞氣味。但她繼續瞧著有傷疤的將軍，同時跟我們說話。

「多麼出色的小子。」她指著我說。「您還沒見過他吧，伯爵？」她說。

「兩個都很出色。」伯爵說，吻著我的手和康士坦丁的手。

「好，好。」她對替她戴包髮帽的侍女說。這個侍女叫瑪麗雅・斯古邦諾夫娜，她塗脂抹粉，心地善良，待我總很親切。

「我的鼻煙壺在哪兒？」

蘭斯科依走過去，遞給她一個打開的鼻煙壺。祖母嗅著鼻煙，笑嘻嘻地望著走進來的女丑瑪特廖娜・達尼洛夫娜。

---

①亞歷山大大帝（前356～前323），馬其頓國王，亞歷山大帝國的創立者。

②亞歷山大・涅夫斯基（約1220～1263），曾任諾夫哥羅德大公（1236～1251）和弗拉基米爾大公（1252～1263）。一二四〇年率軍擊敗在涅瓦河登陸的瑞典軍。後又擊敗德軍。

③亞當・查爾托雷斯基（1770～1861），一八三〇年波蘭起義時擔任國民政府首腦，出身於波蘭著名公爵世家。波蘭起義被鎮壓之後，他曾作為人質被送到俄國，後來成了亞歷山大一世的親信。

④波將金（1739～1791），俄國元帥。在近衛軍團服役時曾經參與宮廷政變，擁立葉卡德琳娜二世為女皇。後任職俄軍總司令。

⑤阿・格・奧爾洛夫（1737～1807/08），俄國伯爵，一七六二年宮廷政變的參與者之一，後被擢升為上將。

回憶

引言

我的朋友巴・伊・比柳科夫要爲我的法文全集撰寫我的傳記，他要我提供他一些資料。

我很想滿足他的願望，開始在頭腦裡構思我自己的傳記。起初很自然，不知不覺地我只回憶一生中好的方面，同時好像圖畫的陰影，我也想起生活中那些與好的方面有關的陰暗的、壞的方面。因此我更認眞地思考我的一生，發現這種傳記即使不是赤裸裸的謊言，也還是一種謊言，因爲它隱惡揚善且不眞實。我想到，要是不隱瞞我生活中的任何壞事而寫出全部眞相，這樣的傳記將會給人什麼印象，不禁不寒而慄。

當時我病了，病中無事，腦裡一直回憶著往事，而那些往事實在可怕。我深深體驗到普希金詩中所表達的那種心情：

回憶

喧鬧的白天漸漸沉寂，
城市沉默的廣場上

籠罩了一片朦朧的陰影，
還有那睡眠——一天辛勞的獎勵。
在萬籟無聲中，對我來說，
只有輾轉反側失眠的煎熬，
和毒蛇噬心般的痛楚。
浮想聯翩，柔腸寸斷，
往事如煙，縹緲虛幻。
回顧一生，我只有厭惡，
我內心顫動，詛咒自己，
我痛苦悔恨，淚水滂沱，
但淚水洗不掉斷腸的詩句。

最後一行我只做了這樣的修改，把「淚水洗不掉斷腸的詩句」改成「淚水洗不掉羞愧的詩句」。

就這個印象我在日記裡寫道：

「一九〇三年一月六日。

「我現在嘗到地獄般的痛苦，因爲回想起以前全部卑劣的生活。這種回憶令我不得安寧，敗壞我的生活。人們總是惋惜死後不能留下回憶。其實不能留下回憶是件幸事。我今世要是記得前世所做的折磨良心的罪孽，那該是多麼痛苦啊！要是記得好事，也就會記得一切壞事。幸虧人一死回憶也就消失，只留下一個意識，也就是好事和壞事的總結，是一種複雜的均衡，它最簡單的表現方式就是：X＝肯定或否定，大事或小事。是啊，回憶消失是很大的幸福，人帶著回憶是不可能活得快活的。現在，隨著回憶的消失，我們從潔白的一頁開始重新生活，在這一頁上我們又可以把好事和壞事記下來。」

是的，我這輩子並非一直過得那麼壞——壞的只有二十年。是的，即使在那個時期，我的生活也不像我在病中所想像的那樣一無是處，即使在這個時期，我內心也有追求善的衝動，雖然持續沒多久，很快就被無法克制的情慾所抑制。但我的思想活動，特別是在病中，使我清楚地看到，寫我的傳記也像一般寫傳記那樣，諱言我一生的醜惡和罪孽，那是不眞實的。如果寫傳記，那就得寫出全部眞相。只有這樣的傳記，不管我寫的時候多麼羞愧，才能對讀者有所裨益。這樣回憶我的一生，也就是從行爲的善惡來看待我的一生。我認爲我的一生可分爲四個時期：第一，十四歲以前美好的——特別是同以後幾個時期相比——天眞快樂、充滿詩意的童年；第二，那個可怕的二十年，粗野放縱、貪圖功名、崇尚虛榮，主要是放縱情慾；第三，從結婚到我精神上的新生，這一時期用世俗的觀點來看，可以稱作道德時期，因爲在這十八年裡我過著規規矩矩的家庭生活，沒沉湎於任何受輿論譴責的罪惡，但我的注意力只侷限於自私地關心家庭，增加財富，取得文學上的成功，追求各式各樣的滿足。

最後，第四，我現在所生活的二十年——我希望這樣生活，一直到死。對比現在這樣的生活，我看到了過去生活的全部意義，我不想改變這樣的生活，除了我在以前養成的壞習慣之外。

我要絕對眞實地寫出這四個時期的全部生活，如果上帝賜給我力量和生命的話。我想，這樣寫成的傳記儘管存在重大缺點，也將比我的十二卷文集——當代人給它們過高的評價——對人們更有教益。

現在我將做這件事。我先講第一個時期，特別吸引我的快樂的童年時期。然後，不管我多麼羞愧，將毫無保留地講述其後可怕的二十年。然後講第三個時期，這個時期對大家來說最乏味。最後一個時期，是我對眞理的覺醒，它給了我最大的生活幸福，並且因接近死亡而感到欣慰。

爲了避免對童年的重複敘述，我重讀了這種題目的作品，並後悔寫了這樣的作品：寫得那麼糟，那麼文謅謅，那麼不眞誠。它也不可能不是這樣：第一，因爲我的意圖不是寫我個人的經歷，而是寫我朋友的童年，結果就把他們的事和我童年的事不協調地混淆。第二，因爲在寫這部作品時，我的敘述遠不是自己獨立思考的，而是受了當時我很喜愛的兩位作家斯特恩①和特普費爾的影響。

現在我特別不喜歡最後兩部分：少年和青年，其中除了眞實和虛構不協調地混淆在一起之外，還有不眞誠：我希望展示好的和重要的事（但當時我並不認爲那些是好的和重要的），也就是我的民主傾向。我希望我現在所寫的會較好，主要是對別人較有益。

---

①斯特恩（1713～1768），英國小說家，名作有《感傷的旅行》。

1

我出生在雅斯納雅·波良納村，在那裡度過童年。母親我完全不記得了。她去世時，我才一歲半。說來奇怪，她連一張照片也沒留下，因此她的眞實面貌我無法想像。這卻使我感到欣慰，因爲在我的想像中只有她的精神面貌，我所知道的有關她的一切都是美好的。我想，這並非因爲談到我母親的人總是竭力只講她的好處，而是因爲她身上確實有許多優點。

不過，不僅僅我母親，而且童年時代我周圍的人——從父親到車夫——我覺得都是絕對好的好人。這大概是由於我那兒童的純潔的愛，像一道強烈的光，使我能看到人們身上的優點。我覺得他們都是絕對好的好人，比我看到的他們的缺點要眞實得多。我的母親長得並不好看，但她受過就當時來說非常好的教育。除了俄語（當時流行著不講俄語、不寫俄文的風氣，她卻寫得一手正規、漂亮的俄文）之外，她懂得四種外語：法語、德語、英語和義大利語。她在藝術上一定也很有天賦：她彈得一手好鋼琴，她的同齡同伴告訴我，她講起故事來構思巧妙，娓娓動聽。據女僕說，她最高貴的品質是她儘管脾氣不好，但很能克制。她的侍女告訴我，「她會氣得滿臉通紅，甚至哭出聲，但從不說粗話。」她根本不知道粗話。

我留有幾封她寫給我父親和幾位姑媽的信，還有她記錄大哥尼古拉行爲的日記。她死的時候，他才六歲，我想他一定比其他人更酷似她。他們兩人都有我非常喜歡的性格。這種性格我是從母親信裡看出，並從哥哥嘴裡知道的：評論別人寬大厚道，自己則謙虛謹愼，以致竭力諱言自己優於別人的智慧、教育和品德。他們彷彿都羞於提到自己的長處。

關於哥哥，屠格涅夫說得很對：他沒有成爲大作家所難以避免的那些缺點。這一點我知道得很清楚。記得有一次，省長的副官，一個很愚蠢的不好的人，同他一起打獵，當著我的面嘲笑他。哥哥瞧著我，露出和善的微笑，顯然還很得意。

我在母親的信裡也發現這個特點。在精神上她顯然高於父親和父親一家，除了塔季雅娜·葉戈爾斯卡雅之外。我與塔季雅娜·葉戈爾斯卡雅一起度過了半輩子，她是一位品德出眾的女性。

此外，他們兩人還有一個特點，就是寬以待人。他們從不譴責什麼人。這一點我很清楚地在哥哥身上看到，我跟他一起過了半輩子。哥哥總是用巧妙、和善的幽默和微笑來表達他對別人的強烈否定。這一點我從母親的信中看到，也從那些了解她的人嘴裡聽到。

在德米特里·羅斯托夫斯基的一生中有一件事一直令我很感動。他是一個短命的修士，有著所有同道都知道的缺點，雖然如此，長老在夢中卻總是看見他處在天堂裡聖徒中最好的地位。長老感到很驚訝，問道：這個放縱無度的修士憑什麼得到這樣的獎賞？人家回答他說：「他從不譴責人。」

要是眞有這樣的獎賞，我想我的哥哥和母親準能獲得。

母親在她圈子裡的第三個突出優點是她寫信的語氣眞實而樸素。當時寫信特別流行言過其實地渲染感情：「無可比擬的」、「極其景仰的」、「我生命的快樂」、「無法估價的」等等——這些都是親人之間常用的形容詞，詞藻越華麗，越是言不由衷。

這種用語在父親的信裡常可以看到，雖然不算十分突出。他寫：「我最最溫柔的朋友，我一心只想讓幸福永遠伴隨您……」諸如此類的話。這種話未必完全眞誠。她呢，寫信時總是用同樣的稱呼：「我親密的朋友」她在一封信裡寫道：「你不在，我覺得時光特別長，雖然，說實話，你在這兒的時候，我們沒有充分享受這種時光。」而信末署名總是「忠實於你的瑪麗雅」。

母親的童年部分是在莫斯科度過的，部分是同我的外祖父伏爾康斯基——一個聰明、驕傲、有才華的人——一起在鄉下度過的。

2

關於外祖父，我只知道他曾在葉卡德琳娜王朝做到上將，但後來突然失去地位，原因是他拒絕娶波將金的外甥女和情婦華連卡·恩格爾哈特為妻。對波將金的建議，他回答說：「他怎麼會要我娶他的情……」因為這個答覆，他不僅再也得不到晉升，而且被調任為阿爾漢格爾斯克軍事長官，直到保羅一世①登位前退職，娶了葉卡特琳娜·德米特里耶夫娜·特魯別茨卡雅公爵小姐，移居從他父親謝爾蓋·費多羅維奇手裡接收的雅斯納雅·波良納莊園。

葉卡特琳娜·德米特里耶夫娜公爵小姐死得很早，只留給我外祖父一個女兒瑪麗雅。外祖父跟這個愛女和她的法國女友一直共同生活到他去世，那大概是一八一六年的事。

外祖父被認為是個很嚴厲的主人，但我從未聽到過有關他的殘酷和懲罰人的事，而這種事當時是司空見慣的。我相信當時有這種事，但僕人和農民非常尊敬他的莊重和明智，我常常向他們打聽他的事，儘管我聽到過父親對他的責怪，但我只聽到大家稱讚他智慧、精明和他對農民和眾多僕人的關懷。他為僕人建蓋很好的住房，不僅經常關心他們的溫飽，而且讓他們穿得好，過得快樂。每逢過節，他總為他們舉辦娛樂活動，如盪鞦韆、跳輪舞。像當時一般開明的地主那樣，他關心農民的福利，讓他們有安定的生活。再者，外祖父的崇高地位贏得了警察局長、分局長和陪審員的尊敬，他也總是庇護農民，使他們不受到長官的欺壓。

他一定具有敏銳的審美能力。他蓋的房子不僅堅固舒適，而且雅致美觀。屋前的花園也被他布置得很優美。他一定很愛好音樂，因爲他特地爲自己和母親組織一個很好的小樂隊。我看見園子裡有一株三抱的大榆樹，長在菩提樹小徑旁的空地上，周圍安排著長凳和譜架。每天早晨他在菩提樹小徑上一面散步，一面聽音樂。他厭惡打獵，但愛好花草。

奇怪的命運以最奇怪的方式把他同那位華連卡・恩格爾哈特連結在一起。由於拒絕同她結婚，他在服役時吃足了苦頭。這位華連卡後來嫁給謝爾蓋・費多羅維奇・高里岑公爵，後者因此獲得種種官位、勳章和獎賞。我的外祖父跟這位高里岑公爵及其一家（也就包括華連卡）交往密切，以致我的母親與高里岑十個兒子中的一個從小就訂了婚，兩位老公爵還交換各家祖先的系列畫像（當然都是由農奴畫家臨摹的複製品）。高里岑家成員的這些肖像畫，包括身佩安德烈耶夫勳章綬帶的謝爾蓋・費多羅維奇和棕紅色頭髮、肥胖的華爾華拉・華西里耶夫娜（華連卡，她是葉卡德琳娜勳章的獲得者），至今都還留在我們家。不過，這種聯姻注定不能成功：因爲我母親的未婚夫列夫・高里岑婚前就患熱病去世。作爲家裡第四個兒子，我的名字就是用來紀念他的。據說，媽媽非常愛我，叫我「我的小維尼阿明」。

我想，她對死去未婚夫的愛是充滿詩意的，這種愛每個姑娘一生只有一次，而她也因此喪失了生命。她與我父親的婚姻是由她家庭和我父親安排的。她有錢，已不年輕，是個孤兒；父親則是一個快樂的出色青年，有聲望，有關係，但家產被我祖父揮霍殆盡，以致父親拒絕做遺產繼承人。我想母親是愛我父親的，但僅因爲他是她的丈夫，尤其是孩子們的父親，但她並未眞正愛上他。她眞正愛過的人，據我所知，只有三個或四個：死去的未婚夫、後來的法國女友海尼森小姐。聽我姑母說，這個法國女人是因絕望而自殺。這位海尼森小姐後來嫁給母親的表兄弟米哈依爾・伏爾洪斯基公爵，就是作家伏爾洪斯基的祖父。我母親同這位海尼森小姐友誼深厚。關於母親與住在她家的兩位姑娘之間的友誼，她寫道：

「我同她們兩人的關係都很好。我聽音樂，談笑，瘋狂；同另一個談論感情，對輕浮的上流社會品頭論足；她們都發狂般地愛我。我利用她們對我的信任，當她們吵架的時候，就為她們調解，因為沒有比她們兩人更容易爭吵、更可笑的了。她們經常相互不滿、哭泣、安慰、責罵，然後又是熱情沸騰，友誼萬歲。這樣，就有如照鏡子，我看到了幾年來使我鼓舞和困惑的友誼。我懷著說不出的心情瞧著她們，有時羡慕她們的幻想——這樣的幻想我已沒有了，但幻想的魅力我是知道的。坦率地說，當萬能的幻想使世上的一切都變得非常美麗時，成年人真實可靠的幸福是不是抵得上青年人令人陶醉的幻想呢？有時你也嘲笑她們孩子氣。」

她第三份強烈感情，幾乎也是最熱烈的感情，就是她對大哥尼古拉的愛。她用俄文寫教養他的日記，她記錄他的行爲，還讀給他聽。從這本日記裡可以看出，她一心一意想對尼古拉施以最好的教育，同時模模糊糊地考慮爲此所需要做的事。譬如，尼古拉看見動物痛苦，十分難過，甚至痛哭流涕，她就責備他，因爲她認爲男人必須堅強。她竭力想改正他的另一個缺點，那就是他「自作主張」，對祖母不說晚安或日安，而說謝謝您。

她的第四份強烈感情，據姑媽們告訴我，也是我所希望的，就是她對我的愛。這種愛在我出世之後取代了對尼古拉的愛。那時尼古拉已離開母親身邊，交由男保姆照料。

她需要愛的不是自己，而是別人，對象是一個換過一個。在我的想像中，母親的心靈就是這樣的。她在我心目中是這樣一位心靈純潔、品德高尚的人，以致在我中年時期，當我跟強烈誘惑我的情慾進行鬥爭時，常常向她的靈魂祈禱，求她幫助我。這樣的祈禱往往很有效果。

我從書信和別人的講述中可以斷定，我母親在我父親家的生活是稱心如意的。父親家有老奶奶，即他的母親；老奶奶的女兒，即我的姑媽亞歷山德拉・伊里尼奇娜・奧斯頓－薩庚伯爵夫人，以及她的養女巴申卡；另一位姑媽（我們這樣稱呼她，其實她只是一位遠親）塔季雅娜・亞歷山德羅夫娜・葉戈爾斯卡雅，她在祖父家成長，終生住在我父親家裡；男教師費多爾・伊凡內奇・萊賽爾，關於他的事我在《童年》一書中寫得很眞實。

我們總共五個孩子：尼古拉、謝爾蓋、德米特里、最小的兒子我，以及小妹妹瑪申卡——母親就是因爲生她而死的。我母親婚後的生活很短促，大概不超過九年，但很幸福美滿。她的生活豐富多彩，充滿大家對她的愛和她對家裡所有人的愛。我從書信上看出，她過著非常清靜的生活。除了鄰居奧加廖夫一家和偶然路過的親戚之外，幾乎沒有人來到雅斯納雅・波良納。母親的生活是教養孩子，晚上大聲朗讀小說給奶奶聽，自己則閱讀盧梭的《愛彌兒》之類的嚴肅小說，評論讀過的東西，彈鋼琴，教一位姑媽義大利語，散步和做家務。每個家庭都有太平時期，那時既沒人生病，也沒人死亡，一家人過得太太平平，無憂無慮，根本沒想到有朝一日這樣的日子會結束。我認爲母親在夫家過的就是這樣的生活，直到她去世。沒有人去世，沒有人患重病，父親的經濟困境有了改善。家人個個健康、快樂、友好。父親常講故事和笑話，逗得大家很開心。我沒逢到那樣的日子。從我有記憶以來，母親死亡的陰影就一直籠罩著我們一家的生活。

①保羅一世（1754～1801），俄國沙皇，一七九六至一八〇一年在位。葉卡德琳娜二世之子。在位時加強軍事統治，一八〇一年被弒。

3

以上一切都是根據人家的講述和書信寫成的。下面開始敘述我所經歷和記得的事。

我不想講模糊的幼年回憶，這種回憶分不清現實和夢境。現在講講我清楚記得的早年環境和周圍的人。其中居首位的自然是我的父親。這裡的首位不是指對我的影響，而是指我對他的感情。

我父親是他父母唯一活下來的孩子。他的弟弟伊林卡小時候摔了一跤，成了駝背，沒長大就夭折了。一八一二年父親十七歲，他不顧父母的反對、威脅和勸說，加入軍隊。當時，我祖母的近親哥爾查科夫公爵是陸軍大臣；她的另一個兄弟安德烈·伊凡諾維奇是現役將軍，父親就做了他的副官。他在一八一三年至一八一四年參加遠征，一八一四年擔任信使，在德國某地被法軍俘擄，直到一八一五年我軍進入巴黎才獲釋。父親二十歲時已不是童貞青年。還在他參軍之前，十六歲時就由父母作主讓他同一個女僕發生了關係，據說是為了他的健康。結果生了兒子米申卡。米申卡後來當了郵差，當我父親在世時他日子過得很好，但後來腐化墮落，常向我們這些成年弟弟求助。我記得，當這個相貌酷似父親（兄弟中他最相像）的哥哥窮困潦倒，要求我們幫助，並為我們給他十盧布、十五盧布而道謝時，我總感到困惑不解。

戰爭結束後，父親對軍職感到失望——這從信裡看得出來——退了伍，來到喀山。我祖父當時是省長，但家道已完全衰落。在喀山，父親的妹妹彼拉蓋雅·伊里尼奇娜嫁給了尤施科夫。祖父不久在喀山去世，父親成爲繼承人，但這些遺產還不夠還債，身邊又有過慣奢侈生活的老母親、姊妹和表妹。這時，他經人說媒同我母親結婚，來到雅斯納雅·波良納。在雅斯納雅·波良納他與母親共同生活了幾年。母親去世後，他與我們一起生活，這是我記得的。

父親中等身材，體格勻稱，活潑好動，相貌惹人喜歡，一雙眼睛卻總是很憂鬱。

他的生活主要是經營莊園，看得出來在這方面他並非行家，但他品德高尚：不僅沒有殘酷的行爲，簡直是善良、軟弱。我從未聽說他用過體罰。當時是有這種體罰的，而且很難想像管理莊園可以不用體罰或難得使用。而父親極少參加這種行動，我們這些孩子從未聽過這種事。直到父親去世後，我才第一次知道，我們家裡也有過體罰。我們孩子跟著男教師散步回來，在打穀場附近遇見胖管家安德烈·伊林和跟在他後面的車夫下手獨眼龍庫茲瑪。庫茲瑪結過婚，年紀已經不小，當時神情十分沮喪，令我們感到驚奇。我們中有人問安德烈·伊林他去哪兒，他若無其事地回答說，到打穀場去處罰庫茲瑪。我無法描寫這話和善良且沮喪的庫茲瑪的模樣使我多麼害怕。晚上我把這事告訴負責教育我們的姑媽塔季雅娜·亞歷山德羅夫娜。她憎恨體罰，從來不許對我們實行體罰，也不許對農奴實行體罰，而且她有權制止這種事。她聽了我告訴她的事，十分氣憤，責備說：「您怎麼不制止他？」她的話使我更加難過。我怎麼也沒想到我們可以干預這種事，原來我們是可以干預的。但爲時已晚，可怕的事已經發生了。

現在回頭談談我所知道的父親的事和我想像中他的生活。他的工作主要是經營莊園和打官司。當時人人都有許多官司要打，而父親的官司尤其多，因爲他得清理祖父遺留下來的事。爲了這些官司，父親不得不出門辦事。此外，他常常出去打獵，有時用獵槍，有時用獵犬。打獵的主要夥伴是他的幾個朋友：有錢的單身漢基列耶夫斯基、亞澤科夫、格列波夫、伊斯列涅夫。父親也染有當時地主們的風氣：寵愛他所喜歡的家僕。他寵愛的家僕有彼得魯沙和馬玖沙弟兄倆。兩人都長得英俊，身手靈活，打獵又都很勇敢。在家裡，父親除了管理莊園和教養我們幾個孩子外，自己還閱讀很多書。他受當時風氣的影響，收集法國古典文學作品、歷史作品，以及布封和居維葉①的博物學作品。姑媽告訴我，父親定下規矩，不讀完所有的書，不買新書。不過，儘管他讀過的書很多，也很難相信他讀完了他藏書中的全部《十字軍東征和教皇史》。我可以斷定他對學術並不特別熱中，但他也達到了當時人們的教育水準。就像亞歷山大一世初期和一八一三、一八一四、一八一五年遠征時代多數人那樣，他不是現在所謂的自由派，而是純粹出於自尊心，覺得不能在亞歷山大一世末期和尼古拉時代任公職。他從莫斯科寫一封信給母親，信裡以戲謔的語氣寫到自己女婿的兄弟奧西普・伊凡諾維奇・尤施科夫：「奧西普・伊凡諾維奇自以為是，因為他是三等文官。但我一點也不怕他。我有我的三等文官。」在尼古拉時代，他不僅從沒在哪兒擔任過公職，而且他的所有朋友都是這種自由派，他們不擔任公職，而且多少有點反對政府。在我的童年甚至青年，我家從未親近過任何一名官員。我小時候當然不理解這種事，但我知道父親從未向誰低聲下氣，總是用他那快樂大膽、甚至嘲弄的語氣說話。我在他身上看到的這種自尊心，增加了我對他的愛和欽佩。

我記得我們臨睡時走進他的書房去告別，有時只是進去玩玩。他嘴裡叼著煙斗，坐在皮沙發上，愛撫我們。有時讓我們待在背後的沙發上（這令我們特別高興），他則繼續讀書，或者同站在門口的管家或亞澤科夫說話。亞澤科夫是我的教父，常來我家作客。我記得他有時到我們房間替我們畫畫，我們覺得這些畫都精美絕倫。我記得，有一次他叫我背誦我心愛的普希金詩篇〈致大海〉中的詩句「再見吧，自由的海洋……」和〈拿破崙〉中的詩句「出現了奇怪的命運：一個偉人死了……」等等。他顯然被我唸詩的激情所感動。他聽著我唸，跟在場的亞澤科夫意味深長地交換眼色。我明白，他在我的朗誦中看到了我的才華，因此很高興。我記得，在午餐和晚餐時他常講笑話和故事，祖母、姑媽和孩子們聽著都忍俊不禁。我還記得他有時進城去，身穿燕尾服和窄褲的模樣眞是風度翩翩。但我記得最清楚的是他出去打獵。我記得他騎馬去打獵。我後來總覺得普希金就是以他爲原型來描寫努林伯爵的打獵的。我記得我們跟他一起散步，年輕的獵犬緊跟著我們，在沒割過的草地上嬉戲，高高的青草拍打著牠們，搔得牠們的肚子發癢。牠們的尾巴歪向一邊，飛快地兜著圈子，而父親又如何欣賞著牠們。九月一日是打獵節。我記得那天我們乘敞篷馬車到狩獵的樹林，那裡有一頭狐狸被幾隻獵犬追逐著，而靈猩則在我們看不見的地方抓獲牠了。我記得特別清楚的是縱犬捕狼。這發生在我家附近。我們都走去瞧瞧。大車上載著一頭捆住四腳的大灰狼。牠乖乖地躺在車上，斜眼瞧著走近牠的人們。大家來到花園後面，把狼拖下來，用草叉把牠戳在地上，解開牠的腳。狼拚命掙扎，抽搐，咬著繩索。最後他們替牠解開後頸上的繩索，有人叫了聲：「放了牠！」大家舉起草叉，狼站起來，站了十秒左右。但大家對牠大聲吆喝，放出獵狗。狼、狗、馬車、騎馬的人紛紛往田野飛跑。狼逃走了。我記得父親嘴裡責罵著，氣憤地擺擺手回家。

在我的印象中，他最快樂的事是陪祖母坐在沙發上，幫她擺牌陣。父親待誰都彬彬有禮，和藹可親，待祖母尤其溫柔親切，低聲下氣。有時，祖母戴著有褶縫和花結的睡帽，露出長長的下巴，坐在長沙發上擺牌陣，偶爾嗅嗅金鼻煙壺。圖拉的女軍器商彼得羅夫娜坐在沙發旁的安樂椅上，她身穿佩子彈的短上衣，紡著線，間或拿線團在牆上敲敲，牆上已被她敲出一個凹洞。這位彼得羅夫娜是一名女商人，不知爲何，祖母很喜歡她。她常來我家作客，總是同祖母並排坐在客廳的長沙發上。姑媽們坐在安樂椅上，其中一個大聲朗讀小說。一把安樂椅上躺著黑斑的霍爾特獵狗米爾卡，躺得安東椅上出現一個凹陷。牠是父親心愛的快腿獵狗，有一雙烏黑可愛的眼睛。我們進去告別，有時就坐在那兒。告別時，我們總是跟祖母和姑媽們吻吻手。我記得有一次在擺牌陣和朗誦中間，父親叫正在朗誦的姑媽暫停，指指鏡子，嘴裡喃喃地說著什麼。

我們也都往那兒瞧。

原來是僕人奇虹。他知道父親在客廳裡，就走進他的書房，從他那個摺疊式大煙草皮包裡取煙草。父親從鏡子裡看見他，對著他那踮著腳尖悄悄走路的模樣發笑。姑媽們都笑了。祖母一直搞不懂是怎麼一回事，等她明白，也快樂地笑了。我讚賞父親的善良，向他告別時特別親熱地吻吻他筋脈畢露的大手。

我很愛父親，但他在世的時候，我還不知道我對他的這種愛有多麼強烈。

這事以後再說。現在談談家庭的其他成員，我是在他們之中度過童年的。

---

①布封（1707~1788），法國博物學家，主要著作有《自然史》三十六卷。居維葉（1769~1832），法國動物學家、古生物學家。

4

祖母彼拉蓋雅・尼古拉耶夫娜是尼・伊・哥爾查科夫公爵的女兒。公爵是個盲人，但積累了大量財富。就我所知，祖母目光短淺，受教育不多，她跟當時一般人一樣，法語比俄語好（這限制了她受教育的機會）。大家都寵愛她：先是父親，後來是丈夫，然後是兒子（當著我的面）。除此之外，她作爲家裡的長女，受到哥爾查科夫家所有人的高度尊敬。包括原陸軍大臣尼古拉・伊凡諾維奇和安德烈・伊凡諾維奇，以及自由派德米特里・彼得羅維奇的幾個兒子：彼得・謝爾蓋和塞瓦斯托波爾的米哈伊爾。我的祖父伊里亞・安德烈維奇，即她的丈夫，是一個平庸的人，但性情溫和、樂觀，不僅慷慨，而且揮霍無度。他的主要毛病是輕信人。他在別列夫縣的波良內莊園——不是雅斯納雅・波良納，而是波良內——長期不斷舉行宴會、演戲、舞會、午餐、乘馬車兜風。祖父特別喜歡賭大賭注的龍勃爾和惠斯特①，而人家來借錢又總是有求必應。這些債款有借無還，主要是被借去做投機生意、行賭。最後他妻子的大莊園也被拿來抵債，弄得一家人生活無著。祖父不得不爲謀得喀山省長一職而四處奔走，儘管就他的社會關係而言，這事是輕而易舉的。別人告訴我，祖父從不接受賄賂，除了贖金之外。人家向他行賄，他就生氣，但祖母卻背著丈夫接受禮物。在喀山，祖母把小女兒彼拉蓋雅嫁給尤施科夫，而大女兒亞歷山德拉還在彼得堡時就嫁給薩庚伯爵。於她丈夫在喀山去世、兒子（我的父親）結婚後，祖母就移居雅斯納雅・波良納。我在這裡見到她時，她已是一個老婦人。因此她的模樣我還記得很清楚。

祖母熱愛父親和我們孫子，逗我們玩，她也愛姑媽們，但我覺得她並不太愛我的母親，認爲她配不上我父親，並嫉妒父親對她的感情。她對僕人並不挑剔，因爲大家都知道她是家裡頭號人物，竭力奉承她。她只有對侍女加莎十分挑剔，折磨她，叫她：「您，我親愛的」，什麼事都要她做，千方百計折磨她。說來奇怪，加莎，也就是我當時熟悉的阿加菲雅・米哈伊洛夫娜，感染了祖母那種任性的脾氣，對她的丫頭，對她的貓，對凡是她能要求的生物，也總像祖母對她一樣任性。

在我們移居莫斯科之前的往事中，同祖母有關的事中有三件令我印象特別深刻。第一件事是祖母洗臉。她使用一種特殊的肥皂，能從手裡弄出大量肥皂泡。我覺得只有她能弄出這麼多的肥皂泡。我們常被領到她旁邊，這大概因爲我們對她弄出的肥皂泡感到驚訝和讚嘆，而這使她很得意。我記得她的白上衣、白裙子、一雙蒼老的白手和浮在她手上的巨大肥皂泡，以及她那得意洋洋的笑盈盈的白臉。

第二件事就是父親的幾個跟班讓祖母坐在黃色彈簧敞篷車上，不用馬拉而抬著她走。我們常與費多爾・伊凡諾奇一同乘這輛馬車到小札卡茲採榛果。這年的榛果長得特別多。我記得那片稠密的榛樹林，彼得魯沙和馬玖沙不斷擠開和折斷樹枝，把祖母的黃色敞篷車抬到樹林深處。他們把長著成熟榛果的枝條拉到她跟前，有時榛果已撒出來。祖母動手摘下榛果，放到口袋裡。我們有時也拉下枝條，有時費多爾・伊凡諾維奇以驚人的力氣爲我們拉下很粗的榛樹枝，我們就從四面八方摘下榛果。費爾多・伊凡諾維奇放開枝條，枝條慢慢伸直，這時我們看到上面還留著些沒有採完的榛果。我記得，林中空地上很熱，樹蔭下卻很涼快，散發著榛葉的酸澀味，跟我們同行的姑娘們怎樣嗑著榛果，我們怎樣不停地嚼著新鮮飽滿的榛果仁。我們把採下的榛果裝在口袋裡、衣兜裡，拿到車上。祖母接受榛果，稱讚我們。至於我們怎樣回家，以後又發生了什麼，我可一點也記不得了。我只記得祖母、榛果、榛葉酸澀的氣味、跟班、黃色敞篷車、太陽，這一切都匯成一個快樂的印象。我覺得只有祖母能弄出肥皂泡，而樹林、榛果、太陽、樹蔭只有當祖母坐在由彼得魯沙和馬玖沙抬的黃色敞篷車裡時，才可能出現。

與祖母有關的印象最深的回憶是一天晚上她臥室裡發生的一件事。這事跟列夫・斯吉邦內奇有關。列夫・斯吉邦內奇是盲人，以講故事爲生，我認識他時他已是個老人。他是祖父時代舊貴族的殘餘。

他被買回家，只是爲了讓他講故事。他憑盲人的非凡記憶力，只要聽過兩遍，就能逐字逐句講述人家唸給他聽的故事。

他住在家中什麼地方，我不知道，但整天看不到他。不過，每晚他都要上樓到祖母的臥室裡（這個臥室是一間低矮的房間，上去要走兩個梯級）。他坐在低低的窗台上，晚飯就從主人的餐桌上替他端到那裡。他在這兒等著祖母。祖母可以當著一個盲人的面進行晚間盥洗而不覺得害臊。那天輪到我睡在祖母房裡，列夫・斯吉邦內奇身穿肩上打褶的藍色長禮服，翻著一雙白眼睛，坐在窗台上吃晚飯。我不記得祖母是怎樣脫衣服的，在這個房間還是在別的房間，也不記得我是怎樣被放到床上的。我只記得蠟燭熄滅的一刹那，只剩下金光閃閃的聖像前點著的神燈，而祖母，我那個弄出怪誕肥皂泡的奇妙祖母，全身雪白，穿著白色衣服，蓋著白色被單，頭戴雪白的睡帽，高高地躺在靠墊上。從窗台上傳來列夫・斯吉邦內奇從容平靜的聲音：「繼續講下去嗎？」「是的，繼續講下去。」祖母說。

「『親愛的妹妹』她說，」列夫・斯吉邦內奇低低地用不急不徐的蒼老聲音講道，「『您給我們講一個最最好玩的故事吧。這種故事您挺會講的。』舍海拉札達回答說：『好的，我爲你們講一個卡瑪拉爾札曼王子的有趣故事吧，如果陛下同意的話。』得到蘇丹的同意，舍海拉札達就這樣開始：『當朝皇帝有個獨子……』」

顯然，列夫・斯吉邦內奇根據書本開始逐字逐句講著卡瑪拉爾札曼的故事。我聽不清楚也不了解他所講的故事，我完全被祖母神祕的模樣、壁上跳動的她的影子和只有眼白的老人的模樣所吸引。現在我雖看不到他，但我記得他一動不動地坐在窗台上，慢悠悠地說著古怪而嚴肅的故事。他的聲音在神燈燈光晃動的陰暗房間裡散布開來。

我準是立刻就睡著了，因爲接下去我什麼也不記得了。直到早晨，我又驚奇地欣賞著祖母洗臉時手臂上的肥皂泡。關於祖母移居莫斯科後的印象，以後再講。現在我要講講我所知道和記得的我小時候的另一位重要人物——住在我家的嫡親姑媽亞歷山德拉·伊里尼奇娜·奧斯登——薩庚伯爵夫人。

①都是紙牌遊戲。

5

亞歷山德拉·伊里尼奇娜姑媽很早就在彼得堡嫁給波羅的海沿岸地區有錢的伯爵奧斯登—薩庚。他們看起來是很出色的一對，但對姑媽來說，夫妻關係的結局卻是很悲慘的。雖然對她的心靈倒是有益的。阿琳姑媽（家裡的人都這麼叫她）長得楚楚動人，她有一雙藍色的大眼睛和一張溫順白淨的臉。一張她十六歲時的肖像畫畫的就是這個模樣。

婚後不久，奧斯登—薩庚帶著年輕妻子來到他波羅的海沿岸的大莊園。到了那裡，他的精神病逐漸加劇，起初的顯著特點是無緣無故地嫉妒。婚後第一年，姑媽懷了孕，他病得更嚴重了，有時完全處於瘋狂狀態。他覺得他的仇敵都想奪取他的妻子，把他包圍起來，他的唯一生路就是逃走。這是夏天的事情。有一天，他清早起來對妻子說，只有逃走才是唯一的生路，他已經吩咐準備馬車，他們將立刻動身，叫她快去準備。

馬車果然來了，他讓姑媽坐上車，吩咐全速前進。半路上，他從箱子裡取出兩支手槍，扳起扳機，把一支交給姑媽。他對她說，要是仇敵知道他們逃亡，就會追上他，他們就將滅亡。他們只剩下一條路，就是相互開槍。姑媽被嚇得目瞪口呆，接過手槍，想說服丈夫，但他不聽她的話，只是向後轉身，等待人家追來，同時催促車夫趕車。不幸的是，在通往大道的鄉間小路上出現一輛馬車。他大叫一聲，說一切都完了，並命令她開槍打死自己，他則對姑媽的胸膛開了一槍。他一定看見了他的所作所爲，還看見那輛令他恐懼的馬車向另一方向駛去，他停住車，把負傷流血的姑媽從馬車裡抱出來放在大道上，自己則趕緊駕車逃走。算姑媽走運，很快就有幾個農民跑來，把她抬到牧師那兒。牧師盡他所能把她的傷口稍加包紮，又派人去請醫生。她的右胸被打穿（姑媽曾給我看過留下的疤痕），但情況不算嚴重。當她躺在牧師家裡養傷（她仍懷著孕）時，她的丈夫清醒過來，跑去看她。他對牧師說她如何無意中負傷，他要求同她見面。這次見面是可怕的。他像所有的精神病人一樣，很狡猾，裝作對自己的行爲感到後悔，只關心她的健康。他坐了好一會兒，東拉西扯、若無其事地談著話，想等到只剩下他們兩人時實行自己的企圖。他裝作關心她的健康，要她讓他看看舌頭。她伸出舌頭，他就一手抓住她的舌頭，一手拿出準備好的剃刀想割斷它。兩人搏鬥起來。她掙脫他的手臂，大聲叫喊。人們跑來，制止了他，把他帶走。

從那時起，診斷確定他患有精神病。他在精神病院住了很久，同姑媽沒有任何來往。不久之後，姑媽被送到彼得堡的娘家，在那裡生下一個死嬰。他們怕她因爲嬰兒死亡而悲傷，就騙她說她的孩子活著，抱來一個宮廷廚師的妻子剛生下的女孩。這個女孩就是巴申卡。她住在我家，在我懂事的時候，她已是一個成年的姑娘了。我不知道巴申卡是何時知道自己身世的，但我認識她時她已知道她不是姑媽的女兒了。

亞歷山德拉·伊里尼奇娜姑媽自從出事後就住在娘家，後來住在我父親家裡，父親死後她成了我們的監護人。我十二歲那年，她死在奧普基納荒野。

這位姑媽是眞正虔誠的女信徒。她喜歡讀聖徒傳，同雲遊派教徒、瘋修士、男女修士談話，其中有些人一直住在我們家裡，有些人只是來看看姑媽。幾乎一直住在我們家的有瑪麗雅・蓋拉西莫夫娜修女。她是我妹妹的教母，年輕時就以瘋修士伊凡努施卡爲榜樣而雲遊各地。瑪麗雅・蓋拉西莫夫娜之所以成爲妹妹的教母，是因爲母親答應請她當教母，只要她能向上帝祈禱讓母親再生一個女兒，母親在生了四個兒子之後很想生一個女兒。生了女兒，瑪麗雅・蓋拉西莫夫娜就當了她的教母。她有時住在圖拉的女修道院，有時住在我們家。

亞歷山德拉・伊里尼奇娜姑媽不僅表面上很虔誠，緊守齋戒，經常祈禱，與聖徒交往，例如同當時著名的奧普基納荒野的列奧尼德長老交往，而且過著眞正基督徒的生活。她不僅避免任何奢侈，不要僕人伺候，而且總是千方百計爲別人效勞。她一向沒錢，因爲她總是把所有的一切分贈給求她的人。

侍女加莎在祖母死後轉而伺候她。加莎告訴我有關姑媽在莫斯科時的生活。她去晨禱，小心翼翼地踮著腳尖從睡著的侍女身邊走過，自己做著本該由侍女做的事。她在衣食上極其儉樸，毫無要求，簡直叫人難以想像。不管我多麼不願說到這件事，我從小就記得亞歷山德拉・伊里尼奇娜姑媽身上那股酸澀的特殊味兒，大概是由於她不注重清潔而產生的。優雅的、富詩意的、有一雙美麗的眼睛的阿琳姑媽就是這樣的。她愛好誦讀和抄錄法文詩，彈豎琴，而且在盛大的舞會上總是鋒頭很健。

我記得，她對待修女和雲遊派教徒總是和藹可親，就像對待貴族那般。

我記得，她的女婿尤施科夫愛跟她開玩笑。有一次從喀山寄給她一只大箱子，上面寫著她的名字。原來大箱子裡還有一只箱子，再裡面還有一只箱子……最裡面是一只小盒子，盒子裡有一個用棉花裹著的瓷修士。我記得她如何和善地含笑給姑媽看這件禮物。我還記得吃飯時父親講到，她與她的表妹莫爾察諾娃如何在教堂裡捕捉她們所尊敬的牧師，想得到他的祝福。父親把這件事講得像一次圍捕獵物的行動，彷彿莫爾察諾娃把牧師從皇親國戚那裡奪來，他就朝北門逃走。莫爾察諾娃追捕「獵物」，他一個勁兒地跑，於是阿琳姑媽就把他抓住。我記得她那親切可愛的笑聲和得意洋洋的面容。她的宗教感情是那麼的虔誠、那麼的重要，顯然大大超過其他感情，因此她不會生氣，也不會難過，不會像一般人把世俗的事看得很重。她當上我們的監護人後，就關心我們，但她並沒有讓所有的世事占據她的心靈，她認爲活著就該侍奉上帝。

6

對我的生活最有影響的第三個人是塔季雅娜・亞歷山德羅夫娜・葉戈爾斯卡雅姑媽。她是祖母方面哥爾查科夫家的遠房親戚。她和她的妹妹麗莎（後來嫁給彼得・伊凡諾維奇・托爾斯泰伯爵）當時還是兩個小女孩，是兩個父母雙亡的可憐孤女。她們還有幾個兄弟，由親戚勉強爲他們安排了生活；兩個女孩由契倫縣當時有地位有勢力的塔・謝・斯庫拉托娃和我祖母撫養。她們在聖像下祈禱，然後抽籤。結果麗莎歸斯庫拉托娃，而皮膚黑黑的女孩則歸祖母所有。塔季雅娜姑媽跟父親同年齡，生於一七九五年，受的教育跟我的姑媽們完全一樣。大家都很愛她，因爲她性格堅強，精力充沛，又有自我犧牲精神。那次用鐵尺烙手臂的事最能說明她的性格（這是她親自告訴我的，並給我看她的臂肘和手腕之間一個很大的燙傷疤）。

她小時候有人講到賽沃拉①的故事，於是這些孩子就爭吵說他們之中誰也不敢這樣做。「我來。」她說。「你不敢。」我的教父亞澤科夫說。於是他就拿鐵尺放在蠟燭上燒（這是符合他的性格的），燒得鐵尺發黑冒煙。「來，把這放在手臂上。」他說。她伸出雪白的手臂（當時姑娘們都穿著袒胸露臂的衣服），亞澤科夫就把燒黑的鐵尺放上去。她皺起眉頭，但沒縮回手臂。直到鐵尺把臂上的皮膚燙得掉下來，她才哼哼起來。大人看到她的傷，問她是怎麼弄的。她回答說是她自己弄的，因爲想試試賽沃拉所經受的考驗。

她就是這般堅強，富有自我犧牲精神。她那粗硬鬈曲的黑髮編成一條大辮子。她有一雙又黑又亮的眼睛，表情活潑而剛毅，應該是很有魅力的。彼拉蓋雅·伊里尼奇娜姑媽的丈夫尤施科夫是個老風流，雖然上了年紀，但在回憶她時，就像人們回憶舊情人那樣說：「塔季雅娜，哦，她可真是迷人哪。」在我記得她的時候，她已經四十出頭了。我從沒想到她美還是不美。我就是愛她，愛她的眼睛和微笑，愛她淺黑、青筋畢露又寬又短的手。

她一定是愛父親的，父親也愛她，但她年輕時沒嫁給父親，好讓父親娶我那有錢的母親；後來她還是沒嫁他，因爲她不願糟蹋她跟他和我們之間富有詩意的純潔關係。在她的玻璃珠手提包裡，文件中夾著一篇一八三六年（我母親去世後六年）寫的日記：

「一八三六年八月十六日。尼古拉今天向我提出一個古怪的建議：嫁給他，做他孩子們的母親，並永不拋棄他們。第一點建議我拒絕了，第二點建議我答應會在有生之年一直加以實行。」

她在日記裡這樣寫著，但她從沒對我們或任何人說過這件事。父親死後她實行他的第二個心願。我們有兩個姑媽和祖母。她們對我們都享有比塔季雅娜・亞歷山德羅夫娜更大的權力。我們叫她姑媽只是按照習慣，因爲我們之間的親戚關係很遠，我總是記不住。但她對我們的愛就彷彿對待負傷的天鵝那樣，她在我們的教育上總能發揮最重大的影響。我們也都感覺到這一點。我也曾狂熱地愛過她。我記得，有一次在客廳沙發裡（當時我才五歲），我躺在她身上，她用手撫摸著我。我抓住她的手狂吻，並由於對她的摯愛而流淚。

她被教養成有錢人家的闊小姐，法語比俄語說得好，也寫得好，她還彈得一手好鋼琴，但後來差不多有三十年沒碰過鋼琴。她又開始彈琴，是在我長大學琴的時候。有時我們四手聯彈，她彈琴的準確和優美常常令我驚訝。她對待女僕總是很和藹，跟她們說話從來不生氣，也從來不許鞭打僕人，但她對農奴卻總是保持女主人的身分，認爲農奴畢竟是農奴。不過，即使如此，她還是不同於其他貴族，受到大家的敬愛。她死後，她的出殯行列經過全村，農民都從家裡出來，爲她祭禱。她的主要特點是愛。不論我多麼不願意說，但的確的，她的愛都集中在一個人——我的父親身上。只有通過這個中心人物，她才能把愛分送到所有人身上。我可以感覺到，她愛我們也是因爲他，並通過他而愛所有的人，因爲她的一生就是愛。她憑自己的愛對我們擁有最大的權力，但我們的親姑媽——特別是彼拉蓋雅・伊里尼奇娜，在她把我們帶到喀山的時候——表面上對我們擁有很大的權力，塔季雅娜・亞歷山德羅夫娜服從這種權力，但她的愛並沒有因此減少。她住在托爾斯泰伯爵的姊妹家，她的心總是跟我們在一起，一有機會她就回到我們那兒。在她晚年，將近二十年，她跟我一起生活在雅斯納雅・波良納。這對我來說是一大幸福。但我們不會珍惜我們的幸福，何況眞正的幸福總是無聲無息，不惹人注意的。我珍惜她的愛，但遠遠不夠。她喜歡在自己房間的櫥裡放著甜食：無花果、蜜糖餅乾、海棗，而她買這些東西主要是爲了款待我。我無法忘記且深感內疚的是，我有幾次拒絕接受她的糖果錢，而她總是傷心地嘆氣，不作聲。說實在的，我當時手頭拮据，但如今一想到對她的拒絕，不得不感到內疚。

後來我結了婚。那時她的身體漸漸衰弱。有一天，我們夫妻倆來到她的房間，她背過身（我看到她要哭了）說：「聽我說，我親愛的朋友，我這個房間很好，你們用得著。我如果死在這裡，」她顫聲說，「會給你們留下不愉快的回憶，因此你們得替我換個地方，不要讓我死在這兒。」從我還不懂事的童年起，她就是這樣的一個人。

我說過，塔季雅娜·亞歷山德羅夫娜姑媽對我的一生有著最重大的影響。首先是，還在童年她就教導我愛心的快樂。她不是用語言教我，而是以她的整個人品把愛傳染給我。我看到、感覺到她十分善於愛，並且懂得愛的幸福。這是第一。第二，她教會我平靜地過獨身生活的美。雖然這種回憶已不是在兒童時代，而是在成年之後，我卻不能不回憶我同她在雅斯納雅·波良納單獨過的生活，特別是在秋天和冬天漫長的晚上。這些晚上已成爲我美好的回憶。

她的房間是這樣的：左角落放著一個衣櫃，上面有許多只有她才珍惜的小東西，右角落是神龕，龕裡有聖像和身披銀法衣的救世主；中間放著一個她睡覺用的長沙發，沙發前面有一張桌子。通向她侍女房間的門的左邊是另一張長沙發，沙發上睡著心地善良的老婦人娜塔麗雅·彼得羅夫娜。她與塔季雅娜·亞歷山德羅夫娜姑媽一起住，不是爲了服侍姑媽，而是因爲她沒有地方住。靠窗的鏡子下放著她的寫字台，寫字台上放著瓶瓶罐罐，裡面裝著糖果：蜜糖餅乾、海棗，都是她款待我的東西。窗下有兩張安樂椅，門的右邊是一把繡花安樂椅。她喜歡讓我坐這把安樂椅，因此晚上我常常坐在這裡。

這種生活的主要優點不在於物質方面的照顧，而在於待所有人都很和藹，包括所有的親人。這種親切友好的關係是誰也不能破壞的，而我們就在這種從容不迫、時間不知不覺流逝的情況下過日子。我能進行一些優秀思想和優秀心靈的活動，得感激這些晚上。我坐在這把椅子上讀書、思考，有時聽聽姑媽與娜塔麗雅·彼得羅夫娜或侍女杜涅奇卡的談話，聽聽那些親切和善的談話，偶爾插上一句，然後又坐著讀書、思考。這把奇妙的安樂椅現在放在我的房間裡，但已面目全非。

當時可以說：「誰坐在上面，誰就幸福，而我就是幸運兒。」②是的，當我坐在這把安樂椅上時，我確實很幸福。我在圖拉，在鄰居家過著罪惡的生活：打牌、跟吉普賽人鬼混、打獵、追求無聊的虛榮。然後，我回到家，走進她的房間，照舊相互吻手，我吻她那可愛有力的手，她吻我這骯髒有罪的手，我也照舊用法語向她問好，同娜塔麗雅·彼得羅夫娜說笑，又坐到安樂椅上。她知道我的所作所爲，感到惋惜，但從不責備我，仍舊帶著平靜的溫情，懷著滿腔的愛。我坐在安樂椅上讀書、思考，聽她跟娜塔麗雅·彼得羅夫娜談話。她們時而回憶古老的往事，時而擺牌陣，時而做預言，時而取笑什麼。兩位老婦人一起呵呵大笑，特別是姑媽，總發出天眞可愛的笑聲。這笑聲到現在仍在我耳邊迴響。有一次，我講到一個朋友的妻子對丈夫不忠。我說，做丈夫的一定很高興，因爲擺脫了她。姑媽原本還在跟娜塔麗雅·彼得羅夫娜談到蠟燭生花表示將有來客，突然揚起眉毛斷然說，丈夫不應該這麼做，因爲這樣會將妻子完全毀掉。然後她告訴我僕人之中發生的悲劇，那是杜涅奇卡告訴她的。然後她重讀瑪申卡姊姊的來信。她愛瑪申卡的姊姊，即使不超過我，也同愛我一樣。她談到瑪申卡的丈夫，也就是她的嫡親外甥。她並不責備他，但說到他如何對待瑪申卡時，心裡很難過。然後我又讀書，她又收拾東西。她一直在回憶往事。她一生有兩大優點不由得感染了我：第一，她待人極其善良，對任何人都是這樣。我竭力回憶也想不起她生過一次氣，說過一句尖刻的話，責備過一次人。在三十年共同生活中，這樣的事我可一次也想不出來。她說到另一位姑媽，即我的嫡親姑媽，總是只說她的好。其實她把我們從她身邊奪走，令她很傷心。妹夫待她很粗暴，她也從不責備他。她甚至不說外人的壞話。她成長的環境使她懂得存在著主人和僕人兩個等級的人，但她總是利用自己做主人的地位，盡可能照顧僕人。她從未因我的放蕩生活而公然訓斥我，雖然她為我感到難過。她也熱愛謝爾蓋哥哥，謝爾蓋與吉普賽女人姘居，她也沒有責備過他。她流露出的唯一不安就是他好久沒登門來訪，但也只是說：「我們的謝爾蓋少爺怎麼啦？」只是把謝爾蓋換成了謝爾蓋少爺。她從不教人該如何生活，從不說教，她的全部精神生活只限於內心，外在的只有她的事務，甚至也不是事務，事務是沒有的，有的只是她的整個生活，寧靜、馴順、溫柔的生活，沒有自我陶醉，只有對人不露形跡的愛。

她內心充滿愛，因此她處事總是從容不迫。愛心和從容這兩大特點不知不覺吸引人們接近她，使她具有特殊的魅力。因為這個緣故，我知道，她從沒得罪過人，也沒有人不愛她。她從不談自己，從不談宗教，從不教人怎樣信仰，也不談她自己怎樣信仰和祈禱。她信仰一切，但否定一個教條：苦海無邊。她說：「上帝本身就是善，祂不會叫我們受苦。」除了禮拜和追薦祈禱，我從沒見過她禱告。只有我偶爾在深夜去向她道晚安時，她待我格外親切，我才猜想是我打斷了她的祈禱。

「進來，進來，」她有一次說，「我剛才對娜塔麗雅·彼得羅夫娜說，尼古拉還會來的。」她常拿父親的名字來稱呼我，這使我特別高興，因為這表示在她的愛心中我與父親合而為一了。每逢這樣的深晚，她往往已經換了衣服，只穿一件睡衣，包著一塊頭巾，小腳趿著一雙拖鞋，而娜塔麗雅·彼得羅夫娜也是這般的衣著隨便。「你坐，你坐，我們來擺牌陣。」她看到我不想睡或一個人感到孤獨時，就這樣說。這種不拘禮儀的夜談我一直銘記在心，覺得特別親切。有時，娜塔麗雅·彼得羅夫娜或我說了什麼好笑的話，她就會和善地大笑起來，娜塔麗雅・彼得羅夫娜也會隨著笑起來。兩個老婦人就會笑上好半天，她們自己也不知道在笑什麼。而我們孩子們笑，只因爲我們愛所有的人，所有的人也愛我們，我們感到快樂。

我覺得快樂並非單是由於她對我的愛。而是那種對所有人，對在場的和不在場的人，對活著的和死去的人，甚至對動物的愛，生活在這種愛的氣氛中是快樂的。

以後如有機會說到我的生活，我還會講許多有關她的事。現在我只說說雅斯納雅・波良納農民在她出殯時的情況。當我們抬著她的靈柩經過村裡時，全村近六十戶農民沒有一人不出來，他們攔住她的靈柩要求祭禱。「眞是位好太太，從沒對誰做過惡。」大家都這樣說。大家爲此愛她，深深地愛她。老子說：「無文以爲用。」生命也是這樣：生命的主要價值在於其中沒有惡。塔季雅娜・亞歷山德羅夫娜姑媽一生中也沒有做過惡。這事說起來容易，做起來可難了。這樣的人我一生也只知道她一個。

她漸漸失去知覺，平靜地死去。依照她的願望，她沒死在她住的那個房間，免得我們有所忌諱。她臨死前幾乎不認得所有的人。但她一直是認得我的，她含著微笑，容光煥發，就像按亮的電燈。有時她翕動嘴唇，竭力發出尼古拉這個聲音。臨死前，她已把我和她終生所愛的那個人合而爲一了。

她買海棗，買巧克力，不是爲了自己，而是爲了我。這樣，她覺得小小的快樂，可是我卻拒絕她，我卻拒絕她！她這樣做就如同答應人家的要求盡可能送給人家少量錢財一樣。我想起這事，不能不感到內疚。最最親愛的姑媽，請您原諒我。怎料年少無知，年老悔不當初，這裡指的不是年輕時沒爲自己謀取幸福，而是指沒給別人幸福，也是指對已經不在世的人所做的惡。

①賽沃拉，即蓋伊·穆西烏斯。相傳是羅馬的青年英雄，他潛入伊特魯里亞人營地，刺殺波爾謝的皇帝。被捕後，為了表示不怕拷打，不怕死，他自己把右臂伸進烈火中。

②原文是德文。

7

我在《童年》裡用卡爾·伊凡諾維奇這個名字，詳細描寫過我們的德國教師費·伊·廖謝爾。他的經歷、他的形象和他那幼稚可笑的帳單——這一切都是眞實的。關於幾位哥哥和妹妹，要是有機會的話，我將在敘述我的童年時描寫。不過，除了幾位哥哥和妹妹，從五歲起同我們一起成長的還有我的同齡同伴杜涅奇卡·捷梅肖娃。我得說說她是什麼人，以及她怎樣來到我們家。記得在我童年來訪的客人中有：姑丈尤施科夫，孩子們覺得他的模樣古怪，他留著黑色小鬍子和絡腮鬍，戴著眼鏡（關於他有許多事可說）；我的教父亞澤科夫，他是一個相貌奇醜的人，渾身散發出煙草味，寬大的臉龐皮肉鬆弛，可是他還愛不斷地扮怪相。除了這兩個人以及鄰居奧加廖夫和伊斯列尼耶夫之外，到我家來訪的還有哥爾查科夫的遠房親戚——有錢的單身漢捷梅肖夫。他稱父親爲老兄，跟父親感情特別好。他住在比羅果伏村，離雅斯納雅·波良納四十俄里。有一次他從那裡帶來幾頭尾巴盤起的乳豬，用大托盤盛著，放在餐廳旁侍僕室的桌上。捷梅肖夫、比羅果伏和乳豬在我的印象中匯成一片。

此外，我們這些孩子還記得捷梅肖夫的一件事：他在大廳裡彈鋼琴，彈的是一首舞曲（他只會彈這個曲子），並要我們在這首樂曲伴奏下跳舞。我們問他應該跳什麼舞，他總是說在這首曲子伴奏下什麼舞都可以跳。我們喜歡利用這機會任意跳舞。

一個冬天的晚上，喝過晚茶，我們即將被帶去睡覺，我的眼睛已睏得睜不開。大家都坐在客廳裡，客廳裡只點著兩支蠟燭，光線昏暗。這時突然有個人穿著軟靴，從侍僕室快步走進來。他走到客廳中央，噗通一聲跪下。他手裡拿著一根點燃的長煙斗。煙斗撞在地板上，撞得火星四濺，照亮了他的臉。這人就是捷梅肖夫。捷梅肖夫跪在父親面前說了些什麼，我不記得也沒聽清楚，後來才知道他跪在父親面前，是因爲要父親接受他帶來的私生女杜涅奇卡。這事他已同父親談妥，要父親接受她，把她與自己的孩子一起撫養。從此我們家就有了一個寬雀斑臉且跟我同齡的杜涅奇卡，還有她的保姆葉夫普拉克賽雅。葉夫普拉克賽雅是一個身材很高、滿臉皺紋的老婦人，下巴下垂，喉嚨上有個像火雞一樣的小球。她還讓我們摸摸她這個小球。

杜涅奇卡就這樣來到我們家。父親和捷梅肖夫之間還有一筆複雜的金錢交易。這筆交易是這樣的。

捷梅肖夫非常有錢，但沒有合法子女。他只有兩個私生女兒：杜涅奇卡和維羅奇卡。維羅奇卡是個駝背姑娘，是他和女農奴瑪爾福代卡生的。瑪爾福代卡現在已是自由之身了。捷梅肖夫的繼承人是他的兩個妹妹。他把所有其他產業都給了她們，但希望把他居住的比羅果伏移交給我父親，再由我父親把比羅果伏的代價三十萬盧布分給兩個姑娘。比羅果伏莊園一向被認爲是一座金礦，它的價值遠不止這個數目。爲了辦理這件事，想出了以下的辦法：捷梅肖夫開具一張出售比羅果伏莊園給父親的文書，父親則給三個局外人——伊斯列尼耶夫、亞澤科夫和格列波夫各開一張十萬盧布的期票。一旦捷梅肖夫去世，父親就得到這個莊園，並向格列波夫、伊斯列尼耶夫和亞澤科夫宣布開給他們三十萬期票的目的，說明他付的三十萬應轉交兩位姑娘。

也許我對這件事的敘述有錯誤，但我確實知道，父親死後比羅果伕莊園過戶給了我們，也有過三張開著伊斯列尼耶夫、格列波夫和亞澤科夫名字的期票，監護人付清了期票的錢，前兩個人各交給兩個姑娘十萬盧布，而亞澤科夫則侵吞了這筆不屬於他的錢。這事下文再說。

杜涅奇卡住在我家，她是一個樸實、溫和、可愛的姑娘，但並不聰明，也很會哭。我記得當時我已經學過一點法文，家裡就叫我教她字母。一開始我們學得很好（我和她當時都只有五歲），但後來她大概厭倦了，不肯唸我叫她讀的那個字母。我堅持要她唸，她哭了，我也哭了。當大人聽見我們的哭聲而走來時，我們卻哭到喉嚨哽咽，說不出話。我記得同她有關的另一件事是，盤裡的李子少了一個，但找不到偷吃的人。費多爾·伊凡諾維奇板著臉，眼睛不瞧我們，說：吃了，沒關係，但要是把核吞下去，那會死的。

杜涅奇卡受不了這樣的恐嚇，就說她把核吐出來了。我還記得她另一次的大哭。她跟米金卡弟弟想出一種遊戲：把一個小銅鏈相互吐到對方嘴裡。一次她吐得太用力，而米金卡又把嘴張得很大，結果把鏈子吞了下去。她哭得死去活來，直到醫生來了，大家感到放心為止。

她並不聰明，但善良樸實，主要是極其純潔。我們男孩子與她之間除了手足之情，從來沒有任何別的感情。

8

我越回憶下去，就越不知道該如何敘述。我無法把過去的事件和自己的心情聯繫起來描寫，因爲我不記得這種聯繫，也不記得自己的心情。像我至今所做的那樣，在描寫我童年所接觸的人物時，我不知道該把他們的事情穿插在哪裡：穿插在我童年結束的地方，我不願意，因爲可能已無法回到那些有趣的人身邊，而過了我的童年再來描寫他們的生活，讀者可能會看不明白，故事也會失去連貫性。

我將信筆往下敘述。要把我的全部生活寫出來恐怕沒有時間，甚至一定不可能，但我將信筆寫下去，不做任何修改。對關心我生活的人來說，寫總比不寫好，何況我這輩子確實經歷了許多美好的事。好吧，按照我原來的想法，先寫那些留給我好印象的近身僕人，然後寫妹妹和幾個哥哥。等我寫好這些人，然後再按照時間講述（雖是不連貫的、片斷的）印象最深的事，不論事情發生在何時。當時家裡女僕有這幾個：第一，普拉斯科維雅・伊薩耶夫娜；第二，塔季雅娜・費里波夫娜保姆；第三，安娜・伊凡諾夫娜；第四，葉夫普拉克賽雅。男僕：第一，尼古拉・德米特里奇；第二，福卡・傑米德奇；第三，阿金姆；第四，塔拉斯；第五，彼得・謝苗內奇（？）；第六，皮緬；第七，侍僕伏洛嘉；第八，侍僕彼得魯沙；第九，侍僕馬玖沙；第十，侍僕華西里・特魯別茨科依；第十一，車夫尼古拉・費里比奇，第十二；奇虹。

有關普拉斯科維雅・伊薩耶夫娜，我在《童年》裡寫得相當眞實。我所寫的一切都確有其事。我不知道這是怎麼一回事，我們的房子很大，有四十二個房間。普拉斯科維雅・伊薩耶夫娜是個受尊敬的人，她是管家，但她的小房間則成了我們的童年的遊艇。我記得最愉快的印象之一是，我在課後和課間休息時坐在她的小房間裡同她談話或聽她說話。在這種時刻，她看到我總是特別高興、親熱和坦誠。「普拉斯科維雅・伊薩耶夫娜，那麼，爺爺是怎麼打仗的？騎馬打嗎？」我激動地問她，只是想跟她談談和聽她說話。

「他一直打仗，有時騎馬，有時步行。因此他當了上將。」她回答，打開櫃子，取出她稱爲奧恰科夫薰香的樹脂。聽她說，這樹脂是爺爺從奧恰科夫城帶來的。她拿紙在神燈上引火點著樹脂，樹脂就發出令人愉快的香味。

除了我在《童年》裡所描寫的她用濕桌布打我之外，她還侮辱過我一次。當時她還有一項工作，就是必要時給我們灌腸。一天早晨（不在女僕室，而在費多爾・伊凡諾維奇的房裡），我們剛起床，哥哥們已穿好衣服，可是我磨磨蹭蹭，剛要脫去睡袍穿上衣服，普拉斯科維雅・伊薩耶夫娜就邁著老婦人的快步，帶著器具走進來。這器具和幾根管子，不知爲何用餐巾包著，只露出黃色的骨質管子。還有一碟浸管子的橄欖油。普拉斯科維雅・伊薩耶夫娜一看見我，就認定姑媽要她灌腸的對象的是我。其實是米金卡，但不知是由於偶然還是米金卡調皮，他知道要被灌腸（這事我們大家都很不喜歡），連忙穿好衣服，逃離臥室。儘管我賭咒發誓，說要灌腸的不是我，普拉斯科維雅・伊薩耶夫娜還是給我灌了腸。

我特別喜歡她，除了她的一片忠心之外，還因爲我覺得她和安娜・伊凡諾夫娜代表了爺爺和他的奧恰科夫薰香那種神祕的古老生活。

安娜・伊凡諾夫娜告老回鄉。她有兩三次來我家，我看見過她。據說她活了一百歲，她還記得普加喬夫。她有一雙烏黑的眼睛，但牙齒只剩一顆。她實在太老了，孩子們看見她都感到害怕。

塔季雅娜・費里波夫娜是個年輕的保姆，她身材矮小，皮膚淺黑，一雙小手微腫，是老保姆安奴施卡的助手。我幾乎不記得安奴施卡了，因爲安奴施卡在的時候，我才剛開始懂事。我不記得我當時的情景，也不記得安奴施卡。但是，杜涅奇卡的保姆葉夫普拉克賽雅和她脖子上的小球，我倒是記得清清楚楚。我記得我們怎樣輪流撫摩她的小球，我怎樣像發現什麼新鮮事似的知道安奴施卡不屬於一般傭人，而杜涅奇卡從比羅果伏帶來一個專門伺候她的保姆。

我記得塔季雅娜・費里波夫娜，因爲她後來成爲我的侄兒們和我的大兒子的保姆。這是一個來自民間、十分感人的人物，她同她所撫養的孩子的家庭關係很好。她把自己的全部心血都用在他們身上，對自己的家庭卻只限於提供自己攢下的錢。她們這種人往往有揮霍成性的兄弟、丈夫和子女。我記得，塔季雅娜・費里波夫娜也有這樣的丈夫和這樣的兒子。我記得，她最後痛苦、平靜、溫順地死在我們家裡，就在我現在坐著寫這些回憶錄的地方。

她的兄弟尼古拉・費里波維奇是一名車夫。我們不僅愛他，而且像多數老爺家孩子那樣十分尊敬他。他穿著一雙極笨重的靴子，身上總是散發出好聞的馬糞味。他的聲音洪亮而悅耳。

我要暫停如此依次描寫僕人。我覺得這樣有點乏味，寫不好。我要盡量回憶往事，講講自己的生活。不過，我先簡略說幾個侍僕和奇虹的情況。

舊時所有的貴族，特別是愛好打獵的貴族，都有自己的寵僕。我父親有兩名兄弟侍僕彼得魯沙和馬玖沙。兩人都是漂亮、強壯、機靈的獵人。這兩個農奴都已獲得自由，並從父親那裡得到種種特權和禮物。後來我父親突然去世，曾懷疑是被他們毒死的。這種懷疑的理由是，父親身邊的錢和票據都被盜竊，而這些票據（期票等）通過一個女乞丐被棄在莫斯科的房子裡。我不希望眞有其事，但這是有可能的。這種事是常有的。正是這些農奴，特別是受到主人抬舉的農奴，一旦掌握大權，往往會失去理智，殺死恩人。從一個完全的奴隸變成享有自由和大權的人，這種轉變是很難想像的。我不知道這是怎麼搞的，也不知道怎麼會這樣，但我知道這種事是有的。彼得魯沙和馬玖沙就是這種失去理智的人。他們不滿足於既得利益，一心想爬得高些再高些。我那時當然不明白原因，但我就是喜歡他們，特別是彼得魯沙，我喜歡他的靈巧、臂力過人、男性美、整潔的服裝，以及對孩子們——尤其對我——的親切態度。我總是很欣賞他們，覺得他們與眾不同。那些放在他們居住的低層房間窗台上的瓷製和彩色玩偶、小狗、小貓、猴子等都使我崇拜他們。經過他們的房間，我們總是不勝羡慕地望著這些玩具。我覺得這種情況非比尋常。他們兩人都沒有成家，僕人們都不喜歡他們。

餐廳侍僕奇虹經常拖著一根煙管，我們都很喜歡他，他是個氣質完全不同的人。他身材瘦小，臉刮得精光，像一般喜劇演員那樣，鼻子和線條清楚的嘴巴之間距離很大，前額會動，一雙快樂的灰色眼睛上覆著兩道粗眉毛。他原是外祖父所組農奴樂隊的長笛手。他在家裡的職務是收拾正房和伺候主人進餐。他是個天才演員，很喜歡扮演各種角色，扮怪相，逗得孩子們十分快活。大家老是取笑他。下房裡常常流傳著他的故事，說他有一次在村裡走，掉到一個筐子裡。每天早晨，他穿著長襪和短褂，拿著蘆葦掃帚打掃房間，白天則坐在前廳織襪子。

是的，往後還有多少有趣的重要事情要講，但我不能擱下童年，那個明朗溫馨、富有詩意、充滿愛和神祕的童年。童年時期的我們覺得生活眞是太神祕了，知道生活不僅限於我們感覺到的東西，但後來我們對生活深度的感受漸漸淡薄了。是的，這是一段美妙的時光。現在我們上完課，散好步，就被領到客廳吃飯。客廳裡有一張很大的環形長沙發和一張紅木餐桌，而桌子兩旁各有四把安樂椅。長沙發對面是陽台門，在陽台門和高大的窗戶之間的牆上，嵌著兩面鍍金雕花框的大鏡子。祖母坐在長沙發左邊，頭戴有褶紋的睡帽，手拿金鼻煙壺。亞歷山德拉・伊里尼奇娜姑媽、塔季雅娜・亞歷山德羅夫娜姑媽、巴申卡、瑪申卡、女兒和她的教母瑪麗雅・蓋拉西莫夫娜（關於她的事，我之後會敘述）、費多爾・伊凡內奇，大家聚集在一起，等爸爸從書房出來。瞧，爸爸矯健地快步走出來，他的脖子又胖又紅，腳穿無跟軟靴，眼睛善良好看，動作瀟灑豪放。有時他拿著煙斗出來，隨即把煙斗交給侍僕。他常常坐在祖母身邊，吻著她的手，同我們，同姑媽們或費多爾・伊凡內奇有說有笑。

「怎麼還不開飯？」他用那高昂且親切的聲音大聲問。他的跟班伏洛嘉、馬玖沙或彼得魯沙從侍僕室裡應聲而出。

「馬上就開飯。」

果然，管家福卡・傑米德奇（原是祖父樂隊的第二小提琴手）身穿高肩、打褶的藏青燕尾服，揚起眉毛，莊重嚴肅，神氣活現地走進高高的客廳門（門都漆成暗紅色，至今仍是這樣），報告：「請就餐。」

大家都站起來，父親把手伸給祖母，接著走上來的是姑媽、巴申卡、我和費多爾・伊凡內奇，還有我家其他人，以及瑪麗雅・蓋拉西莫夫娜。我從左邊走到父親身邊（不知怎的，這一幕我記得特別清楚），他用手摸摸我的頭髮和脖子，我愛這隻手背有紅條條的白手，我抓住它，猶豫了一下，終於吻吻它。這隻手擰擰我的面頰，我感到幸福極了。我們經過樓梯口的侍僕室，走進大廳。幾乎每把椅子後面都站著一個侍僕，他們左手貼近左胸端著盤子。要是有客人，他們的跟班總是站在椅子後面伺候他們。桌上鋪著家庭自織的土布桌布，上面放著水瓶、一杯杯克瓦斯、古老的銀匙、木柄的鐵刀叉和普通的玻璃杯。湯是在小餐室裡舀好後端來的。湯一上桌，侍僕就送上餡餅。但不知爲何，他們不給孩子們餡餅，侍僕彼得魯沙待我特別好，常偷偷塞給我一個餡餅。這種餡餅眞是好吃極了！吃午飯總是快快樂樂，飯菜總是挺可口，大家都吃得很開心。只是坐著一動不動很難受，如果上半身不准動，那麼，穿著白色厚襪和粗笨皮鞋（由聾子鞋匠阿列克賽所縫製）的粗壯小腳碰觸不到地板，就在桌子底下亂動。一切都美味可口，只偶爾吃到一塊不易下嚥的多筋牛肉，你嚼著嚼著，趁大人忙於談話時悄悄把它吐在手心裡，扔到桌子底下。稀粥好吃，烤馬鈴薯好吃，蘿蔔好吃，黃瓜雞塊好吃，餡餅尤其好吃，油炸餅好吃，還有奶油麵條、馬鈴薯條、奶渣餅等都很好吃。有時聽大人談話挺有趣，要是你能聽懂他們的談話。有時同哥哥們談談只有我們感興趣的話題也挺有意思，而望望奇虹則特別好玩。奇虹原是祖父樂隊的長笛手，身材矮小，生性樂觀，我們覺得他有喜劇天分。他有時站在祖母背後，有時站在父親背後，突然伸出他那刮得光溜的長下巴，揮動盤子，擺出一個喜劇性的跳舞姿勢。我們都笑起來。要是有大人回過頭來，奇虹就把盤子拿在胸前，一動不動地站在那兒，彷彿一座雕像。有時，午餐席上還有一件樂事：大家都注視著我，把我猜字謎的本領公開出來。

「喂，列夫小胖子（大家都這麼稱呼我，因爲我當年是個很胖的孩子），來個新字謎！」父親說。我就說出一個字謎。我說的時候，大家都笑瞇瞇地望著我。我知道且感覺到，這些微笑並不表示我有什麼可笑的地方，也不表示我的話有什麼可笑，而是表示望著我的人都愛我。我感覺到這一點，心裡高興得不得了。

吃完飯，僕人把煙斗遞給父親。父親回到他的書房，祖母到客廳，我們則到樓下去畫圖。有時父親走來，跟費多爾·伊凡內奇說德語，他的發音使我們覺得很奇怪。他有時替我們畫圖。然後，我們跟祖母、姑媽們告別。男僕尼古拉·德米特里奇收起我們的衣服，掛在胳膊上，祝我們晚安，做一個好夢。有時我們沒有睡著，一直聊天到費多爾·伊凡內奇摸黑走進來，劃著火柴，硫磺火柴發出青色火光，然後點著蠟燭，在他那張有高枕的床上躺下，熄滅蠟燭。我這才漸漸睡著。

哥哥們

我從最小的哥哥米金卡講起。他只比我大一歲。

不，這樣不行。我不能換題目講哥哥們的事。我得先講講餐廳侍僕華西里・特魯別茨科依。他是一個和藹可親的人，顯然很喜歡孩子，因此也喜歡我們，特別喜歡謝爾蓋。後來他服侍謝爾蓋，一直到死。我記得他刮得光溜的臉上的苦笑、他臉上和脖子上的皺紋（在近處看得很清楚），還有他特殊的氣味。他抱住我們往上拋（這是我們最開心的事，總是嚷著：「輪到我了！這回輪到我了！」），或者揹著我們在餐廳跑，而餐廳對我們來說是個有地下通道的神祕地方。同他有關的強烈印象之一是他動身到謝爾巴切夫卡，那是父親從彼羅夫斯卡雅那兒繼承來的庫爾斯克莊園。這事發生在聖誕節期間，當時我們孩子和幾個僕人在大廳裡玩「傅盧布」遊戲。這種聖誕節的遊戲也得說一說。這種遊戲是這樣玩的：家裡僕人很多，約莫三十人，化裝完畢後走進房子裡，表演各種節目，在格里哥利老頭的小提琴伴奏下跳舞。格里哥利只有在這種時候才出現在家裡。這是十分有趣的遊戲。化裝者總是化裝成熊和牽熊的人、山羊、土耳其男人和土耳其女人、強盜、農民和農婦。我記得有些化裝者實在漂亮，尤其是扮成土耳其女人的瑪莎。有時姑媽也替我們化裝。特別誘人的是嵌寶石的腰帶和用金銀線繡花的頭巾，而我覺得自己用燒焦的木塞畫出的小鬍子看起來很神氣。我記得，當我看見鏡子裡自己畫著黑鬍子和黑眉毛的臉時，忍不住要笑，可是我得裝出土耳其人一本正經的模樣。我們到各個房間去，總能吃到各種美味可口的食物。在我幼年的一次聖誕節，化過裝的伊斯列尼耶夫家的人都來了，其中有我妻子的父親、祖父，以及他的三個兒子和三個女兒。他們個個穿著令我們驚訝的服裝：衣服、靴子、厚紙做的小丑服等等。伊斯列尼耶夫家的人從四十俄里外乘車到來，他們先在村子裡換了裝。他們走進大廳，伊斯列尼耶夫坐到鋼琴旁，唱著他自己編的歌，他的聲音我至今還記得。歌是這樣的：

我們來到這兒，
祝你們新年快樂。
人生及時行樂，
大家都快快活活。

這一切都很美妙，大人一定也很開心，但我們孩子最感興趣的還是僕人的表演。

這種遊戲是在聖誕節和新年時玩的，有時延長到主顯節①。但過了新年之後訪客就少了，遊戲也不熱鬧了。就在那一天，華西里被調到謝爾巴切夫卡。我記得，在燈光黯淡的角落，我們圍坐在有皮製靠背的仿紅木椅子上，玩著「傳盧布」遊戲。一人走來走去，得找出盧布來，其餘的人相互傳來傳去，嘴裡唱著：「傳盧布，傳盧布。」我記得一個女僕用特別甜美清脆的聲音唱著這幾個字。突然餐廳門開了，華西里衣服特別整潔，手裡沒拿托盤和餐具，穿過大廳邊緣走進書房。我這時才知道華西里要去謝爾巴切夫卡當管家。我懂得這是晉升，我為華西里高興。同時，我捨不得他走，我知道以後在餐廳裡將看不到他，他不會再端著托盤為我們送食物，我簡直不明白也不相信竟會發生這樣的變化。我暗暗覺得很傷心，聽著大家唱「傅盧布」時格外難過。當華西里從姑媽房裡出來，露出親切的苦笑走到我們跟前，吻著我們的肩膀時，我第一次體會到人生無常的悲哀，對親愛的華西里滿懷愛憐之情。

後來我再遇見華西里時，他已是哥哥的管家，他這人是好是壞我並不清楚，不過原來那種純潔的兄弟般的感情已蕩然無存了。

現在我可以談談幾位哥哥了。

米金卡比我大一歲。他有一雙又黑又大的嚴厲眼睛。我幾乎不記得他小時候的模樣了。我只聽說他小時候很任性。據說他任性到了極點，保姆不瞧他，他就氣得哭起來，後來保姆瞧他，他又生氣又大聲叫嚷。我聽說媽媽因為他而吃了不少苦頭。他的年齡同我最接近，我和他最常在一塊兒玩，但我不像喜歡謝爾蓋那樣喜歡他，也不像敬重尼古拉那樣敬重他。我和他相處得很好，不記得跟他吵過架。吵嘴打架也許有過，但也像一般孩子們吵架那樣，沒有留下絲毫痕跡。我對他懷著單純、平等、自然的愛，因此沒特別留意我們之間的感情。我知道愛人是一種自然心態，或者更確切點說，是對所有人的自然關係。這一點我有親身體會，特別是在童年。如果情況確實是這樣，這種感情往往不會被注意。這種情況只有當你不愛（不是不愛，而是害怕）什麼人（譬如我害怕乞丐，害怕伏爾康斯基一人，因為他常常掐我，此外好像沒害怕其他人），或者特別愛一個人（就像我愛塔季雅娜·亞歷山德羅夫娜姑媽、謝爾蓋哥哥、尼古連卡、華西里、保姆、尤其是巴申卡那般）時才會有所改變。小時候，除了孩子的快樂嬉鬧，關於他我什麼也不記得了。我記得特別清楚的是一八四〇年到喀山之後的事，當時他已十三歲。在這之前，在莫斯科我記得他沒有什麼特殊的愛好，就像我和謝爾蓋一樣，他並不特別愛好跳舞或欣賞戰爭場面（這事以後再談）。他學習能力很強，也很用功。我記得爲我們上課的大學生波普隆斯基對我們三兄弟的學習評價：謝爾蓋要學，也會學；德米特利要學，但不會學（這不是事實）；列夫不要學，也不會學。我想，這完全是事實。

①聖誕節後第十二天，俄曆一月六日。

9

我對德米特里的回憶是從喀山開始的。在喀山，我照例學謝爾蓋的樣，開始放蕩（以後還會說到）。不僅在喀山，我更早以前就開始注重外表：竭力裝出上流社會的派頭。但德米特里身上完全沒有這方面的跡象，看來他沒有一點青少年的通病。他總是一本正經，老成持重，外表整潔，做事果斷，脾氣急躁，個性剛強，不論做任何事總是竭盡全力。我記得，那次他把鏈子吞下去時，並不特別驚慌。我也記得，姑媽給我吃法國黑李子，我把李子核呑下去，眞是害怕極了，我鄭重其事地向她宣布此事，就像快要死掉似的。我還記得，我們乘著小雪橇從陡峭的山上經過倉房滑下去（眞是開心）。當時有一個人駕著三駕雪橇，不走大道，也走山路。謝爾蓋與一個鄉下孩子從山上滑下來，他煞不住雪橇，摔倒在馬腳下。孩子們倖免於難，也沒受傷。三駕雪橇正往山裡滑去。我們都驚慌失措地想著如何從邊套馬下爬出來，轅馬受了驚怎麼辦等等。米金卡那時才九歲，他走到那人跟前，破口罵他。我記得，令我驚訝和不快的是他說他膽敢在沒有路的地方行駛雪橇，應該被送到馬廄去。當時說送馬廄就是意指去挨打。

在喀山他的特點開始顯露出來。他學業很好、很穩定，還會寫詩，我記得他出色地翻譯了雪萊的《泉邊少年》①，但他對翻譯並沒有入迷。他跟我們很少交往，總是很嚴肅安靜，沉默寡言。我記得他有一次十分淘氣，逗得女孩子們欣喜若狂。我很羨慕他，我想這是因爲他平時總是十分嚴肅。我也想在這方面模仿他。監護我們的姑媽有一個很愚蠢的想法，她給我們每人一名童僕，將來他們就會成爲我們的忠實僕人。她把華紐沙給了米金卡。華紐沙至今還活著。米金卡常常很粗暴的對待他，好像還打過他。我說「好像」，因爲記不清這事。我只記得他曾爲某事向華紐沙道歉，低聲下氣地說請求他原諒。

他就這樣在不知不覺中成長，很少同人交往，除了生氣時，他總是安靜而嚴肅。他那雙褐色的大眼睛嚴厲、深沉。他身材瘦長，但力氣相當大，一雙手又大又長，有點駝背。他的特點從進大學起開始表現出來，他比謝爾蓋小一歲，但跟他一起進入大學數學系，只因爲大哥是位數學家。我不知道他爲何這麼早就開始過宗教生活，但知道是從他大學一年級開始的。篤信宗教自然使他走上教會生活。他醉心於此，直到生命的最後一息。他開始持齋，去教堂參加各種祈禱，生活上對自己要求更嚴格。

米金卡有一種可貴的品格，就是不把別人對自己的看法放在心上，我認爲他這點像母親，尼古拉也是如此，但我卻缺乏這種品格。我至今還很在乎別人對我的看法，而米金卡卻毫不在乎。我從不記得當人家稱讚他時他臉上有過克制不住的情不自禁的微笑。我記得他那雙杏子般的褐色大眼總是嚴肅、安詳、憂鬱，有時甚至是不和善。我們從喀山起才開始注意他，而且只因爲我和謝爾蓋開始重視上流社會，其實也就是注重外表，而他卻是邋邋遢遢、衣冠不整。我們因此批評他。他不跳舞，也不願學，身爲大學生卻從不涉足社交界，只穿學生制服，繫窄小領帶。他從青年時代起就扭動脖子，彷彿想掙脫領帶的束縛。第一次齋戒時，他的特點就表現出來。他不在時髦的大學教堂裡齋戒，而在監獄教堂裡齋戒。

我們住在監獄對面的戈爾塔洛夫家。當時監獄裡有位特別虔誠嚴格的牧師。他與眾不同，在耶穌受難節誦讀全部福音書，禮拜時間也特別長。米金卡堅持做完禮拜，並認識了牧師。監獄教堂是這樣安排的：只用一道玻璃將戴足枷的重囚犯牢房的門隔開。有一次，有個重囚犯要把某樣東西交給教堂執事：一支蠟燭或買蠟燭的錢，教堂裡誰也不願接受他的委託，米金卡卻神情嚴肅地接受了。原來這種事是違禁的，他因此受到訓斥，但他仍認爲這是應該的，並繼續這樣做。我們，尤其是謝爾蓋，結交貴族同學和青年，米金卡正好相反，他從所有的同學中只挑選貧窮襤褸的大學生波魯飽亞林諾夫與他來往，並一起準備考試。

那時我們住在阿爾斯基廣場轉角的基賽廖夫家樓上。樓上房間由大廳上面的敞廊隔開。米金卡住在樓上敞廊前的房間，謝爾蓋和我住敞廊後的房間。我和謝爾蓋喜歡小玩意，並像大人那樣拿它裝飾自己的小桌，因此大人給了我們一些小玩意。米金卡沒有任何小玩意。他從父親的東西中只拿了一樣，就是礦石。他把礦石分類，放在玻璃櫃裡。我們兄弟倆和姑媽因米金卡的低級趣味和交友而瞧不起他，還影響了我們那些頭腦簡單的朋友。有這麼一個智力很差的人——葉工程師。他不是我們所選擇的朋友，是他主動來接近我們的。有一次他穿過米金卡的房間，看到礦石，就向米金卡打聽。葉裝腔作勢，不討人喜歡。米金卡不太樂意回答他。葉便推了一下玻璃櫃，還搖晃它們。米金卡說：「住手！」葉不聽，還開玩笑地稱呼米金卡爲挪亞②。米金卡發怒了，用他的大手摑了葉一記耳光。葉撒腿就跑。米金卡追他。他跑進我們的房間，我們就把門關上。但米金卡對我們說，他一出來，他就要揍他一頓。謝爾蓋和舒華洛夫（好像是他）勸米金卡放過葉。他卻拿起地板刷子，說一定要好好揍他一頓。我不知道要是葉從他的房間出去，會出什麼事，但葉要求放他一條路，於是我們讓他幾乎爬著穿過滿是塵埃的閣樓跑出去。

米金卡生氣時就是這樣的，但平常可是另一種樣子。我們家裡還住著一個極古怪的可憐人，那就是一個被收留的名叫柳波芙．謝爾蓋耶夫娜的姑娘。她姓什麼我不知道。柳波芙．謝爾蓋耶夫娜是普羅塔索夫（就是與茹科夫斯基沾親的普羅塔索夫）近親結合的產兒。我也不知道她是如何來到我們家的。聽說大家都疼愛她，想給她找個好的人家，甚至想把她嫁給費多爾．伊凡諾維奇，但這一切都沒成功。她先是住在我們家，但這事我已不記得了。後來彼拉蓋雅．伊里尼奇娜姑媽把她帶到喀山，她就住在姑媽家。我就是在喀山認識她的。她是一個可憐溫順、經歷坎坷的人。她有一個小房間，有個女孩伺候她。我認識她的時候，她不僅可憐，而且可憎。我不知道她患了什麼病，她的臉腫得很厲害，好像被蜜蜂螫過一樣。她的眼睛是兩片浮腫的眼皮之間露出的一條縫，上面沒有眉毛。她的面頰、鼻子、嘴唇、嘴巴也都浮腫，油光光且黃蠟蠟。她說話困難，大概是因爲嘴巴浮腫的緣故吧。夏天，她的臉上有蒼蠅叮著，但她毫無感覺。那樣子特別令人不快。她的頭髮仍是黑的，但稀稀疏疏，遮不住頭皮。姑媽的丈夫尤施科夫爲人不厚道，愛開玩笑，總是不掩飾對她的厭惡。她身上總有一股惡臭。她的房間窗子和氣窗從來不開，有一股氣悶味兒。就是這樣一個柳波芙．謝爾蓋耶夫娜成了米金卡的朋友。他常去她那兒，聽她說話，同她聊天，讀書給她聽。說來奇怪，我們在精神上是那麼愚鈍，只知道嘲笑他，而米金卡卻是那麼高尚，他根本不理會別人的問話，也從不稍微表示他所做的一切都是無可指摘的。他只是行動。他所做的一切也不是出於衝動，我們在喀山時他一直是這樣的。

我至今認爲米金卡的死並沒有使他滅亡。他始終如一，在我認識他之前是這樣，在我出生之前是這樣，如今在他死後還是這樣。

我們分財產的時候，我照例分得了我們所居住的雅斯納雅・波良納。謝爾蓋愛馬，比羅果伏有個養馬場，他就得到比羅果伏，這也是他的願望。米金卡和尼古拉分得了其餘兩座莊園：尼古拉獲得尼科爾斯科耶莊園，米金卡則得到庫爾斯科耶的謝爾巴切夫卡莊園，那是從彼羅夫斯卡雅那兒繼承來的。我手頭上有一封米金卡的信，信中說明了他對農奴問題的看法。他認爲不該擁有農奴，應該解放他們。在四○年代，我們的圈子裡根本沒有這種思想。農奴繼承權被認爲是必要的，而且要使擁有農奴不成爲一種罪惡，只要物質上甚至道德上關心他們就行了。就這個意義上來說，米金卡的信是很嚴肅、天眞和眞誠的。他那時候只是個二十歲的青年（當他畢業的時候），就主動負責引導幾百個農奴家庭的道德，用懲罰來威脅他們。情況就如果戈理給地主的信裡所說的那樣。我記得米金卡唸過監獄牧師給他的指示。米金卡就是這樣履行他作爲地主的職責的。不過，除了地主對農奴的職責外，當時還有另一項職責，不履行這種職責是不可想像的，那就是服兵役或做文官。米金卡一畢業就決定做文官。爲了決定擔任什麼文職，他買了一本高級官員職稱錄，查閱所有的文職部門，最後認定立法是最重要的部門。決定之後，他來到彼得堡，在接見時間走訪二部御前大臣。我能想像塔涅耶夫在請願者中間看到一個衣著簡樸（米金卡總是穿著僅可蔽體的衣服）、面容安詳嚴肅、有一雙美麗眼睛的瘦長青年時，他是多麼驚訝啊。他問他有什麼事，得到的回答是：他是一個俄羅斯貴族，大學畢業，願爲國效勞，想選擇立法作爲自己的工作。

「貴姓？」

「托爾斯泰伯爵。」

「您從沒在哪兒工作過嗎？」

「我剛從大學畢業，我的願望是做個有用的人。」

「您希望得到什麼職位？」

「我無所謂，只要做個有用的人。」

真誠的嚴肅態度令塔涅耶夫十分驚訝，他把米金卡領到二部，介紹給官員們。一定是官員們對米金卡，尤其是對這件事有反感，他沒進到二部工作。米金卡在彼得堡沒有一個熟人，除了法學家奧波連斯基之外，他當時是法院監察官。

米金卡來到奧波連斯基別墅。奧波連斯基後來笑著把此事告訴我。奧波連斯基很世故，處事老練，愛沽名釣譽。他告訴我，當時他家裡有客（大概是些貴客，奧波連斯基總有這種客人），米金卡身穿布外套，頭戴制帽，穿過花園去找他。奧波連斯基說：「我起初沒認出他，後來一認出他，我就竭力鼓勵他，把他介紹給客人們。我請他脫掉外套，沒想到他外套裡面沒穿上裝。」他認爲這是不需要的。他坐下，也不管有客人在座，就對奧波連斯基也像對塔涅耶夫那樣提出問題：在哪裡工作可以對人更有益？照奧波連斯基看來，工作只是沽名釣譽的手段，他大概從沒想過這種問題。但他爲人老練圓滑，表面上客客氣氣，向米金卡介紹各種不同的職務，並表示願意效勞。米金卡對奧波連斯基和塔涅耶夫顯然都很不滿意，他沒得到工作，於是離開彼得堡。他回到家鄉後，好像在蘇治從事貴族工作，經管農事，主要是農民的事。

我們離開大學後，我就再也沒見過他。我知道他仍過著嚴格的節慾生活，不喝酒、不抽煙，尤其是不玩女人，直到二十五歲。這在當時是非常少見的。我知道他同修士和雲遊派教徒交往，住在我們的監護人伏耶依科夫（誰也不知道他的經歷）的家裡。米金卡與他很親近。大家都管他叫魯卡神父。他平時只穿一件內長衣，長相很難看，身材矮小，斜眼，皮膚黝黑，但非常貞潔，膂力過人。他同人握手，手像鐵鉗，說話總是意味深長，令人費解。他住在伏耶依科夫家磨坊旁邊。他在那裡蓋了一座小房子，布置了一個種滿奇花異草的花圃。米金卡把這位魯卡神父帶回家。據說他與鄰居薩莫依洛夫交往。薩莫依洛夫是個老派的老地主，極其吝嗇。

米金卡身上發生突變時，我大概已經到了高加索。他突然開始喝酒、抽煙、亂花錢、找女人。他怎麼會這樣，我不知道，當時我沒看見他。我只知道，引誘他的是伊斯列尼耶夫的小兒子，他是一個相貌討喜、但道德敗壞的人（關於他的部分以後再談，如果有機會的話）。米金卡在這種生活上仍是一個嚴肅虔誠的人。他替第一個接觸到的女人——妓女瑪莎——贖了身，把她帶回家。不過，總的來說，這種生活並沒持續多久。我想，與其說是由於他在莫斯科過了幾個月有害健康的惡劣生活，不如說是由於內心鬥爭和良心折磨，才一下子毀了他強壯的身體。他得了癆病，到鄉下療養，後來又在城裡接受治療，終於死在奧廖爾。在那裡，我最後一次看見他，那已是塞瓦斯托波爾戰爭之後的事。他的模樣十分可怕。一雙大手只有骨頭連接著臂肘，臉上的那雙眼睛仍舊嚴肅好看，不過帶有探索的味道。他不斷地咳嗽吐痰，他不願死，不願相信自己就快要死去。那個被他贖身的麻臉瑪莎包著頭巾，在旁邊照料他。根據他的願望，當著我的面給他送來了能創造奇蹟的聖像。我還記得他向聖像祈禱時臉上的表情。

我當時感到特別不愉快。我從彼得堡來到奧廖爾。在彼得堡我出入交際場所，滿腦子虛榮心。我可憐米金卡，但這不夠。我回到奧廖爾，但又離開了，幾天後他就死了。說實在的，我覺得我最難過的是，他的死使我無法參加當時正在舉行的宮廷表演，儘管我也受到了邀請。

我放棄按時間順序敘述的方式。我原以為這樣敘述會比較好，但我不喜歡這種方式。我不打算單獨敘述謝爾蓋哥哥和尼古拉哥哥，我仍將就記憶所及按順序來寫。

①原文是德文。

②人類的新始祖，事見聖經故事。

范法羅諾夫山

對，就是范法羅諾夫山。這是一件很久遠、很讓人感到親切的重要往事。大哥尼古拉比我大六歲。所以當時他十到十一歲，我才四、五歲。領我們到范法羅諾夫山去的正是他。我們年紀都很小，但也不知怎麼搞的，大家對他都用「您」稱呼。他當時是個出色的孩子，後來是個出色的人。關於他，屠格涅夫說得很對，他就是缺乏做一個作家所必需的缺點。其中主要的缺點是他沒有虛榮心，他完全不關心別人如何看待他。不過，他也具有當作家的特點，首先是細膩的藝術感、高度的分寸感、寬厚而樂天的幽默感、永不枯竭的非凡想像力，以及正確高尚的世界觀，但他並不因此而有絲毫自滿。他富有想像力，能依照拉德克利夫夫人①的方式講述童話、寓言或幽默故事，連續幾小時滔滔不絕，講得那麼活靈活現，使人不覺得是虛構的。

他不講故事和不讀書（他讀書極多）時，就畫畫。他幾乎總是畫頭上生角、留八字鬍子的鬼，姿勢各個不同，幹著各種不同的勾當。這些畫也都富有想像力和幽默感。

就是他，對我們幾個弟弟（我五歲、米金卡六歲、謝爾蓋七歲）宣布，他知道一個祕密，這個祕密一旦公開，人人便會過幸福的日子，世界上將沒有疾病和苦惱，誰也不生誰的氣，人人相親相愛，大家都成爲螞蟻兄弟。我記得，我特別喜歡「螞蟻」這個詞，因爲它使人聯想起螞蟻窩。我們還玩螞蟻兄弟遊戲，方法是大家坐在椅子底下，彼此用箱子隔開，再掛上手帕，在黑暗中相互擠軋。我感覺此刻大家特別親熱，很喜歡這種遊戲。

螞蟻兄弟精神已向我們公開，但主要祕密是如何使人人不會遇到災難，永不爭吵，永不生氣，始終幸福。他說他把這個祕密寫在一根綠棒上。這根綠棒埋在舊禁獵區峽谷邊的大路旁，那裡將埋葬他以紀念尼古拉。除了這根棒之外，還有一座范法羅諾夫山，他說他可以帶我們到山上，只要我們遵守規定的條件。第一個條件是站在角落，腦子裡不想白熊。我記得我就站到角落裡，但怎麼也做不到不想白熊。第二個條件我不記得了，但是個很困難的條件……沿著地板縫走而不跌跤。第三個條件很容易，就是要在一年之內不看見兔子，不論是活的、死的或油炸的。然後得發誓不向任何人公開這些祕密。

誰能遵守這些條件和他以後將公布的更困難條件，誰的任何願望就都能得到實現。我們應該說出我們的願望。謝爾蓋希望能用蠟塑造馬和雞。米金卡希望能像畫家一樣畫任何東西，而且是大尺寸的。我想不出什麼願望，只希望能畫小尺寸的畫。這一切就像孩子們的事那樣，很快就被忘記了。誰也沒有去過范法羅諾夫山，但我仍記得尼古拉告訴我們這些祕密時的神祕模樣，以及面對這些祕密時我們所體驗的激動。

我印象最深的是螞蟻兄弟會和能給所有人帶來幸福的綠棒。我現在想，尼古拉準是讀到或聽到共濟會的事，聽到使人類幸福的共濟會宗旨，聽到吸收會員的神祕儀式，大概也聽到摩拉維亞兄弟會②。因此在他的生動想像中，在對人的愛和對善的愛中，他想出了這些故事，洋洋自得，並作弄我們。

螞蟻兄弟會的理想是要人們相親相愛，但不要待在掛著手帕的兩把安樂椅底下，而要待在全人類的天空底下。這個理想對我也是適用的。我當時是相信有綠棒的，棒上寫著要消滅人間的一切罪惡，並給他們巨大的幸福。我至今還相信世上有這種眞理，它將向人們顯示，並實現它給予人們的承諾。

---

① 拉德克利夫（1764～1823），英國女小說家，擅長將陰森可怖和焦慮思念的情景描寫得充滿浪漫情調，著有小說《義大利人》等。

② 摩拉維亞兄弟會是共濟會的一個組織，因俄文摩拉維亞一詞與螞蟻諧音，被誤認為是螞蟻兄弟會。

謝爾蓋哥哥

尼古拉是我所尊敬的，米金卡是我的夥伴，而謝爾蓋則是我所欽佩的，我模仿他，愛他，**想做一個像他那樣的人**。我欽佩他漂亮的外表，欽佩他的歌聲（他喜歡唱歌），欽佩他的畫畫，欽佩他的樂觀，特別欽佩（說來奇怪）他的直爽、他的自私。我卻一直在提醒自己且一直在考慮，別人對我的想法和對我的感覺是否有誤，而這破壞了我生活的樂趣。我特別喜歡別人身上和我相反的東西：直爽和自私。因此我特別喜歡謝爾蓋——「喜歡」兩字用在這兒是不合適的。尼古拉是我喜歡的，而謝爾蓋是我欽佩的，彷彿他是一個完全陌生的人，一個難以理解的人。這種人的生活十分美好，但在我是完全無法理解的和神祕的，因此也就特別吸引人。前幾天謝爾蓋去世了，但直到臨死前他對我而言還是那麼難以理解、那麼寶貴，就像小時候一樣。到了老年，生命的最後年月，他更加愛我，珍惜我對他的眷戀，並以我為榮，希望變得同我一樣。但他辦不到，他依然故我：與眾不同、自成一格、漂亮、高貴、驕傲，尤其是極其真實、極其誠懇，這樣的人是我從來沒有見過的。他質樸率真，毫不掩飾，也不想賣弄。同尼古拉在一起，我想說話、思索；同謝爾蓋一起，我只想模仿他。這種模仿從幼年時期就開始了。他飼養母雞、小雞，我也飼養母雞、小雞。這也是我最初深入了解動物的生活。我記得不同品種的小雞：灰毛的、花斑的、鳳頭的，牠們一聽見我們的叫喚就跑來，我們餵牠們，我們恨那隻脫毛的荷蘭大種老公雞，因為牠欺侮牠們。謝爾蓋要來這些小雞，自己加以飼養；我摹仿他，也養起小雞來。謝爾蓋在長幅紙上用顏料畫各種毛色的母雞和公雞，我認為他畫得非常好。我也照樣畫，但畫得比他差（我曾希望藉助范法羅諾夫山來改進我的技術）。當窗子裝上護窗板後，謝爾蓋想出一個用長條黑麵包和白麵包通過鑰匙孔餵雞的辦法，我也照他的樣子做。

有關幾位哥哥的事我還有許多話要說，要是能把回憶錄繼續寫下去，哪怕寫到我結婚為止也好。我將竭力回憶遷往莫斯科前最生動和快樂的事，那時沒有悲傷和痛苦。

離雅斯納雅・波良納三俄里有個小村叫格魯曼特（這名字是外祖父取的，他曾任阿爾漢格爾斯克總督。那裡有個島，叫格魯曼特）。那裡有一個牲口棚和一座小房子，都是外祖父為了夏天使用而建造的。也像外祖父建造的所有建築物那樣，它很雅致美觀、結實牢固，房子裡還有放乳製品的地窖。那是一幢木房子，有淺色的窗戶和護窗板；寬大而結實的門；一張小木沙發；木桌，桌子的抽屜很大；桌子可以摺疊，像紙袋一樣，四邊摺向裡面，打開時也是推向四邊，隨著中心輪軸轉動，使翻開的四塊板蕩在四角上，這樣就組合成一張兩平方俄尺的大桌子。

房子在村莊外面，隔著四五戶農家，那地方被稱爲「花園」，風景優美，草地沿著盆地蜿蜒到「漏斗」牧場，兩邊都是樹林。在這個「花園」裡，峽谷之上有一座小樹林，峽谷裡有一股洶湧的冰涼泉水。每天從那裡把水運到老爺房子裡；峽谷前面有一個大池塘，彷彿是峽谷的延伸，池塘很深，流動著很涼的活水池塘裡有鯉魚、冬穴魚、歐鯿、河鱸，甚至還有鱘魚。這裡是一個幽靜的好地方，在這裡不僅可以喝牛奶，吃到又冷又濃、似酸奶的乳脂和黑麵包，還可以看人捕魚，或者在山上跑上跑下，跑到池塘邊再跑回來，這眞是一種莫大的享受。夏季，逢到好天氣，我們有時乘馬車到這兒兜風。姑媽們、巴申卡和女孩們乘敞篷馬車，我們四兄弟和費多爾·伊凡諾維奇一起乘坐有高高圓彈簧和黃色扶手（當時一般馬車沒有扶手）的輕便馬車。

午餐時大家談論天氣，訂定旅遊計畫。兩時。我們應在四時出發，回來喝茶。一切都準備好了，但備馬備得慢了，從西面的村莊和禁獵區後面飛來一大片烏雲。我們大家都很憂慮，費多爾·伊凡諾維奇竭力裝出嚴肅鎭靜的樣子，但我們不斷催促他拿主意，他也走到陽台上，迎風站著。他腦後的灰髮被風吹得飄起來，他燕尾服的後襟也被吹往那個方向。他煞有介事地隔著欄杆往外眺望。我們等他做出決定。「這是飛往薩金卡的。」他說，指著最大的一片烏雲。「這片雲沒關係。」他指著另一片從東方飄來的雲說。

「那麼，您看怎麼樣？①」

「得等一下。②」

但見烏雲遮住了整個天空。我們都憂心忡忡。原來吩咐備馬，現在又派米沙叫他們停下。小雨稀稀拉拉地下起來。我們都大爲掃興。突然，謝爾蓋跑到陽台上叫道：「天晴了！費多爾．伊凡諾維奇，這兒來。一片藍天！③」

「哪兒？④」

「您到這兒來！⑤」

果然，在飄動的烏雲之間有一小片藍天，一會兒縮小，一會兒擴大。瞧，又是一片，又是一片。瞧，太陽出來了。

「姑媽！天晴了！眞的，放晴了，您瞧，費多爾．伊凡諾維奇說的。」

大家去叫費多爾．伊凡諾維奇。他遲疑了一下，但還是持肯定的看法。天空還沒穩定，姑媽們也有點猶豫不決。塔季雅娜．亞歷山德羅夫娜姑媽含笑說：「我想這是真的，亞歷山德林，不會下雨了。不會下雨了！你們瞧。」

「姑媽，好姑媽，吩咐他們套車吧。求您了，姑媽，好姑媽！」謝爾蓋和我叫得最響。女孩們也幫我們請求。於是決定重新備馬。奇虹一躍而起，雙腳相互碰撞，往馬廄跑去。我們在台階上跺著小腳，先是等馬，然後等姑媽們。一輛帶幔帳和車套的敞篷馬車駛來。車上套著兩匹涅爾琴斯克棗紅馬，左邊那匹是淺棗紅色的，膘肥體壯，右邊那匹是深紅色的，如尼古拉．費里比奇所說的，乾瘦結實。敞篷馬車後面是黃色輕便馬車，套著一匹高大的棗紅馬。

姑媽們和女孩們各就各位。我們的座位也早就規定好。費多爾．伊凡諾維奇坐在右首駕馬，他旁邊坐著謝爾蓋和尼古拉；輕便馬車很深，我們（我和米金卡）坐在他們後面，我們的背分別靠著兩側，腳湊在一起。整條道路經過打穀場和禁獵區：右邊是老禁獵區，左邊是新禁獵區。走在這路上眞是開心。瞧，我們終於來到一座陡峭的山上，山下有一條河和小橋。「扶好把手，孩子們。⑥」費多爾・伊凡諾維奇煞有介事地皺起眉頭說，分開韁繩。

我們開始下山，但最後費多爾・伊凡諾維奇縱馬跑了約三十步，我們覺得馬車以驚人的速度飛馳下山。我們早就在等待這個時刻，心都揪緊了。我們過了橋，沿河邊前進，又是一座橋，然後上山，來到村子裡。馬車駛進大門，進入花園，來到房子前面。車夫把馬拴好。馬踩著青草，身上冒出濃烈的汗味，這樣的汗味我以後再也沒聞過。車夫們站在樹蔭下。光和影在他們的臉上，在他們善良、快樂、幸福的臉上流動。女飼養員瑪特廖娜穿著一身粗布衣服，看到我們很高興，她說等我們好久了。我不僅相信，而且不得不相信世界上人人都只做好事，人人都很高興。瑪特廖娜很高興，姑媽向她打聽她女兒的情況，圍著費多爾・伊凡諾維奇轉的幾條狗也很高興，還有母雞、公雞、農家孩子也很高興，馬、牛、池塘裡的魚和林中的鳥也都很高興。瑪特廖娜和她的女兒拿來一大塊放過鹽的黑麵包，擺開一桌非常豐盛的筵席，還送來新鮮柔軟、留有餐巾印的奶渣，以及像酸奶般的乳脂和一罐罐全脂牛奶。

我們又喝又吃，跑到泉邊喝水，繞著池塘奔跑，而費多爾・伊凡諾維奇正在那裡放鈎鉤。我們在那裡待了半小時，在格魯曼特待了一小時，才從原路回家，還是那麼快樂。我記得只有一次我們的快樂被一個意外事件破壞了，爲此我們（至少我和米金卡）還痛哭了一場。費多爾・伊凡諾維奇的貝爾法是一條眼睛美麗、棕色鬈毛柔軟的狗，牠時常在馬車前後奔跑。一次，從格魯曼特花園出來時，幾條農家的狗向牠撲來。牠朝馬車衝去，費多爾・伊凡諾維奇來不及勒住馬，車輪滾過牠的前爪。我們回到家裡，可憐的貝爾法用三條腿跑回來。費多爾・伊凡諾維奇和尼古拉・德米特里奇（照管我們的男僕，也是一名獵人）檢查了牠的前爪，斷定腿骨折斷，狗殘廢了，不能再打獵。

我聽到費多爾・伊凡諾維奇跟尼古拉・德米特里奇在樓上小房間裡談話。當聽到費多爾・伊凡諾維奇用豪爽果斷的語氣說「牠沒用了。得把牠吊死，反正沒救了」時，我簡直不敢相信自己的耳朵。這狗受了傷，很痛苦，因此得把牠吊死。我感到很難過，覺得不該這麼做，但費多爾・伊凡諾維奇和尼古拉・德米特里奇都贊成這個主意，他們的語氣十分肯定。我感到很難過，就像庫茲瑪被帶去鞭撻，或者像捷梅肖夫講到如何因一個人在齋戒期吃葷而把他送去當兵時那樣難過，但長輩和我所尊敬的人明確地做了這樣的決定，我也無可奈何。

我不準備一一敘述我快樂的童年往事，因爲這樣會沒完沒了的，也因爲儘管它們對我很寶貴、很重要，但要把它們敘述到令旁人也覺得很重要，我又做不到。

我只講講小時候體驗過幾次的一種心情。我想這種心情是重要的，比我後來體驗過的許多感情重要得多。它之所以重要，因爲這是我第一次體驗到愛，不是對某個人的愛，而是廣義的愛，是對上帝的愛。這種感情後來我難得體驗，難得是難得，但畢竟體驗到了，因此，我想，這是幼年留下的痕跡。這種感情是如此表達的：我們，特別是我跟米金卡和女孩們，坐在椅子底下，盡量相互擠軋。椅子上掛著手帕，用靠墊隔開，我們說我們是螞蟻兄弟，並且體驗到一種特殊的愛。有時這種柔情轉變爲相互撫摸，互相擠軋。但這種情況是難得的。我們覺得這樣不合適，就立刻停止。如我們所說的那樣成爲螞蟻兄弟，不僅表示要離群索居，同外人隔絕，而且表示要彼此相愛。有時我們坐在椅子底下談論誰愛誰，爲了幸福該怎麼做，我們將如何生活，如何愛所有人。

我記得這是以旅行遊戲開始的。我們坐在椅子上，把椅子當馬車，也有轎車和篷車。坐篷車的人就由旅客變成螞蟻兄弟。其餘的人也參與進去。這種遊戲非常非常開心，我也因爲能參加這種遊戲而感謝上帝。我們把這種活動稱爲遊戲，其實世界上的一切都是遊戲，只有它例外。

在鄉下生活時，對孩子們來說的大事有：父親出門去基烈耶夫村；到遠離莊園的獵區；我們這些孩子們聽人講打獵的故事，就像聽到什麼重大新聞一樣。

後來，我的教父亞澤科夫帶著他的鬼臉、煙斗和跟班來了。這個跟班在吃飯時總是站在他椅子後面。後來，伊斯列尼耶夫也帶著他的孩子們來了。他的一個女兒後來成爲我的岳母。後來，尤施科夫也來了，他總是帶來一些古怪的東西：漫畫、木偶、玩具。

童年有一件小事給我留下深刻印象：捷梅肖夫和費多爾・伊凡諾維奇在我們樓上的育兒室裡談話。我不記得他們怎麼談到守齋的。捷梅肖夫，和藹可親的捷梅肖夫，竟若無其事地說：「我的廚子（或者跟班，我記不得了）居然在齋期吃葷。我就把他送去當兵。」我之所以至今仍記得，是因爲當時我覺得這事很奇怪，難以理解。

還有一件事是關於彼羅夫斯克的遺產。由於伊里亞・米特羅方諾維奇的力爭，遺產訴訟案贏了。我記得有一隊滿載東西的大車從聶魯奇駛來。

伊里亞・米特羅方諾維奇是一個高個子白髮老人，嗜酒成癖，原是俄羅夫斯克農奴，後來成爲了不起的律師。他主持了這個遺產案，因爲這個緣故，他在雅斯納雅・波良納一直到被供養到死。

至今留下的印象還有：彼得・伊凡諾維奇・托爾斯泰的到來。他是華列里安的父親，也是我的妹夫。他進客廳時總是穿著睡袍，我們當時不明白個中緣由，後來才知道這是因爲他患有末期癆病。另一個印象是他的兄弟，著名的美國人費多爾・托爾斯泰的到來。我記得他乘坐驛馬拉的彈簧馬車前來，他走進父親的書房，向他要一種特種法式麵包乾。他不吃別的麵包。當時謝爾蓋哥哥牙痛得很厲害。他問謝爾蓋是怎麼一回事，在知道情況後他說他能用催眠術止痛。他走進書房隨手鎖上門。幾分鐘後他從那裡出來，手裡拿著兩塊細麻布手帕。我記得那兩塊手帕有紫色花邊，他把手帕遞給姑媽說：包上這一塊就會止痛，包上這一塊就能睡著。姑媽拿手帕替謝爾蓋包上，我記得一切果然如他所說的那般有效。

我記得他那刮得精光的青銅色俊臉，濃密的淺色絡腮鬍留到嘴角，還有同樣淺色的鬈髮。關於這個與眾不同、罪惡且迷人的人，是有許多事可說的。

第三個印象是母親的堂兄弟，驃騎兵伏爾康斯基公爵的來訪。他要對我表示親熱，讓我坐在他的膝蓋上，一邊同長輩談話，一邊摟住我。我想脫身，但他把我摟得更緊。就這樣摟了兩三分鐘。但這種被俘擄、失去自由、強迫接受撫愛的反感是那麼強烈，以致我大為惱火，突然拚命掙扎，放聲啼哭，非掙脫不可。

---

①～⑥原文是德文。

遷居莫斯科

這是一八三七年的事。但究竟是秋天還是冬天，我記不得了。說是冬天，只因為記得有七輛雪橇和一輛專門讓祖母乘坐的有寬跨槓的大雪橇。跨槓兩邊站著跟班，由於跨槓太寬，以致到了謝爾普霍夫，竟進不了大門。這一點我多半是憑他人的講述才記起來的。在我的回憶中也有坐馬車的印象。也許是我弄錯了，我們乘雪橇多半是去喀山。

我們去莫斯科多半乘馬車。我記得這一點，因爲我有這樣的印象——父親坐在後面的馬車裡，中途休息時他讓我們坐到他的車上。這是我們的一大樂事，我記得我是坐著父親的馬車進入莫斯科的。那天天氣很好。我記得我看到莫斯科的教堂和房屋，眞是欣喜若狂，而父親在向我介紹莫斯科時那種自豪的語氣也使我心醉神迷。我還從種種跡象中記起那是在秋天，道路還沒有積雪，在旅途的第一天（我們用了兩天驛馬；晚上住宿一夜）傍晚，天色已黑，我們聽說道路附近發現一隻狐狸。父親的跟班彼得魯沙隨身帶著一隻灰色獵狗席拉恩，他放牠去追狐狸。我們什麼也沒看見，但十分興奮，後來知道狐狸逃跑了，我們都大失所望。

華西里神父

1

時值秋天。當一輛大車轆轆地滾過結冰的坑坑窪窪的道路，駛近華西里神父那兩開間草屋頂的房子時，天還沒亮。大車上下來一個農民，身穿束腰長袍，翻起衣領，頭戴帽子。他替馬蓋上馬衣，拿鞭子柄敲敲一個房間的玻璃窗。他知道女傭和廚娘住在這個房間。

「誰啊？」

「我找神父。」

「有什麼事？」

「看病。」

「你是誰啊？」

「從伏茲德列姆村來的。」

一個工人點著燈，穿過門廊，走到戶外，開門讓農民進來。

矮胖的神父太太身穿短襖，腳登暖靴，包著頭巾，從屋裡出來，怒氣沖沖地啞聲說：「又是魔鬼把誰帶來了？」

「是來找神父的。」

「你們怎麼在睡懶覺。也不生爐火。」

「難道是時候了?」

「要是沒到時候,我也不說了。」

伏茲德列姆村農民走進下房,對著聖像畫了個十字,向神父太太一鞠躬,在門口長凳上坐下。

他妻子難產已好些時候了,生下一個死嬰,如今她自己也快死了。

農民坐在那兒,瞧著屋裡的活動,心裡盤算著如何把神父接去:像來時那樣一直穿過柯索耶溪,還是繞過去。「村外情況很糟。溪水雖已結冰,但還不能通行馬車。好不容易才跑來。」他想。工人走進來,把一捆樺樹柴放在爐子邊,要農民從乾柴中劈一塊點火。農民脫去衣服,幹起活來。

神父醒來,像平時一樣。醒來時心情愉快,精神飽滿。他還躺在床上,就畫了十字,唸他喜歡的禱詞「天上的父」,並反覆祈禱:「求主保佑。」然後,垂下腿,套上鞋,洗好臉,梳了梳長髮,穿上舊的內長衣,跪在聖像前祈禱。他唸到「我們在天上的父」、「免我們的債,如同我們免了人的債」時,他停下來,想起助祭父親的話。昨天他遇見喝得醉醺醺的助祭父親,助祭父親喃喃地對他說:「假冒爲善的法利賽人。」「假冒爲善的法利賽人」這話特別令華西里生氣,因爲他認爲自己即使有各種缺點,也絕不是僞善的人。因此他很生助祭的氣。「哼,別理他,」他在心裡說,「去他的。」又繼續祈禱。在唸到「不叫我們遇見試探」時,他想起昨天在富裕地主莫爾恰諾夫家做通宵祈禱後喝了加羅姆酒的茶,喝得很痛快。

2

做完祈禱，他照了照凹凸不平使臉變形的鏡子。撫平禿頂上兩鬢的淺色頭髮，瞧了瞧自己和善的闊臉（雖然他已有四十二歲，但看起來還年輕）和臉上稀疏的鬍子，感到很滿意，這才走到小客廳。神父太太正急忙費力地把沸騰的茶炊端到那裡。

「怎麼是你自己端。費克拉呢？」

「怎麼是我自己端？」神父太太學著他的口吻說，「能叫誰端啊？」

「怎麼這麼早起來？」

「有人從伏茲德列姆村來，要你去看病人。有個女人快死了。」

「來了很久啦？」

「有一會兒了。」

「那您怎麼不叫醒我？」

華西里神父喝了清茶（因爲是禮拜五），拿了聖餐，穿上皮襖，戴上帽子，步伐穩健地走到外屋。伏茲德列姆村農民在外屋等他。

「你好吧，米特里。」華西里神父說，捲起袖子，給農民畫了十字，又讓他吻吻自己指甲剪得短短的有勁小手，走到門口台階上。

太陽升起了，但被低垂的烏雲遮住。農民把大車拉到門外，停在台階旁。華西里神父輕鬆地從輪銷爬上大車，坐到麻布包乾草的坐墊上。米特里坐在旁邊，催動那匹有招風耳的大肚子母馬。大車就在凍土路上轆轆地駛去。空中飄著雪花。

3

華西里神父家裡有妻子、岳母、老神父母親和三個孩子：兩子一女。長子剛從教會中學畢業，準備考大學；次子阿廖沙，十五歲，是母親的寵兒，還在神學院念書；女兒廖尼亞，十六歲，待在家裡，幫母親做些家務，對自己的生活感到苦惱。華西里神父當年念中學時成績優良，一八四〇年畢業時名列前茅，準備考神學院，夢想將來當教授或主教。但他的母親是一個教堂雜役的寡婦，帶著一個酗酒的兒子和三個女兒，生活困苦。華西里神父當年做出的決定無形中要他一輩子自我犧牲。爲了不使老母傷心，他決定放棄進神學院的夢想，當一名鄉下神父。他這麼做是出於對母親的一片孝心，不過他自己卻不是這樣解釋這種行爲的。他對自己解釋說，這是因爲他懶惰和不愛讀書。

小村神父一職是在與老神父的女兒結婚時獲得的。這個職位收入菲薄，老神父在世時很窮，他死後，仍帶著兩個女兒的神父太太日子也很拮据。安娜（她與他獲得神父一職有關）長得並不漂亮，但很能幹，她眞的迷住了華西里，讓他不加考慮就同她結婚。

華西里結了婚，成了華西里神父。他先留短髮，後蓄長髮，跟妻子安娜幸福地過了二十二年。如今，儘管安娜曾一度迷戀原助祭的兒子（一名大學生），華西里神父待她仍像從前那般溫柔。而且彷彿因爲她迷誤時他曾對她有過不好的感情，所以他現在更加溫柔地愛她。她的迷戀成爲他忘我感情的理由，結果他放棄了神學院，這件事讓他的內心感到平靜、快樂。

4

起初神父和農民默默地走著。村道是那麼坎坷不平，儘管馬一步一步地走著，大車仍舊東搖西晃。神父不得不時常從座位上跳下來，整理衣服，掩上前襟。

直到他們出了村子，越過橫溝，農民趕車走到草地，這時神父才開口。

「那麼，女當家情況很糟嗎？」他問。

「沒有希望了。」農民懶洋洋地回答。

「上帝的權力可是沒有辦法改變的。這是上帝的旨意，」神父說，「有什麼辦法呢？得忍耐啊。」

農民抬起頭來瞧瞧神父的臉。他顯然想說些氣話。但一看見那張和藹地瞧著他的臉，他心軟了，搖搖頭，只說：「上帝的旨意不能違抗。可是日子多艱難，神父。只剩我一個人，叫我拿孩子們怎麼辦？」

「你不要洩氣。上帝會幫助你的。」

農民沒回答，只把從小跑轉成慢步的母馬臭罵一頓，拉了拉轠繩。

他們進入樹林。這裡布滿車轍的道路到處都很難走。他們默默地走了好一陣子，觀察著哪裡比較好走。直到他們又來到雜草叢生的路上，神父才又開口。

「好一片青草。」他說。

「不壞。」農民說，不再回答神父的搭訕。

他們在早飯時間到達病婦家。

農婦還活著。痛苦結束了，她躺在床上無力翻身，只有眼神顯示她還活著。她帶著哀求的眼神望著神父，只望著神父。一個老婆子站在她旁邊。孩子們躺在炕上。大女兒十歲，只穿一件布衫，光著頭，站在杜子旁，像大人那樣左手托著右手，右手支著腦袋，默默地瞧著母親。

神父走到病人跟前，唸了禱詞，授與她聖餐，爲她畫十字，又對著聖像祈禱。

老婆子走近垂死的人，瞧了瞧她，搖搖頭，拿一塊布蓋住臨終者的臉。她從垂死的人那兒走到神父跟前，把一個硬幣放在他手裡。他知道是五戈比，就收下了。

當家農民走進小屋。

「走了嗎？」他問。

「快走了。」老婆子說。

聽到這話，女孩放聲大哭，一邊哭，一邊數落著什麼。躺在炕上的三個孩子也放聲大哭起來。

農民畫了十字，走到妻子跟前，揭開布頭，對她瞧了瞧。蒼白的臉十分安詳，一動也不動。農民在死人身旁站了兩分鐘，然後小心翼翼把布頭蓋在她臉上，又畫了幾次十字，轉身對神父說：「要走了嗎？」

「好吧，我們走。」

「好的。得讓馬喝喝水。」

農民走出小屋。

老婆子邊哭邊訴說孤兒沒有親媽，沒人給他們東西吃，沒人給他們衣服穿，沒有親媽的孩子就像離巢的小鳥。每訴說一句話，就重重地吸一口氣，她聽著自己的哭訴，越來越激動。神父聽著也覺得傷心，可憐孩子們，想為他們做點什麼。他摸摸裡衣袋裡的錢包，記得錢包裡還剩半盧布，那是昨天在莫爾恰諾夫家做通宵祈禱得到的。他還沒照例如數把錢交給妻子，也沒考慮後果，就掏出半盧布給老婆子看，然後放在窗台上。

當家農民脫去衣服走進來說，他請教親送神父回去，自己則去弄木板做棺材。

5

米特里的教親送華西里神父回家。他身強力壯，大鬍子，紅頭髮，生性樂天，愛好交際。他剛送兒子入伍，喝過酒，心情特別好。

「米特里的馬完全走不動了，」他說，「為什麼不幫幫人家呢。得可憐可憐他呀。我說得對嗎？——哼，你這寶貝。」他對那匹尾巴被繫住的棗紅騸馬吆喝道，給了牠一鞭子。

「你慢點兒。」華西里神父說，身子在坎坷的路上搖晃。

「好吧，可以慢一點。那麼，她死了嗎？」

「是的，過世了。」神父說。

教親又想表示同情，又想嘲弄。

「唔，死了婆娘，會來個姑娘。」他半開玩笑地說。

「唉，他挺可憐。」神父說。

「怎麼不可憐。又窮，又一個人。他跑到我那兒說，『你送送神父，我的馬走不動了。』是啊，得可憐可憐他。我說得對嗎，神父？」

「你啊，我看，你是喝醉了。呃？這可不對頭，費多爾。今天又不是過節。」

「難道我喝人家的嗎？我喝自己的。我送兒子。饒恕我，神父，看在基督份上。」

「有什麼可饒恕的？我只是說，最好不要喝。」

「當然最好不喝，可是叫我怎麼辦？我又不是什麼大亨，可是好歹還活著，讚美上帝。在別人面前不行。可我可憐米特里。怎麼能不可憐呢！夏天他有一匹騸馬被搶走了。現在的人哪。」

費多爾詳詳細細講述他的事，他如何從市集把兩匹馬趕回去，一匹被剝了皮，另一匹被別人搶去。

「他們把他打得可慘了。」費多爾滔滔不絕地講著。

「怎麼打他，爲了什麼？」

「你以爲他們會愛撫他嗎？」

他們就這樣一路交談著，來到了華西里神父家。

華西里神父想休息一下，但不幸的是，他不在家時來了監督司祭的父親和自己兒子的信。監督司祭的父親的信並不重要，但兒子的信卻引起一場家庭風波。神父太太向他要昨晚通宵祈禱費，但這半個盧布已經沒了，這使得這場風波更加猛烈。失去這半盧布使神父太太更加惱火，其實她發怒的主要原因是無法滿足兒子來信中的要求。神父太太認爲丈夫對兒子漠不關心，所以才會無法滿足兒子的要求。

世間無罪人

第一稿

1

波爾洪諾夫是大俄羅斯某省一個富裕大縣的首席貴族。他昨天從鄉下來到縣城過夜，在自己寓所酣睡了一宵，上午十一時來到機關辦事。事情多得很：出席地方自治局會議、商量監護事務、去徵兵處、出席衛生和監獄委員會、參加學校校務會議。

波爾洪諾夫是古老的波爾洪諾夫家族的後裔。這個家族從古代起就擁有尼科爾科耶─波爾洪諾沃大村。波爾洪諾夫在貴族子弟軍官學校受教育，但未進軍界服務。進大學後，從語文系畢業。後來在基輔總督手下工作了一段不長的時間，在那裡通過戀愛同社會地位比他低的窮男爵小姐克洛德結婚，辭職回鄉。回鄉後，在初選中就當上首席貴族。至今他擔任這個職務已是第三個三年了。

波爾洪諾夫爲人聰明，又有教養。他博覽群書，記憶力特強，而且能簡單明瞭地表達自己的思想。他引起別人普遍好感的長處是他的謙遜。他總是竭力掩飾自己的優點：受過高等教育、爲人誠實、善良、公道，而且時常注意不斷提高自己的修養，使自己竭力做得更正直、更善良、更公道。因此，波爾洪諾夫雖然總是很謙遜，他給人的印象卻總是快樂、善良、正直和公道。波爾洪諾夫的生活，按照他同一圈子裡的人的看法，是合乎道德規範的：沒做過對不起妻子的事，不縱酒作樂（婚前他在基輔時曾酗酒，但很快就停止這種行爲），對於自己莊園的農民和雇工，他只要求他們幹好農活。在政治上他是開明的保守派，認爲應該使現存體制變得開明和自由，而不要抱著不切實際的希望，不要譴責別人而自己卻不參與政府工作。他本可被選入杜馬，要不是一個口若懸河的教授對選民更具有吸引力，取代波爾洪諾夫而當選的話。

在對每個人都關係重大的宗教問題上，波爾洪諾夫也是一個開明的保守派。他不允許自己對東正教教義有絲毫懷疑，雖然他也同意從科學觀點，特別是從歷史觀點來研究信仰問題。這方面的書他也讀得很多。不過他對教義又極其謹慎，遇到談話或書中涉及這方面的問題，他總是保持沉默。在生活中他堅決信守教規，更不用說行聖禮和在一定場合畫十字，以及每天早晚祈禱——那還是母親教他的。總之，他特別小心維護人類生活的準則，但他自己並不信守這些準則，彷彿懷疑它們的可靠性。在生活上和談吐上，他是個極其樂天的人。他會引經據典的說些奇聞軼事。總之，他非常俏皮，會一本正經地說些最可笑的事。他愛打獵、下棋、打牌，而且棋藝高超，牌也打得很好。

2

他與秘書正在工作，地方自治局主席走了進來。主席是個極端的反動派，儘管波爾洪諾夫同他們的觀點截然不同，但和他們關係很好。

隨後進來一個醫生。醫生的觀點完全相反，他是民主派的，幾乎是革命者。波爾洪諾夫同他的關係更好，對他總是和顏悅色的，有時會問他俄羅斯社會主義共和國是不是即將宣告成立，而醫生也用笑話來回答他。

「那麼，伊凡・伊凡諾維奇（就是地方自治局主席），您牌打得如何？沒像那一次輸了六匹馬吧？」他問地方自治局主席。「不過，玩笑歸玩笑，現在該開始幹活了。事情多得要命。」

「是的，該開始了。」

「不過我對你們兩位親愛的同事有一個要求：我先告訴你們，然後再談公事。」醫生問他有什麼要求。波爾洪諾夫說，原來爲他孩子們教課的大學生走了，現在他需要一名家庭教師。「我知道，」他對地方自治局主席說，「您在這方面有熟人，您也有，」他對醫生說，「你們能不能替我介紹一個？」

「不過我認識的人……該怎麼說呢……對您來說太進步了。」

「是啊，我們跟聶烏斯特羅耶夫相處慣了，他這人眞是太好了。」

「您那位聶烏斯特羅耶夫怎麼了？」

「他要走了。」您說您認識的人對我家來說太赤化了，其實聶烏斯特羅耶夫也挺赤化的。但我跟他相處慣了，我甚至眞心喜歡他。他是個好青年。當然，現在一般人的頭腦裡全是一鍋粥，而且還是一鍋沒熬熟的粥，但他可是心地善良的好小子。我們跟他交情很好。」

「他爲什麼要走？」

「他沒對我說實話。革命者必要時常撒謊。但問題不在這兒。他的一個朋友來找他。住在村裡索洛維耶夫那兒，同他見了面。顯然是他的同黨，或者同一派、同一小組（波爾洪諾夫特別強調『小組』一詞），他的朋友向他提出要求，他就說他不能再待下去。他眞是一個誠實可靠的好教師，我再說一遍，是個好小子，儘管他是革命者，而且顯然是屬於某個小組。」波爾洪諾夫說，笑著拍拍醫生的膝蓋。

醫生跟一般人一樣，看到親切的微笑也報以微笑。他想：「他是位少爺，是位貴族，內心反動，但我無法不喜歡他。」

「爲什麼不請索洛維約夫呢？」地方自治局主席說。

索洛維約夫是波爾洪諾夫莊園鄉村小學的教師，很有學問，在教會學校念過書，後來進了大學。

「索洛維約夫嗎？」波爾洪諾夫含笑說。「我倒是覺得他不錯，可是亞歷山德拉·尼古拉耶夫娜（波爾洪諾夫的妻子）根本不想請他。」

「爲什麼？因爲他喝酒。但他很少喝。」

「喝酒，這還無所謂。重要的是他老是違反上等人的規矩。」波爾洪諾夫說，一本正經地講著他的笑話，「亞歷山德拉·尼古拉耶夫娜不能接受他，因爲他，說起來也可怕，『他用刀子當叉子吃東西』。」

在座的人都笑了。

「我有一個神學院學生想找工作，但您不會喜歡他的。思想太保守。」

「眞倒楣，我的這一個思想太自由，而伊凡·伊凡諾維奇的那一個又太落後。不過，我倒是有一個青年人選。我可以寫信給他。」

「那好。這事即使還沒結果，也已經開了頭，讓我們談談別的事吧。斯吉邦·斯吉邦內奇，」他對秘書說，「人都到齊了嗎？」

「都到齊了，請吧。」

從徵兵工作開始。年輕人接二連三地進來。有單身漢，但多數結過婚。向他們提出一些經常提出的問題，做了登記。事情還很多，大家抓緊時間，送走一批，又叫進來一批。有人並不掩飾自己的煩惱，勉強回答問題，彷彿弄不明白是怎麼一回事——他們的精神十分沮喪。有人裝得高高興興，若無其事。有人裝病，有人眞的有病。有一個說他要提出申請，這令在場的人感到驚奇。

「什麼申請？你要申請什麼？」

提出申請的人有一頭淺色鬈髮，山羊鬍子，長鼻子，前額緊蹙，說話時眉頭肌肉不斷抽動。

「我要申請的是，當兵……」他立刻改正說，「我不能參軍。」說完這句話，他不僅額上的肌肉和左眉抽動，連面頰也抽動，他的臉色發白。

「怎麼，你有病嗎？什麼病？」波爾洪諾夫問。「醫生，請您……」

「我沒有病。但我不能宣誓，按照我的信仰我不能帶武器。」

「什麼信仰呀？」

「我信仰上帝，信仰基督，我不能殺人……」

波爾洪諾夫回頭看看同事們，沒有作聲。他板起臉。

「原來如此，」他說，「我沒法向您（他已不說『你』而說『您』了）證明您能不能參軍，我也沒有這個義務。我的工作就是把您的名字登記下來。至於您的信仰，您可以向您的長官說明。下一個……」

徵兵工作一直持續到下午兩點鐘。他們吃完飯，又開始工作：開地方行政官會議，然後討論監獄問題，一直忙到五點鐘。

晚上波爾洪諾夫是在自己寓所裡度過的。先是簽發文件，然後同地方自治局主席、醫生和軍官一起打文特牌。火車清早開動。他沒睡飽，一早就起床去搭火車，到站下車。他那輛由三匹暗栗色純種馬所拉的帶鈴鐺漂亮馬車和家裡多年的老車夫費多特已在站上等候了。早晨九時不到，他就經過公園來到波爾洪諾沃—尼科爾斯科耶村的二層大房子前。

3

葉戈爾・庫茲明家有愛酗酒的老父親、弟弟、老母親和年輕的妻子——家裡替他娶親時，他才十八歲。他要幹的活很多。幹活並不使他感到勞累，他也像所有人那樣，儘管不由自主，但熱愛土地勞動。他智商很高，在校是個好學生，一有空就讀書，尤其是在冬天時。老師很喜歡他，給他許多科學書，有自然科學的，也有天文學的。十七歲時，他的思想發生了變化，他徹底改變對周圍事物的態度。他突然產生一種全新的信仰，完全打破了原來的信仰，他面前出現了一個理性的世界。使他感到驚訝的並非那個令許多人驚訝的新科學領域：世界的宏偉、空間的廣大、星星的繁多，也不是研究的深度、預測的智慧。令他驚訝的主要是取得各種認識所必須的理性。令他驚訝的是，不能相信老人們所說的道理，甚至不能相信神父所說的話，也不能相信任何書本裡所寫的道理，而只能相信理性。這是改變他整個世界觀、後來又改變他全部人生道路的一大發現。

在這之後不久，在莫斯科工廠做工的同鄉青年過節時為他帶來革命書籍和自由言論。這些書有：《士兵的奇蹟》、《飢餓國王》、《四兄弟故事》和《蜘蛛與蒼蠅》。這些書對他的影響特別大。

這些書從理論上解釋了他不僅看到和懂得，且親身體會到的道理。他和父親名下有兩塊半份地，面積合兩俄畝半。時局不好時連糧食也不夠吃，更別提飼料了。不僅如此，夏天沒有東西餵牲口，孩子們也就沒有牛奶喝。休耕地上的草被啃得精光，天不下雨，牲口就餓得哞哞直叫。商人那裡和鄰近地主太太那裡有花園、樹林、草地，你要錢，就去替他們割草，一天五十戈比。你替他們割了草，他們把草賣掉，而你的牲口卻因沒有飼料而餓得直叫，孩子們也沒牛奶喝。這一切以前也都發生過，但他沒看到。如今他不僅看到，而且全身心都感覺到。以前的迷信世界遮蓋這一切。如今已經沒有任何東西能掩蓋這種制度的殘酷和瘋狂。他不再迷信任何東西，而把一切都重新檢驗。檢驗經濟生活，他不僅看到可怕的謊言，而且看到驚人的荒謬。在周遭人們的宗教生活中他也看到了這種情況。但他覺得這並不重要，他繼續像所有人那樣生活：上教堂，守齋戒，吃飯和出門時畫十字，早晚兩次祈禱。

4

葉戈爾去莫斯科過冬。夥伴們答應幫他在工廠裡找個工作。他去了，工作有了，月薪二十盧布，還答應以後加工資。在莫斯科，在工人中間，葉戈爾像在鄉下時那樣清楚地看到農民處境的殘酷和不公正，而工人的處境更加惡劣。男人、女人、虛弱有病的孩子一天工作十二小時，糟蹋著自己的生命，為富人幹著不必要的蠢事：生產糖果、香水、銅器和種種廢物。這些富人則心安理得地把摧殘生命所得的金錢裝進滿到快繃裂的箱子裡。就這樣世代相襲，誰也沒有看到、也不願看到這種荒唐和瘋狂的現實。在莫斯科他更加憎恨製造這種荒唐事的人，越來越希望有朝一日能消滅這種不公正的現象。但他在莫斯科沒住滿一個月。他在一次工人集會時被捕，接受審判，並被判三個月徒刑。

在監獄裡，在集體牢房裡，他先是跟同他一樣的社會革命黨人交往，但後來他越了解他們，就越討厭他們的自負、虛榮和急躁。他更加嚴肅認眞地考慮問題。這時發生了一件事，有個農民因爲辱罵聖物（聖像）而被關進他們的牢房。他與這個溫順、鎭靜、對所有人滿懷愛心的人交往，這使他更清醒地理解生活。這個人，米吉奇卡（所有尊敬他的同監人都這樣稱呼他）向他解釋，世上一切邪惡、一切罪孽並非由於惡人欺負人，奪取土地，剝削勞動者，而是由於人們自己不按照上帝的教導生活。按照上帝的教導生活，「誰也不能拿你怎麼樣」，全部信仰都在《福音書》裡。神父們把一切都顚倒了。按照《福音書》生活就不能侍奉塵世的王公，只能侍奉上帝。

葉戈爾懂得的道理越來越多。他出獄之後，他跟原來的夥伴分道揚鑣，開始過著完全不同的生活。原來工作的地方不要他。葉戈爾回到父親和妻子那兒，像原來那樣幹活。日子本也可以平平安安地過，但葉戈爾如今已無法再像從前那樣履行宗教儀式，他不再上教堂，不再齋戒，甚至不畫十字。父母責備他，竭力開導他，但他們不理解他。父親有一次酒後還打了他，葉戈爾克制著。他要求再次去莫斯科，他去了。在莫斯科他一直找不到工作，因此不能寄錢回家，父親生氣了，寫了一封信給他：

「我寫信給我親愛的兒子葉戈爾・伊凡諾夫，首先以你母親阿芙多基雅・伊凡諾夫娜的名義給你送去父母的祝福，這祝福將永遠伴隨你。我向你鞠躬致禮，祝你身體永遠健康。你的姊妹華爾華拉、安娜和亞歷山德拉祝她們親愛的哥哥葉戈爾・伊凡諾夫幸福。你的妻子瓦爾瓦拉・米哈依洛夫娜和你的女兒葉卡捷琳娜向你鞠躬致禮，願夫君葉戈爾·伊凡諾夫身體健康。我要我親愛的兒子收到此信以後，把你的妻子從我家裡趕出去。我無法再同她一起生活，她向她的爹娘訴苦，說我不叫你寄錢回來，我們買來的東西都被她拿走，她還侮辱我的妹妹，弄得全村都笑話她。我眞不知道怎麼辦。我不向她提到錢，也不向她提到東西。你如不把她從家裡帶走，那我就打官司叫她從我家搬出去，警察還會傳喚你去局裡。」

葉戈爾收到這封信，回到家裡，默默地聽取父親的咒罵和妻子的訴苦，步行到城裡警察局。

5

那天深晚，波爾洪諾夫無法克制心頭的快樂，因爲他那麼巧妙地把紅方塊七交給原來做他配手的醫生，使他撈回自己的牌轉交給他，他可以如他所預期的，贏得大滿貫。就在這時候，在波爾洪諾沃－尼科爾斯科耶村他那座舊宅的大客廳裡，他的妻子亞歷山德拉·尼古拉耶夫娜正在跟家庭教師聶烏斯特羅耶夫談話。聶烏斯特羅耶夫在他們家工作了十個月，就是波爾洪諾夫在城裡跟同事們談到的那個人。

亞歷山德拉·尼古拉耶夫娜雖然已有四十五歲年紀和六個孩子，但還是保有健康女人遲暮的風韻。一雙灰色的大眼睛、一個挺直的鼻子、一頭濃密的鬈髮、一張性感的嘴、一口潔白的有眞有假的牙齒、一張白嫩的臉、一雙保養得很好且白嫩的手，手上戴著兩個戒指。美中不足的是她身體過分豐滿，胸部也過分發達。她身穿一套樸素而時髦的絲綢連衣裙，配有雪白的翻領。她坐在長沙發上熱烈地說著話，眼睛盯著坐在她對面的年輕人。

他個兒不高，身體瘦削，體格勻稱，肌肉不發達，相貌聰明善良，眼睛狹長凹陷，濃密的頭髮剪得很短，眉毛烏黑濃密，鬍子也同樣烏黑濃密。他臉上最引人注意的特徵是中間有小窩的突出下巴。

「我這樣說，我這樣對您說，不是爲了自己——儘管我很捨不得失去您……我是爲了孩子們，」她說著臉紅了，「但我爲了您，出於對您的愛和親切，我勸您，衷心勸您，不要走。嗯，就算這是……爲了我。」她帶著相信自己魅力的女人的口吻說。

他的臉總是嚴肅認眞的，因此這張臉上的微笑，尤其是配上烏黑的頭髮和淺黑的臉，加上雪白的牙齒，就顯得英俊動人、富有魅力。此刻他就露出這樣的微笑。他因聽到她的話而高興得不停微笑，他不會聽不出她的話裡具有超出同情的表示。他不能不感到害怕，那就是情慾的挑逗，而他又無法抗拒。但這完全是一種無意識的感覺。他不但自己不相信，也無法使人相信，這個高傲的女人，這位貴族夫人，這個豪門女主人，幾個孩子的母親，會對他，貴族的敵人，一個小市民（她知道他的身分）產生這種感情。他不相信這種事，卻感覺到這種不相信的事。

「我不能，亞歷山德拉·尼古拉耶夫娜。我什麼也不能說，儘管我很珍惜您對我的美好感情。」

「美好！不是美好，而是重大得多、完全不同的……唉，反正都一樣。只是，求您別走。」

他又微微一笑。

「如果您願意，我可以把實話，全部實話，都說出來，儘管我們的地位並不完全相同。如果我愛您，像一個男人愛一個女人那樣，我也不會墜入這樣的愛河，因爲我們的世界觀不同。」

「爲什麼您認爲我對您不是全心全意？我無法不跟您在一起……」她停了停。「過去的不能再回來。但感情是無法控制的。您聽我說，我再一次請求您：您不要走。您不走吧？是嗎？」她向他伸出手。他握住她的手。

「亞歷山德拉·尼古拉耶夫娜，自從我認識您、了解您開始，我就愛上（他好不容易說出這個字），愛上您。」

他也不知道自己在說什麼。他在撒謊，但此刻他覺得他可以達到眼前出現的無法克制的目的。

「是嗎？」

「是的，是的，以我這樣一個無產者所能做到的，全心全意地愛您、仰望您。」

「您別說了，別說了。」

這裡只有他們兩人，於是發生了他和她都沒有想到的事。這一小時裡所發生的事毀了她婚後十八年來幸福純潔的生活，對他則留下一段永遠痛苦的回憶。

深夜兩點鐘，她還沒睡著，又恐怖又快樂地反覆回味著發生的事，而對自己處境的恐懼卻增加了回憶他的愛情的快樂。

6

聶烏斯特羅耶夫是酗酒致死的獸醫的兒子。他的母親沒受過教育，還活著，住在她兄弟斯吉邦家裡。斯吉邦是留學的國家法碩士。

聶烏斯特羅耶夫原在大學念書，因參加革命活動而與其他幾個同學一起被學校開除。

當時他也沒有別的出路，尤其在被大學開除以後，他這個才華橫溢、品德高尙、遇事果斷的人，自然就加入了革命小組。這個小組的任務是千方百計改變現在的政府，包括清除（暗殺）各種危害最大的人物。在聶烏斯特羅耶夫參加小組之後不久，一個內奸出賣了小組成員，有幾個人被捕，但幾個最重要人物躲藏起來。聶烏斯特羅耶夫根本沒有受審。他自由自在，決定到鄉下平民中間生活。經索洛維約夫建議，他到波爾洪諾夫家當家庭教師。他在他們家住了十個月。直到三天前他去索洛維約夫的住處，組裡一位同志帶來執委會的指示，叫他到莫斯科幹一件重要的事──奪取國庫的錢作爲黨派經費。他需要一個堅強的人，於是就邀請聶烏斯特羅耶夫。爲了這件事，他只好辭去家庭教師的職務，而那晚意想不到的荒唐事更促使他決定立刻離開此地。列車要到第二天早晨才開。他決定到他的朋友、鄉村教師索洛維約夫的家。他在那裡過夜，託他把自己的行李送走，他不再回家而直接出發。

他這麼辦了。

索洛維約夫住在學校後面一個小房間裡，房間只有一扇小窗。在村子裡，除了更夫，聶烏斯特羅耶夫沒遇見任何人。夜晚很黑，更夫厲聲把他喝住。

「是我，聶烏斯特羅耶夫。」

「誰啊？」

「從老爺家來的。」

「那麼，你上哪兒去？」

「去索洛維約夫家。那麼，他在家嗎？」

「他能去哪兒。我想他在睡覺。」

聶烏斯特羅耶夫走到學校窗子旁，敲了敲窗子。好一陣子沒有人答應。後來，突然響起一陣粗壯快樂的聲音：「是什麼?快說，不然我要潑水了。」

他聽見有人赤腳踩著吱咯發響的地板走到窗前。

「噢，聶烏斯特羅耶夫!你怎麼深更半夜還在遊蕩?來，到門口來，我來開門。」

索洛維約夫讓聶烏斯特羅耶夫進去，點著小燈，坐到凹陷揉皺的床上，兩隻光腳板相互摩擦著。他詢問聶烏斯特羅耶夫來做什麼，找他有什麼事。房間裡，除了床，上座有一張桌子，還有聖像，許多聖像，有長明燈，桌子旁有兩把椅子。房間一個角落堆滿了書，另一角落放著衣箱。聶烏斯特羅耶夫在桌子旁坐下，他告訴索洛維約夫，他因爲索洛維約夫所知道的那件事而離開大家。索洛維約夫側著頭聽著，眼睛斜睨著他。

索洛維約夫比聶烏斯特羅耶夫稍微年長，個性也截然不同。他身材稍高，有點駝背，兩隻長臂說話時不斷揮動，揮動的幅度很大。索洛維約夫的臉與聶烏斯特羅耶夫的臉也完全不同。索洛維約夫臉上最引人注意的是寬闊前額下那雙善良的、又大又圓的天藍色眼睛。他的頭髮濃密，頭髮和鬍子都是鬈曲的，鼻子寬闊，嘴巴很大。他常常發笑，露出蛀壞的牙齒。

「那麼，好吧，」聶烏斯特羅耶夫一講完，索洛維約夫就接著說，「好，我們就派你去。只是你要知道……」索洛維約夫揮動右手，左手則拉住下滑的被子。

「我知道，我知道，我們知道你的理論，只是你的理論收效太慢。」

「走得慢，走得遠嘛。」

「離開上帝，寸步難行，是嗎?這道理我們誰都知道。」

「你就是不知道。你不知道，因爲你不知道上帝。你不知道上帝是什麼。」

索洛維約夫開始講述自己對上帝的理解，彷彿當時不是深夜兩點，他不是剛被叫醒，而且不是單獨與一個人對談。彷彿他與此人已就此事談過幾十次，還知道此人就像他自己所說的那樣，宗教對他滴水不入。聶烏斯特羅耶夫笑瞇瞇地聽著，而索洛維約夫則說個不停。他知道許多人在挑起聶烏斯特羅耶夫談理論問題，倒不是他不肯在聶烏斯特羅耶夫和同志們之間當仲裁者，而是他認爲自己有責任竭力勸阻他。

聶烏斯特羅耶夫聽著他，有時笑笑。當索洛維約夫暫停不語時，他就說：「當你從他們那兒，」他指指聖像，「有希望得到獎賞時，你這樣說當然是好的，可是我們活著一天，就得盡我們的力量行動一天，而且不是爲了自己。」

索洛維約夫這時捲著一支煙。

「你說，」索洛維約夫熱烈地說，「我的獎賞在那裡。」他指指天花板。「不，老弟，我的獎賞在這裡。」他用拳頭敲敲自己的胸脯，「在這裡，做我要做的事，不是爲了別人——我才不管別人——而是爲了上帝，也爲了自己，爲了與上帝合成一體的自己。」

他點著煙，狠狠地抽著。

「唉，這種玄學我實在搞不懂。我要睡覺了。」

「睡吧，睡吧。」

7

聶烏斯特羅耶夫按照原先打定的主意一早便派更夫去取行李，之後雇一輛馬車直奔火車站。索洛維約夫在睡覺，沒聽見他離開。

他醒來後，像平時一樣站在聖像前，唸著從小就唸熟的禱詞：「我們在天上的父」，「我信」，又提到父母（他們皆已去世），「聖母」，最後唸到「天上的君王」（他特別喜愛），「你來，住進我們心裡，清除我們身上的污穢，拯救我們的靈魂。」他想起他與聶烏斯特羅耶夫的談話，今天唸禱詞時特別動情。

他感到心情舒暢，不再想睡。今天是禮拜天，學校不上課，他決定自己送信到郵局。郵局坐落在兩俄里以外。他洗了臉，估計過節時用的肥皀還能用多久。「要是能拖到復活節，就好了。」他想，但並不明確什麼是「就好了」。然後穿上大皮靴，再穿上上裝。上裝已破得不成樣子，需要縫補，不然右手臂就會伸到破洞裡而不會伸進衣袖裡。「得請寡婦阿法納西耶夫娜補一補。」他想，同時想到了她的女兒娜塔莎。爲了這念頭，他自嘲地搖搖頭。一片美麗的白雪掩蓋了一切，寒冷的空氣更使他神清氣爽，他在郵局寄出一封信，同時收到一封令他很不愉快的信。信是他倒楣的二十六歲的弟弟寫來的。弟弟沒念完神學院（索洛維約夫是助祭的兒子），而到一家商店工作，被揭發有盜竊行爲。後來又當了警察局文書，但在那裡行爲也不規矩。弟弟來信寫到自己處境困難，已有兩天沒吃東西，要求哥哥寄錢給他。索洛維約夫自己手頭也很拮据，他月薪只有四十盧布，送人和買書花了不少錢，現在手裡只有七盧布六十戈比。這時他又數了一遍，因爲他還得付伙食費給阿法納西耶夫娜。沒辦法，他決定寄給弟弟三盧布，欠阿法納西耶夫娜的帳以後再還。但他感到傷心，因爲弟弟瓦夏墮落，不能接濟他。不寄錢去不行，寄錢去他又會依賴成性。

得拒絕他，不是爲了自己，而是爲了他。可是又不能拒絕他。

就這樣，帶著這些無法解決的問題，他走回家，有時出聲地盤算著。此刻皚皚的白雪也無法讓他開心點。半路上，有個從尼科爾斯科耶（索洛維約夫教書的村莊）乘雪橇來的莊稼漢和他打招呼，願意載他一程。索洛維約夫坐上雪橇，兩人就聊了起來。莊稼漢建議教師同行可不是沒有緣故的。莊稼漢把雪橇趕到地方自治局法院。他有一個守寡的老姊姊，住在鄰村，地方官判她三個月徒刑，因爲她要求地主老爺允許她緩期繳納地租，可是他們不肯，鄉長來到寡婦家裡，要她繳地租。他姊姊說：「我倒是很願意繳，可是沒有錢。請等幾天，讓我想想辦法。」

鄉長聽都不聽，要她立刻繳錢。

「我說了，沒有錢。」

「沒有錢，那就拿母牛抵押。」

「不能牽走母牛，我有孩子，我們不能沒有母牛。」

「我命令你：把牛牽去。」

「我不牽，人家會說是我自願的。如果要，隨您便，你們牽吧，我可不牽。」

「就因爲她說了這些話，地方官就把她叫去，罰她坐牢，可是她留下的孩子們怎麼辦？我剛才就是去替姊姊求情。他們說不行，說已經公布了，事情就結束了。老爺，您能不能替我想想辦法。」

索洛維約夫聽完，心裡更加難過。

「得向上級法院提出要求。狀子我替你寫。」他說。

「老爺，我的親爹。」

索洛維約夫在村裡跳下雪橇，走回家。更夫爲他端來茶炊。他與費多特一起坐下喝茶。他剛點上煙捲，鄰居女人就來了。她被丈夫痛打一頓，渾身是血，因爲她不讓丈夫拿粗麻布去換酒喝。

「看在基督份上，你去說說他，他說不定會聽你的。我現在不讓他進門。」

索洛維約夫起身走出去，農婦跟著他走，莊稼漢則站在門裡。索洛維約夫說：「你做得不好，巴爾緬，怎麼可以這樣呢？」

巴爾緬連話也不讓他說完。

「你只要管好自己的事，教訓好孩子們就行了。我知道自己該學些什麼，知道自己需要什麼人。」

「你要敬畏上帝啊。」

「我是敬畏上帝的。你，我可不敬畏。你給我走開，要不我喝醉了可會打人的，你還是去教訓教訓自己吧，不要教訓別人。就是這樣。我說得夠多了。快進屋去。」莊稼漢對妻子吆喝道。夫妻倆就走進屋裡，砰地一聲關上門。

索洛維約夫站了一會兒，搖搖頭，沒有回家而到女酒販阿琳娜那裡。他要了半瓶燒酒，開始喝酒抽煙。等他喝夠了酒，抽夠了煙，酩酊大醉，就去找阿法納西耶夫娜。

阿法納西耶夫娜見到他，搖搖頭。

「你怎麼懷疑我喝醉了？不用懷疑，我是喝醉了，但喝醉是因爲我軟弱，而軟弱是因爲我心裡沒有上帝。沒有。那麼，娜塔莎在哪兒？」

「娜塔莎上街了。」

「唉，阿法納西耶夫娜，你的姑娘很好，我愛她，只要她懂得如何過日子就行，我願意來求親。你肯把她嫁給我嗎？」

「嘿，別說廢話了。你還是去睡覺，一直睡到晚飯時間。」

「行。」索洛維約夫爬到高板床上，向阿法納西耶夫娜開導正確的生活，就這樣講了好一陣子。當阿法納西耶夫娜走出去時，他已經睡著了，一直睡到晚飯時間。

8

索洛維約夫是科斯特羅姆省伊林鎮助祭的兒子。父親把他送到初級神學院。他在初級神學院畢業時得了第一名，接著進入專科神學院。在專科神學院念書時，他成績也很出色，畢業時名列前茅。他像所有的專科神學院畢業生一樣，面臨的選擇是：出家當修士，將來可能升任高級神職人員；或者做牧師，那就得結婚成家。索洛維約夫離開學校時選擇了第一條路。做出這種選擇的原因並非貪求功名，相反地，他只希望爲靈魂、爲上帝生活。但在落髮之前，他的思想突然發生變化，因爲他的同事們和上級都直率地向他指出，他將來可以升任主教這樣的高位。在這方面對他起了最大作用的是主教的規勸。主教得知索洛維約夫與專科神學院教師有關普世會議意義的神學辯論，大主教認爲索洛維約夫是正確的。主教把索洛維約夫召來，對他說了下面一番話：「我知道，我聽說人們對你的評價不錯，在你與馬卡里神父的辯論之中，儘管眞理在你一方，你也不應該一味驕傲自大，應該克制自己，不要得罪老人。要永遠記住，處於教會的首席地位——這是你所追求的，看來也一定能達到——你必須謙虛謹愼，不驕不躁。現在你走吧。」

聽了這一番話，索洛維約夫恍然大悟，他的內心，除了侍奉上帝和為靈魂而生活的願望之外，還存在一種卑劣的感情：渴望名譽和虛榮。他一明白這一點，立刻感到厭惡自己，決定放棄出家。但若放棄這條路，就只能當牧師，而當牧師就得結婚。當時父親還在世，就替他物色了未婚妻，也準備了經濟收入。但想到結婚只是為了要當牧師，索洛維約夫很反感，認為這是不道德的，他不能邁出這一步。要是放棄了牧師的職位，這將讓父母大失所望。

只剩下一條路：當民眾教師。於是索洛維約夫就在波爾洪諾沃－尼科爾斯科耶村當上民眾教師。這個職位是喜歡他的教師提供給他的（索洛維約夫總能得到許多人的寵愛），收入豐厚，因為除了學校的薪水外，他還在縣首席貴族波爾洪諾夫家做家庭教師，報酬優厚。索洛維約夫到波爾洪諾夫家，住在那裡教孩子功課。但亞歷山德拉・尼古拉耶夫娜很快就不喜歡他，說他邋遢，說他用刀子吃東西不文明，尤其有兩次他跟農民喝得酩酊大醉。亞歷山德拉・尼古拉耶夫娜有一次對他說，住在上等人家裡是不允許自己……不等她說完，他就把她的話打斷了：「亞歷山德拉・尼古拉耶夫娜，您容忍我那麼久，我很感激您的寬容。對不起。我不會再讓您失面子……是的，不再麻煩您了。」

他又住了幾星期，直到新教師聶烏斯特羅耶夫到來。但孩子們很不喜歡這位新來的教師，特別是八歲的塔尼雅和十歲的彼佳。

從那時開始，他在鄉下住了一年多，也不再去波爾洪諾夫家，但是以友誼來回報聶烏斯特羅耶夫對他的友誼。

聶烏斯特羅耶夫怎麼也想不出應該派索洛維約夫到哪兒。他絕不是一個保守派，不是一個保皇黨，但也不是革命者。就信仰來說，他是民粹派，而且與社會主義者沒有任何分歧。但同時他又是個古怪的東正教徒，持齋，守安息日，上教堂，領聖餐，愛讀《福音書》，常常引用《福音書》裡的話，還能背誦。在村子裡，很少人看得慣他的古怪行爲，最主要是因爲他經常酗酒。他在阿法納西耶夫娜家搭伙，他與健康樂天、圓臉的娜塔莎建立了古怪的關係：他喜歡跟她在一起，愛跟她說話——他說，因爲她說得很少，笑得很多。他講聖徒故事給她聽，主要是基督故事，並教她讀書識字。她識字不多，但很用功，總想討他的歡心。她注意聽他講話，裝出很感興趣且聽懂的樣子。

這個星期日，他向她求婚。他喝醉了，便說出了心裡話。「她是一個健康的普通女人，將來會成爲一個賢妻良母。說不定將來會經營土地，管理家庭。最主要的是，一個人過活，不可能不犯罪。而這又是最大的罪孽。」他想。

這個星期日，他在阿法納西耶夫娜家跟娜塔莎一起吃飯，親切地同她談著話時，他這麼想。

9

第二天早晨，波爾洪諾夫很晚才回到家裡。亞歷山德拉·尼古拉耶夫娜黎明前才睡著。他的女兒李娜和帶著三個孩子（還有兩個在保姆那裡）的英籍女教師在前廳迎接他。

他逐一吻著孩子。除了親吻李娜之外，他還摸摸這個快樂健康、相貌好看的十六歲姑娘髮鬆蓬鬆的後腦勺，對她微微一笑。

「那麼，媽媽呢？」他問。

「她大概很晚才睡。不過身體很好。」

「那麼，聶烏斯特羅耶夫呢？他沒留下嗎？」

「沒有，彼得・華西里耶維奇（家裡的老僕）今天說，他離開我們家，東西都帶走了。」

「可惜。他是個好教師，人也好，可惜參加革命活動。我一直信任他。哦，你也不錯，還是那麼愛打架嗎？」他對兒子彼佳說著，走進自己的房間。

回家，回到家人中間，不僅回到原來的環境裡，而且恢復了原來的精神生活。他感到的不是一般的輕鬆，而是像脫去窄小軍服，穿上睡衣和便鞋一樣舒服。他不用再東張西望，進行挑選，而是像放鬆韁繩，安閒地駕著馬，想去哪兒就去哪兒。孩子們個個身強力壯，和農民、僕人相安無事，在規定時間進餐、休息，有沙發和寫字台，讀讀有趣的書，而他善良又帶有缺點的妻子雖然年齡漸長，但仍舊熱情、單純，始終保有一顆金子般的心。她很可愛，又很愛他。她是朋友，又超過朋友，而是第二個自我。這第二個自我使單調的自我變得豐富多彩。

他在書房裡打盹，妻子把他吵醒了。

「哦，對不起，我沒想到你在睡覺。」

「眞要命，謝謝你來。我見過孩子們了。你還好嗎？」

「我嗎？我挺好。」

他們接了吻。他發現她不知怎的有點激動。這是她常有的情形，因此當他發現她有點激動時，總是裝作沒看見。他告訴她出門的情況。

「怎麼，我們的聶烏斯特羅耶夫走了？」

「我想走了。他……」

「你沒挽留他嗎？」

「我有什麼辦法！」她說。

「天哪，我這人多壞啊。」她暗自想。

「我竟然猜想她會迷上他，眞是太卑鄙了，」波爾洪諾夫心裡想，「是啊，我們這些人年輕時生活不檢點，眞是不像話。」

「噢，有什麼辦法呢。我寫信給米沙。他會替我們找一個大學生。」

「是啊，得這麼辦。早餐鈴響了。我去一下。你來嗎？」

「我看完信就來。你眞不知道我回家有多高興，看到你，看到孩子們，還有我的沙發，眞是高興。」

「我眞的能繼續生活在這種謊言，這種……卑鄙之中嗎？我沒法說。爲什麼要毀了他的安寧呢？但瞞著他也不行。」她走出去時想。接著，她立刻又想到了他，想到他那張熱情洋溢的臉。她覺得愛他眞是幸福，她可以爲他受苦。「但願他不要毀了自己，能夠活下去。這準是一種性命悠關的活動，而他就在幹這種事。坐牢，送命。唉，我不敢想。」

她羞愧、悔恨至極，要不是她相信這愛情是無法抗拒的，而她又情不自禁地把它誇大，她將會很難忍受。只有這種強烈的愛情才能使她擺脫羞愧和悔恨的痛苦。

她不僅把他看作這輩子她從未遇過的人，甚至認爲世上不可能有比他更好的人，她確實看到他具有最完美的人格。而她之所以看到他這些優點，只因爲她愛他。她不僅看到他身上的毛病，而且覺得他這人完美無缺。他聰明、懂事，又有藝術天才，善良又眞誠，尤其是富有自我犧牲精神——正是這種自我犧牲精神即將毀掉他。

她用完早餐後，日常家務立即把她吞沒，使她得以暫時擺脫悔恨的恐懼、對他的愛情和爲他的擔憂。不過，生活之所以可怕，是因爲肉體的創傷、疾病都無法忘卻，使人痛苦而不得不進行抗爭；精神上的創傷和心靈上的創傷，對那些沒有精神生活的人來說，就只能靠日常生活，靠日常生活中的瑣事來緩解。對亞歷山德拉·尼古拉耶夫娜來說，情況也是這樣。

過了三個月。生活還是按照老樣子一天天過去。孩子們患了百日咳，家裡的生活一度亂了陣腳。她與丈夫恢復了良好的關係，與孩子們也一樣。由地方自治局主席介紹的新教師性情溫和。丈夫的兄弟一家來作客。他們進城幾次，還去了一趟京城，遇見一些老朋友。關於「他」毫無消息。她密切注視著革命圈子裡的事。發生了搶劫、恐怖事件。但沒聽到「他」的消息。不過，對她來說，最重要的是一樁隱蔽且極其可怕的事：現在她確信她將成爲他的孩子的母親。

10

馬特維伊·謝苗內奇·尼古拉耶夫住在廣大的大學城裡的貧困地區已有一年多了。按照農村公社的職業，他是地方自治局統計員。在革命組織中，他的身分是民粹派執行委員和在工人中傳布社會主義思想小組的組長。他現在三十二歲。他讀大學四年級時不等畢業就離開學校，投身革命事業，並且在革命者之中占有顯要地位，至今已有八年。

第二稿

夜間打雷引起大火，燒掉了半個村子。村頭上的兩戶農家幾乎什麼東西也沒搶救出來。一匹馬被燒死。一個農夫被燒傷。婆娘們號啕大哭，農夫拚命幹活。葉夫多基姆·馬哈申是個小伙子，今秋應徵入伍，正跟父親一起把燒焦的家具和農具從家裡拉出來。

「你瞪著眼睛幹嘛？抓住橫梁。你耳朵聾了？」父親對他吆喝道。葉夫多基姆打起精神，彷彿剛被人吵醒，向父親奔去。當父親向他吆喝時，葉夫多基姆正瞧著一輛向火場駛來、由兩匹灰色大馬拉著的四輪馬車。馬車上坐著一位夫人和她的女兒。馭座上坐著一個雄赳赳的留大鬍子、身穿藍色襯衫和長毛絨坎肩的胖車夫。

「沒見過世面嗎？跑來看熱鬧了。喂，小心點兒！」

葉夫多基姆動手幹活，父親的話他沒用心聽，也不太理解，他正在想心事。他心裡想的不是火災，不是父母親，完全是別的事。村裡出了火災這等大事，但由於昨天他心裡發生了重大變化，以致他覺得鄉鎮九戶農家起火也沒什麼大不了。昨天唸完助祭兒子給他的那本小冊子之後，他第一次明白自己不該再像原先那樣過活，應該要改變，使它合乎理性的要求。這些捧著聖像和聖母像去救火的農婦，還有這位乘豪華馬車的貴夫人和烏莉雅娜寡婦，以及衣不蔽體的飢餓孩子、向人敲竹槓的警察、收集羊毛的肥牧師、高高在上且根本不管人民苦難的沙皇，還有成千上萬個奴役飢餓工人的有錢工廠老闆——這一切都是不該有的，這一切之所以能夠存在，都是由於以前的他、他的父親、孩子們，以及最受尊敬的聰明農民，他們頭腦糊塗，受騙上當，看不到真理，也不懂得真理。昨天發生了這樣的事：昨天他第一次明白自己也像所有的鄉下人一樣，始終被一道欺騙、無知、迷信的牆（簡直是拱頂）所包圍，而昨天部分拱頂在他心裡坍塌了，他看到了廣闊無際的神的世界。他覺得可怕，同時開始思考，他以前怎麼能在這樣的黑暗中生活，他的父親和所有的鄉下人怎麼能這樣生活。拱頂上落下一塊石頭，他看到了整個自由世界，他覺得拱頂的石頭並不牢固，只要有人使勁推落其中一塊石頭，整個拱頂就會倒塌。現在他心裡充滿這些思想，他既沒聽見父親的話，也不考慮清理火場的事，只一味思索著心裡發生的變化。

這種情況是昨天發生的，但醞釀了好久，醞釀了好久好久。

第三稿

1

我的命運是多麼古怪奇特啊。我現在體會到的不公正、殘酷、富人對窮人的欺壓和愚弄，以及大量眞正的勞動者和創造生活的工人處境的貧困和屈辱，我想，即使一個飽經折磨、受盡富人欺壓的窮人也未必能體會到百分之一。我的這種體會由來已久。它逐年加強，近來更是達到最高峰。現在我深感痛苦。我生活在腐化、罪惡的富人中間，我卻不能擺脫、不會擺脫，也無力擺脫這種痛苦。我不能也不會改變自己的生活，使肉體上各種要求（衣食住行）的滿足不因自己的地位而感到罪孽和羞恥。

我曾試圖改變這種違反心靈要求的地位，但過去複雜的環境、家庭及其要求，使我不能從這種困境中解脫，或者確切地說，我不會也無力擺脫它。現在呢，到了八十多歲的年紀，體力大爲衰退，我已不再試圖擺脫它了。奇怪的是，隨著體力的衰退，我越來越強烈地意識到自己處境的罪過，我越來越爲這樣的處境所苦。

我有時想，我雖處於這種地位，但不能無所作爲。這種地位要求我把我的感受眞實地說出來。這樣做也許可以減緩我們的強烈痛苦，也許可以打開那些人（即使只有一部分）的眼睛，他們至今仍未看到我看得十分清楚的情況。這樣做至少可以減輕眾多工人的痛苦——他們因這種地位而在肉體上和精神上飽受折磨，而他們之所以處於這樣的地位，則是因爲存在著那些自欺欺人的人們。事實上，我所身處的地位有利於揭發人與人之間關係的虛僞和罪惡，恐怕也最有利於說出這方面的全部眞相。這種眞相並不被自我辯護的願望所模糊，也不因窮人和被壓迫者對富人和壓迫者的羨慕而顯得黯淡。我正是處在這樣的地位：我不僅不願自我辯護，而且要竭力不誇大地揭發我所屬的統治階級的罪孽，並因與他們交往而感到羞恥，我憎恨他們的地位，但自己又不能擺脫這樣的生活。同樣地，我也不能重蹈被壓迫和被奴役的人們和民主派的錯誤。這些民主派是民眾的捍衛者，沒有看到這些民眾的缺點和錯誤，也不願看到減輕罪孽的環境和以往複雜的條件。這種環境和條件使大多數的統治階級簡直無力自持。在被解放的人民面前我不想替自己辯護，也不感到恐懼，而人民對自己的壓迫者也不羨慕和怨恨，我處在這種最有利的地位，因此能看到眞相並把它說出來。也許正是這個緣故，我被命運安排在這個奇特的地位。我將盡我所能地利用它。這樣做也許能稍稍減輕我的痛苦。

2

他妻子的表弟伏爾金在擁有超過一千俄畝土地的地主的豪華鄉村別墅作客。他在莫斯科一家銀行工作，年薪八千盧布，因此在單身漢的圈子裡很受尊敬。黃昏的時候，他與家人打文特牌，一擲千金，打累了才回到臥室。他把金錶、銀煙盒、公文包、鹿皮大錢包、刷子和梳子放在鋪有桌布的小桌上，然後脫下上裝、背心、漿挺的襯衫、褲子、絲襪和英國製皮鞋，穿上睡衣和睡袍，把換下的衣服皮鞋放到門外，就在今天新鋪的有雙重墊子的潔淨彈簧床上躺下。床上放著三只枕頭和一條套好的被子。時鐘正好指著十二點。伏爾金抽了一支煙，仰天躺了五分鐘，回顧這一整天的印象，然後熄滅蠟燭，轉身側臥，雖然在床上翻來覆去好一陣子，最後近一點鐘時還是睡著了。

他在早晨八點醒來，穿上便鞋和睡袍，打了打鈴。老僕斯吉邦（他在他們家已工作三十年，是自己家中的一家之主，已有六個孫兒）連忙曲著腿走進來，手裡拿著擦得鋥亮的皮鞋和拍打乾淨的筆挺襯衫。客人向他道謝，問天氣如何——窗簾被拉下，免得太陽照進來，這樣一來，即使像有些老爺那樣睡到十一點也沒問題。伏爾金看了看錶說：「還不晚。」開始動手盥洗和更衣。水準備好了，他收拾了一下昨天用過的東西：肥皂、牙刷、指甲刷、梳子、指甲刀和指甲銼。他不慌不忙地洗臉洗手，仔細洗淨指甲，用毛巾擦乾，然後用海棉洗著白胖的身子，洗了腳，開始梳頭髮。他先在鏡子前用雙排英國梳子把那兩邊花白的大鬍子分開，然後用寬齒玳瑁梳子梳理一番。接著，又梳一梳稀疏的頭髮。然後用密梳篦頭，拉掉髒棉花，換上乾淨棉花。他穿上襯衣、襯褲、襪子和皮鞋，用閃閃發亮的背帶吊著褲子，然後套上背心，沒穿上裝，在安樂椅上休息一會兒。他點著煙，考慮今天到哪兒散步。「可以去公園，也可以去『小褲子』（這是一座樹林的滑稽叫法）。還是去『小褲子』吧。還要給謝・尼・寫回信。哦，這信以後再寫吧。」

他果斷地站起來，把錶（再五分鐘就九點了）放到背心口袋裡，把錢包（裡面有一百八十盧布中用剩的錢，這筆錢他準備用作路上零用和應付在朋友家逗留兩星期的開銷）放進褲袋裡。他把銀煙盒、打火機和兩塊手帕放進口袋，走了出去，照例把房間和雜物留給斯吉邦收拾。這個五十歲的老僕已習慣從伏爾金那兒得到豐厚的「報酬」，因此替他做事毫無怨言。

伏爾金照著鏡子欣賞一下自己的儀表，然後走進餐廳。那裡，有一個男僕、女管家和餐廳侍僕（天亮前他已跑回鄉下整理了自己的菜園）正在張羅，鋪有潔白麻布的餐桌上已放好正在沸騰的銀製或噴銀的茶炊，還有咖啡壺、熱牛奶、奶油、黃油，以及各種白麵包和餅乾。桌旁坐著大學生（他是第二個兒子的教師）、第二個兒子，以及地方自治官（他是一家之主，也是大村莊的首領）的女繕寫員。地方自治官已於八點鐘出門辦事去了。

喝咖啡的時候，伏爾金跟教師和女繕寫員談天氣，談昨天的文特牌，談費奧多里特，談他昨天的粗魯行爲——他無緣無故對父親說了很多粗話。費奧多里特是主人那個不走運的成年兒子。他的名字叫費多爾，但有一次不知是誰有意或無意地叫他費奧多里特。這事很可笑，但大家從此就一直這樣叫他，即使他的行爲一點也不可笑。直到現在，大家仍是這樣叫他。他進過大學，念到二年級就輟學，後來進入近衛重騎兵團，但不久又離開了。如今他住在鄉下，什麼事也不做，老是指摘這個，批評那個，對誰也不滿意。此刻，費奧多里特仍在睡覺，其他人也都還在睡覺，包括女主人、男主人的姊妹安娜·米哈伊洛夫娜（原省長的寡婦），以及住在他家的一個風景畫家。

伏爾金在前廳取了巴拿馬帽（值二十盧布）和刻花象牙鑲頭的手杖（值五十盧布），走出門。他穿過擺滿花草的涼台，經過中間有圓錐形花壇的花圃，花壇裡布置著一道道整齊的白花、紅花和藍花，花壇兩邊則是用花排成的女主人名字、父名和姓的縮寫花體字母。伏爾金走過花壇，走進菩提樹夾峙的林蔭小路。農家姑娘手拿鏟子和掃帚正在那裡掃地。花匠在丈量什麼，一個小伙子正在用大車運送東西。伏爾金從他們旁邊經過，走進占地五十俄畝的古木參天的花園，園裡交錯著高低不平、打掃過的小徑。伏爾金一邊抽煙，一邊沿著他所喜愛的小徑走過亭子，來到田野。花園風景宜人，田野則更美麗。右邊有身穿粉紅衣裳的婦女三三兩兩在收馬鈴薯；左邊是一片草地、留茬地和放牧的牲口；前面稍稍偏右處是波爾托奇卡的蒼老櫟樹。伏爾金深呼吸著空氣，對自己的生活感到心滿意足，特別是現在，住在姊姊家裡，在繁忙的銀行工作後獲得愉快的休息。

「住在鄉下眞幸福，」他想，「不錯，尼古拉・彼得羅維奇住在這兒，總忙於自己的農活和地方自治局的事，但卻自由自在。」伏爾金搖搖頭，又點著一支煙，精神飽滿地擺動那穿著結實寬大的英國皮鞋的強健雙腿，想到冬天他在銀行工作眞是夠辛苦的。「從十點做到兩點，甚至做到五點，幾乎天天如此。這樣說說容易，做起來可眞累，還有會議，然後還有人來請願。然後又是杜馬開會。在這兒可不一樣。我在這兒很愉快。也許她會感覺寂寞，但不會長久的。」想到這兒，他笑了笑。

他在波爾托奇卡漫步了一會兒，然後返身穿過田野，走進農民正在翻耕的休耕地。休耕地上放牧著農家的牲口：母牛、小牛、羊、豬。他穿過畜群筆直向花園走去。羊群受了驚，爭先恐後向前亂跑，豬群也一樣，兩頭瘦稜稜的小母牛正盯著他。牧童對著羊群高聲吆喝，揮動鞭子。「跟歐洲相較之下，我們眞是落後。」他記起自己經常出國，這樣想。「全歐洲哪兒也找不到這樣的母牛。」伏爾金想打聽一下與他腳下的路交接的那條路通到什麼地方，這些牲口是誰家的，便叫來牧童。

「這是誰家的牲口？」

孩子望著大禮帽和梳理整齊的大鬍子，尤其是金絲框眼鏡，他十分驚訝，甚至有點害怕，突然間答不出話。直到伏爾金又問了一遍，孩子才清醒過來，說：「我們家的。」

「我們家是哪一家啊？」伏爾金搖搖頭，笑著說。

孩子穿一雙樹皮鞋，裹著包腳布，身穿骯髒的、肩上有洞的粗布襯衫，頭戴一頂帽舌掉了的便帽。

「我們家是哪一家啊？」

「皮羅果夫家。」

「你幾歲？」

「我不知道。」

「你識字嗎？」

「不，不識。」

「怎麼，難道沒有學校嗎？」

「我不上學。」

「怎麼，沒進學校？」

「沒有。」

「這條路通到哪兒啊？」

孩子告訴了他。伏爾金就往那所房子走去，心裡考慮著他將怎樣責罵尼古拉·彼得羅維奇，因爲儘管他忙碌奔走，民眾教育還是搞得很糟。

伏爾金走近房子，瞧了瞧錶，懊惱地發現已經十二點。他記起尼古拉·彼得羅維奇要進城去，他要跟他一起發一封信到莫斯科，可是信還沒寫。這封信很重要，他要他的朋友和同事替他留下一幅拍賣場買來的聖母像。他走近房子，看見四匹膘肥體壯的純種馬已套在一輛彈簧馬車上，馬車在陽光下顯得烏黑發亮。車夫身穿藍色緊身長衣，束著銀腰帶。馬車偶爾發出鈴鐺聲。大門口站著一個農民，光著腳，身穿破長衣，沒戴帽子。他鞠了一躬。伏爾金問他有何貴幹。

「我找尼古拉·彼得羅維奇。」

「有什麼事啊？」

「我有事，倒了一匹馬。」

伏爾金就問他是怎麼一回事。農民講了自己的處境，說他有五個孩子，原來只有一匹馬，說著說著哭了起來。

「你到底要什麼？」

「行行好吧。」

他跪下來，伏爾金雖然一再勸說，他還是跪地不起來。

「你叫什麼名字？」

「米特里．蘇達利科夫。」農民回答，依舊跪著。

伏爾金掏出三個盧布給農民。農民向他叩頭。伏爾金走進屋裡。主人尼古拉．彼得羅維奇站在前廳。

「信呢？」尼古拉．彼得羅維奇在前廳遇見他，問道。「我要走了。」

「對不起，對不起。要是可以，我現在就寫。我完全忘記了。你們這兒太美了。我把什麼都忘了。太美了。」

「可以，只是請快一點。馬兒已經等了一刻鐘。馬蠅可厲害了。」

「阿爾生基，可以等一下嗎？」伏爾金問車夫。

「怎麼不可以？」車夫嘴上這樣說，心裡卻在想：「既然還不走，幹嘛叫人套車。我跟孩子們拚命趕，可現在卻在這兒餵馬蠅。」

「我馬上就寫，馬上寫。」

伏爾金剛進屋又回來，向尼古拉．彼得羅維奇打聽那個要求救濟的農民的情況。

「你見到他啦？」

「他是個酒鬼，但確實挺可憐。請您快一點。」

伏爾金走進屋裡，掏出信箋夾和筆，寫好信，又從支票簿裡裁下一張支票，寫上一百八十盧布，放進信封，交給尼古拉・彼得羅維奇。

「好，再見。」

早餐前，伏爾金閱讀報紙。他讀《俄羅斯新聞》①、《言論報》②，有時讀讀《俄羅斯語言報》③，但主人訂的《新時報》④他連碰也不碰。

他照例從帝王、總統、大臣的活動讀到國會決議等政治新聞，然後又轉到戲劇消息、學術活動、自殺新聞、霍亂疫情和詩歌作品。這時早餐鈴響了。靠著專爲老爺們服務的十多個人——洗衣婦、菜農、燒爐工、廚師、下手、侍僕、管家、洗碗工——的勞動，餐桌上已擺好八副銀餐具、玻璃水瓶、克瓦斯、酒、礦泉水、亮晶晶的車料玻璃器皿、桌布、餐巾。兩名侍僕不停地奔來跑去，端菜、送湯、收拾小吃、換上冷熱菜餚。

女主人說個不停。她講著她所作所想和所說的事，而她所作所想所說的一切，她顯然認爲都是美的，總會帶給人極大的快樂，除了愚蠢的僕人之外。伏爾金感覺到也明白她說的一切都很愚蠢，但他不能流露出這種感覺，還要使談話繼續下去。費奧多里特板著臉不作聲，男教師偶爾同寡婦說幾句。有時出現冷場，於是費奧多里特就首先開口，但他的話總是令人覺得枯燥乏味。這時女主人就要求上新鮮菜點，於是侍僕們連忙東奔西跑，去廚房或找管家。其實誰也不想吃，誰也不想說話。但大家還是勉強吃著、說著，早餐自始至終就是這樣度過的。

①《俄羅斯新聞》，莫斯科大學的自由派教授和地方自治局運動人士所辦的報紙，反映自由派地主和資產階級的利益。
②《言論報》，俄國立憲民主黨的中央機關報。
③《俄羅斯語言報》，自由資產階級的日報。後來支持臨時政府，反對列寧和布爾什維克黨。
④《新時報》，反動貴族和官僚集團的喉舌，一九五〇年起成為黑幫分子組織的報刊。

3

因爲死了一匹馬而要求救濟的農民叫米特里·蘇達利科夫，在他去找老爺的前一天整天都忙著處理死馬的事。第一件事是去安德烈耶夫卡找剝獸皮工薩寧。剝獸皮工不在家。他等剝獸皮工回來，同他講好馬皮的價錢，已是午飯時分了。接著，他請求鄰居幫他把死馬運到墓地，因爲死馬不准就地埋葬。安德烈揚不肯借馬給他，因爲他自己要運馬鈴薯。好不容易才向史吉邦借來一匹。史吉邦可憐他，幫他把死馬抬到大車上。米特里把馬前腿的兩個馬掌拆下來交給老婆。其中一個磨得只剩下一半，另一個是完整的。在他挖土坑的時候（鐵鍬很鈍，很費力），薩寧來了。他剝下馬皮，把死馬推進坑裡，然後大家一同撒土掩埋。這可把米特里累壞了。他心裡煩悶，走進馬特廖娜酒店，與薩寧喝了半瓶燒酒，回家同妻子吵嘴，然後在門廊裡躺下睡覺。他和衣而睡，包著裹腳布，拿破長衣蓋在身上。妻子和幾個女兒睡在屋裡。他們有四個孩子，最小的女兒才五個星期大，還是個吃奶的嬰兒。

米特里照例天亮以前醒來。想到昨天的事，那匹騸馬怎樣奔騰，又怎樣倒下，如今他沒有馬了，只剩下賣馬皮所得的四盧布八十戈比，不禁嘆了口氣。他起身，整理好裹腳布，先走到院子裡，然後走進小屋。小屋已經傾斜，又髒又黑，屋內已生了火。老婆一手把乾草送進爐子裡，一手把小女兒按在從髒襯衫裡露出來的下垂乳房上。米特里對屋角畫了三次十字，嘴裡喃喃地說著：「三位一體」、「聖母」、「我信」、「聖父」。

「怎麼，沒水了？」

「姑娘去打水了。她會拿來的。那麼，你要到烏林留瑪雅老爺那兒去嗎？」

「是的，得去一下。」

他被煙燻得咳嗽，從長凳上拿起一塊抹布，走進門廊。女兒剛打水回來。米特里從桶裡舀了水，掬了點到嘴裡，淋淋雙手，又掬了點到嘴裡，洗洗臉，然後用抹布擦一擦，用手指梳開頭髮，又撫平頭髮和鬈曲的大鬍子，走出門去。一個年約十歲的女孩只穿一件髒布襯衫，從街上向他走來。

「你好，米特里大叔。他們叫你去打麥子。」

他知道卡魯施金家也像他一樣窮。他們叫他去打麥子，是因爲上星期他們在他租來的馬拉脫粒機上替他幹過活。

「好的，我去。你跟他們說我上午去。我得先到烏林留瑪雅。」

米特里走進屋裡，取出裹腳布和樹皮鞋，穿好鞋，到老爺家。他從伏爾金老爺那兒得到三盧布，又從尼古拉．彼得羅維奇那兒得到三盧布。回到家裡，他把錢交給老婆，拿起鏟子和耙出門幹活。

在卡魯施金家，脫粒機早就隆隆地響著，只偶爾由於麥秸卡住而暫停。趕牲口人的周圍走著幾匹瘦馬，把皮帶拉得緊緊的。趕牲口人用同樣的聲音對牠們吆喝著：「喂，走啊，寶貝！對了，對了。」一部分婆娘在解禾捆，另一部分在耙匀麥秸和麥粒，還有一部分婆娘與農民把大捆大捆的麥秸遞給一個男人，讓他堆起來。大夥兒幹活幹得很起勁。在米特里所經過的菜地裡，一個赤腳姑娘只穿一件襯衫，用雙手挖著馬鈴薯，把馬鈴薯放到筐子裡。

「爺爺在哪兒啊？」米特里問。

「爺爺在打穀場。」

米特里來到打穀場，立刻開始幹活。老主人知道米特里的不幸。他跟他招呼了一下，指指垛高的麥秸，把麥秸遞給他。

米特里脫了衣服，把他那件破長衣捲起來放在籬笆旁，十分賣力地幹活，用叉子挑起麥秸送到麥秸垛上。他就這樣一刻不停地做到晚飯時間。公雞已啼鳴三遍，但他由於幹活和談話，不僅沒理會雞鳴，簡直沒聽見。這會兒從三俄里外老爺的打穀場上傳來蒸汽脫粒機的轟鳴聲。就在這時，主人走到打穀場。他就是馬賽伊老人，個兒很高，今年已八十歲，但仍腰骨筆挺。

「該歇工了。」他走到趕牲口人旁邊，說道，「吃飯了。」

幹活得更起勁了。他們迅速地把脫過粒的麥秸堆到垛上，把打穀場上的麥粒同糠秕從麥穗上弄乾淨，這才走到農舍裡。

農舍生火沒有煙囪，但已收拾乾淨。桌子周圍放著幾個長凳，大家對著聖像祈禱（總共九人，不包括主人），然後坐下來。有稀粥和麵包、烤馬鈴薯和克瓦斯。吃飯時，屋裡進來一個乞丐，獨臂，肩上搭著袋子，拄著一根大枴杖。

「闔府平安！麵包和鹽，看在基督份上給一點吧。」

「上帝會給你的。」女主人說，她也上了年紀，是老人的兒媳婦。「請勿見怪。」

老人站在貯藏室門口。

「切麵包，瑪爾法。這樣不好。」

「我剛在計算是不是夠吃。」

「哦，不好，瑪爾法。上帝吩咐分一半給別人。你切吧。」

瑪爾法聽從老人的吩咐。乞丐走了。打穀的人們站起來，祈禱了一下，謝過主人，走去休息。

米特里沒躺下休息而跑到小店買煙草。他太想抽煙了。他與一個痴呆的農夫閒聊，打聽牲口的價錢。他打算賣掉母牛。當他回去時，工人們又在幹活了。他們就這樣一直幹到晚上。

瞧吧，在這些受折磨、被欺騙、遭掠奪、被腐化，由於食物不足和過度勞累而漸漸死去的人們旁邊，在他們旁邊，到處都有人過著空虛無聊和卑鄙猥瑣的生活。他們直接享用這些奴隸過度和屈辱的勞動——更別提那些幹著各種屈辱勞動的工廠裡的奴隸——所製造的茶炊、銀器、馬車、汽車等東西；在這些奴隸旁邊，一些人心安理得地生活著，其中有些人自認為是基督徒，另一些人自以為非常開明高尚，不需要基督教，也不需要任何宗教。在種種可怕的景象旁邊，生活著享受天年而又心地善良的老人、老婦、青年、母親和孩子——那些不幸的、被腐化的、道德淪喪的孩子。

瞧，這個擁有幾千俄畝土地的老人，他過著獨身生活，一輩子飽食終日無所事事，生活放蕩，他讀著《新時報》的文章，對於政府准許猶太人進大學感到難以理解。瞧，他的客人——一名退休省長，也是領取退休金的參政員——正贊同地讀著法學家集會認為死刑是必要的新聞。而他們的對手H．П．則在閱讀

《俄羅斯新聞》，他對政府縱容俄羅斯民眾同盟的這種盲目行爲感到驚訝……

瞧，這個女孩的慈祥可愛的母親正在讀福克斯狗憐惜家兔的故事給她聽。瞧，這個可愛的女孩看到那些飢餓的、啃著樹上掉下的青蘋果的赤足孩子們，卻對這些孩子視若無睹，根本沒把他們當作同自己一樣的孩子，而是當作周圍的一種景象。

這是怎麼一回事？